DIE BIBLIOTHEKARIN UND DER ORK

ORK SWORN

FINLEY FENN

Übersetzt von
TANJA KLEMENT FÜR LITERARY QUEENS

Die Bibliothekarin und der Ork

Autor: Finley Fenn

info@finleyfenn.com

Bright Mountain Publishing

28132 RPO Tacoma, Dartmouth, NS B2W 6E2 Canada

Übersetzung: Tanja Klement für Literary Queens

Betalesung: Evelyn Fae, Isa, Jo Henny Wolf und Marlene Krais

~

Schau auf **www.finleyfenn.com/deutsch** vorbei, um kostenlose Bonus-Storys und Epiloge, exquisite Ork-Artworks, vollständige Inhaltskennzeichnungen und Warnhinweise, Neuigkeiten über kommende Bücher und vieles mehr zu erhalten!

AUSSERDEM VON FINLEY FENN

ORK SWORN

Die Lady und der Ork

Die Erbin und der Ork

Die Bibliothekarin und der Ork

Geopfert vom Ork (Bonus-Story)

ORC SWORN

The Lady and the Orc

The Heiress and the Orc

The Librarian and the Orc

The Duchess and the Orc

The Midwife and the Orc

The Maid and the Orcs

The Governess and the Orc

The Beauty and the Orcs

The Widow and the Orcs

The Artist and the Orc

Offered by the Orc

Tryggred by the Orc

Yuled by the Orcs

Tales of Orc Sworn

1

In diesem Moment wünschte sich Rosa Rolfe nichts sehnlicher, als Lord Kaspar Sippola ein Buch in sein hübsches, lächelndes Gesicht zu werfen.

Eins mit einem dicken, festen Einband, dachte sie entschlossen, während sie einen tiefen Knicks machte und ihren blonden Kopf senkte. Vielleicht ein enzyklopädischer Wälzer. So etwas wie die *Annalen des Reiches*, voll von Wichtigtuerei, Geschwätz und *Lügen*, genau wie Lord Kaspar selbst.

»Auch Euch einen guten Tag, mein Lord«, sagte Rosa stattdessen und zwang sich zu einem Lächeln, das ihre Stimme geschmeidig werden ließ. »Und auch Eurem geschätzten Gast. Willkommen in der Dusbury Bibliothek, Madam.«

Sie zwang sich, ihren Blick auf die hübsche, gut gekleidete Frau zu richten, die an Lord Kaspars Seite stand und sich mit einer leichten, privilegierten Vertrautheit an seinen Arm klammerte. Sie trug den neuesten Schrei der Mode, ihr Taftkleid lag eng an ihren üppigen Kurven an und ihr glänzendes braunes Haar war auf ihrem wohlgeformten Kopf kunstvoll aufgetürmt. Der Blick, mit dem sie den von Rosa erwiderte, war distanziert und dann zunehmend missbilligend, als wäre Rosa ein Abfallprodukt, das an ihrem eleganten, spitz zulaufenden Absatzschuh klebte.

»In der Tat«, sagte die Frau und drückte ihre manikürte Hand fester an Lord Kaspars Arm. »*Riecht* es hier immer so, Kaspar, Liebling?«

Ihr verächtlicher Blick schweifte über die Bibliothek, als wolle sie alle Mängel auf einen Schlag verurteilen, und Rosa spürte, wie sich ihr eigener Rücken versteifte und ihr Lächeln fast schmerzhaft wurde. Die Dusbury-Bibliothek war wahrhaftig ein kleiner Schatz mit einer vielseitigen, äußerst wertvollen Sammlung, und das Gebäude selbst war zwar überfüllt, aber einladend, mit Tischen und Stühlen, die überall verstreut standen, und großen Fenstern an den Wänden. Es gab nichts Vergleichbares in der ganzen Provinz Sakkin, vielleicht sogar im ganzen Reich, und wie konnte diese herrschaftliche Lady *es wagen*, sich zu benehmen, als wäre es eine von Ungeziefer befallene *Bruchbude*.

Aber Lord Kaspar lachte nur laut und herzlich und gab eine fröhliche Antwort, die Rosa wegen des aufsteigenden, dröhnenden Rauschens in ihren Ohren nicht hören konnte. Als er die feine Lady zu den hohen Regalen führte, offensichtlich in der Absicht, ihr alles zu zeigen, konnte Rosa sich nur mit Mühe hinter dem Verleihtisch halten. Vor allem, als – sie zuckte am ganzen Körper – Lord Kaspar den Kopf drehte und ihr über die Schulter der feinen Lady schnell und verstohlen zuzwinkerte. Vielleicht eine Anspielung auf den gestrigen Abend, als er Rosas Kleid hochgezogen, sie über diesen Schreibtisch gebeugt hatte und ...

Rosas Wangen glühten förmlich vor Hitze, aber sie konnte das schmerzhafte Lächeln irgendwie auf ihrem Gesicht halten, bis das glückliche Paar außer Sichtweite war. Bis sie endlich ihren stark zitternden Körper gegen den Schreibtisch sinken lassen konnte, bevor sie sich mit den Händen über das Gesicht rieb und tief und schwer einatmete.

Dieser Mistkerl. Dieser elende und verdammte *Mistkerl*.

Aber verflucht sei sie, Rosa hatte es *kommen sehen*, nicht wahr? Lord Kaspar war nur der zweite Sohn des gepriesenen Herzogs Warmisham aus der Provinz Preia, und trotz seines Adelstitels verfügte er über keine richtigen Ländereien und die damit verbundenen Einkünfte. Stattdessen hatte er sich hier in der Provinz Sakkin als einer der angesehensten Gelehrten der Universität Dusbury und als großer Schutzherr der Bibliothek von Dusbury niedergelassen.

All das bedeutete natürlich, dass Lord Kaspar ständig finanzielle Mittel brauchte – und daher auf der Suche nach einer reichen Frau war. Und an den Gerüchten, die seit Wochen die Runde machten, war offensichtlich nur allzu viel Wahres dran. Bei der schönen Frau musste es sich um keine Geringere als Lady Scall handeln, die frischgebackene Witwe eines der wohlhabendsten Männer des Reiches. Und eine kluge Frau, hieß es, mit vielen vorteilhaften Beziehungen obendrein.

»Wer ist das *Mädchen*?«, ertönte Lady Scalls hohe, kultivierte Stimme, die leicht über die Regale zu hören war, laut genug, um Rosa zusammenzucken zu lassen. »Die Universität hat *sie* nicht ernsthaft als *Bibliothekarin* eingestellt?«

Einen Moment lang herrschte Stille, dann ertönte ein zu leichtes Lachen von Lord Kaspar. »Oh, sie ist nur eine Assistentin«, sagte seine kühle Stimme. »Sie hilft Southall beim Ausleihen und Einräumen und all so etwas. Ein Wohltätigkeitsprojekt.«

Rosas Hände klammerten sich fest an den Verleihtisch, das Rauschen stieg wieder in ihren Ohren, aber sie beugte sich vor und sog einen leisen, kräftigen Atemzug ein. Sie hätte das wissen müssen. *Wirklich.*

»Für ein Wohltätigkeitsprojekt ist sie aber ziemlich gut gekleidet, findet Ihr nicht auch?«, antwortete Lady Scall. »Das Kleid sah in meinen Augen aus wie ein Werk von Madam LeTourney.«

»Tut es das?«, erwiderte Lord Kaspar lobenswert vage.

»Vielleicht ist es eine Art Auslaufmodell. In den Wohltätigkeitsorganisationen wimmelt es doch sicher von solch alten Dingen.«

Lady Scall antwortete nicht, aber Rosas Herz hämmerte jetzt wirklich wie verrückt gegen ihre Rippen. Falls Lady Scall bereits misstrauisch war – und das aus gutem Grund –, was würde dann kommen, wenn Lord Kaspar ihr einen Antrag machte, wenn sie *heirateten*? Würde Rosa gefeuert werden? Ausgestoßen? *Für immer* von ihrer wertvollen Bibliothek abgeschnitten werden?

Mit schwitzenden und zitternden Händen klammerte sie sich hilflos an den Schreibtisch und schob sich dann abrupt dahinter hervor, um sich eine Handvoll Bücher vom nächsten Tisch zu schnappen. Wenn ihr Job angeblich nur darin bestand, Regale einzuräumen, dann würde sie das tun. Sie würde alles tun. Einfach *alles*.

Lord Kaspars ausgedehnter Rundgang dauerte noch eine ganze Stunde an, und beinhaltete auch eine ganze Weile auffällige Stille im hintersten Teil der Bibliothek. Offensichtlich gab es eine Art Techtelmechtel, zweifellos ein Versuch, sein Verlangen nach seiner schönen neuen Lady und seine völlige Missachtung seiner herausgeputzten Assistentin zu beweisen. Als Lord Kaspar Lady Scall schließlich zur Tür hinausbegleitete und dann zu Rosa zurückkehrte, die immer noch in den Regalen stand, war sie so wütend, dass sie kaum sprechen konnte.

»Mein Lord«, sagte sie mit zusammengebissenen Zähnen, während sie ihre Bücher auf den nächstgelegenen Tisch schob. »Hat Lady Scall deine Tour gefallen?«

Lord Kaspar sah sichtlich zerzaust aus, fuhr sich abwesend mit der Hand durch sein gewelltes braunes Haar und schenkte Rosa ein verlegenes, nachsichtiges Lächeln. »Durchaus, denke ich«, antwortete er. »Sag mir nicht, dass du eifersüchtig bist, Rosa, Liebling? Oder vielleicht«, er legte den Kopf schief, »hast du Angst, dass sie auf *dich* eifersüchtig sein könnte?«

Rosa konnte sich ein verräterisches Zucken nicht verkneifen und Lord Kaspar antwortete mit einem leisen, wissenden Lachen. »Mach dir keine Sorgen, Liebling«, sagte er, als er einen Schritt näher kam. »Es braucht schon mehr als eine eifersüchtige Ehefrau, damit ich mich von dir trenne, mein schlauer kleiner Bücherwurm. Vor allem, wenn«, er hob eine elegante, langfingrige Hand und strich ihr leicht über die Wange, »ich ein neues Forschungsprojekt für dich habe, meine Liebe. Ein *entscheidendes* Projekt.«

Ein wichtiges neues Forschungsprojekt? Rosa konnte das verräterische Aufflackern des Interesses, das ihre Gedanken durchströmte, nicht leugnen, und Lord Kaspars Lächeln wurde noch breiter, als er ihr erneut über die Wange strich. »Ich möchte, dass du«, sagte er, »einen Weg findest, die *Orks* zu erledigen.«

Die Orks. »Die *Orks*, mein Lord?«, fragte Rosa und runzelte die Stirn über sein zufriedenes, erwartungsvolles Gesicht. »Die Orks, mit denen unsere Provinz gerade ein umfassendes Friedensabkommen geschlossen hat? Keine Aggression, keine Vergeltung, weder von der einen noch von der anderen Seite, unter Androhung schwerer und dauerhafter Konsequenzen?«

»Ja, ja, aber natürlich«, sagte Lord Kaspar mit einer Spur von Ungeduld in seiner Stimme. »Genau *diese* Orks, meine Liebe. Ich wurde beauftragt, einen Weg zu finden, diesen verdammten neuen Friedensvertrag zu umgehen, ohne dass wir uns die Hände schmutzig machen oder noch mehr von unseren begrenzten Ressourcen verbrauchen. Wir müssen diese Mistkerle ein für alle Mal ausrotten und es diesmal wirklich *clever* anstellen.«

Rosas Gehirn arbeitete bereits auf Hochtouren – wer würde Lord Kaspar wohl eine solch beunruhigende Aufgabe übertragen, vielleicht sein Vater, der Herzog, oder der mächtige Rat des Reiches? – und trotzdem schüttelte sie kurz den Kopf. »Aber für ein Projekt dieses Ausmaßes, mein Lord«, sagte sie, »braucht man richtige Juristen. Und

Militärstrategen und dergleichen. Nicht«, sie holte tief Luft, »*mich.*«

Doch Lord Kaspars Mund verzog sich wieder zu einem kühlen, abschätzenden Lächeln. »Im Gegenteil, Liebling«, erwiderte er, »du bist *genau* das, was ich brauche. Die juristischen und kriegerischen Wege wurden bereits gründlich untersucht und für *nicht erstrebenswert* und viel zu kostspielig befunden. Was wir jetzt brauchen, ist etwas Neues. Schwachstellen. Skandale. Schockierende Gräueltaten. Ein todsicheres Mittel, um die Massen anzustacheln, mit Heugabeln zum Orkgebirge zu marschieren.«

Oh. Lord Kaspar wollte also einen *Aufstand der Bauern* provozieren. So musste er nicht für seinen eigenen verdammten Krieg bezahlen. Und obwohl Rosa keine besondere Vorliebe für Orks hegte – sie waren wilde, gefährliche, brutale Bestien, die Frauen entführten, um mit ihnen ihre riesigen, tödlichen Söhne zu zeugen – war der Friedensvertrag zwischen Menschen und Orks erst vor sechs Monaten unterzeichnet worden. Das Original des Abkommens mit einer langen, ausführlichen Erklärung des angesehenen Lords Otto wurde hier in der Bibliothek von Dusbury aufbewahrt.

Rosa hatte es natürlich gelesen – in den neun Jahren, in denen sie hier in der Bibliothek arbeitete, hatte sie fast jeden neuen Band und jede neue Akte, die hereinkamen, gelesen – und sie hatte es als überraschend und vielleicht auch als beunruhigend empfunden. Die Behauptung, dass sich die bösartigen, gewalttätigen und kriegerischen Orks wirklich nach *Frieden* sehnten. Sowohl mit den Bauern als auch mit den Lords. Mit *allen* Menschen.

»Nun«, sagte Rosa und blickte hilflos zu den Regalen, »warum bittest du nicht die Universität, dir zu helfen? Dort gibt es doch sicher jede Menge Studenten und Gelehrte, die dir helfen könnten?«

»Auf *keinen* Fall«, antwortete Lord Kaspar mit knapper

Stimme. »Dieses Projekt ist streng geheim, und die Ergebnisse müssen von mir allein kommen. Außerdem sind die meisten dieser Studenten viel zu dumm, um eine solche Aufgabe zu übernehmen. Ich brauche echte Intelligenz und genug Vorstellungskraft, um die vielversprechendsten Möglichkeiten herauszufiltern. Ein gewisses Maß an Kenntnissen über das gewöhnliche Bauernhirn ist ebenfalls unerlässlich.«

Rosa schluckte, ihr Blick fiel auf den Boden zwischen ihnen, und obwohl sie wusste, dass sie jetzt sprechen musste, um einem solch ehrenvollen Projekt eifrig zuzustimmen, schien nichts zu kommen. Lord Kaspar und die anderen Adligen wollten einen Krieg anzetteln. Und schlimmer noch, sie wollten unschuldige, mittellose Menschen dazu bringen, ihn für sie zu führen. Für sie zu *sterben*.

Einen Moment lang herrschte eine rasende Stille, in der Rosa beinahe Lord Kaspars Missbilligung *spüren* konnte, sie bohrte sich tief in ihre Haut. Und dann wurde diese Berührung zur Wahrheit, als kalte, harte Finger ihr Kinn packten und es in seine Richtung neigten.

Und verflucht sei er, aber obwohl er weit über ein Jahrzehnt älter war als Rosas vierundzwanzig Jahre, war der aufgeblasene, wenig kluge, ekelhaft privilegierte Lord Kaspar auch noch ungerechtfertigt atemberaubend gut aussehend. Mit den dunklen Locken und den dichten Wimpern, dem glatt rasierten, kantigen Unterkiefer, den Schatten unter seinen grauen Augen, die von zu vielen nächtlichen Lesestunden zeugten. Und seine langen Finger auf Rosas Gesicht waren stark und vertraut, als hätte er jedes Recht, sie zu berühren und mit ihr zu machen, was er wollte.

Was, natürlich, auch der Fall war. Und Rosa sah genau den Moment, als er sich daran erinnerte, die Hitze und die Entschlossenheit, die in diesen schönen grauen Augen aufblitzten.

»Du *wirst* das für mich tun, Rosa«, sagte er mit tieferer,

sanfterer Stimme. »Nicht wahr, mein cleverer kleiner Bücherwurm?«

Rosa konnte nur dastehen und blinzelnd in seine Augen blicken, während Lord Kaspar wieder lächelte, kühl und amüsiert. »Zweifle nicht an deinen Fähigkeiten, Liebling, falls es das ist, was du denkst. Ich weiß, dass du die aktuellen Ressourcen der Bibliothek zu diesem Thema gut kennst und dass es dir weder an Leseverständnis noch an Fantasie mangelt. Und dank deines Hintergrunds ...«

Wenigstens war er so höflich, es nicht auszusprechen und Rosa auf ihren bäuerlichen Intellekt oder ihre minderwertige Ausbildung an der Wohltätigkeitsschule für Mädchen hinzuweisen. Aber Rosa wusste, dass er es trotzdem dachte, und sein Lächeln war diesmal fast entschuldigend, während seine Finger ihr Kinn fester umklammerten.

»Du *wirst* es tun, Rosa«, sagte er fest. »Du wirst die reichhaltigen Ressourcen dieser Bibliothek nutzen und mit Southall sprechen, um die vollständigen Anforderungen des Berichts und alle zusätzlichen Quellen zu erhalten, die du brauchst. Und wenn ich in drei Wochen von meiner Reise zurückkehre, wirst du meinen fertigen Bericht voller schockierender neuer Erkenntnisse über diese schrecklichen Bestien in den Händen halten. Du willst mich *nicht* enttäuschen, Liebling. Nicht jetzt.«

Seine Augen warfen einen kurzen, vielsagenden Blick in Richtung Tür – in Richtung *Lady Scall.* O Götter! Lord Kaspar hatte das als *Drohung* gemeint. Und plötzlich schrie der Terror wieder auf und sprühte quer durch Rosas Gedanken: Würde sie wirklich einen Krieg beginnen, um ihren Job, ihre Bibliothek, ihren Lebensunterhalt zu sichern? *Alles?*

»Aber, mein Lord«, hörte sie ihre klagende Stimme sagen. »Was ist, wenn ich nicht Auslöserin eines Krieges sein möchte?«

In Lord Kaspars Augen blitzte ein unleugbarer Zorn auf, der Rosa zusammenzucken ließ – doch dann verblasste er wieder und verwandelte sich in etwas, das sie nicht ganz lesen oder deuten konnte. »Das wirst du nicht, Liebling«, sagte er mit seltsam flacher Stimme. »Du dienst nur deinem Lord, der in den letzten neun Jahren *äußerst* großzügig zu dir gewesen ist. Und sicher weißt du inzwischen, dass es für dich nur von Vorteil sein kann, mich bei einem so wichtigen Projekt zufriedenzustellen. Nicht nur ein finanzieller Vorteil, sondern auch ein persönlicher.«

Finanziell. *Persönlich.* Und es war der letzte Punkt, der etwas tief in ihrem Inneren ergriff, festhielt. Etwas, das Rosa einen heftigen Schauer über den Rücken jagte, sodass sie die Augen zusammenkniff, einatmete und Mut schöpfte. Sie konnte es sagen. Sie konnte es noch einmal versuchen. Sie konnte ...

»Persönlich?«, zwang sie sich zu fragen. »Zum Beispiel, dass Ihr mich endlich als Studentin unterstützt, mein Lord? Öffentlich? An der Universität?«

Ihre Stimme klang zu laut, zu anmaßend und hallte schmerzhaft von den Regalen und von Lord Kaspars plötzlichem Schweigen wider. Und als Rosa wieder blinzelnd in sein Gesicht blickte, war es viel zu einfach, die gleichen alten, müden Argumente zu sehen, die eines nach dem anderen über seine flachen Augen huschten. *Frauen gehören nicht an eine Universität. Frauen können nur in Ausnahmefällen zugelassen werden. Ich habe bereits unzählige Anstrengungen unternommen, um dir eine Stelle in der Bibliothek zu verschaffen, die eigentlich einem Mann zustehen sollte ...*

Aber Lord Kaspar sprach nichts davon laut aus. Vielleicht deutete er damit an, dass die ganze Situation weitaus gravierender war, als er zunächst angedeutet hatte, und Rosa hielt sich aufrecht vor ihm, hielt ihren Blick auf sein blasses Gesicht gerichtet. »Denn das ist es, was ich will, mein Lord«, sagte sie mit geflüsterter Stimme. »Mehr als alles andere. *Bitte.*«

Einen weiteren Augenblick herrschte Stille, Unbehagen und Irritation kämpften hinter Lord Kaspars schönen grauen

Augen, bis er schließlich seine Hand von Rosas Gesicht nahm und einen schweren, ärgerlichen Seufzer ausstieß.

»Nun gut«, sagte er mit müder Stimme. »Wenn du mich mit diesem Projekt beeindruckst – wenn du mich wirklich sehr, *sehr* beeindruckst, genug, um unser Ziel zu erreichen –, dann werde ich eine Sondergenehmigung für dich beantragen. Im Herbst.«

Rosas Herz machte einen Sprung, hämmerte wie wild, und sie konnte sich ein breites, aufrichtiges Grinsen hinauf zu Lord Kaspars Gesicht nicht verkneifen. »Danke, mein Lord«, hauchte sie und schlug sich beide Hände vor die Brust. »Ich *danke dir*. Ich werde dich beeindrucken, du wirst sehen. Ich werde dir den *Atem* rauben.«

Die Verärgerung war ein wenig aus Lord Kaspars Augen gewichen und wurde durch eine vertraute, tolerante Belustigung ersetzt. »Da bin ich mir sicher, Liebling«, sagte er mit dem verräterischen, leisen Ton in seiner Stimme. »Vielleicht findest du in der Zwischenzeit einen anderen Weg, mir den Atem zu rauben? Vielleicht mit deinem Mund?«

Mochten die Götter den Mistkerl verfluchen, aber seine gewölbte Augenbraue hatte sich bereits hochgezogen und seine Hände wanderten nach unten, um den vorderen Latz seiner Hose zu öffnen. Er wusste genau, dass Rosa niemals ablehnen würde, vor allem nicht jetzt, nicht mit einem *solchen* Angebot auf dem Tisch.

Und doch überkam sie für einen kurzen Moment wieder der elende, übermächtige Drang, ihm ein riesiges Buch ins selbstgefällige Gesicht zu werfen. Ihn anzuschreien: *Nein, du große faule Schlange, warum verfasst du nicht deine eigenen verdammten Konzepte, zettelst selbst deinen verdammten Krieg an. Lass dich von Lady Scall lutschen, wenn sie dir so gottverdammt wichtig ist ...*

Aber Rosa brauchte diesen Job und die gelegentliche Kleidung, die er ihr einbrachte, sowie sein mageres Gehalt dringend. Sie *brauchte* diese Bibliothek. Und wenn es auch nur die geringste Chance gab, nach all den Jahren endlich, *endlich* eine richtige Gelehrte zu werden, dann musste sie ihren Mund halten. Oder auch eben nicht.

Also nickte sie ohne das geringste Zögern und lächelte sogar noch einmal in Lord Kaspars aufgeblasenes, zufriedenes Gesicht, bevor sie vor ihm auf die Knie sank.

»Natürlich, mein Lord«, sagte sie mit zusammengebissenen Zähnen, während sie ihn fest in die Hand nahm. »Ich bin hocherfreut, Euch dienen zu können.«

2

Drei Tage später war da ein Ork. In der *Bibliothek*.

»Ein Ork?«, wiederholte Rosa und blickte auf Susans weißes, großäugiges Gesicht. »*Hier*?«

Susan nickte verzweifelt und winkte mit ihrem sichtlich zitternden Staubwedel in Richtung der hintersten Ecke. Gut versteckt hinter den hohen Regalen warf Rosa einen Blick in diese Richtung und dann wieder zu Susan. Susan war das reguläre Dienstmädchen der Bibliothek von Dusbury, eine zerstreute, ältere Frau, die eine tief sitzende Angst vor Feen und der Unterwelt hatte und mehr als einmal behauptet hatte, Geister in den Regalen schweben zu sehen.

»Bist du sicher, dass es ein *Ork* war?«, fragte Rosa, obwohl sie spürte, wie ihre Stimme leiser wurde und ihre Augen einen weiteren wachsamen Blick in die hintere Ecke warfen. »Wie ist er hereingekommen? Ich habe die Tür gestern Abend abgeschlossen, und ich bin mir sicher, dass ich es ordentlich gemacht habe.«

»Sie war verschlossen, als ich ankam«, sagte Susan mit Gefühl. »Aber dann – *er*!«

Er. Ihre Hände zitterten immer noch, ihre Augen blinzelten durch den Raum und sie machte einen Schritt rückwärts in

Richtung Tür. »Vielleicht hat er einen Tunnel in den Keller gegraben«, fuhr sie mit atemloser Stimme fort. »Oder vielleicht hat er die böse schwarze Magie der Orks benutzt. Oder vielleicht ist er«, ihre Stimme sank zu einem Flüstern, »*deinetwegen* hier.«

Deinetwegen. Die Worte jagten Rosa einen unbestreitbaren Schauer über den Rücken und sie atmete tief und kraftvoll ein. Niemand außer Mr. Southall, der sowohl der Direktor der Bibliothek als auch Lord Kaspars Sekretär war, wusste von Rosas Ork-Forschungen – mit *Sicherheit* wusste niemand sonst davon –, aber die Tatsache, dass ein Ork persönlich *hier* auftauchte, nur wenige Tage, nachdem sie damit beauftragt worden war ...

Und dank der drei Tage, in denen Rosa viel gelesen hatte, wusste sie jetzt mehr über Orks, als sie je für möglich gehalten hätte. Sie waren grausame, blutdürstige Bestien. Sie benutzten ihre dunkle, gefährliche Magie, um unglückliche, verängstigte Frauen zu entführen, ihr Blut zu trinken und sie mit ihren riesigen, gewalttätigen Söhnen zu infizieren. Ihre Söhne waren ein Todesurteil, ihr gewaltiges Orkgebirge war eine Todesfalle, ihre Lebensweise war fremd, sinnlos und *falsch*. Sie waren eine Plage für das Reich und verdienten es, mit Füßen getreten und lebendig verbrannt zu werden und dass ihr Berg in Schutt und Asche gelegt wurde.

Und bis zu diesem Moment war es wie völliger Blödsinn erschienen. Völliger, unbewiesener, lächerlicher *Blödsinn*, für den es kaum eine Primärquelle gab – und keine einzige echte Orkquelle.

Aber jetzt? Jetzt, wo es anscheinend einen echten Ork hier in der *Bibliothek* gab?

»Du solltest dir lieber dein Haar zusammenbinden, junge Lady«, schaltete sich Susan energisch ein. »Und such dir etwas, womit du deinen Busen binden kannst. Und du trägst doch angemessene Unterkleidung, nicht wahr?«

Was? Rosa blinzelte Susan verständnislos an – sie hatte sich schon vor langer Zeit abgewöhnt, angemessene Unterkleidung bei der Arbeit zu tragen, um Lord Kaspars allzu häufige Bedürfnisse besser erfüllen zu können –, aber dann schüttelte sie energisch den Kopf. Oh. Ja, natürlich. Der Ork könnte wegen ... *dieser Sache* hier sein. Entführen. Zwingen. *Plündern.*

»Ähm«, brachte Rosa mit ihrer seltsam verhedderten Zunge heraus. »Sicherlich nicht, Susan. In dem unterzeichneten Friedensabkommen steht in Abschnitt vier ...«

»Wen interessiert das schon?«, unterbrach Susan mit neuer Dringlichkeit in der Stimme. »Wir müssen ihn *sofort* loswerden. Ich rufe jetzt die Stadtwache – ein Dutzend Männer sollte ausreichen, um mit ihm fertig zu werden, meinst du nicht?«

Moment, Moment, Moment. Ein Dutzend Männer? Ein Kampf gegen einen Ork hier in der *Bibliothek*?! Und über dem ganzen Durcheinander, das Rosas Gedanken plagte, schwebte der schreckliche Anblick von umgestürzten Regalen, zerrissenen und zertrampelten Schriften, Blut, das überall herumspritzte.

»*Nein*«, zischte Rosa und hielt sich an Susans Arm fest. »Ork oder nicht, *in dieser Bibliothek wird nicht gekämpft*. Wenn du es wagst, diese Männer hierherzurufen, Susan, tut es mir leid, aber ich *werde* dich entlassen. Endgültig.«

Das Aufblitzen von Angst in Susans Augen reichte fast aus, um Rosa ihre Drohung bereuen zu lassen, aber nur fast. Die Sammlung dieser Bibliothek war absolut unbezahlbar – viele der Bände waren handschriftlich verfasst und absolut unersetzlich – und unter Rosas Aufsicht würde hier auf *keinen Fall* eine Rauferei stattfinden.

»Was wirst du dann mit ihm machen?«, wimmerte Susan. »Du kannst doch nicht einfach einen *Ork* in die *Bibliothek* lassen?«

Das war ein berechtigter Einwand, und Rosa holte tief und unruhig Luft. Es war ein Ork in der Bibliothek. Diese Bibliothek war ihr anvertraut worden. Und sie war endlich,

endlich dabei, eine Studentin zu werden, und auf keinen Fall würde ein Ork das alles ruinieren. Nicht jetzt.

»Nein, der Ork muss gehen«, sagte Rosa entschieden. »Also werde ich ihm sagen, dass er gehen soll.«

Und bevor sie die Nerven verlor, machte sie auf dem Absatz kehrt und schritt zwischen den Regalen hindurch auf ihn zu.

3

Mochten die Götter sie verfluchen, aber Susan hatte recht gehabt.

In der Bibliothek gab es einen Ork.

Rosa hatte halb damit gerechnet, in der hintersten Ecke nichts, außer einem weiteren Beweis für Susans überbordende Fantasie, zu finden – aber als sie um das letzte Regal herum zu dem Tisch ging, von dem sie wusste, dass er sich dort befand, spürte sie, wie ihr Körper zum Stillstand kam und ihr Herzschlag heftig gegen ihre Kehle pochte.

Da war ein Ork. In der Bibliothek.

Er saß am Tisch, den dunklen Kopf über ein aufgeschlagenes Buch gebeugt, das Gesicht im Schatten verborgen, aber seine Größe und die tiefgraue Farbe seiner Haut waren nicht zu übersehen. Oder – Rosa erschauderte am ganzen Körper – die langen, spitzen schwarzen Krallen an seinen Fingerspitzen, von denen eine langsam und lässig zur nächsten Seite in seinem Buch blätterte.

Rosa konnte sich ein erschrockenes, ersticktes Keuchen nicht verkneifen, und bei diesem Geräusch blickte der Ork auf. Sein Gesicht war hart und finster, seine Knochen kantig und unnachgiebig, sein Mund eine grimmige, dünne Linie. Und seine Augen waren tiefschwarz, mit langen Wimpern blinzelnd. Bei ihrem Anblick schlug Rosas Hand an ihr Herz und ihre Füße stolperten und taumelten rückwärts.

Da war ein Ork. In der Bibliothek. Und las ein *Buch*.

Ohne es zu wollen, spürte Rosa, wie sie sich umdrehte und durch die Regale zurückeilte. Zurück zu Susan und in die Sicherheit, wo die Welt noch einen Sinn ergab. Wo Orks keine Bücher in Bibliotheken lasen.

»Und?«, fragte Susan, als sie Rosa erblickte. »Was ist passiert? Hast du ihm gesagt, er soll gehen?«

Rosas Gehirn schien in einem Nebel gefangen zu sein, der sich ziellos im Kreis drehte, und sie griff nach dem Buch, das sie mit Sehnsucht unter dem Verleihtisch verstaut hatte. Es hieß *The Lady Bright* – ein durch und durch vergnügliches Abenteuer, bis Rosa es zugunsten von Lord Kaspars Projekt hatte abbrechen müssen – und sie drückte es an ihre Brust, atmete den vertrauten, beruhigenden Duft von Papier, Tinte und Staub ein. Da war ein Ork. In ihrer Bibliothek. Und las ein *Buch*.

»Nein«, sagte sie und ihre Stimme klang merkwürdig hohl. »Er hat ... *gelesen*.«

»Na und?«, konterte Susan, noch streitlustiger als zuvor, und deutete an, dass ein Ork, der las, vermutlich genauso unangebracht war wie einer, der herumlief und mordete. »Warum hast du ihm nicht gesagt, wohin er gehen soll? Soll ich doch die Wache rufen?«

Die Panik stieg wieder in Rosas Brust, und sie umklammerte das Buch fester. Nein. Es durfte keinen Kampf geben, der Ork musste gehen, egal, ob er gerade las oder nicht. Er musste gehen.

Sie wirbelte wieder zu den Stapeln und hielt *The Lady Bright* dicht an ihre Brust, als könnte sie sich damit vor den Launen eines lesenden Orks schützen. Wer hätte je gedacht, dass Orks lesen konnten, aber vielleicht tat er nur so und wartete, bis Rosa allein war. Und dann würde er sie überwältigen, in eine Falle locken, beißen und wegtragen. Oder schlimmer noch, er würde verlangen, dass sie ihre Forschungen aufgab und ihre Chancen, eine echte Gelehrte zu werden, für immer ruinieren ...

Aber als Rosa wieder vor dem Ork zum Stehen kam und ihr Kinn anhob, schien er nicht im Geringsten daran interessiert zu sein, sie zu bezwingen, zu fangen oder zu entführen. Tatsächlich schien er sich überhaupt nicht für sie zu interessieren, sondern blickte nur stirnrunzelnd auf sein Buch und blätterte mit einer scharfen schwarzen Kralle eine weitere Seite um. Diesmal biss er sich auf die Lippe, wobei ein spitzer weißer Fangzahn zum Vorschein kam, und Rosa konnte sich einen verstohlenen, missbilligenden Blick auf den Buchrücken nicht verkneifen. Es war wirklich ein bisschen übertrieben, dass ein Ork eine junge, blonde, attraktive Frau, die zudem noch über den Untergang seines Volkes forschte, völlig ignorierte, um – *Antidotarium und andere medizinische Rezepte* zu lesen?

»Entschuldigt«, sagte Rosa schließlich und ihre Stimme klang heiser. »Sir.«

Die schwarzen Augen des Orks blickten wieder auf, eine Furche zwischen ihnen, und er ließ das Buch leicht sinken. »Ja, Frau?«

Seine Stimme war tief und sanft und löste in Rosas Bauch ein seltsames Ziehen aus, und sie nahm einen weiteren tiefen Atemzug ihres Buches, das sie immer noch fest an ihre Brust drückte. »Ich fürchte«, sagte sie, »ich muss Euch bitten, diese Bibliothek sofort zu verlassen.«

Die Furche zwischen den Augenbrauen des Orks vertiefte sich und er legte sein Buch auf den Tisch – und achtete, wie Rosa aus der Ferne bemerkte, darauf, dass seine Klaue an ihrem Platz auf der Seite blieb. »Warum muss ich gehen?«, entgegnete er und seine tiefe Stimme klang mit einem schwachen, unbekannten Akzent. »Hier liest doch sonst niemand, und ich tue niemandem etwas zuleide.«

Rosa schnappte nach Luft, um einen vernünftigen Gedanken zu fassen. »Diese Bibliothek«, stieß sie hervor, »ist für *Menschen* bestimmt.«

Der Ork verzog verächtlich die Lippen und legte noch mehr von seinem spitzen weißen Fangzahn frei. »Diese Bibliothek war für die Menschen bestimmt«, sagte er, mit Betonung auf *war*. »Aber vor Kurzem habt ihr Menschen einen neuen Vertrag mit meiner Art geschlossen. Dieser Vertrag besagt, dass Orks alle öffentlichen Orte in der Provinz Sakkin frei betreten und nutzen dürfen, vorausgesetzt, sie halten sich dabei an alle geltenden menschlichen Gesetze und Gepflogenheiten.«

Das war ein direktes Zitat aus dem schriftlichen Vertrag, stellte Rosa mit gerunzelter Stirn fest und kämpfte darum, ihre verwirrten Gedanken in den Griff zu bekommen. Die Bibliothek war technisch gesehen für alle Menschen zugänglich, ja, solange sie keine Bücher entwendeten, aber die Dusbury Universität würde *nicht* befürworten, dass ein Ork ihre Bibliothek benutzte, Vertrag hin oder her. Und trotz seines Forschungsprojekts wäre Lord Kaspar der lauteste Gegner von allen. Er wäre schockiert und entsetzt, er würde Rosas Urteilsvermögen und ihre Vernunft anzweifeln, egal wie gut ihre Forschungen waren, und sie würde ihre Chancen, eine Studentin zu werden, verspielen, bevor sie überhaupt gestartet waren ...

Und das Schlimmste war, dass Rosa damit auch ihren Job in der Bibliothek wegwerfen würde. Sie würde sich als ungeeignet, unfähig und viel zu dumm erweisen, um eine solch wertvolle Sammlung angemessen zu bewachen. Und selbst wenn sie den besten Mund im ganzen Land hätte, würde das nichts nützen, wenn Lord Kaspar davon erfuhr.

Rosa kniff die Augen zusammen und versuchte, die immer schneller werdenden Visionen ihrer ruinierten Zukunft zu verdrängen – aber der Ork sprach einfach weiter, jetzt mit kaum verhüllter Verachtung. »Ist diese Bibliothek kein öffentlicher Ort? Und halte ich mich nicht an eure Gesetze und Gepflogenheiten?«

Die Panik schoss immer lauter durch Rosas Gehirn und sie riss die Augen auf, um in das kantige graue Gesicht des Orks zu starren. »Nun«, brachte sie heraus, »Ihr seid eingebrochen, als wir geschlossen hatten. Die Tür war verschlossen. Und Einbruch«, sie holte tief Luft, »ist illegal. Das war's. Du hast gegen das Gesetz verstoßen, und wie in der Vereinbarung festgelegt, musst du jetzt gehen.«

Der letzte Satz klang wie eine rachsüchtige Genugtuung, aber Rosas Triumph war nur von kurzer Dauer. Denn anstatt sofort zu argumentieren oder zu gehen, zuckte der Ork sichtlich zusammen und krallte seine Klauen in die Seite seines noch offenen Buches.

»Ach«, sagte er. »Du schließt diese Bibliothek nachts ab? Und dieser Riegel an deiner Tür war tatsächlich als *Schloss* gedacht?«

Rosa nickte entschlossen, woraufhin der Ork erneut zusammenzuckte und nun stirnrunzelnd auf sein Buch blickte. »Dieses Schloss«, sagte er barsch, »würde niemanden fernhalten. Du solltest einen so unbezahlbaren Ort wie diesen besser bewachen.«

Seine Krallenhand machte eine fließende Bewegung in Richtung des restlichen Raums, und seine Augen blickten wieder zu Rosa, als wäre sie persönlich für ein so großes Fehlverhalten verantwortlich. Eine Unterstellung, die Rosa zutiefst verärgerte, und sie richtete sich auf und blickte in sein missbilligendes Gesicht hinunter. Genug mit den Höflichkeiten.

»Auch wenn es dich nichts angeht, Ork«, schnauzte sie, »seit ich hier arbeite, fordere ich eine neue Tür und bessere Schlösser. Und auch bessere Maßnahmen zur Vermeidung von Bränden und Überschwemmungen. Aber was ich will, zählt hier nicht viel, und wenn mein Schutzherr herausfindet, dass ich einem Ork erlaube, in der Bibliothek zu lesen«, sagte sie mit brüchiger Stimme, »verliere ich meinen Job hier und wahrscheinlich auch den gesamten Zugang zur Bibliothek. *Für immer*.«

Das Stirnrunzeln des Orks verschwand nicht – im Gegenteil, es wurde sogar noch tiefer – und er blickte auf sein Buch hinunter und dann wieder zu Rosa hinauf. »Dann wirst du also euren eigenen Vertrag brechen«, sagte er mit harter Stimme. »Du wirst also bewaffnete Männer herbeirufen, und sie werden mich von meinem Buch entfernen, nur damit dein ... *Schutzherr* ... zufrieden mit dir ist.«

Hinter Rosas Augen pochte es. *Würde* sie den Vertrag brechen, ihre kostbare Bibliothek der Zerstörung aussetzen, um diesen Ork von seinem Buch zu vertreiben? Ein echter, tatsächlich lesender Ork, der Rosa direkt in den Schoß gefallen war, kurz nachdem sie den Auftrag erhalten hatte, die Schwächen der Orks zu erforschen ...

Ihre Gedanken schweiften zurück zu dem Stapel an Literatur auf dem Verleihtisch, darunter die achtzehn Bücher, die sie bereits vollständig gelesen hatte, sowie viele weitere Schriften und Abhandlungen. Und abgesehen von gelegentlichen Abweichungen – meist in den Worten einer angeblich unzuverlässigen weiblichen Zeugin – waren sich alle Quellen einig, dass Orks gewalttätig, böse und verdorben waren. Blutrünstige, zügellose, entführende Kriegstreiber, die sich nur allzu gern auf ihre ahnungslosen Opfer stürzten, um sie zu fangen und zu schänden, wie es ihnen gefiel...

Aber dieser Ork blickte wieder sehnsüchtig auf sein Buch hinunter und fuhr mit seinem Krallenfinger langsam und ehrfürchtig über die Seite. Zum ersten Mal kam Rosa der Gedanke, sich nach Waffen umzuschauen – Orks waren doch immer übermäßig bewaffnet, nicht wahr? –, aber ein kurzer Blick auf seinen massigen, sitzenden Körper offenbarte nichts dergleichen. Seine beigefarbene Tunika lag eng an, war am Hals geschnürt und betonte die breiten Schultern und die flache Taille. Seine Hose, die Rosa gerade noch sehen konnte, war mit einer Schnur zusammengebunden, und es waren keine Waffengurte oder Schwertgriffe zu sehen. Nur ein Hauch von seinen kräftigen Schenkeln, die unter dem Tisch ruhten, und Rosa spürte, wie sie schwer schluckte und ihren Blick unangenehm auf sein immer noch verkniffenes Gesicht richtete.

»Nun, Frau?«, fragte er mit noch mehr Verachtung als zuvor. »Wirst du deine Männer rufen?«

Rosas Kehle gab ein Geräusch von sich, das einem Knurren nicht unähnlich war, und sie rieb sich den schmerzenden Kopf. »Hör zu, bist du bewaffnet? Hast du ein Schwert? Eine Axt? Einen Streitkolben?«

Der Ork blinzelte einmal, bevor sich sein Gesicht wieder in sein Stirnrunzeln legte. »Nein«, erwiderte er schnippisch. »Ich würde keine Waffen in eine Bibliothek mitnehmen. Ein Kampf hier könnte viele unbezahlbare Bücher gefährden.«

Nun. Rosa spürte, wie ihre Schultern nachgaben, und sie warf einen kurzen, unruhigen Blick über die Schulter zu Susan, die hoffentlich immer noch außer Hörweite war. Rosa musste Lord Kaspar beeindrucken. Sie musste bei diesem verdammten Forschungsprojekt erfolgreich sein. Und das – vielleicht war das hier eine gute Gelegenheit. Oder sogar ein Geschenk der Götter. Ein echter Ork, hier in ihrer Bibliothek, genau dann, wenn sie ihn am meisten brauchte ...

»Na gut, *von mir aus*«, sagte sie zu dem Ork und senkte ihre Stimme. »Bleib, wenn du willst. Aber du musst umziehen. Da hinein.«

Sie deutete auf eine verschlossene Tür in der Nähe – den Eingang zu Lord Kaspars Hinterzimmer – und der kurze überraschte Blick des Orks wurde sofort durch Misstrauen ersetzt. »Du beabsichtigst, mich dort einzusperren«, konterte er, »und rufst dann deine Männer.«

Bei allen *Göttern*, dieser *Ork*! Rosa rollte mit den Augen und erntete als Antwort ein merkwürdiges, sichtbares Zusammenzucken seines großen Körpers. »Nein, Ork«, schoss sie zurück. »Ich möchte, dass du nicht gesehen wirst. Wenn jemand anderes hier hereinkommt und dich sieht, wirst du gehen müssen, ob ich es nun will oder nicht. Das verstehst du doch sicherlich?!«

Die Augen mit den langen Wimpern blinzelten, aber er sagte nichts. Und als Rosa verärgert zur Tür winkte, schob er schließlich seinen Stuhl zurück, nahm sein Buch in die Hand und erhob sich geschmeidig auf die Füße.

Und ... für einen kurzen Moment war es, als würde der Raum erstarren und sich an seinem bizarren, unerklärlichen Anblick sattsehen. Ein großer, breiter, grauhäutiger Ork mit langem, geflochtenem Haar, hartem Gesicht, kantigem Kiefer und *spitzen Ohren* stand Rosa gegenüber, hielt ein Buch in seinen Klauen und schaute sie mit tiefgründigen, schwarzen Augen an.

Zum ersten Mal am heutigen Tag wurde sich Rosa ihres eigenen Erscheinungsbildes so richtig bewusst. Sie war bis spät in die Nacht aufgeblieben, um zu recherchieren, und hatte heute Morgen nur Zeit gehabt, sich schnell zu waschen und anzuziehen – und zwar eines ihrer eigenen schäbigen, bequemen Kleider und nicht die schicken, eng anliegenden, die ihr Lord Kaspar zur Verfügung gestellt hatte –, bevor sie im Regen zur Arbeit geeilt war. Das bedeutete, dass ihr langes blondes Haar immer noch nass und strähnig war, ihr Kleid sackartig und zerknittert ... Aber warum dachte sie so etwas, er war nicht Lord Kaspar, er war ein *Ork* ...

»Geh rein«, stieß sie hervor, und schließlich, den Göttern sei Dank, drehte sich der Ork um und bewegte sich. Er öffnete den Riegel des Zimmers mit einer leichten Handbewegung und schritt mit langen, anmutigen Schritten hinein, bevor er die Tür hinter sich schloss.

So blieb Rosa allein am Tisch stehen, atmete tief ein und drückte ihr Buch noch fester an ihre Brust. Es war in Ordnung. Sie hatte die Situation im Griff. Das war eine *Gelegenheit*.

Und als sie wieder auf Susan zuging, war es fast ein

Leichtes, ihr misstrauisches Gesicht zu belächeln und *The Lady Bright* auf den Tisch zu legen. »Es hat tatsächlich funktioniert«, sagte sie so fröhlich wie möglich. »Er ist weg. Ich habe ihn durch die Hintertür hinausgeschickt, um dich nicht weiter zu beunruhigen.«

Susans Erleichterung war so groß, dass sie den Staubwedel fallen ließ, und als sie ihn schließlich aufhob, war sie schon wieder ganz die Alte und schnatterte fröhlich vor sich hin. Sie plapperte darüber, was Rosas Nachbarn wohl sagen würden, wenn sie hörten, dass sie einen *Ork* gesehen hatte. Ob er wirklich so getan hatte, als könne er lesen, und ob Rosa es geschafft hatte, ihren Duft nicht zu verbreiten, damit der Ork ihr nicht nach Hause in die Herberge folgen und sie anschließend entführen konnte?

»Oh, ich glaube nicht, dass er auch nur im Geringsten an mir interessiert war«, sagte Rosa, wobei ihre Stimme seltsam flach klang. »Er interessierte sich nur für sein Buch. Ein *Antidotarium*.«

Susan gackerte und protestierte dagegen und erinnerte freundlich an die vielen Männer, die sich Hals über Kopf in Rosa verguckt hatten, und wenn Lord Kaspar doch nur nicht so sehr mit Lady Scall verstrickt wäre, hätte Rosa vielleicht doch noch eine Chance, ihn für immer an Land zu ziehen, oder?

Rosa verschwendete keine Zeit damit, Susan von dieser Illusion abzubringen, sondern nickte und lächelte in den entsprechenden Pausen. Bis Susan schließlich aufhörte zu reden, sich verabschiedete und die Tür mit einem selbstzufriedenen Knall hinter sich schloss.

Und endlich – *endlich* – war es still. So still, dass Rosa endlich wieder durchatmen konnte, obwohl sie sich des geschlossenen Hinterzimmers mit dem großen, beunruhigenden Ork darin nur allzu sehr bewusst war. In ihrer Bibliothek. Während er ein *Buch* las.

Aber es gab kein wirkliches Zeichen von ihm, nur die Stille, die sich weit und nah und vertraut ausbreitete. Es würde ein ruhiger Tag werden, bei dem unangenehmen Wetter draußen, und Lord Kaspar würde sicher noch mindestens zwei Wochen weg sein.

Und in der Zwischenzeit würde Rosa einen Plan für diesen Ork schmieden. Sie würde Lord Kaspar beeindrucken. Und koste es, was es wolle, sie würde diesen verdammten Krieg auslösen.

4

Rosa verbrachte den Rest des Vormittags damit, an dem Verleihtisch zu arbeiten und einen Plan zu entwerfen.

Sie musste ihre Quellen und deren nutzlosen, nicht belegbaren Blödsinn hinter sich lassen. Es hatte bereits einen endlosen Krieg zwischen Orks und Menschen gegeben, der von all diesen müden, altbekannten Behauptungen angetrieben wurde – und so sehr Rosa es auch hasste, das zuzugeben, Lord Kaspar hatte recht. Um einen neuen Krieg zu beginnen, brauchte er etwas Neues. Schwachstellen, hatte er gesagt. Skandale. Schockierende Gräueltaten. Etwas, das überzeugend genug war, um eine große Rebellion anzuzetteln.

Und es war natürlich nicht so, dass dieser Ork solche vernichtenden Informationen auf dem Silbertablett servieren würde. Aber Rosa konnte es versuchen. Sie konnte versuchen, ein Gespräch zu führen. Eine Beziehung aufbauen. Die Orks fühlten sich angeblich zu Frauen hingezogen, wollten Frauen – und Rosa hatte viel Erfahrung darin, mächtigen Männern genau das zu geben, was sie wollten. Oder etwa nicht?

Als sie ihr Blatt mit ihrer zunehmend verkrampften Schrift gefüllt hatte, fühlte sich ihre Hand zittrig und klamm an, und ihr Herz schlug unregelmäßig gegen ihre Rippen. Aber sie nickte, als sie ihre ordentliche Niederschrift überflog, und wiederholte im Geiste die wichtigsten Punkte. Zuerst eine Vorstellung. Und dann das Angebot, zu helfen. Und dann vielleicht eine Teilwahrheit über ihre Nachforschungen zugeben und um Hilfe bei einigen nicht beleidigenden Fragen bitten. Und dann ...

Mit zitternden Fingern legte sie den Federkiel beiseite und griff wieder nach *The Lady Bright* und drückte das Buch fest an ihre Brust. Es war ein guter Plan. Es war das Beste, was man unter den gegebenen Umständen erwarten konnte. Es war eine Gelegenheit.

Sie drehte sich um und ging mit schnellen Schritten auf das Hinterzimmer zu, den Blick auf den Boden gerichtet, während ihr Herzschlag noch lauter in ihren Ohren widerhallte. Und bevor sie die Nerven verlor, hob sie die Hand und klopfte fest an die noch geschlossene Tür.

»Hallo?«, rief sie. »Bist du noch da drin?«

Als Antwort ertönte ein Geräusch, das einem Grunzen ähnelte, also ließ Rosa die Tür zurückschwingen. Sie fand den Ork wieder sitzend und lesend vor, dieses Mal an dem kleinen Tisch unter dem schmalen Fenster des Zimmers.

Sein großer Körperbau wirkte im Vergleich zum Tisch fast schon skurril, und er schien ziemlich unsicher auf dem Stuhl zu hocken –, aber irgendwie schaffte er es trotzdem, diese Pose leicht, gelassen und entspannt aussehen zu lassen. Er hatte sein Buch noch nicht zu Ende gelesen, vielleicht gerade mal die Hälfte, und er las immer noch konzentriert, wobei seine Augen gleichmäßig über die aufgeschlagene Seite glitten.

Nachdem der erste Schock überwunden war, musste Rosa zugeben, dass auch sein Aussehen überhaupt nicht mit den Beschreibungen ihrer Quellen übereinstimmte. Orks sollten hässlich, gekrümmt, füllig und zerschlagen aussehen. Ihre Haut sollte rau und vernarbt sein, ihr Haar struppig und verfilzt, ihr Körper plump und grob und abstoßend.

Aber dieser Ork – Rosas Augen huschten an seiner sitzenden Gestalt auf und ab – hatte nichts von alledem. Sein Gesicht war kräftig und kantig und sah markant aus, ja, sein geflochtenes Haar war lang und schwarz, seine Haut hatte eine beunruhigende graue Farbe, aber alles war glatt und ausgeglichen, ohne Narben oder Krankheitszeichen. Seine Nase war gerade, sein Kiefer kantig, seine Ohren liefen zu eleganten Spitzen zusammen, die sich von seinem dichten, glänzenden Haar abhoben.

Und trotz seiner Größe war sein kräftiger Körper geradezu perfekt geformt, breit und stark, und die harten Muskelstränge waren unter dem dünnen Stoff seiner Tunika deutlich sichtbar. Rosa stellte fest, dass ihr Blick zuerst auf seinen Unterarmen und Handgelenken und dann auf seinen zu großen Händen verweilte. Sie bemerkte, wie lang und anmutig diese Krallenfinger waren, während sie das Buch zwischen ihnen schlossen und wieder darauf achteten, die Seite nicht zu verlieren.

Tief in Rosas Bauch regte sich etwas, das stark genug war, um ihr ein leises, heißes Keuchen zu entlocken – und als ihr Blick schließlich mit Verspätung zum Gesicht des Orks hinaufschweifte, wurde ihr plötzlich, unvermittelt bewusst, dass er es *wusste*. Vielleicht *befürwortete* er es sogar, denn sein scharfer Zahn war gerade noch so an seiner Lippe zu erkennen und seine schwarzen Augen fuhren schnell und intensiv an Rosas befangenem, zitterndem Körper auf und ab.

Doch dann wanderte der Blick des Orks auf unerklärliche Weise zielstrebig durch den kleinen Raum zu Lord Kaspars leerem Feldbett. Er verweilte dort für einen langen, bebenden Moment, bevor er wieder zu Rosa zurückglitt. Diesmal war in seinen Augen nur entschlossene Vorsicht zu erkennen, vielleicht sogar Missbilligung.

»Frau«, sagte er mit flacher Stimme. »Was verlangst du dieses Mal?«

Er sprach so, als ob Rosa ihn schon den ganzen Morgen

belästigt hätte, und sie suchte im Geiste nach Fassung, nach ihrem Plan. »Wir haben uns noch gar nicht angemessen vorgestellt, oder?«, sagte sie mit einem Versuch eines Lächelns. »Hallo, ich bin Rosa. Rosa Rolfe.«

Der Ork sah sie nur stirnrunzelnd an, und sie konnte sehen, wie er mit seiner Klaue leicht irritiert auf sein geschlossenes Buch tippte. »Und?«, fragte er. »Ist das alles, was du anzusprechen wünschst?«

Rosas eigene Verärgerung kehrte bereits mit voller Wucht zurück, und sie drückte *The Lady Bright* fester an ihre Brust. »Nein, natürlich nicht«, antwortete sie, so sanft wie sie konnte. »Es ist auch meine Aufgabe, die Besucher dieser Bibliothek zu beaufsichtigen. Ich musste mich vergewissern, dass du dich immer noch an unsere Regeln hältst.«

»Sonst wirst du deine Männer rufen, damit sie mich töten«, sagte der Ork trocken. »Nun gut, Frau. Ich sitze hier, wie du es von mir verlangt hast, und lese. Entspricht das nicht euren *Regeln*?«

Rosas Mund öffnete und schloss sich nutzlos, und sie warf einen hilflosen Blick in den kleinen Raum mit dem Feldbett und dem Regal von Lord Kaspars privaten Büchern. Sie sollte nicht einmal ohne ihn hier sein, und schon gar nicht sollte ein *Ork* ohne ihn hier sein. Götter! Sie musste sich zusammenreißen, sich auf den Plan konzentrieren, das war ihre Gelegenheit...

Der Ork sah sie immer noch stirnrunzelnd an, die Missbilligung in seinen dunklen Augen war immer noch viel zu deutlich, und Rosa atmete die zu warme, seltsam süßlich riechende Luft des Raumes ein. »Nun«, sagte sie, »Ähm. Ich ... hatte gehofft, dass du es vielleicht dulden würdest, wenn ich dich kurz unterbreche? Um zu plaudern?«

Die Augen des Orks starrten sie weiter an, und seine Lippen bildeten eine leichte, spöttische Falte. »Machst du das nicht schon?«, fragte er. »Hast du noch mehr *Unterbrechungen* zu erledigen?«

Rosas Gedanken schweiften unangenehm ab, und sie umklammerte ihr Buch fester. »Ja, das tue ich«, sagte sie, wobei ihre Stimme nur leicht schwankte. »Ich habe in letzter Zeit einiges über Orks gelesen und ich habe mich gefragt, ob du mir vielleicht ein paar allgemeine Fragen beantworten könntest?«

Die Augen blinzelten einmal, und Rosa entging nicht, dass sich die große, krallige Hand gegen sein Buch presste. »Fragen«, wiederholte er. »Wozu?«

Rosa bemühte sich, ihr strahlendstes, unschuldigstes Lächeln aufzusetzen. »Um meine Neugierde zu befriedigen«, sagte sie. »Über eure Kultur, eure Geschichte, eure Heimat. Das ist alles sehr faszinierend, und die Quellen in unserer Bibliothek sind zu einseitig, und wir Menschen sind im Allgemeinen erschreckend unzureichend über Orks informiert.«

Sie sprach sehr schnell, ihre Stimme wurde lauter, und der Ork runzelte nur noch fester die Stirn und wies mit seiner großen Hand vage auf die Bibliothek um sie herum. »Bist du nicht diejenige, die daran schuld ist, dass diese Bibliothek mit diesen einseitigen *Quellen* gefüllt ist?«, fragte er. »Warum muss ich dein Versäumnis korrigieren? Deine Menschen – und deine *Neugier* – wären viel besser bedient, wenn du dich mehr anstrengen würdest, diese Bibliothek zu verwalten.«

Rosas Mund fiel auf, aber sie klappte ihn wieder zu, bevor ihre Erwiderung aus ihm heraussprudeln konnte. »Ich bin nicht allein für dieses Versäumnis verantwortlich«, sagte sie knapp. »Die Aufgabe, die Sammlung der Bibliothek aufzubauen, liegt bei der Universität, dem Direktor der Bibliothek und meinem Schutzherrn.«

Der Blick des Orks war auf unerklärliche Weise wieder zu Lord Kaspars Feldbett hinübergeschweift und dann wieder zu Rosa. Sein Blick war noch missbilligender und verächtlicher als zuvor, und tief in seiner Kehle war ein leises Knurren zu hören.

»Und du hast keinen Einfluss auf deinen *Schutzherrn*?«,

fragte er barsch. »Sprich nicht falsch zu mir, Frau. Der Duft deiner Paarung mit diesem Mann erfüllt diesen Raum, ja sogar die gesamte Bibliothek.«

Was? Rosas Gesicht errötete plötzlich stark und ihr Herz klopfte unangenehm. Ihre Augen fielen hilflos auf das Feldbett zurück und sie dachte an all die Dinge, die sie und Lord Kaspar dort getan hatten. Mochten die Götter sie dafür *verfluchen*, dass sie diesen Ork hier reingesteckt hatte, sie hätte wissen müssen, dass er solche Dinge riechen würde, denn all diese verdammten Quellen hatten nicht einmal *angedeutet*, dass eine solch entsetzliche Tatsache ...

»Mein Privatleben«, knirschte sie, »geht dich nichts an, Ork.«

Die Verachtung flammte wieder in seinen Augen auf und mit ihr so etwas wie Zufriedenheit. »Nein«, sagte er. »Und deshalb geht dich meines auch nichts an, Frau.«

Rosa konnte anscheinend nur dastehen und starren, während ihr die Scham und die Frustration durch den Kopf schossen. Dieser schreckliche Ork urteilte über sie. Er verhöhnte sie. Und noch schlimmer – sie schluckte und hob eine Hand, um sich die schmerzende Schläfe zu reiben – er weigerte sich, ihr zu helfen. Oder etwa nicht?

»Du willst also keine meiner Fragen beantworten?«, brachte sie hervor, wobei ihre Stimme schwach und fast klagend klang. »Nicht einmal ein paar? Nicht einmal, um ein paar Missverständnisse über dein Volk zu korrigieren?«

Etwas Dunkles und Gefährliches schien sich in der Gestalt des Orks festzusetzen, und das Lächeln, das sich um seinen Mund kräuselte, war kalt, rachsüchtig und grausam. Das Lächeln eines Tieres, einer Bestie, eines *Monsters*.

»Nein, du törichte, dumme, *nutzlose* kleine Frau«, knurrte er. »Das werde ich nicht. Und wenn du wirklich eine Hilfe für meine Art sein willst, dann solltest du sofort verschwinden und mich in *Ruhe* lassen!«

5

R osa stürmte in blinder, bitterer Wut zurück zum
Verleihtisch.

Wie konnte ein Ork es *wagen*, sie so zu
verhöhnen und zu beleidigen? Wie konnte er es wagen, so
unhöflich mit ihr zu sprechen, nachdem sie ihm so freundlich
erlaubt hatte zu bleiben? Wie konnte er es wagen, sie für die
Entscheidungen einer ganzen Universität verantwortlich zu
machen, wo sie doch nicht einmal eine gottverdammte
Studentin sein durfte.

Sie schlug den Einband des nächstgelegenen Buches auf –
Orks laufen Amok – und begann wütend zu lesen. Dabei
kämpfte sie gegen den aufkommenden, übermächtigen Drang
an, entweder das Buch quer durch den Raum zu schleudern
oder zurückzugehen und diesem schrecklichen Ork ins
Gesicht zu schreien.

Ich bin nicht töricht, wollte sie ihn anschreien. *Ich bin nicht
nutzlos. Ich mache nur meinen verdammten Job.*

Aber nein. *Nein.* Sie würde an Ort und Stelle bleiben,
weiter lesen und Lord Kaspars schockierende Gräueltaten
finden. Sie würde ihm seinen Krieg beschaffen. Sie würde ihm

helfen, die Welt von grausamen, nervtötenden und furchtbar schlecht erzogenen Orks zu befreien.

Aber je länger sie las, desto verzweifelter und aussichtsloser kam es ihr vor. Es war alles derselbe Blödsinn, nur etwas anders formuliert, und schließlich klappte Rosa das Buch wieder zu und starrte auf ihren fein säuberlich geschriebenen Plan. Versuche, eine Verbindung herzustellen. Stell ein paar Fragen. Und dann ...

Sie zerknüllte den Plan zu einem festen Knäuel und riss ihn dann sicherheitshalber in Stücke – aber das Flüstern war immer noch da, leise und beängstigend in ihrem Schädel. Die Orks sollten Frauen mögen. Die Frauen waren die einzigen Ausnahmefälle in ihrer ganzen Forschung. Und ehrlich gesagt, war der Ork trotz seines abscheulichen Charakters nicht annähernd so hässlich und unsympathisch, wie sie erwartet hatte. Und so ...

Rosa kämmte sich mit zittrigen Händen durch ihr Haar und glättete die Vorderseite ihres schäbigen Kleides. Und dann ging sie wieder den Gang hinunter in Richtung Hinterzimmer, wobei jeder Schritt langsamer und schwerer war als der letzte. Wenn sie Erfolg hatte, würde sie eine Studentin werden. Eine richtige Studentin. Eine *Gelehrte*.

Diesmal wartete sie nicht auf eine Antwort auf ihr Klopfen, sondern öffnete einfach die Tür und stolzierte hinein. Zurück in die ruhige, wohlriechende Wärme, in die bereits niederschmetternde Wahrheit eines Orks, der immer noch am Lesen war und sie keines einzigen Blickes würdigte.

»Ich halte mich immer noch an deine Regeln«, sagte er distanziert und ließ seine Augen über die Buchseite gleiten. »Du hast deine *Arbeit* gut gemacht, Frau.«

Es war Sarkasmus, er *verspottete* sie wieder, und Rosa biss die Zähne zusammen, holte tief Luft und schritt dann tiefer in den Raum. Sie setzte sich auf Lord Kaspars Feldbett, wo sie ihre Knie zusammenpresste und ihre zitternden Hände dagegen presste.

»Dein Spott ist nicht willkommen, Ork«, sagte sie halblaut. »Ich habe dir einen Gefallen getan, indem ich dir erlaubt habe, hierzubleiben, obwohl mich das meinen Job kosten könnte. Es wäre also nur höflich, wenn du dich revanchieren würdest.«

Sie betrachtete das Profil des Orks, seine gerade Nase und den kantigen Kiefer, der sich unter seiner Haut abzeichnete. »Laut Gesetz habe ich das Recht, in dieser Bibliothek zu lesen«, konterte er, ohne sie anzusehen. »Ich bin dir nichts schuldig.«

»Du bist mir etwas schuldig«, schoss Rosa zurück, wobei die Frustration in ihrer Stimme mitschwang. »Du bist eingebrochen. Du hast das Gesetz verletzt.«

»Und deshalb muss ich mit dir tiefschürfende Wahrheiten über meine Artgenossen teilen?«, verlangte er, als er Rosa endlich wieder anschaute und seine Augen missbilligend funkelten. »Nun gut, Frau. Hier sind einige Wahrheiten für dich. Ich bin ein Ork. Ich lebe an dem Ort, den ihr Orkgebirge nennt. Ich habe scharfe Klauen, kräftige Fangzähne und spitz zulaufende Ohren. Dein Volk führt schon lange einen grausamen und ungerechten Krieg gegen das meine. Ich kann nicht einmal friedlich in einer Bibliothek lesen, ohne dass ich ausgefragt und getadelt werde. Ist meine Schuld dir gegenüber damit abgegolten?«

Rosas leerer Magen drehte sich unangenehm und sie schaute von seinem nervtötenden, stechenden Blick weg, zur gegenüberliegenden Wand. »Hör zu, ich versuche nicht, dich ... dich zu unterdrücken«, sagte sie und zuckte bei diesen Worten zusammen. »Ich bitte dich nur um deine Einblicke. Deine Hilfe.«

Aber selbst das klang hohl und brüchig auf ihren Lippen, und der Ork ihr gegenüber gab ein Geräusch von sich, das ein hartes und höhnisches Lachen hätte sein können. »Meine *Hilfe*«, wiederholte er. »Ich verstehe nicht, warum ich dir die freiwillig gewähren sollte.«

Rosa biss sich auf die Lippe und starrte auf ihre Knie. Sie

konnte das tun. Was auch immer getan werden musste, um eine Studentin zu werden. Eine echte Studentin. Eine Gelehrte.

»Ich könnte eine Bezahlung anbieten«, sagte sie in Richtung ihrer Knie. »Falls das ein Anreiz sein könnte.«

Einen Moment lang herrschte eine leere, rasende Stille, und als Rosa einen Blick nach oben riskierte, starrte der Ork sie wieder mit ungläubigem Blick an. »Welche Art von Bezahlung?«, fragte er. »Ich rieche weder Gold noch Schmuck in dieser Bibliothek, und auch kein Essen. Was könntest du mir anbieten? Waren? Bücher?«

Beim letzten Wort legte er den Kopf schief und sein Blick fiel auf das kleine Bücherregal von Lord Kaspar, fast so, als würde er tatsächlich einen Tausch in Erwägung ziehen – und Rosa wedelte hektisch mit den Händen und warf ihren Kopf hin und her.

»Nein!«, antwortete sie. »Keine Bücher, natürlich nicht, die Bücher sind unbezahlbar, und es steht mir nicht zu, sie anzubieten. Ich könnte *niemals* einen Bücherdiebstahl zulassen. Ich meine ...«

Der Ork starrte sie wieder an, mit zusammengepressten Lippen und hochgezogenen Augenbrauen – Rosa schluckte den Kloß in ihrem Hals hinunter und krallte ihre zitternden Finger in ihre Knie. »Ich meinte«, fuhr sie fort, ihre Stimme war fast ein Flüstern, »ich könnte dir, ähm, Freude bereiten. Dir Befriedigung verschaffen. Ähm. Körperlich.«

Die Stille fühlte sich plötzlich wie ein Schlag an, rüttelnd und schmerzhaft zwischen ihnen – und noch schlimmer war das plötzliche, heisere Lachen des Orks. »Ach, Frau«, sagte er, knirschend und dünn. »Ich bin ein Ork, und du glaubst, ich würde alle Wahrheiten meiner Artgenossen für ein paar seichte Stöße in deinen schwachen kleinen Mund eintauschen?«

Rosas Gesicht brannte so sehr, dass sie ihre Hände hochnehmen musste, um sich die Wangen zu reiben. »Sie wären nicht seicht, ich bin gut im ...«, begann sie, bevor sie die

Augen fest zusammenkniff. »Ich meine, es könnte auch etwas anderes sein. Wenn dir das lieber ist.«

Noch mehr unverkennbares Erstaunen zuckte durch den viel zu kleinen Raum – und dann ein weiteres bellendes Lachen, laut und tief. »Du wünschst, dass ich mich mit dir *paare*?«, fragte er mit kalter, ungläubiger Stimme. »Du kannst doch nicht wirklich so dumm sein, kleine Frau?«

Rosa schluckte schwer, aber sie zwang sich, ihr Kinn zu heben und ihre Augen auf sein angespanntes, spöttisches Gesicht zu richten. Und sie konnte sehen, wie sich etwas in seinen dunklen Augen veränderte – und dann ein verräterisches Flattern seiner Nasenlöcher, ein leichtes Neigen seines Kopfes. Fast so, als ob er riechen würde, was in der Luft lag. Als ob er *sie* riechen würde.

Und für einen kurzen Moment lösten sich alle ihre Pläne und Ziele in Luft auf. Verloren im dunklen Schimmer dieser Augen, dem tiefen Einatmen dieser breiten Brust. Der langsame, unerklärlich fesselnde Anblick einer gewundenen schwarzen Zunge, die sich langsam über seine geöffneten, sinnlichen Lippen schob ...

Es war wie ein Zwang, eine unaufhaltsame Kraft, die Rosa auf ihre unsicheren Füße zog. Sie ging einen Schritt auf ihn zu und dann noch einen, bis sie dicht vor ihm stand und in seine schwarzen Augen mit den halb geschlossenen Lidern blickte. Und ihre Hand ... ihre Hand hatte sich irgendwie zwischen ihnen emporgehoben, ihre zitternden Finger schwebten durch die warme, süßlich duftende Luft – und kamen dann unweigerlich auf diesen warmen, geöffneten Lippen zur Ruhe.

Der Ork atmete noch einmal ein, seine langen Wimpern flatterten, und während Rosa wie erstarrt war und gefesselt zusah, fuhr die glitschige schwarze Zunge schnell und zielstrebig heraus, um sich um ihre Finger zu winden. Heiß und feucht und schockierend erregend, und in diesem Moment wollte sie nichts mehr, als ihre Finger zwischen seine

Lippen gleiten zu lassen und die Wärme seines feuchten, schönen Mundes zu spüren, der süß an ihrer Haut saugte ...

Die Welt zuckte und drehte sich auf einmal, sodass Rosa nach hinten taumelte, bevor heiße, starke Hände sie an den Schultern packten – und als sie wieder zu sich kam, stand sie zitternd neben dem Feldbett, während ein riesiger, bedrohlicher Ork über ihr thronte, seine Lippen fletschend, seine Augen blitzten voller Verbitterung und Wut.

»*Nein*, du hinterlistiger kleiner Mensch«, zischte er. »Du wirst mich nicht für deine eigenen Ziele benutzen. Ich mag ein Ork sein, aber ich bin kein Narr. Jetzt lass mich in Frieden. Wie ich es von dir verlangt habe. Immer und immer *wieder*.«

Rosa konnte ihn nur anblinzeln, während der Zorn in ihrem Schädel pulsierte und sich drehte. »Ich wollte dich nicht *benutzen*«, begann sie, und vielleicht war das sogar wahr – oder? »Ich wollte nur ...«

Dich, war sie drauf und dran zu sagen, und bei allen Göttern, was war heute mit ihr los, sie *wollte* keinen Ork, sie würde *niemals* einen Ork wollen, schon gar nicht einen so kalten und grausamen und furchterregenden wie diesen.

Aber die Leugnung kam nicht, nichts kam, und der lange Arm des Orks hatte sich erhoben und zeigte auf die Tür, langsam und zielstrebig, eine Drohung. »Es ist mir egal, was du willst, törichte Frau«, knurrte er. »Lass mich in Ruhe.«

Rosa konnte sich immer noch nicht bewegen, konnte nicht denken, seine Wut war ihre, sie beherrschte den Raum um ihn herum, sie verschlang sie bei lebendigem Leib ...

»Raus hier!«, brüllte er. »Sofort!«

Und den Göttern sei Dank, endlich wankten Rosas Füße zurück ins Leben – und mit einem scharfen, jämmerlichen kleinen Schrei rannte sie los.

6

Der Rest des Tages verging in einem zittrigen, nervösen Durcheinander. Rosa stand wieder an ihrem Platz hinter der Verleihtheke und kämpfte um Fassung, während ihr die Visionen von diesem Ork – seine liebkosende Zunge und sein lautes, wütendes Gebrüll – durch den Kopf wirbelten und scharrten.

Ich bin dir nichts schuldig. Du wirst mich nicht benutzen. Lass mich in Frieden. Wie ich es von dir verlangt habe, immer und immer wieder.

Die Worte fühlten sich so falsch an, so furchtbar unangenehm, fast so, als wäre Rosa *ihm* gegenüber die Angreiferin gewesen – aber das war sie nicht, oder? Er war ihr einen Gefallen schuldig. Es war nicht ihre Schuld, dass die Orks abscheuliche, entführende und mordende Monster waren, die Hunderte von Jahren gebraucht hatten, um ihren dummen Krieg zu beenden. Oder?

Aber Rosas Unbehagen wuchs mit jedem endlosen Augenblick, der verging, und mit der bedrückenden, frustrierenden Erkenntnis, dass sie es nicht einmal riskieren konnte, die Bibliothek zu verlassen. Auch ohne den Ork wurde von ihr erwartet, dass sie die vorgeschriebenen Geschäftszeiten einhielt, und Southall würde es sicher herausfinden – und Lord Kaspar melden –, wenn sie einen Moment zu früh schloss. Sie war hier gefangen, allein mit einem unhöflichen, vorwurfsvollen, furchtbaren Ork, bis die Nacht hereinbrechen würde.

Wenigstens gab es keine Studenten oder Besucher, mit denen sie sich herumschlagen musste, da es draußen immer noch regnete. Es gab also keine Unterbrechungen, keine Ablenkungen, keinen Grund, die Buchausleihe zu verlassen, und Rosa zwang ihre leeren, blinzelnden Augen dazu, endlich ein Buch durchzublättern, und dann noch eines. Sie las die Worte nur halb, Seite für Seite, immer mehr von diesem voreingenommenen Blödsinn, bis das Licht, das durch die Fenster fiel, langsam in der Dunkelheit verschwand.

Als schließlich die Sonne unterging – die genehmigte Sperrstunde – schloss Rosa ihr letztes Buch mit einem zittrigen, resignierten Seufzer. Es war das furchtbar geschriebene, furchtbar argumentierte Buch *Predigt gegen die üblen Machenschaften des Orks*, und so sehr sie im Moment auch der zornigen, altbekannten Rhetorik zustimmen wollte, war es doch nichts Neues. Nichts Überzeugendes. Und schon gar nichts, das schockierend genug wäre, um einen neuen Krieg auszulösen.

Sie legte das Buch vorsichtig auf den Stapel, straffte die Schultern und holte dann, zur Sicherheit, ihr Exemplar von *The Lady Bright* hervor. Und bevor sie es sich anders überlegen konnte, schritt sie in die hintere Ecke und stieß die Tür auf.

»Es wird Zeit, für die Nacht zu schließen«, verkündete sie in die schummrige, süßlich duftende Wärme. »Du musst gehen.«

In der Dämmerung war es schwieriger, den Gesichtsausdruck des Orks zu erkennen, aber sie konnte seine vertraute Missbilligung, die durch die Luft wirbelte, beinahe schmecken. »Warum muss ich gehen?«, erwiderte seine tiefe Stimme. »Ich möchte bleiben und weiter lesen.«

Rosas Kopf begann schon wieder zu schmerzen, aber sie

hielt sich aufrecht und drückte ihr Buch fester an ihre Brust. »Du kannst hier nicht allein bleiben«, sagte ihre unsichere Stimme. »Das ist gegen die Regeln. Du darfst die Regeln nicht brechen. Erinnerst du dich?«

Sie konnte gerade noch die schwarzen Augen erkennen, die sie im schummrigen Licht musterten. »Kannst du dann nicht auch hier bleiben«, sagte er, »während ich lese?«

»Nein«, schoss Rosa zurück, »das kann ich nicht. Ich habe dir heute schon viel zu viel Gastfreundschaft entgegengebracht. Ich bin müde, es ist Zeit zu schließen, und ich muss zurück in die Herberge und *schlafen*.«

Falls der Ork von solchen logischen Argumenten beeindruckt war, ließ er sich nichts anmerken, sondern schaute sie nur mit seinen unleserlichen Augen an. »Du kannst hier die Nacht durchschlafen«, sagte er und wies mit dem Kopf auf das Feldbett. »Ich kann riechen, dass du das schon oft gemacht hast, mit diesem Mann.«

Die Verachtung hatte sich wieder in seine Stimme geschlichen, und Rosa kämpfte das darauffolgende Aufflackern von zwanghaftem, zermürbendem Elend zurück. »*Nein*«, antwortete sie. »Und ehrlich gesagt, Ork, warum im Namen der Götter sollte ich dir ein solches Entgegenkommen gewähren, wenn du meine Freundlichkeit heute nur mit Verurteilung, Beleidigung, Aggression und Spott erwidert hast?!«

Ihre Stimme war ungleichmäßig, brüchig und klang, als ob die Taten dieses schrecklichen Orks heute aus irgendeinem lächerlichen, unerfindlichen Grund tatsächlich *geschmerzt* hätten. Bevor sie sich noch weiter verraten konnte, drehte sie sich um, ging zurück zum Verleihtisch und schlug ihr Buch darauf nieder. Sie würde ihm eine Viertelstunde Zeit geben, um zu verschwinden. Und das war alles.

Einen Moment lang war es still um sie herum, nur durchbrochen von Rosas heftigen Atemzügen – und dann, plötzlich, von dem unheimlichen, verräterischen Geräusch des knarrenden Bodens. *Direkt hinter ihr.*

Rosa wirbelte herum, viel zu spät, und sah sich wieder einmal dem Ork gegenüber. Nur dass dieses Mal kein rettender Tisch zwischen ihnen stand, kein beruhigendes Buch, stattdessen waren da nur – sie schluckte schwer – diese zu dünne beigefarbene Tunika, diese breiten Schultern und die kritischen schwarzen Augen, die auf sie herabblickten.

Götter, war der groß. Und Rosa war ohnehin noch nie eine große Frau gewesen, und in diesem schockierten, stockenden Moment kam die plötzliche Gewissheit auf, dass dieser Ork sie mit Leichtigkeit hochheben, wegtragen und in das Hinterzimmer sperren konnte, ob sie es wollte oder nicht ...

»Ich wünsche zu bleiben, Frau«, sagte er ruhig und bestimmend, als ob sein Tonfall die Sache entscheiden würde. »In diesen Büchern steht viel Wahres, das ich lernen muss, um es an meine Artgenossen weiterzugeben.«

»Daran hättest du vielleicht früher denken sollen«, entgegnete Rosa mit zittriger Stimme. »Bevor du beschlossen hast, mich anzuschreien, mich zu verspotten und zu *demütigen*!«

Der große Körper des Orks vor ihr zuckte seltsam und zwanghaft, und der dunkle Kopf neigte sich leicht. Und was sie am meisten beunruhigte, war die schwache, vertraute Andeutung einer langen, gewundenen Zunge, die sich kurz und dunkel von seinen geschwungenen, spöttischen Lippen abhob.

»Ach, kleine Frau«, sagte er langsam. »Ich habe heute deinen Stolz verletzt, weil ich dich so weggeschickt habe. Habe ich das nicht? Du dachtest, du wärst zu schön, als dass ein Ork dich zurückweisen könnte?«

Was? Rosa spürte, wie sie sich aufbäumte, ihre Schultern straffte und ihre Augen auf sein wütendes, attraktives Gesicht richtete. »Ich habe nur einen für beide Seiten vorteilhaften *geschäftlichen Handel* angeboten«, schnauzte sie. »Im Nachhinein betrachtet war das in der Tat ein törichter Fehler meinerseits. Du warst mir gegenüber nichts als unhöflich, beleidigend und streitlustig, und ich habe *nicht* den Wunsch, dir weitere Gefallen zu erweisen oder noch mehr Zeit in deiner abscheulichen, höchst unangenehmen Gegenwart zu verbringen!«

Die Augen des Orks musterten sie weiter, sein großer Körper war ihr immer noch viel zu nahe, und seine Mundwinkel zuckten nach oben, sodass ein scharfer weißer Zahn zu sehen war. »Ach, ich *habe* deinen Stolz verletzt«, sagte er mit einer kühlen, beleidigenden Genugtuung. »Ein niederer Ork hat nicht nur deinen Mund und deinen Schoß zurückgewiesen, sondern auch deine dummen Fragen. Das hat dich am meisten geärgert, nicht wahr, kleine Frau?«

Die ungerechte Härte dieses Satzes ließ Rosa für einen Moment zu lange zögern – und der Ork stieß ein leises, spöttisches Lachen aus. »Du wolltest von Blut, Tod und Grausamkeiten hören, nicht wahr?«, fuhr er fort, und seine Stimme klang sanft, fast schmeichelnd. »Du wolltest von einem todbringenden, dreckigen Berg voller schwarzer Armeen und menschlicher Schädel hören. Du wolltest von schreienden Frauen hören, die gezwungen wurden und nun anschwellen. Du wolltest«, sein Mund verzog sich, »eine düstere, furchterregende Geschichte hören, um in diesen dunklen Zeiten noch mehr Hass und Schwerter gegen mich und meine Artgenossen zu schwingen.«

Rosas Körper hatte sich noch weiter an den Schreibtisch gepresst – Moment mal, dieser verfluchte Ork konnte doch nicht wirklich *wissen*, wie weit sie recherchiert hatte, oder? – und es kostete sie fast ihre ganze Willenskraft, ihren Blick nicht über die Schulter zu ihrem Stapel von Quellen hinter sich schweifen zu lassen.

»Das habe ich nicht gewollt«, sagte sie, viel zu spät. »Ich wollte die *Wahrheit* wissen.«

Aus der Kehle des Orks ertönte ein weiterer spöttischer Laut, und in seinen bodenlosen Augen blitzte etwas Unangenehmes auf. »Sprich nicht falsch zu mir, kleine Frau«, zischte er. »Du suchst nicht nach der Wahrheit in dieser Sache. Glaubst du, ich habe diesen Haufen Lügen, den du so eifrig liest, nicht gesehen?«

Rosa zuckte zusammen, bevor sie sich zurückhalten konnte, und erntete ein weiteres unverschämtes Schnalzen des Orks. Und dann streckte er mit einer schnellen Bewegung seine große Hand hinter sie, direkt zu ihrem Forschungsstapel. Mit einer scharfen Klaue fuhr er über die ordentliche Kante des Stapels und raschelte dabei sanft an dem Papier und dem Pergament.

»Ihr Menschen wünscht euch diese Lügen«, sagte er. »Ihr wünscht euch einen Grund, um eure Grausamkeiten auszuüben. Ihr *wollt* Angst haben.«

Rosa wollte das nicht, natürlich nicht – aber dieser verdammte Ork sah irgendwie zu viel, wusste zu viel, und seine Augen fixierten die ihren mit einer konzentrierten, mächtigen Aufmerksamkeit. Und dann – Rosa schnappte laut nach Luft – hob sich die große Hand langsam wieder und strich mit einem warmen Finger sanft, vorsichtig, *über ihren Hals.*

Rosas ganzer Körper erstarrte augenblicklich und sie merkte, wie sie schluckte und ihre Kehle sich angesichts des verwegenen, verweilenden Fingers verkrampfte. Aber sie bewegte sich nicht und versuchte auch nicht, ihn wegzustoßen. Und Götter, er war so *groß* und so *nah* …

»Leugne es nicht, alberne Frau«, hauchte er, und das – *das* – war das unverwechselbare, erschütternde Gefühl der tödlichen Kralle seines Fingers, die sanft über die zarte Haut strich. »Die starken Düfte deiner Angst und deines Verlangens haben mich den ganzen Tag über umschwärmt. Du wünschst dir meine Nähe. Und du wünschst dir, Angst zu haben.«

Rosa öffnete den Mund, um etwas zu sagen, aber es kam nichts heraus, und der Finger strich weiter über ihren Hals, gemächlich und bedächtig. »So höre dies, Frau«, raunte er und seine Augen bewegten sich, flackerten kurz auf und beruhigten sich wieder. »Ich werde dir den Handel gewähren, um den du gebeten hast, aber zu *meinen* Bedingungen und nicht zu deinen. Wenn du mir erlaubst, hierzubleiben – heute Nacht und so viele weitere Nächte, wie ich wünsche – werde ich deine Angst *und* dein Verlangen sättigen.«

Er würde – *was*? Rosa konnte ihn nur anstarren, ihr Herz klopfte wie wild gegen ihre Brust, und falls sie noch unsicher gewesen war, was er meinte, wurde diese Unsicherheit durch das Gefühl des Fingers, der langsam seiner ganzen *Hand* wich, sofort beseitigt. Mit einer Bewegung, die eigentlich eine Drohung hätte sein sollen, sich aber wie etwas ganz anderes anfühlte, glitt seine Hand sanft und kraftvoll gegen ihre Kehle.

»Ich werde dir das nur einmal anbieten«, murmelte er. »Und du wirst meinen Samen hierbei nicht bekommen. Und du wirst schwören, dass du niemals einem anderen von mir oder dem, was wir getan haben, erzählst. Ach?«

Bei allen *Göttern*. »D-das ist doch absolut *lächerlich*, Ork«, stammelte Rosa und ihre Stimme klang erstickt angesichts der engen, erregenden und beängstigenden Berührung dieser Hand. »Hör zu, ich habe dir dieses Angebot nicht gemacht, weil ich *dich* wirklich wollte. Ich wollte nur – das *Wissen*. Und das war, *bevor* du dich als noch arroganteres, selbstgerechteres Arschloch erwiesen hast, als ich ohnehin schon dachte, dass du es bist.«

Einen Moment lang herrschte Stille – und dann das schockierende, markerschütternde Gefühl, als die Hand des Orks um ihre Kehle zudrückte, ganz leicht. Das entlockte Rosa ein heiseres, verstohlenes Keuchen und ließ die Hitze tief in ihren Bauch aufsteigen.

»Du lügst, Frau«, antwortete der Ork sanft. »Du hast dich nach mir gesehnt, seit dem ersten Moment, als ich vor dir stand. Das war alles, was ich in dieser Bibliothek gerochen habe, den ganzen langen Tag hindurch.«

Was zum Teufel? Rosa stotterte wieder und wehrte sich gegen die Berührung der Hand, aber ein weiterer sanfter Druck der Finger an ihrem Hals ließ sie wieder zur Ruhe kommen, und im schwachen Licht blitzten seine Augen seltsam auf.

»Du sollst mir keine Unwahrheiten mehr erzählen, Frau«, sagte er mit seiner seidigen, weichen und gefährlichen Stimme. »Ich habe viel über deine Art gelernt und lasse mich von diesen Lügen, Spielen und Tricks nicht täuschen. Ich will deine Bibliothek benutzen, du willst von einem furchterregenden Ork benutzt werden. Bleibt nur noch die Frage, ob du schwörst, dass du meinen Bedingungen zustimmst, und«, er kam einen kleinen Schritt näher, sein Körper ragte dicht und massiv über ihr auf, »wie du dir wünschst, dass es geschieht.«

Rosas Herz pochte, als würde es ihr aus der Brust springen, und ihre Augen blickten suchend auf das harte, stirnrunzelnde und kompromisslose Gesicht des Orks. Er meinte das alles ernst, er meinte es wirklich ernst, trotz *allem*, was er vorhin gesagt hatte?!

»A-aber du«, begann Rosa und holte dann tief und verzweifelt Luft. »Vorhin. Du hast mich angeschrien. Hast mir gesagt, ich solle mich von dir fernhalten und aufhören, dich auszunutzen. Du hast gesagt, es sei dir egal, was ich will. Erinnerst du dich?«

Der Mund des Orks verzog sich zu einer unübersehbaren Grimasse und sein Blick wanderte zur Wand hinter ihr. »Es war mir *egal*«, sagte er knapp, »dass ein törichter kleiner Mensch mit mir gespielt hat, um mich für seine eigenen egoistischen Zwecke zu benutzen.«

Rosa schaffte es irgendwie, zu schnauben und sogar glaubwürdig mit den Augen zu rollen. »Und jetzt, wo *du* derjenige bist, der mit mir spielt«, knirschte sie, »findest du das völlig in Ordnung?«

Da war ein neues, unbekanntes Zucken in den dünnen Mundwinkeln des Orks, und er warf einen flüchtigen Blick auf ihr Gesicht. »Das ist richtig«, sagte er kühl. »Ist es das nicht auch für dich?«

Er hob spöttisch und *amüsiert* die Augenbrauen – und die
Götter mochten sie verfluchen, aber Rosa spürte, wie ihre
eigenen Mundwinkel ebenfalls nach oben zuckten. Etwas
schien tief in ihrem Inneren aufzuflammen und zu verweilen,
es brannte hell und stark und war seltsam köstlich. Wärme.
Verständnis. *Sehnsucht.*

Aber nein, nein, er war ein Ork, er war *furchtbar*, Rosa
konnte das unmöglich immer noch wollen, es war reiner
Wahnsinn gewesen, so etwas überhaupt anzubieten. Und jetzt,
wo dieser Ork zugab, dass er sie ausnutzte, war es noch viel
schlimmer. Er gab zu, dass er ein egoistischer, berechnender
Schweinehund war ...

Doch dann fiel ihr plötzlich und unvermittelt ein, dass ihre
Quellen offenbar doch teilweise richtig waren. Offensichtlich
waren Orks *wirklich* bis zu einem gewissen Grad zerstörerische,
unersättliche Bestien, egal, wie friedlich sie vorgaben zu sein.
Und war das nicht immer noch ein Wissen, das vielleicht
genauso nützlich war? Vielleicht war *dies* der Weg, um
Schwächen, Skandale und schockierende Gräueltaten
aufzudecken?

Und Rosa *musste* Lord Kaspar beeindrucken. Sie *musste*
diese einmalige Chance ergreifen, um Studentin zu werden.
Und das bedeutete – jawohl – wieder einmal, dass sie sich
fügen musste. Weitermachen. Tun, was getan werden musste.

Die Augen des Orks waren ganz auf sie gerichtet, er wartete
immer noch, seine große Hand lag immer noch an ihrer
Kehle – und wieder war da für einen Moment die
beunruhigende Befürchtung, dass er vielleicht sogar ihre
Gedanken mitverfolgen konnte. Vielleicht hatte er das mit
Lord Kaspars Krieg geahnt. Vielleicht *wusste* er es.

»Oh, na gut«, platzte Rosa heraus, bevor sie sich selbst
zurückhalten konnte. »Ich akzeptiere sie. Deine Bedingungen,
meine ich.«

Die Augen des Orks flackerten und verrieten wieder eine
Spur von Belustigung, von Wärme – aber dann trat er näher,

fest, stark und sicher. Seine Hand war groß und warm, so seltsam beruhigend, und als Rosa zu seinen wachsamen Augen hinauf blinzelte, fuhr seine andere Hand langsam, vorsichtig und behutsam an ihrer Wange entlang.

»Kluge Frau«, hauchte seine tiefe Stimme. »Nun, wie wünschst du dir das Ganze?«

Rosas ganzer Körper erbebte erneut, ihr Mund stieß ein raues, zittriges Keuchen aus – und als Antwort darauf glitt die Hand an ihrer Wange zu ihrem Mund und sein Daumen strich leicht über ihre geöffneten Lippen. Und bei allen Göttern, sein Geruch war köstlich, voller Moschus und Süße, und das hatten die Bücher auch nicht gesagt, sie hatten nichts davon erwähnt, *gar nichts …*

»Sprich mit mir«, raunte er und jagte damit ein weiteres, brennendes Gefühl der Hitze tief in Rosas Unterleib. »Keine Unwahrheiten. Was wünschst du dir also?«

Rosa konnte nicht antworten – sie würde es nicht tun – aber die wandernden Augen des Orks schienen auch das zu wissen, denn sein Daumen strich immer noch sanft, fast abwesend, über ihren Mund.

»Ach«, sagte er, seine Stimme ein leises Grollen. »Dann möchtest du vielleicht, dass ich dich nehme, wie ich es für richtig erachte. Du willst also wahrhaftig von einem furchterregenden Ork gezwungen und verängstigt werden und als albernes, kleines Spielzeug benutzt werden. Ganz so, wie es mir beliebt.«

Ein weiterer Schauer lief Rosa den Rücken hinunter und ihr Atem kam nur noch flach und hektisch. Natürlich wollte sie das nicht, allein die Vorstellung war schon entsetzlich, aber wenn es der Forschung diente, vielleicht …

»Keine Unwahrheiten, Frau«, beharrte die Stimme, samtweich und hoffnungslos erregend. »Soll ich dieser Ork für dich sein? Soll ich dir Angst machen und mir von dir nehmen, was ich will?«

Es war eine schockierende Frage, eine unmögliche,

unbeantwortbare Forderung, die durch den schnellen, graziösen Schritt des Orks nach hinten und den Griff in den unteren Teil seiner Tunika noch schlimmer wurde. Und während Rosa fassungslos starrte, zog er sich die Tunika über den Kopf und ließ sie auf den Boden fallen.

Und ... seine Brust war breit, grau und muskulös – aber im Gegensatz zu seinem unberührten Gesicht war sie von vielen Narben gezeichnet. Es waren tiefe, hässliche Krallenspuren, die ihn in Kombination mit seiner enormen Statur dunkel, gefährlich und tödlich aussehen ließen. Und dann – Rosa unterdrückte ein heiseres, unerklärliches Stöhnen – schien der Ork seine große Gestalt leicht und anmutig auszuschütteln, während seine Krallen fast noch weiter als zuvor auszufahren schienen, scharf und schwarz und glänzend.

Und dann griff eine dieser Klauen nach seinem dicken schwarzen Zopf. Er zerrte kräftig daran, sodass sein Kopf zur Seite ruckte – aber dann schüttelte er auch sein Haar aus, sodass es locker und glänzend über seine muskulöse Brust und seine Schultern fiel. Und Rosa hätte bei diesem Anblick fast gewimmert, ihr ganzer Körper schmerzte, krampfte und sehnte sich, und beide ihre Hände wanderten nach oben und drückten gegen ihren heftig pochenden Herzschlag.

Der Ork schaute sie an, ließ seine plötzlich glühenden schwarzen Augen an ihr auf und ab wandern, und sein sanfter Schritt auf sie zu war ein Aufflackern, ein Schlag, ein schreckliches, köstliches Geschenk des Himmels.

»Nun, Frau?«, knurrte er, hob eine Krallenhand vor ihren Augen und entblößte seine scharfen weißen Zähne. »Ist es das, was du dir wünschst?«

O Götter! Das *war* es, und Rosas verräterischer Mund gab ein lautes Stöhnen von sich, und ihr Körper fing an zu zittern. Die Augen des Orks funkelten triumphierend, und die Klauenhand kehrte an ihren gewohnten Platz an ihrer Kehle zurück, umkreisend, wunderschön, *alles*.

»Sprich es aus, Frau«, befahl die bedrohliche, atemberaubende Bestie vor ihr. »Das ist für deine Bibliothek.«

Rosa konnte nicht denken, konnte nicht folgen, konnte nur starren, schnaufen und atmen. Verloren in diesem Moment, in dieser wirbelnden, schreienden Vision vor ihren funkelnden Augen. Er würde es wahr machen, das würde er, für die Bibliothek …

Er kam noch näher, seine große Hand krampfte sich um ihren Hals, sein Duft wirbelte ungezügelt, rücksichtslos und köstlich in ihrem Mund herum. »Sprich, Frau«, befahl er, diesmal leiser, und seine Augen waren hart und konzentriert auf sie gerichtet. »Keine Unwahrheiten.«

Und in diesem verzweifelten, hängenden Moment gab es keinen Gedanken an Unwahrheit, an Verschweigen, an Recherche, Geheimnisse oder Krieg. Nur ein Verlangen, eine rasende Sehnsucht, ein Versprechen, eine Frage, eine Wahrheit. Sprich!

Und ohne nachzudenken, ohne zu wollen, hob Rosa ihr Kinn, drückte ihre Kehle fester in diese warmen, sicheren Finger und sprach.

»Ja, mein Lord«, flüsterte sie. »Mach mir Angst.«

osas Worte trafen wie ein Stein auf die hohle, schmerzende Stille. *Ja, mein Lord, ja, mein Lord, ja. Mach mir Angst. Bereite mir Angst.*

Es war fast so, als könnte sie spüren, wie sie an der entblößten Gestalt des Orks widerhallten. Sein Mund zuckte, sein Kopf senkte sich und neigte sich zur Seite, während die schwarzen Wimpern auf seiner grauen Wange flatterten. Es war fast so, als hätte Rosa ihn irgendwie *getroffen*, und nun war da ein seltsames, unerklärliches Bedauern, ein unbändiger Drang, die Worte zurückzunehmen.

Und ohne es zu wollen, griff Rosas zittrige Hand nach ihm und glitt auf die vernarbte, sich hebende Brust. Ihre Finger spreizten sich und drückten flach gegen seine warme Haut, die mit der unerwarteten Kraft seines donnernden Herzschlags unter ihr pulsierte.

»Ich meine«, flüsterte sie, »nur, wenn du es willst. Du musst es nicht tun.«

Plötzlich ertönte ein knirschendes Geräusch aus der Kehle des Orks – nicht wirklich ein Lachen – und seine riesige Hand legte sich um ihren Hals. »Das sagst du, Frau«, antwortete er seltsam emotionslos, »wenn ich dich so einfach töten könnte, bevor du noch ein Wort sagst.«

Rosa spürte, wie sich ihre Finger an seine Brust klammerten, an das wütende Hämmern seines Herzens. Und statt der Angst, die sie eigentlich hätte empfinden sollen, war da nur ein seltsames, schleichendes Bewusstsein. Vielleicht sogar – Verständnis.

»Ich weiß, dass du mich nicht töten wirst«, flüsterte sie. »Das würdest du nicht tun.«

Die Worte klangen glühend, grimmig – und selbst als sich der Mund des Orks zu einem kurzen, schiefen Lächeln verzog, blickten seine blinzelnden Augen sie verloren, verbittert, fast trostlos an.

»Du musst mir sagen, wenn ich dich wahrhaftig erschrecke«, erklärte er mit tiefer Stimme. »Oder wenn du willst, dass ich aufhöre.«

Rosa nickte, hastig und sofort, fast wie unter Zwang – und auch sein dunkler Kopf nickte, die dunklen Wimpern flatterten wieder gegen seine Wange. Und dann schien er wieder seinen großen Körper auszuschütteln, ruhig und fließend und anmutig, als ob er ihn in die richtige Position bringen würde.

Und dann – Rosa zitterte am ganzen Körper – richteten sich seine Augen wieder auf und fanden die ihren mit tödlicher, atemberaubender Kraft. Seine Augen waren schwarz, glitzernd, hungrig.

Die Augen eines Monsters.

Sie wanderten an ihrem kleinen Körper auf und ab, mächtig und gierig und absolut verächtlich, fast so, als würden sie sie ausziehen, sie entblößen – während diese riesige, drohende Masse einen leisen, zielstrebigen Schritt näher kam.

»Törichte Frau«, sagte er, hart, eine Drohung. »Weißt du nicht, was Orks mit reifen kleinen Frauen wie dir machen?«

Rosa blinzelte, wollte instinktiv einen Schritt zurückgehen, aber da war nur der massive, stabile Verleihtisch hinter ihr, der sie festhielt. Er hielt sie hier fest, allein in der Bibliothek, nur eine Handbreite entfernt von einem bösartigen, kräftigen Ork mit nacktem Oberkörper.

»Weißt du es nicht?«, fragte er erneut, und dieses Mal lächelte er kalt und verbittert. Und diese riesige Hand hob sich und schwang ihre schwarzen Klauen in Richtung ihrer Augen, bevor er seine Hand drehte, um mit den Krallen leicht, sanft und bedrohlich über ihre Wange zu streichen.

»Wir *markieren* euch«, zischte er, und die Wahrheit dieser Behauptung wurde in den langsam nachziehenden Krallenspitzen und den funkelnden schwarzen Augen nur allzu deutlich. »Mit unseren Klauen, unseren Zähnen, unserem Duft. Wir machen euch zu den Unseren. *Für immer.*«

Rosa zitterte und ihre Finger klammerten sich an den Schreibtisch hinter ihr, als der Ork einen weiteren tödlichen, schleichenden Schritt auf sie zukam. Er ließ seine warme Hand über ihr Schlüsselbein an ihren Hals gleiten und fuhr zielstrebig nach unten. Bis sie schließlich die leichte Wölbung fand und sie sanft mit ihrer großen, heißen Handfläche umschloss.

Rosas Atemzüge kamen bereits scharf und kurz, ihr Körper wölbte sich in dem schockierenden, unglaublich erregenden Gefühl, dass die Hand eines Orks sie so umschloss – als plötzlich, o Götter, seine andere Hand hochkam, um das Gleiche auf der anderen Seite zu tun. Die langen Finger rieben und drückten, die rauen Handflächen pressten fest zu. Die spitzen Krallen kratzten zielstrebig an dem zu dünnen Stoff ihres Kleides und bohrten sich direkt in die zarte Haut darunter.

»Und wir *entblößen* euch«, hauchte er. »Wir entblößen euch nicht nur für unsere Augen, sondern für die unserer ganzen Sippe. Für alle, die es sehen wollen.«

Rosa hörte, wie sich aus ihrem Mund ein ersticktes, unerklärliches Stöhnen löste, und als Antwort darauf lächelte der Ork wieder, schief und bösartig. »Du glaubst, dass du dir das wünschst, törichte Frau. Bis es zur Wahrheit wird.«

Und dann *zerriss* er mit einem kräftigen Ruck Rosas *Kleid*. Direkt durch die Mitte, die Knöpfe platzten weg und die Nähte trennten sich schnell und einfach auf, sodass Rosas Vorderseite für ihn und seine gierig starrenden Augen vollständig offen lag.

Sie konnte sich ein erschrockenes Keuchen nicht verkneifen, und ihre Hände versuchten instinktiv, ihren Körper zu bedecken – aber der Ork lächelte nur bitter und packte mit einer weiteren schnellen Bewegung ihre beiden Handgelenke mit nur einer seiner Hände und zog sie mit kräftiger Wucht hoch über ihren Kopf. Das bedeutete, dass Rosa völlig entblößt war, freigelegt, zitternd, während seine Augen auf und ab und wieder hinauf wanderten.

»So eine kleine, zerbrechliche Frau«, höhnte er, während seine andere Hand an ihrer geröteten Brustwarze zupfte. »Ich werde mit dir machen können, was ich will.«

Rosas erwiderndes Stöhnen klang eher wie ein Weinen, vor allem, als diese Hand begann, ihre Vorderseite weiter zu streicheln, langsam, neckisch und gnadenlos. Sie hinterließ leichte rote Kratzer auf ihrer blassen, nackten Haut, während sich immer wieder eine Gänsehaut bildete und die schwarzen Orkaugen sie weiter ansahen, beurteilten und bewerteten.

»Fast zu klein für einen Orksohn«, fuhr die verächtliche Stimme fort, während er seine Finger flach auf ihre Taille legte und die Kralle seines Daumens in ihren Nabel bohrte. »Aber vielleicht«, seine Hand glitt zu ihrer Hüfte hinüber und strich über ihre leichte Wölbung, »gerade ausreichend, wenn du viel Glück hast. Willst du das für mich ausprobieren, Frau?«

Das erste Aufflackern echter Angst durchfuhr Rosa – er hatte doch gesagt, dass sie seinen Samen nicht bekommen würde – und sie schüttelte zwanghaft und sofort den Kopf. Ein plötzliches, tiefes Knurren entrang sich der Kehle des Orks, als die große Hand wieder zu ihrem Hals wanderte und ihn kraftvoll umgriff.

»Du vergisst, Frau«, sagte er spöttisch, »dass ich ein Ork bin. Und deshalb«, irgendetwas blitzte in seinen Augen auf, »werde ich dich nehmen. Ich werde dich durchpflügen. Ich werde deinen leeren Schoß mit meinen Söhnen bepflanzen und dich füllen, bis du *platzt*.«

Bei diesen Worten stieß Rosa einen weiteren verzweifelten Schrei aus, und ihr Blick wanderte über sein hartes Gesicht, das bitter und kalt und auf seltsame Weise zornig triumphierend aussah. Und aus irgendeinem bizarren, unverständlichen Grund schien sie sich daran zu orientieren, an dem Blick in seinen Augen, an der verräterischen, stillen Sanftheit in seinen Fingern an ihrem Hals.

»Nun gut«, hörte sie sich selbst flüstern, als ihre bebende Hand wieder nach der warmen Brust griff, nach dem immer noch hämmernden Herzschlag darunter. »Wenn es dir so viel bedeutet.«

Ihr entging nicht das Aufflackern von echtem Schock in seinen Augen oder die heftige Bewegung seiner Kehle – und plötzlich, irgendwie, war das Spiel vorbei, die Maske weg, das glatte Gesicht des Orks verzerrt vor Wut und Schmerz und Sehnsucht. Und ohne Vorwarnung griffen diese großen Hände nach ihr, die Krallen gruben sich tief in ihre Haut ein und schleuderten sie beinahe zurück auf den Verleihtisch, direkt auf ihren ordentlichen Stapel von Quellen. Papiere und Bücher verrutschten wahllos unter Rosas Rücken, aber daran dachte sie in diesem Moment nicht im Geringsten, denn der riesige Ork thronte über ihr, die Hände fest um ihre nackten Knie gepresst, und seine Brust hob sich mit rasendem Atem.

»Törichte Frau«, knurrte er, als er ihre Knie grob auseinander drückte. »Weißt du nicht, was daraus für dich folgen kann?«

Aber sie konnte nicht mehr sprechen, keinen vernünftigen Gedanken mehr fassen, denn irgendwie war statt der Hose an der Leiste des Orks nur noch ... *das*. Ein riesiger, nackter, hervorstehender grauer Ork-Schwanz. Lang, unfassbar dick und feucht. Und es floss ein zähflüssiger, weißer Strang mit glänzendem, tödlichem Orksamen heraus.

Rosa war wie eingefroren, starrte vor sich hin und bemerkte viel zu spät, dass sie rücklings auf dem Tisch lag, die Beine weit gespreizt und schamlos. Jede geheime Stelle war entblößt und offen für die Augen des Orks – und für sein Nehmen. Für das hier.

»Weißt du es nicht?«, wiederholte er, und seine Stimme klang fast flehend, während er sich weiter vorlehnte und Rosas Schenkel weiter auseinander drückte. Er brachte die geschwollene, leckende Härte näher, so nah, dass sie an ihren krausen braunen Haaren kitzelte – und der Anblick dieser riesigen, bedrohlichen *Waffe*, die nur darauf wartete, sie vollständig aufzuspießen, brachte Rosas kreischende Gedanken in wilde, ungeahnte Raserei.

»Ich weiß es«, hörte sie ihre entsetzliche Stimme flüstern, was dem Ork sofort ein gequältes Stöhnen entlockte – und ein anhaltendes, erschütterndes Zucken des harten Glieds, das sich ihr immer weiter annäherte. Es war fast so, als würde es von selbst nach ihr suchen, um in sie einzudringen, und Rosa konnte spüren, wie ihr eigener Körper rasend und wild antwortete. Ihre begierige, ungeduldige Nässe öffnete und schloss sich, versuchte, nach ihm zu greifen, wollte mehr ...

»Törichte Frau«, rasselte die Stimme des Orks, aber die Härte, die sie an ihrem Körper spürte, erbebte erneut und bohrte ihren glatten Kopf noch eine Spur tiefer. Er hatte gerade begonnen, sie um sich herum zu spreizen, und bei allen Göttern im *Himmel*, er fühlte sich gut an, er musste weitermachen, das Verlangen kochte vor *Wahnsinn*...

Rosas Hände klammerten sich an seinen breiten, nackten Rücken und wollten ihn tiefer, tiefer, bitte, an sich heranziehen –, aber der große Körper über ihr erstarrte wieder, bis auf die spaltende Härte, die gerade so in ihr drin war und immer noch bebte. »Du kannst es nicht wissen«, zischte die Stimme, oder vielleicht flehte sie auch. »Ich könnte dich *brechen*, Frau.«

Die Intensität dieser Worte schien für einen Moment den

Wahnsinn zu durchdringen, und irgendwie griff Rosas zitternde Hand nach oben, um sein graues, kantiges Gesicht zu berühren. »Ich weiß«, sagte sie wieder mit einer unerklärlichen, dringlichen Überzeugung. »Aber du würdest mir auch helfen. Für mich sorgen. Oder nicht?«

Die Augen des Orks starrten auf sie herab, durch sie hindurch, sein großer Körper verharrte unnatürlich ruhig – doch dann senkte er den Kopf, und sein loses Haar fiel ihm in seidiger Schwärze über die Schulter. »Ja«, flüsterte er, fast unerträglich leise. »Das werde ich.«

Dann war alles klar. Das war alles, was Rosa brauchte, und ihre Hand hatte sein Gesicht wieder nach oben geneigt und seine Augen auf sie gerichtet. Und sie konnte den Hunger darin aufblitzen sehen, den Wahnsinn, der sich gegen ihren eigenen stemmte, er würde sie nehmen, sie würde ihn nehmen, und die Härte, die sich immer noch gegen sie stemmte, wusste es plötzlich, sie flackerte auf, formte sich und füllte sich mit einem Schlag.

Und dann, o Götter, war da ein Druck. Der riesige, eindringende Kopf drückte nach innen und spaltete ihren nassen, rosafarbenen, geschwollenen Körper um sich herum. Er war heiß und fest und herrlich glatt, eine glatte, gnadenlose, samtige Invasion, und Rosas hungrige Nässe klammerte sich verzweifelt an ihn, zog ihn in sich hinein, tiefer, weiter.

»Oh«, ihr Atem stockte, ihre Brust wurde hohl, ihre Finger krallten sich hilflos in sein Gesicht, in seinen Rücken. »Oh, ihr Götter! *Mein Lord.*«

Ein heiseres, gutturales Stöhnen drang aus der Kehle des Orks, während die dicke Härte weiter, schneller und voller in sie eindrang. Jetzt spießte er sie förmlich auf und drückte sie mit seinem Körper an sich, schockierend, kraftvoll, *lebendig*.

Und dieser Anblick, der in Rosas flatternden Augen aufleuchtete, war genauso schockierend, genauso kraftvoll. Dieser riesige, muskulöse Ork beugte sich über sie, sein schwarzes Haar hing ihm ins Gesicht, jede seiner harten Linien war angespannt und glitzerte. Und an seinem Unterleib befand sich nicht nur sein herausragender Schwanz, sondern auch ihr eigener geschwollener Körper, geröteter und dunkler, als sie ihn je gesehen hatte. Sie war fest um den massiven Schwanz gewickelt und hatte ihn schon mehr als zur Hälfte in sich aufgenommen, und es war trotzdem noch so *viel* von ihm übrig, sicherlich war das unmöglich ...

Aber er drückte weiter zu und drang mit bewusster, exquisiter Sorgfalt immer tiefer in sie ein. Und sie nahm ihn auf, saugte ihn immer tiefer und tiefer in sich hinein, dehnte sich immer weiter, ihre Nerven waren am Ende, die Welt geriet ins Wanken und kippte zur Seite.

Und plötzlich war es, als wäre die Welt komplett weggerissen worden. Ihre Hände kribbelten und griffen nach ihm, ihr Körper wand sich, ihre Beine schlossen sich fest um seinen Rücken. »Fick mich«, keuchte sie, ohne sich darum zu kümmern, wie das klang oder was es bewirkte. »Bitte, mein Lord, mehr, bitte!«

Zwischen ihnen tobte eine wilde Spannung, ihr Wahnsinn trieb seinen Wahnsinn an, die dunklen Augen brannten sich in die ihren, die Krallenhände drückten ihre Schenkel mit aller Kraft noch weiter auseinander. Und mit einem einzigen, wütenden Hüftschwung stieß der massive Schwanz den Rest des Weges in sie hinein, füllte sie aus, spaltete sie, brach sie entzwei.

Rosa schrie, ihr ganzes Wesen wand und krümmte sich, von ihm gefangen, auf ihm gefangen – und sein erwiderndes, grollendes Brüllen war noch mehr Wahnsinn, noch mehr Verlangen, noch mehr schlagende, brennende Lust. Und sie hatte noch nie in ihrem Leben etwas so sehr gebraucht, hatte noch nie in ihrem Leben solche Laute von sich gegeben, Schreie und Stöhnen und hysterisches Schluchzen, wie jetzt, wo diese mächtigen Hüften endlich begannen, gegen sie zu stoßen. Er trieb den massiven Orkschwanz noch tiefer, fester. Er war zu groß, um ihn wieder herauszuziehen, verkeilte sie fester, wickelte sie enger um sich und spießte sie mit seiner Kraft auf. Sie war ein Teil von ihm, eins mit ihm, für immer verschmolzen, verloren ...

Bis ... die Euphorie kam. Eine schrille, kreischende, wahnsinnige Euphorie, die wild und rücksichtslos aus ihr herauspulsierte und Rosas ganzes Wesen durchflutete. Sie krampfte sich immer wieder zusammen und bebte heftig um den heißen, geschwollenen Pfahl in ihrem Inneren, während er immer voller und tiefer zu werden schien, während er alles einnahm ...

Und dann war er derjenige, der schrie, sein riesiger Körper wölbte sich, sein Kopf wurde zurückgeworfen, seine scharfen Krallen bohrten sich in Rosas Hüften – und dieses in sie eindringende Ungestüm rastete ein und *explodierte*. Immer wieder spritzte es in sie, überflutete sie mit einer Ladung heißen, teuflischen Orksamens, zu voll, um ihn festzuhalten, zu viel, um ihn aufzunehmen, Rosas ganzer Körper wurde gedehnt und benutzt und war kurz davor zu brechen ...

Es folgte ein reißender Ruck, ein furchtbares Ziehen, das an Rosas Seele zerrte – und dann war der Ork irgendwie weg, getrennt, verschwunden. Und aus Rosas benutztem, offenen Inneren spritzte heißer Orksamen direkt auf ihn zu und bespritzte seinen muskulösen Körper – und seinen glatten, noch immer harten Schwanz – mit dicken, glänzenden, weißen Fäden.

Auch Rosas Körper bebte, ihre Arme und Beine kribbelten und die Nachbeben verströmten Lust, Unbehagen und Erschöpfung zugleich. Der Ork, der immer noch zwischen ihren Beinen stand, schien augenblicklich zu erstarren, mit Ausnahme seiner blinzelnden schwarzen Augen.

Rosas Hand griff wie von selbst nach ihm, streichelte über den glatten, muskulösen Arm, aber er nahm sie nicht wahr, bewegte sich nicht. Er stand nur da und schaute sie an, wobei seine Augen fast schockiert an ihrer ausgebreiteten, gesättigten Gestalt auf und ab wanderten.

»Ach«, hauchte er, und mit einem ruckartigen Zucken löste er sich von ihr, seine Hände wanderten auf sein graues Gesicht, die Handflächen pressten sich in seine Augen. »*Helvíti.*«

Das Wort ergab keinen Sinn – er sprach in der primitiven Schwarzmund-Sprache der Orks, wie Rosas träges Gehirn feststellte – und plötzlich wurde ihr überdeutlich und fast atemberaubend schmerzhaft bewusst, dass er dies bereute. Er hatte nicht wirklich gewollt, was er gerade getan hatte. Vielleicht hatte er *sie* nicht einmal wirklich gewollt. Hatte er das?

Rosa bekam plötzlich keine Luft mehr und versuchte, sich aufzusetzen, um nach ihm zu greifen – aber wieder zuckte er von ihr weg, seine Hände fielen von seinem Gesicht, seine Augen wanderten wieder an ihrem nackten, verwüsteten Körper auf und ab.

»Nein«, sagte er mit brüchiger, heiserer Stimme. »Leg dich hin, Frau. Bleib *liegen*.«

Rosas zitternder Körper konnte offenbar nur gehorchen, sie nickte und legte sich mit dem Rücken auf den Verleihtisch, wobei sich die Welt langsam um sie herum zu drehen schien. Und während der Ork grob nach den letzten Resten ihres zerfledderten Kleides griff, es ihr vom nachgiebigen Leib riss und damit seine eigene schmutzige, klebrig-weiße Vorderseite abwischte, griffen seine Finger geschickt und vertraut nach dem halbharten, grauen Schwanz und dem hängenden, weich aussehenden Sack darunter.

»*Helvíti*«, sagte er wieder, diesmal mehr ein gemurmelter Fluch, und kniff die Augen zusammen – aber seine Hände bewegten sich weiter, warfen zuerst das zerfledderte Kleid auf den Tisch neben Rosa und griffen dann nach unten, zogen seine Hose hoch und schlossen sie fest um seine Taille.

Es war, als würde er sich vor ihr verstecken, und noch mehr, als er nach der Tunika auf dem Boden griff und sie grob überzog und dann sein langes Haar zurückschob, wobei seine flinken Finger es zu einer Art lockerem Knoten auf seinem

Kopf zusammenbanden. Und dann stand er vor ihr, groß und schweigsam und vollständig bekleidet, mit einem leichten Schweißfilm auf der Wange, dem einzigen Hinweis darauf, was sie getan hatten.

Abgesehen von der Tatsache, dass Rosa immer noch nackt auf dem Tisch lag, immer noch schwer atmete und aus ihrem zarten, gedehnten Körper immer noch heißer Orksamen tropfte. Und sie hatte das Bedürfnis, dass er sie berührte, so verzweifelt, dass sie fast schluchzte – und als diese große Hand schließlich wieder vorsichtig zu ihrem Knie zurückkam, spürte sie, wie ihr der Atem in der Kehle stockte und ihr ganzer Körper sich wieder aufsetzen wollte, um nach ihm zu greifen, um ihre Hände an dieses stille, abweisende graue Gesicht zu legen.

Doch seine Hand schnellte mit überraschender Geschwindigkeit hoch und drückte sich flach gegen Rosas Brust. Er hielt sie sanft, aber dennoch fest gegen den Tisch gedrückt, während seine andere Hand nach ihrem anderen Knie griff und es weiter spreizte.

Er schaute *dorthin*, stellte Rosa mit einer plötzlichen, beschämenden Hitze fest. Auf ihren gefüllten, weit geöffneten Schoß, aus dem noch immer sein dicker, heißer Orksamen floss.

»Bleib liegen«, sagte er noch einmal leiser, ließ Rosas Brust los und griff wieder nach ihrem zerrissenen Kleid. Und dann begann er ganz sanft, ganz vorsichtig, die Sauerei aufzuwischen, indem er das Kleid behutsam über ihre zarte, glühende Haut streifte.

Rosa konnte sich ein Keuchen nicht verkneifen, woraufhin seine Hände auf ihr zur Ruhe kamen und seine schmalen Augen sich auf ihr Gesicht richteten. »Schmerzt dich das?«, fragte er, aber sie schüttelte den Kopf und versuchte, die Hitze in ihren Wangen zu ignorieren. Seine Augen leuchteten auf und wirkten fast erleichtert, bevor er sich wieder seiner Arbeit widmete. Jetzt kam unerwartet die aufregende Berührung seiner blanken *Fingerknöchel* hinzu, die ihre geschwollenen Lippen ein wenig auseinanderzogen und dann leicht in sie *eindrangen*.

Sein Blick war sehr konzentriert auf das, was er tat, was auch immer es war, und Rosa lag da und ließ ihn gewähren, während ihre Gedanken seltsame, verkümmerte Kreise in ihrem Kopf drehten. Sie hatte … das gerade getan. Sie war von einem *Ork* genommen worden. Sie hatte ihn gewollt, darum gebeten, darum gebettelt.

Und es sollte eigentlich eine Forschungsarbeit sein, die Aufschluss darüber geben sollte, was diese Orks für Schwächen hatten – aber im Moment war die einzige schockierende Erkenntnis, wie verzweifelt Rosa das gewollt hatte und wie verdammt *gut* es gewesen war. Wenn dieser Ork jetzt aufgestanden wäre, ihr in die Augen geschaut und ›Noch mal‹ gesagt hätte, hätte sie nach Luft geschnappt, genickt und ihn an sich gezogen.

Aber so wie es aussah, schien er zu beenden, was auch immer er da unten getan hatte, denn er warf ihr ruiniertes Kleid auf den Boden und beugte sich wieder über sie. Nicht um sie zu küssen, zu streicheln oder etwas Nettes zu sagen, wie Rosa vielleicht gehofft hatte, sondern um einen starken Arm unter ihre Schultern und den anderen unter ihre Knie zu legen.

»W-was machst du da?«, brachte Rosa mit kratziger und dünner Stimme heraus, aber der Ork hatte sie schon mit Leichtigkeit an seine Brust gepresst und machte sich auf den Weg. In Richtung des Hinterzimmers, wie ihre wirbelnden Gedanken verrieten, während ihr verräterischer Körper sich noch enger an ihn schmiegte, an seine warme, kräftige Brust und den immer noch hämmernden Schlag seines Herzens.

»Du musst dich ausruhen«, sagte seine tiefe Stimme und dröhnte gegen sie, bevor er sie vorsichtig auf etwas Weichem absetzte. Auf Lord Kaspars Feldbett, stellte Rosa fest, als sie mit verschwommenen Augen zu dem Ork hinauf blinzelte, und was im Namen der Götter würde Lord Kaspar sagen, wenn er wüsste, dass sie so etwas Entsetzliches getan hatte? Wenn er wüsste, dass sie einen Ork gefickt und es ihr gefallen hatte? Dass der *Ork* ihr gefiel?

Und noch während ihr dieser beunruhigende Gedanke rasend schnell durch den Kopf schoss, griff ihre Hand von selbst nach der Tunika des Orks. Sie hielt ihn an der Stelle fest, von der er gerade zurückweichen wollte, und musterte die schwarzen Augen. Sie waren starr, distanziert und fast ... ängstlich.

»Geht es dir gut?«, flüsterte sie. »Mein Lord?«

Seine Augen schienen sich noch mehr zu verdunkeln und der kühle Spott kehrte auf seine Lippen zurück. »Törichte Frau«, sagte er mit der geringsten Schwankung in seiner Stimme. »Du solltest diese Frage nicht stellen, nicht in diesem Moment.«

Es herrschte betretenes Schweigen, der Ork verzog angewidert das Gesicht, als hätte er gerade die Verpflichtung in seinen Worten gehört – doch dann holte er tief Luft, schloss die Augen und öffnete sie wieder.

»Geht es dir gut?«, fragte er ganz leise. »Habe ich dir wirklich so viel Angst eingeflößt, dass du das hier akzeptierst? Habe ich dich wirklich«, seine Stimme wurde noch leiser, »*benutzt*?«

Aber Rosa spürte nur eine aufsteigende Wärme, die stark genug war, um ein langsames, echtes Lächeln auf ihre Lippen zu zaubern. »Nein«, hauchte sie leise. »Ich wollte das. Ich habe es *geliebt*, mein Lord.«

Die Augen des Orks weiteten sich, sein Mund verkrampfte sich – und dann schnappte ein Krallenfinger nach ihrem Kinn und kippte es nach oben, während der Rest seiner Krallen scharf und bedrohlich gegen ihren Hals fuhr. »Törichte Frau«, sagte er wieder. »Keine Unwahrheiten.«

Aber Rosa sah ihm nur in die Augen und versank in der seltsamen, völlig unergründlichen Geborgenheit dieser

Krallen, die so sanft über ihre Haut glitten. »Nein«, flüsterte sie. »Keine Unwahrheiten.«

Wieder veränderte sich etwas in seinen Augen, aber bevor Rosa dem auf die Spur gehen konnte, hatte er sich entfernt und stand groß und mächtig und atemberaubend über ihr. »Schlaf«, sagte er, »und ich werde bleiben.«

Und selbst als diese Worte an etwas zerrten, an etwas nagten, spürte Rosa, wie sie nickte und ihre Augen zufielen. Sie würde schlafen, er würde bleiben, sie würde ihn beeindrucken und würdig sein. Er würde schon sehen.

8

Als Rosa wieder erwachte, lag sie nackt und warm in Lord Kaspars Feldbett. Da sie allein dort lag, was seltsam war – Lord Kaspar schlief immer lange, nahm immer den größten Teil des Bettes ein und schnarchte immer – streckte sich Rosa gemächlich, gähnte, setzte sich auf und blinzelte durch den Raum.

Bis sie schließlich einen Ork anstarrte. *Den* Ork. *Ihn.*

Die Erinnerungen überschwemmten sie, die Hitze stieg ihr ins Gesicht und auch tiefer in ihr Inneres, und ihr wurde bewusst, dass sie da unten ziemlich wund und ziemlich nass war. Aber nicht nur das, sondern ihr ganzer Körper fühlte sich wund an – sie war gekratzt worden, stellte sie fest und blinzelte auf die schwachen roten Flecken an ihren Armen und auf ihrer Brust hinunter – und ihre blonden Wellen fielen lang und offen herab, und sie war *nackt*.

Und der Ork starrte sie unverhohlen und schamlos an. Er musterte ihren nackten Oberkörper, sein Mund war verkrampft, seine schwarzen Augen unleserlich.

Plötzlich überkam sie der Drang, sich zu bedecken, die Decke wieder hochzuziehen ... aber Rosa blieb ruhig im Bett sitzen und ließ ihn starren. Seltsamerweise dachte sie an diese ruhigen, bewussten Momente, bevor sie eingeschlafen war. *Habe ich dir wirklich viel Angst eingeflößt? Keine Unwahrheiten.*

Und was auch immer für ein *Wahnsinn* Rosa letzte Nacht befallen hatte – was auch immer für ein Wahnsinn sie dazu gebracht hatte, einen *Ork* zu ficken, zu *Forschungszwecken* – er war eindeutig immer noch da, ganz nah und schwer atmend in ihrer Kehle verweilend. Sie ließ ihren verräterischen Blick über den bekleideten Körper des Orks gleiten – er saß wieder an dem kleinen Tisch und hatte ein neues Buch vor sich aufgeschlagen – und dann wieder zurück zu dem beobachtenden, wartenden Gesicht.

»Guten Morgen«, wagte sie und spürte, wie sich ihr Mund zu einem leichten, vorsichtigen Lächeln verzog. »Hast du wirklich die *ganze Nacht* hier gesessen und gelesen?«

Der Ork nickte kurz, seine Augen waren immer noch seltsam wachsam auf die ihren gerichtet, also holte Rosa tief Luft und versuchte es erneut. »Kannst du tatsächlich so gut sehen, um bei solchen Verhältnissen zu lesen? In der Dunkelheit?«

Diesmal nickte er nicht, sondern schaute sie weiterhin abwartend und aufmerksam an, was ihre Haut prickeln ließ. Irgendwie sah er fast misstrauisch aus, und Rosas Gedanken wanderten zurück zu dem Stapel – oder besser gesagt, zu dem Durcheinander von Quellen auf dem Verleihtisch. Das sollte eine Recherche sein. Das *war* Forschung. Und der Ork *konnte* das nicht wissen, er konnte es nicht einmal erahnen, nicht hier, nicht jetzt, nicht so …

»Bei allen Göttern, das hört sich sehr nützlich an«, zwang sie sich zu sagen, wobei sie versuchte, wieder zu lächeln. »Du musst wirklich sehr produktiv sein.«

Aber sein Gesicht änderte sich nicht, und viel zu spät wurde ihr klar, dass sie außer dem Lesen keine Ahnung hatte, wie dieser Ork seine Zeit verbrachte. Oder was er mochte, oder warum er hierher gekommen war, oder sogar seinen verdammten *Namen*.

»Wir haben unsere Vorstellungsrunde noch nicht beendet, oder?«, sagte sie so fröhlich wie möglich. »Wie ist dein Name?«

Der Gesichtsausdruck des Orks änderte sich nicht, sein Mund blieb fest und grimmig – und viel zu spät gab es ein weiteres Aufflackern des Verständnisses, tief und sicher und unerklärlich verletzend. Der Ork *wollte* ihr seinen Namen nicht sagen. Er wollte nicht wissen, wer sie war. Und letzte Nacht – Rosa spürte, wie ihre Augen zufielen – hatte er all das aus einem bestimmten Grund getan. Ein *Handel*, zu seinen Bedingungen.

Erlaube mir, hierzubleiben, hatte er gesagt. Heute Nacht und so viele weitere Nächte, wie ich möchte.

Rosas Hände hatten sich in die Decke gekrallt und sie zog sie verspätet bis zu ihrem Kinn hoch, als ob sie sie vor den wachsamen, nervenaufreibenden Augen des Orks schützen könnte. Anstatt ihn anzusehen, richtete sie ihre Aufmerksamkeit auf das Fenster und den grauen Himmel draußen und *wartete...*

»Ist es schon nach *Mittag!?*«, verlangte sie mit brüchiger Stimme zu wissen, während ihr Blick den Ork nach einer Antwort absuchte – und obwohl er immer noch nicht antwortete, geschweige denn sich bewegte, sprach sein Gesichtsausdruck eindeutig für ihn. Ja, es war schon nach Mittag, und das sollte jedem klar sein, der zum Fenster schaute – und Rosa hätte die Bibliothek schon vor *Stunden* öffnen sollen, und es war pures Glück, dass Susan oder Southall noch nicht aufgetaucht waren, aus welchem Grund auch immer. Bei den Göttern, wie konnte sie nur so *dumm* sein ...

Ohne nachzudenken, sprang sie aus dem Bett und sah sich nach ihrem Kleid um – Lord Kaspar ließ es normalerweise irgendwo auf dem Boden liegen – und dann spürte sie, wie ihr ganzer Körper erstarrte und ihr Atem schwer und stockend herauskam.

Sie hatte kein Kleid. Der Ork hatte ihr Kleid gestern Abend

zerrissen und es dann benutzt, um seine Sauerei aufzuwischen. Sie hatte auch keine Unterkleidung und war am ganzen Körper wund, besonders da *unten*. Sie stand nackt in der Mitte des Raumes, es war kalt und der Ork, den sie *gefickt* hatte – wegen eines *Handels* –, wollte ihr nicht einmal seinen *Namen* verraten.

Rosa biss sich auf die Lippe, blinzelte auf den Boden und kämpfte gegen den unerklärlichen Kloß in ihrem Hals an – bis sich plötzlich eine warme Hand um ihr Handgelenk schloss. *Seine* Hand zog sie zu seiner auf dem Hocker sitzenden Gestalt, und dann – sie schrie auf – hob er sie leicht an der Taille hoch und setzte ihren nackten Körper vor ihm auf den Tisch, wobei ihre Beine an der Seite herunterhingen.

Rosa zitterte und blinzelte in diese schwarzen Augen, die ihre nicht verließen, als seine große Hand nach der Decke auf dem Bett griff und sie in seinen Klauen festhielt. Dann wirbelte er sie hoch und legte sie Rosa um die Schultern, wobei seine Finger die beiden Ecken geschickt zu einem behelfsmäßigen Mantel zusammenbanden.

»Sitzenbleiben«, sagte er, und dieses eine Wort ließ Rosa erschaudern – und dann berührte seine Hand ihren Hals, ein Zeichen, das nur Bestätigung bedeuten konnte. Rosa spürte, wie ihr Herz schlug und ihr Atem stockte, als seine Hand zu ihrer nackten Brust hinunterglitt. Nicht so hitzig und sinnlich wie letzte Nacht, sondern eher ... geschäftlich. Abschätzend.

Und als Rosa nach unten blinzelte und seinen Händen folgte, wurde ihr klar, dass er sie ... *inspizierte*. Seine Finger fuhren vorsichtig über die oberflächlichen Kratzer, die er ihr in der Nacht zuvor zugefügt hatte, und seine Augen blickten auf ihr Gesicht, vielleicht auf der Suche nach Zeichen von Schmerz. Aber es konnte keinen Schmerz geben, nicht wenn seine Aufmerksamkeit wieder ganz auf ihr ruhte und diese warmen, vorsichtigen Hände immer weiter nach unten glitten.

Rosas verfluchte Brustwarzen hatten sich bereits verhärtet, und als seine Hände sich auf ihren Schenkeln ausbreiteten und sie weit auseinander drückten, gab sie ein raues, ersticktes

Stöhnen von sich, das seinen Blick wieder auf ihr Gesicht lenkte. Aber er *wusste* es, mit einem einzigen kritischen Blick *wusste* er es, und Rosa spürte, wie ihre Wangen brannten und ihr Blick wieder sank, als sie zusah, wie er ihre Schenkel öffnete, selbst als – sie konnte sich ein weiteres unterdrücktes, beschämtes Stöhnen nicht verkneifen – eine erstaunliche Menge des dicken, zähflüssigen Orksamens aus ihr herauslief und auf den Tisch unter ihr tropfte.

Der Blick des Orks wirkte davon gefangen, und aus seinem Mund kam ein scharfes Schnaufen, als er ihre Beine entschlossen wieder zudrückte. Als wäre er unzufrieden. Angewidert. Wütend.

»Es ist ein Wunder«, sagte er abrupt, seine Stimme kurz und flach, »dass dein Schoß noch heil ist, Frau. Es ist ein Glück, dass dieser *Schutzherr*, den du für deine *Arbeit* gefickt hast«, seine Augen verengten sich unangenehm auf sie, »keinen kleinen Schwanz hat, oder ihn sanft einführt.«

Was? Moment mal ... das *wusste* er? Das Schamgefühl durchströmte Rosa, von ihrem Gesicht abwärts, denn ja, es war wahr, verflucht wahr. Hinter dem gut aussehenden, gelehrten Äußeren von Lord Kaspar verbarg sich ein äußerst gut ausgestatteter Mann mit einem überraschend groben Geschmack und eindringlichen, unnachgiebigen Forderungen.

Und anfangs hatte es den Anschein gehabt, als würde diese berauschende, tödliche Kombination alle geheimen, schändlichen Sehnsüchte Rosas auf einmal ansprechen. Von jemandem, der stark, klug und mächtig war, fest im Griff gehalten, geschützt, geführt, gestreichelt und *genossen* zu werden. Von jemandem, der ihre Unterwürfigkeit, ihre Hingabe und ihr Vertrauen wirklich verdient hatte.

Doch dann kam die traurige und erstaunlich schmerzhafte Erkenntnis, dass es nicht nur Rosa gewesen war. Es waren zahlreiche willige Frauen gewesen, Dienerinnen, Kurtisanen und verheiratete Ladys gleichermaßen – und jetzt, natürlich, die reizende Lady Scall. Und auch wenn Rosa seit Jahren ein besonderer Liebling von Lord Kaspar war, so war ihre willige Hingabe doch nur ein Teil eines größeren Geschäfts. Ein weiterer *Handel*. Sie tauschte ihren festen Job in der Bibliothek gegen Lord Kaspars uneingeschränkte Nutzung ihres Körpers, ihres Verstandes und ihrer Forschung ein. Für seinen *Krieg*.

Rosas Knie lösten sich von den plötzlich rauen Händen des Orks und wanderten bis zu ihrer Brust, wodurch ihre ohnehin schon kleine Gestalt zu etwas Winzigem und Geborgenem wurde. Sie hatte getan, was getan werden musste. Sie würde alles tun, um eine Studentin zu werden. Das *musste* sie. Und dieser Ork hatte sich letzte Nacht nur allzu bereit gezeigt, ähnliche Kompromisse einzugehen, was bedeutete, dass er sich seine dumme, höhnische Überlegenheit sonst wohin stecken konnte.

»Ich wäre dir dankbar, Sir«, sagte sie mit brüchiger Stimme, »wenn du nicht über mich urteilen würdest, wenn du keine Ahnung von meinen Umständen hast. Vor allem, wenn du selbst erst gestern Abend mit *großer* Begeisterung einen solchen Handel mit mir abgeschlossen hast!«

Ein leises, unmissverständliches Knurren in der Kehle des Orks ließ Rosas Blick zu ihm zurückkehren – und diese Augen waren missbilligend, verächtlich. »Ich habe diesen Handel nur gemacht«, sagte er, und seine Lippen schürzten sich, »weil du es zuerst getan hast. Ich wusste, dass du deinen Körper eintauschen wolltest, also habe ich das lediglich zu meinem Vorteil genutzt. Ich wusste«, seine Augen verengten sich, kalt und glitzernd, »dass du eine törichte kleine Frau bist.«

Die Worte fühlten sich wie ein Schlag an, und Rosa brauchte viel zu lange, um zu antworten, trotz des Elends, das in ihrer Brust pochte. »*Du* warst derjenige, der zurückkam und es angeboten hat«, konterte sie. »Und du warst derjenige, der es immer weiter gefordert hat, nachdem ich abgelehnt hatte!«

Der Mund des Orks verzog sich zu einem spöttischen Grinsen und zeigte seine scharfen weißen Zähne. »Du hast nicht abgelehnt«, sagte er kalt. »Du hast dir das so sehr gewünscht. Du hast mich *angefleht*, es zu tun. Und als ich dir eine halbe Stunde meines Schauspiels gab, hast du mir im Gegenzug deinen Schoß, deine unschätzbare Bibliothek und vielleicht sogar dein *Leben* zugeworfen!«

Seine tiefe Stimme war fast zu einem Schreien angewachsen, das durch den kleinen Raum hallte, und einen Moment lang konnte Rosa ihn nur anstarren und ihre Knie enger an ihre Brust drücken. Das war nicht wahr. Er hatte nicht geschauspielert. Und sie hatte ihm das alles nicht gegeben. Sie hatte nicht ...

»Du kennst mich nicht«, zischte er ihr zu, seine Stimme wieder weich und tödlich. »Du kannst mir nicht trauen. Was wäre, wenn ich dich getötet hätte? Was, wenn ich meine Brüder geholt hätte, um dich zu benutzen? Was wäre, wenn ich diese kostbare Bibliothek geöffnet und *verbrannt* hätte?«

Die Angst fuhr Rosa mit aller Macht in den Rücken und ihre Augen starrten in das grausame, hasserfüllte Gesicht des Orks. »Sag so etwas nicht«, keuchte sie ihn an, flehte, bevor sie sich stoppen konnte. »Das würdest du nicht. Ich *weiß*, dass du es nicht tun würdest.«

Aber der Ork schüttelte den Kopf, sein Blick war kalt, glitzernd und unbarmherzig. »Du kennst mich nicht«, sagte er wieder. »Aber ich kenne *dich*, Frau. Du schätzt deine Bibliothek nicht. Du leistest keine gute Arbeit in ihrem Namen. Und du hast diese *Beschäftigung* hier nur, weil du deinem kleinen Schoß beigebracht hast, den fetten Schwanz dieses reichen Mannes zu nehmen!«

Der Schmerz fühlte sich wie etwas Physisches an, das tief in Rosas *Seele* zum Leben erwachte, und sie konnte anscheinend nur das Gesicht des Orks anstarren, während ihre Sicht zu verschwimmen begann und die Welt rundherum zu kippen schien. *Ich kenne dich. Du schätzt deine Bibliothek nicht, du leistest keine gute Arbeit, du hast diesen Job hier nur, weil ...*

Und plötzlich, für einen schrecklichen Moment, war es, als wäre Rosa wieder in der Wohltätigkeitsschule für Mädchen und stünde klein und zittrig vor Mr. Sullivans Schreibtisch. *Ja, Sir. Ich weiß, Sir. Bitte seien Sie sanft, Sir …*

Sie krabbelte so schnell vom Tisch, dass sie fast hinfiel, und wirbelte auf wackeligen Beinen herum, um sich dem Ork zu stellen, wobei sie die Decke eng um ihre geduckten Schultern schlang. Nein. Nein. *Götter*, nein. Sie hatte das überwunden, sie hatte ihren Verstand und ihre harte Arbeit genutzt, um darüber hinauszuwachsen und nie wieder zurückzublicken. Sie war eine Bibliothekarin, eine Forscherin und eines Tages würde sie eine echte Studentin sein, eine *echte* Gelehrte, und keiner dieser schrecklichen, selbstsüchtigen Männer würde sie *jemals* wieder anfassen.

»Also gut, Ork«, zischte sie in die glühenden schwarzen Augen. »Wenn du eine solche Gefahr für mich und meine Bibliothek bist, dann verschwinde. Und zwar *sofort*.«

Aber der lästige Ork starrte sie nur an, schweigend und viel zu still, bis sich schließlich sein Mund zu einem langsamen, kalten, gnadenlosen Hohnlächeln verformte.

»Das werde ich«, sagte er. »Aber dank deiner Dummheit, Frau«, er holte tief Luft, »wirst du jetzt mit mir kommen müssen.«

9

S ie musste jetzt mit ihm gehen.

Einen langen, stockenden Moment lang konnte Rosa den Ork nur anstarren, während ihr all die berühmten Behauptungen über Orks durch den Kopf schwirrten. Orks waren gewalttätig, bösartig und verdorben. Sie lagen auf der Lauer, um sich auf ihre ahnungslosen Opfer zu stürzen, sie zu fangen und zu schänden, wie es ihnen gefiel ...

Außer. Außer, dass dieser Ork sie immer noch ansah, mit steifem Körper und vor der Brust verschränkten Armen. Und sein hartes Gesicht war geprägt von Verachtung, Missbilligung und – ja, immer noch – von Bedauern.

Rosa blinzelte einen weiteren endlosen Moment lang, dann holte sie tief Luft und richtete sich auf. »Selbstverständlich gehe ich *nirgendwo* mit dir hin, Ork«, sagte sie mit schwankender Stimme. »Du warst immer nur unhöflich, unausstehlich und voreingenommen, und jetzt besitzt du die Frechheit, mir die volle Schuld für etwas zu geben, das du freiwillig vorgeschlagen hast. Mir wäre es lieber«, sie holte tief Luft, »wenn du diese Bibliothek sofort verlassen und nie *wiederkommen* würdest.«

Die Augen des Orks schlossen sich, aber sein Körper bewegte sich nicht, und in seinem zusammengebissenen Kiefer zuckte etwas. »Es spielt keine Rolle, was dir *lieber* ist«, sagte er ohne Umschweife. »Du wirst trotzdem mit mir kommen, Frau. Wir brechen noch heute in Richtung Gebirge auf.«

Rosa war einen Moment lang sprachlos, dann zog sie die Decke fester um sich und hob ihr Kinn an. »Das werde ich nicht. Ich habe kein Interesse daran, mit dir *irgendwohin* zu gehen, schon gar nicht in einen kalten, dunklen, von Orks verseuchten Verschlag. Und ich habe hier viele wichtige Aufgaben, und mein Schutzherr hat mir«, sie fing sich gerade noch rechtzeitig, »die verantwortungsvolle Leitung der Bibliothek anvertraut.«

Aus dem Mund des Orks kam ein ungläubiges Schnauben, ein Aufflackern von etwas, das Rosa nicht in den starren Augen lesen konnte. »Ich würde deine Arbeit für diese Bibliothek nicht als *verantwortungsvoll* bezeichnen«, sagte er mit kalter, bedrohlicher Stimme. »Was deinen *Schutzherrn* betrifft, so wird er bald jemand anderen finden, der ihm an deiner Stelle dient. Es gibt nichts an dir, was eine andere Frau nicht leicht ersetzen könnte.«

Rosa zuckte zusammen, bevor sie es unterdrücken konnte, denn das Elend brodelte in ihr. »Wenn ich wirklich so nutzlos bin«, stieß sie hervor, »warum gehst du dann nicht weg und suchst dir eine andere Frau, die du entführen kannst, und lässt mich in Ruhe!«

Die Arme des Orks spannten sich vor seiner Brust an, und der Blick in seinen Augen war purer, bitterer Abscheu. »Ich kann dich nicht in Ruhe lassen«, knurrte er. »Du trägst meinen Samen, törichte Frau. Und sollte ich mich jetzt nicht darum kümmern, wirst du auch meinen Sohn tragen.«

Oh. Oh, *Hölle*. Und die Erinnerung daran, die Vision davon, war plötzlich so stark, dass Rosa sich schwach fühlte. *Ich werde deinen leeren Schoß mit meinen Söhnen bepflanzen*, hatte er gesagt, *und dich füllen, bis du platzt.*

Und Rosa hatte ... *zugestimmt*.

Bei allen Göttern, es war der blanke Wahnsinn gewesen, und Rosa starrte den Ork mit einem schnell wachsenden Entsetzen an. Sie trug seinen Samen. Und jetzt würde sie seinen *Sohn* tragen?!

»Das kannst du nicht wissen«, sagte sie, zu schnell, zu verzweifelt. »Es war nur ein einziges Mal. Es könnte alles *gut* ausgehen.«

Doch aus der Kehle des Orks ertönte ein hartes, brüchiges Geräusch, und er verzog erneut verächtlich die Lippen. »Es wird nicht *gut* ausgehen, törichte Frau«, sagte er barsch. »Du hast in letzter Zeit keine Frucht hervorgebracht, und so wird mein Samen, wenn du eine Frucht hervorbringst, sicherlich sein Ziel finden. Die Orksaat versagt nicht, wenn es um diese Sache geht. Das darf sie nicht, um unsere Art in diesen dunklen Tagen am Leben zu erhalten.«

Rosas Herz klopfte unregelmäßig, ihr Blick war auf dem Gesicht des Orks gefangen. »Du willst mich also«, hauchte sie, »mitnehmen, *entführen* und mich zwingen, dein *Kind* zu gebären?«

Die glitzernden Augen des Orks schlossen sich kurz und die Arme verlagerten sich etwas auf seine Brust. »Nein«, schnauzte er. »Selbst wenn ich dir einen Sohn schenken wollte, so bist du eine viel zu kleine Frau, um dieses Risiko einzugehen. Wahrscheinlich würde mein Sohn dich eher *töten*.«

Rosa spürte, wie sich ihre eigenen Augen zusammenpressten, wie die Angst in rasenden Schüben ihren Rücken hinauffuhr und sie um Luft und Klarheit rang. Sie war klug, sie war eine Forscherin, egal, was dieser Ork sagte, sicher gab es eine Antwort darauf, eine elegante Lösung ...

»Es ... es gibt Leute, die Frauen bei solchen Dingen helfen«, sagte sie, und die Worte sprudelten vor Erleichterung nur so aus ihr heraus. »Es gibt Kräuter. Ich werde es auf diese Weise regeln.«

Doch der Ork gab nur einen weiteren bitteren, spöttischen Laut von sich und als Rosa ihn wieder anblinzelte, schüttelte er langsam und bedächtig den Kopf. »Diese Kräuter werden gegen einen Orksohn nichts ausrichten können. Orksöhne sind viel stärker als Menschenkinder.«

Rosa hätte ihm widersprechen sollen – woher wusste er das, woher *konnte* er so etwas wissen – aber aus einem unerklärlichen Grund tat sie es nicht. »Nun«, sagte sie stattdessen, »es gibt Menschen, die solche Probleme auf andere Weise lösen. Mit Werkzeugen und Hilfsmitteln und dergleichen.«

Sie konnte sich ein weiteres unwillkürliches Schaudern nicht verkneifen, als sie sprach, aber ansonsten blieb sie ganz ruhig und blickte auf das teilnahmslose Gesicht des Orks. Sicherlich konnte nicht einmal ein mächtiger Orksohn so etwas überleben – sie hatte gerade mehrere Berichte über andere orkverseuchte Frauen gelesen, die ähnliche Situationen auf diese Weise gemeistert hatten – und der Blick in den Augen des Orks bestätigte das, Abneigung und Missbilligung und vielleicht sogar Unbehagen.

»In der Tat«, sagte er, seine Stimme sehr müde. »Aber selbst wenn diese Narren dich mit diesen *Werkzeugen* nicht verstümmeln oder töten, musst du meinem Sohn erlauben, groß genug zu werden, bevor du sicher sein kannst, dass er mit diesen Geräten erreicht werden kann. Und was wirst du deinem *Schutzherrn* sagen, wenn dein kleiner Bauch anschwillt? Wird er glauben, dass es sein eigener ist? Wird er mit dir zufrieden sein?«

Rosa zuckte erneut zusammen, denn trotz seiner gewissen intimen Vorlieben und seiner zahlreichen Eroberungen war Lord Kaspar nach außen hin immer noch ein anständiger, anspruchsvoller Mann. Ein Mann, der seinen gelehrten und vornehmen Ruf sehr schätzte und deshalb eine tiefe Abneigung gegen die Verbreitung böswilliger Gerüchte und vor allem gegen außereheliche Ergebnisse hegte. Und obwohl

Rosa mit Sicherheit wusste, dass er mehrere von ihnen in der Gegend herumlaufen hatte, wusste sie auch, dass Lord Kaspar sie nie anerkannt hatte, geschweige denn ihre bedauernswerten Mütter.

»Ich ... ich werde mich um Lord Kaspar kümmern«, sagte Rosa, obwohl ihre Stimme unüberhörbar schwach klang. »Ich werde mir etwas einfallen lassen.«

»Wirst du das?«, fragte der Ork gnadenlos und unerbittlich. »Und wird dein *Schutzherr* wollen, dass du deinen Job in dieser Bibliothek behältst? Wird er wollen, dass die Welt den Beweis dafür sieht, was er tut, wenn er mit seinem dummen kleinen Spielzeug allein ist?«

Die Worte fühlten sich wie ein echter Schlag an und spiegelten Rosas exakte Gedanken mit grausamer, verheerender Kraft wider. Denn natürlich hatte dieser furchtbare Ork recht, vor allem, wenn Lord Kaspar so kurz davor stand, Lady Scalls Vermögen zu erlangen. Wenn er herausfand, dass Rosa schwanger war, würde er sicher nicht zögern, sie ohne finanzielle Unterstützung aus ihrer geliebten Bibliothek zu vertreiben, *für immer*.

Rosas Atem kam in flachen, kleinen Atemzügen, ihr Herz pochte wie wild in ihrem Brustkorb und sie machte einen kurzen, wackeligen Schritt zurück. Was hatte sie getan? Götter im Himmel, was hatte sie nur getan.

»A-also was dann?«, brachte sie hervor, wobei ihre Stimme stark schwankte. »Was soll ich tun?«

Warum sie auch nur die geringste Erwartung hatte, dass dieser schreckliche Ork ihr helfen würde, konnte sie nicht begreifen, aber sie starrte in diese furchteinflößenden schwarzen Augen, bettelte, flehte, verlangte. Er musste *irgendetwas* tun. Er *musste* es einfach.

Einen Moment lang war es still, und sie konnte sehen, wie sich die Kehle des Orks zusammenzog und seine Augen von ihr weg zur Wand dahinter blickten. »Ich habe geschworen«, sagte er jetzt leiser, »für dich zu sorgen. Deshalb sollst du mit mir kommen, und meine Brüder werden das für uns richten.«

Rosas Herz klopfte unaufhörlich, ihre Gedanken rasten ziellos durch ihren Kopf. »Deine Brüder?«, ertönte ihre Stimme. »Andere *Orks*?«

»Ja«, schnauzte er zurück. »Ich habe Brüder mit der Gabe der Heilung, die keine Kräuter und keine scharfen Werkzeuge brauchen. Sie werden dir helfen.«

»*Wirklich*?«, fragte Rosa ungläubig in hohem Ton. »Sie würden mir helfen, mit einem ihrer eigenen *Söhne* auf diese Weise ... fertig zu werden?«

Bei all ihren Nachforschungen hatte Rosa festgestellt, dass die leidenschaftliche Hingabe der Orks zu ihren Söhnen zu den glaubwürdigeren Behauptungen gehörte, die es gab. Ein Hinweis auf die Möglichkeit einer echten Zuneigung der Orks, einer echten väterlichen Fürsorge für ihre Söhne, und warum sollten sich die Menschen die Mühe machen, eine so unbequeme Unwahrheit zu erfinden?

»Ja«, sagte der Ork, seine Stimme war bockig und seine Unterlippe schob sich vor. »Sie werden es tun, wenn ich es ihnen sage.«

Und mochten die Götter sie verfluchen, aber als sie diesen Ork ansah, glaubte Rosa ihm irgendwie wieder. »Und wie lange«, fragte sie leise, »würde ein solches Unterfangen dauern?«

»Das weiß ich nicht«, antwortete der Ork barsch. »Ich hoffe, es sind nur Tage, aber es können auch Wochen sein. Es hängt von dir ab, Frau, und davon, wann dein kleiner Schoß seine Frucht hervorbringt, um meine Saat zu treffen.«

Oh. Aus irgendeinem lächerlichen Grund erhitzten sich Rosas Wangen bei diesen Worten, und sie wandte ihren Blick verspätet von seinem Gesicht ab und kämpfte um einen vernünftigen Gedanken. »Aber ich kann die Bibliothek nicht wochenlang verlassen«, sagte sie hilflos. »Nicht jetzt. Ich *kann* nicht.«

»Du kannst«, knurrte der Ork. »Und du wirst, Frau. Entweder das oder dein *Leben*. Du kannst doch nicht wirklich so dumm sein, das nicht zu begreifen?!«

Und Rosa war nicht zu dumm, aber da war noch Lord Kaspar, der Krieg, ihre einzige Chance, eine Studentin zu werden, eine Gelehrte, jemand Würdiges, jemand, der etwas *bedeutete* ...

»Törichte Frau«, fauchte der Ork, sein Gesicht und seine Stimme waren vernichtend, und er erhob sich, so abrupt, dass der Hocker hinter ihm seitlich auf den Boden klapperte. »Ich hätte dich niemals so anfassen dürfen. Nicht nur, dass du deine unbezahlbare Bibliothek verrätst und deine billigen Gefälligkeiten an jeden verkaufst, der danach fragt, du hast auch keinen Verstand und keine Vernunft! Ich biete dir dein *Leben* an, und du wagst es, hier zu stehen und dich zu weigern, es anzunehmen?!«

Es gab keine Antwort, keine Widerrede gegen seine hochgewachsene, brüllende Gestalt, und mit zwei gleichmäßigen, langsamen Schritten schloss er die Lücke zwischen ihnen und stand dicht und mächtig über ihr. »Mein Sohn«, zischte er, »wird dich in zwei Teile brechen, Frau. Er wird dich in Stücke reißen, und du wirst schreiend und qualvoll sterben. Und so sehr ich dieses Schicksal für eine so törichte Person wie dich auch begrüßen würde, habe ich doch geschworen, dir zu helfen, und so bin ich jetzt daran und an *dich* gebunden!«

Der Schrecken und die Abscheu überschwemmten sie auf einmal, erstickt und verzweifelt und ekelerregend, und prallten wild und erbarmungslos gegen die Visionen der letzten Nacht. Sein Körper, der in sie eindrang, seine Klauen, die sich so sanft in ihren Hals bohrten, sie war eine Närrin, er würde dieses Schicksal begrüßen, es wäre ihm wirklich lieber, sie würde schreiend und qualvoll *sterben*.

»Nein«, hauchte Rosa. »Eher *sterbe* ich, du Mistkerl, als dass ich mich mit einer grausamen, gewalttätigen, selbstsüchtigen Bestie wie dir einlasse. Du kannst deine Verpflichtung als erfüllt und unsere unglückliche Bekanntschaft als beendet betrachten. *Lebe wohl.*«

10

R osa stürmte durch die Bibliothek, ihr Gesicht schmerzend und heiß, ihre Schritte taumelnd und schief. Sie trug den Samen eines Orks in sich, sie könnte seinen Sohn bekommen, und er wollte, dass sie *starb*.

Sie griff nach der Eingangstür und riss kräftig daran, aber sie klapperte nur und blieb fest verschlossen. Als ihre zitternden Finger an der vertrauten Klinke rüttelten, stellte sie mit eiskaltem Entsetzen fest, dass sie ... *verändert* worden war. Der dicke Stahl verbog sich seitlich gegen die Tür und sorgte dafür, dass niemand hinein- oder herauskam.

Rosa starrte sie einen langen Moment lang an – der Ork hatte das getan, er hatte ihr den Weg *versperrt* –, dann wich sie zurück und schüttelte den Kopf. Nein. Es musste einen anderen Weg geben, sie würde durch die Hintertür gehen, und wenn er auch die versperrt hätte, würde sie durch ein verdammtes Fenster klettern.

Aber als sie herumwirbelte, rutschte sie mit dem nackten Fuß auf etwas aus – etwas Flachem und Glattem, das vorher noch nicht da war. Und als sie mit zitternden Fingern danach griff und es umdrehte, durchfuhr sie ein weiterer Schock, der ihr den Rücken hinauffuhr.

Es war ein Brief. Von Lord Kaspar. An *sie*.

Lord Kaspar hatte Rosa noch nie in seinem Leben geschrieben – ein Mann von Stand schreibt seinem Bibliothekspersonal keine Briefe –, aber die saubere, geschwungene Schrift, das markante rote Wachssiegel und die Tatsache, dass Rosa den Brief hier, direkt unter dem Briefschlitz, gefunden hatte, waren nicht zu leugnen. Nachdem sie ihn noch einen Moment angestarrt hatte, riss sie ihn an sich, brach das Siegel auf und öffnete den Brief.

Liebste Rosa, stand da. *Es wird dich freuen, zu erfahren, dass meine Arbeit an dem Projekt, das wir besprochen haben, bei der Zitadelle in Wolfen Gehör gefunden hat. Mein Vater und ich werden meine Ergebnisse bald dem Rat vorlegen, der uns beträchtliche Mittel für die Verwirklichung unserer Pläne zugesagt hat, sofern sie als zufriedenstellend erachtet werden.*

Ich bin mir sicher, dass es nicht nötig ist, zu erwähnen, dass dieses Projekt jetzt von höchster Wichtigkeit ist. Es riskiert nicht nur meinen Ruf im großen Stil, sondern auch die Ressourcen und Pläne des gesamten Reiches – von denen viele bereits in Vorbereitung auf meine bevorstehenden Enthüllungen in Gang gesetzt wurden.

Ich erwarte von dir, dass du in meinem Namen deine beste Arbeit leistest, und ich erteile dir die Erlaubnis, alle erforderlichen Maßnahmen zu ergreifen, auch wenn sie zur zeitweiligen Schließung der Bibliothek führen.

Ich werde am ersten Tag des nächsten Monats wiederkommen, um deinen Bericht entgegenzunehmen; wenn er meinen Erwartungen entspricht, werde ich dich, wie versprochen, entsprechend entlohnen. Und sollte deine Arbeit wirklich beeindrucken, werde ich auch noch bedeutende zusätzliche Belohnungen in Erwägung ziehen, die über die bisher besprochenen hinausgehen und dich sicher sehr erfreuen werden.

Solltest du mich jedoch enttäuschen, sehe ich mich gezwungen, drastische Maßnahmen zu ergreifen – einschließlich deines sofortigen Abgangs aus der Bibliothek ohne eine Referenz, bevor ich einen Ersatz ernenne, der meinen Anforderungen besser entspricht.

Enttäusche mich nicht.

Der Brief war nicht nur mit Lord Kaspars vertrauter Federschrift, sondern auch mit seinem Siegel unterzeichnet. Das unterstrich die große Bedeutung dieses entsetzlichen Schreibens, und Rosas verzweifelte Augen lasen es wieder und wieder. Bis ihre Hände, die den Brief hielten, so stark zitterten, dass sie den Zeilen nicht mehr folgen konnte, und sie ihre Hand wieder zur Seite fallen ließ und ihre Augen ins Leere starrten.

Die Zitadelle. Der Rat. Beträchtliche Ressourcen, höchste Wichtigkeit. *Deine beste Arbeit. Enttäusche mich nicht.*

Und dann das verlockende Versprechen einer beträchtlichen zusätzlichen Belohnung, abgewogen mit dieser klaren, schockierenden Drohung. Eine Drohung, die Lord Kaspar natürlich schon früher angedeutet hatte – in Wahrheit war sie schon immer die Grundlage ihrer gesamten Geschäftsbeziehung gewesen –, aber er hatte sie noch nie so kühn und so grausam ausgesprochen. *Dein sofortiger Abgang, ohne eine Referenz.*

Und das, so wusste Rosa, würde all ihre akademischen Bestrebungen zerstören. Es würde jede Chance zunichtemachen, in einer anderen Bibliothek oder Universität Arbeit zu finden. Es würde das sichere Ende von allem bedeuten, was ihr je wichtig war und wonach sie sich gesehnt hatte. Das Ende ihres *Lebens*.

Doch auf der anderen Seite stand das Versprechen. Ich werde dich entlohnen. *Ich werde auch noch bedeutende zusätzliche Belohnungen in Erwägung ziehen, die über die bisher besprochenen hinausgehen. Und die dich sicher sehr erfreuen werden.*

Und was zum Teufel sollte *das* heißen? Finanziell, keine Frage, aber auch sehr erfreulich? Die Anspielung auf etwas Intimeres, Persönlicheres ließ Rosas Gedanken zurückschweifen, zu einem Tag, der Monate zurücklag, als sie und Lord Kaspar einen ganzen Nachmittag lang über eines seiner Projekte recherchiert und diskutiert hatten, gefolgt von einem langen Abend im Bett. Danach hatte er ihren zufriedenen Körper an den seinen gedrückt und gesagt: *Weißt du, Rosa, wenn ich in einer anderen Situation wäre, würde ich dich sehr gerne zur Frau nehmen. Wir würden kluge Kinder zeugen, meinst du nicht?*

Rosa kniff ihre Augen zu, aber die Vision raste nur noch lauter und schneller durch ihr Gehirn. Wenn Lord Kaspar den Rat beeindruckte, würde er sicher Geld, Gunst und Anerkennung bekommen. Und wenn der daraus resultierende Krieg gegen die Orks erfolgreich wäre, sogar noch mehr. Das würde Lord Kaspar das Ansehen verschaffen, nach dem er sich immer gesehnt hatte, ganz ohne die Hilfe von Lady Scall.

Rosas gefühlloser Körper bewegte sich schließlich ruckartig zum vertrauten Verleihtisch, der – sie starrte ausdruckslos darauf hinunter – irgendwie wieder aufgeräumt war und auf dem all ihre Orkschriften noch genauso gestapelt waren wie zuvor. Aber im Moment konnte sie nicht einmal darüber nachdenken, und so schob sie den Brief in das Buch oben auf dem Stapel und legte ihren schmerzenden Kopf in ihre Hände.

Das war ihre Chance. Das war der *Traum*. Und alles, was sie tun musste, um ihre Zukunft zu retten, war, ein unmögliches Motiv für einen unmöglichen Krieg in einem nutzlosen Haufen von Blödsinnsquellen zu entdecken. Bevor Lord Kaspar zurückkehrte, in *drei verdammten Wochen*.

Es gab keine Möglichkeit. Keine. Außer …

Rosa zuckte zusammen, als sie ein leises, zielgerichtetes Geräusch aus dem hinteren Teil der Bibliothek hörte – und dann noch einmal, als sie das Knarren des Holzbodens hörte. Und als sie mit trüben, wässrigen Augen aufblinzelte, war da der Ork. Er schritt zielstrebig auf sie zu und hielt ein Buch in seiner Klauenhand fest umklammert.

Rosas Körper schien von selbst zurückzuweichen und drückte sich platt an die Wand hinter ihr, während ihre

Atemzüge flach und dünn wurden und ihre Hände sich an die Decke klammerten, die noch immer um ihre Schultern gebunden war. Dieser furchtbare Ork hatte sie noch immer in der Falle. Er wollte sie noch immer *tot* sehen. Und vielleicht hatte er erkannt, wie einfach das sein würde, wie es vielleicht all seine Probleme auf einmal lösen könnte ...

Und vielleicht, so dachte Rosa düster, wäre das auch für sie die einfachste Lösung. Ein schneller, schmerzloser Tod, statt einer völlig ruinierten Zukunft oder einem qualvollen Ableben bei der Geburt des *Sohnes* dieses Mistkerls ...

Der Blick des Orks wanderte an Rosas zitternder Gestalt auf und ab und er kam vor dem Verleihtisch zum Stehen. Sein großer Körper war beunruhigend still, bis auf seine Finger, die sich an seinem Buch krümmten.

»Frieden, Frau«, sagte er mit fester Stimme und verzog den Mund. »Ich werde dir nichts tun.«

Aber schon der Klang seiner Stimme ließ Rosa zusammenzucken, und sie drückte sich noch enger an die Wand hinter sich. »Du hast mich eingesperrt«, sagte sie mit zitternder Stimme. »D-du willst mich verschleppen. Du hast gesagt, du willst, dass ich *sterbe*.«

Das Gesicht des Orks wandte sich ab, in seinem markanten Unterkiefer zuckte etwas. »Ich will nicht, dass du stirbst«, sagte er, fast zu leise, um gehört zu werden. »Ich hätte das nicht sagen sollen.«

Rosa blinzelte und spürte, wie ihr Blick auf das Buch in seiner Hand und auf seine Krallen fiel. »Nun, das hast du aber«, erwiderte sie ebenso leise. »Das und noch viel mehr.«

Sie hörte das langsame Ausatmen des Orks, konnte es an der leichten Bewegung seiner Tunika sehen. »Ach«, sagte er, seltsam, und ein verstohlener Blick auf sein Gesicht zeigte, dass er sie immer noch nicht ansah, sondern stirnrunzelnd auf den Schreibtisch zwischen ihnen blickte. »Ich bin heute in der Tat sehr wütend über das, was ich getan habe. Aber ich hätte dich nicht damit konfrontieren dürfen.«

Rosa konnte anscheinend nur an der Wand stehen und sich an ihre Decke klammern, und der Ork seufzte erneut und schüttelte ruckartig den Kopf. »Ich hätte dich gestern Abend nicht zu diesem Handel verleiten dürfen«, sagte er mit härterer Stimme. »Ich habe die Stärke dessen, was über mich kam, nicht verstanden. Ich habe meine Brüder davon sprechen hören, aber ich hielt mich für zu weise, um mich so beeinflussen zu lassen. Ich war töricht, und jetzt müssen wir beide leiden.«

Rosas Blick war an seinem hängen geblieben und musterte die bedauernden schwarzen Augen. Die Worte wirkten echt, seine Stimme war echt, aber ...

»Du meinst, du hast das noch nie getan?«, hörte sie ihre schwankende Stimme sagen, bevor sie ihren dummen Mund zuhalten konnte. »Wahrhaftig?«

Denn – ihre Gedanken schweiften zurück – er war so verdammt *gut* darin, so instinktiv, so sicher. Selbst wenn es nur gespielt war, wusste er genau, was er sagen musste, wo er sie berühren musste, und selbst die Erinnerung an seine scharfen, sanften Krallen an ihrem Hals jagte ihr einen seltsamen, rasenden Schauer über den Rücken.

Sein Mund verzog sich und er schaute wieder weg, während seine Kehle unter seiner grauen Haut vibrierte. »Habe ich nicht«, sagte er, »mit einer Frau.«

Rosa war kurz verblüfft – das konnte doch nicht bedeuten, wonach es sich anhörte, oder? –, aber nachdem sie einen weiteren Moment lang sein angespanntes, starres Profil musterte, war sie sich plötzlich und auf unerklärliche Weise sicher. Dieser Ork hatte noch nie eine Frau gehabt. Aber er hatte andere gehabt, eindeutig andere Orks, und wahrscheinlich leicht und oft. Und das konnte doch kein Aufflackern von Eifersucht sein, das in Rosas Magen kochte ...

Doch plötzlich war es vollständig vergessen, tief unten zertrampelt, denn das *war* eine schockierende neue Wahrheit, nicht wahr? Eine, die in allen Quellen, die Rosa zur Verfügung standen, nicht einmal angedeutet wurde. Männer, die andere Männer nahmen, widersetzten sich in eklatanter Weise den festen Gesetzen aller Provinzen des Reiches. Und obwohl das allein wahrscheinlich nicht ausreichte, um einen Krieg auszulösen, war es doch – *etwas*.

Rosas Kopf pochte, als sie dem unregelmäßigen Rhythmus ihres Herzschlags folgte, und sie schnappte nach Luft, um sich eine Lässigkeit zu verschaffen, die sie keineswegs verspürte. Vielleicht – vielleicht konnte sie es ja doch schaffen. Wenn sie es schaffen würde, sich zu konzentrieren. Zu planen. Zu *denken*.

»Warum hast du mir dann diesen Handel angeboten?«, zwang sie sich zu fragen. »Wenn du wusstest, dass es so riskant ist, und du mich nicht einmal *magst*?«

Ihre Stimme klang so verdammt wehleidig, dass der Ork die Stirn runzelte und den Blick wieder von ihr abwandte. »Ich war nur neugierig«, sagte er kurz und bündig. »Ich wollte wissen, was es damit auf sich hat. Ich will diese Dinge studieren und lernen. Ich will meinen Brüdern helfen.«

Oh. Und in dem chaotischen Durcheinander, das gerade in Rosas Gehirn herrschte, war die mächtigste Welle von allen nur noch mehr tiefes, zermürbendes Elend. Er hatte sie wirklich nicht gewollt. Er mochte sie wirklich nicht. Und vielleicht war es nicht einmal ein Handel gewesen, sondern etwas ebenso Kaltes, ebenso Kalkulierendes. Akademische Neugierde. Forschung.

Und Rosa selbst hatte es aus genau demselben Grund getan, nicht wahr? Was kümmerte es sie also, was spielte es für eine Rolle, sie musste sich auf ihre eigenen Forschungen, ihre eigenen Pläne konzentrieren. *Enttäusche mich nicht ...*

»Auch dir versuche ich zu helfen«, sagte der Ork, nun etwas leiser. »Ich will nicht, dass du wegen meiner Torheit stirbst.«

Rosa konnte kaum noch atmen und blinzelte auf den Verleihtisch hinunter, und der Ork seufzte erneut schwer und resigniert. »In meiner Obhut soll dir kein Leid geschehen.

Wenn das erledigt ist, bringe ich dich sicher zurück in diese Bibliothek und zu diesem Mann.«

Zu diesem Mann. Lord Kaspar. Und Rosas Atem schien nur noch flacher zu werden, ihre Hände waren klamm und ihre Augen blickten reflexartig auf ihren Quellenstapel und den schrecklichen Brief, der darin versteckt war. *Ergreife alle erforderlichen Maßnahmen. Selbst wenn sie zur zeitweiligen Schließung der Bibliothek führen ... Ich werde am ersten Tag des nächsten Monats zurückkehren ...*

Sie hatte drei Wochen Zeit. Und das könnte – oder sollte – genug Zeit sein, um zu lernen, was sie lernen musste, und gleichzeitig mit ihrem ... Dilemma fertig zu werden. Es ergab absolut Sinn, es war die einzige logische Lösung, aber ...

»Aber«, hörte Rosa sich selbst sagen, ihre Stimme klang seltsam und gestelzt. »Ich kann dir ... nicht *trauen*. Du magst mich nicht, du warst unhöflich und grausam zu mir, du gibst zu, dass du mich für deine Zwecke benutzt, und ich kenne nicht einmal deinen *Namen*.«

Und warum, bei allen Göttern, hielt sie sich daran auf, warum sagte sie nicht einfach: *Ja, bring mich weg* und tat, was getan werden musste – aber hier war der Grund. In der donnernden, atemberaubenden Wahrheit dieses riesigen, tödlichen, widerwärtigen Orks, der um den Tisch herum zu ihr schritt und seine Hand über ihren Nacken schob. Er versenkte seine Krallen in ihrem Haar und hob ihr Gesicht an, um sie anzusehen.

Rosas Augen blieben an seinen schwarzen, halb geschlossenen gefangen, und ihr ganzer Körper fühlte sich plötzlich angespannt, warm und wartend an. Irgendwie brauchte sie das, diesen schrecklichen Ork, der sie ansah und tief in ihre schwache, gebrochene und verängstigte *Seele* blickte.

»Ich bin John vom Clan Ka-esh«, sagte er leise, während seine Worte Licht und Farbe in seine hypnotisierenden Augen zauberten. »Und du, mein kleines Liebchen, sollst heute mit mir zu meinem Gebirge kommen. Nicht wahr?«

Rosa konnte nur blinzeln und starren, während die Worte und die Wärme und das Verlangen das ganze kreischende Chaos auf einmal wegzuspülen schienen. Der Ork lehnte sich langsam und zielstrebig näher an sie heran und – o Götter, o *Hölle* – drückte ihr einen sanften Kuss auf die geöffneten, nach Atem ringenden Lippen.

»Du wirst mit mir kommen, kleine Rose«, sagte er erneut, und seine Stimme war voller seidiger, aufsteigender Hitze. »Ja?«

Und verflucht war sie, verflucht war Lord Kaspar, verflucht war die ganze verdammte *Welt* – denn Rosa konnte nur schlucken, nicken und atmen. Sie würde sich dem stellen. Sie würde würdig sein. Sie *würde* es tun.

»Ja«, flüsterte sie. »Das werde ich.«

11

Sein Name war John.

Rosas stark verwirrtes Gehirn schien darüber nur staunen zu können, wieder und wieder, selbst als der Ork – sein Name war *John* – abrupt von ihr zurückwich und seine Augen wieder verdeckt, verschlossen und distanziert waren. John.

Und als der Ork – *John* – begann, sich in der Bibliothek zu bewegen, schnell, leise und zielstrebig, blinzelte Rosa nur und starrte. Sie beobachtete mit einer seltsamen, starren Verblüffung, wie er einen wackeligen Stapel von Büchern aufbaute, die er von verschiedenen Stellen in den Regalen gepflückt hatte, und dann winkte er Rosa mit einem befehlenden Fingerschnipsen zu sich herüber, während er den Stapel vorsichtig auf den nächstliegenden Tisch legte.

»Gib mir die Decke«, sagte er mit flacher Stimme. »Ich habe keinen Rucksack dabei, um sie zu transportieren, und es gibt hier nichts, was sie auf unserer Reise schützen könnte.«

Warte, was? Rosas Gedanken überschlugen sich – er wollte die Bücher mit ins *Orkgebirge* nehmen?! – und sie schüttelte wild und ein wenig dümmlich den Kopf. »Du kannst keine

Bücher aus der Bibliothek mitnehmen«, sagte sie schließlich. »Es sei denn, du bist Student an der Universität.«

John warf ihr einen harten, missbilligenden Blick zu, der in krassem Gegensatz zu dem ruhigen, aufregenden Blick in seinen Augen stand, der noch vor wenigen Minuten zu sehen war. »Aber du kommst doch mit mir mit, oder nicht?«, verlangte er. »Darfst *du* dir keine Bücher aus dieser Bibliothek nehmen, solange du sie sicher zurückbringst?«

»Nein«, schoss Rosa zurück, bitterer als sie es meinte. »Das darf ich nicht. Ich bin keine Studentin.«

John starrte sie nur mit zusammengepressten Lippen an und blickte dann wieder auf seinen Bücherstapel. Sie schienen von einer erstaunlichen Vielfalt an Fachgebieten zu sein, Anatomie und Botanik und Geschichte und Geologie und Medizin, und seine Hand fuhr vorsichtig über die Buchrücken. Mit fast der gleichen Ehrfurcht, mit der er zuvor Rosas Hals gestreichelt hatte, und allein der *Gedanke* daran ließ sie erschaudern – eine Bewegung, die seinen schmalen, prüfenden Blick wieder auf sie lenkte.

»Ich wünsche mir diese Bücher, kleine Frau«, sagte er mit tieferer, weicherer Stimme – und auch seine Augen schienen weicher zu werden, seine dichten Wimpern lagen schwer auf seiner Wange. »Ich schwöre, sie sicher zu verwahren und sie zurückzugeben, wenn ich dich hierher zurückbringe. Wirst du mir diesen kleinen Gefallen nicht gewähren?«

»Ich *kann* nicht«, stieß Rosa hervor. »Ich bin keine Bücherdiebin. *Niemals.*«

John kam einen Schritt näher, seine Hand glitt vertraut und wunderbar an ihren Hals. »Aber ich wünsche mir das auch zu deiner Freude, kleine Rose«, murmelte er, und seine Stimme verströmte süße, schmelzende Lust. »Willst du wirklich tagelang, vielleicht wochenlang, in meinem Berg festgehalten werden, ohne dass du etwas Wertvolles in deiner eigenen Sprache lesen kannst?«

Der Gedanke ließ sie frösteln, wie dieser hinterhältige

Mistkerl nur zu gut wusste. Er legte den Kopf schief und plötzlich verschwand die Wärme seiner Berührung und er schritt geschmeidig auf den Verleihtisch zu. Darunter holte er etwas hervor – *The Lady Bright* –, bevor er zurückkam und es oben auf seinen Stapel legte.

»Du möchtest diese Sage lesen, nicht wahr?«, sagte er und legte seine Hand wieder an ihren Hals. »Ich weiß, dass es dir gefallen wird, mein kleines Liebchen.«

Rosas Augen blieben auf dem Buch haften, das so harmlos und doch so verlockend auf seinem Stapel lag, und sie erschauderte bei dem Gefühl der ebenso verlockenden Krallen, die leicht und sanft über ihre Haut strichen. »Komm, lass uns die hier nehmen«, flüsterte er. »Wenn du mir das gewährst, werde ich dich danach vielleicht wieder erfreuen. So wie letzte Nacht.«

Die Worte lösten einen scharfen, verzweifelten Schauer in Rosas Leisten aus – würde er das wirklich *noch einmal* tun?! – und bevor sie sich zurückhalten konnte, spürte sie, wie ihr der Atem stockte und ihr Kopf zittrig nickte. Sie sagte … *Ja.*

In Johns schwarzen Augen funkelte es triumphierend, in seiner Kehle war ein fast spöttisches Geräusch zu hören – und bevor Rosa das verdauen oder darauf reagieren konnte, hatte seine Hand bereits nach ihrer Decke gegriffen, den Knoten, den er gemacht hatte, gelöst und sie ihr von den Schultern gezogen. So stand sie völlig nackt vor ihm und zitterte bei der plötzlichen Kälte, während er sie völlig ignorierte und den Bücherstapel in ein ordentliches, in sich geschlossenes Paket verpackte.

»*Frábært*«, sagte er in dem fremd klingenden Schwarzmund, und während Rosa zusah, zog er den Kordelzug aus seiner Hose und band ihn fest um das Bündel. Erst dann drehte er sich wieder zu ihr um, seine Augen waren schmal und kalt, ohne auch nur die geringste Spur von Interesse, geschweige denn Verlangen.

Das reichte aus, um Rosas Gehirn wieder in Bewegung zu

bringen, und die Scham stieg ihr heiß und hart ins Gesicht. Er hatte ... geschauspielert, wie er es nannte. Vorgetäuscht, genau wie vorher. Manipuliert. Er benutzte sie ganz offensichtlich, um seinen Willen zu bekommen.

Und Rosa konnte auch etwas vortäuschen, sagte sie sich streng, während sie sich auf die Innenseite ihrer Wange biss und ihren nackten Körper gerade und regungslos hielt. Es gab einen Grund, warum sie das mitmachte. Sie wollte beobachten. Recherchieren. Sie wollte ihre drei Wochen nutzen, um Lord Kaspar seinen Krieg zu verschaffen, ihre Zukunft zu retten und diesen furchtbaren Ork in die Hölle zu verdammen.

Der schreckliche Ork – *John* – musterte Rosa jetzt mit seiner typischen Missbilligung, seine leidenschaftslosen Augen huschten an ihrer zitternden Gestalt auf und ab. »Hast du keine Kleidung mehr, Frau?«

Sie konnte sich ein Schnauben nicht verkneifen und erntete im Gegenzug ein seltsames Zucken aus Johns Mund. »Nein«, schnauzte sie ihn an. »Habe ich nicht. Du hast mein Kleid ruiniert, erinnerst du dich?«

John zuckte wieder zusammen, als ob ihm schon die Erinnerung daran, dass er so etwas getan hatte, sehr unangenehm war. »Hast du denn keinen Mantel oder Umhang? Es hat fast zwei Tage lang geregnet, und du hast kaum Fleisch auf deinen winzigen Knochen, um dich warm zu halten.«

Rosa versuchte es mit einem abwertenden Achselzucken, was ihr aber nicht ganz gelang, da sie immer noch nackt und mit rotem Gesicht – und offensichtlich zu klein und zu knochig – vor einem riesigen, vollständig bekleideten, missbilligenden Ork stand. »Gute Mäntel sind teuer«, sagte sie schließlich. »Ich habe für einen aus Wolle gespart.«

Sie ließ die entscheidende Tatsache aus, dass Lord Kaspar nur bereit war, für Röcke zu zahlen, je dünner und gerüschter, desto besser – aber John schien diesen Gedanken trotzdem aufzugreifen, denn sein Gesicht wurde noch missbilligender als zuvor. Mit einer ruckartigen, unerwarteten Bewegung griff er nach seiner eigenen Tunika und riss sie sich über den Kopf. So stand er nun mit breiter, nackter Brust da, und seine zahlreichen Narben sahen im hellen Tageslicht noch schrecklicher aus, während er ihr seine Tunika entgegenstreckte.

Rosa blinzelte daran hinunter und dann hinauf in seine leeren, abweisenden Augen. Sie sagten alles, ohne auch nur ein Wort zu sprechen, und ihr war *tatsächlich* kalt und sie fühlte sich sehr unwohl, also nickte sie schließlich und zog sich die Tunika über den Kopf.

Sie war riesig, reichte ihr bis zu den Knien, und der geschnürte Ausschnitt, der ihm gut gestanden hatte, reichte bis tief zwischen ihre Brüste, sodass die Gefahr bestand, dass sie jeden Moment entblößt würden. Aber sie war warm und gut verarbeitet und roch nach Moschus und Süße, und Rosa schlang sie enger um sich und schenkte ihm ein schwaches, zögerndes Lächeln. »Danke.«

Er schaute nur weg und griff mit der Hand nach seinem sorgfältig verpackten Bücherpaket. »Gibt es noch etwas, das hier erledigt werden muss, bevor du mitkommst?«

Natürlich, und Rosa verbrachte die nächste halbe Stunde damit, durch die Bibliothek zu hetzen, das hintere Schlafzimmer aufzuräumen, ihr ruiniertes Kleid zu suchen – es stellte sich heraus, dass John es in die angrenzende Latrine geworfen hatte – und kryptische Briefe für Southall und Lord Kaspar zu schreiben. Und zum Schluss entwarf sie ein großes neues Hinweisschild »Vorübergehend geschlossen« für die Tür.

»Und du wirst die Tür reparieren?«, fragte sie John, nachdem sie das Schild aufgehängt hatte – und er ging hinüber und ließ das verbogene Metall wieder an seinen Platz zurückschnappen, so einfach, als wäre es aus Ton. Und dann stand er da und starrte sie an, groß und ungeduldig und gebieterisch, so als hätte Rosa ihn wochenlang warten lassen.

»Ich muss dich wohl tragen«, sagte er mit einem

missbilligenden Blick auf Rosas leichte, abgewetzte Lederstiefel. »Diese albernen Schuhe sind bei diesem Regen nichts wert.«

Er selbst trug ein Paar große, robust aussehende schwarze Stiefel, von denen Rosa sich nicht erinnern konnte, sie vorher schon einmal gesehen zu haben – woher hatten Orks *überhaupt* Schuhe? »Mich tragen?«, echauffierte sie sich. »Den ganzen Weg zu deinem *Berg*?«

Das musste mindestens eine ganze Tagesreise über unebenes und dichtes Gelände sein, aber der Ausdruck auf Johns Gesicht änderte sich nicht im Geringsten. »Ja. Jetzt komm.«

Es schien keine andere Möglichkeit zu geben, also bewegte sich Rosa zaghaft auf ihn zu – und wurde dann von starken, sicheren Armen hochgezogen und dicht an seine nackte Brust gedrückt. Sie war breit und warm, dehnte sich langsam aus und sank mit seinem Atem in sich zusammen, und für einen kurzen, rasenden Moment wollte sie sie berühren, streicheln, ihr Gesicht drehen und sie mit ihrer Zunge schmecken ...

John schaute auf sie herab, seine Augen waren nicht zu lesen, aber sie konnte das harte Schlucken in seiner Kehle sehen. »Du wirst still sein«, sagte er, »und versuche, nicht zu sprechen oder mich abzulenken. Ich muss aufmerksam bleiben, damit wir nicht gesehen werden.«

Mit diesen Worten verlagerte er sie an seine Seite, wobei er ihr ganzes Gewicht mit einem *Arm* abstützte, und stieß die Tür einen Spalt weit auf. Er presste sich und sie eng an die Wand neben der Tür, bevor er sie einen Spalt weit öffnete, seinen Kopf neigte und lang und tief einatmete.

Er *schnupperte*, wie Rosa feststellte, eindeutig nach der Anwesenheit anderer Menschen, sogar durch den immer noch herabströmenden Regen hindurch, und sie beobachtete in neugierigem, gespanntem Schweigen, wie er es wieder und wieder tat. Seine Augen waren weit geöffnet, sein Körper war angespannt und verkrampft, sein Mund verzog sich vor Konzentration.

Und mit einer ruckartigen Bewegung huschte er nach draußen, in den strömenden Regen. Er schloss die Tür der Bibliothek resolut hinter sich, der Riegel rastete ein – und dann rannte er los. Er rannte mit erstaunlicher Geschwindigkeit vom Universitätsgelände weg, über die Straße und auf das offene Feld dahinter. Seine Schritte waren lang und kraftvoll, und seine Krallenhände drückten fast schmerzhaft auf Rosas bereits nasse Haut.

Der Wald näherte sich, rauschte auf sie zu – und Rosa konnte sich ein Schaudern nicht verkneifen, als sie geradewegs in die dichten Baumreihen eindrangen. Aber nicht, wie sie vielleicht erwartet hatte, in das undurchdringliche, beengende Geäst und Laub, sondern nur in die flüsternde Dunkelheit, in der hohe Baumstämme vorbeirauschten, während John um sie herum und zwischen ihnen hindurchlief und einem unsichtbaren, inexistenten Weg folgte.

Es war ein seltsames Gefühl, in den starken, sicheren Armen eines rasenden Orks durch den Wald zu rennen – und noch seltsamer wurde es, als diese großen Arme sie in eine aufrechtere Position brachten und ihre Beine ausbreiteten, sodass sie gespreizt an seiner Hüfte saß. Er hielt sie fast so, wie eine Mutter ihr Kind halten würde, sodass ihr Körper eng an ihn gepresst war und sein Arm fest unter ihrem Arsch verankert war.

Er hatte sie in dieser Situation nicht ein einziges Mal angeschaut oder auch nur seine Schritte unterbrochen, aber Rosa konnte spüren, wie diese Position angenehmer war, wie ihr Gewicht gleichmäßiger verteilt war. Und sie spürte, wie sie es sich noch leichter machen konnte, indem sie mit seinem großen Körper arbeitete, anstatt dagegen – sie wand sich ein wenig und schlang dann in einem Anfall von Wagemut ihre Beine straff um seine Taille.

Die Hand an ihrem Hintern drückte leicht zu, fast so, als

würde sie zustimmen, und Rosa errötete heftig, als sie sich näher an ihn lehnte und den Moschusduft seiner nackten Brust einatmete. Inzwischen war sie glitschig und glänzte, durchnässt von Regen und Schweiß, seine dunkelgrauen Brustwarzen waren gerötet und seine Muskeln zeichneten sich deutlich unter den Narben ab. Außerdem klebten nasse schwarze Haarsträhnen an ihm, die lang und lose aus seinem Zopf ragten – und was noch schlimmer war … seine Hüfte drückte unbarmherzig gegen Rosas Leiste, jede Bewegung seines Beins war ein quälender, rhythmischer Stoß genau *dort*. Mit wachsendem Unmut stellte sie fest, dass sich ihre Tunika nach oben gearbeitet hatte, sodass ihre offene, geschwollene nackte Hitze direkt gegen diese glorreiche, feste Kraft gepresst wurde.

John hörte so abrupt auf, zu rennen, dass die Welt zu stolpern schien, und bevor Rosa recht wusste, was passiert war, hatte er sie unter einem großen Baum abgesetzt und wich mit schnellen Schritten zurück. Seine Augen blickten sie aus der Ferne an, und sie blinzelte benommen zurück, hielt sich an dem Baum fest und versuchte, auf ihren wackeligen Beinen Halt zu finden.

»Ich muss essen«, sagte er mit harter Stimme, als er ihr das eingepackte Bücherpaket in die Hand drückte. »Bleib hier. Und halte sie trocken.«

Rosa nickte und drückte die Bücher an ihre Brust, während ihre Augen gierig an seiner durchnässten, nackten Brust auf und ab wanderten. Und dann entdeckte sie – ihr Atem stockte – eine unleugbare, unglaublich dicke Beule, die sich stark und hungrig gegen die Vorderseite seiner Hose abzeichnete.

Götter. Rosas verräterische Zunge leckte über ihre Lippen, und als Antwort ertönte ein leises, ersticktes Geräusch tief aus Johns Kehle – aber ohne ein weiteres Wort wirbelte er davon und verschwand zwischen den Bäumen.

Rosa schaute ihm hinterher, ihr Blick blieb auf seinem

breiten, nackten Rücken und der harten Wölbung seines Hinterns hängen – dann ließ sie sich gegen den feuchten Baumstamm hinter sich fallen und drückte die Bücher so fest an ihre Brust, dass es wehtat.

Dies sollte eine Forschungsarbeit sein. Sie sollte Lord Kaspar seinen Krieg verschaffen und Rosa vor einem ansonsten höllischen Schicksal bewahren. Und sie musste sich zusammenreißen und aufpassen, um nicht ständig von diesem beängstigenden Ork durcheinandergebracht zu werden.

Doch die Situation wurde durch Johns unvermeidliche Rückkehr eine Viertelstunde später nicht besser. Seine nackte Brust war mit frischem Blut bespritzt, und – Rosa wäre fast erstickt – auch von den Krallen seiner rechten Hand und aus seinem Mundwinkel tropfte es rot.

Rosa kniff die Augen zusammen und kämpfte dagegen an, dass ihr *Gehirn* mit grausigen Bildern von dem armen, hilflosen Tier, das er gerade verschlungen hatte, gefüllt wurde. »Besser?«, brachte sie hervor. »Netter Happen?«

Seine Zunge fuhr heraus, lang und schwarz und gewunden, um das Blut an seinem Mund abzulecken und verflucht. Rosa konnte kaum ein lautes Stöhnen zurückhalten, als ihr Blick an diesem Schauspiel haften blieb. Johns Kopf neigte sich, sein nasser Zopf fiel ihm über die Schulter, während er seine geröteten Krallen zum Mund führte und – Rosa hätte fast wieder gestöhnt – sie langsam, eine nach der anderen, ableckte.

»Ja«, sagte er, als er fertig war, als Antwort auf ihre Frage. »Ich hätte dir eine Kostprobe mitbringen sollen, aber ich weiß, dass ihr Menschen gutes, frisches Fleisch nur verachtet.«

Er sah sie wieder finster an, als ob diese Tatsache ein persönliches Versagen ihrerseits wäre, und schritt dann auf sie zu. Er kam ihr viel zu nahe, groß und blutig und atemberaubend mächtig, während eine Hand nach dem Paket mit den Büchern griff, das sie immer noch in der Hand hielt, und seine andere Hand den viel zu tief sitzenden Ausschnitt ihrer feuchten Tunika nach unten zerrte.

Rosa erstarrte am ganzen Körper, vielleicht erwartete sie, dass er sie entblößen oder die Tunika zerreißen würde, so wie er es mit ihrem Kleid getan hatte, aber er starrte nur stirnrunzelnd ... zuerst auf ihr Schlüsselbein und dann tiefer, bis zu ihrem Brustbein. »Trotzdem«, sagte er, fast mehr zu sich selbst als zu ihr, »musst du hungrig sein, Frau. Du wiegst kaum mehr als ein Kind, und deine winzigen Knochen sollte man nicht so sehen dürfen.«

Wieder sprach er mit scharfer Missbilligung, als ob Rosa die volle Verantwortung dafür trüge, seine Augen so zu beleidigen – und das, obwohl er buchstäblich noch immer vor *Blut* triefte – und sie schob die Tunika verspätet wieder zurecht, um den unangenehmen Anblick ihrer Knochen vor seinen kritischen Blicken zu verbergen.

»Tja, entschuldige bitte, dass ich dein empfindliches Gemüt beleidigt habe, Ork«, schnauzte sie ihn an. »Vielleicht bringst du mir das nächste Mal tatsächlich etwas Fleisch zu essen, dann musst du dich nicht mehr so sehr vor meinem Anblick ekeln.«

Die Augen des Orks blickten zu den ihren auf, etwas Seltsames rührte sich in ihnen, und er schüttelte den Kopf, wobei er noch mehr loses schwarzes Haar aus seinem wirren Zopf peitschte. »Ich bin nicht *angeekelt*«, sagte er, und seine Stimme klang vorsichtig bei diesem Wort. »Ich kann das nur nicht verstehen. Warum füttert dich dieser wohlhabende Mann nicht, wie er es sollte? Wünscht er sich, dass sein Liebchen klein und schwach bleibt?«

Rosa hatte schon den Mund geöffnet, um darauf hinzuweisen, dass es nicht Lord Kaspars Aufgabe war, sie zu füttern – und vor allem, dass sie *nicht* Lord Kaspars *Liebchen* war –, aber dann presste sie die Lippen zusammen, während die Erinnerungen hinter ihren Augen vorbeizogen. Ihr Gehalt in der Bibliothek war gering, eigentlich ein kleines Honorar für eine ohnehin schon wohlhabende studentische Angestellte, und Lord Kaspar hatte behauptet, dass er eine Erhöhung nicht anordnen könne, um sich bei seinen geringeren Kollegen nicht der Bevorzugung schuldig zu machen. Und obwohl er Rosa gelegentlich Geld gegeben hatte, wenn sie besonders bedürftig war, war es immer zähneknirschend, verärgert und widerstrebend gewesen.

Ich habe schon mehr als genug getan, um dir diese Stellung zu geben, nicht wahr?, hatte er einmal gesagt. *Bei meinem Einkommen kann ich mir noch eine weitere Geliebte, die an meinen Geldbeutel hängt, nicht leisten. Du bist besser als das, Rosa, mein Liebling. Nicht wahr?*

Die Erwähnung einer weiteren Geliebten war zwar eine gewaltige Erniedrigung, aber gleichzeitig bedeutete sie auch, dass Rosa einen anderen Platz, eine andere Sphäre, als die anderen einnahm. Sie war nicht einfach ein weiteres austauschbares hübsches Gesicht, das für Vergnügen bezahlt wurde, sondern jemand Wichtiges, jemand Kluges, jemand Würdiges. *Ich würde mich freuen, dich zur Frau zu haben ...*

»Lord Kaspar hat ... andere Prioritäten«, sagte Rosa verspätet, wobei ihr die Worte schwer im Mund lagen. »Und Prinzipien, was solche Dinge angeht.«

Das Geräusch aus Johns Kehle war hart und spöttisch und wurde nur durch die plötzliche, warme Berührung seiner Hand an Rosas Hals gemildert. »Dieser Mann ist geizig«, sagte er mit fester Stimme, »und ein Narr. Er sollte viel lieber ein starkes, warmes, gepflegtes Liebchen haben als eines, das schwach, hungrig und kalt ist. Es ist kein Wunder, dass deine Arbeit für seine Bibliothek so töricht war.«

Rosas Mund öffnete sich wieder und sie wollte einen gut begründeten Protest gegen diese absurden Aussagen vorbringen, aber Johns Hand glitt über ihren Mund und seine Krallen drückten fest, aber sanft gegen ihre geöffneten Lippen. »Es wird Nacht, bevor wir den Berg erreichen. Du musst essen.«

Rosa schaffte es, mit den Schultern zu zucken – sie hatten nichts zu essen eingepackt, und in dem immer noch nieselnden Regen gab es keine Möglichkeit, ein Feuer zu machen. Rohes Fleisch würde sie nicht essen – so tief war sie noch nicht gesunken – und für Obst oder Beeren war es noch zu früh im Jahr, was sollte sie also tun, verdammt noch mal?

Der Ork schien ihren Gedanken schon fast zu folgen, denn sein Blick schweifte kurz über den feuchten Wald um sie herum, bevor er sich wieder auf ihre Augen richtete. Und dieses Mal waren seine Augen hartherzig, zielstrebig und entschlossen, und sein Mund zuckte mit einem klaren, festen Missfallen.

»Nun gut«, sagte er, und die Worte kamen ihm wie ein Schnappen über die Lippen. »Du wirst dich hinknien, Frau. Und dann musst du dich an meinem Schwanz satt lutschen.«

12

Zum gefühlt dutzendsten Mal, seit sie sich kennengelernt hatten, war Rosa völlig sprachlos wegen dieses entsetzlichen, unergründlichen Orks.

»Ich werde *was* tun?«, verlangte sie schließlich vorbei an den Fingern, die immer noch warm und dicht und duftend an ihren Lippen hingen. »Auf die Knie gehen und dich auslutschen? *Hier?!* Außerdem«, sie starrte ihn an, während die Erinnerung aufflammte, »erinnerst du dich nicht daran, wie du mich gestern für dieses Angebot verspottet und behauptet hast, du wärst zu gut für meinen schwachen kleinen Mund?«

Johns Lippen kräuselten sich und offenbarten einen Hauch eines noch blutigen weißen Fangzahns. »Ich habe dies nicht behauptet, und es geht auch nicht darum, mich *auszulutschen*«, sagte er und formte die Worte mit sichtbarer Sorgfalt, aber auch mit tiefer Missbilligung. »Das ist nur, um dich zu stärken. Ich werde dich nicht kalt, mit leerem Bauch und verwirrtem Verstand zu meinem Berg bringen. Du könntest vor Angst ohnmächtig werden oder dir eine tödliche Erkältung einfangen und es mir damit unmöglich machen, mein Versprechen zu halten, dass ich für dich sorge, und das würde mir die Verachtung aller meiner Brüder einbringen.«

Rosa verfolgte diese Worte mit Mühe – offensichtlich war ihr Gehirn im Moment ziemlich verwirrt – und holte tief Luft. »Warum«, sagte sie, »sollten deine Brüder dich verachten? Stehlt ihr Orks nicht ständig hilflose Frauen weg? Da gibt es doch sicher viele Ohnmachtsanfälle, Erkältungen und Hysterie?«

John schnaubte, und seine Finger pressten sich leicht gegen Rosas Lippen. »Du solltest nicht auf alles hören, was du in diesen dummen Büchern liest«, knurrte er. »Wir Orks haben seit vielen, vielen Monden keine Frauen mehr gestohlen. Und die, die wir haben, müssen wir gut behandeln, damit sie sicher und zufrieden sind und wir ihre Stärke und Treue für uns gewinnen. Das hat uns unser weiser Anführer gelehrt.«

Ihr Anführer. Der derzeitige Anführer der Orks hieß Grimarr, wie Rosa aus ihren Schriften wusste, und war angeblich eine grobe, bösartige, gerissene Bestie, die vor dem Friedensschluss eine richtige *Lady* entführt und eingesperrt haben sollte – aber dieser schreckliche Gedanke wurde völlig verdrängt, als Johns scharfe, verlockende Krallen nach unten wanderten und sich über Rosas feuchte Haut schlängelten.

»Knie dich hin, Frau«, sagte er leiser und seine Augen flatterten. »Trink meinen guten Samen.«

Aber er tat es schon wieder, seine süßen Worte, seine süßen Berührungen, seine Manipulationen, und sie waren unter freiem Himmel, der Boden war kalt und klatschnass, und Rosa wollte diesem verdammten Ork *rein gar nichts* geben ...

»Netter Versuch, Ork«, sagte sie, und ihre Stimme schwankte nur leicht. »Aber ich fürchte, dich in einem triefend nassen Wald auszusaugen, steht auf meiner Prioritätenliste im Moment *ganz weit unten*.«

John starrte sie einen Moment zu lange an, seine Augen schlossen sich – aber dann kam er einen Schritt näher und legte seine warme Hand weiter in ihren Nacken. »Mach mir doch nichts vor, mein albernes kleines Liebchen«, sagte er und hob ihr Kinn mit seinem spitzen Daumen an. »Orksaat ist süß und reichhaltig, so wertvoll wie jedes Fleisch. Sie ist ein Geschenk für schwache, zerbrechliche Frauen wie dich.«

Rosa schluckte hart gegen die Klaue und schüttelte verlegen den Kopf. »Ich weigere mich, solche Dinge zu dulden«, stieß sie hervor. »Das ist absolut *lächerlich*.«

»Es ist nicht *lächerlich*«, erwiderte John und sah sie mit verengten Augen an. »Es ist eine Wahrheit, die unter Orks seit den frühesten Erzählungen bekannt ist. Unser guter Samen wird nicht nur die Frauen mit unseren Söhnen füllen, sondern sie auch dick und stark machen. Er macht sie zu kräftigen, würdigen Gefährtinnen, die gesund und munter genug sind, um unsere Söhne zu gebären.«

Moment mal. Er *glaubte* das wirklich, stellte Rosa fest und blinzelte in seine sturen schwarzen Augen. Unwillkürlich wanderte ihr Blick zu dem Paket mit den Büchern, das er immer noch sorgfältig in der anderen Hand hielt, denn *so* dumm war dieser schreckliche Ork doch nicht, oder?

»Halt das«, sagte er und schob ihr die Bücher zu – und dann, ohne Vorwarnung, ohne zu zögern, griffen seine Hände nach seiner Hose und holten seinen bereits harten Orkschwanz heraus.

Götter. Er war lang, dick und gerade und ragte aus der Masse der groben dunklen Haare darunter hervor. Und im helleren Licht konnte Rosa jede Ader und jede Furche sehen, und seltsamerweise zogen sich noch mehr verblasste, unverkennbare Narben an ihm entlang, sogar auf dem glatten, runden Kopf.

Rosa warf ihm einen verstohlenen, beunruhigten Blick zu, aber John starrte nur unverwandt zurück und legte dann langsam und bedächtig seine große Hand vertraut und leicht um den Ansatz. Und dann glitt er mit quälender Präzision nach oben und drückte eine dicke weiße Perle aus dem dunklen, glitzernden Schlitz.

Verdammt! Rosa konnte nur staunend zusehen, wie er es wieder tat, fast so, als würde er sie mit diesem dreisten Spektakel verhöhnen und verspotten. Und es *funktionierte* fast, denn Rosas Zunge leckte über ihre trockenen Lippen und die Hitze stieg heiß und kraftvoll in ihre Leistengegend.

John entging das selbstverständlich nicht, und ein heiseres, raues Geräusch erklang aus seiner Kehle, als seine Hand wieder nach oben glitt, diesmal noch langsamer. »Siehst du?«, murmelte er. »Das wird dir gefallen, Liebchen.«

Rosa starrte weiter, ohne zu atmen, als dieser schamlose Ork seine andere Hand hinauf zu dem tiefen Schlitz bewegte und die weiße Perle auffing, als sie gerade heruntertropfte und sich dick und zähflüssig auf seinem Krallenfinger sammelte. Und *dann*, o Hölle, hob er den Finger und verteilte das dicke Weiße, klebrig und glitschig, auf Rosas Lippen.

Eine Schrecksekunde folgte – ein Ork hatte gerade seine *Flüssigkeiten* an ihrem *Mund* abgewischt?! Doch dann war es zu spät, die Falle war gestellt und schnappte zu, denn Rosas verräterische Zunge war herausgerutscht und hatte sie *gekostet*.

Das lustvolle Stöhnen aus ihrer Kehle war reflexartig, herzhaft und absolut demütigend, genauso wie die Art und Weise, wie ihre Zunge wieder hervorschnellte und verzweifelt nach dem Rest leckte. Denn bei allen Göttern, es schmeckte unfassbar gut, fast so gut wie der süße Honig, den sie einmal in der Schule gestohlen und seitdem nie wieder vergessen hatte ...

Plötzlich fühlte sie sich ausgehungert, ihr längst entleerter Magen knurrte hörbar, und im Gegenzug lachte John tatsächlich laut und offen, vielleicht zum ersten Mal, seit sie sich kennengelernt hatten. Und obwohl Rosa wusste, dass es auf ihre Kosten war, war sie brutal und bizarr ergriffen von seinem Anblick und seinem Klang, der tief und satt und rollend war. Seine Augen bildeten kleine Fältchen und seine Lippen verzogen sich und präsentierten all seine weißen, scharfen Zähne...

»Törichte kleine Frau«, sagte er, seine Stimme war noch seidig und warm von seinem Lachen. »Jetzt knie dich hin und sauge an mir.«

Während er sprach, griff er sogar wieder nach den Büchern, riss sie mit einer einzigen Bewegung seiner Klaue aus Rosas Griff und führte seine andere Hand schwer an ihren Kopf. »Sofort«, sagte er, »bevor ich es mir anders überlege, als dir ein solches Geschenk zu machen.«

Rosas Magen knurrte immer noch und überschwemmte sie mit Demütigung, aber die letzte Drohung hatte ihre Wirkung getan, denn ihre zitternden Knie waren wie von selbst auf den Boden gesunken. Und diese riesige, vernarbte, triefende Härte war *hier*, direkt vor ihrem Gesicht, und für einen atemlosen Augenblick gab es einen entfernten Anflug von Vernunft, von Rationalität, was hatte sie sich nur dabei gedacht, das war wirklich, auf atemberaubende Weise *empörend*...

Doch dann beugte sich John vor und seine Krallenhand schob den dicken, glitschigen Schwanzkopf zwischen Rosas keuchende, geöffnete Lippen. Er spreizte sie, während er sich sanft und stetig weiter in sie hineinbohrte, während dieser herrlich süße Geschmack Rosas Gedanken, ihr Bewusstsein, ihr gesamtes *Wesen* durchströmte.

Sie stieß ein weiteres schleppendes, erbärmliches Stöhnen aus und erntete ein weiteres leises, saftiges und spöttisches Lachen von oben. Und er war so ein Mistkerl, eine verlogene, manipulative *Bestie* – aber es gab kaum Raum, dem nachzugehen, wenn man verzweifelt und laut an einem riesigen, reichlich tropfenden, absolut köstlichen Orkschwanz saugte.

Er stieß nicht einmal zu oder bewegte sich, sondern stand einfach nur stumm und verachtend da, er schnappte noch nicht einmal nach Luft. Als ob es etwas völlig Alltägliches wäre, von einer ausgehungerten Frau in aller Öffentlichkeit ausgesaugt zu werden – und Rosas schneller, beschämender

Blick nach oben bewies das, denn seine schwarzen Augen sahen sie kühl, beobachtend und distanziert an.

Vielleicht war es auch die Tatsache, dass ihr Magen nicht mehr ganz so hungrig war, da ihre gierige Kehle bereits eine beträchtliche Menge der dicken Süße geschluckt hatte – oder vielleicht war es die grausame Bemerkung, die er über ihren schwachen Mund gemacht hatte, oder sogar die plötzliche Vision der vergangenen Nacht, in der all seine vorsichtige Distanz verschwunden und die darunter verborgene Wahrheit ans Licht gekommen war. Aber was auch immer es war, Rosa hatte das unbändige Bedürfnis, es ihm zu zeigen, ihn zu beeindrucken, denn sie war verdammt gut darin, und dieser Bastard würde es verdammt noch mal anerkennen müssen.

Also zog sie sich leicht zurück, glitt die ganze Länge seiner Härte hinauf, lernte ihn kennen, erforschte ihn. Sie tauchte mit ihrer Zunge in seine Eichel ein, tief in den herrlichen Schlitz, als wolle sie ihn von innen heraus trinken – und dann, nach einem dicken, kräftigen Atemzug durch ihre Nase, saugte sie ihn wieder tief ein, so weit sie konnte, und drückte ihn fest und kraftvoll gegen ihre Kehle.

Seine Augenlider flatterten nur leicht, ansonsten war sein Gesicht immer noch ruhig und gelassen, also tat Rosa es noch einmal, diesmal fester. Sie glitt an ihm hinauf, leckte und liebkoste seine glatte, glitschige Eichel und saugte ihn dann so tief, wie sie konnte, wobei sich ihre Kehle um ihn herum bewegte und zuckte. Sie schaffte es nicht ganz, ihn vollständig zu schlucken, aber durch die Umstände hatte sie ihren Würgereflex schon vor Jahren verloren, und es war eine sehr knappe Sache, als seine groben schwarzen Haare an ihrer Nase kitzelten.

John gab einen Laut von sich, der ein Keuchen hätte sein können, doch sein Blick blieb starr und ungerührt. Rosa hielt ihre blinzelnden Augen auf die seinen gerichtet, forderte ihn heraus, dies zu ignorieren, flehte ihn an, es nicht zu ignorieren – und dann wappnete sie sich und nahm ihn noch tiefer. Ihre

Kehle flimmerte und zuckte und schrie leise auf, vollgestopft mit einem riesigen, eindringenden Orkschwanz, während ihre zitternden Hände nach oben wanderten und nach ihm griffen, eine an seiner warmen Hüfte, die andere an den schweren Eiern weiter unten ...

Das löste ein Zischen aus, ein Aufbäumen in seiner Brust – und plötzlich stürzte sich Rosa mit ihrem Mund auf ihn, mit aller Kraft, die sie aufbringen konnte. Sie nahm ihn energisch und kraftvoll in sich auf und senkte sich über seine ganze Länge, ihre Zunge drehte sich, ihre Lippen dehnten sich und schlürften, ihre Kehle schrie auf, als sie sein unnachgiebiges Gewicht wieder und wieder dagegen stieß, und bei allen Göttern, sie brauchte das, sie sehnte sich mehr danach als nach *Leben* ...

Johns Augen hatten sich immer noch nicht verändert, er zeigte nicht das geringste Interesse an ihren Bemühungen, aber das – *das* – war das unverwechselbare, erregende Gefühl seiner großen Hand, die sich ruhend an ihren Kopf legte. Seine Finger bewegten sich leicht, seine Krallen gruben sich in ihr Haar...

Es war alles, *alles*, und es spornte Rosa an, noch härter, noch schneller, noch tiefer. Ihre eigenen Hände zitterten und klammerten sich an ihn, ihr Gesicht brannte, ihre Augen tränten, dieser brutale, fordernde Schwanz pochte in ihrer Kehle, wieder und wieder und wieder ...

Ein weiterer keuchender Atemzug kam aus seinem Mund, leise, gedämpft, unüberhörbar. Und endlich flackerten seine distanzierten, leidenschaftslosen Augen auf, *endlich* verrieten sie ihn, und seine kräftigen Hüften schnellten nach vorn und gruben ihn so tief, dass sie fast erstickte...

Und dann ergoss er sich in ihr, überflutete sie, ertränkte sie. Er überschwemmte ihren Mund und ihre Kehle mit einem Schwall nach dem anderen von dickem, flüssigem Honig, so sehr, dass er ihre Kehle zuschnürte und ihre Wangen füllte, sodass sie hustete und darum kämpfte, zu schlucken – bis er sich schließlich aus ihren Lippen herauszog und der Samen sofort hinterherschwappte und dick und demütigend und obszön aus Rosas keuchendem, geschwollenem und gerötetem Mund herausspritzte.

Sie spürte, wie seine Augen sie beobachteten und warteten, bis es zu einem gleichmäßigen Tropfen wurde, der schmutzig und glitschig an ihrem Kinn herunterlief. Und verflucht sei sie, aber selbst jetzt war ihre schmerzende, zitternde Zunge herausgerutscht, leckte, was sie konnte, und schluckte es in ihrem eindeutig wunden Hals hinunter.

Aber John lachte nicht, noch verspottete er sie, und als Rosa einen verstohlenen, beschämten Blick zu ihm hinaufwarf, waren seine Augen nicht wütend oder bedauernd, wie beim letzten Mal. Die große Hand in ihren Haaren kippte langsam ihr Gesicht nach oben und präsentierte ihm die ganze Sauerei, die er mit ihr angestellt hatte, wobei ihr Kinn immer noch von seinem klebrigen Weiß triefte.

»Törichtes kleines Liebchen«, sagte er so leise, dass sie es kaum hören konnte. »Ach, du warst *tatsächlich* sehr hungrig.«

Rosa konnte nicht sprechen, sie blinzelte nur durch ihre feuchten Wimpern zu ihm hoch und ihr Herzschlag hallte unregelmäßig in ihren Ohren wider. John legte den Kopf schief, die Krallen kratzten leicht an ihrer Kopfhaut, und er hob seine andere Hand und fuhr mit dem Fingerrücken in die Sauerei an Rosas Kinn.

»Hier«, murmelte er, als er mit dem Finger über ihre geöffneten Lippen strich – und sie konnte es nur tun, gehorchte, leckte und schleckte über seine Haut. Und wieder, als er mehr holte, und dann wieder. Verzweifelt saugte sie alles auf, was er ihr gab, so viel, wie er ihr geben wollte, bis ihr Gesicht fast wieder sauber war und sie die letzten Reste von dem sanften, vorsichtigen Finger saugte, der jetzt tief in ihrem Mund steckte.

»Leg deine Zunge nicht an meine Kralle«, warnte er, immer

noch sanft, als sie ihr vielleicht zu nahe kam. »Sie wird dich schneiden, wenn du nicht weißt, wie man damit umgeht.«

Rosa nickte und wirbelte ihre Zunge vorsichtiger umher, bis sich seine Hand schließlich zurückzog. Er griff hinter sich, an die Stelle – Rosas verschwommene Augen kämpften darum, sich zu fokussieren –, an der er das Paket mit den Büchern auf einem nahen Felsen abgestellt hatte. Und nun glitt auch seine andere Hand von ihr weg, zog sich aus ihrem Haar und drehte das Paket vorsichtig herum, als ob er es auf Feuchtigkeit oder Beschädigung untersuchen wollte.

Er ließ Rosa keuchend auf ihren Knien zurück, kalt und zittrig und unberührt, und plötzlich durchflutete sie ein Gefühl der Scham. Warum hatte sie so etwas getan, warum hatte sie diesem Ork so etwas gegeben, wenn es ihn offensichtlich kaum interessierte? Sicherlich nicht so sehr, wie er sich für die Bücher interessierte, wenn man bedachte, wie er gerade stirnrunzelnd eine Ecke des Pakets betrachtete, es dann an seine Nase hielt und tief inhalierte.

Götter, das war alles *Wahnsinn!* Rosa wischte sich mit ihren klammen Händen über ihr immer noch klebriges Gesicht. Sie war aus einem bestimmten Grund hier. Sie war hier, um zu forschen. Sie wollte Lord Kaspar seinen Krieg verschaffen und sich selbst vor einer höllischen Zukunft bewahren, das war alles. Drei Wochen.

Mühsam taumelte sie auf ihre wackeligen Füße und hielt sich an einem nahen Baum fest, während John sie weiterhin ignorierte und stattdessen das Paket aufschnürte und sorgfältig wieder verpackte. Als er fertig war, warf er nur einen kurzen Blick auf Rosa und seine Augen waren wieder emotionslos, irgendwo anders.

»Komm, Frau«, sagte er mit schneidender Stimme, die nicht mehr so warm klang wie noch kurz zuvor. »Wir haben lange genug getrödelt.«

Bevor Rosas Verstand es verhindern konnte – nein, nein, das war Forschung, das war *alles* – kam der Schmerz wieder hoch und sie zwang sich, zu nicken und mit ihrem zittrigen Körper wieder auf ihn zuzugehen. Bis sie nahe genug war, dass er wieder seinen starken Arm um sie legen und sie auf seine Hüfte heben konnte.

»Du musst dich gut festhalten«, sagte er, ohne sie anzuschauen. »Jetzt, wo ich meine Kraft regeneriert habe, werde ich so schnell wie möglich laufen.«

Rosa nickte stumm, und der Arm drückte sie fest an sich – und mit einem kräftigen Tritt seines Beins rannten sie los. Wieder rasten sie in atemberaubendem Tempo zwischen den Bäumen hindurch und folgten einem unergründlichen Weg durch ein Terrain, das mit jedem Augenblick rauer und felsiger wurde.

Aber auch hier schien Rosa irgendwie in der seltsamen, unerklärlichen Sicherheit zu versinken. Sein großer Körper bewegte sich und lief, seine Brust war nah, blank und warm, seine starke Hand lag fest unter ihrem Hintern. Seine andere Hand kam sogar manchmal in ihre Nähe, berührte sie und hielt sie fest an sich gedrückt, während seine graziöse Gestalt sprang, auswich und kletterte. Es war fast so, als wäre es ein gemeinsames Spiel oder vielleicht sogar ein Tanz.

»Ich muss trinken«, sagte er plötzlich, vielleicht am späten Nachmittag, als sie sich einer Klippe näherten, unter der das Geräusch eines rauschenden Baches zu hören war. »Warte.«

Er stellte Rosa auf dem rutschigen Felsen ab und hielt seine großen Hände fest an ihrer Taille, während sie das Gleichgewicht auf ihren tauben, kribbelnden Beinen fand. Und dann – sie blinzelte – verschwand er und sprang die Klippe hinunter, und als sie vorsichtig einen Blick riskierte, sah sie seine graue Gestalt, die den steilen, nassen, felsigen Abhang so leicht hinunterkletterte, als wäre es eine grasbewachsene Anhöhe.

Verwirrt beobachtete sie, wie er unten am rauschenden Bach kniete und sich erst das Gesicht mit Wasser bespritzte, um dann ausgiebig zu trinken. Und dann – ihr stockte der

Atem – löste er mit einer ruckartigen Bewegung seinen unordentlichen Zopf und schüttelte das lange schwarze Haar um seinen Kopf herum aus, sodass die Tropfen nur so flogen. Für einen Moment sah er aus wie ein Wesen aus einer anderen Welt, eine Elfe vielleicht, oder ein dunkler Feenprinz, groß und vernarbt und mächtig, und triefend nass am ganzen Körper.

Doch der Gedanke verflog so schnell, wie er gekommen war, als Johns Kopf sich drehte und zu ihr aufblickte. Sein Gesicht war streng und wurde immer missbilligender, und seine Hand machte eine kurze, bedeutungsvolle Bewegung nach hinten. *Ich habe dir gesagt, dass du warten sollst ...* das wollte er mit der Bewegung ausdrücken. *Geh weg von der Kante, törichte Frau.*

Aus irgendeinem lächerlichen Grund zuckten Rosas Mundwinkel nach oben – dieser Ork war schon so verdammt vorhersehbar –, aber sie ging gehorsam dorthin zurück, wo er sie abgesetzt hatte und wartete. Als er zurückkam, trug er immer noch seine typische Missbilligung zur Schau und hatte sein Haar wieder ordentlich geflochten – aber er hatte auch seine großen Hände zusammengelegt und hielt vorsichtig klares, funkelndes Wasser in die Höhe.

»Du musst trinken«, befahl er und drückte ihr seine Hände entgegen. »Ich will nicht, dass du vor lauter Durst zusammenbrichst, bevor wir den Berg erreichen.«

Seine Stimme war rau, aber seine Hände waren stetig, sicher und abwartend. Wie hatte er nur so viel Wasser die Klippe hinauftragen können, ohne es zu verschütten? Hatte er das wirklich nur für sie getan? ... Und nach einem verstohlenen Blick in seine abweisenden Augen trat Rosa vorsichtig einen Schritt vor, senkte den Kopf und trank.

Es war schon seltsam, Wasser aus den ausgestreckten Händen eines Orks zu schlürfen. Schließlich hatte sie alles ausgetrunken und leckte mit ihrer Zunge die letzten Tropfen von seinen Handflächen. Und noch seltsamer war, dass er sie gewähren ließ und mit ungewohnter Geduld wartete – und dann, als sie endlich fertig war, hob er seine feuchte Hand, um über ihr Kinn zu reiben, wo es noch klebrig war von den vorangegangenen Ereignissen des Nachmittags.

»Danke, mein Lord«, hörte Rosa sich leise sagen, während ihr Blick zu seinem Gesicht wanderte – und dann sofort wieder weg, denn *warum* hatte sie das gesagt, vor allem den Teil mit *mein Lord*? –, aber plötzlich strich eine Klaue sanft und anerkennend über ihren Nacken, sodass ihr der Atem stockte. Er … *mochte* das. Es gefiel ihm, wenn man ihm dankte oder ihn *mein Lord* nannte, oder beides, nachdem er sich so um sie gekümmert hatte. Fast so, als wäre sie wirklich sein Liebchen, bereit und begierig, seinem Befehl zu folgen, sich seiner Herrschaft zu beugen …

»Wir müssen gehen«, unterbrach er sich mit schroffer Stimme, woraufhin Rosa stumm nickte und auf ihn zuging. Und dieses Mal hüpfte sie fast ein wenig in ihn hinein, sein starker, vertrauter Arm legte sich mühelos um ihren Hintern, als hätten sie das schon Hunderte Male gemacht – und dann raste er wieder los, durch die Bäume, während Rosa sich fest an ihn klammerte, den köstlichen Moschusduft seiner verschwitzten nackten Brust einatmete und tapfer darum kämpfte, die leichte Anmut seines Körpers und damit den ständigen, reibenden Druck seiner harten Hüfte an ihrem Unterleib zu ignorieren.

Sie mussten noch einige Male anhalten, meist um das immer schwieriger werdende Gelände zu bewältigen, wobei Johns Hand Rosas Hand festhielt, während sie hinter ihm her kletterte. Und einmal, an einer besonders kniffligen Wand, befahl er ihr, auf seinen Rücken zu klettern und sich festzuhalten – was sie auch tat, indem sie sich mit aller Kraft an seine nackten Schultern und seine Taille klammerte, während seine Muskeln sich unter ihr bewegten und sein großer Körper die steile Klippe mit einer schnellen, beängstigenden Leichtigkeit erklomm.

Es war schon dunkel, als der Berg schließlich vor ihnen

aufragte, hoch, grau und zerklüftet, während Rauch in den Himmel stieg. Und Rosas Körper hatte sich an John gepresst und war ganz ruhig geworden, denn dies war das *Orkgebirge*. Dieser Ork brachte sie zu seiner dunklen, gefährlichen und berüchtigten Höhle, tief unter der Erde, die voller Minen, Verrat und Tod sein sollte. Und dort drinnen wimmelte es wahrscheinlich von *Tausenden* Orks, bösartig und blutrünstig, die nur darauf warteten, sie zu schänden und zu töten...

Johns Lauftempo hatte sich schließlich verlangsamt, seine Hüfte rollte sanft und leicht gegen sie, und er hob sie ein wenig an, indem er seine Hand unter ihr festhielt. »Hab keine Angst, Frau«, sagte er, obwohl er sie nicht ansah, sondern seinen Blick auf den Berg vor ihnen richtete. »Ich habe dir gesagt, dass du all diese törichten Dinge, die du liest, nicht glauben sollst.«

Rosa versuchte zu nicken, aber die Angst rumorte und brodelte noch immer tief in ihr. Und irgendwie sah John das, er *wusste* es, seine Augen richteten sich auf sie – und er blieb vor einer weiteren massiven, steilen Felsklippe stehen.

»Törichte Frau«, sagte er mit einem Seufzer. Und dann – Rosa konnte sich ein scharfes Keuchen nicht verkneifen – drehte er sie um und hob sie höher, sodass sie ihm direkt ins Gesicht blickte, wobei ihre Arme immer noch seine Schultern umklammerten und ihre Beine seine Taille fest umschlossen. Eine Position von unbestreitbarer Intimität, vor allem, wenn – o *Götter* – sie plötzlich die dicke Leistengegend zwischen ihren gespreizten Beinen spürte, die hart und kraftvoll und absolut verheerend presste.

»Höre auf mein Wort«, sagte er fest, und da war diese Hand, die warm und vertraut in ihren Nacken glitt und ihren Kopf nach oben neigte. »Du wirst hier nicht zu Schaden kommen, Frau. Ich werde dich behüten. Ich habe dich hierher gebracht, um dir zu helfen. Und«, die schwarzen Augen verengten sich, während sie in ihre blickten, ruhig und nachdenklich, »wenn du dich vor meinen Brüdern als würdige Frau erweisen willst, musst du mutig, aufmerksam und weise sein. Du sollst nicht ängstlich und töricht sein und mich damit vor ihnen beschämen.«

Rosas Herz hämmerte, ihr Körper war wie erstarrt, gefangen in der Intensität dieser Worte und in dem Druck dieser riesigen Härte zwischen ihren Beinen. Er sagte etwas, das er nicht aussprach, oder vielleicht doch, denn seine Krallen kratzten ganz sanft an ihrer Haut und seine schwarze Zunge fuhr heraus und strich über seine Lippen.

»Und wenn du wahrhaftig den Wunsch hast, mir zu gefallen«, sagte er mit noch tieferer Stimme, »wirst du mir gehorchen. Du wirst alles tun, was ich von dir verlange, ohne Fragen oder Klagen. Du wirst«, seine schwarzen Wimpern flatterten, »ein braves, tapferes und kluges kleines Liebchen für deinen Ork sein.«

Götter, das konnte *nicht* sein Ernst sein, er benutzte, manipulierte, tat dies schon wieder, was auch immer es war –, aber trotzdem spürte Rosa, wie sich ihr steifer Körper an ihn schmiegte und ihre Hände in seinen Nacken glitten. Eine Anmaßung, die ihm nichts auszumachen schien, er zog sie nur noch ein wenig fester an sich, noch ein wenig näher, o *Hölle*.

»Und wenn ich dir gefalle, mein Lord?«, hörte sie ihre kühne Stimme flüstern, gegen jede Vernunft und jeden Verstand. »Was dann?«

Seine Antwort war ein leichtes, kraftvolles, glorreiches Rollen seiner Hüften, das seine Härte gegen sie presste und ihr ein hilfloses, ersticktes Stöhnen entlockte. Sicherlich würde er das nicht tun, sicherlich nicht jetzt, sicherlich war das nur eine weitere Manipulation, nur dieser schreckliche Ork, der wieder einmal seinen Willen durchsetzen wollte ...

Aber die kochende Angst war fast völlig aus Rosas Gedanken verschwunden, verdrängt von seinem Körper, seiner schieren Stärke und dem unbändigen, trampelnden Verlangen. Und dafür konnte sie sich vielleicht diesem Ork unterwerfen und versuchen, ihm zu gefallen. Sie konnte ihm gehorchen, ihn beeindrucken, ein gutes Liebchen sein, eine würdige Frau ...

Und dann, in drei kurzen Wochen, würde sie alles mitnehmen, was sie gelernt hatte, und sich den Traum ihres Lebens erfüllen.

»Sehr wohl, mein Lord«, flüsterte sie, während sie in die wartenden schwarzen Augen sah. »Dann bring mich bitte in dein Zuhause.«

13

Johns Haus war kühl, stockdunkel und auf den ersten Blick absolut furchterregend.

Sie waren durch eine scheinbar massive Steinmauer eingetreten – zumindest bis John mit seinen Händen eine Reihe von harten Stößen ausgeführt hatte und auf wundersame Weise eine schmale Öffnung im Felsen entstanden war.

»Warte«, sagte Rosa und schaute stirnrunzelnd dorthin, während sie versuchte, zu verstehen, was er gerade getan hatte. »Wie hast du das *gemacht*?«

Aber er riss sie nur wieder hoch und zwängte sie beide durch die Öffnung, bevor er auf der anderen Seite ein ähnliches Muster in den Stein drückte. Und dann schloss sich die Wand knirschend und ließ sie in der engen, einschnürenden, grenzenlosen Schwärze zurück.

Rosas Herz begann wieder zu hämmern, ihr Körper schmiegte sich eng an Johns solide Wärme, aber selbst ein beruhigender Druck seiner Hand auf ihren Hintern konnte die Angst nicht vertreiben – vor allem, o Götter, als sie *Stimmen* hörte. Ein entferntes Stimmengewirr, das jedoch schnell anstieg und näher und näher kam...

Die Stimmen überschwemmten sie wie eine Flut, schwappten um sie herum, hinter sie und sogar über sie hinweg, und mit ihnen kam das unverwechselbare Gefühl von ... *Körpern*. Große, kräftige Körper drängten und schoben sich viel zu nah an ihr vorbei, während das Stimmengewirr so laut wurde, dass es in der Dunkelheit fast ohrenbetäubend war. Sie sprachen keine Worte, die Rosa verstand, sondern nur gutturales Grollen und Knurren, hart und aggressiv und tödlich.

Rosa kämpfte verzweifelt darum, tapfer zu sein, und klammerte sich mit all ihrer Kraft an John – doch plötzlich *berührte* sie etwas. Es streifte ihr loses langes Haar, als würde jemand es *durchkämmen*, und es war nicht John, und Rosa erschauderte am ganzen Körper und verbiss sich einen Schrei.

Johns Körper unter ihr bewegte sich augenblicklich und schwang sie auf seine andere Seite, weit weg von dem, was auch immer diese Berührung gewesen war – und dann spürte Rosa ein hartes Anspannen seiner Muskeln und kurz darauf den Schmerzschrei eines anderen als Antwort. Danach ertönte Johns Stimme, die in Schwarzmund sprach. Die Worte klangen kalt und wütend und vibrierten tief und kraftvoll in seiner Brust.

Der Tumult um ihn herum schien etwas zu verstummen, und dann sprach die andere Stimme wieder, immer noch in Schwarzmund, aber dieses Mal klang sie fast reumütig. Sie erntete eine weitere knappe Antwort von John, und dann spürte Rosa, wie sich sein großer Körper wieder bewegte und durch die Menge drängte.

Sie konnte nicht aufhören zu zittern, selbst als sie endlich das Chaos hinter sich ließen und die Stimmen zu einem entfernten Summen verklangen. Und unter ihr hatte Johns Brust scharf ausgeatmet, und da war das Gefühl seiner anderen Hand, die fest und beruhigend ihren Rücken hinauf und hinunterglitt.

»Fürchte dich nicht, kleine Frau«, sagte seine schroffe

Stimme. »Mein törichter Bruder wollte dich nicht verschleppen oder dir Angst einjagen. Er hat nur noch nie einen Menschen gesehen, der Gold auf dem Kopf trägt, so wie du.«

Oh. Rosas Schauer ließen leicht nach, und die Hand streichelte weiter über sie und sprach leise von Beruhigung und Sicherheit. »Ich habe ihnen gesagt, dass sie uns bis zum Morgen in Ruhe lassen sollen«, sagte er. »Aber dennoch wünsche ich, dass du heute Nacht meine Brüder kennenlernst – einer von ihnen studiert Medizin – und den Obersten Heiler unseres Berges. Ich möchte wissen, wie es um deinen Schoß und meinen Samen steht.«

Rosas Körper zuckte zusammen – wie konnte sie das nur fast vergessen haben, wo es doch der einzige Grund war, warum sie hierhergekommen war – und sie nickte, während sie ihren Kopf in seinem warmen, wohlriechenden Nacken vergraben hatte.

Johns Hand drückte kurz zustimmend ihren Hintern, und er ging weiter durch die Schwärze, wobei seine gleichmäßigen Schritte immer weiter abwärts zu führen schienen. Er wandte sich nach links, dann nach rechts und dann wieder nach links und führte sie tief in ein unbekanntes Labyrinth, und nur die beruhigenden Streicheleinheiten seiner Hand auf ihrem Rücken hielten sie ruhig, bei Verstand und ließen sie atmen. Sie war im Orkgebirge. Bei allen Göttern, sie war im *Orkgebirge*!

Als Johns Schritte endlich langsamer wurden, nachdem er um eine weitere Ecke gebogen war, blinzelte Rosa auf und entdeckte – Licht. Es war nicht viel, nicht hell, nur eine einzige brennende Kerze, aber nach all der dichten Schwärze war es schlicht und ergreifend wunderbar.

Und das Licht – Rosa blinzelte mit plötzlicher Neugierde umher – erhellte einen Raum. Ein echter *Raum* mit glatten grauen Steinwänden und einer hohen, ebenen Decke, die an den Ecken sanft abgerundet war. Natürlich gab es keine Fenster, aber der Raum war kühl, sauber und trocken, kein

Schimmel, kein Dreck oder herablaufendes Wasser waren zu sehen.

Und das Faszinierendste – an mehreren Wänden war der Stein so bearbeitet worden, dass es aussah, als wären lange *Werkbänke* darin eingebaut. Diese waren ordentlich mit einer Vielzahl von undurchsichtigen Flaschen und einer Sammlung glänzender Stahlgeräte bestückt. In der Mitte des Raumes ragten mehrere Steintische aus dem Boden, und Rosa erkannte erst jetzt, dass sie eine Art medizinische Einrichtung vor sich hatte. Im *Orkgebirge*.

»Wie *faszinierend*«, murmelte sie, und als sie sich nach unten schlängelte, hielt John sie nicht auf und stellte sie vorsichtig auf den Steinboden. Er gab ihr die Erlaubnis, das war ihr irgendwie bewusst, und so nahm sie diese gerne an, trottete zur nächsten Werkbank und fuhr mit der Hand vorsichtig über die glatte Oberfläche.

»Das ist unglaublich«, sagte sie, ohne es zu wollen, über ihre Schulter hinweg. »Das ist Vulkangestein, nicht wahr? Wie im Namen der Götter habt ihr es so glatt gemeißelt, sogar gegen die Maserung des Steins? Diese Wände und Tische sind *perfekt*.«

Johns Augen flackerten seltsam, aber er folgte ihr zu der Bank hinüber. »Unsere Väter haben vor langer Zeit die Geheimnisse dieses Verfahrens erlernt. Sie haben eine Legierung geschmiedet, die stark genug ist, um es zu schneiden und zu schleifen.«

Rosa entging der Anflug von Bedauern in seiner Stimme nicht, und sie blickte zu ihm zurück. »Und ihr wisst nicht mehr, wie man das macht?«

»Richtig«, antwortete er knapp und seine Augen verengten sich. »Wir Orks hatten nicht oft die Zeit oder die Mittel, solche Wahrheiten für unsere Söhne aufzubewahren. Es ist reines Glück, dass wir überhaupt noch *leben*.«

Oh. Rosas Finger glitten weiter über den samtigen Stein und sie öffnete den Mund, um etwas zu erwidern, als sie hinter sich eine Bewegung und weitere raue, unbekannte Stimmen hörte. Mehr *Orks*.

Rosa wirbelte herum, ihr Körper zuckte fast instinktiv in Richtung von Johns massiver Gestalt, während sie mit weit aufgerissenen Augen den Anblick vor ihr in sich aufsog. Drei riesige, kräftige, grauhäutige Orks, zwei von ihnen noch größer als John, und einer mit einem besonders vernarbten, hässlichen Gesicht.

Sie alle starrten Rosa mit ihren glitzernden, rein schwarzen Augen an, und sie drückte ihren zitternden Körper noch enger an John und spürte ein entferntes, schwankendes Gefühl, als seine Klauen über ihren Rücken strichen. Er hatte gesagt, er würde sie beschützen. Er hatte gesagt, er würde ihr helfen. Hatte er das nicht?

Wieder herrschte einen Moment lang drückende Stille, während die drei Ork-Augenpaare sie anstarrten und Johns Hand sich gegen Rosas Rücken presste – bis plötzlich einer von ihnen *lachte*. Einer der größeren von ihnen, sein Gesicht war hart und kantig, aber bis auf eine einzelne dünne Narbe über dem Auge unversehrt.

»Endlich bist du dort gewesen, was, Bruder?«, sagte er in Gemeinmund, und seine tiefe Stimme hatte den gleichen Akzent wie die von John. »Wie es aussieht, ist es gut gelaufen?«

John schnauzte etwas in Schwarzmund zurück, und die Worte kamen schroff und verworren aus seiner Kehle. Aber was auch immer es war, den Orks schien es nicht zu gefallen, denn der große hässliche Ork runzelte die Stirn, der kleinere sah gequält aus und der erste, der große mit den Narbenaugen, lachte nur wieder, aber es klang brüchiger als zuvor.

John bellte eine weitere Antwort, diesmal lauter, zusammen mit einem deutlichen, missbilligenden Fingerzeig in Richtung von Rosas flacher Taille. Eine beschämende, kribbelnde Hitze stieg ihr ins Gesicht – er sagte den anderen eindeutig, wie klein, wie dünn, wie ungeeignet sie war – und sie spürte, wie sie noch kleiner wurde und ihre Arme vor der

Brust kreuzte, als wolle sie sich vor dem Spott dieser Orks schützen.

Aber zu ihrer vagen Überraschung sahen sie keineswegs spottend aus. Ihre Augen blickten zwischen ihr und John hin und her, bis schließlich einer von ihnen – der große hässliche – nach vorn trat und ihr zu Rosas Erstaunen eine knappe Verbeugung machte, wobei er seine Hand auf sein Herz legte und sein langer schwarzer Zopf über seine breite Schulter fiel.

»Verzeih unsere Unhöflichkeit, Frau«, sagte er in perfektem Gemeinmund, ohne auch nur die geringste Spur eines Akzents. »Und willkommen in unserem Haus. Ich bin Efterar vom Clan Ash-Kai, der oberste Heiler dieses Berges. Und das ist Salvi«, er nickte in Richtung des großen Orks mit den Narbenaugen, dann in Richtung des kleineren, »und Tristan. Beide sind vom Clan Ka-esh, wie dein John hier.«

Clan Ka-esh. *Dein* John. Rosa warf einen kurzen Blick auf Johns abweisende Augen – er hatte sich in der Bibliothek Ka-esh genannt, nicht wahr? – und atmete dann tief ein und versuchte es mit einem Lächeln in das vernarbte Gesicht des Orks.

»D-danke«, sagte sie. »Ich bin Rosa Rolfe. Aus Dusbury.«

Der Ork – Efterar – senkte den Kopf, der Inbegriff von guten Manieren, bis auf einen schnellen, missbilligenden Blick zu John neben ihr. »John sagte uns«, fuhr er fort, »dass ihr euch gepaart habt, aber dass keiner von euch einen Sohn wünscht. Ist das wahr, Frau?«

Rosa spürte, wie sie zusammenzuckte, und ihr Blick folgte Efterars Blick hinauf zu Johns angespanntem, streng blickendem Gesicht. »Ja«, brachte sie hervor, ihr Mund war trocken. »Das ist wahr. Ich kann nicht riskieren, meinen Job zu verlieren, und er will nicht an eine Frau wie mich gebunden sein. Und ich bin ohnehin zu klein, um das zu überleben.«

Warum sie so ungeniert mit diesem hässlichen, seltsamen Ork über solche Dinge sprach, konnte sie nicht begreifen, aber in Efterars schwarzen Augen flackerte ein Hauch von

Verständnis oder sogar Mitleid auf. »Nun, das wollen wir doch mal sehen«, sagte er mit auffallend ruhiger, vernünftiger Stimme. »Darf ich dich untersuchen, nur um ein paar Dinge zu überprüfen?«

Rosa riskierte einen weiteren Blick zu John, der ihr ein winziges, fast unmerkliches Nicken schenkte. »Aber dabei wird Efterar die Hilfe von Salvi zulassen«, sagte John knapp. »*Ach*?«

John hatte einen scharfen Blick zwischen Efterar und Salvi hin- und hergeworfen, als er sprach, und damit eine Andeutung gemacht, die Rosa nicht nachvollziehen konnte – woraufhin Efterar seufzte und mit den Augen rollte. »Ja, in Ordnung«, schnauzte er in einem Tonfall, der vermuten ließ, dass es gar nicht in Ordnung war. »Würdest du dich jetzt bitte hinlegen, Rosa?«

Es schien sich nicht zu lohnen, sich zu streiten, also kletterte Rosa gehorsam auf den Tisch und zupfte ihre lose Tunika zurecht. Es war fast so wie bei den wenigen Arztbesuchen während ihrer Schulzeit, und die unerwartete Vertrautheit war seltsam beruhigend, trotz des harten, unbarmherzigen Steins in ihrem Rücken und der Tatsache, dass vier riesige Orks jetzt groß und tödlich über ihr standen.

»Darf ich dich anfassen?«, fragte Efterar, woraufhin Rosa zusammenzuckte – aber Johns Hand hatte ihre Schulter ergriffen und drückte sie leicht. Er sagte damit: *Ja, tu das, sei mutig, gefalle mir* – und Rosa nickte sofort verzweifelt, was Efterar einen Ausdruck in sein hässliches Gesicht zauberte, der fast amüsiert hätte sein können.

Aber die erste Berührung von Efterars Händen – seltsamerweise ohne Krallen – an Rosas Taille über ihrer Tunika war vorsichtig, distanziert und professionell. Er drückte ganz sanft und bewegte sich dann tiefer, nach links, nach rechts.

»Sie ist voll von deinem Samen, Ka-esh«, sagte er, während sich seine Hände weiter bewegten. »Hast du dich vollständig entleert?«

Johns Finger zuckten gegen Rosas Schulter und ein Blick auf sein Gesicht zeigte, dass sein Unterkiefer verkrampft war und seine Augen eng und missbilligend waren. »Ach«, sagte er mit flacher Stimme. »Nur einmal.«

Efterar zuckte mit den Schultern, als ob das keinen Unterschied machen würde, und neben ihm zog Salvi sichtlich eine Grimasse. »Wann hattest du deinen letzten Zyklus, Frau?«, warf Salvi ein, knapp, aber sachlich. »Sind die immer gleich, jede Mondphase?«

Rosa ging in ihren Erinnerungen zurück und zählte die Tage und Wochen. »Nein, sie sind schon eine Weile nicht mehr regelmäßig. Das letzte Mal war vor ein paar Monaten, glaube ich.«

Zu Rosas vager Überraschung hatte Salvi irgendwo ein Papier und Kohle hervorgeholt und machte sich Notizen, während Efterar seine Hände langsam zu ihrem Schlüsselbein, ihrem Hals, hinaufbewegte. Sein hässlicher Kopf neigte sich, seine Augen waren distanziert und nachdenklich.

»Was genau«, hörte Rosa sich sagen, bevor sie den Mund schließen konnte, »machen Sie jetzt gerade, Mr. Efterar? Mit dem hier?«

Johns Finger auf ihrer Schulter hatten sich verkrampft, aber Efterars Gesicht sah wieder nur amüsiert aus. Seine Hand wanderte vorsichtig zu ihrer Kehle, wo – Rosa kämpfte darum, sich nicht zu bewegen – sie einen deutlichen Schmerz spürte, der zweifellos von Johns Krallen in der Nacht zuvor stammte.

»Ich wurde mit einer speziellen, alten Kraft geboren«, sagte Efterar und runzelte die Stirn in Richtung ihres Halses. »Eine, die sich durch die Geschichte meines Clans zieht. Mit ihr kann ich in andere Lebewesen hineinsehen – oder vielleicht besser gesagt – hineinfühlen. Ich kann fühlen, was ihre Körper fühlen. Vor allem kann ich Schmerz spüren, oder das, was nicht in den Körper gehört.«

Das war wirklich faszinierend, musste Rosa zugeben, vor allem, weil es ein weiterer Punkt war, der in all ihrer umfangreichen Lektüre noch nicht angesprochen worden war. Natürlich hatte man die Orks immer wieder der dunklen Magie beschuldigt, aber dabei ging es – nicht überraschend – immer um die üblichen schrecklichen Dinge wie das Verstümmeln, Schänden und Zerstören. Nicht um das ... *Heilen.*

»Du kannst also den Schmerz eines anderen Menschen spüren«, sagte Rosa, »und was dann? Kannst du ihn lindern? Oder verschlimmern?«

Das schien eine übermäßig mächtige – und gefährliche – Fähigkeit zu sein, aber Efterar nickte wieder. »Es gibt Zeiten, in denen man sich Schlimmeres wünscht«, sagte er mit Nachdruck, doch Rosa entging nicht die unüberhörbare Abneigung in seiner Stimme. »So wie John sagte, dass du es dir jetzt wünschst.«

Richtig. Rosa spürte, wie sie schwer einatmete und ihre Augen wieder zu John wanderten – aber der starrte gerade Efterar an, wobei seine Unterlippe hervorstand. »Und was Efterar nicht gern sagt«, schnauzte John, »ist, dass seine Ash-Kai-Magie nichts vorhersagen, verstehen oder erklären kann. Sie kann nur fühlen und handeln, in diesem Moment, nicht davor, nicht danach. Das ist *nicht genug.*«

Das war ein interessanter Punkt, dachte Rosa und schaute zu Salvi, der immer noch mit zusammengepresstem Mund auf sein Papier schrieb. Auch Efterar schaute Salvi an, seine Augen verengten sich und seine Hand ließ abrupt von Rosas Hals ab.

»Und dennoch werden alle Karten und Bücher dieses Berges«, konterte er, »weder dir noch Salvi die schwachen Spuren zeigen, die du auf dieser Frau hinterlassen hast, und die Druckstellen tief in ihrer Kehle und zwischen ihren Schenkeln. Und sie werden euch auch nicht den Rest der Angst offenbaren, die noch immer in ihrem Blut schwimmt.«

Rosas Gesicht errötete und wurde heiß – Efterar konnte das alles *sehen*? – und John beugte sich über sie, seine Augen blitzten vor Wut und seine Krallen krallten sich schmerzhaft in ihre Haut. »Diese Frau hat sich das gewünscht«, zischte er. »Sie hat sich mir ohne Aufforderung oder Frage angeboten. Sie wollte markiert, entblößt und ausgefüllt werden. Sie wünschte sich, an meinem Schwanz zu ersticken und meinen Samen zu verschlingen. Sie hat sich *gewünscht* von einem Ork benutzt und verängstigt werden.«

Er spuckte die Worte geradezu aus, wobei jedes einzelne ihre Scham noch größer und heftiger zu machen schien. Und als seine wütenden, glitzernden schwarzen Augen sich auf sie richteten, spürte Rosa, wie sie am ganzen Körper zitterte und ihr der Atem in der Kehle stockte. Er verspottete sie. Gab ihr die Schuld. Benutzte sie ...

Aber die Wahrheit wurde irgendwie durch die Art und Weise, wie diese Augen sie ansahen, und durch seine Krallen, die immer noch gegen ihre Schulter drückten, abgeschwächt. In seiner anderen Hand, die plötzlich auftauchte und langsam und sanft über ihre Wange strich.

»Du wolltest genommen werden«, sagte er, seine Stimme so sanft, so rational. »Du wolltest von einem furchterregenden Ork gezwungen und verängstigt und als dummes, kleines Spielzeug benutzt werden.«

Rosa stieß ein scharfes, gedemütigtes Keuchen aus, ihr Körper zuckte reflexartig gegen den harten Stein, und über ihr verzog sich Johns Mund zu einem dunklen, gefährlichen Lächeln, das all seine Zähne zeigte. »Sprich es aus, Frau«, murmelte er. »Du hast dir das gewünscht. Ja?«

Die Krallen streichelten weiter über ihre Wange, atemberaubend sanft, und brachten Rosas Atem schneller und flacher hervor. Während seine andere Hand nun über ihre Schulter glitt, sein Daumen kreiste. »Und«, fuhr er fort, »dies wünschst du dir auch jetzt noch. Nicht wahr?«

Efterar murmelte irgendetwas in der knurrenden Schwarzmund-Sprache, aber Rosa hatte nur Augen für John, der sich sicher und beschützend über sie beugte. Sein verdunkelter Blick richtete sich schließlich auf sie, seine beiden Hände berührten sie mit vorsichtiger Ehrfurcht, sein Mund war geöffnet, sein Duft warm und süß ...

»Das wünschst du dir«, schnurrte er, während die Hand auf ihrer Schulter nach unten kreiste und immer näher zu ihrer wogenden Brust und ihrer bereits schmerzenden Brustwarze wanderte. »Ja?«

Seine Augen waren wie eine Flamme im schummrigen Kerzenlicht, die sie näher zu sich zog und das Unbehagen und die Scham verdrängte. Rosa *hatte* sich das gewünscht, wie konnte dieser verfluchte Ork so viel sehen, so viel wissen, und endlich, *endlich,* strich seine Hand durch den Stoff ihrer Tunika über ihre harte Brustwarze ...

Ein ersticktes, zitterndes Stöhnen entrang sich Rosas keuchender Kehle, und John *gefiel* das, John *wollte* das, seine schwarze Zunge fuhr über seine Lippen. »Ja?«, hauchte er. »Soll ich ihnen zeigen, was du dir wünschst, kleines Liebchen?«

Kleines Liebchen. Und das war es, was auf unerklärliche Weise die letzten Orks, den Raum und die Scham wegzuwischen schien. Somit blieb nur das hier, er, und sie würde tapfer sein, ein braves kleines Liebchen, eine würdige Frau für ihren Ork ...

Rosas Kopf nickte, verzweifelt und hektisch, und das darauf folgende Aufflackern von Wärme in Johns Augen, das zustimmende Kratzen seiner Krallen an ihrem Hals, fühlte sich so stark an wie ein Kuss, eine Umarmung, eine klare Botschaft. Sie hatte ihn zufrieden gestellt, und jetzt würde er sie zufrieden stellen, endlich, er *musste* es ...

Und als sich die große Hand durch die Tunika hindurch über die leichte Wölbung ihrer Brust schob und sie bedeckte, gab es nur noch das Gefühl, sich dagegenzustemmen und wortlos um mehr zu bitten. Und noch mehr, als er mit seinen Krallen sanft über ihre Brustwarze strich – und dann noch mehr, als er nach dem zu tief sitzenden Ausschnitt der Tunika griff. Er zerrte den Stoff zur Seite, sodass – Rosas Atem stockte – ihre Brust mit der rosafarbenen, harten und beschämenden Brustwarze völlig entblößt war. Vor den fremden, unbekannten *Orks*.

Plötzlich schnürte ein Angstschrei Rosa die Kehle zu – aber John war da, fest und sicher und mächtig, und kam immer näher. Seine Augen sprachen immer noch von seiner Zustimmung, seiner Wertschätzung, während seine große Hand ihre Brust umfasste und sie mit ihren langen, kralligen Fingern drückte. *Mein*, sagte die Berührung, und Rosa spürte, wie ihr Kopf sich auf und ab bewegte und sich ihr Körper noch fester an das stolze, warme Verlangen dieser Hand presste.

Als seine Hand schließlich wegglitt und ihre nackte Brust offen liegen ließ, gab es keine Scham und keinen Grund, sich zu bedecken. Sie gehörte ihm, er war zufrieden mit ihr, und seine verlockenden, wunderbaren Finger strichen weiter nach unten, zogen an dem Stoff, der sich plötzlich zu dick und heiß und eng anfühlte.

Und als John die Tunika hochzog und ihre gesamte untere Hälfte vor den Augen im Raum entblößte, waren Rosas wilde, wirbelnde Gedanken irgendwie fast *dankbar*. Sie war so brav und zeigte ihrem Lord alles, was er wollte, und als seine warme, zustimmende Hand über ihren Hügel glitt und seine Krallen sich in ihr raues Haar bohrten, nickte sie nur und genoss seine Berührung, seine Zustimmung und seinen Befehl.

»So eine begierige kleine Frau«, murmelte er, seine Augen funkelten, seine Krallen waren so scharf und doch so sanft, als sie tiefer und tiefer sanken. »Das hast du dir den ganzen Tag lang gewünscht, nicht wahr?«

Mochten die Götter sie verfluchen, aber Rosa nickte erneut und sprach nur die Wahrheit zu ihrem Lord, diesen Augen, diesen verlockenden, atemberaubenden Fingern. Und als sich die Krallen ein wenig zurückzogen, um ihre scharfen Spitzen an die Innenseiten ihrer ohnehin schon zitternden Schenkel zu drücken, gehorchte Rosa bereitwillig dem stummen Befehl und spreizte ihre Beine weiter.

Einen Moment lang herrschte bebende Stille, ein

zustimmendes Flattern der schwarzen Wimpern – und dann ein weiterer bedeutungsvoller Stupser der Krallen, dieses Mal unter ihre Schenkel. Er führte sie nach oben und wollte, dass sie *alles* zeigt – und wieder gehorchte Rosa eifrig. Sie stellte ihre Füße flach auf den Tisch, sodass ihre Knie hoch und weit auseinander standen.

Das bedeutete, dass sie dort, in den Tiefen des Orkgebirges, auf dem Rücken auf einem Steintisch lag, mit entblößten, roten Brustwarzen, die Tunika bis über die Taille hochgeschoben und die Beine weit gespreizt, um den schweigenden, zuschauenden Orks alles dazwischen zu präsentieren. Ihre heiße, geschwollene, rosafarbene Hitze bebte wild, immer noch gedehnt von der letzten Benutzung, immer wieder nach dem Nichts greifend, darum flehend, gefüllt zu werden ...

Und dann – ein erstickter Schrei entrang sich Rosas Kehle – war die Hand ihres Lords *da*. *Dort*. Diese langen, Krallenfinger glitten langsam und atemraubend die triefend nasse Spalte hinunter und dann wieder hinauf. Sie drangen nicht in sie ein, benutzten die Krallen nicht, um sie zu durchbohren oder zu verletzen, sondern rieben einfach nur flach und glatt, glitten immer tiefer durch ihre Nässe und spreizten sie weiter auseinander.

Verdammt, das fühlte sich gut an. Es fühlte sich an wie eine langsame, verheerende, wunderschöne Folter, der Druck, die glatte Wärme, das ganz leichte Necken dieser Krallen. So tödlich und doch so schmerzhaft sanft erforschte er ihre geheimsten, schändlichsten Stellen mit atemberaubender Sorgfalt. Er öffnete sie für ihn, für seine Zufriedenheit, und er *war* zufrieden. Seine Augen waren halb geschlossen und hungrig auf die ihren gerichtet, während seine andere Hand leicht an ihrer immer noch wogenden Brustwarze zupfte.

Die Berührung entlockte Rosa ein weiteres ersticktes Stöhnen – und es wurde lauter, als er es noch einmal tat, dieses Mal fester. Er benutzte sie, spielte mit ihr, präsentierte sie wie ein Geschenk, ein seltenes Juwel, einen hart erkämpften Preis ...

»Begieriges kleines Liebchen«, murmelte John, und bei jedem Wort zuckte Rosas geschwollene Hitze reflexartig gegen seine immer noch streichelnde Hand. »Du wirst mir jetzt alles geben, was ich will, nicht wahr?«

Verdammt, das konnte er doch nicht ernst *meinen*, aber Rosa war wie gefesselt, starrte, zitterte und war gefangen, als die Hand zwischen ihren Beinen immer tiefer in sie eindrang und sie verzweifelt und qualvoll erregte. »Nicht wahr?«, wiederholte er, seine Stimme so sanft, die Wimpern so dunkel an seiner Wange. »Wenn ich meinen Orkschwanz in dich hineinstecken und deinen engen Schoß so hart pflügen will, wie es mir beliebt, wirst du das begrüßen?«

Er konnte es nicht ernst meinen, *konnte* er einfach nicht, aber das Versprechen war in seinen Augen zu sehen, der Druck zwischen ihren Beinen stieg und stieg. Seine Krallen kratzten, seine Finger streichelten, seine Wimpern flatterten, während Rosas hilfloser, rasender Körper sich weiter wand und nach irgendetwas griff und griff und griff.

»Wirst du das tun?«, forderte er, mit seinen Händen, seiner Stimme und diesen glitzernden, hungrigen schwarzen Augen. »Was sagst du dazu, kleines Liebchen?«

O Hölle, oh verdammt, Rosas Verstand wirbelte durcheinander und schrie auf, es gab nichts anderes als das hier, nur ihn, sein Vergnügen und seine Kontrolle, hier für seinen Befehl ...

»Ja, mein Lord«, keuchte sie, fast weinerlich. »Ja, mein Lord, bitte, ja!«

Die Lust flammte in diesen Augen auf, hell und atemberaubend, die Hand rieb tief und kraftvoll und absolut herrlich – und dann, oh, *oh*, war die Verzückung da, sie explodierte und riss sie auseinander. Ihr ganzer Körper wölbte sich unter der Kraft des Geschehens und ihr Mund stieß einen gebrochenen, angestauten Laut aus, der einem Schrei glich.

Die warme Hand, die sich gegen sie presste, spreizte ihre pochende, nasse Hitze noch weiter auf – gerade noch rechtzeitig, um den dicken, kräftigen Samenstrahl zu sehen, der weiß und obszön zwischen ihren Beinen hervorquoll.

Es war *sein* Samen von der letzten Nacht, wie Rosa entfernt feststellte, und wie konnte es möglich sein, dass er immer noch da war, immer noch in ihr verborgen war? Aber sie war plötzlich zu erschöpft, um sich darum zu kümmern, und sie spürte, wie ihr Körper nach hinten gegen den Stein sank, benutzt, verbraucht, völlig verdorben. Sie hatte es ihm gezeigt, sie hatte sich ihm sicherlich als würdig erwiesen, und vielleicht würde er sie jetzt loben, sie streicheln, ihr sagen, dass sie wertvoll war ...

Aber stattdessen stand John nur wieder aufrecht da und sein Blick glitt zielstrebig von ihr weg. Weg, hin zu – Rosa zuckte zusammen und erstarrte – hin zu den drei anderen Orks, die ihn die ganze Zeit über beobachtet hatten.

Und sie beobachteten sie immer noch, o Götter. Efterar runzelte missbilligend die Stirn, während seine Augen an Rosas ausgestrecktem Körper auf und ab wanderten, während Tristan, der kleinere Ork, die Lippen schürzte und seine Augen deutlich verschwommen waren. Und neben Tristan hatte Salvi einen langen, muskulösen Arm über dessen Schultern gelegt und seinen Kopf geneigt, um ihm etwas in Schwarzmund zuzuflüstern, während seine Augen fest auf den Anblick zwischen Rosas gespreizten Beinen gerichtet blieben.

Viel zu spät schloss Rosa ihre Schenkel und zog mit zittrigen Händen ihre viel zu kurze Tunika herunter – aber keiner der Orks schien es zu bemerken, stattdessen starrten alle weiter, als ob sie immer noch voll zur Schau gestellt würde. Und John, John hatte aufgehört, sie zu berühren, und stattdessen seine Arme fest über seiner nackten Brust verschränkt, wobei sich seine Krallenspitzen in seine eigene Haut gruben.

»Seht ihr?«, schnauzte er in Richtung der Orks. »Ich habe

nur die Wahrheit gesagt. Diese törichte Frau hat es so gewollt. Sie hat sich mein Nehmen gewünscht.«

Oh, Götter. Oh, *Götter*. Die Scham überschwemmte Rosa wieder und schlug Welle für Welle auf sie ein, und ihre Atemzüge waren kurz, verkümmert und spärlich. Nein. Nein. Er sollte gütig sein, er sollte sanft sein, so wie er sie gestreichelt hatte, so wie er sie angesehen hatte …

Efterar schnauzte John eine Antwort zu, aber John schüttelte den Kopf, wobei sein Zopf hinter ihm aufflackerte. »Nein«, schoss er zurück. »Das habe ich nicht. Ich habe sie wieder und wieder gefragt. Sie ist so dumm und nutzlos und töricht, dass sie sich auf meinen Schwanz stürzen würde, selbst wenn er ein geschärftes *Schwert* wäre.«

Die Worte schienen etwas in Rosa zu zermalmen, tief, mächtig, gnadenlos. Er hatte sie ausgenutzt. Sie verspottet. Er führte sie in einer unzüchtigen, ekelerregenden Show vor, damit seine Freunde sie verurteilen und sich über sie lustig machen konnten. Damit sie sie demütigen konnten.

Und warum hatte Rosa jemals irgendetwas geglaubt, was dieser furchtbare Ork gesagt hatte? Warum hatte sie ihm vertraut, sich an ihn geklammert, Wahrheit in diesen schwarzen Augen gesehen?

Und jetzt war sie hier, gefangen im Orkgebirge, allein, hilflos, unerwünscht, umgeben von spöttischen, mächtigen, verlogenen Bestien. Genau wie in der Schule, genau wie in der Bibliothek, und was sollte sie tun, was blieb ihr übrig, die Panik stieg auf und klirrte auf einmal, sie musste fliehen, um zu entkommen, weg, weg, weg …

Und mit einem tiefen, beherzten Atemzug schleuderte Rosa ihren taumelnden, zitternden Körper vom Tisch und sprintete zur Tür.

14

Rosa wusste, dass es aussichtslos war, bevor sie begonnen hatte, aber trotzdem konnte sie ihre rasend taumelnden Beine oder die wirbelnde, zwanghafte Panik, die durch ihre Gedanken schrie, nicht aufhalten. Sie musste wegkommen. Sie musste es tun. Sie musste ...

Aber sie schaffte es nur ein paar Schritte den stockfinsteren Gang hinunter, bis er sie einholte. Bis *John* sie einholte, sein unverkennbarer Moschusgeruch schlug ihr sofort auf den ohnehin schon erstickten Atem – und selbst als sie sich gegen ihn wehrte, zog er sie in der Dunkelheit nur noch näher an sich heran, wobei seine Krallen scharf und schockierend schmerzhaft in ihre Taille stachen.

»Hör auf damit«, befahl er, seine Stimme tief und ohrenbetäubend über Rosas wildes, verzweifeltes Wimmern. »Hör auf, Frau!«

Aber er tat ihr weh, schrie sie an, der Schmerz, das Elend und die Scham heulten auf einmal auf und durchbrachen ihren Körper, ihren Atem, ihren Schädel. Das Schwarz um sie herum funkelte mit weißen Flecken, sie konnte nicht atmen, sie konnte nicht sehen, sie konnte nicht einmal *stehen* ...

Plötzlich, irgendwie, fiel sie. Sie fiel in die Dunkelheit, geradewegs in die vertraute warme Kraft, während die weißen Flecken breit und mächtig aufblitzten, und da waren noch mehr Stimmen, die leise und weit entfernt herumwirbelten und alles miteinander vermischten. *Du Ka-esh-Narr, was ist passiert, sie hat eine Panikattacke, du hast sie gestochen. Nein, es geht ihr nicht gut, wann hat sie das letzte Mal etwas anderes gegessen oder getrunken als deinen Schwanz ...*

Die Worte waren gespickt mit Schwarzmund, der durch die sie festhaltende Hitze hart durch ihren Körper dröhnte, und schließlich bewegte sich Rosa durch den Raum und wurde von starken, strammen Armen weggetragen. Und obwohl sie sich dagegen hätte wehren müssen, schien ihr Körper nur da zu hängen, während die weißen Funken hinter ihren leeren Augen immer noch aufflackerten.

Sie war gefangen. Allein. Töricht. *Nutzlos.*

Die starren Arme setzten sie sanft ab und legten ihren schlaffen Körper auf etwas Flaches und Weiches, und es gab weitere gebellte Befehle, das Gefühl einer vorsichtigen Krallenhand, die ihren Kopf anhob und ihr etwas Kühles zum Mund führte. Wasser, stellte Rosa entfernt fest, und so trank sie und trank, bis die weißen Flecken hinter ihren Augen verschwanden und die Welt davonflackerte.

Sie wusste nicht, wie lange sie dort lag, immer wieder das Bewusstsein verlor und alles trank, was man ihr gab. Nicht nur Wasser, sondern auch etwas, das fast wie Brühe schmeckte, und etwas anderes, das Ziegenmilch gewesen sein könnte. Alles wurde ihr immer von denselben vertrauten Klauenhänden gereicht, und obwohl ein Teil von Rosa darin schwelgen wollte – um in der Gewissheit zu versinken, was das vielleicht bedeutete – gab es etwas Tieferes, Stärkeres, das sich in ihr zusammenzog und ihr Angst machte. Er hatte sie benutzt. Sie verspottet. Sie gedemütigt. *Nutzlos.*

Und als Rosa die Augen endlich wieder vollständig öffnete, war das erste, was sie sah ... *er.* Er trug eine frische graue

Tunika und saß hier mit ihr, mit dem Rücken an den Stein hinter ihm gelehnt. In der einen Hand hielt er einen prall gefüllten Trinkschlauch, in der anderen ein aufgeschlagenes Buch – eines der Bücher aus ihrer Bibliothek, wie Rosa mit Unbehagen feststellte –, aber anstatt es zu lesen, starrte er ihr direkt in die Augen, mit einem schmalen, missbilligenden Ausdruck auf dem Mund.

Rosa lief ein eiskalter Schauer über den Rücken, und ihr müder, schmerzender Körper kroch nach hinten, weg von ihm – nur um etwas Festes, Kaltes und absolut Unnachgiebiges hinter sich zu finden. Fels, erkannte sie und warf einen verstohlenen, verzweifelten Blick in die Runde. Fels, und noch mehr Fels, sie war hier gefangen, gefangen im Orkgebirge, gefangen mit *ihm* ...

Ihr Herzschlag stieg gefährlich an, ihr Atem wurde flacher, als John ihr plötzlich den Trinkschlauch entgegenstreckte. »Trink«, sagte er mit tiefer Stimme. »Und fürchte dich nicht. Dir wird kein Leid widerfahren.«

Das war ziemlich dreist von ... *ihm*, so etwas zu sagen, aber der Anflug von Verärgerung genügte Rosa irgendwie, um sich aufzusetzen und nach dem Trinkschlauch zu greifen. Dann trank sie und trank und schluckte die wunderbare kühle Flüssigkeit hinunter.

Als sie fertig war und sich den Mund abwischte, fühlte sie sich etwas besser, wieder mehr wie sie selbst. So weit, dass sie sich zumindest umsehen und dieses ... Felsenloch, oder was auch immer es war, in dem er sie eingepfercht hatte, in Augenschein nehmen konnte.

Und es war in der Tat ein Loch in einem Felsen. Aber sicher kein natürliches, denn es hatte gerade, sauber geschliffene Wände und sanft geschwungene Ecken. Es war tief und breit und bot Rosa nicht einmal genug Platz zum Stehen. An der längsten Seite befand sich ein perfekt geformtes Steinregal, auf dem ein Stapel unbekannter Bücher und eine einzelne flackernde Kerze standen. Und die andere Längsseite war offen und führte zu dem, was dahinter lag, vielleicht – Rosa blinzelte in das schwache Licht – ein größerer Raum, in dem noch zwei weitere, ähnlich aussehende Löcher in der Wand gegenüber waren. Es sah fast so aus, als wären es tiefe, ausgehöhlte *Schlafplätze.*

»W-wo bin ich?«, fragte Rosa mit rauer, heiserer Stimme, und John schnippte mit den Fingern in Richtung des Trinkschlauchs, den sie immer noch in der Hand hielt. Und aus irgendeinem dummen Grund gehorchte sie tatsächlich, trank erneut ausgiebig und spürte die Erleichterung des kühlen Wassers in ihrer trockenen Kehle. Und als John erneut mit der Hand schnippte und andeutete, dass er ihn zurückhaben wolle, gehorchte sie auch diesem Befehl und warf den leeren Trinkschlauch in seine wartenden Finger.

»Du bist in unserem Berg, im Ka-esh-Flügel«, sagte John jetzt mit einer besonderen Behutsamkeit, als ob er mit einem Kind sprechen würde. »Und du liegst in meinem Bett.«

In seinem Bett. Rosas Herzschlag beschleunigte sich wieder und ihre Augen suchten um sie herum, aber ja, das ergab einen Sinn. Es erklärte die flache, seidige Weichheit unter ihr – Pelze, dachte sie vage und rieb eine Hand darüber – und ein weiterer Pelz lag schwer und warm über ihr, wie eine Decke. Das wäre *wirklich* ein reizendes, wundervolles Bett, in dem man nachts schlafen könnte, so gemütlich und intim und sicher – wenn da nicht die Tatsache wäre, dass es einem *Ork* gehörte. *Ihm.*

Die Erinnerungen tauchten wieder auf und brachten die Demütigung, den Spott und die Scham hoch. Das viel zu starke Bild von ihr, wie sie mit gespreizten Beinen auf dem Rücken lag und seine große Hand kraftvoll und bestimmend auf ihre tropfnasse Hitze drückte …

Sie wich noch weiter zurück und drückte sich enger an den Stein hinter sich, während sie das Fell fest an ihren Hals zog. Nein. Nein. Er war eine grausame, manipulative Bestie. Ein *Monster.*

»D-du«, hauchte sie in die leidenschaftslosen schwarzen

Augen, »hast *eine* Chance, dein Handeln zu erklären, Ork. *Eine.*«

Die Augen blinzelten einmal, aber dann legte sich dieses kalte, vertraute Grinsen auf seine Lippen. »Was soll ich denn *erklären*«, sagte er mit flacher Stimme. »Ich habe nur getan, was ich geschworen habe. Ich habe dich zu meinem Berg gebracht. Ich habe dich in Sicherheit gebracht. Ich habe dich gefüttert, gekleidet und in meinem eigenen *Bett* gepflegt.«

Rosas Kopf fing schon an zu schmerzen, und sie starrte ihm ins Gesicht, auf seinen selbstgefälligen *Blödsinn*. »Und in diesem Zimmer?«, fragte sie. »Als du mich benutzt, verspottet und *gedemütigt* hast?«

In seinen Augen flackerte etwas Neues auf, das auf Frustration oder Unglauben hindeutete. »Ich habe dich weder benutzt, noch verspottet oder *gedemütigt*«, konterte er. »Ich habe nur deinen Hunger gestillt und dir die Erleichterung verschafft, nach der du dich gesehnt hast. Ich habe dir *Freude* bereitet. Du hast dir das *gewünscht*.«

Eine kurze, unwillkürliche Vision davon flackerte in Rosas Gedanken auf – er stand über ihr, warm und anerkennend, während die Lust aufblitzte und sich steigerte – aber sie unterdrückte sie und schüttelte den Kopf. »Du hast es gegen mich verwendet, um deinen Standpunkt klarzumachen«, stieß sie hervor. »Und schlimmer noch, du hast es vor deinen eigenen *Brüdern* getan. Deiner eigenen *Familie*.«

Er blinzelte wieder, und für einen Moment sahen seine Augen fast schmerzhaft aus. »Sie sind nicht meine Blutsverwandten, so wie ihr Menschen das denkt«, schnauzte er und seine Stimme war noch härter als zuvor. »Von denen habe ich keine mehr. Tristan und Salvi sind meine ...«

Er verstummte an dieser Stelle und starrte stirnrunzelnd auf die Steinmauer neben Rosas Kopf, woraufhin sie ebenfalls stirnrunzelnd zurückblickte und nur widerwillig seinen Ausführungen folgte. Er hatte auch keine Familie. Und Tristan und Salvi waren seine – was? Seine Freunde? Seine *Geliebten*?

Bei dem Gedanken daran kribbelte es in Rosas Magen, und sie zog den Pelz näher heran und bedeckte damit – sie warf einen kurzen Blick nach unten – zumindest trug sie die Tunika noch. »Und du glaubst«, sagte sie, »das macht es irgendwie *besser*? Dass ich mich deswegen vor ihnen so verhöhnen lassen *möchte*? Oder dass *sie* so etwas sehen wollen?«

Johns Lippen kräuselten sich wieder und in seinen Augen glitzerte die Frustration. »Glaubst du, sie haben noch nie gesehen, wie eine Frau so etwas macht?«, fragte er mit kalter Stimme. »Wir Orks schämen uns nicht für unser Vergnügen, so wie die Menschen. Als Salvi eine Gefährtin hatte, hat er sie jede Nacht vor uns gepflügt und sie vor unseren Augen betteln, schreien und spritzen lassen. Das bereitete uns große Freude.«

Warte, was? Rosa blieb der Mund offen stehen, während ihr verräterisches Gehirn krampfhaft schreckliche, absurd fesselnde Bilder davon hervorzauberte – zusammen mit dem zwanghaften, überwältigenden Drang zu fragen, was mit Salvis Gefährtin geschehen war. Aber stattdessen presste sie ihren Mund fest zu und holte tief und kräftig Luft. Nein. John versuchte, sie zu schockieren. Um sie abzulenken. Um seine eigenen schrecklichen Taten vollkommen vergessen zu machen.

»Nun, was du getan hast«, konterte Rosa, »hatte *nichts* mit Freude zu tun. Sondern *nur* damit, dass du mich benutzt hast, um Mr. Efterar etwas klarzumachen! Um den Streit zwischen euch beiden fortzusetzen, den ihr gerade austragt. Darüber, dass seine Ash-Kai-Magie nicht genug für Ka-esh wie dich ist.«

Das kurze, verräterische Aufflackern der Überraschung in Johns Gesicht war sicher nicht gespielt, also setzte sich Rosa ein wenig aufrechter hin und folgte dem, wohin es führte. »Und es hat dir nicht gefallen, dass Mr. Efterar dich über mich ausgefragt hat«, sagte sie. »Also hast du mich *benutzt*, um zu zeigen, dass du im Recht bist. Um ein Zeichen zu setzen. Um es so aussehen zu lassen, als ob das *hier*«, sie wedelte ruckartig zwischen ihnen hin und her, »nur daran läge, dass ich dumm und töricht und nutzlos bin und als ob es *rein gar nichts* mit dir zu tun hätte!«

Johns Augen waren wieder abweisend, aber er sprach nicht, also holte Rosa tief Luft und fuhr fort. »In Wahrheit bist *du* für all das genauso verantwortlich wie ich, wenn nicht sogar mehr. *Du* hast mir diesen verdammten Handel angeboten, obwohl du wusstest, wie gefährlich er war. *Du* hast mir angeboten, mich hierher zubringen. *Du* wolltest, dass ich dich im Wald aussauge. *Du* hast mich mit deinem Samen abgefüllt, mich mit deinen Krallen gekratzt, mich verspottet und mich vor deinen Freunden oder deinen *Geliebten*, oder was auch immer sie sind, bloßgestellt. Alles nur, weil es *dir* Freude bereitet hat!«

In Johns Augen war nichts mehr zu lesen, nur noch kalte Leere, und sein Mund gab einen trockenen Laut von sich, der vielleicht ein Lachen war. »Und ich habe es dir *gesagt*, Frau«, sagte er und seine Stimme erhob sich, »*ich bin ein Ork*. Und das ist es, was Orks mit dummen kleinen Frauen wie dir machen. Wir markieren euch. Wir entblößen euch, damit alle euch sehen können. Wir machen euch zu *unserem*. Wir machen mit euch, was wir wollen!«

Der letzte Satz war ein Knurren, eine Verurteilung, eine Drohung. Rosa atmete schwer, lehnte sich mit dem Rücken gegen die Steinmauer und wollte unbedingt etwas dagegen einwenden. Sie wollte sagen: *Nein, so bist du nicht wirklich, ich weiß es, ich habe dich gesehen, keine Unwahrheiten ...*

Aber nein. *Nein.* Dieser furchtbare Ork erzählte ihr immer wieder, wer er war, und warum, im heiligen Namen der Götter, sollte sie ihm nicht einfach glauben? Warum sollte sie seine Taten rechtfertigen, sich für ihn entschuldigen, wenn er sich wiederholt als gefühllos, distanziert und grausam erwiesen hatte? Was war nur in sie gefahren, einem *Monster* zu vertrauen?

Doch plötzlich starrte sie in die leeren, kalten, schwarzen Augen dieses Orks und hatte die unerklärliche, unpassende Vision von Lord Kaspar und hinter ihm lauerte der abscheuliche Mr. Sullivan. *Wir machen mit dir, was wir wollen. Du wirst das für mich tun. Du wirst lernen, deinen Vorgesetzten zu gehorchen. Enttäusche mich nicht ...*

Die Enge schnürte Rosa die Kehle zu, drückte auf ihre Schultern und sie konnte sich eines kurzen, sehnsüchtigen Blicks auf den kleinen Stapel Bücher, der so unschuldig im Regal stand, nicht verkneifen. Vielleicht könnte sie nach einem greifen und sich für ein paar Augenblicke darin verlieren. Lange genug fliehen, um zu vergessen, um so zu tun, als ob sie erwünscht wäre, als ob sie es *wert* wäre ...

Aber es waren die Bücher des Orks. Sie lag im Bett des Orks. Der Ork kümmerte sich nicht um sie, nur um das, was er sich von ihr nehmen wollte.

Rosa schob ihren geschundenen Körper kraftlos aus dem Bett, stöhnte über die neu aufflackernden Schmerzen in ihren Seiten und stellte sich dann auf ihre wackeligen Füße.

Sie würde gehen.

15

D ieses Mal gab es keine Raserei, kein Wegrennen, keine Panik. Nur eine stille, leere Gewissheit, die den Raum hinter Rosas Augen erfüllte und ihr die Kehle zuschnürte.

Ihre blinzelnden Augen hatten bereits den Ausgang des Raumes gefunden, ein schwarzes Quadrat in der linken Wand, und ihre Füße schienen sich von selbst dorthin zu bewegen. Sie würde gehen. Sie würde Hilfe suchen, wo immer sie konnte. Vielleicht wäre Mr. Efterar dazu bereit, vielleicht könnte sie ihm gewisse Gefallen als Bezahlung anbieten, vielleicht wäre es ihm egal, dass sie zu klein, zu dumm oder zu nutzlos war, solange ihr Mund die Arbeit erledigen konnte ...

Doch als Rosas leise tappende Füße aus der Tür traten, sah sie sich plötzlich mit dem Anblick von Johns Freunden konfrontiert. Seine *Geliebten*. Tristan und Salvi, einer auf jeder Seite des Gangs, versperrten ihr den Weg.

Beide sahen in dem schummrigen Licht groß und gefährlich aus, sogar Tristan, der – als sie unwillkürlich einen Schritt zurücktrat – sie sogar *anknurrte*, leise und bedrohlich aus seiner Kehle. Salvi knurrte zwar nicht, aber seine schwarzen Augen funkelten vor Wut, und sein hochgewachsener Körper stand stramm und mächtig über ihr.

Rosa starrte ausdruckslos zwischen den beiden hin und her, während die ferne, abgestumpfte Angst immer näher kam und sie nach Luft und Mut schnappte. »Könnten Sie mich bitte«, würgte sie hervor, »entschuldigen? Sirs?«

Die beiden tauschten einen schnellen Blick aus, dem Rosa nicht folgen konnte, aber dann warfen sie einen weiteren Blick hinter sie, der nur allzu deutlich war. Und als sie sich langsam umdrehte, um nachzusehen, war er natürlich da. John. Er stand direkt hinter ihr in dem offenen Durchgang, seine große, bedrohliche Gestalt zeichnete sich im schwachen Kerzenlicht ab und seine Hände hingen scharf und tödlich an seinen Seiten.

»Wo«, zischte er leise und tödlich, »gedenkst du hinzugehen, Frau.«

Rosa wollte zurückweichen, aber sie konnte sich nirgendwo verstecken, also schlang sie ihre Arme um sich und hielt sich fest. »Ich will gehen«, flüsterte sie. »Bitte. Ich werde dich nicht länger belästigen, ich werde meine eigenen Mittel finden, um nach Hause zu reisen und mit meiner«, sie rang nach Luft, »*misslichen Lage* fertig zu werden, und du wirst nie wieder einen Gedanken an mich verschwenden müssen. *Bitte*, mein Lord.«

Sie biss sich auf die Lippe und blinzelte auf den Steinboden unter ihren Füßen. Sie wartete darauf, dass sie sich bewegten, dass sie sie gehen ließen, bitte, *bitte* – aber Johns riesige Gestalt kam nur noch näher und sein süßlicher Geruch lag in der Luft.

»Nein«, sagte er, das Wort hart, flach und wütend. »Du hast eingewilligt, hierherzukommen, törichte Frau. Du wolltest mir gefallen.«

Rosas Atem kam in seltsamen, hustenden Schlucken und sie zwang ihre blinzelnden Augen nach oben, zu seinem schattenhaften, unleserlichen Gesicht. »Ja«, sagte sie und ihre Stimme schwankte. »Das habe ich. Aber du hast gerade die

Wahrheit über dich gesagt, und auch über mich. Ich *war* albern und töricht und habe mich leicht verleiten lassen. Ich hätte niemals«, sie schnappte nach Luft und sog sie in ihre Lungen, »versuchen sollen, dir zu gefallen, dir zu vertrauen oder dir zu folgen, wie ich es getan habe. Ich hätte weiser und klüger sein müssen. Ich sollte inzwischen wissen, dass mächtige Männer wie du Frauen wie mir nicht wirklich *helfen*. Ihr *kümmert* euch nicht um so etwas. Ihr *benutzt* uns nur nach Belieben, zu eurem eigenen Vorteil, und werft uns weg, wenn ihr fertig seid.«

Neben ihr hatte Tristans Knurren aufgehört, stattdessen herrschte eine gedämpfte, hängende Stille, und das machte es fast noch schlimmer, denn die Angst, die Wahrheit und die Dunkelheit drängten von allen Seiten auf sie ein. Und John war noch näher gekommen, seine Wärme war fast greifbar, und er schüttelte unwirsch den Kopf. »Ich bin *kein*«, sagte er kalt und spröde, »*Mann.*«

Aber er wies sie schon wieder ab, verwarf den Großteil ihrer Argumente, ohne sie überhaupt in *Betracht* zu ziehen, und Rosa kämpfte verzweifelt darum, das aufsteigende, lauernde Schluchzen in ihrer Kehle zu unterdrücken. »Ja, ich bin mir dessen bewusst, danke«, brachte sie hervor. »Aber in deinem Handeln, Ork, verhältst du dich nicht anders. Du gibst mir Essen, Kleidung und Unterkunft, aber im Gegenzug benutzt du mich, manipulierst mich und nimmst von mir, was du willst. Und nicht ein *einziges* Mal lässt du dich dazu herab, auch nur ein einziges freundliches Wort zu mir zu sagen, stattdessen verspottest du mich und nennst mich mager und töricht und dumm und *nutzlos*, und ich ...«

Götter, sie konnte nicht zu Ende sprechen, nicht durch die Flut von keuchenden, zitternden Atemzügen, die ihr die Kehle zuschnürten, und sie musste ihre Hände auf ihr Gesicht pressen, um die Worte dagegen zu spucken. »Ich glaube dir, Ork«, schluchzte sie. »Ich *glaube* dir. Du willst mich nicht. Du magst mich nicht. Würdest du mich also bitte, *bitte* einfach gehen lassen!«

Immer noch herrschte nur Stille um sie herum, keine Worte, keine Bewegung. Nur drei riesige Orks, die sie in einem Gang gefangen hielten, ihr beim Weinen zusahen und zweifellos darauf warteten, noch mehr Hohn und Spott auf sie zu werfen. Was würden sie als Nächstes tun, was würde *er* tun, es konnte nur noch schlimmer werden.

»Was zum Teufel«, mischte sich eine neue Stimme ein, »was ist hier unten *los*?!«

Um Rosa herum bewegte sich wieder etwas, sie spürte, wie sich Körper bewegten, und missbilligendes Gemurmel wurde lauter. Und als Rosa aufblinzelte, um nachzusehen, war tatsächlich jemand Neues im Gang. Eine *Frau*?!

Aber ja, ja, es war eine leibhaftige, eine echte *Frau* aus Fleisch und Blut, mit eng anliegenden Hosen, langen dunklen Haaren, einem auffallend runden Bauch und einer Laterne. Sie schritt mit unverkennbarer Entschlossenheit auf sie zu und – Rosa blinzelte erneut – ihre dunklen Augen waren von echter Wut gezeichnet.

»Ihr niederträchtigen Orks«, schnauzte sie sie an, alle drei, und zu Rosas vager Überraschung wichen sie alle zurück, sogar John. »Stimmt es, dass ihr sie seit *letzter Nacht* hier unten versteckt haltet? Und niemand hat es für nötig befunden, diese Tatsache mir gegenüber auch nur zu *erwähnen*?«

Salvi, der dicht neben Rosa stand, zischte und neigte seinen großen Körper mit offensichtlicher Abneigung gegen die andere Frau. »Efterar hat sie gesehen«, erwiderte er. »*Er* war der Ash-Kai in dem Raum.«

»Ja, und dann wurden er und Grimarr weggerufen, als Eyarl letzte Nacht von diesen verdammten maskierten Rüpeln angegriffen wurde und dann fast auf unserem *eigenen* verdammten Land *gestorben* wäre!«, zischte die Frau zurück und atmete dann tief und verkrampft ein, als wolle sie sich wieder beruhigen. »Und sie *haben* es mir gerade gesagt, gleich als sie zurückkamen, weil sie dachten, dass ich es bestimmt schon wissen würde, da einer von *euch* mit *Sicherheit* schlau genug sein würde, an so etwas zu denken!«

Die drei Orks um sie herum schwiegen und bewegten sich noch unbehaglicher, bis sich die Frau schließlich irritiert mit der Hand durch ihr Haar fuhr und sich Rosa zuwandte. Dann schien sie ganz still zu werden, die Farbe wich aus ihren geröteten Wangen, und sie ließ die Laterne vorsichtig zu ihren Füßen auf den Boden fallen und streckte beide Hände nach Rosa aus.

»Oh, *Süße*«, sagte sie mit gesenkter Stimme. »Geht es dir gut?«

Und der Anblick dieser seltsamen Frau mit den seltsamen Hosen, der gerunzelten Stirn und den mitfühlenden Augen schien etwas in Rosas Gedanken durcheinanderzubringen, etwas zu zerstören. Und irgendwie fand sie sich in den überraschend starken Armen der Frau wieder und weinte verzweifelt an ihrer Schulter.

»Nein«, keuchte Rosa mit unterbrochenem, rasendem Atem, während eine feste Hand ihren Rücken auf und ab strich. »Es geht mir nicht gut. Ich will gehen. *Bitte!*«

Einen Moment lang war der Körper der Frau still, aber die beruhigende, streichelnde Hand hörte nicht auf. »Bist du sicher? Jetzt gleich?«

»Ja«, flehte Rosa und kniff die Augen zusammen. »*Bitte.* Hilfst du mir?«

Ein seltsames, vertrautes Knurren ertönte dicht hinter ihnen, aber die fremde Frau ignorierte es gänzlich. Stattdessen spürte Rosa, wie sie nickte, die Schultern straffte und mit ihrer Entschlossenheit alle Hindernisse der Welt auf einmal beiseiteschob.

»Natürlich werde ich dir helfen«, sagte sie fest. »Jetzt komm mit, meine Liebe. Wir bringen dich nach Hause.«

16

Wie sich herausstellte, war die Flucht aus dem Orkgebirge nicht annähernd so schwierig, wie Rosa es sich vorgestellt hatte – zumindest nicht, wenn man eine solche Frau an seiner Seite hatte, die den Job erledigte.

»Ezog, du musst Baldr zu mir bringen«, sagte sie und wandte sich an die erste schattenhafte Gestalt, der sie im Gang begegneten und die – Rosa konnte nicht anders, als zurückzuschrecken – das wahrscheinlich abscheulichste, zerstörte Gesicht hatte, das sie je in ihrem Leben gesehen hatte. Aber die Kreatur nickte nur und warf der anderen Frau ein grässliches Lächeln zu, das diese mit einem warmen, zustimmenden Klatschen auf ihre riesige Schulter erwiderte, bevor die Gestalt in der Dunkelheit davonhuschte.

»Was«, brachte Rosa hervor, als sie sich wieder in Bewegung gesetzt hatten, »war *das*?«

»Wer, Ezog?«, fragte die Frau mit einer erstaunlichen Unbekümmertheit. »Oh, du meinst sein *Aussehen*. Er ist vom Clan Bautul, und die mussten immer die schlimmsten Kämpfe austragen, und das hinterlässt seine Spuren im Gesicht, weißt du? Er ist wirklich ein liebenswerter Ork.«

Sie warf Rosa einen Blick über die Schulter zu, der offensichtlich ein beruhigendes Lächeln sein sollte, aber Rosa konnte nur starren. »Und wer«, krächzte sie, »bist *du*?«

Die Frau kam so unerwartet zum Stehen, dass Rosa fast mit ihr zusammengestoßen wäre. »Bei allen *Göttern*«, sagte sie und drehte sich mit einem verlegenen, entschuldigenden Grinsen zu Rosa um. »Ich bin erst ein halbes Jahr hier und schon sind meine Manieren völlig verwahrlost. Ich bin Jule vom Clan Ash-Kai, Gefährtin von Grimarr, dem Anführer der Orks. Du kennst mich vielleicht als Lady Norr, von Yarwood.«

»Lady *Norr*?!« Rosas schrille Stimme hallte durch den Gang wider. »Die, die der Anführer der Orks *entführt* und *gefangen genommen* hat? Und dann ...«

Ihr Blick wanderte zu den verräterischen Rundungen der Frau, aber die Frau lachte nur und streichelte mit einer Hand fast zärtlich darüber. »In der Tat«, sagte sie trocken. »Und dann bin ich aus dem Reich verschwunden oder bei der Geburt gestorben oder von den Orks getötet und gefressen worden – je nachdem, wen du fragst. Ich sollte mehr in der Öffentlichkeit auftreten, aber das versetzt Grimarr in einen dermaßen schlechten Zustand, dass ich ihn nicht drängen möchte.«

Sie schenkte Rosa ein weiteres schiefes, vielsagendes Grinsen, als ob Rosa sicher wüsste, was es mit überfürsorglichen Orks auf sich hatte, und einen Moment lang wurde ihr klar, dass es vielleicht *wirklich* so war. »Richtig«, sagte sie mit einer gewissen Verwirrung. »Ah, ich bin Rosa Rolfe. Aus Dusbury.«

»Es ist so schön, dich kennenzulernen, Rosa«, antwortete die Frau, während sie sich umdrehte und weiterging. »Es tut mir so leid, dass ich nicht früher erfahren habe, dass du hier bist, sonst wäre ich sofort gekommen. Dieser Berg kann anfangs ziemlich furchterregend sein, und einige dieser Orks haben nicht die geringste Ahnung von Frauen. Außerdem sind sie *unverschämte* Exhibitionisten, was wirklich ein echter

Schock sein kann – zumindest, bis sie dich ordentlich daran gewöhnt haben.«

Den letzten Satz sagte sie mit einem Augenzwinkern über die Schulter, als wäre sie selbst schon ... *ordentlich daran gewöhnt* ... und als würde sie es vielleicht sogar *genießen*. Rosas Mund öffnete und schloss sich ziellos, aber es schien nichts weiter herauszukommen, also trottete sie einfach hinter Lady Norr – oder *Jule*, wie sie gesagt hatte – her, die plötzlich scharf nach rechts abbog und durch ein weiteres quadratisches Loch in der Wand ging.

Es war ein weiterer Raum mit denselben glatten Steinwänden und sanft abgerundeten Ecken. Doch anstelle von Schlafplätzen oder Werkbänken gab es hier vor allem Regalreihen, vor denen ein langer Steintresen stand, hinter dem gerade ein weiterer hässlicher Ork mit Narbengesicht stand.

»Guten Morgen, Hanarr«, sagte Jule freundlich und lächelte den Ork an, wobei sie sich auch diesmal nicht im Geringsten von seinem furchterregenden Gesicht irritieren ließ. »Ich bin im Namen unseres Gastes vom Clan Ka-esh hier, Rosa. Sie braucht etwas zu essen und Vorräte für eine bevorstehende zweitägige Reise. Wenn es dir nichts ausmacht, gib ihr doch bitte dein bestes und menschenähnlichstes Essen.«

Rosa konnte kaum noch folgen, aber der seltsame Ork warf ihr einen Blick zu, nickte dann sofort und ging los, um in den dicht gefüllten Regalreihen hinter seinem Tresen zu stöbern. Regale, die – wie Rosa mit einem gewissen Interesse feststellte – auch ein paar richtige *Bücher* zu enthalten schienen.

»Was ist das für ein Buch?« Rosas Stimme meldete sich, bevor sie sie unterbrechen konnte. »Das kleine da am Ende?«

Es war ein kleines, lederbezogenes Buch, das mit einer seltsamen Art von Flechtwerk gebunden war, das Rosa noch nie zuvor gesehen hatte – und zu ihrer Überraschung, watschelte der Ork sofort zurück zum Regal, um er

herauszuholen und zu ihr zu bringen. »Bitte sehr, Frau«, sagte
er mit einem starken Akzent. »Soll ich es zu deinen anderen
Sachen packen?«

»O nein, das kann ich nicht annehmen«, sagte Rosa
reflexartig – aber dann öffnete sie das Buch, mochten die
Götter sie verfluchen. Und dieses Buch war weder in
Gemeinmund noch in einer anderen ihr bekannten Sprache
geschrieben, sondern in einer wunderschönen, sich
kräuselnden, handgeschriebenen Schrift, die fast über die
Seite zu fließen schien.

Die Schrift war mit Blockbuchstaben und kleinen
Zeichnungen gespickt, von denen einige atemberaubend
kompliziert waren, und eine davon – Rosa zog das Buch näher
heran und blinzelte in das schummrige Laternenlicht –
enthielt ein wunderschön gezeichnetes, hartes Gesicht mit
zarten spitzen Ohren.

Dieses Buch war von Orks geschrieben worden. In ihrem
vermeintlich   primitiven,   vermeintlich   barbarischen
Schwarzmund.

In all den vielen Büchern, die Rosa über Orks gelesen
hatte, war nicht ein einziges Mal erwähnt worden, dass
Schwarzmund jemals eine geschriebene Sprache gewesen war,
geschweige denn eine so komplexe wie diese, und sie
beobachtete, wie ihr zittriger Finger über die Seite fuhr und die
Abdrücke der Schrift auf dem dünnen Pergament spürte. Eine
echte Sprache, die den Menschen völlig unbekannt war. *Hier,*
unter ihren Fingern.

»Bitte sehr, Lady Anführerin, Lady Rosa-Ka«, unterbrach
der Ork sie. »Soll ich das Buch nicht für dich einpacken? Ich
bin mir sicher, dass John-Ka sich das wünscht, um seiner
Gefährtin die Reise zu erleichtern.«

Er schenkte Rosa ein breites, spitzzahniges Lächeln, das so
beunruhigend war, dass es einen Moment dauerte, bis sich der
Rest seiner Worte in ihre Gedanken bohrte. *»John-Ka* würde

sich das wünschen?«, echote sie mit schwacher Stimme, »für seine *Gefährtin*?«

»Ach, natürlich«, antwortete der Ork mit einem weiteren eifrigen, furchterregenden Lächeln. »John-Ka kümmert sich immer gut um die Seinen. Du bist eine glückliche Frau. Du wirst sicher, fett und zufrieden sein.«

Sein Auge tat etwas in Rosas Richtung, das vielleicht als Zwinkern gemeint war, aber sie konnte nur entgeistert starren, während ihre Hände nach unten flatterten, um nach dem Tresen zwischen ihnen zu greifen. »Ähm«, sagte sie, »Werde ich das?«

»Ach, natürlich«, beharrte der Ork, als wäre das völlig klar. »John-Ka wird sich besonders um seine Gefährtin kümmern wollen. Er ist der letzte der Ka, also wird er sich einen starken Sohn wünschen. Oder viele, wenn die Götter es so wollen.«

Das sagte er mit einem bedeutungsvollen Blick auf Rosas Taille, was dazu führte, dass sie ihre zögernde Hand dorthin schob, während ihre andere Hand den Tresen festhielt. »Ich glaube, du ... wurdest falsch informiert«, sagte sie. »Ich bin nicht Johns *Gefährtin*. Wir sind nur unglückliche Bekannte.«

Die Überraschung in den Augen des Orks war keineswegs aufgesetzt, und wich dann der Verwirrung, während er ihr ein fein säuberlich verpacktes Paket über den Tresen schob. »Wartest du immer noch darauf, dass er sein Gelöbnis spricht?«, fragte er und legte den Kopf schief. »Wir Ka-esh legen das nicht oft ab. Der Mund kann viele leere Worte sprechen, aber Taten sprechen nur die Wahrheit.«

Seine Hand wedelte an Rosas Körper auf und ab, als wolle er sagen: *Sieh doch, hier ist der Beweis dafür* – und Rosa blickte nach unten, seiner Hand folgend, und stellte fest – oh. Sie trug immer noch Johns *Tunika*.

»Aber das ist doch nur«, stammelte sie und schaute hilfesuchend zu Jule. »Es war nur eine *Leihgabe*. Weil er mein *Kleid* zerrissen hat.«

Aber der Ork wirkte nur noch verwirrter als zuvor, und neben Rosa verzog Jule das Gesicht, halb zwinkernd, halb amüsiert. »Vielen Dank, Hanarr«, sagte sie, als sie das eingepackte Paket nahm und das schöne kleine Buch auf dem Tresen liegen ließ. »Und bitte schreibe das alles auf das Konto von John, ja?«

Der Ork nickte und Jule geleitete Rosa aus dem Raum zurück in den Gang. Als sie weitergingen, musste Rosa ihre Aufmerksamkeit von Hanarrs rätselhaften Behauptungen ablenken und sich stattdessen auf den wirklich faszinierenden Berg um sie herum konzentrieren. Die glatt geschliffenen Wände, die überraschend hohe Decke, die Windungen und Kurven, die der Maserung des Gesteins zu folgen schienen, vielleicht um die Stabilität des Berges zu gewährleisten ...

Aber trotz all ihrer Bemühungen verloren sich Rosas Gedanken immer wieder in ihrem Kopf und kehrten dorthin zurück, wo sie sie am wenigsten haben wollte. Bei John. Der Letzte der Ka, was auch immer das heißen mochte. Seine warmen Hände, seine wachsamen Augen, die beunruhigende, starre Bedrohung durch seinen großen Körper, der in dem Eingang stand. *Ich habe dich beschützt, ich habe mich um dich gekümmert, Taten sprechen nur die Wahrheit ...*

Aber nein, nein, nein. Rosa hatte ihm eine Chance gegeben, es zu erklären. Sie hatte ihm immer wieder eine Chance gegeben, sie hatte ihm geglaubt, sie hatte ihm ihre gesamte *Zukunft* anvertraut – und im Gegenzug hatte er sie verspottet und verhöhnt, sie eine dumme kleine Frau genannt, *wir machen mit dir, was wir wollen ...*

In Rosas Augen bildete sich wieder Feuchtigkeit, die ihr über die Wangen zu laufen drohte, und sie wischte sie ungeduldig mit einer zittrigen Hand weg. Sie musste es ertragen und weitermachen. Sie musste einen Weg finden. Sie musste etwas gegen seinen ... seinen Sohn unternehmen, und dann ...

Sie taumelte zurück, ihr Herz pochte gegen ihre Rippen – denn irgendwie war John plötzlich *hier*. Seine riesige Gestalt erwachte im Gang vor Rosa und Jule zum Leben, versperrte ihnen den Weg und sein süßer Geruch lag in der Luft.

»Diese Frau kann noch nicht von hier weg«, zischte John, während seine wütenden Augen zwischen Rosa und Jule hin und her flogen. »Sie trägt noch immer meinen Samen in sich und wird *umkommen*, wenn man ihr erlaubt, meinen Sohn zu gebären. Sie ist viel zu klein, um das zu überstehen.«

Rosas Augen blinzelten ausdruckslos in sein schattenhaftes Gesicht, und die Angst machte sich in ihr breit – ja, ja, das stimmte, deshalb war sie überhaupt erst auf diesen verdammten Berg gekommen –, aber neben ihr schnaubte Jule nur und ging weiter, um Johns steife, drohende Gestalt zu umkreisen.

»Tja, John, vielleicht hättest du daran denken sollen, bevor du sie angefasst hast«, schnauzte Jule über ihre Schulter zurück. »Solltest du hier nicht der clevere Ork sein?«

Rosa zuckte zusammen und warf einen törichten, verstohlenen Blick zurück zu John, der immer noch mitten im Gang stand. Er sah unbestreitbar wütend aus, seine Augen funkelten und seine Hände waren zu Fäusten geballt.

»Diese Frau hat es sich so *gewünscht*«, schnauzte er und stürzte sich wieder nach vorn, um sie einzuholen, wobei sein riesiger Körper vor Anspannung fast vibrierte, als er sich dicht neben Rosa schob. »Leugne es nicht, Frau. Du hast dir gewünscht, hierherzukommen. Du hast dir einen *Ork* gewünscht.«

Der letzte Satz kam mit einer rachsüchtigen Bitterkeit heraus, die etwas Tiefes und Schmerzhaftes in Rosas Bauch auslöste, aber auf ihrer anderen Seite rollte Jule mit den Augen und ging weiter. »Und jetzt tut sie es nicht mehr«, erwiderte sie. »Schockierend, John, wahrhaftig. Mehr Glück beim nächsten Mal.«

Aus Johns Kehle ertönte ein tiefes, anhaltendes Knurren, das Jule völlig außer Acht ließ und stattdessen enthusiastisch irgendwem im Gang zuwinkte. »Baldr!«, rief sie. »Komm, ich möchte dir Rosa vorstellen.«

Rosa zuckte am ganzen Körper, denn ja, es war wieder ein riesiger, massiger Ork, der auf sie alle zu gerannt kam –, doch als sie genauer hinsah, erkannte sie, dass dieser nicht ganz so besorgniserregend war, wie einige der anderen, die sie schon getroffen hatte. Seine Narben waren weniger tief, sein grünliches Gesicht sah etwas jünger aus, und als er auf sie zukam, lächelte er Rosa warm und aufrichtig an und seine Augen begannen zu funkeln.

»Sei gegrüßt, neue Ka-esh-Frau«, sagte er mit einer fließenden kleinen Verbeugung. »Willkommen auf unserem Berg. Ich bin Baldr vom Clan Grisk, die linke Hand unseres Anführers. Wie kann ich dir dienen?«

Seine Augen hatten einen verräterischen Blick zwischen John und Jule geworfen, der mehr Erkenntnis preisgab, als sein freundliches Äußeres vermuten ließ, und Jule zog eine Grimasse und wandte ihren Kopf in Richtung Rosa. »Rosa reist heute zurück nach Dusbury«, sagte sie, »und sie braucht eine Eskorte. Ich bin im Moment nicht in der Lage, den Berg zu verlassen«, sie wedelte zu ihrer geschwollenen Taille hinunter, »schon gar nicht, wenn diese schrecklichen Männer hier herumlungern, würdest du sie also bitte begleiten, Baldr? Du und Drafli, vielleicht?«

Johns Knurren wurde immer lauter, aber Baldr schien es nicht zu beachten, denn seine Augen waren unbeirrt auf Jule gerichtet. »Ach, Frau, ich freue mich darauf, sie zu begleiten. Ich werde Drafli holen und sofort zurückkehren.«

Mit diesen Worten verbeugte er sich noch einmal höflich, bevor er sich umdrehte und den Gang hinunter lief. Neben Rosa schien Johns großer Körper noch größer zu werden und näher zu kommen, seine Wut und Aufregung schlugen ihr geradezu auf die Haut.

»Meine Frau wird *nicht*«, fauchte er Jule an, »allein mit einem *Skai* weggehen!«

Seine Frau. Ein seltsamer Schauer lief Rosa über den Rücken, aber Jule wirbelte nur herum und starrte John heftig an, ihre Augen blitzten. »Was ist in dich *gefahren*, John?«, fragte sie. »Solltest du nicht der klügste Ork in diesem Gebirge sein? Drafli würde sie nicht anfassen, und das *weißt* du. Und sie werden nicht allein sein, Baldr wird dabei sein, und ihm würde ich mein *Leben* anvertrauen!«

Der Laut aus Johns Kehle war fast ein Bellen, tief, heiser und gequält. Mit einer abrupten, zuckenden Bewegung drehte er sich wieder zu Rosa um und streckte seine Hand nach ihr aus – doch dann riss er sie weg und presste sie an seine Seite, als hätte er sie mit Gewalt dorthin bringen müssen.

»Du kannst nicht wirklich von hier weggehen wollen, Frau«, sagte er mit fast flehender Stimme. »Du bist noch nicht gesund. Du musst dich ausruhen und erst vollständig heilen.«

Jule ignorierte ihn komplett und brachte Rosa wieder zum Gehen, aber John hielt sofort wieder Schritt, seine funkelnden Augen auf Rosa gerichtet. »Du musst dich ausruhen«, beharrte er. »Wenn auch nur für einen weiteren Tag. Ich habe geschworen, für dich zu sorgen.«

Rosa schluckte schwer, ihre Gedanken wanderten zurück zu diesem schrecklichen Moment in seinem Bett. An sein Gesicht, seine Stimme, seine Worte. *Das ist es, was Orks mit dummen kleinen Frauen wie dir machen. Wir machen mit euch, was wir wollen ...*

»Aber du ... du *interessierst* dich nicht für mich«, sagte Rosa schließlich mit brüchiger Stimme. »Du *magst* mich nicht einmal. Du hältst mich für albern, dumm und nutzlos. Du willst mich nur *benutzen*, zu deinem eigenen Vorteil.«

John blinzelte sie an und schüttelte dann den Kopf, wobei er seinen Zopf hinter sich herumwirbelte. »Ich will dich nicht *benutzen*«, entgegnete er, und die Frustration lag schwer in seiner Stimme. »Ich werde für deine Sicherheit sorgen. Ich werde mich um dich kümmern, bis du wieder gesund bist. Und«, seine Augen huschten hektisch umher und landeten auf dem Päckchen in Jules Hand, »ich werde dir vorlesen, während du dich ausruhst. Ich werde diese Geschichte vorlesen, die wir aus deiner Bibliothek mitgebracht haben. *The Lady Bright*. Du kannst nicht ohne dieses Buch gehen.«

Rosas Schritte gerieten ins Stocken, denn verdammt noch mal, die Bücher, sie konnte diese wertvollen Bücher unmöglich hier im *Orkgebirge* zurücklassen – aber Jule neben ihr höhnte nur und ging weiter. »Oh, gib's auf, John«, schnauzte sie. »Rosa wird nur wegen eines blöden *Buches* diesen Blödsinn nicht mehr dulden.«

Jule hatte natürlich recht, das wäre völlig töricht – oder doch nicht, denn Johns blinzelnde Augen auf Jules Gesicht waren zu gleichen Teilen ungläubig und zornig. Also wollte er sagen: *Wie kannst du es wagen, die Macht eines Buches so herabzusetzen und zu verhöhnen* – und plötzlich schien in Rosas Bauch Mitgefühl aufzuflammen und sich dort tief festzusetzen. Und es packte noch fester zu, als Johns wütender Blick wieder auf sie fiel, seine schwarzen Augenbrauen hochgezogen, als wollte er fragen: *Kannst du glauben, dass sie das gerade gesagt hat?*

Und mochte sie verflucht sein, aber Rosa spürte es, erkannte es an, *schätzte* es – und dieser verdammte Ork sah es, *wusste* es. Und seine Hand streckte sich wieder nach ihr aus, diesmal streifte sie sanft und fast zwanghaft ihren Arm, bevor er sie wieder wegzog, zu spät.

»Du kannst nicht ohne deine Bücher von hier weggehen«, sagte er fest und triumphierend, seine Augen starr auf ihre gerichtet. »Du wolltest doch *nie* eine Bücherdiebin sein. Und wenn du bleibst, Frau, werde ich dir *meine* Bücher zeigen. Ich werde dir meine *Bibliothek* zeigen.«

Moment mal, er hatte eine *Bibliothek*? Rosas Füße, die immer noch liefen, zögerten erneut und ihre Augen huschten hilflos zu Jules Gesicht. Orks haben keine *Bibliotheken*. Oder doch?

»Mach dir keine Hoffnungen, Rosa«, antwortete Jule

barsch. »Es ist kaum eine Bibliothek, eher ein leerer alter Raum. Und die Hälfte der Bücher fällt schon auseinander.«

Aber Rosa fühlte sich wie gefangen, denn sie musste an das schöne kleine Buch denken, das Hanarr ihr gezeigt hatte. Hatte John wirklich noch mehr solcher Bücher? Und sie konnten doch nicht wirklich *auseinanderfallen*? Sicherlich würde John eine solche Verschandelung in seiner eigenen *Bibliothek* nicht zulassen?

»Wie viele Werke«, hörte Rosa ihre verräterische Stimme fragen, während ihre Augen auf Johns Augen gerichtet waren. »Und welche Arten? Wie alt? Woher stammen sie?«

Johns Augen verengten sich, und für einen Moment war sie sich sicher, dass sie fast einen ... *Verdacht* in ihnen flüstern sah. Fast so, als ob er es *wüsste*. Von Lord Kaspar, dem Brief und den drei Wochen. Aber er konnte es nicht wissen, ganz *sicher* konnte er es nicht wissen ...

»Ich habe mehr als zweihundert Bände«, antwortete John schließlich, langsam. »Einige sind Archivmaterial, viele sind Ratgeber und Abhandlungen. Einige sind Märchen und heilige Texte. Bei anderen weiß ich nicht, was sie sind. Viele von ihnen werden von meinem Clan seit Urzeiten sicher aufbewahrt.«

Oh! Oh, *Götter*! Das *konnte* er nicht. Archive, heilige Texte, einige, bei denen er es nicht wusste, *auseinander fallen*. Von seinem Clan sicher aufbewahrt, seit Urzeiten ... *Hunderte* Jahre, vielleicht sogar noch älter ...

Die Sehnsucht überschwemmte Rosa, so stark, dass sie nach Luft schnappen musste, um vernünftig denken zu können. Dieser Ork besaß eine *uralte* Bibliothek mit *echten Ork-Quellen*, und er bot ihr an, sie ihr zu *zeigen*, als würde er ihr ein silbernes Tablett mit süßen Törtchen, mit Sahne und Honig überzogen, hinhalten ...

»Und du würdest«, schluckte sie, »mir erlauben, sie zu sehen? Und sie zu lesen?«

Das Misstrauen flackerte wieder in seinen Augen auf, begleitet von einem verräterischen Anspannen seines Mundes.

»Das meiste davon ist in meiner eigenen Sprache«, sagte er. »Du könntest sie also nicht lesen.«

Oh. Ja, natürlich. Rosa spürte, wie ihre Hoffnung wieder schwand und ihr Blick zu Boden sank. Natürlich wollte er nicht wirklich, dass sie mehr über sein Volk erfuhr und lernte. Das Angebot, die Bibliothek zu besuchen, war sicher nur eine weitere leere Geste, eine weitere Manipulation. Und mehr nicht.

Also biss Rosa sich auf die Lippe und ging weiter, wobei sie nur aus der Ferne bemerkte, wie sich der Boden unter ihren Füßen allmählich nach oben neigte und ein schwacher, aber unverkennbarer Hauch von Frische in der Luft lag. Bis Johns immer noch schwebender Körper vor ihr ruckartig zum Stehen kam, ihr den Weg versperrte und über ihr aufragte.

»Ich werde«, hörte Rosa ihn mit fester Stimme sagen, als ob er seine Zähne zusammenbiss, »dir diese Bücher vorlesen. Ich werde dir sogar deine Fragen dazu beantworten. Wenn du bleibst.«

Er würde sie ihr *vorlesen*. Das genügte, um Rosas wässrige Augen zu ihm aufblicken zu lassen, um nach der Wahrheit zu suchen – und hier, in ihrem verkümmerten Gehirn, wurde ihr klar, dass dies *genau* das war, was sie brauchte. Zugang zu den eigenen Werken der Orks. Antworten auf ihre Fragen. Echte Primärquellen, wahr und unverfälscht und mächtig. Und das war ihre einmalige Chance, Studentin zu werden, um ihre Zukunft zu retten ...

Aber anstatt zuzustimmen, Ja zu sagen, wie sie es sicherlich hätte tun sollen, spürte Rosa, wie sich ihre Hände an ihr Gesicht pressten, ihn fernhielten und wie sich ihr Kopf so sehr schüttelte, dass es wehtat. »Aber du *willst* nicht, dass ich hier bleibe, John«, sagte sie mit brüchiger Stimme. »Du *magst* mich nicht einmal. Du versuchst nur wieder, mich zu manipulieren. Um wieder deinen Willen zu bekommen. Du hast bereits geschworen, mich zu beschützen und mir keine Unwahrheiten zu erzählen«, ihre Stimme schwankte, »und sieh dir nur an, wie das für mich ausgegangen ist. Du *scherst* dich nicht darum. Ich kann dir nicht *trauen*.«

Und das war die Wahrheit, genug Wahrheit, um die Versuchung mit der Realität abzuwägen. John machte das immer noch nur für sich selbst. Ein *Ork*. Eine grausame, manipulative Bestie. Ein *Monster*.

Rosa zwang sich, wieder in Bewegung zu kommen, rutschte seitlich an Johns starrer, unbeweglicher Gestalt vorbei und nach einem stillen, lang andauernden Moment war es vollbracht. Aus und vorbei. Sie hatte die richtige Entscheidung getroffen, sie würde diesen schrecklichen Ork nie wieder sehen.

Und selbst wenn sie am Ende ihre Zukunft zerstören würde, so würde sie wenigstens nicht für einen *Krieg* verantwortlich sein müssen, dachte sie im Stillen. Sie würde nicht für die Zerstörung dieses überraschenden Berges verantwortlich sein. Für den blutigen, verfrühten Tod dieser überraschenden Orks, die wieder einmal nicht das zu sein schienen, was *all* ihre Quellen behauptet hatten ...

»Warte«, kam Johns Stimme, die an dem Wort brach. »Kleine Rose. Bitte.«

Rosa spürte seine Hand, bevor sie sie sah, und die vertraute Wärme, die plötzlich dicht und tödlich um ihren nackten Hals lag, reichte aus, um sie wieder zum Stillstand zu treiben und den Rest der Welt in die Flucht zu schlagen. Zurück blieb nur dieser riesige, bösartige Ork, der sich erneut vor ihr aufbaute und ... zitterte.

Und ja, er *zitterte* tatsächlich, seine Augen blinzelten, seine Finger bebten auf ihrer Haut. Und als Rosa wieder zu ihm hinauf blinzelte, glitt seine andere Hand nach oben, um die erste nachzuahmen, und umfasste ihren nackten Hals mit etwas, das sie eigentlich hätte erschrecken müssen, sich aber stattdessen zutiefst intim anfühlte, fast wie Ehrfurcht.

»Ich wollte dich nicht«, sagte er mit belegter Stimme, »wirklich verängstigen, dir wehtun oder falsch zu dir sprechen.

Ich wollte dich nicht ... *benutzen*. Ich habe nur«, er zog eine Grimasse, wobei er die Augen zusammenkniff und wieder öffnete, »Ich habe noch nie zuvor etwas Derartiges – etwas wie das zwischen uns – erlebt. Ich ... *verstehe* es nicht.«

Rosa konnte nur blinzeln und beobachten, wie er erneut röchelnd Luft holte. »Du irritierst und verwirrst mich, Frau, und du ... du *lockst* mich, auch wenn ich dich wegstoßen will. Das *schwächt* mich, aber«, seine Brust zog sich zusammen, »ich sollte meine Wut nicht an dir auslassen. Sie sollte sich gegen mich richten. Es ist, weil ich nicht verstehe. Ich muss es erst ... *lernen*.«

Während er sprach, schüttelten die zitternden Hände Rosas Nacken ein wenig, fast wie eine Drohung, aber da war keine Bedrohung, keine Angst. Nur das drängende, wilde Leuchten in den schwarzen Ork-Augen, die so stark auf die ihren gerichtet waren und endlich die Wahrheit sprachen.

»Ich werde mir niemals verzeihen, wenn du zu Schaden kommst, weil ich töricht war«, hauchte er. »Ich möchte, dass du in Sicherheit bist. Ich möchte mich gut um mein«, seine Kehle krampfte sich zusammen, »mein *Liebchen* kümmern. Ich möchte über dich mit Güte herrschen, dein Vertrauen gewinnen und dir Freude bereiten. Vielleicht werde ich dir auch Angst bereiten – aber nur so, wie du es dir wünschst.«

Die Worte waren zu einem Flüstern gesunken, leise und tief beschämt, so leise, dass Jule, die immer noch neben ihnen stand und alles mit den Händen in den Hüften beobachtete, sie nicht hören konnte. Aber Rosa hörte es, und die verfluchte, antwortende Hitze schoss direkt in ihre Leistengegend und entlockte ihr ein heiseres, gebrochenes Keuchen. Sein *Liebchen*. Er wollte sie *beherrschen*. Ihr *Angst* bereiten.

Johns Augen sprachen die Wahrheit, seine Wimpern flatterten dunkel und bedauernd gegen seine Wange, als sein Blick zur Wand hinter ihr blinzelte. Aber seine Hände umkreisten immer noch ihren Hals, mit dieser vorsichtigen, steifen Ehrfurcht, seine Krallen kratzten so sanft an ihrer Haut.

Und in diesem Moment gab es nur ihn, seinen Duft, seine Wärme, seine Wahrheit.

»Das wird dir gefallen, meine süße Rose«, hauchte er, seine Augen blickten wieder unverhüllt und beschämt auf die ihren. »Hier zu bleiben, bis du von meinem Sohn befreit bist, und in der Zwischenzeit mein fettes, glückliches kleines Liebchen zu sein. Meine Bibliothek zu sehen. Meine Bücher zu lesen. Mehr über meine Sippe zu erfahren. Deine ... deine Freude mit mir zu teilen. Ja?«

Irgendwo, ganz tief in Rosas Gedanken, wurde ihr bewusst, dass sich noch mehr Orks näherten und dass Jule wieder sprach und etwas sagte, das sicherlich Rosas eigenes rationales Gehirn widerspiegelte, das tief in ihr schrie. Aber die Sehnsucht war zu stark, der Schmerz fast überwältigend mächtig, der nackte, beschämende Zwang zu nicken, zu spüren, wie sich ihre Kehle gegen die Kraft seiner großen, warmen Hände bewegte ...

»Keine Unwahrheiten?«, hauchte sie in die Richtung dieser blinzelnden schwarzen Augen, und er schüttelte langsam den Kopf und drückte mit seinen Fingern noch ein wenig fester zu. Immer noch hier, immer noch sicher, alles, was sie je gewollt hatte, eine Studentin, ein Liebchen, Angst, *Wahrheit*, taumelnd, wartend ...

Sie hatte drei Wochen Zeit. Und sie musste es wissen. Sie *musste* es einfach wissen.

»Dann musst du mir das beweisen, Ork«, flüsterte sie. »Zeige es mir. Jetzt.«

17

Für einen Moment war alles andere wie weggeblasen, bis auf das Echo von Rosas Worten, die gegen die Steinmauern ringsum schallten.

Beweise es, Ork. Zeige es mir. Jetzt.

Johns dunkle Augen blinzelten sie einmal, zweimal an … und dann wurde Rosa mit einer schnellen, atemberaubenden Bewegung vom Boden hochgerissen und in seine Arme gezogen. Sie saß wieder auf seiner Hüfte, und seine starke Hand hielt sie mühelos an sich gedrückt.

Mit schnellen, festen Schritten schritt er den Gang entlang, ohne Jule auch nur einen Blick zuzuwerfen. Doch Rosas verstohlener, suchender Blick über seine Schulter zeigte, dass Jule fast zufrieden dastand und ein kleines Lächeln um ihre Mundwinkel spielte.

»Ruf einfach, wenn du Hilfe brauchst, Rosa«, rief sie ihnen hinterher und ihre Stimme hallte durch den Gang. »Und wir werden dich *im Auge* behalten, John.«

John ignorierte das komplett und drückte Rosa fester an sich, während er um eine Ecke stolzierte und Jule aus dem Blickfeld verschwinden ließ. Hier war es völlig dunkel, kein einziges Kerzenlicht flackerte, und trotz allem spürte Rosa, wie sie ihr Gesicht an seine Haut schmiegte und seinen moschusartigen, süßen Duft einatmete. Im Gegenzug spürte sie, wie seine andere Hand langsam und zustimmend ihre Schulter hinaufglitt und sich in ihrem Nacken niederließ.

Götter. Rosa hätte nicht zittern sollen, aber sie tat es trotzdem, ihre Augen flatterten – und ihr entging nicht, dass John mit einem grimmigen zufriedenen Schnauben antwortete. Aber seine Hand war immer noch da, immer noch so warm und sicher, und seine Krallen kratzten sanft an ihrer Haut, während er weiterging.

Nach kurzer Zeit hielt er an – vielleicht schneller, als Rosas verräterisch klammerndem Körper lieb war – und ließ sie vorsichtig auf den Boden sinken, bevor er sich ein wenig entfernte. Und plötzlich war da Licht. Es flackerte aus einer Stahllaterne, die auf einem massiven Holztisch stand.

Und in dem Licht sah Rosa ... eine *Bibliothek*.

Es war ein hoher, weitläufiger, runder Raum, der aus dem bereits bekannten grauen Stein gehauen war. In die Wände waren Regale eingelassen, die den ganzen Raum vom Boden bis zur hohen, gewölbten Steindecke durchzogen.

Und in diesen Regalen standen *Bücher*. Manuskripte. Papiere. Schriftrollen. Es waren nicht viele, wie Jule gesagt hatte, nicht im Vergleich zu dem, was man in einer menschlichen Sammlung erwarten würde – aber sie waren sorgfältig geordnet, und bereits der erste Blick bestätigte, dass sie hochinteressant waren. Ungewohnte Einbände, ungewohnte Materialien, einige faszinierend aussehende *Holzplatten*, die eindeutig wie Tafeln aussahen ...

Rosa war bereits zum nächstgelegenen Regal geeilt und griff vorsichtig nach einem dicken, kunstvoll gebundenen Buch. Als sie es öffnete, schnappte sie laut nach Luft und ihre Augen weiteten sich bei diesem Anblick.

Es war – *wunderschön*. Ein Werk, das dem kleinen Buch, das sie vorhin gesehen hatte, nicht unähnlich war, aber dieses hier war viel größer, voller kunstvoller Buchmalereien, die mit Blattgold verziert waren, und in derselben schönen, eleganten Schrift verfasst. Eine Schrift, die – Rosa blätterte behutsam eine dicke Pergamentseite um und dann eine weitere – viele sich wiederholende Formen hatte und mit charmanten kleinen Schnörkeln und Verzierungen versehen war.

»Was ist das?«, hörte Rosa sich selbst fragen, ihre Stimme war leise. »Ein Andachtsbuch?«

Die atemberaubenden Buchmalereien mit ihren detaillierten, fantasievollen Bildern von Menschen und Orks hatten es bereits vermuten lassen, und Rosa war nicht überrascht, als John nickte. »Es enthält die alte Weisheit unserer Ka-esh-Vorfahren«, sagte er. »Wir studieren es seit unseren frühesten Tagen.«

Das war zutiefst faszinierend, ebenso wie die Tatsache, dass mehrere ähnliche Bände nebeneinander im Regal standen. Als Rosa das Buch vorsichtig zurückstellte und ein anderes herausholte, verstand sie, dass das Buch, das Hanarr ihr gezeigt hatte, auch eines von diesen war. Jedes war etwas anders, aber alle schienen mit demselben Text zu beginnen, wahrscheinlich ein Gebet oder eine Beschwörung.

»Kannst du es mir vorlesen?«, fragte sie John und hielt ihm eifrig die Seite hin. »Dieses Gebet? Sicherlich kennst du es?«

John hatte unbeweglich hinter ihr gestanden, sein Blick war nicht zu lesen, aber schließlich nickte er und begann zu sprechen. Die Worte rollten in dem unbekannten Schwarzmund der Orks von seinen Lippen, und die Laute dröhnten tief aus seiner Kehle.

Die Sprache war völlig fremd, aber auch unerklärlich schön, und der Klang und der Anblick von John, der sie mit solcher Leichtigkeit sprach, schienen etwas in Rosas Bauch zu ergreifen. So stark, dass sie fast vergessen hätte, dem Text zu folgen, aber sie tat es dann doch, und ihre Augen verengten sich, als sie versuchte, die Worte dem Text zuzuordnen.

»Eure Sprache ist buchstabenbasiert und *phonetisch*«, sagte sie, als er fertig war. »Genau wie unser Gemeinmund, und wie *faszinierend*, John. Wie nennt ihr sie?«

Er musterte sie immer noch misstrauisch, sein Blick glitt hinunter zu dem aufgeschlagenen Buch in ihren Händen und wieder zurück zu ihrem Gesicht. »*Aelakesh*«, sagte er, und Rosa wiederholte das Wort laut und spürte, wie es ihr auf der Zunge lag. *Aelakesh.* Keineswegs der primitive, ungebildete Schwarzmund. Diese verdammten Quellen hatten sich, nicht sonderlich überraschend, *wieder* einmal geirrt.

»Und was bedeutet dieses Gebet?«, fragte sie ihn und erinnerte sich an sein Versprechen, ihre Fragen zu beantworten. Und obwohl ihr die Anspannung auf seinem Mund nicht entgangen war, seufzte er und nickte.

»Es bittet um Weisheit«, sagte er. »Es bittet um Licht, Lernen und Wahrheit. Es ruft nach einem weisen Priester, der sich erhebt und uns mit seinem Wissen in die bevorstehenden dunklen Tage führt.«

Oh. Rosas erster Gedanke, zufällig und unzusammenhängend, war, dass sie diese Art der Anbetung durch die Ka-esh eigentlich gut fand, aber schon der nächste Gedanke war da und sprudelte aus ihrem Mund. »Und wer ist euer Priester? Eine endzeitliche Erscheinung? Ich meine«, sie zuckte zusammen, als sie die unverkennbare Verwirrung auf Johns Gesicht bemerkte, »eine Art mystischer zukünftiger Erlöser? Ein Halbgott, vielleicht?«

John blinzelte und schnaubte dann laut, als wäre allein die Vorstellung schon völlig absurd. »Ach, nein. Der Priester ist einer von uns. Er ist ein weiser Ka-esh Ork, der den Willen und die Kraft hat, unsere Sippe zum Licht zu führen.«

Rosa dachte darüber nach, während ihre Augen die verräterische Leere in seinem Gesicht studierten. »Und habt ihr zurzeit einen Priester?«

»Wir haben keinen«, antwortete John mit fester Stimme. »Nicht seit dem Tod meines älteren Bruders Fror im vergangenen Winter.«

Es schwang ein kaum hörbarer Unterton in Frors Namen mit, als ob John vielleicht mehr gemeint hätte, als er zugeben wollte, und Rosas Blick fiel wieder auf ihr Buch. »War Fror ein guter Priester? Hat er die Bedingungen dieses Gebets erfüllt?«

Einen Moment lang herrschte Stille, und als Rosa wieder aufblickte, waren Johns Augen distanziert, eine Furche lag zwischen ihnen. »Er hat es versucht. Aber er wollte auch gefallen und auf Veränderungen verzichten. Er wollte den Frieden in seiner Sippe bewahren.«

Natürlich würde dieser verflucht berechenbare Ork das als Schwäche ansehen, und Rosa spürte, wie sie den Kopf neigte und die Augenbrauen hochzog. »Und du würdest es nicht tun? Wenn du an seiner Stelle wärst?«

»Nein«, schnauzte John zurück. »Wir Orks können es uns nicht leisten, nicht zu lernen, zu wachsen und uns zu verändern. Wir stehen vor dem nahenden Ende unserer Art. Wir müssen alles tun, was in unserer Macht steht, um unseren *Tod* abzuwenden, bevor ...«

Mit einer Grimasse hielt er inne, offensichtlich wollte er nicht so viel verraten, und Rosas Gedanken schweiften zurück zu Lord Kaspar und zu dem Brief. *Wir müssen diese Mistkerle ein für alle Mal ausrotten. Wir setzen die Ressourcen und Pläne des ganzen Reiches aufs Spiel. Enttäusche mich nicht ...*

Rosa schluckte und wandte sich abrupt von ihm ab, zurück zu den beruhigenden Bücherregalen. Die nächste Abteilung schien hauptsächlich aus Aufzeichnungen und Archivmaterial zu bestehen, die aus sorgfältig geordneten Blättern aus Papier und Pergament und losen Bögen unterschiedlicher Größe bestanden. Sie waren alle in diesem *Aelakesh* geschrieben, aber Rosa erkannte genug, um festzustellen, dass viele von ihnen Geburts- und Sterbebücher waren. Andere sahen eher juristisch aus, während wieder andere eindeutig technischer Natur waren und sich auf scheinbar mathematische und geografische Inhalte konzentrierten, von denen sich viele um den Bergbau drehten.

Und dann waren da noch die praktischen Bücher, die Rosa zunehmend faszinierten. Kochbücher, Jagdbücher und sogar Bücher über Kriegsführung mit anschaulichen Illustrationen von grausamen Schlachtszenen, die sowohl Orks als auch Menschen darstellten. Dann gab es noch eine große Sammlung medizinischer Bücher, Anatomie, Kräuterbücher und Heilmittel, viele davon mit kleinen Anmerkungen am Rande.

Und dann war da, überraschenderweise, noch eine kleine, unbedeutende Sammlung von Büchern in *Gemeinmund*. Hauptsächlich medizinische Bücher, aber auch eine Reihe wissenschaftlicher und historischer Werke und sogar ein paar populäre Sagen.

»Du hast doch gesagt, du hättest keine Menschenbücher hier!« Rosa warf John einen Blick über die Schulter zu, obwohl es schwer war, angesichts dieser wunderbaren Lektüre echte Wut zu empfinden. »Du hast mich *angelogen*, damit ich zulasse, dass du Bücher aus meiner Bibliothek *stiehlst*!«

»Ich habe weder gelogen noch *gestohlen*«, antwortete John mit verdammenswerter Gelassenheit. »Ich habe gesagt, dass es hier nichts *Wertvolles* in Gemeinmund zu lesen gibt. Ich habe nicht gesagt, dass ich gar keine Bücher habe.«

Rosa verzog das Gesicht, fühlte sich aber immer noch zu abgelenkt, um zu widersprechen, und wandte sich eifrig dem nächsten Regal zu, das etwas abseits der anderen stand. Als sie vorsichtig ein kleines Buch mit einem kaputten Einband aufschlug, hörte sie sich selbst vor Freude nach Luft schnappen, denn es handelte sich um ein weiteres Orkbuch – aber diesmal war es nicht in dem bereits bekannten *Aelakesh* geschrieben, sondern in *Osadan*. Die Sprache des fernen Westens des Reiches und der Länder jenseits des Ozeans.

Und Rosa hatte *überhaupt nicht* daran gedacht, dass Orks auch andere Sprachen sprechen könnten, geschweige denn ein ganzes *Buch* in *Osadan* schreiben. Oder besser gesagt – sie warf wieder einen Blick auf das Regal und klappte einen losen

Folianten um, damit sie die Schrift auf der Vorderseite sehen konnte – ein ganzes *Regal* davon?!

Wie *wundervoll*, endlich ein von Orks verfasstes Buch lesen zu können – auch wenn es sich dabei nur um ein weiteres Kochbuch handelte. Und als Rosa die Seiten mit den Rezepten durchblätterte, spürte sie, wie ihre Mundwinkel nach oben zuckten und die Freude in ihrer Kehle brodelte.

»Gebratener Aal?«, las sie laut und blickte dabei auf Johns gefährlich ausdrucksloses Gesicht. »Und getrocknete Elchgeweihe? Und Eichhörnchen-Eintopf! Mit gekochtem Augapfel als Garnierung! Wahrhaftig, John?!«

Sie konnte sich ein Lachen nicht verkneifen, vor allem nicht bei dem unverkennbar beunruhigten Blick, der sich auf Johns Gesicht gestohlen hatte. »*Garnierung?*«, wiederholte er, wobei er das Wort vorsichtig aussprach. »Was ist das?«

Rosa erklärte ihm zwischen anhaltenden Lachern diese Zeile auf der Seite – und als John darauf blinzelte und seine dicken Brauen konzentriert zusammenzog, verstand Rosa plötzlich, dass er das nicht *lesen* konnte. Zumindest nicht gut, also las sie ihm kurzerhand das gesamte Rezept laut vor und übersetzte es dabei in Gemeinmund.

»... Und zum Schluss mit viel Salz würzen«, las sie vor, »und dieses hervorragende Gericht mit großem Genuss essen, bevor dein Bruder es dir stiehlt.«

Sie schenkte John ein weiteres amüsiertes Lächeln, und für einen merkwürdigen Moment antwortete er nicht, sondern blinzelte nur auf die Seite und dann auf Rosas Gesicht. Dann wandte er seinen Blick ab, aber nicht bevor sie ein leises Zucken in seinem Mundwinkel bemerkte.

»Das scheint wirklich ein gutes Essen zu sein«, sagte er. »Ich denke, die meisten Orks würden es mit Genuss essen, bevor es gestohlen wird. Vor allem diese – *Garnierung*.«

Rosas Herz schlug höher – machte John einen *Witz*? – und sie spürte, wie sie wieder lachte und in sein ausdrucksloses Gesicht grinste. »Ich *muss* dieses Gericht sehen, John. Du musst mir erlauben, das Rezept aufzuschreiben und es in deine Küche zu bringen. *Bitte!*«

Das war nur teilweise neckisch, aber Johns Mundwinkel zuckten wieder nach oben und lenkten Rosas Blick auf diesen unerklärlich verführerischen Anblick. »Vielleicht«, sagte er, »solltest du das ganze Buch in Gemeinmund kopieren, dann kann ich es in die Küche bringen.«

Oh. Und plötzlich machte er keinerlei Scherze mehr, nicht wirklich – denn er *konnte* dieses Buch wirklich nicht lesen, das war es, was er meinte. Und er wollte es nicht zugeben, vielleicht schämte er sich, es zuzugeben – vor allem, wenn es ein ganzes Regal mit Büchern in dieser Sprache gab, hier in seiner eigenen Bibliothek. Und ein weiterer Anflug von Verständnis oder vielleicht sogar Mitleid, machte sich in Rosas Bauch breit.

»Nun, hast du Pergament oder Papier und einen Federkiel mit Tinte, die ich benutzen kann?«, fragte sie und schaute sich im Raum um. »Und wenn du Faden, Wachs und eine gebogene Nadel hast, könnte ich den Einband reparieren, wenn ich schon dabei bin.«

John war wieder beunruhigend still geworden und blinzelte in Rosas Gesicht, aber dann nickte er schnell und ruckartig. »Ich werde diese Sachen zusammensuchen und herbringen«, sagte er. »Gibt es noch andere Dinge, die du brauchst?«

Noch andere Dinge. Sein Blick wanderte kurz über seine kleine Sammlung, blieb auf einigen ähnlich abgenutzten Einbänden und dann auf einem ordentlichen Stapel Folianten hängen, die wahrscheinlich einmal gebunden werden sollten, es aber nicht waren. Und dann warf er einen dunklen, frustrierten Blick auf das ganze Regal mit den Büchern, die er nicht lesen konnte. Zweifellos verhöhnten sie ihn Tag für Tag, längst vergessene, verborgene Wahrheiten über seine eigenen Vorfahren, die dort verloren und verlassen saßen und vergeblich darauf warteten, wieder entdeckt zu werden.

»Nun«, sagte Rosa langsam, »wenn du etwas Blei hättest, zum Messen, wäre das sehr hilfreich. Und ein scharfes Messer, zum Schneiden und Einstechen. Und wenn du neue Einbände haben willst, brauchst du auch die richtigen Platten für die Umschläge und vielleicht auch Leder, um sie einzuwickeln.«

Noch während sie die Worte aussprach, wurde ihr klar, dass sie zweifellos einen schweren Fehler begangen hatte, der sie zu tagelanger, wenn nicht gar wochenlanger Arbeit verpflichtete, und wofür? Damit dieser Ork ein paar Bücher mehr lesen konnte? Dieser schreckliche, selbstsüchtige Ork, der so unsagbar unhöflich und grausam zu ihr gewesen war und der ihr jetzt beweisen musste, warum sie bleiben sollte? Und bei dieser Aufgabe scheiterte er kläglich, denn irgendwie war Rosa diejenige, die *ihm* entgegenkam, schon wieder?!

Aber möglicherweise hatte John das bemerkt, denn seine Schultern hoben und senkten sich, während seine Augen auf ihren ruhten. Wenn man von Entschlossenheit, Willen und Reue spricht ...

Sein großer Körper bewegte sich ruckartig auf Rosa zu, seine Hände legten sich fest um ihre Taille. Mit einer schnellen Bewegung hob er sie hoch und setzte sie auf dem nahe gelegenen Holztisch ab, wobei ihre Beine an den Seiten baumelten.

»Was machst du ...«, begann Rosa, aber dann blieben ihr die Worte im Hals stecken, denn John war vor ihr auf die Knie gesunken und war jetzt dabei *ihre Knie weit auseinander zu drücken.*

Die Welt geriet ins Stocken, Rosas ganzer Körper erstarrte, ihr Herz hämmerte gegen ihre Brust – und vor ihr zögerte Johns kniende Gestalt, seine schwarzen Augen blinzelten zu ihr hinauf, seine Hände waren auf halber Höhe ihrer Oberschenkel, wo er bereits ihre Tunika hochgeschoben hatte. *Seine* Tunika.

»Ich will dir beweisen, warum du bleiben solltest«, sagte er langsam, als wäre Rosa ein besonders stures Kind. »Das ist es doch, was du dir von mir wünschst, nicht wahr?«

Was sie sich wünschte. Und während sie hier mit gespreizten Beinen auf dem Tisch der Bibliothek saß und ein *Ork* zwischen ihren Beinen kniete, konnte Rosa die plötzliche Welle der Sehnsucht fast schmecken, sanft und verzweifelt und schockierend stark. Was sie sich von ihm wünschte.

Wie zum Beweis senkte John seine Wimpern, schaute sie aus halb geschlossenen Augen an – und dann *knurrte* er. Der Klang war tief, bedrohlich, beängstigend und stieg in seiner Kehle auf, während er ihr seine scharfen weißen Zähne präsentierte ...

Rosa keuchte, laut und verräterisch, und ihre gespreizten Beine stemmten sich unruhig gegen seine starken Hände. Und in der Antwort, die hinter den halb geschlossenen Augen aufflackerte, lag Triumph, vielleicht sogar Spott ... aber auch Verbitterung. Trostlosigkeit. *Das ist es, was du dir wünschst, von mir.*

Rosa schluckte schwer, und ihre zittrige Hand glitt zu seiner und drückte sie gegen ihren Oberschenkel. »Das ist nicht alles, was ich mir wünsche«, hörte sie sich selbst sagen, ihre Stimme rau. »Ich wünsche mir auch«, sie warf einen hilflosen Blick auf die Regale ringsum, »mehr über deine Bibliothek zu erfahren. Deine Kultur. Dein Zuhause. Und ich wünsche mir, dass du mir *Aelakesh* beibringst.«

Der letzte Teil kam überstürzt heraus, und ihre Aussprache war schlecht, aber John hatte es offensichtlich verstanden, denn seine Augenbrauen zogen sich zusammen. »Warum?«

Die Antwort kam ohne Zögern, ohne die geringste Arglist. »Ich *liebe* es zu lernen, John. Und ich liebe es besonders, Sprachen zu studieren und zu entdecken, wie sie funktionieren. Und deine ist so faszinierend. Es wäre mir eine große *Ehre*, mehr darüber zu erfahren. Echte Gelehrte *träumen* von seltenen Gelegenheiten wie dieser.«

In Johns Augen lag ein eindeutig ungläubiger Blick, und zu

spät schaute Rosa weg und biss sich auf die Lippe. Bei allen Göttern, sie sollte diesem Ork nicht so viel verraten, eigentlich sollte es sie gar nicht *interessieren*. Sie sollte zu Forschungszwecken hier sein, sie sollte seine Sprache lernen wollen, damit sie diese verdammten Gräueltaten besser finden, ihre verdammte Zukunft retten und eine verdammte Gelehrte werden konnte. Und was, wenn John sie wieder verspottete, was, wenn er sagte: *Ich würde einem so törichten, nutzlosen Menschen niemals meine eigene Sprache beibringen* ...

Aber der Blick in seinen Augen war nicht kritisch oder spöttisch. Er war nur ruhig und abwägend, und Rosa zuckte zusammen, als sie das berauschende Gefühl seiner großen Hände spürte, die sich wieder bewegten. Sanft und unaufhaltsam glitten sie ihre Schenkel hinauf, wanderten ihre Tunika hinauf, weiter und weiter und weiter ...

Rosa verschluckte sich, aber er hörte nicht auf. Nicht, bevor seine warmen, zielstrebigen Hände bis zu ihrer Taille gerutscht waren und *alles* darunter enthüllten. All ihre geheimsten, schändlichsten Stellen waren entblößt und gespreizt, auf gleicher Höhe mit seinen blinzelnden, beobachtenden Augen.

Rosas Gesicht fühlte sich schmerzhaft heiß an und wurde noch heißer, als sie spürte, wie sich ihr nasser Körper zusammenzog, sich an nichts festklammerte und dieses demütigende Geräusch in der Stille sogar hörbar war. Und noch schlimmer – sie warf einen ängstlichen, beschämten Blick nach unten – als das dicke, verräterische Weiß wieder aus ihrem Inneren zu sickern begann und sich auf dem massiven Holz unter ihr sammelte.

Verdammt! Viel zu spät versuchte Rosa, ihre Beine zu schließen, um sich vor den zu nahen Augen zu schützen, aber Johns Hände auf ihren Schenkeln waren viel zu stark und sein Blick in ihr Gesicht war streng, vielleicht sogar missbilligend. Und während Rosa wie festgefroren starrte, beugte er langsam und vorsichtig seinen dunklen Kopf vor, streckte seine lange schwarze Zunge heraus und ... *leckte* sie.

Rosa schrie auf, wehrte sich gegen ihn und schob ihn von sich – auch wenn das fremde, ungewohnte Gefühl, das er ihr gerade bereitet hatte, noch lange nachhallte und jeden Nerv unter ihrer Haut zum Leuchten brachte. Er hatte sie *geleckt*, *John* hatte diese schockierend köstliche Sache getan, und sie konnte nicht mehr denken, konnte nur noch zittern, atmen und auf die wachsende Verwirrung in seinen blinzelnden Augen starren.

»Was verärgert dich, Frau?«, fragte er, während seine geschmeidige schwarze Zunge herauswanderte, o *Hölle*, um über seine Lippen zu gleiten. »Ist es nicht das, was du dir wünschst?«

Rosa musste nach Luft und Verstand schnappen, selbst als ihr betäubter, beschämender Körper wieder zu pulsieren begann, sich an ihn presste und noch mehr von dem demütigenden Weiß ausspuckte. Er verriet sie mit brutaler, tödlicher Wucht, während John nur seine Augen senkte, um sie zu betrachten, sein Blick nüchtern und leidenschaftslos.

»Das hast du dir gewünscht«, sagte er wieder, und diesmal glitt seine Hand nach unten, wobei sein Daumen mit einer Selbstverständlichkeit über Rosas triefende, geschwollene Hitze strich, die sich fast wie ein Eigentumsrecht anfühlte. Das löste noch mehr Schauer unvorstellbarer Lust in ihr aus und ihr ganzer Körper zuckte vor ihm auf dem Tisch.

»Warum also«, fuhr er fort und schaute ihr wieder ins Gesicht, »protestierst du? Keine Unwahrheiten, Frau.«

Rosa zitterte immer noch vor Lust, ihr Mund öffnete und schloss sich, die Worte sprudelten wie von selbst heraus. »Ich habe nur noch nie«, schaffte sie es, »Kein Mann hat jemals, ich meine ...«

Ihre stark zitternde Hand deutete auf ihn, auf sie, auf *das* hier – und sie konnte das verständnisvolle Aufflackern in seinen Augen sehen, das von einer fast sofortigen Missbilligung verfolgt wurde. »Keiner dieser Männer hat dich gekostet?«, fragte er. »Selbst dieser törichte wohlhabende Mann hat sein eigenes *Liebchen* nicht gekostet?«

Es war eine klare Verurteilung, und Rosa zitterte erneut und wandte ihren Blick von ihm ab, um sich in die Sicherheit seiner Bücher zu flüchten. »Nein«, flüsterte sie leise und schämte sich. »Niemals.«

Sie konnte fast spüren, wie sich Johns Augen in sie bohrten, hart und beunruhigend. »Aber du hast Geschicklichkeit mit deinem Mund bewiesen, als du mich leer getrunken hast«, sagte er barsch. »Das hast du doch sicherlich von diesen Männern gelernt?«

Auch wenn sich ein beschämender Teil von Rosa innerlich über das Lob freute – sie hatte Geschick bewiesen, und es hatte ihm *gefallen* – war der unangenehme Drang, sich zusammenzurollen, viel stärker. Sich zu bedecken. Sich zu verstecken ...

Aber John war immer noch zu nah, zu mächtig, beide Hände waren wieder auf ihren Schenkeln und drückten sie weiter auseinander. Entblößend, fordernd, wartend. Er wollte eine Antwort.

»Ja«, flüsterte sie, eher in Richtung seiner Hände als in Richtung seines Gesichts. »Aber ich habe es dir doch gesagt. Männer geben nicht. Sie nehmen nur.«

Es herrschte eine harte, drückende Stille, die mit Schwere, Unbehagen und vielleicht sogar Schuldgefühlen behaftet war. Rosas hilfloser, gespreizter Körper spannte sich an und entblößte sie in unverschämter, entsetzlicher Schamlosigkeit. Sie sollte so etwas nicht wollen, sie verdiente so etwas nicht, sie war töricht und dünn und *nutzlos* ...

Doch zwischen ihren Beinen ertönte ein leises und gleichmäßiges Geräusch. Es kam nicht von ihr, sondern von John, und als ihr Blick verstohlen zu seinem Gesicht wanderte, *knurrte* er wieder. Seine Zähne waren gefletscht, seine dunklen Augen schmal und glitzernd, seine Krallen schwarz und gefährlich, während sie sanft gegen ihren nackten Oberschenkel drückten.

»Und ich *sagte* dir, Frau«, sprach er tief und bedrohlich, »ich bin kein Mann. Ich bin ein *Ork*. Und wenn ein Ork eine Frau gewinnt«, er ließ eine Hand zwischen ihre gespreizten Beine gleiten und fuhr mit dem Daumen langsam, spöttisch und äußerst erregend zwischen ihnen hin und her, »entblößt er sie. Er bedeckt all ihre Teile mit seinem Duft. Er trinkt sich an ihr satt, wann immer es ihm gefällt.«

Ein hilfloses Stöhnen entrang sich Rosas Kehle – er konnte das nicht ernst meinen, das konnte er *unmöglich* tun – aber dann verschwand alles andere, denn er *tat* es. Sein Kopf beugte sich vor, sein Knurren wurde lauter, als er einatmete, seine Brust mit ihrem Duft füllte – und dann streckte er wieder seine Zunge heraus, langsam und bedächtig, und *leckte* sie.

Rosa quiekte sofort auf und zappelte, das unmögliche Gefühl wirbelte herum und ließ sie erschaudern. Doch John lachte nur, dunkel und spöttisch, und tat es *noch einmal*. Er fuhr mit seiner langen, gewundenen schwarzen Zunge ihre geschwollene Spalte hinauf, verweilte an der Stelle, an der er sie gefüllt hatte, dort, wo bereits mehr von seinem eigenen dicken Weiß auf seine eindringende Zunge sickerte ...

Rosa stöhnte wieder und blinzelte, benommen und verwundert, woraufhin John wieder dieses dunkle Lachen ausstieß und dann mit den beiden Daumenkuppen ihre tropfende Hitze noch weiter auseinanderzog. Und Götter, der Anblick davon, die *Wahrheit* davon, die tödlichen Klauen eines Orks, die so sanft gegen ihre verletzlichste, geheimste Stelle stießen, mit ihr machten, was er wollte, sie wie sein Eigentum benutzten ...

»Mehr, Liebchen«, knurrte er heiser und hitzig, und das konnte nicht heißen, dass er mehr sehen, mehr von seinen eigenen *Hinterlassenschaften* schmecken wollte – aber Rosas dreister Körper gehorchte seinem Befehl bereits mit schockierender

Hingabe, pulsierte und presste und drückte mehr von dem verräterischen Weiß heraus, das er in ihrem Inneren versteckt hatte und das vielleicht nur auf diesen Moment gewartet hatte ...

John beobachtete es mit starren, flackernden Augen, seine Krallen pressten sich zustimmend gegen ihren Schenkel – und dann beugte er sich wieder vor und fing die sich ansammelnde Wärme mit seiner Zunge auf. Er leckte sie mit erstaunlichem Eifer auf und tauchte nun tiefer ein, um der Nässe bis zur Quelle zu folgen.

Rosas Atem ging stoßweise, ihre Augen klebten an dem Anblick, den schmierigen, schlürfenden Geräuschen und der unmöglichen Unwirklichkeit des Ganzen. Dieser kalte, ferne, wütende Ork mit seinem Kopf zwischen ihren gespreizten Schenkeln, seine lange, glitschige Zunge schnippte und drehte sich mit so viel Entschlossenheit, sank tiefer und tiefer ...

Und *verdammt*, seine Zunge war riesig, sie fühlte sich *lebendig* an, als ob sich eine gottverdammte *Schlange* in ihr winden würde. Eine Schlange, die ihr köstliches Gift tief in ihr ausbreitete und sie zucken ließ. Ihr Rücken krümmte sich, ihre Hände griffen nach seinem seidigen, schwarzen Kopf, sie hielt es nicht mehr aus, sie *konnte* einfach nicht länger ...

Aber er lachte nur wieder, kühl und spöttisch und wahnsinnig erregend, es vibrierte in ihr durch seine riesige, stoßende Zunge. Und er stieß *tatsächlich* zu, dieser Ork *fickte* sie *tatsächlich* mit seinem Mund, seine Lippen pressten sich nun eng und heiß auf sie, in einem fast obszönen Kuss mit offenem Mund. Und sie konnte seine scharfen Zähne spüren, die sich in ihre zarte Haut zu bohren drohten, während seine Zunge sie immer wieder stieß, sie beanspruchte und ihren sich windenden Körper mit ihrer wütenden Kraft zerteilte ...

Rosa schrie auf, als die Erlösung durch seine immer noch treibende Zunge auf sie einprasselte und sie in ihrem kreischenden, rasenden Sog ganz und gar verschlang. Ihr Körper war nicht mehr ihr eigener, sondern der eines *Orks*.

Und die Zunge des Orks war immer noch da, aber sie leckte

und verweilte jetzt sanft und gab ihrer schamlosen, bebenden Hitze etwas, an dem sie sich reiben konnte, an dem sie sich festhalten konnte, das sie vielleicht sogar küssen wollte. Bis die Nachbeben allmählich abklangen und die glitschige Zunge ein letztes Mal bewusst leckte – oder vielleicht einen Kuss erwiderte –, bevor er sich langsam zurückzog und sich mit dem Handrücken über das Gesicht wischte.

Und es war dieser Anblick, der Rosa unerklärlicherweise wieder zu sich selbst zurückzubringen schien. In die lebendige, unvorstellbare Wahrheit dieses Moments, in dem ihr ausschweifender, keuchender Körper mit gespreizten Beinen auf dem Bibliothekstisch lag und großzügig darauf tropfte. Während der vollständig bekleidete Ork vor ihr kühl aufrecht stand, seinen immer noch gepflegten Zopf glättete und mit wachsamen, ausdruckslosen Augen auf sie herabsah.

Oh. Oh, *Götter*. Rosa hörte sich selbst wimmern, bevor sie es fühlte – was hatte sie gerade *getan* – und sie rappelte sich verzweifelt wieder auf, schlug die Beine zusammen und schlang die Arme fest um ihre Brust. Er würde sich wieder über sie lustig machen. Er würde ihr wieder Vorwürfe machen. Er würde weggehen ...

Die Schluchzer lauerten, drohten, wollten ausbrechen – wie hatte sie sich nur *wieder* so töricht verhalten können –, als ein leises, anhaltendes Knurren ihren Kopf hochschreckte. *Er* knurrte, und seine warme Hand umschloss ihren Hals, stark, bedrohlich und tödlich.

»Ich habe es dir gesagt, Liebchen«, sagte er langsam und drohend. »Solange du hier bist, sollst du mir gefallen. Und deshalb sollst du dich und deine Freude nicht vor mir verstecken. Du sollst mir alles zeigen, was ich sehen will und was ich mit dir gemacht habe. Du wirst dich entblößen, sowohl vor mir als auch vor meiner Sippe, und du wirst dich *nicht* schämen. Hast du verstanden?«

Rosa blinzelte ihn an, den kalten Befehl in seinen Augen, die Gefahr in seiner Stimme – und aus irgendeinem seltsamen, unerklärlichen Grund spürte sie, wie sich ihr zusammengerollter Körper entspannte und ihre Kehle schwer gegen den Druck seiner Handfläche schluckte. Eine Berührung, die sich plötzlich fast beruhigend anfühlte, selbst als seine andere Hand sich wieder zu ihrem Oberschenkel hinunterschob und ihre Beine kurzerhand auseinander drückte.

»Gut«, murmelte er leise. »Solltest du dich noch einmal so vor mir verstecken, kleine Rose, muss ich dich vielleicht bestrafen, bis du lernst zu gehorchen.«

Rosa schnappte instinktiv nach Luft und war entsetzt – aber es war auch Hitze darin, Verlangen und vielleicht sogar *Erleichterung*. Und als die Krallen ihren nackten Oberschenkel hinaufglitten und sich sanft in ihre versteckten dunklen Haare bohrten, spürte sie, wie sie erschauderte, warm und lebendig.

»Ich habe verstanden«, hörte sie ihre beschämte Stimme den wartenden schwarzen Augen zuflüstern. »Ich möchte es lernen, mein Lord.«

Seine Augen zuckten einmal, seine Lippen schürzten sich leicht, aber er nickte nur schroff, sachlich und zufrieden. *Erfreut*.

»Gut«, sagte er fest. »Jetzt wirst du kommen, mein kleines Liebchen. Ich werde dich die Wahrheit über mein Zuhause lehren.«

18

Zu Rosas Überraschung begann Johns Tour durch das Orkgebirge nicht mit Minen, Schmieden oder wilden Kampfszenen zwischen bösartigen Orks, sondern mit einem Besuch in der ihr schon bekannten Handelskammer von Hanarr.

»Wir brauchen etwas zu essen und zu trinken«, sagte John zu Hanarr, ohne ihn auch nur zu grüßen. »Nur das Frischeste, was du hast, Bruder.«

Hanarr schien über diese Bitte sehr erfreut zu sein und huschte sofort durch die Regalreihen, während er Rosa einen verstohlenen Blick über die Schulter zuwarf. »Ach, das wird dir gefallen, John-Ka«, rief er hinter einem Regal hervor. »Und dir auch, Lady Rosa-Ka.«

John zuckte sichtlich zusammen, aber ansonsten stand er nur da und tippte ungeduldig mit seinen Krallen auf den Tresen, bis Hanarr mit einem Korb zurückkam, der übervoll mit Essen zu sein schien. »Hier, John-Ka«, sagte er stolz. »Beeren, Nüsse und Trockenfleisch für Lady Rosa-Ka!«

John zuckte wieder zusammen, bedankte sich aber knapp bei Hanarr für seine Bemühungen. Anstatt Rosa woanders zum Essen hinzubringen – vielleicht in den Speisesaal oder sogar in sein Schlafzimmer –, setzte er sie mit einem kräftigen Ruck vor sich auf den Tresen und drückte ihr den Korb in die Hand.

»Iss«, befahl er. »Langsam, damit dir nicht schlecht wird.«

Wahrscheinlich hätte Rosa gegen die Behandlung oder den Befehl protestieren sollen, aber ihr Blick schweifte bereits über den Inhalt des Korbes und ihr Magen knurrte hörbar. Das meiste schien essbar zu sein, wenn auch etwas ungewöhnlich – die Nüsse hatte sie noch nie gesehen – und nach einer weiteren ungeduldigen Handbewegung von John begann sie vorsichtig zu essen.

John ließ sie die ganze Zeit über nicht aus den Augen, selbst als er und Hanarr in eine Art Diskussion über Versorgungslinien und Produktbeschaffung gerieten, die ab und zu mit Worten des Schwarzmundes – oder besser gesagt des *Aelakeshs* – vermischt wurde. Rosa hörte interessiert zu, während sie aß, und bemerkte vor allem die merkliche Autorität in Johns Stimme und Auftreten und die überraschende Art, mit der Hanarr alles, was er sagte, hinnahm.

»Ähm, bist du der *Kommandant* von Hanarr?«, fragte sie John, als sie mit dem Essen fertig war und er sie wieder mit der Laterne in der Hand durch den dunklen Gang führte. »Und der von den *Versorgungsketten* deines Berges?«

»Das ist nur die Ka-esh-*Versorgungskette*«, antwortete John vage, ohne sie richtig anzusehen. »Nun komm. Als Nächstes möchte ich dich zu meinen Medizinern bringen.«

Seinen Medizinern? Diese merkwürdige Aussage wurde von einem scharfen Schwenk in einen anderen Raum begleitet, den – Rosa blinzelte – sie *erkannte*. Es war die medizinische Einrichtung, in die John sie neulich gebracht hatte, als er an ihr vor Efterar und seinen Freunden ein *Exempel* statuiert hatte. Oder vor seinen *Geliebten*, oder was auch immer sie waren.

Und einer dieser Geliebten war *hier*. Der große, narbige Salvi, der über eine Werkbank gekrümmt war und etwas in einer Flasche mischte. Auf der anderen Seite des Raumes beugte sich ein anderer schlanker Ork mit ebenmäßigem Gesicht über ein offenes Buch und schrieb darin.

Rosas Füße begannen zu schleifen, und ihr Blick verweilte zuerst auf dem Tisch in der Mitte des Raumes und dann auf diesem Salvi, der ihr gerade ein wachsames, spitzzahniges Lächeln zuwarf. Als ob er sie nicht erst vor Kurzem nackt und entblößt in diesem Raum gesehen und dann versucht hätte, sie mit aller Kraft daran zu hindern, den Raum zu *verlassen*.

»Das ist Eben, einer meiner Sanitäter«, sagte John und wies mit einer Geste auf den neuen Ork, der Rosa vorsichtig zunickte. »Und Salvi kennst du schon.«

Rosa nickte sowohl Eben als auch Salvi wortlos zu, obwohl sie spürte, wie ihre Füße zur Seite wichen, zurück zur Tür. Eine Bewegung, die Salvi zu bemerken schien, denn er schritt abrupt vorwärts, seine Flasche in der Hand, die auf einmal keine Krallen mehr trug.

»Ach, Frau«, sagte Salvi, immer noch mit diesem zögerlichen Lächeln. »Ich weiß, dass wir uns nicht unter den besten Bedingungen kennengelernt haben, und dafür bitte ich dich um Vergebung. Wir Ka-esh fühlen uns mit Frauen in unserem Haus noch nicht wohl, und«, er warf einen Blick auf John, »von all unseren Brüdern haben wir nicht erwartet, dass *John* der Erste ist, der eine Frau hierher bringt.«

Er schenkte Rosa ein weiteres Lächeln, schnell und hoffnungsvoll, und sie spürte, wie ihr Widerstand langsam schmolz – zumindest so lange, bis sie eine der möglichen Implikationen dieser letzten Aussage begriffen hatte. »Und war das, weil«, sagte sie, bevor sie sich zurückhalten konnte, »weil John bereits, ähm, *Verpflichtungen* dir gegenüber hatte? Oder, ähm«, sie räusperte sich, »gegenüber Tristan?«

Salvi blinzelte sie einmal an und warf John dann einen Blick zu, den Rosa absolut nicht deuten konnte. »Ach, John und ich wissen es besser, als dass wir so etwas miteinander anstreben«, antwortete er, wobei seine Stimme nicht unbedingt sanft war. »Ich weiß, dass ich ihm den Kopf abreißen würde und er mir den Schwanz.«

Aber er hatte nichts über Tristan gesagt, stellte Rosa fest, während ihr verfluchtes Gehirn zu dem zurücksprang, was John über Salvi und seine Gefährtin gesagt hatte. *Er hat sie jede Nacht vor uns gepflügt. Das bereitete uns große Freude ...*

Salvi räusperte sich laut und streckte Rosa die Flasche entgegen, die er in der Hand hielt. »Ein Geschenk für dich, Frau«, sagte er mit einer Heiterkeit, die etwas gezwungen wirkte. »Trink aus!«

Rosa beäugte die Flasche misstrauisch – sie war dunkelbraun, also konnte man den Inhalt nur vermuten – und John schob sie ihr zielstrebig zu. »Das ist eine Art Milch, die wir hergestellt haben und die dir helfen soll, kräftiger zu werden«, sagte er. »Du hast sie in meinem Bett schon einmal getrunken und sie gut vertragen. Sie wird dich nicht krank machen.«

Rosa nahm zögernd die Flasche und schnupperte vorsichtig daran. »Was ist da drin?«

»Hauptsächlich Milch von den neuen Ziegen der Ash-Kai«, sagte Salvi prompt und zwinkerte ihr zu. »Und ein bisschen mehr. Nichts, was dir schaden könnte.«

John führte die Flache wieder in ihre Richtung, jetzt mit der typischen Hartnäckigkeit in seinen Augen. »Das ist ein bewährtes Mittel gegen Schwäche, Liebchen«, sagte er fest. »Wir haben es sowohl mit Orklingen als auch mit Frauen ausgiebig studiert. Salvi hat das alles in seinen Büchern vermerkt, falls du es später lesen willst.«

Oh. Nun. Rosas Entschlossenheit geriet wieder ins Wanken – vor allem, wenn sie es tatsächlich *erforscht* und dokumentiert hatten – und so führte sie die Flasche vorsichtig an ihre Lippen und kostete davon. Es war tatsächlich das Gleiche, an das sie sich vage erinnerte, als sie es in Johns Bett getrunken hatte, und es war *gar nicht so* schlecht ... und als sie damit fertig war, wurde sie mit einem zufriedenen Streicheln von Johns Hand auf ihrem Rücken belohnt.

»Braves kleines Liebchen«, sagte er leise und anerkennend und jagte Rosa damit eine unerwartete Gänsehaut über den Rücken. »Jetzt wird Salvi dich untersuchen.«

Sich *untersuchen* zu lassen, bedeutete offenbar dasselbe, wie gemessen und gewogen zu werden. Rosa gehorchte diesmal brav und erntete dafür mehr Streicheleinheiten und gemurmeltes Lob von John. Sie war fast enttäuscht, als Salvi fertig war und sich abwandte, um eine lange Liste von Zahlen auf ein Blatt Papier zu schreiben und sie dann in eine Art mathematische Gleichung zu zerlegen.

»Und?«, fragte John knapp mit Blick auf Salvis Rücken. »Salvi?«

Salvi drehte sich um und hielt John das Papier hin, der es mit überraschender Kraft wegschnappte und mit seinen schmalen Augen die Seite musterte.

»Wie wir dachten«, sagte John mit seltsam flacher Stimme und gab ihm das Papier zurück. »Danke, Bruder.«

Salvi zuckte augenscheinlich unbekümmert mit den Schultern und warf das Papier auf den Tresen. »Du könntest noch einmal Efterar fragen«, sagte er beiläufig, wobei seine Augen auf John geheftet waren. »Oder sogar Sken. Vielleicht sehen sie etwas, was wir nicht sehen können.«

John antwortete mit einem Schnaufen und geleitete Rosa schnell wieder aus dem Zimmer in den Gang. Im Licht der Lampe blinzelte sie zu seinem grimmigen Gesicht hinauf, während ihre Gedanken wirr und unruhig wurden. »Worum ging es da?«, fragte sie. »Und wer ist Sken? Und ... *stimmt* irgendetwas nicht mit mir?«

Sie konnte das Zittern in ihrer Stimme nicht verbergen und vielleicht hörte John es auch, denn er zögerte im Gang, sich ihr zuzuwenden. »Sken ist ein weiterer meiner Brüder mit einer alten, mächtigen Gabe«, sagte er ohne Umschweife. »Aber ich würde seinem kryptischen Blick niemals gegen die klare

Wahrheit von Salvis Gutachten trauen, wenn dieses erneut bestätigt hat, was wir bereits wussten. Solltest du meinen Sohn gebären, wärst du wahrscheinlich zu klein, um es zu überleben.«

Richtig. Rosa zuckte zusammen und sah ihn an, um das alles zu verdauen. »Und dass ich deinen Sohn bekomme ... war für dich immer noch eine Möglichkeit?«, fragte sie. »Du ... *wolltest* das doch nicht wirklich, oder? Mit mir?«

John antwortete nicht und ging stattdessen weiter, den Blick geradeaus gerichtet, den Mund fest geschlossen. Seine Nicht-Antwort war genauso aussagekräftig wie eine tatsächliche Antwort, und die Erkenntnis schien Rosa mit einem Mal so stark zu treffen, dass sie sich ohnmächtig fühlte.

John *wollte* einen Sohn. Selbst wenn es mit ihr war.

Aber nein, nein, *alle* Orks wollten Söhne. Das war ein ständiges Thema bei Rosas Recherchen gewesen, nicht wahr? Orks wollten Söhne, Orks taten alles, um Söhne zu bekommen, ein Ork würde stehlen, plündern und *töten*, um einen Sohn zu bekommen. Und Rosa war hier, um zu sehen, was diese Orks sonst noch tun konnten, welche anderen Gräueltaten sie in diesem Berg versteckten, drei Wochen ...

Plötzlich fühlte sie sich seltsam verzweifelt, ihre Augen huschten durch den Gang – und zum Glück kam Erleichterung in Form einer weiteren Öffnung in der Wand. Diese verströmte einen scharfen, beißenden Geruch und ein schwaches, flackerndes Licht, das – Rosas Schritte wurden langsamer, als sie hineinschaute – von mehreren kleinen, kontrollierten Feuern herrührte, über denen mehrere unbekannte Orks weitere *Glasflaschen* hielten.

»Warte«, sagte Rosa mit einer unerklärlich schrillen Stimme. »John, ist das ein *Labor*?«

Selbstverständlich hatte sie schon über Labore gelesen, aber als Frau – was auch bedeutete, dass sie keine Studentin oder Gelehrte sein konnte – war es ihr nie erlaubt worden, eines zu betreten. Und sie hatte fest damit gerechnet, dass John sie ignorieren würde, aber er hatte kurz die Augen geschlossen und dann *nickte* er tatsächlich und führte sie zur Tür.

Rosa starrte ihn völlig entgeistert an – erst recht, als John etwas laut auf *Aelakesh* zu den drei Orks im Raum sagte und sie alle sofort ihre Arbeit einstellten. Auch sie waren alle relativ schlank und hatten ebenmäßige Gesichter, und sie verbeugten sich alle bedächtig vor John, bevor sie ihre gesamte Aufmerksamkeit auf Rosa zu richten schienen.

»Ach, Brüder«, sagte John neben ihr und stupste sie nach vorn. »Das ist Rosa. Sie wünscht, eure Arbeit zu sehen.«

Rosa starrte John wieder mit echtem Erstaunen an, aber er starrte nur zurück und zog die Augenbrauen hoch. *Ist es nicht das, was du dir gewünscht hast*, fragte sein Blick, ohne dass er überhaupt etwas sagen musste. *Du sagtest, du wolltest lernen.*

Rosa konnte sich ein erfreutes Lächeln nicht verkneifen und drückte ihm sogar anerkennend den Arm. Und bevor er es sich anders überlegen konnte, machte sie ein paar vorsichtige Schritte auf den nächststehenden Ork zu, der ein paar kleine Fläschchen auf einem Tablett vor sich stehen hatte.

»Danke, dass ich hier sein darf«, sagte sie mit einem zaghaften, hoffnungsvollen Lächeln. »Wie ist dein Name? Woran arbeitest du?«

Die schwarzen Augen des Orks sahen sie misstrauisch an und blickten wieder zu John – aber auf das verräterische, ungeduldige Handzeichen von John hin konnte Rosa sehen, wie der Ork schluckte und mit dem Kopf nickte. »Ich bin Aaron vom Clan Ka-esh«, sagte er mit einem leichten Akzent in der Stimme. »Ich studiere Blut und welche Blutarten am besten zu anderen Blutarten passen.«

Aaron, der die *Kompatibilität* von *Blut* untersucht? Rosa war sofort fasziniert und verbrachte die nächste halbe Stunde damit, Aaron und die beiden anderen Forscher – Brandr und Marcus – mit so vielen Fragen zu löchern, wie ihr nur einfielen. Sie antworteten mit einer bewundernswerten Geduld und erlaubten ihr sogar, selbst eine ihrer kleinen Flammen zu benutzen – wie sich herausstellte, waren es raffinierte kleine *Brenner*, mit denen sie eine Art destilliertes Desinfektionsmittel herstellen konnte. Als John sie wieder hinausbegleitete, war Rosa vor Freude und überraschender, bebender Dankbarkeit ganz rot.

»*Danke*, John«, sagte sie mit einem aufrichtigen Grinsen in sein sorgfältig neutrales Gesicht. »Ich wollte schon immer mal ein Labor von innen sehen, du kannst dir nicht *vorstellen*, wie aufregend das war. Außerdem kann ich nicht behaupten, dass ich mir jemals vorstellen konnte, dass Orks *Blutkompatibilität* erforschen – das ist eine wirklich experimentelle Wissenschaft, weißt du? Ich habe gehört, dass sie an der Dusbury Universität gerade viel daran forschen. Wie kamt *ihr* dazu?«

John antwortete mit einem lässigen Achselzucken und einem leicht angespannten Mund. »Wir verlieren viele Leben durch Blutverlust«, sagte er, seine Stimme sorgfältig flach. »Es ist nur klug, dass wir das untersuchen.«

Wir, fast so, als wäre er wieder ein entscheidender Teil des Ganzen, und Rosa legte den Kopf schief und betrachtete ihn – zumindest, bis sie an einer weiteren Öffnung vorbeikamen. Hinter dieser leuchtete ein helles, blendendes Licht und ein rhythmisches, ohrenbetäubendes Klirren war zu hören.

»Was ist hier drin?«, fragte Rosa, als sie stehen blieb und hineinschaute. »Oooh, ist das deine *Schmiede*?«

Damit stellte sie sicherlich Johns Geduld auf die Probe, aber er seufzte nur und führte sie zum Eingang. Dort gab er den vier maskierten, hämmernden Orks im Inneren ein stummes Zeichen, die genau wie die Forscher ihre Arbeit sofort einstellten und ihre Werkzeuge beiseitelegten. Diese Orks waren alle größer, verschwitzt und mit nacktem Oberkörper, und als sie ihre Masken hoben, um John anzusehen, erkannte Rosa, dass sie auch älter und rauer aussahen als er, ihre Gesichter waren von Falten und Narben gezeichnet. Aber sie verbeugten sich alle ehrerbietig vor ihm und richteten dann ihre Aufmerksamkeit auf Rosa.

John führte eine weitere Vorstellungsrunde durch – die Orks hießen anscheinend Asger, Soren, Harald und *Gary* – und sie erklärten, dass in der Ka-esh-Schmiede Tag und Nacht in mehreren Schichten an verschiedenen Projekten gearbeitet wurde. »Wir schmieden hier alle Waren«, sagte Gary mit unverkennbarem Stolz, »aber jetzt, nachdem der Krieg vorbei ist, haben wir Ka-esh uns vor allem auf Werkzeuge, Lampen und Juwelen konzentriert.«

Rosas eifriges Ersuchen um nähere Informationen führte bald zu einem Rundgang durch einen kleinen Nebenraum, in dem eine Vielzahl ihrer Arbeiten ausgestellt waren. Es gab noch einige Waffen, vorwiegend die charakteristischen Krummsäbel der Orks, aber auch Spitzhacken, Schaufeln und Meißel. An einer anderen Wand hingen kleinere Werkzeuge, Messer, Zangen und Klemmen, die, wie Gary erklärte, von den Medizinern der Ka-esh bei ihrer Arbeit verwendet wurden. Und dann gab es noch eine Reihe schöner schmiedeeiserner Lampen, die, so erklärte Gary weiter, später in den Gängen des Berges aufgestellt werden sollten, um Gästen wie ihr Licht zu spenden, damit sie sehen konnten.

»Und hier«, fügte Gary hinzu und führte Rosa zu einem kleineren Regal, »sind die Juwelen. Ich habe diese *Kraga* erst heute fertiggestellt, nachdem ich zehn Tage daran gearbeitet habe.«

Während er sprach, hatte sich seine Brust aufgebläht und seine Klaue berührte eines der vielen glitzernden Stücke, die auf dem Regal lagen. Als Rosa näher herantrat, um es zu betrachten, stellte sich heraus, dass es sich bei diesem *Kraga* um ein massives, rundes Stück aus geschlagenem Gold und Silber handelte, das an einer Seite einen kunstvollen Verschluss hatte. Es sah aus wie eine Halskette oder vielleicht ein Torques, allerdings aus winzigen Seilen, die zu einem wunderschönen, raffiniert verschlungenen Ganzen zusammengewickelt waren.

»Es ist wunderschön, Gary«, sagte Rosa und lächelte ihm aufrichtig zu. »Du bist ein wahrer Meister.«

Gary schien von diesem Lob überrascht zu sein, denn seine grauen Wangen färbten sich knallrot. Daraufhin schnaubte John unüberhörbar und bedankte sich kurz bei den Orks, bevor er Rosa wieder auf den Gang hinausbegleitete.

Der nächste Raum, den Rosa erblickte, schien ein Versammlungsraum zu sein, in dessen Wände abstrakt aussehende Kunstwerke eingemeißelt waren, und der darauf folgende Raum schien ein Schrein zu sein, der zurzeit leer war, aber eine Sammlung kunstvoll geschnitzter Steinfiguren enthielt. Und dann gab es noch einen Raum, in dem mehrere Orks saßen, die über schräge Schreibtische gebeugt waren und Federkiele in den Händen hielten.

»Noch ein kurzer Besuch?«, fragte Rosa John mit einem hoffnungsvollen Grinsen. »Bitte?«

John antwortete mit einem leisen, genervten Stöhnen, aber auch hier willigte er ein. Diesmal erhielt Rosa eine aufschlussreiche, wenn auch unverständliche Erklärung der geologischen Gegebenheiten des Orkgebirges und der Planung, Technik und Mathematik, die für den Bau eines so komplexen unterirdischen Zuhauses erforderlich waren.

Die drei Orks – Tvalli, Orval und Ronan – bezogen John bereitwillig in ihre Erklärungen mit ein, und als Rosas Fragen verklungen waren, ging die Diskussion in eine detaillierte Analyse einer neuen Gangausgrabung über, die sie gerade leiteten, und in die Lösung eines unerwarteten geologischen Problems, das sich ergeben hatte. Obwohl Rosa kaum die Hälfte des Gesagten verstand, beäugte sie John am Ende mit einer wachsenden, beunruhigenden Wertschätzung.

»Woher weißt du das alles, John?«, fragte sie vorsichtig, als sie wieder den Gang hinuntergingen. »Und bist du ... *verantwortlich*, für all diese Orks?«

Johns Achselzucken war dieses Mal eindeutig zu salopp, sein Blick ruhte auf dem Gang vor ihnen. »Solche Dinge habe ich gelernt, seit ich ein Orkling war«, sagte er. »Es ist die Pflicht des Ka.«

Rosa dachte darüber nach und blickte stirnrunzelnd zu ihm auf. Er wollte also *wirklich* sagen, dass er für all das verantwortlich war. Oder etwa nicht?

»Und wer sind die Ka?«, fragte sie. »Hanarr hat mir gesagt, dass du der letzte bist. Und diese Orks nennen dich ständig *John-Ka*.«

Sie konnte sehen, wie sich Johns Kiefer zusammenzogen, aber er beantwortete die Frage erneut, seine Stimme lebhaft. »Wir Orks sind in fünf Clans aufgeteilt – Ash-Kai, Bautul, Skai, Grisk und Ka-esh. Die Ka-esh haben seit jeher zwei Seiten hervorgebracht – Ka und Esh. Die Ka werden schon seit vielen Jahren ausgemerzt, und jetzt, seit Fror tot ist, bin ich der letzte von ihnen.«

Er sprach sachlich, als ob es sich um ein unwichtiges Detail handelte und nicht um die beunruhigende Andeutung von Krieg, Trauer und Verwüstung, die es war. Die Ka *wurden* ausgemerzt.

»Hast du deine Eltern gekannt?«, fragte Rosa, ihre Stimme war leise. »Bevor sie starben?«

John antwortete nicht, sondern bog scharf um eine Ecke und schritt einen weiteren langen Gang entlang. Dieser neigte sich unter ihren Füßen leicht nach oben und Rosa nahm einen überraschenden Duft wahr, der wie *frische Luft* roch.

»Wohin gehen wir jetzt?«, fragte sie und atmete die süße Frische tief ein. »Nach draußen?«

Ihre Stimme überschlug sich bei dem Gedanken – es kam ihr vor, als hätte sie schon seit *Tagen* keinen Himmel mehr gesehen – und John warf ihr einen Seitenblick zu, als er vor einer massiven Steinmauer stehen blieb und sie mit seinen Händen mehrmals zielstrebig anstieß.

»Mach dir nicht zu viele Hoffnungen, Liebchen«, sagte er. »Es ist nicht *draußen*, wie du vielleicht denkst.«

Die Wand fuhr knirschend zur Seite, als er sprach, und

bewegte sich auf einer Stahlschiene, die vorher völlig vom Stein verdeckt gewesen war, wie Rosa jetzt sah. »Wie *wundervoll*«, keuchte sie und beugte sich darüber – doch dann gab es einen Lichteinfall und einen Windstoß, und alles andere verschwand, als sie dort stand und es spürte und atmete.

Es war irgendwie ein anderer Raum. Ein Raum, der am Rande des Berges zu liegen schien und bei dem ein Teil der Decke weggeschnitten worden war, sodass der klare blaue Himmel darüber sichtbar wurde. In den dicken Steinwänden gab es ähnliche Löcher, die helle Flecken von Felsen und Bäumen offenbarten, und als Rosa hinüberging, um genauer hinzusehen, stellte sie fest, dass sie auf eine felsige Ebene am Fuße des Berges blicken konnte. Und von außen würde dieser raffiniert konstruierte kleine Raum wahrscheinlich nur wie ein weiterer Teil des Felsens aussehen und gar nicht wie ein Raum.

»Was für ein *Wunderwerk*«, sagte Rosa zu John, der immer noch an der Tür stand und sich die Hand vor die Augen hielt. Er schirmte damit das helle Sonnenlicht ab, wie sie mit einem überraschten Zusammenzucken feststellte. »Ist das für die Überwachung?«

Er zuckte mit den Schultern und deutete mit der anderen Hand auf ein paar Steinbänke, die Rosa noch nicht bemerkt hatte und die sich direkt unter der Öffnung zum Himmel befanden. »Es wurde dafür benutzt«, sagte er. »Aber er wurde für die Ka-esh-Frauen gebaut, die im Gegensatz zu uns noch Sonne brauchten.«

Oh. Ein weiterer aufmerksamer Blick durch den Raum zeigte, dass er tatsächlich zum Wohlfühlen gedacht zu sein schien – an den Wänden waren weitere abstrakte weiße Kunstwerke eingemeißelt, und der Boden war mit einem raffinierten Steinmuster gekachelt. An den Wänden standen weitere Bänke und hier und da waren sogar ein paar leere *Blumentöpfe* zu sehen.

»Es ist wunderschön«, sagte Rosa, und sie meinte es ernst. »Es ist der perfekte Ort, um zu lesen und gleichzeitig ein Auge auf alles zu haben, was draußen vor sich geht. Zum Beispiel diesen Ork, John. Was *macht* er denn da?«

Ihr Blick fiel auf eine Gestalt, die sich in einiger Entfernung bewegte und den nahen Felsabhang hinunter schritt. Es war ein wahrhaft massiver Ork, der mit Abstand größte, den Rosa bisher gesehen hatte – und selbst aus dieser Entfernung konnte sie sehen, wie vernarbt er war und wie sehr seine riesigen, schrägen Schultern mit tiefen Furchen und Kerben übersät waren. Er trug nur einen dunklen Kilt, sein langes Haar war zu einem dicken schwarzen Zopf zusammengebunden, und in seiner Hand hielt er einen der charakteristischen gebogenen Krummsäbel, der im hellen Licht silbrig-weiß schimmerte.

John hatte sich neben Rosa gestellt und starrte den Ork durch seine Finger an. »*Helvíti*«, zischte er, seine Stimme überraschend wütend, sein Körper fest angespannt. »Dieser törichte, *törichte* Skai. Er wird nicht, er *kann* nicht ...«

Rosa blinzelte ihn an und dann den seltsamen Ork, der sich gerade mit seiner massigen Masse auf einem großen Felsen niedergelassen hatte und mit seiner riesigen Faust nach einem kleineren Stein griff. Dann stützte er sein Schwert auf sein Knie und begann, die Klinge zu schärfen, wobei das raspelnde Geräusch schrill durch die Luft schallte.

»Was meinst du?«, fragte Rosa und runzelte die Stirn angesichts des sichtbaren Unmuts auf Johns Gestalt, die neben ihr geradezu vibrierte. »Er tut nichts, er sitzt nur da ...«

Aber John schüttelte den Kopf und stieß etwas aus, das wie ein weiterer *Aelakesh*-Fluch klang. »Er riskiert alles, was wir getan haben«, knurrte er. »Er wird *Krieg* über unsere Häupter bringen.«

Was? Rosa blinzelte John unverständlich an, denn auch wenn er gelegentlich irrational wirkte, war er doch nie völlig durchgedreht, oder? Und es konnte doch nicht sein, dass ein Ork, der auf einem *Felsen* saß, einen *Krieg* heraufbeschwor?

Sie öffnete den Mund, um zu sprechen und zu fragen, aber

bevor sie ein Wort sagen konnte, legte John seine Hand auf ihr Gesicht und zog sie rückwärts von der Öffnung in der Wand weg. Rosa trat und stieß nach ihm und schrie dumpf in seine heiße Handfläche – und plötzlich lag seine andere Hand in ihrem Nacken und *drückte* zu.

Es war nicht hart, nicht wirklich, aber dennoch genug, um Rosa einen wahren Schreckensschauer über den Rücken zu jagen, während ihre Augen wild die seinen suchten, die nun vor Wut und vielleicht sogar ... *Angst* glitzerten.

»Schweig«, keuchte er rau in ihr Ohr. »Oder du wirst *leiden*, Frau.«

Es war eine Drohung, John *drohte* ihr, er hatte versprochen, freundlich zu sein, er hatte es *versprochen* – aber der Schrei, der in Rosas Kehle aufgestiegen war, schien zu verstummen, als sie den Blick in seinen blinzelnden Augen sah, die immer wieder in Richtung des Lichts huschten. In Richtung ... der Männer?

Ja, bei allen Göttern, zu den *Männern*. Die seltsamen, stummen Männer, die um den sitzenden Ork herumschlichen und hinter den Felsen und Bäumen hervorkamen. Der Mann, der sich gerade vor ihrer *Steinwand* herumtrieb, war so nah, dass Rosa durch den Spalt hätte greifen und seinen schwarz gekleideten *Arm* berühren können.

Sie waren alle schwarz gekleidet, hatten Waffen in ihren behandschuhten Händen und trugen Masken, die ihre Nasen und Münder verdeckten. Nur ihre Augen waren zu sehen, mit denen sie sich absprachen und miteinander kommunizierten, während sie immer näher an den sitzenden Ork herantraten. Sie planten einen *Angriff*.

Und vor ihnen saß der riesige Ork einfach nur da. Er bewegte sich nicht, schaute nicht auf und zeigte kein Anzeichen dafür, dass er die anrückenden Männer bemerkt hatte. Er schabte nur immer wieder mit seinem Stein, ein lautes und nervtötendes Geräusch in der ansonsten angespannten Stille.

Rosas Herz klopfte wie wild, ihr Kopf schüttelte sich und

ihr Körper stemmte sich gegen Johns Griff. Jemand musste den ahnungslosen Ork warnen, die Männer waren dabei, ihn zu *töten*, sicher würde John *irgendetwas* tun ...

Aber Johns Klauen gruben sich in sie und seine mächtige Gestalt zog Rosa weiter zurück, weg. »Nein, Liebchen«, zischte er ihr ins Ohr. »Bitte. Er weiß, was er tut. Er *weiß* es.«

Und bevor Rosa denken, reagieren oder sich wehren konnte, richteten die Männer ihre Schwerter auf den Ork und griffen an.

19

Für einen Moment herrschte eine klirrende Stille, Rosas Herz schrie bis zum Hals und Johns Hand war auf ihren Mund gepresst. Während sich die rennenden Männer auf den sitzenden Ork stürzten, wurden die Rufe lauter, als der erste Mann ausholte und seine blitzende Klinge direkt auf den entblößten Hals des Orks richtete.

In einem Atemzug *sprang* der Ork. Sein massiger Körper drehte sich in der Luft, und sein Krummsäbel wirbelte in einem hellen Ring aus Licht herum. Er schlug mehrere Männer nach hinten, Blut spritzte einem aus dem Arm, während weitere Männer mit schwingenden Schwertern nach vorn stürmten.

Der riesige Ork schlug sie mit einem weiteren Wirbel seines Schwertes weg, griff dann mit der bloßen Hand nach der blitzenden Klinge des nächsten Mannes und schleuderte sie mit voller Wucht durch die Luft. Er traf einen anderen Mann direkt am Kopf und ließ ihn nach hinten taumeln, bis er fiel und sein eigenes Schwert klappernd auf dem Stein landete.

Damit waren noch sechs Männer übrig und sie näherten sich dem riesigen Ork nun vorsichtiger und schlichen sich von allen Seiten an. Der Ork verharrte ganz still, beobachtete und wartete.

Die Männer stürmten in einem schwarzen Haufen vor, die Klingen stachen und schwangen mit Kraft, Präzision und verkündeten sicheren Tod – und aus der Tiefe der sich windenden Körper und klirrenden Schwerter ertönte ein unmenschliches Heulen, gebrochen, bitter und markerschütternd. So schmerzhaft, dass Rosa die Augen zusammenkniff. Ihr wurde schwindelig und der Kopf pochte, dieser Ork würde *sterben*, sie konnte es nicht ertragen, ihn sterben zu sehen, bitte, Götter, *bitte* ...

Doch dann kehrte abrupt und erdrückend Stille ein. Ein dickes und schreckliches Klingeln in Rosas Ohren, ein Donnern in ihrer Brust. Die Stille wurde schließlich von einem verzweifelt klingenden Seufzer durchbrochen, der von Johns Atem an ihrem Ohr herrührte.

Als Rosa es wagte, die Augen zu öffnen und ins Licht zu blinzeln, erblickte sie den verblüffenden, unmöglichen Anblick des *Orks*. Er stand aufrecht, heil und blutüberströmt da, während eine Masse verwundeter Männer zu seinen Füßen stöhnte und zuckte.

»*Helvíti*«, zischte John erneut, aber sein fester Griff um Rosas Gesicht und Hals hatte sich endlich gelockert, und er rieb sich die immer noch verengten Augen. »Komm, Frau. Wir dürfen keine Zeit verlieren.«

Rosa hatte nicht die Kraft zu widersprechen – ihr Körper fing an zu zittern – und sie ließ sich von John vom Licht wegziehen, weg von dem Anblick des unbeweglichen, blutverschmierten Orks. Zurück in die Tiefen des Berges, der plötzlich so dunkel war, dass selbst Johns Lampe nicht hindurchzudringen schien.

John eilte durch die Gänge, Rosas taumelnden Körper dicht hinter sich herschleifend, bis er in die medizinische Einrichtung platzte, in der Salvi und Eben noch immer arbeiteten. »Es gibt zehn verwundete Männer«, sagte John knapp. »Auf dem Geröllfeld an der Nordseite. Tut alles, was ihr könnt, und zwar sofort.«

Salvi und Eben setzten sich sofort in Bewegung, noch bevor John zu Ende gesprochen hatte. Eben stürmte aus der Tür und sprintete in vollem Lauf davon, während Salvi nach einem großen Beutel griff, den Rosa zuvor nicht gesehen hatte, und ihn sich auf den Rücken schnallte. »Gibt es Tote?«, verlangte er von John zu wissen, sein Blick suchend und scharf. »Oder Fahnenflüchtige?«

»Noch nicht«, erwiderte John. »Ich werde einen Suchtrupp anfordern.«

Salvi nickte und zog sich eine Art Visier über die Augen, bevor er ebenfalls an den beiden vorbeischoss und den Raum verließ. John und Rosa waren nun wieder ganz allein, und einen Moment lang stand John nur da, die Handflächen an sein Gesicht gepresst, die Schultern hoben und senkten sich mit dem Gewicht seiner Atemzüge.

»Geht es dir gut?«, fragte Rosa ihn zögernd und legte vorsichtig eine Hand auf seinen Arm. »John?«

Sie konnte wieder die Anspannung spüren, die durch seine Gestalt vibrierte und sich in seinem Unterkiefer festsetzte. »Ich habe nur ...«, begann er, ließ seine Hände fallen und sah ihr in die Augen. »Ich muss mich jetzt darum kümmern, und zwar sofort. Vielleicht ist es das Beste«, er holte tief Luft, »wenn ich dich woanders hinbringe, wo du warten kannst, während ich arbeite.«

Was? Rosa schüttelte bereits den Kopf und ihre Finger klammerten sich an seinen Ärmel. »Nein«, sagte sie. »Ich will bei dir bleiben. Bitte! Du hast versprochen, mir etwas beizubringen.«

John warf ihr einen Blick voller Frustration zu, bevor er sich wieder über das Gesicht rieb. »Ich kann dir hier nichts beibringen«, schnauzte er. »Ich werde auch keine Zeit haben, dich zu trösten, und das alles hat dir wirklich Angst gemacht, ach?«

Richtig. Rosa spürte, wie sich ihre Entschlossenheit verhärtete, und sie versuchte, mit den Schultern zu zucken und ihn mit einem zittrigen Lächeln zu betrachten. »Ich war nur überrascht, das ist alles«, sagte sie. »Ich habe noch nie eine richtige *Schlacht* gesehen, und natürlich war es sehr stimulierend. Und natürlich werde ich versuchen, dir nicht im Weg zu stehen, denn natürlich musst du dich jetzt auf deine … deine *Arbeit* konzentrieren. Denn *du* hast das Sagen, John. Für die Ka-esh. Nicht wahr?«

Ein Geräusch, das an ein Knurren erinnerte, drang aus Johns Kehle, doch dann griff er plötzlich nach unten und schnappte sich Rosa. Er setzte sie eng an seine Hüfte, zurück an ihren gewohnten Platz, während er sich umdrehte, losrannte und den schwarzen Gang entlang sprintete.

Er hatte seine Laterne zurückgelassen, sodass Rosa nicht sehen konnte, wohin sie als Nächstes gingen oder mit wem er in seinem schroffen *Aelakesh* sprach. Aber seine Hände blieben die ganze Zeit über fest auf ihr, sein Körper warm und nah. Und immer wenn er besonders steif wurde und seine Krallen sich in Rosas Haut gruben, merkte sie, wie sie seinen Rücken streichelte und sich näher an ihn lehnte, bis sie spürte, dass er sich wieder etwas entspannte.

Sie wusste nicht, wie lange er in der Dunkelheit durch den Berg hetzte und sie in seinen Armen festhielt. Aber als es endlich wieder hell wurde und er sie sanft auf die Füße stellte, konnte Rosa eine gewisse Enttäuschung nicht leugnen, auch wenn sie sich interessiert in diesem neuen, unbekannten Raum umsah.

Er war groß und offen, mit einem kleinen Feuer, das am gegenüberliegenden Ende knisterte, und mehreren metallgerahmten Betten, die überall verteilt waren. Es sah aus wie eine weitere medizinische Einrichtung oder sogar wie ein kleines Spital, und Rosa erkannte Efterar, der an einem Bett auf der anderen Seite des Raumes stand.

Und in diesem Bett – Rosa zuckte zusammen und ihre

Augen weiteten sich – lag der Ork. *Dieser* Ork. Derjenige, der zehn Männer auf einmal besiegt hatte. Aus der Nähe sah er noch größer und beängstigender aus als zuvor – vor allem, weil sein riesiger, breitschultriger Körper über und über mit frischen, bösartig aussehenden Wunden bedeckt war, aus denen noch *Blut* tropfte.

Aber in Johns funkelndem Blick auf den blutigen Ork lag kein Mitleid, nur Verachtung oder vielleicht sogar Wut. *»Helvítis hálfviti«*, knurrte er, während er durch den Raum auf das Bett zustürmte und Rosa dicht hinter sich her zog. »Du verfluchter *Narr*, Simon. Weißt du nicht, was du getan hast?!«

Der verwundete Ork starrte John mit wachsamen, schmalen Augen an, seine Unterlippe stand hervor. »Ich bekämpft zehn Männer«, sagte er mit seiner tiefen Stimme und einem starken Akzent. »Ich *gewonnen*.«

Das war ein gutes Argument, fand Rosa, aber John antwortete sofort mit einem Knurren, das überraschend heftig war. »Du hast unseren gesamten *Vertrag* aufs Spiel gesetzt, Simon«, zischte er. »Nur ein Skai könnte es schaffen, *jahrelange* Arbeit und Planung wegzuwerfen, um sich ziellos und rücksichtslos mit *Banditen* zu prügeln!«

»Sie zuerst angreifen«, sagte Simon trotzig. »Und ich nicht töten.«

Johns Schrei war pure Frustration und er fuhr sich mit der Hand durch das Haar. »Nur weil ich sechs Mediziner da draußen habe, die darum kämpfen, sie am Leben zu halten!«, rief er. »Weißt du nicht, wie viel uns das kosten wird? Weißt du nicht, was diese Männer erzählen werden, wenn sie nach Preia zurückkehren, um ihren kriegshungrigen Herren Bericht zu erstatten?!«

Nach Preia. Zum Haus von Lord Kaspar. Dem Heimatort seines Vaters, *Herzog Warmisham*.

Und warte, diese Männer waren wirklich aus *Preia* gekommen? Und sie lauerten im Orkgebirge jedem unglücklichen Ork auf, den sie finden konnten? Das konnte doch nicht sein, dass das hier wirklich *passierte*, oder? Vor allem, wenn es die *Männer* waren, die ihren eigenen Vertrag brachen?

»*Männer* brechen Vertrag«, grummelte Simon zurück, ein beunruhigendes Echo von Rosas eigenen Gedanken. »Männer diesen Mond acht einsame Orks angegriffen. Eyarl vor zwei Nächten fast *getötet*. Jetzt Menschen haben Angst. Männer greifen nicht mehr an. Schwächere Orks sind sicher.«

Er fuchtelte mit seiner riesigen Hand vor John herum, als wolle er andeuten, dass John einer dieser schwächeren Orks sei – eine Meinung, der John eindeutig nicht zustimmte, denn sein ganzer Körper pulsierte vor Wut. »Und dieser Plan wurde mit allen fünf Clans sorgfältig ausgearbeitet, oder? Mit denen, die jetzt die Folgen deiner Taten ausbaden müssen? Oder hast du vielleicht«, seine Lippen kräuselten sich, »den Anführer um Erlaubnis gebeten, dies zu tun?«

Während er sprach, warf er einen wütenden Blick über die Schulter zu zwei weiteren Personen, die den Raum betraten. Eine von ihnen war Jule, die Rosa ein müdes Lächeln zuwarf, und hinter ihr stand ein weiterer riesiger Ork. Nicht ganz so groß wie dieser Simon, aber immer noch schockierend groß, mit riesigen, abfallenden Schultern und einem grimmigen, vernarbten Gesicht.

»Simon hat mich nicht um Erlaubnis gebeten«, sagte der andere Ork zu John, und in seiner kräftigen Stimme lag ein Hauch von Gefahr. »Aber genauso wenig hast du die Erlaubnis bekommen, ihn an meiner Stelle zu verurteilen, Bruder.«

John zuckte leicht zusammen und warf einen finsteren Blick auf Simon. »Und wirst *du* ihn nun verurteilen, Anführer?«, fragte er kalt. »Wirst du ihm die Hilfe und die Werkzeuge vorenthalten, die sein Clan braucht, um seine Arbeit zu erledigen? Wirst du ihm die gleichen Kontrollen auferlegen, die du mir auferlegt hast?«

Dieser Anführer schritt durch den Raum auf sie zu und klopfte mit einer großen Hand auf Johns Schulter. »Darüber haben wir schon ausführlich gesprochen, Bruder«, sagte er fest. »Wenn es um Frauen geht, müssen wir sehr vorsichtig vorgehen. Ach, neue Ka-esh-Frau?«

Seine dunklen Augen richteten sich auf Rosa, während er sprach, und sein Mund verzog sich zu etwas, das vielleicht als Lächeln gedacht war, Rosa aber trotzdem zusammenzucken ließ. Hinter dem neuen Ork schlich sich zum Glück auch Jule heran und rollte verärgert mit den Augen, als sie ihn in eine etwas weniger einschüchternde Entfernung zurückzog.

»Habe ich dir nicht gesagt, Rosa, dass Manieren hier ein hoffnungsloser Fall sind«, sagte sie. »Rosa, das ist mein Gefährte Grimarr vom Clan Ash-Kai, der Anführer der Orks. *Nicht wahr*, Grimarr?«

»Ach, ach«, sagte dieser Grimarr mit einem Seitenblick auf Jule, der fast liebevoll wirkte, oder amüsiert. »Wir heißen dich auf unserem Berg willkommen, neue Frau. Nun, Bruder«, sein Blick glitt zu John, »würde es dir gefallen, zu bleiben und dich daran zu weiden, während ich Simon für seine Taten verurteile? Oder möchtest du deine Zeit lieber damit verbringen, dich um deine neue Frau zu kümmern und nach Möglichkeiten zu suchen, uns in dieser Situation zu helfen?«

Rosa merkte, dass er John *kritisierte*, obwohl dieser schon seit gefühlten *Stunden* an dieser Situation arbeitete und John versteifte sich sichtlich, sein Gesicht wurde blass und sein Mund schmal und fest. »Ich werde gehen«, sagte er sehr gelassen. »Aber zuerst möchte ich Efterar kurz sehen, wenn es ihm möglich ist.«

Efterars Kopf drehte sich zu John, seine Augenbrauen hoben sich und nach einem kurzen Wortwechsel mit Simon schritt er auf sie zu. Auf Johns knappe Aufforderung hin wurde Rosa noch einmal untersucht, während John schweigend dastand, die Arme verschränkt und die Augen immer noch vor Wut glitzernd.

»Es scheint dir besser zu gehen, Rosa«, sagte Efterar zu ihr, nachdem er seine Hände vorsichtig erst auf ihren Kopf und dann auf ihren Bauch gelegt hatte. »Aber du bist immer noch stark unterernährt und müde. Deshalb solltest du dich viel ausruhen, mindestens dreimal am Tag essen, regelmäßig in die Sonne gehen und dich bewegen und so viel von Johns Samen trinken, wie du kannst. Du wirst auch mehr frischen Samen in deinem Schoß brauchen, vor allem, wenn du dich für den Sohn entschieden hast, denn das hier ist«, er schaute stirnrunzelnd auf Rosas Taille, »jetzt schon zwei Tage her?«

Warte, was? Rosas schwer überfordertes Gehirn hatte Mühe, dem zu folgen, und sie sammelte ihre zerfledderten Gedanken und zwang sich zu sprechen. »Ähm, was hat das mit irgendetwas zu tun? Nicht, dass ich nicht will ... ich meine ... ich bin doch nicht schon *schwanger*, oder?!«

Sie warf John einen verärgerten, ängstlichen Blick zu, aber er starrte nur Efterar an, der seinerseits immer noch auf Rosas Bauch starrte. »Nein, noch nicht«, antwortete Efterar vage. »Aber frischer Samen macht einen stärkeren Sohn und hilft der Frau, sich auf sein Wachstum und die Geburt vorzubereiten. Frag einfach John, er und seine *Mediziner* sind angeblich die Experten hier.«

Das Wort *Mediziner* klang wie Hohn, und Rosa war nicht überrascht, als John tief und heftig zurückknurrte. »Und genau deshalb, Ash-Kai, wissen meine *Mediziner* und ich, was du nicht weißt«, schnauzte er, »dass diese Frau zu klein ist, um einen Orksohn zu gebären. Das haben wir dir bereits gesagt. Wünschst *du*, dass sie sich zu den zwanzig toten Frauen gesellt, die wir Orks in den letzten zwanzig Monaten bereits verursacht haben?«

Rosas Kopf zuckte in Richtung John, ihr geplagtes Gehirn wirbelte wieder wild durcheinander, aber Efterar schien völlig unbeeindruckt zu sein. »Du solltest dem nicht so viel Bedeutung beimessen«, konterte er. »Du bist ein kleiner Ork, und ihr Ka-esh habt die erfolgreichste Geburtsrate von uns allen, wenn ihr erst einmal richtig zur Sache kommt. Es ist ja nicht so, dass du wie unser Simon hier bist.«

Rosa warf einen unruhigen Blick in Richtung Simon, der gerade in ein anscheinend unangenehmes Gespräch mit Grimarr und Jule vertieft war. Die eigentlichen Worte wurden von einem weiteren Knurren von John neben Rosa übertönt, das erstickt, frustriert und verärgert klang.

»Unsere Studie, die sich auf die *Forschung* stützt«, sagte er knapp, »hat dieser Frau eine fünfzigprozentige Wahrscheinlichkeit gegeben, meinen Sohn lebend zu gebären. Hast du dazu etwas Wertvolles beizutragen, Ash-Kai, abgesehen von der tiefen Einsicht, dass ich Ka-esh bin und *nicht Simon*?«

Efterar zuckte mit den Schultern, während seine Augen immer noch auf Rosas Bauch starrten. »Nein«, sagte er. »Aber ihr Körper scheint deinen Samen zu mögen. Sie will mehr. Ich kann es einfach ... *fühlen*.«

Rosas Gesicht glühte vor Hitze und zum Glück schien John genauso provoziert zu sein, wie sie sich fühlte, denn aus seiner Kehle ertönte ein weiteres raues Knurren. »Ach, das ändert *alles*«, knurrte er zurück. »Lass uns ihr *Leben* gegen das was du *fühlst* verwetten, Ash-Kai. Wenn du hier fertig bist, solltest du vielleicht nachsehen, was du bei all den Preianern *fühlst*, die Simon heute fast für uns getötet hat. Männer, die nur dank meiner *Mediziner* noch *leben*!«

Mit diesen Worten machte John auf dem Absatz kehrt und stapfte aus dem Raum. Rosa zog er dicht hinter sich her, zurück in den stockdunklen Gang. Seine Schritte waren lang, schnell und wütend.

Und obwohl Rosa sein Gesicht nicht mehr sehen konnte, schien die Kraft seiner Wut in die Dunkelheit um sie herum zu schießen. Wut auf Simon, der mit seiner Tat offenbar den gesamten *Friedensvertrag* aufs Spiel gesetzt hatte. Auf Efterar, der Johns scheinbar berechtigte Argumente einfach ignoriert hatte, um seinen eigenen, völlig unbegründeten *Gefühlen* den Vorzug zu geben. Und sogar Wut auf diesen Anführer, der John vor seinen Brüdern tadelte und ihn in die *Schranken* wies, was auch immer das hieß.

Und in dem wirbelnden Chaos in Rosas Gehirn war das zwanghafte und irrationale Bedürfnis, ihre freie Hand nach John auszustrecken, am stärksten. Ihn zu streicheln, sanft und bestimmend, so wie sie es heute schon einmal getan hatte. Sie wollte spüren, wie sich die Anspannung unter ihrer Berührung ein wenig auflöste.

»Auf einer Skala, auf der du deine normalen Tage messen kannst«, hörte sie sich selbst leise in die aufsteigende Dunkelheit sagen, »wie schlimm war es heute?«

Neben ihr grunzte John, ein bitteres, spöttisches Geräusch. »Ach, schlimm genug«, schnarrte seine Stimme. »Diese Männer haben schon seit vielen Monden nach einer solchen Schlacht gesucht. Und jetzt, nachdem sie das erreicht haben, werden sie nach Preia zurücklaufen, mit ihren Wunden prahlen, die wir versorgt haben, und behaupten, wir hätten ohne Grund angegriffen. Wir müssen hoffen, dass Lord Otto noch fett und zufrieden genug ist, um uns noch einmal zu helfen und uns vor einem weiteren Krieg zu bewahren und ...«

Er verstummte abrupt, als hätte er sich gerade daran erinnert, mit wem er sprach, und Rosa spürte, wie es ihr die Kehle zuschnürte und ihr Herz in der Dunkelheit unruhig klopfte. Die Männer würden zurück nach Preia laufen. Zu Herzog Warmisham. Lord Kaspars Vater, der sie offenbar dazu angestiftet hatte.

Aber wartete der Herzog nicht auf Lord Kaspars Forschung? Rosas Forschungen? Hatte er nicht gesagt, dass ein kompletter Krieg nicht erstrebenswert war ... zumindest nicht, bis die Bauern dazu gebracht werden konnten, für sie zu kämpfen?

Rosas Herzschlag wurde lauter und sie kämpfte darum, einen Schritt nach dem anderen zu setzen. »Aber sicher wollen die Lords des Reiches jetzt nicht noch einen Krieg mit den

Orks?«, ließ sie ihre hohle Stimme lügend, *lügend* verlauten. »Ich kann mir nicht vorstellen, warum Herzog Warmisham seinen Männern befehlen sollte, heimlich euren Vertrag zu brechen. Ich meine, er und Lord Otto sind doch angeblich Verbündete, und Otto hat euren Vertrag immer wieder öffentlich verteidigt und diese Art von Verhalten angeprangert.«

Johns Lachen war kalt, brüchig und ungläubig. »Törichte Frau«, sagte er. »Lord Otto wird das nur *anprangern*, solange wir ihn in Reichtum schwimmen lassen, und selbst dann tut er *nichts* wirklich Wirkungsvolles gegen seine Mitlords. Schon jetzt versucht Lord Culthen von Tlaxca, in der Hauptstadt dieses Reiches Zwietracht zu säen und die Lords zum Krieg zu treiben. Lord Anton von Dunburg versucht, unseren Handel zu blockieren, und greift jede Ladung an, die wir in Auftrag geben. Und Herzog Warmisham von Preia«, John spuckte den Namen aus, als wäre er ein Fluch, »schickt nicht nur Männer aus, um uns zu solchen Angriffen anzustacheln, sondern er versucht auch, das einfache Volk in Angst und Schrecken zu versetzen. Er schickt bezahlte Männer in die Tavernen und auf die Märkte, um die Nachricht von unserer Boshaftigkeit zu verbreiten. Er verteilt Bücher, Schriften und Abhandlungen voller Geschichten über das tödliche, dreckige Orkgebirge und die schwarzen Armeen und die geschlagenen Frauen darin.«

Oh. Rosa wurde plötzlich schrecklich schwindelig und blinzelte dorthin, wo sie Johns Gesicht vermutete, während die unbestreitbare Realität hinter seinen Worten langsam durch ihren Schädel strömte. *Dieses Projekt ist jetzt von größter Wichtigkeit*, hatte Lord Kaspar in seinem Brief geschrieben. *Es setzt die Ressourcen und Pläne des gesamten Reiches aufs Spiel ...*

Und obwohl Rosa im Geiste natürlich wusste, was das bedeuten könnte, schien es ihr in dieser bitteren Dunkelheit, als sie John das alles laut aussprechen hörte, einen schmerzhaften Knoten in das ohnehin schon durch ihren Kopf wirbelnde Chaos zu ziehen.

Natürlich hatte Herzog Warmisham einen größeren Plan.

Natürlich wollte er die Orks zu törichten Handlungen verleiten, die dann gegen sie verwendet werden konnten. Natürlich wollte er die Gemüter gegen die Orks aufhetzen, bevor er die neu entdeckten und zutiefst schockierenden Gräueltaten aus dem Orkgebirge bekanntgab. Während seine anderen Lords sich darauf vorbereiteten, eine solche Ankündigung zu unterstützen, indem sie die Orks daran hinderten, Vorräte zu beschaffen, und in der Hauptstadt des Reiches Anhänger sammelten ...

Und das Schlimmste war, dass Herzog Warmisham die Aufgabe, die Gräueltaten der Orks zu recherchieren, an seinen angeblich klugen Sohn weitergegeben hatte. Der wiederum die ganze Aufgabe auf *Rosa* abgewälzt hatte. Und die war jetzt hier, im Berg der Orks, spionierte, beobachtete und *log*.

Rosas schweres Schlucken war in der Stille zu hören und sie vernahm erneut Johns Lachen, das noch kälter und bitterer klang als zuvor. »Ach, törichte Frau«, sagte er mit fast höhnischer Stimme. »Herzog Warmisham, dessen zweiter Sohn dein *Schutzherr* in dieser Bibliothek ist. Der Mann, dessen Geruch noch immer deinen Mund und deinen Schoß erfüllt. Der geizige, egoistische Narr, der sein eigenes *Liebchen* verhungern lässt, während sie sich eifrig für ihn schindet.«

Verdammt noch mal. *Verdammt noch mal.* John wusste nichts von Rosas Forschung, er *konnte* nicht wissen, warum sie hier war – aber sie konnte sein Gesicht nicht sehen, konnte nicht verhindern, dass ihr eigenes Gesicht von Hitze überflutet wurde. Und John konnte das sehen, o Götter, was würde er sagen, er durfte nicht wissen, dass Rosa so etwas jemals tun würde, er *durfte* nicht ...

»Ich *hasse* Lord Kaspar«, platzte es aus ihr heraus, bevor sie es verhindern konnte, bevor sie nachdenken konnte. »Ich *hasse* ihn, John. Du hast recht, er ist geizig und töricht, und weil er nicht besonders intelligent ist, schiebt er die eigentliche Arbeit auf alle anderen ab und wird als seltenes Genie gepriesen. Er hat noch nie etwas entbehren müssen, er musste noch nie leiden, er musste *noch nie* für etwas kämpfen oder für etwas arbeiten, an das er glaubt. Er nutzt Menschen aus – *vor allem Frauen* – und wirft sie einfach so weg. Ich *hasse* ihn, John. Ich *hasse* es, dass du ihn immer noch an mir riechen kannst.«

Ihre Stimme war hart und feurig geworden, ihre Hand griff nach Johns festem, nackten Arm, und sie spürte, wie ihre andere Hand nach seinem Gesicht griff und die scharfe Linie seines Kiefers in der Dunkelheit spürte. »Ich *hasse* ihn«, sagte sie erneut, dick und heiser. »Du *musst* mir glauben, John.«

Es ergab keinen Sinn, nichts davon ergab einen Sinn, nicht Rosas Worte, nicht die Art und Weise, wie sich ihre Hände plötzlich an ihn klammerten, nicht die abrupte Reglosigkeit seines festen Körpers an ihr. Und schon gar nicht das schreiende Durcheinander in Rosas Kopf, keine Panik, sondern einfach nur das verzweifelte Bedürfnis, es zu beweisen, es zu verbergen, John musste es wissen, er durfte es nie, *nie* erfahren ...

Sie stieß gegen Johns unbewegliche Gestalt und drückte ihn zurück gegen die Steinwand des Ganges, und er leistete keinen Widerstand. Nicht einmal, als ihre zitternden, kribbelnden Hände nach dem vorderen Teil seiner Hose tasteten, wo sie seine lange, dicke, geschwollene und hungrige Härte fanden, die durch den Stoff gegen ihre Finger pulsierte.

»Bitte, mein Lord«, hörte sie sich flüstern, die Worte waren für sie zutiefst beschämend, selbst als sie in seine Hose griff und ihn herauszog, als sie seine dicke, samtige Stärke spürte, die unter ihrer Berührung entblößt und lebendig wippte. Verdammt, er war groß und schwoll in ihren Fingern noch mehr an, seine glatte, runde Eichel tropfte bereits feucht gegen ihre Handfläche. Und verflucht sei sie, aber Rosas Hand war ganz von selbst zu ihrem Mund hochgeschnellt, damit ihre gierige Zunge ihre Handfläche sauber lecken konnte, und sie stöhnte laut auf, als sein süßer Honig in ihrem Bewusstsein explodierte.

Sie hörte ein kurzes, ersticktes Stöhnen, spürte es in ihren

Knochen – und mit einer ruckartigen, taumelnden Bewegung ließ sie sich auf ihre nackten Knie auf dem Steinboden fallen. Der aufflackernde Schmerz ließ sie zusammenzucken, sie klammerte sich an Johns starke Oberschenkel, um in der Dunkelheit das Gleichgewicht zu halten, dann atmete sie tief ein und drehte ihr Gesicht nach oben. Sie leckte sich über die Lippen, öffnete sie weit und wartete in der schlagartig eintretenden Stille …

Das Gefühl von Johns harter, seidiger Spitze auf ihrer Zunge war ein Angebot, eine Offenbarung, und Rosa schluchzte fast, als sie daran saugte, gierig, ausgiebig. Im Gegenzug bekam sie einen Schwall Flüssigkeit, voll von süßem, glitschigem Honig, und sie verschlang ihn noch tiefer, saugte ihn ganz hinein. Bis ihre Lippen so weit geöffnet waren, wie es nur ging, und er sich dick und kraftvoll an ihre wild zuckende Kehle schmiegte und seine reiche Gabe direkt in sie hinein tropfte.

Verdammt, Rosa hatte sich noch nie in ihrem Leben so hungrig gefühlt, und der Drang, weiter zu saugen, weiter zu trinken, überragte alles andere und zertrampelte die Welt in seinem Gefolge. Und als sie spürte, wie John sich zurückzog und ihr dieses Geschenk wegnahm, stöhnte sie sogar auf und griff vergeblich nach seinem straffen, unnachgiebigen Arsch …

Doch dann sank er wieder in sie hinein, fließend und leicht, und sein tropfender Kopf fand seinen Platz in ihrer Kehle. Sein Honig schien jetzt dicker und reichhaltiger zu sein, und das Verständnis schwankte, als Rosa um ihn herum nickte und sich langsam zurückzog, genau wie er es getan hatte. Sie spürte, wie seine dicke Länge zwischen ihre nassen Lippen glitt und ihre hungrige Zunge über jede Narbe, jede Ader und jede Furche fuhr, bis sie an seinem triefenden Schlitz leckte, ihn schmeckte und neckte und den köstlichen Honig aus seiner Quelle zog …

Diesmal versenkte er sich mit erstaunlicher Kraft tief in ihr, stieß die tropfende Eichel hart in ihre Kehle und Rosa erschauderte vor Erleichterung über den Geschmack und die Wahrheit dessen, was er tat. John wollte sie. Er wollte ein hungriges, williges Liebchen, das ihn tief schlucken konnte, das seinen Samen ausmelken konnte, das ihn in einem stockfinsteren Gang aussaugen würde. Ein Liebchen, das sich auf seine Seite stellen würde, gegen seine eigenen Brüder und gegen diese schrecklichen Männer, die nur mehr Krieg, mehr Tod wollten ...

Also verwöhnte Rosa ihn, betete ihn an, saugte ihn tiefer und härter, als sie jemals zuvor jemanden aufgenommen hatte, ihre Kehle arbeitete und krampfte, sie lernte, seine Stärke zu akzeptieren. Bis sie das rasende, wirbelnde Hochgefühl spürte, als sich ihre Lippen um seinen Ansatz legten, ihr Gesicht gegen sein dichtes Moschushaar drückte, sie den ganzen Schwanz eines Orks in ihrem Mund hatte und sie würdig sein musste, er musste zufrieden sein, er *musste* ...

Seine Erlösung spritzte ohne Vorwarnung heraus, nur die schockierende Erregung dieses riesigen, alles verschlingenden Schwanzes in Rosas Mund ergoss sich direkt in ihre krampfende Kehle und floss in ihren Bauch. Während sein dicker Schaft in ihrem Mund zuckte und zitterte, drückte sein haariger Unterleib noch fester gegen Rosas gedehnte Lippen. Sein Atem kam in einem rauen, rasselnden Stöhnen heraus und entflammte die Dunkelheit mit der tiefen, heftigen Wahrheit seiner Freude.

Rosa hörte nicht auf zu saugen, bis er sich vollständig entleert hatte, seine Härte in ihrem Mund nachließ und sein großer Körper gegen die Wand hinter ihm sackte. Erst dann zog sie sich von ihm zurück, vorsichtig und ehrfürchtig, während sie spürte, wie seine erschöpfte Länge zwischen ihre geöffneten Lippen glitt.

Sie verharrte am Ende, stupste mit ihrer Zunge gegen den sanft geöffneten Schlitz und ihr wurde klar, dass sie nicht wollte, dass das hier schon vorbei war. Sie wollte nicht von ihm getrennt werden. Und was wäre, wenn sie noch einmal anfangen würde, ihn wieder härter machen würde, und ...

Sein Stöhnen war leise, fast schmerzhaft, und zum ersten Mal spürte sie seine warmen Hände, die ihr Gesicht wegführten, während er sich zurückzog. Sie war leer, benommen und kurz davor zu wimmern, während sie spürte, wie er sich vor ihr bewegte und sich vermutlich wieder anzog.

»Hungriges kleines Liebchen«, murmelte er, so leise, dass Rosa es fast nicht hörte – aber sie hatte es doch, und sie neigte ihren Kopf zu ihm und leckte sich über die Lippen, fast wie in einem Flehen. *Bitte, mein Lord, bitte ...*

Ihr Gebet wurde nicht mit einer Berührung oder einer Liebkosung beantwortet, wie sie es sich vielleicht gewünscht hätte, sondern mit der herrlichen, den Kopf erwärmenden Wahrheit starker Arme, die sie eng umschlangen und sie nach oben zogen. Er drückte sie fest an seine solide, wohltuende Stärke, während er wieder den Gang hinunter schritt, als hätte sich überhaupt nichts verändert.

Aber etwas *hatte* sich verändert. Etwas in der entspannten Leichtigkeit, mit der sich sein Körper an Rosas schmiegte, in der langsamen Gleichmäßigkeit seines Atems, dem leichten Pochen seines Herzschlags unter ihren gespreizten Fingern. Als Rosa ihn am Hals knabberte, neigte er fast tolerant den Kopf zu ihr und sein Haar kitzelte an ihrer Stirn.

»Du darfst Efterar niemals erzählen, dass du das getan hast, so kurz nachdem er dich dazu aufgefordert hat«, sagte er ohne Vorwarnung mit weicher Stimme. »Ich weiß, dass Samen dir hilft, aber ich möchte nicht, dass er erfährt, dass ich jemals seinen törichten *Gefühlen* folgen würde.«

Rosa hätte leicht gegen mehrere dieser Aussagen argumentieren können, aber stattdessen fand sie sich lachend in Johns Nacken wieder, ein heiserer, ungezwungener Klang. »Natürlich nicht«, murmelte sie zurück. »Efterar scheint sowieso manchmal ein selbstgerechter Arsch zu sein, nicht wahr?«

John lachte und zog sie näher an sich heran. »Pssst, Frau«, sagte er. »Er und seine Ash-Kai-Magie werden oft als Retter unseres Berges angesehen.«

Aber Rosas Kopf hob sich, um Johns Gesicht zu betrachten, auch wenn sie es nicht sehen konnte, während ihr erstaunlich ruhiges Gehirn all die scheinbar unzusammenhängenden Teile zusammensetzte. Aus dem unvorstellbaren Chaos des Tages schöpfte sie einen kleinen Schimmer von Klarheit.

Die Bücher, die John aus ihrer Bibliothek genommen hatte. Die Bücher in *seiner* Bibliothek. Die Mediziner. Die Milch, das Gutachten, die mathematische Wahrscheinlichkeit, die medizinischen Werkzeuge, vielleicht sogar die Blutverträglichkeit. Die zwanzig toten Frauen. *Er ist doch angeblich der Experte. Wirst du ihn von seiner Arbeit verbannen? Wenn es um Frauen geht, müssen wir sehr vorsichtig vorgehen ...*

Seine Ash-Kai-Magie kann er weder vorhersagen, noch verstehen oder erklären. Das ist nicht genug.

»Du versuchst, Frauen wie mir zu helfen, nicht wahr?«, hörte Rosa sich selbst leise fragen. »Du versuchst zu lernen, wie du uns beschützen kannst, wenn wir eure Söhne gebären. *Darauf* möchtest du dich jetzt konzentrieren und nicht auf diesen dummen, endlosen Krieg.«

Sie spürte Johns Erstaunen, das die Luft um sie herum prickeln ließ und seine Krallen gegen sie presste. Doch dann, zu ihrer großen Überraschung, nickte er, wobei sein Haar über ihre Wange strich.

»Ach«, antwortete er schließlich. »Es gibt noch viel anderes zu tun, viel andere Arbeit, aber dies allein ist meine höchste Berufung. Mein wahres Lebensziel.«

Auch Rosa nickte, schloss die Augen und strich mit einer Hand vorsichtig über die harten Linien seines Gesichts. »Dann bist *du* der wahre Retter deines Berges, John«, flüsterte sie. »Du bist derjenige, der dein Volk retten wird. *Ohne* Magie, sondern mit *Wissen*. Das ist sogar besser als Magie, denn solange du es aufschreibst und in eine Bibliothek stellst, kann das Wissen mit *jedem* geteilt werden. *Für immer.*«

Sie hörte die Leidenschaft in ihrer Stimme und spürte sie in ihrer Berührung mit seiner Haut. Und obwohl John nicht antwortete, war da eine leise, verräterische Spur seiner Krallen, die sich in Rosas Nacken krümmten. Er sprach seine Zustimmung aus, ohne irgendetwas zu sagen.

Die Wärme entfaltete sich scharf und kraftvoll und reichte aus, um Rosas Augen zum Flattern zu bringen, während ihr der Atem in der Kehle stockte. Sie hatte ihm gefallen. Sie konnte vielleicht doch würdig sein, solange er es nie herausfand. Selbst wenn das hier in drei Wochen vorbei war, selbst wenn sie zu Lord Kaspar zurückkehrte, und ...

Rosa verdrängte diesen beunruhigenden Gedanken und schmiegte sich enger an Johns Stärke, während ihr ein kräftiges Gähnen entwich. Im Gegenzug spürte sie, wie er lachte, und seine Brust vibrierte warm und gutmütig an ihrer.

»Schläfrige kleine Rose«, flüsterte er. »Ruhe dich aus. Ich werde mich um dich kümmern.«

Es war, als wäre Rosa plötzlich so erfüllt, so ruhig und leicht und sicher, eingewickelt in die Arme ihres cleveren Lords. Also legte sie ihren Kopf auf seine Schulter, atmete tief und zufrieden ein und schlief.

20

Als Rosa am nächsten Morgen aufwachte, erwartete sie fast, den Berg im Krieg vorzufinden. Voller bewaffneter und wütender Orks, die bereit waren, gegen die Herzöge und Lords – darunter vielleicht auch Lord Kaspar – zu kämpfen, die sich mit Schwertern und Katapulten auf die Tore der Orks stürzten.

Aber stattdessen war da nur ein überraschend ruhig aussehender John, der vollständig angezogen am anderen Ende des Bettes saß und einen weiteren Korb voller Essen und Milch in der Hand hielt. »Ja, diese törichten Männer leben noch und werden wahrscheinlich noch heute abreisen«, antwortete er knapp auf Rosas vorsichtige Frage, während er den Korb weiterreichte. »Wir werden jetzt ein paar Tage Ruhe haben, bevor etwas Neues geschieht. Nun iss, Liebchen, und trink, während ich dir vorlese.«

Rosa blinzelte mit weit geöffneten Augen in sein Gesicht und dann zu seiner anderen Hand hinunter. Unglaublicherweise hielt er dort tatsächlich ein Buch. Und zwar nicht irgendein Buch, sondern – ihr Herz machte einen seltsamen Hüpfer – *ihr* Buch. *The Lady Bright*.

»Wirklich?«, fragte sie mit hoher Stimme und stopfte sich

verspätet ein Stück Käse in den Mund. »Würdest du dann – vielleicht – noch einmal von vorn anfangen? Damit du weißt, was passiert?«

Johns Klaue hatte das Buch bereits in der Mitte geöffnet, genau an der Stelle, an der Rosa aufgehört hatte zu lesen. Aber auf ihren Vorschlag hin zuckte er mit den Schultern und blätterte bereitwillig zur ersten Seite zurück.

Mit leiser, sanfter Stimme begann er zu lesen und erzählte von der Lady, die in dem abscheulichen Gefängnis gefangen war, und Rosa spürte, wie sie mit tiefer, unbestreitbarer Zufriedenheit seufzte, als die Worte in sie eindrangen. Wer hätte je gedacht, dass ein Ork so schön lesen konnte? Seine Stimme war leicht und ausdrucksstark, und mit jeder Seite, die er umblätterte, wurde die Geschichte bunter und lebendiger ...

Rosa war aufrichtig traurig, als er aufhörte und ihr Frühstückskörbchen völlig leer war – aber dann kam die ebenso aufregende Entdeckung, dass John tatsächlich ein *Bad* für sie arrangiert hatte. Und dass eine schattige Tür an der Rückwand seines Schlafzimmers in Wirklichkeit eine vollständige *Badestube* war, mit einer Art bemerkenswertem Rohrsystem, das heißes Wasser zuführte.

»Bei allen Göttern, John«, keuchte Rosa, als sie ihren sich plötzlich schmutzig anfühlenden Körper in das von ihm gefüllte Stahlbecken sinken ließ und sich dem mächtigen, grundlegenden Kitzel des warmen, flüssigen Vergnügens am ganzen Körper hingab. »Das ist ein absolutes *Wunder*.«

John antwortete nicht, sondern reichte ihr stattdessen nur ein Stück richtige, stark riechende Seife. Das war ein Befehl, ohne Zweifel, aber Rosa konnte nicht einmal so tun, als ob sie ihm widerstehen wollte, und begann sich sofort abzuschrubben. John – ihre Hand war mitten im Schrubben erstarrt – kniete sich hinter sie und begann, ihr Haar *mit seinen Klauen* zu kämmen.

Das führte dazu, dass ein Ork Rosa in einer dunklen, steingemauerten und überraschend gemütlichen Badestube schweigend *das Haar wusch*. Und in diesem Moment, als sie ihren Kopf absichtlich nach hinten neigte und Johns Krallen sanft an ihrer Kopfhaut kratzten, konnte Rosa den aufkommenden, nagenden Verdacht nicht loswerden, dass es in einer anderen Welt, in einem anderen Leben eine Daseinsform sein könnte, das Liebchen eines Orks zu werden, mit der man sich ernsthaft auseinandersetzen sollte.

»Danke, mein Lord«, murmelte sie, als John sie wieder aus der Wanne hob. Ihr nackter Körper war blitzeblank und ihr feuchtes Haar zu einem ordentlichen Zopf geflochten. »Das war … überaus nett von dir.«

John führte ihre nackte Gestalt aus der Badestube zurück in die schummrige Wärme des größeren Schlafzimmers mit Lampenlicht. »Ich habe geschworen, mich um dich zu kümmern«, sagte er, als er neben einem Steinregal, das Rosa vorher nicht bemerkt hatte, zum Stehen kam und eine anscheinend saubere graue Tunika herunterzog. »Ich werde dich jetzt einkleiden.«

Rosa blinzelte, gehorchte aber bereitwillig, als er ihr die Tunika über den Kopf zog. Sie war genauso groß wie die letzte und reichte ihr bis zu den Oberschenkeln, sodass sie eher wie ein voluminöses Kleid aussah – aber diesmal griff John auch nach einem langen schwarzen Lederstreifen und band ihn locker um ihre Taille. So wirkte es fast wie ein Kleid, wäre es nicht so kurz und hätte nicht diesen gefährlich tiefen Schlitz am Hals.

»Gut«, sagte John und warf einen prüfenden Blick auf Rosas Gestalt. »Und jetzt komm.«

Wieder dachte sie nicht einmal daran, sich zu weigern. Sie ließ nur ihre Hand in seine warme Hand gleiten und erlaubte ihm, sie zur Tür hinaus und in den Gang zu führen. Er hatte wieder eine Lampe dabei, die die Steinwände mit einem flackernden orangefarbenen Schein beleuchtete, und Rosa spürte, wie ihre Hoffnung stieg, während sie gingen und der

Gang sich unter ihren stampfenden nackten Füßen stetig nach oben neigte.

»Wo bringst du mich hin?«, fragte sie. »In die Bibliothek?«

John warf ihr einen Seitenblick zu und nickte knapp. »Du sagtest, du möchtest in meiner Bibliothek arbeiten und *Aelakesh* lernen. Ja?«

Rosa stieß einen freudigen Schnaufer aus und konnte sich ein strahlendes, aufgeregtes Grinsen in Richtung seines ausdruckslosen Gesichts nicht verkneifen. »Wahrhaftig, John?«, sagte sie und schlug ihre Hand an ihr Herz. »Das würde ich *liebend gern* tun.«

John nickte noch einmal, als hätte er nichts anderes erwartet, und bog dann scharf um eine Ecke. Und da war sie wieder, seine Bibliothek, geräumig, mit hohen Decken und wunderschön.

Aber dieses Mal – Rosas Schritte zögerten hinter John – waren *andere Orks* darin. Zwei Orks, die unterschiedlich groß waren, saßen Seite an Seite an dem großen Holztisch. Als sich einer der Orks zu ihnen umdrehte und mit langen Wimpern blinzelte, blieb Rosa der Atem im Hals stecken und ihr Bauch krampfte sich zusammen.

Es war Tristan. Johns *Geliebter*. Der Ork, der zusammen mit Salvi versucht hatte, sie an der Abreise zu hindern, und der sie so böse angeknurrt hatte. Und der, wie Rosa mit großem Unbehagen feststellte, noch besser aussah, als sie es in Erinnerung hatte. Seine Haut war silbergrau, seine Augen groß und ausdrucksstark, sein Mund sinnlich und voll.

»Du wirst heute hier mit Tristan arbeiten und lernen«, verkündete John Rosa gegenüber, und die Worte durchschnitten den Strudel der Eifersucht, der ihr Gehirn vernebelte. »Er ist unser bester Schreiber und wird dich gut unterrichten. Ich habe auch die Werkzeuge herbringen lassen, die du dir gewünscht hast.«

Er deutete mit der Hand auf die freie Seite des Tisches, auf der tatsächlich eine beeindruckende Auswahl an Schreib- und

Bindewerkzeugen lag. Aber das bedeutete – Rosa zuckte zusammen – dass John wirklich wollte, dass sie hier arbeitete, am Tisch gegenüber von seinem *Geliebten*. Und der saß zufällig neben – sie zuckte wieder zusammen und starrte ihn offen an – dem massigen, tödlichen Ork, der gestern im Alleingang gegen all die Männer gekämpft hatte. Simon, vom Clan Skai.

Er trug heute eine Tunika und schien im Vergleich zu seinem blutigen Zustand im Krankenzimmer erstaunlich gesund zu sein. Aber die Teile von ihm, die Rosa sehen konnte – sein zerklüftetes Gesicht, sein Hals, seine riesigen geäderten Unterarme und Hände – waren immer noch stark von Schnitten und Wundmalen gezeichnet, von denen einige noch frisch und böse aussahen. Und seine glitzernden Augen starrten Rosa direkt an, mit einem Blick, der nur Misstrauen oder vielleicht sogar Abneigung sein konnte.

Rosa konnte nicht verhindern, dass sie reflexartig erschauderte und einen ängstlichen, unruhigen Blick auf Johns Gesicht warf. »Ähm«, sagte sie. »Und du bleibst doch auch, John, oder? Und hilfst dabei, mich zu unterrichten? Und liest mir vor, wie du gesagt hast?«

John zog die Stirn in Falten und schüttelte entschlossen den Kopf. »Es gibt vieles, was ich heute zu erledigen habe«, sagte er ohne Umschweife. »Dank unseres weisen, vorausschauenden Skais«, sein Mund verzog sich und seine Augen richteten sich auf Simons massige Gestalt, »muss ich die nächsten Tage mit Planungen und Besprechungen verbringen, um die neuen Kriegsverschwörungen der Menschen abzuwehren.«

Oh. Rosa bemühte sich, ihre Enttäuschung zu verbergen, aber wahrscheinlich scheiterte sie kläglich. »Und ich kann nicht mit dir kommen? So wie gestern? Und lernen?«

»Du wirst besser hier lernen«, antwortete John mit fester Stimme. »Das ist es, was du dir gewünscht hast, Liebchen.«

Rosa spürte, wie sie eine Grimasse zog und ihre Augen zu Tristan wanderten, der mit gerunzelter Stirn zu ihnen schaute.

»Und vielleicht, John-Ka«, sagte er leise, »wirst du am Mittag zu uns zurückkehren und unsere Arbeit begutachten.«

John warf Tristan einen bedeutungsvollen Blick zu, der in Rosas Bauch ein weiteres Aufflackern von Eifersucht auslöste. »Ach, ich werde versuchen, das zu tun«, fauchte John. »Besänftigt dich das, Frau?«

Besänftigt dich das? Als ob Rosa ihn plötzlich mit unersättlichen Forderungen überschütten würde, spürte sie, wie sie leicht zurückwich und die Arme vor der Brust verschränkte. »Nun gut«, hörte sie sich sagen. »Ich schätze schon.«

Johns Augen schlossen sich kurz, und sie konnte sehen, wie sich seine Schultern hoben und senkten – dann trat er zielstrebig näher an sie heran und legte seine Hand sanft in ihren Nacken. Dorthin, wo sie sich vertraut, sicher und geborgen anfühlte – und noch mehr, als diese Hand ihren Kopf nach oben neigte und ihre Augen zu den seinen lenkte.

»Du wirst hierbleiben, kleines Liebchen, während ich tue, was getan werden muss«, sagte er mit sanfter, beruhigender Stimme. »Du wirst gute Arbeit leisten und versuchen, mir bei meiner Rückkehr zu gefallen. Während ich weg bin, sollst du deine Fragen an Tristan stellen und wissen, dass er dir in meinem Namen helfen und dich beschützen wird.«

Dich beschützen. Rosas Augen huschten wieder zum Tisch, diesmal zu Simons riesiger, beobachtender Gestalt – aber ein gezieltes Schütteln von Johns Fingern ließ ihren Blick wieder zu ihm zurückkehren.

»Und du wirst Simon nicht fürchten«, fuhr er fort. »Er hat geschworen, heute nur hier zu arbeiten und dich nicht zu erschrecken, um den Zorn des Anführers nicht zu provozieren. Ach?«

Rosa konnte nur schlucken und nicken, ganz gefangen von der glitzernden Macht dieser Augen. »Nun gut«, hörte sie ihre Stimme sagen, leise, beschämend. »Ich werde versuchen, dir zu gefallen, mein Lord.«

John stieß ein zufriedenes Grunzen aus und gab Rosa einen triumphierenden Klaps auf die heiße Wange – dann machte er ohne ein weiteres Wort auf dem Absatz kehrt und schlenderte aus dem Zimmer.

Rosa sah ihm hinterher, die Arme immer noch fest um ihre Mitte geschlungen, während die zufriedene Wärme, die sie den ganzen Morgen über erfüllt hatte, ein wenig zu versickern schien und in dem Stein um sie herum verschwand. Denn das, genau dort, war John gewesen ... der sie *manipuliert* hatte. Schon wieder. Nicht wahr?

Und so sehr Rosa auch nicht leugnen konnte, dass sie wieder darauf hereingefallen war – oder dass es ihr in diesem Moment vielleicht sogar *gefallen* hatte – so war es doch eine kühle, beunruhigende Erinnerung daran, was er wirklich war. Was *all das hier* wirklich war. Das Essen, das Bad, das Vorlesen.

John wollte ihr das beweisen. Er wollte, dass sie blieb. Nicht, weil er sie mochte oder schätzte, sondern weil er nicht wollte, dass ihr *Blut* an seinen Händen klebte.

Und jetzt, da Rosa über Johns Ziele Bescheid wusste – Frauen wie ihr zu helfen, war sein *wahres Lebensziel*, hatte er gesagt –, ergab das alles viel mehr Sinn als zuvor. Für John war das etwas Persönliches. Und es ging nicht um sie. Es ging um seine *Arbeit*.

Und wenn Rosa aus dem gestrigen Chaos etwas gelernt hatte, dann war es, wie sehr John seine Arbeit und seine Verantwortung schätzte. Und eine Frau wie Rosa sterben zu lassen – oder sie sogar vor ihm weglaufen zu lassen – würde seine Kompetenz und seine Integrität infrage stellen. Es würde sein Ansehen als Anführer seines Volkes schwächen.

John scherte sich nicht wirklich um sie. Rosa war nicht wirklich sein Liebchen. Er musste nur dafür *sorgen*, dass sie blieb. Und eigentlich war es auch egal, Rosa war nur hier, um ihre eigene Zukunft zu retten, drei Wochen, mehr nicht ...

Rosa spürte, wie sie schluckte und ihre Augen starr auf den Boden richtete – bis sie zusammenzuckte, als sie ein Husten hörte, das vom Tisch kam. »Wenn du dich uns anschließen möchtest, Rosa«, sagte eine sanfte Stimme – Tristans Stimme, »könnte ich dir und Simon zusammen unsere Buchstabenformen beibringen.«

Rosa konnte sich einen misstrauischen Blick auf ihn und sein ärgerlich gut aussehendes, symmetrisches Ork-Gesicht nicht verkneifen. Er blinzelte sie einen Moment lang mit großen, dunklen Augen an, bevor er den Kopf senkte und seine spitzen Ohren einen leichten Rosaton annahmen.

»Oder auch nicht«, sagte er, noch sanfter als zuvor. »Wie du wünschst.«

Rosa zog eine Grimasse und ihr Blick wanderte auf unerklärliche Weise zu dem riesigen Ork Simon, der sie mit einem grimmigen, grässlichen Stirnrunzeln anstarrte. »Törichte Frau, zu stolz, um zu lernen«, sagte er in einem Ton tiefer Überzeugung. »Oder zu dumm. Vergiss sie, kleiner Ka-esh.«

Rosas ungläubiges Staunen schwoll zu einem wilden Ausbruch an – sie war ganz sicher *nicht* zu stolz oder zu dumm, um eine andere Sprache zu lernen – und sie spürte, wie ihr Körper mit weichen Knien zum Tisch stakste und sich auf den Stuhl gegenüber von ihnen fallen ließ.

»Natürlich will ich lernen«, schnauzte sie. »Was brauche ich?«

Tristan sah ihr immer noch nicht in die Augen, aber er schob ihr behutsam ein paar Blätter mit rauem Papier und ein weiteres Blatt mit sorgfältig geschriebenen Buchstaben hin. Eine Art Erklärungstabelle, erkannte Rosa, und sie bemerkte, dass Simon auf der anderen Seite des Tisches auch eine hatte.

»Erinnert ihr euch noch daran, wie man den Federkiel vorbereitet, ach?«, fragte Tristan leise, wobei die Frage eindeutig an Simon und nicht an sie gerichtet war. »Sobald das erledigt ist, können wir vielleicht damit beginnen, jede Form zu schreiben und ihren Klang zu üben.«

Simon kratzte mit einer scharfen schwarzen Kralle

vorsichtig das Ende seiner Feder ab und runzelte konzentriert die Stirn, und Rosa kämpfte damit, ihn zu ignorieren, während sie ihre eigene Feder und Tinte vorbereitete und ein paar Probestriche auf dem Papier machte. Es war überraschenderweise eine anständige Feder, und sie schrieb ein paar Zeilen, um sie zu testen und die vertraute, beruhigende Sicherheit von Feder und Tinte in ihren Fingern zu spüren.

»Angeberische Frau«, kam Simons Stimme von der anderen Seite des Tisches, schwer von Abneigung. »Winzige Hand macht leicht.«

Er warf einen finsteren Blick auf Rosas Papier und Rosa ignorierte das unangenehme Zittern in ihrer Brust, während sie direkt zurück starrte. »Ich mache das schon fast mein ganzes Leben lang«, schnauzte sie ihn an, ohne nachzudenken. »Anders als manche Leute, die zum Spaß *Kriege* anzetteln.«

Simons plötzliches, bedrohliches Knurren ließ Rosas Nackenhaare zu Berge stehen, und neben ihm flatterten Tristans Hände vom Papier zu seiner Feder und wieder zurück. »Form eins«, sagte er mit höherer Stimme als zuvor, »nennt man ›Sa‹. Sie macht ein zischendes Geräusch und wird so von unten nach oben gezogen.«

Seine zittrige Hand zeichnete einen überraschend eleganten Buchstaben und Rosa schluckte ein unangenehmes Ziehen hinunter, das sich fast wie Schuldgefühle anfühlte, als sie es auf ihrem eigenen Papier nachmachte und ein paar Notizen über das Geräusch und die Art, wie es gezeichnet wurde, machte.

Simon brauchte viel länger für seine Form. Seine große Hand umklammerte den Federkiel mit sichtbarer Sorgfalt, und der daraus resultierende Buchstabe war groß und kindlich. Aber Tristan belohnte ihn mit einem schnellen, ruhigen und umwerfenden Lächeln und machte dann mit dem nächsten Buchstaben weiter und mit dem nächsten.

Tristan war ein guter Lehrer, das musste Rosa zugeben,

geduldig und gründlich, aber ohne die Überheblichkeit oder Herablassung, die sie an ihren eigenen Lehrern immer verabscheut hatte. Und *Aelakesh* war wirklich eine faszinierende Sprache, und es machte auch Spaß, sie zu schreiben, und während sie arbeiteten, spürte Rosa, wie ihr eigenes Unbehagen unter der Kraft ihrer aufkommenden, nagenden Neugierde schwand.

»Warum lernst du jetzt schreiben?«, hörte sie sich Simon fragen, bevor sie überhaupt merkte, dass sie den Mund geöffnet hatte. »Hast du deine eigene Sprache nicht schon als Kind gelernt?«

Simons bösartiger Blick reichte aus, um Rosa ihren Federkiel fallen zu lassen, woraufhin Tristans Hand über den Tisch schnappte und ihn ihr zurückreichte. »Unsere geschriebene Sprache ist in all den Kriegen fast verloren gegangen«, antwortete Tristans ruhige Stimme. »Deshalb hatten viele unserer Sippe nie die Chance, sie zu lernen. Simon lernt sie jetzt auf Geheiß des Anführers, damit er und unser Priester John-Ka besser mit den neuen Bedrohungen umgehen können, die jetzt aufgetaucht sind.«

Das war eine ganze Menge an Informationen, und Rosa legte nachdenklich den Kopf schief. »Willst du damit sagen, dass dein Anführer Simon zum Lesenlernen *zwingt*, als Entschädigung für die unerlaubte Schlacht von gestern?«, fragte sie und lächelte halb, als sie Simons bösartigen Blick sah. »Und hast du John gerade deinen *Priester* genannt? Er hat mir erzählt, dass es im Orkgebirge keinen Priester mehr gibt, seit Fror gestorben ist.«

Tristan verzog das Gesicht zu einer unverkennbaren Grimasse, und Simon schnaubte, während sich sein Blick in Zufriedenheit verwandelte. »Nur Ka-esh denken, John ist Priester«, sagte er. »Alle anderen Orks wissen besser. Sogar *John* weiß.«

Tristans Augen hatten sich stark verengt, das erste Anzeichen von Unmut, das Rosa heute bei ihm gesehen hatte.

Aber er sagte nichts, sodass es Rosa überlassen blieb, die Frage zu stellen, denn nach *solch einer* kryptischen Bemerkung musste sie natürlich dringend gestellt werden.

»Was stimmt nicht mit John?«, fragte sie, wobei die Worte unerklärlich abwehrend klangen. »Warum *kann* er nicht der Priester eures Berges sein? Er ist dazu erzogen worden, er ist sehr klug und er sorgt sich offensichtlich sehr um euch, auch wenn ihr die Angewohnheit habt, unverständliche Dummheiten zu machen. Zum Beispiel Männer dazu anstacheln, sich mit euch zu schlagen, obwohl ihr eigentlich an einen *Friedensvertrag* gebunden seid!«

Das war in der Tat ein schlagendes Argument, und Rosa war kurz besänftigt, als Tristan ihr mit warmen Augen anerkennend in die Augen sah. Doch neben ihm schnaubte Simon erneut und stieß seine große schwarze Klaue tief genug in den Holztisch, sodass sie einen Abdruck hinterließ.

»John dich dazu gebracht, das zu sagen, törichte Frau«, schnauzte er. »Ich weiß, du gesehen. Ich dich gerochen in versteckter Ka-esh-Höhle. Du weißt, ich nicht *anstacheln*. Ich sitzen. Ich schärfen meine eigene Klinge, auf meinem eigenen *Berg*. Das ist *alles*.«

Richtig. Rosa spürte, wie sie zusammenzuckte, ohne es zu wollen, und Simon bemerkte es mit Sicherheit, denn er stieß erneut gegen den Tisch. »John dich beeinflusst«, fuhr er unverblümt fort. »Er dich *benutzen*. Er ein harter Ork. Ein kalter Ork. Selbstsüchtig. Er schimpft auf Skai wegen Lebensweise, obwohl eigene Sünden grausam und schwerwiegend sind. Als«, er warf einen finsteren Blick auf Tristan neben ihm, »er *Sohn* seines eigenen Clanbruders *tötete*.«

Warte, was? Rosa blinzelte verblüfft, aber in Simons glitzerndem Blick lag Wahrheit, und ihr entging auch nicht das verräterische Zucken auf Tristans Mund. Schmerzhaft, bedauernd und vielleicht sogar ... *schuldig*.

»John hat den *Sohn* seines eigenen Bruders *getötet*?« Rosa schaute nicht auf Simon, sondern auf Tristan. »Nicht *deinen* Sohn, Tristan?«

Es war wirklich entsetzlich, wie beunruhigend dieser Gedanke war, und wie stark die Erleichterung aufflammte, als Tristan entrüstet den Kopf schüttelte.

»Nicht meinen«, sagte er leise. »Salvis. Und«, seine Augen blickten wieder zu Simon, fast stur nun, »der Orkling war noch nicht geboren, und so war es noch die Entscheidung seiner Mutter, die sie zu treffen hatte. John half ihr nur dabei, ihre eigenen Wünsche umzusetzen. Er war«, seine Kehle schnürte sich sichtlich zu, »ein guter Priester in dieser Sache.«

Simon knurrte erneut, wütend und bedrohlich, und seine Klaue bohrte sich abermals in den Tisch. »Nein«, zischte er zurück, obwohl sein Blick nicht auf Tristan, sondern auf Rosa gerichtet war. »John wendet gegen seinesgleichen, weil *er* für Beste hält. Das hat er gemacht bei mir, an gestrigen Tag, als ich nur wollte schützen meine Sippe. Und jetzt plant John Gleiches mit neuer Gefährtin«, er deutete mit der Hand auf Rosa, »mit eigenen Sohn zu tun. Er nicht geeignet, Priester zu sein.«

Moment mal, Simon ... *wusste* davon? Rosa war plötzlich in der Heftigkeit seines Blicks gefangen und es kostete sie viel zu viel Mühe, in dem Chaos, das in ihrem Kopf herrschte, eine Antwort zu finden. »Ich bin nicht Johns ... ähm ... *Gefährtin*«, sagte sie mit einer seltsam distanzierten Stimme. »Und er ist um mein *Überleben* besorgt, und das ist doch kein schlechter Priester, oder? Wusstest du nicht, dass letztes Jahr zwanzig Frauen bei der Geburt *eurer* Söhne *gestorben* sind?«

Simons Antwort war ein sofortiges, schallendes Lachen. »Und wie viele Orks dieses Jahr durch Menschenschwerter gestorben?«, fragte er. »Viele Zwanziger. Das nicht anders.«

»Es *ist* anders«, schoss Rosa zurück, unerklärlich wütend. »Frauen wie ich sind *auf eurer Seite*. Wir *sorgen* uns um euch. Wir wollen euch *helfen*.«

Noch während sie über die verblüffenden Worte aus ihrem

Mund staunte und über die überraschende Ernsthaftigkeit, mit der sie sie aussprach, jagte Simons Lachen ihr einen weiteren Schauer über den Rücken. »Frauen interessieren nicht für Orks«, sagte er schlicht und einfach. »Manche wollen Nervenkitzel von Orkfick. Manche gelangweilt oder allein oder von Männern verletzt. Manche wünschen Geld oder Schutz. Fast alle sind gefangen in Band, so wie du. Sie haben keine *Sorge*.«

Rosa konnte sich eines seltsamen, rasenden Mitgefühls nicht erwehren, als Simon sprach, fast so, als hätte sie seinen Schmerz gespürt, ihn *durchlebt* – zumindest bis zu diesem letzten Teil. *Gefangen im Band. Wie ... du?*

Neben Simon zuckte Tristan wieder sichtlich zusammen, und Rosa spürte, wie ihr Herzschlag anstieg und in ihren Ohren lauter pulsierte. »Gefangen im Band«, wiederholte sie vorsichtig. »Was ... was bedeutet das?«

Simon lachte wieder, dieses Mal fast amüsiert, aber nicht ganz. »Ach, dieser *gute* Priester das nicht zu seiner *Gefährtin* spricht?«, fragte er. »Bande kommen mit allen Orks. Ork fickt Frau, legt Duft auf sie, füllt sie mit Samen. Dann Frau wird hungrig und folgt und *gehorcht*.«

Er grinste Rosa an, und als sie ihn mit langsam wachsendem Entsetzen anstarrte, hob er seine riesige Hand und legte sie um seinen eigenen Hals, wobei sich seine Krallen tief in seine graue Haut gruben.

»Frau wünscht Ork zu dienen«, sagte er mit einer höhnischen Stimme, die an Rosas Knochen kratzte. »Wünscht zu sagen, *ach, mein Lord, ich werde dir gefallen.* Sie alles glauben will, was Ork sagt, auch wenn lügt. Auch wenn Worte *Augen* von Frau betrügen.«

Rosas Blick war auf Simons Krallen an seinem Hals fixiert, und ihr Atem kam sehr flach, ihr Herz pochte wie wild unter ihrer Haut. Das war nicht wahr. Es konnte nicht wahr sein. John konnte ihr so etwas nicht antun. Ein ... ein *Band* geknüpft. Konnte er das?

»Frau sogar wünscht zu *töten*«, fuhr Simon fort, seine spöttische Stimme wurde leiser und beängstigend. »Wünscht eigenen *Sohn* töten, wenn Ork befiehlt. Wenn er damit Ziel erreicht. Um aussehn wie ein selbstloser, edler Priester. Ach?«

Das konnte nicht wahr sein, das *konnte* nicht sein – aber in Rosas Gedanken schwirrten sofort Bilder davon herum, das Gefühl von Johns Klauen auf ihrer Haut, seine sanfte, beruhigende Stimme. Seine ständigen *Manipulationen*. Sogar die vor nicht einmal einer Stunde, als er seine Hand um ihren Hals gelegt und ihre Augen auf sich gerichtet hatte ...

Und Rosa hatte es gewusst, sie *wusste*, dass John nur auf sein eigenes Wohl bedacht war, nicht wahr? Für seine eigene Arbeit, seine eigenen Ziele. Und sicherlich würde er jedes Mittel nutzen, das ihm zur Verfügung stand, selbst wenn es ein Band war. *Magie*. Eine *Lüge*.

Die Angst fing an zu tröpfeln, heftig und schmerzhaft, während Rosas Gehirn zurücksprang, weiter zurück. Allzu leicht fand sie all die Momente, in denen sie John nicht hätte gehorchen sollen, nicht hätte zustimmen sollen – aber sie hatte es getan. Mochten die Götter sie verfluchen, sie hatte es getan.

»Das ist nicht«, mischte sich Tristans Stimme ein, die sehr weit entfernt klang, »die ganze Wahrheit, Simon, und das weißt du. Dieses Band zwischen Orks und Frauen existiert, ach, aber es *kontrolliert* nicht. Frauen verlassen Orks immer wieder. Salvis Gefährtin hat ihn verlassen. Der Anführer hat schon zwei Gefährtinnen vor der jetzigen verloren. Und sag mir, wann hat ein Skai das letzte Mal eine Gefährtin länger als zwölf Monde behalten?«

Tristan war aufgestanden und sah Simon mit funkelnden Augen an – doch dann stand auch Simon auf, bedächtig und tödlich. Sein riesiger Körper überragte Tristan und ließ ihn, der eigentlich ein großer Kerl gewesen wäre, wie ein *Kind* aussehen. Rosa entging nicht das leichte Zittern in Tristans Körper, auch wenn er seinen Blick stur auf Simons wütendes Gesicht richtete.

»Verspotte mich nicht, kleiner Ka-esh«, knurrte Simon, tief und tödlich. »Du nicht weißt, was du sprichst.«

Tristan erschauderte dieses Mal heftig, seine Kehle zuckte, aber er wandte seinen Blick nicht von Simons Gesicht ab. »Ach, das weiß ich wohl«, sagte er, und seine Stimme klang fast verheerend leise. »Wir haben gesehen, was einige von euch Skai im Geheimen mit den Frauen machen, die ihr nicht halten könnt.«

Die Spannung breitete sich auf Simons riesiger Gestalt aus und seine Hände ballten sich zu gewaltigen Fäusten an seinen Seiten. »Du nicht verstehen, kleiner Ka-esh«, zischte er, »also machst du falsch zu *beschuldigen*. Der Skai-Clan *stirbt*.«

»Ach, weil eure *Frauen* sterben«, antwortete Tristan, doch seine Stimme schwankte und er machte einen ruckartigen Schritt zurück. »Und trotzdem erlaubt ihr uns nicht …«

»*Nein*«, mischte sich Simon ein, so tief, dass der Raum fast vibrierte. »Wir nicht zeigen unsere Frauen falschen, hübschen, redegewandten Ka-esh. Damit ihr nicht stehlt und Skai-Söhne *tötet*!«

»Wir wollen eure Söhne nicht *töten*«, entgegnete Tristans Stimme, obwohl sie jetzt stark zitterte. »Wir wollen ihnen *helfen*. Und ihren Müttern. *Euren* Gefährtinnen.«

Aber Simon lachte nur, der Klang war kalt, ohrenbetäubend und erschreckend. »Du lügst«, zischte er, während er einen bedrohlichen Schritt auf Tristan zuging. »Ka-esh hat *immer* geheime Pläne. Geheim vor Orks. Geheim vor *Menschen*. Wünscht du, dass ich dich *zwinge*, Wahrheit zu sagen, hübscher kleiner Ka-esh? Willst du neuesten Plan des guten *Priesters* laut aussprechen, damit *alle* erfahren?«

Simon hatte einen dunklen, spöttischen Blick in Richtung *Rosa* geworfen, und vor ihm sah Tristans graues Gesicht todkrank aus, seine Krallenhände tasteten nach der Wand hinter ihm, seine Kehle bebte. »Bitte«, sagte er mit brüchiger Stimme. »Bitte nicht. Ich … habe mich falsch ausgedrückt. Bitte, ich …«

Rosas Magen drehte sich um, und Funken von echtem, unverfälschtem Schrecken durchzuckten ihre Wirbelsäule, als plötzlich, den Göttern sei Dank, ein anderer Ork hereinstürmte. Es war Salvi, und Rosa hätte sich nicht vorstellen können, dass sie jemals so erleichtert gewesen wäre, seine große, vernarbte und mächtig aussehende Gestalt zu sehen, als er einen Blick auf Tristan und Simon warf und sich quer durch den Raum stürzte, um sich zähnefletschend und wütend zwischen sie zu stellen.

»Was soll der *Scheiß*?«, knurrte Salvi, während sein Blick Tristans gequältes Gesicht mit seinen weit aufgerissenen Augen musterte, und dann wirbelte er herum, um Simon mit gefletschten Zähnen und ausgefahrenen Krallen anzustarren. »Er hat dich *unterrichtet*, Skai, auf Geheiß des *Anführers*, damit du dir selbst aus dem Loch helfen kannst, in das du uns alle gebracht hast. Und so dankst du es ihm? Ich konnte seine Angst schon auf halbem Weg durch den *Berg* schmecken!«

Sowohl Tristan als auch Simon zogen eine Grimasse und Simon machte zum Glück einen halben Schritt zurück, obwohl er selbst neben Salvi noch einen guten Kopf größer und wahrscheinlich doppelt so breit war. »Geh weg, falscher Heiler *djöfull*«, zischte er. »Ich tue schwachen Ka-esh nie etwas. Selbst wenn Ka-esh mich provozieren. Mich verhöhnen. *Lügen* über Skai sprechen.«

»Es sind keine Lügen, wenn sie *wahr* sind«, schoss Salvi zurück. »Und John war völlig *verrückt*, einen Skai wie dich überhaupt erst in seine Bibliothek zu lassen, geschweige denn mit *ihnen*. Und jetzt watschel gefälligst mit deinem übergroßen Arsch hier raus, bevor ich das alles dem Anführer erzähle und dich zum *zweiten Mal* innerhalb von *zwei verdammten Tagen* für den Bruch deines Gelöbnisses vor dem Rest von uns zur Rechenschaft ziehe!«

Simons Lippen kräuselten sich und entblößten einen Mund voller scharfer weißer Zähne. »Ich breche nichts. Ich sorge für Sicherheit. Ich *vollstrecke*. Ich breche kein Gelöbnis, wie falscher Heiler Ka-esh, der nicht schürft oder schmiedet, wie Ka-esh sollte. Stattdessen spielt er Medizinmann und heilt *nichts*!«

»Oh, *verpiss* dich«, knurrte Salvi mit tiefer Abscheu in der Stimme. »Wenn John nicht der Priester dieses Berges ist, dann bist du ganz sicher *nicht* unser Vollstrecker. Und wenn ich kein Mediziner bin, dann sag mir, warum keiner der Männer, gegen die du gestern gekämpft hast, auf einem *Scheiterhaufen* zu Asche verbrennt, obwohl du alles dafür getan hast!«

Simons Augen blitzten gefährlich auf, seine Fäuste hoben sich und für einen Moment dachte Rosa, er würde Salvi direkt ins Gesicht schlagen, aber dann drehte er sich abrupt zur Tür, sein riesiger Körper blieb ganz steif. »Ich danke dir für Unterricht, kleiner Ka-esh«, sagte er in Richtung Gang, ohne sich umzudrehen, und dann stapfte er davon und ließ eine versteinerte, knisternde Stille zurück.

»Aufgeblasener ignoranter *Scheißkerl*«, zischte Salvi bösartig in die Stille, bevor er sich wieder Tristan zuwandte – und dann schien sich sein Körper zu beruhigen, und seine Hände schnappten nach Tristans Gesicht, das er nach oben neigte, um ihn anzusehen. »Hey«, hauchte er leise. »Hey, *sæti*. Geht's dir gut? Ach?«

Plötzlich schien es eine schrecklich intime Atmosphäre zu sein, und Rosa zwang sich, den Blick abzuwenden, als sie Tristan schniefen hörte und das Rascheln von Kleidung und Haut vernahm. »Ach, es ist alles gut«, sagte Salvi, so leise, dass Rosa es fast nicht hören konnte. »Ich bin ja da. Keiner außer mir fasst dich an. Ach?«

Es gab ein weiteres Schniefen, gefolgt von Stille, und als Rosa einen Blick dorthin riskierte, lag Tristan dicht an Salvis Brust geschmiegt, und Salvis Krallenhand strich immer wieder über sein Haar. Salvi selbst starrte die Wand an, sein Kiefer angespannt und grimmig.

Doch dann stieß Tristan sich zielstrebig von ihm ab, löste sich aus Salvis Umarmung und wischte sich mit den

Handflächen über die Augen. »Ich sollte«, sagte er mit belegter Stimme, »John-Ka suchen.«

Salvi versteifte sich sofort, seine Schultern kippten nach unten und seine Hände ballten sich an seinen Seiten. »Warum?«, fragte er. »Wozu brauchst du *ihn*?«

Aber Tristan hatte einen gezielten Blick in Richtung Rosa geworfen, die sich nun dabei ertappte, wie sie die beiden unverhohlen anstarrte und sich tatsächlich sehnlichst wünschte, dass John genauso auftauchen würde, wie Salvi es getan hatte. Dass er sie in seine Arme ziehen, sie streicheln und ihr sagen würde, dass alles gut werden würde ...

Aber nein. *Nein.* John hatte sie wieder einmal belogen. Er hatte ihr nichts von diesem *magischen Band* erzählt. Und je länger Rosa hier stand und darüber nachdachte, desto mehr ergab das alles einen kranken, verheerenden Sinn. John hatte sie manipuliert, wieder und wieder. Er hatte dieses Band absichtlich und systematisch gegen sie eingesetzt. *Frauen* wünschen *zu dienen, zu gehorchen, zu glauben ...*

Und in dem langsam und gefährlich aufsteigenden Entsetzen lag die schreckliche, grundlegende Erkenntnis, dass sie mit ihren Nachforschungen vielleicht doch recht gehabt hatte. Die Orks verfügten wirklich über dunkle Magie. Nicht nur Heilmagie, wie die von Efterar. Sondern Magie, die Fallen stellen konnte. Beeinflussen. *Kontrollieren.*

Es war eine Grausamkeit. Eine Gräueltat. Vielleicht sogar genug, um einen *Krieg* zu beginnen.

Rosa schlang die Arme um ihre Taille, ihr Herz schlug schmerzhaft gegen ihre Rippen, und sie bemerkte nur aus der Ferne, wie Salvi fluchte und sich dann wieder aus dem Zimmer entfernte. Er ließ sie wieder mit Tristan allein, aber Rosa konnte ihn nicht einmal ansehen, sie konnte nur dastehen und auf den Boden blinzeln. Sie wartete, wartete, auf ...

Ihn. John. Er schritt in den Raum und ließ Rosas Blick wie auf ein stilles Kommando zu ihm wandern. Wie durch ein geheimes, unerlaubtes *Band der Kontrolle*, und die bittere, prickelnde Gewissheit, dass es sich um ein Band handelte, wurde nur noch stärker, als er sich näherte, mit starrem Blick und schnellen Schritten über den Steinboden. Und als sich seine schnelle, sachlich wirkende Hand in ihren Nacken legte, rang Rosa nach Gegenwehr, nach Mut. Die Orks verführten, kontrollierten, *zauberten* ...

»Frau«, schnauzte Johns Stimme, nicht freundlich. »Sprich mit mir.«

Rosa zitterte wirklich verzweifelt und blinzelte in sein hartes, schmaläugiges Gesicht. Er war ein harter Ork. Ein kalter Ork. Er log. Und sie hatte gefunden, weswegen sie gekommen war, sie würde es Lord Kaspar sagen und ihre Zukunft retten, und es war ihr egal, es *war* ihr egal ...

»Ich habe es mir anders überlegt«, hörte sie sich selbst sagen, zittrig, resigniert und innerlich tot. »Ich will, dass du mich nach Hause bringst.«

21

Rosa erwartete, dass ihre spektakuläre Ankündigung mit Wut oder Unglauben oder vielleicht mit weiteren Ermahnungen, Versprechungen oder Bitten erwidert werden würde. Was sie *nicht* erwartet hatte, war, dass John einen kurzen, verärgerten Seufzer ausstoßen, ihre Hand ergreifen und sie zur Tür ziehen würde.

»Warte«, sagte sie und blickte hilflos in Tristans ebenso verwirrt dreinschauendes Gesicht. »Wirst du wirklich ... Hast du vor einfach so ... *zuzustimmen*?«

John ging einfach weiter und zog Rosa den pechschwarzen Gang entlang, so schnell, dass sie joggen musste, um Schritt zu halten. Aber er hatte immer noch nicht gesprochen, und sie blickte vergeblich in die Dunkelheit und zerrte an ihrem Arm in seinem Griff. »John«, sagte sie unruhig und verärgert. »Was *machst* du da?«

Er kam im Gang abrupt zum Stehen und Rosa hörte ein seltsames, deplatziertes Klicken – und dann zerrte seine Hand wieder an ihr, bis das unmissverständliche, unpassende Geräusch einer hinter ihnen zuschlagenden *Tür* ertönte. Und dann – Rosa blinzelte und schirmte ihre Augen ab – war da

Licht, das von einer Lampe auf einem kleinen Holztisch ausging.

Und der Tisch stand in einem ihr unbekannten Raum. Ein *menschlicher* Raum. Seltsam, aber unverkennbar, denn die gut angepasste Holztür war geschlossen, und es gab keine ausgeprägten, geschnitzten Merkmale. Stattdessen war dieser Raum klein und gemütlich, mit einer niedrigeren Decke als die meisten anderen Räume, die Rosa bisher gesehen hatte, und hellen, weiß getünchten Wänden. Darin befanden sich robuste, aber eindeutig von Menschenhand geschaffene Holzmöbel. Darunter ein Himmelbett mit einer *Flickendecke* und einer kleinen, leeren *Wiege* daneben.

Rosa starrte einen Moment zu lange auf die Wiege, ihr Magen kribbelte unangenehm und sie drehte sich verspätet um, um in Johns ebenmäßiges Gesicht mit den leeren Augen zu blicken. Das immer noch jede einzelne Spur seines *Blödsinns*, seiner *Manipulation* und seiner *Lügen* verriet.

»Du ... willst mich hier *einsperren*?«, forderte sie ihn mit schriller Stimme auf. »Du wirst mich nicht gehen lassen?«

»Nein«, antwortete John kalt und unerbittlich. »Das werde ich nicht. Du bist aufgebracht, ängstlich und überdreht. Ich habe geschworen, mich um dich zu kümmern, und ich werde nicht zulassen, dass du aus einer grundlosen, ängstlichen Laune heraus wegläufst und dein eigenes *Leben* riskierst. Vor allem nicht wegen einer Laune, die von einem törichten Skai ausgelöst wurde, der das sicher nur getan hat, um mich zu provozieren, obwohl er dem Anführer geschworen hat, das nicht zu tun!«

Das erste Aufflackern von Wut blitzte in Johns Augen auf, und Rosa spürte, wie ihre eigene Wut ebenfalls aufflammte, und verschränkte die Arme vor der Brust. »Das ist keine grundlose Laune«, schoss sie zurück. »Du lügst mich an, wieder einmal. Du hast Geheimnisse vor mir. Du *manipulierst* mich mit deinem redegewandten Ka-esh-*Blödsinn*!«

»Ach, jetzt klingst du *wirklich* wie ein Skai«, antwortete John knapp. »Was wirst du als Nächstes über mich behaupten? Dass ich meinen Brüdern die Frauen stehle und dann ihre Söhne ermorde, während ich in mein heimtückisches Buch kritzle und vor Vergnügen gackere?«

Die Worte ließen Rosa zusammenzucken, und für einen kurzen Moment verspürte sie den wilden, lächerlichen und *entsetzlichen* Drang zu lachen, aber sie schüttelte ihn ab und blickte ihm entschlossen ins Gesicht.

»Du hast mir nichts von diesem Band zwischen uns erzählt«, zischte sie. »Das *Band der Kontrolle*. Das Band, das mich dazu zwingt, dir zu gefallen und zu gehorchen und mich sogar dazu bringen würde, unseren *Sohn* zu töten, solange es deiner Mission hilft, *Priester* zu werden!«

Etwas flackerte in Johns Augen auf, so flüchtig, dass Rosa es fast übersehen hätte, bevor er heftig den Kopf schüttelte und seinen schwarzen Zopf hinter sich her schleuderte. »Meine Mission, Priester zu werden, ist *tot*«, erwiderte er schnippisch. »Und dieses Band ist weder Schicksal noch eine Regel. Es ist nur eine Wahrheit der Natur, die es bei allen Lebewesen gibt, auch zwischen Frauen und Männern. Sag mir nicht«, seine Lippen kräuselten sich, »dass du deinem billigen, wohlhabenden Lord nicht gefallen wolltest? Dass du ihm nicht gehorchen und den Samen aus seinem fetten Schwanz saugen wolltest?«

Seine Stimme war kühl und spöttisch geworden, und den Göttern sei Dank war da nur noch mehr Wut, die dieses unangenehme, nervtötende Bild verdrängte.

»Nein«, schoss Rosa zurück und biss die Zähne zusammen. »Ich habe dir schon gesagt, du selbstgefälliger Arsch, dass ich Lord Kaspar nicht ausstehen kann, und ich habe es nur für die *Bibliothek* getan. Für meine *Ausbildung* und meine weitere *Existenz*. Ich wollte nie, dass er mir in einem feuchten Wald oder in einem gottverdammten öffentlichen Gang die Kehle durchfickt. Und ich wollte *ganz sicher* nicht, dass er mich anknurrt, mir Angst macht oder seine *Krallen* um meinen Hals legt!«

John starrte sie wieder an, seine Augen waren fast schmerzhaft kalt, sein Mund dünn und fest. »Ich habe nichts getan, was du dir nicht gewünscht hast. Ich versuche, dir zu gefallen und dir zu *helfen*.«

»Mir helfen?«, schrie Rosa zurück. »Mir *helfen*?! Nein, du willst mich anlügen, *manipulieren* und zum *Schweigen* bringen, damit ich dein *Liebchen* werde! Du willst die nackte, ekelhafte Wahrheit vertuschen, dass du mich mit einem abscheulichen *Ork-Zauber* belegt hast!«

Johns Kehle gab ein Geräusch von sich, das ein Stöhnen oder ein Schnauben hätte sein können. »Schmeichle dir nicht selbst, Frau«, schnauzte er. »Hätte ich wirklich vorgehabt, eine Frau mit einem absurden Zauber zu belegen, hätte ich sicher nicht dich ausgewählt! Eine knochige, lästige, wankelmütige kleine *Dirne*, die sich für klug hält und sich durch ein paar Worte von einem *Skai* in einen dummen *Wutanfall* treiben lässt!«

Rosas Mund öffnete und schloss sich nutzlos – hatte John sie gerade eine *Dirne* genannt?! Aber bevor sie etwas sagen konnte, kam er einen schnellen, gefährlichen Schritt näher, ließ seine Krallen ausfahren und ein leises Knurren aus seiner Kehle ertönen.

»Ich hätte mir«, zischte er, »eine große, gesunde, kräftige und harmonische Frau ausgesucht. Eine, die sich nicht an den Höchstbietenden verkauft, die nicht mit jedem Atemzug ständig Fragen plappert und die nicht so tut, als sei sie klüger, als sie wirklich ist!«

Die Worte schienen Rosa eins nach dem anderen zu treffen und etwas Tiefes und Fundamentales in ihr zu berühren. So hart, dass sie nach hinten taumelte und ihre Hände gegen ihren flatternden Herzschlag klammerte, und es fühlte sich an, als wäre da plötzlich Eis, das in ihr knackte und dann zerbrach.

Eine Dirne, die sich verkauft. Fragen plappert. Die so tut, als wäre sie klug ...

Rosas Atem kam in dünnen, hohen Tönen, das Geräusch war viel zu laut in diesem hübschen kleinen Raum, und auch ihr Schlucken war hörbar und schmerzte in ihren Ohren. Bei den Göttern, was war nur los mit ihr, was kümmerte es sie, sie war eine *Spionin*, sie war gekommen, um einen *Krieg* anzuzetteln, John war kalt und hart, das war er, sie würde von hier verschwinden und zu Lord Kaspar zurücklaufen und es *war ihr egal ...*

Trotz ihrer erstickten Atemzüge hörte sie Johns schweres Seufzen, spürte, wie er näher kam – und dann die plötzliche, ruckartige Wärme seiner Hand in ihrem Nacken. Seine Hand war sanft und neigte ihren Kopf nach oben, damit sie seinen wandernden Augen begegnen konnte, und er öffnete den Mund, um zu sprechen ...

»Bitte nicht«, hörte Rosa sich selbst keuchen, ihre feuchten Augen blinzelten ihn an. »Sag nichts. Nicht auf diese Art und Weise, nicht jetzt. Bitte!«

Johns Augen schlossen sich kurz, aber dann nickte er einmal schnell und hastig, seine Kehle krampfte sich zusammen. Und während Rosa dastand und ihn ansah, war es fast so, als könnte sie sehen, wie sein Bedauern, seine Entschlossenheit aufstieg und über sein Gesicht zitterte ...

Das Zimmer drehte sich zur Seite und wirbelte alles durcheinander, bis Rosa auf dem Rücken lag – und als sie wieder zur Ruhe kam, befand sie sich auf dem Himmelbett, die Glieder auf der weichen Bettdecke ausgestreckt, John über ihr. Sie zuckte zusammen, als sie spürte, wie er ihr den schwarzen Ledergürtel abnahm, den er ihr gegeben hatte, und ihr Tunika-Kleid locker um ihre Taille rutschte. Und dann – Rosa schrie laut auf – packte er ihre beiden Arme mit einer Klaue, zog sie über ihren Kopf und band sie mit dem Gürtel mit einer anmutigen, verheerenden Leichtigkeit am Bettpfosten fest.

Rosa lag nun gefesselt auf dem Bett, ihre Brust hob sich

hilflos, und ihre gesamte untere Hälfte präsentierte sich völlig nackt im Raum. Und für den Ork, den widerlichen, bösartigen, *lügnerischen* Ork, der zwischen ihren gespreizten Beinen kniete und sie mit funkelnden, gefährlichen Augen ansah.

»Was zum *Teufel*«, keuchte Rosa, »*machst* du da?«

Johns Gesichtsausdruck änderte sich nicht, sein riesiger Körper war angespannt, verschlossen und tödlich. »Ich habe geschworen, dass ich mich um dich kümmern werde«, zischte er. »Deshalb werde ich ein gütiger Lord sein und dir geben, was du in deinem Kummer so dringend brauchst. Was du dir *wünschst*.«

Rosa stammelte ihn an und wollte gerade sagen, dass von allen Dingen, die sie sich auf dieser verdammten Erde wünschte, dies das *Allerletzte* sei, was sie sich wünschen würde – doch dann, mochten die Götter ihn verfluchen, knurrte John sie an und *berührte* ihren nackten *Oberschenkel*.

Die Berührung war sanft, vorsichtig, vielleicht sogar zögerlich, ganz im Gegensatz zu dem rasselnden, furchterregenden Geräusch aus seiner Kehle – aber mit ihm zusammen war sie warm und ursprünglich und *wunderbar*. Zischend stieß Rosa den Atem durch die Zähne aus, ihre Wimpern flatterten wild, und über ihr lachte John tatsächlich, dieses Mal nicht ganz so spöttisch.

»Törichte Frau«, sagte er. »Du wünschst dir das auch, ach? Du wünschst dir mich? Auch wenn du denkst, ich hätte dich mit einem grausamen Zauber belegt?«

Seine Hand glitt langsam und genüsslich über Rosas Oberschenkel und brachte ihre Haut zum Glühen. Und sie wand sich trotz allem, saugte Luft ein, spürte die Stärke seines weichen Leders an ihren gefesselten Handgelenken und kämpfte gegen den fast übermächtigen Drang zu nicken. Zu sagen, *mach weiter, hör nicht auf, bitte ...*

»Du *musst* etwas getan haben«, antwortete Rosa, obwohl ihre Stimme in ihren Ohren atemlos klang. »Das ist das Einzige, was einen *Sinn* ergibt.«

»Ist es das?«, entgegnete John und zog die Augenbrauen hoch, während seine Hand weiter glitt. Sie wanderte nicht zwischen Rosas gespreizten Beinen hinunter, wie es ihre verräterischen Gedanken vielleicht erhofft hatten, sondern schob ihre Krallen sanft über ihren Hüftknochen und krümmte sich an ihrer Taille. Er zog die lockere Tunika mit nach oben, und Rosa konnte nicht mehr *denken*, vor allem, als er – ihr Mund gab ein ersticktes Stöhnen von sich – ihre nackte Brust entblößte und dann an ihrer Brustwarze zerrte, sanft, zielstrebig, als ob es sein *Recht* wäre.

»Ist es das?«, fragte er erneut, seine Augen kühl und fordernd auf die ihren gerichtet, während seine warme Hand auf die andere Seite glitt und dort dasselbe tat, zupfte, drehte und neckte. »Oder ist es vielleicht so, dass ich geschworen habe, für dich zu sorgen, und das auch getan habe? Ich habe die Gefahr gesehen, in die wir uns törichterweise begeben haben, also habe ich dich auf meinen Berg gebracht, ich habe dir gutes Essen und gute Milch gegeben, ich habe dich in meinem eigenen Bett gepflegt, ich habe dich in meinem eigenen Bad gewaschen. Ich habe dir mein Zuhause gezeigt, deine Fragen beantwortet und dir erlaubt, in meiner Bibliothek zu arbeiten. Ach, ich habe dich *gekostet*, was bis dahin noch kein Mensch getan hat, und dir den Rausch der Angst gegeben, nach dem du dich sehnst. Sogar jetzt streichle ich dich und beruhige dich, nachdem du dich selbst in Gefahr gebracht hast, indem du weggegangen bist und mich für etwas beschuldigt hast, was ich nicht getan habe. Ach?«

Dieser verdammte *Mistkerl*, und Rosa versuchte es mit einem bösen Blick, was sich als überraschend herausfordernd erwies, als er seine andere Hand hob und nun mit ihren beiden verhärteten, spitzen Brustwarzen gleichzeitig spielte.

»Du hast mich auch angeschrien, Ork«, würgte sie hervor. »Und du hast mich auch ans *Bett* gefesselt und mich dumm, plappernd, knochig und eine *Metze* genannt!«

John legte den Kopf schief, seine Augen blickten zu ihr auf

und seine Hände legten sich näher an ihre leicht gewölbten Brüste, die er sanft mit seinen Handflächen umschloss. »Du *bist* knochig und plapperst«, sagte er mit verdammt kühler Stimme. »Aber ich habe dich nicht *dumm* oder eine *Metze* genannt. Ich habe gesagt, dass du dich für schlauer hältst, als du bist, und das ist die Wahrheit, wenn du auf einen Skai hereinfällst. Und du *hast* dich an den Höchstbietenden verkauft, und jetzt«, er verzog süffisant den Mund, »bin ich das, mein Liebchen.«

Er unterstrich seine Worte mit einem frechen Zwicken in beide Brustwarzen, was Rosa ein heißes Stöhnen entlockte und etwas, das fast ein Lächeln hätte sein können – das sie jedoch mit aller Kraft zurückhielt, als seine Hände wieder über ihre nackte Taille glitten.

»Du ... du hast mich eine Dirne genannt«, brachte Rosa hervor und ihre Stimme klang widerlich warm. »Eine *Dirne*!«

Johns Mund zuckte tatsächlich kurz, aber wahrhaftig nach oben und mit einer hochgezogenen Augenbraue ließ er schließlich seine Hand nach unten gleiten und fuhr leicht zwischen Rosas gespreizten Beinen hindurch. Daraufhin stieß sie ein verzweifeltes Würgen aus und presste ihre geschwollene Nässe ebenso verzweifelt gegen seinen sanft eindringenden Finger.

Es war demütigend und verräterisch und John lachte zum zweiten Mal in ihrer Bekanntschaft laut und echt. Sein Gesicht erhellte sich, seine dunklen Augen kräuselten sich, sein Blick war warm und amüsiert und vielleicht fast ... *liebevoll*.

»Du *bist* eine Dirne, Liebchen«, sagte er mit einer gewissen Genugtuung. »Du verleugnest den wohlhabenden, mächtigen Mann, der dich begehrt, um dich in eine Falle locken und von seinem Feind mitnehmen zu lassen. Von einem *Ork*.«

Und während er sprach, war es fast so, als ob sich die dunkle, bittere Wahrheit zurück in den Raum und in seine Augen geschlichen hätte. Und plötzlich brauchte Rosa sie wieder, sehnte sich wieder nach ihr. Diese seltene, verborgene

Version von John, in der er sie neckte, lachte und über Einzelheiten stritt und – sie *wollte*. Sich um sie *sorgte*.

Die seltsame, donnernde Gewissheit schien sich tief in ihr zu verankern – und noch tiefer, als sie sah, wie sich seine Schultern hoben und senkten und sich seine Augen wieder schlossen. Und als sie sich dieses Mal öffneten, waren sie dunkel, gefährlich und tödlich.

Sein raues, fundamentales Knurren schien jeden Nerv unter Rosas Haut auf einmal zu entzünden, schnürte ihr die Kehle zu und entzündete das Verlangen tief in ihrem Bauch. Ihre Augen flatterten, ihr Körper zuckte und zerrte vergeblich an seinen Fesseln, gefangen unter der schieren, wütenden Kraft eines wilden, teuflischen Orks.

Seine streichenden Klauen waren diesmal schärfer und kratzten rote Linien in ihre Haut, aber Rosa bockte und keuchte nur und stöhnte unter der exquisiten, verlockenden Qual. Und als die Klauen ihre Beine weit auseinander drückten und so sanft über ihre bebende, triefende Hitze fuhren, gab es nur einen kräuselnden Ruck in ihrem Rücken und ein Geräusch in ihrer Kehle, das ein Schrei hätte sein können.

»Oh«, hauchte sie, als er es wieder tat und seine Augen heiß, dunkel und blutdurstig waren. »O Götter, John, bitte, bitte!«

Sie hatte keine Ahnung, worum sie bettelte – oder doch, als die Krallenfinger wieder umherfuhren, kreisend, kratzend. So scharf, so tödlich, so verheißungsvoll, so schmerzhaft, so gefährlich. So schwer, dass plötzlich die Frage … nach *Vertrauen* im Raum stand.

»Bitte«, flüsterte Rosa in diese funkelnden Augen. »Bitte, mein Lord.«

John sah es, er *wusste* es, das Bewusstsein war schnell, aber sicher und erschütternd wahr. Mit dem unmöglichen, schreienden Nervenkitzel einer dieser krallenartigen Hände, die nach oben glitten und sich sanft gegen Rosas Hals drückten, während die andere ihre Schenkel weiter spreizte und ihre geschwollene, sich zusammenziehende Hitze auseinander drückte.

»Du wirst dich nicht mehr bewegen, sobald ich dich durchdrungen habe«, flüsterte er leise. »Und du wirst beim ersten Anzeichen von Schmerz sprechen. Das musst du mir schwören. Keine Unwahrheiten.«

Rosa nickte eifrig, ihre Kehle krampfte sich gegen seine drückende Hand zusammen und ihre Beine hatten sich scheinbar von selbst noch weiter gespreizt. »Ich schwöre, John«, flüsterte sie flehend in diese Augen. »Keine Unwahrheiten.«

Er nickte schnell und ruckartig – doch sein tödlicher Finger dort unten, der sich langsam und sanft bewegte, war genau das Gegenteil. Die spitze Klaue fuhr mit unvorstellbarer Sorgfalt über sie und drückte ihre geschwollene Hitze sanft, vorsichtig und zärtlich auseinander.

Rosa konnte spüren, wie die Nässe tropfte – ob es immer noch seine oder ihre war, wusste sie nicht – aber in diesem Moment gab es keine Scham und keinen Grund, sich zu verstecken. John würde es sowieso nicht erlauben, beruhigten ihre entfernten Gedanken sie, er wollte sie entblößt und begierig – aber mehr als das, sie hatte ihm versprochen, sich nicht zu bewegen, und sie musste ihm gefallen, beweisen, dass sie würdig war ...

Und das war sie, sie *musste* es sein, denn dieser einzelne, spitze Finger glitt langsam, aber sicher in sie hinein. Die wahrhaftig tödliche *Klaue* eines Orks bohrte sich in Rosas weichste, schwächste und verletzlichste Stelle, und sie hielt ihren Körper ganz still, als sie spürte, wie er sie öffnete, in sie eindrang, wie die nackte Lust, das Verlangen und die Sehnsucht unter ihre Haut drangen.

Aber es gab keinen Schmerz, zumindest noch nicht, auch wenn Rosa spürte, wie sie sich um seine tödliche Invasion zusammenzog und aufflammte. Sie wollte mehr, kämpfte darum, ihn tiefer in sich hineinzuziehen, und John stieß ein weiteres Lachen aus, während seine andere Hand ihren Nacken umschloss und sein Blick zu ihrem Gesicht hinauf wanderte.

»Du hast geschworen, dich nicht zu bewegen«, flüsterte er, obwohl er nicht ganz unzufrieden klang. »Törichte Frau.«

Rosa schluckte schwer und ihre Wimpern flatterten, als sie spürte, wie sich ihre Kehle gegen den sanften Druck seiner Hand bewegte. »Ich k-kann nicht anders«, hauchte sie. »Verzeih mir, mein Lord.«

Seine Augen schienen sich im Lampenlicht fast zu verdunkeln, sie funkelten unverhüllt und begierig, und Rosa spürte, wie der einzelne Finger noch ein wenig tiefer sank. Das löste ein weiteres langgezogenes Zusammenziehen ihrer feuchten Hitze aus. Und er fühlte sich gut an, er fühlte sich immer gut an, auch wenn er seine *Klaue* schon halb in ihr versenkt hatte.

»Mehr«, keuchte sie. »Bis zum Anschlag. Bitte, mein Lord.«

Sein antwortender Blick auf ihr Gesicht sah dieses Mal fast benommen aus, aber er nickte und sein Blick fiel wieder auf das, was er zwischen ihren gespreizten Beinen tat. Und auch Rosas Blick war hinabgesunken und blieb verhängnisvollerweise daran hängen, ihre verletzlichsten Stellen weit geöffnet und schamlos, während sich die riesige graue Hand des Orks dicht an sie drückte, sein langer, Krallenfinger war verschwunden, aufgesaugt, tief in ihr …

Rosas Körper krampfte sich zusammen, tropfte, klammerte sich fest, ihr Mund stieß einen ständigen Strom von Keuchen und Stöhnen aus, während er tiefer und tiefer sank. Noch immer kein Schmerz, noch nicht, aber zum ersten Mal gab es das schockierende Gefühl von Schärfe in ihrem Inneren, so tief, o *Hölle*.

»Tut es weh?«, keuchte John und seine Augen leuchteten vor Angst. Als Rosa verzweifelt den Kopf schüttelte, entspannte er sich sofort und sein Kehlkopf wippte. »Ich habe den Anfang deiner Gebärmutter erreicht«, murmelte er, »aber ich möchte weiter nach oben gleiten. So wie ich es mit meinem Schwanz getan habe, als ich dich so gefickt habe.«

Gütige Götter, dieses Geständnis, diese Worte, die so heiß und leicht aus seinem Mund flossen. Dieser verdammte Ork hatte an *Anatomie* gedacht, als er sie gefickt hatte, und er dachte auch *jetzt* daran – und der Gedanke war so wild und fesselnd, dass Rosa einen heiseren, keuchenden Schrei ausstieß und ihre Augen sofort zu seinem Unterleib wanderten. Seine pralle, köstliche Leiste, mit einem feuchten Fleck auf seiner Hose, genau am oberen Ende seiner gewaltigen Länge ...

»Fick mich noch mal?«, krächzte sie ihn an, und obwohl sie sich geschworen hatte, sich nicht zu bewegen, hielt sie sich nicht daran und versuchte, ihre Arme aus den Fesseln zu reißen, denn das Bedürfnis, ihn zu erreichen, ihn zu berühren, war plötzlich so stark, dass sie sich schwach fühlte. »Bitte?«

Johns bellendes Lachen war atemlos und amüsiert, auch wenn sich seine Augen noch mehr verdunkelten und er den Kopf schüttelte. »Ach, nein«, hauchte er. »Du wünschst dir meinen Sohn nicht, du weißt, dass ich dich mit einem *Zauber* belegt habe. Beinahe hättest du mich heute deswegen *verlassen*.«

Ihn beinahe verlassen. Er sprach es mit einer nicht geringen Spur von Bitterkeit aus, und Rosa ertappte sich dabei, wie sie ihn anblinzelte und nach Luft schnappte, während ihr eroberter Körper noch immer um ihn herum pochte und zuckte. Und für einen hämmernden, schwebenden Moment spürte sie, wie sich ihr Mund öffnete und sie im Begriff war, zu sagen: *Es ist mir egal, ich würde noch nicht wirklich gehen, bitte, tu es einfach, ich muss das wieder fühlen, bitte ...*

Aber sie schluckte die Worte gerade noch rechtzeitig zurück und kämpfte um Atem, um einen klaren Gedanken. »Dann – zeig dich mir. Ich muss dich sehen. *Bitte*, mein Lord.«

Sie war sich sicher, dass er sich weigern würde, aber dann, ohne Vorwarnung, fuhr seine Hand schnell und ruckartig nach vorn in seine Hose und zog ihn heraus.

Und ... dieser *Anblick* wieder. Die Art und Weise, wie seine Klauen ihn so leicht und lässig packten. Die lange, kraftvolle Stärke, der dicke weiße Faden, der aus dem Schlitz tropfte, die Linien der Narben, die sich über die gesamte Länge zogen. Und Rosa zappelte wieder gegen ihre Fesseln, wollte ihn unbedingt berühren, die seidige Weichheit unter ihren Fingern spüren, den süßen Honig auf ihren Lippen schmecken ...

»Halt still, Liebchen«, befahl John, obwohl seine Stimme genauso zerrissen klang, wie sie sich fühlte. »Oder ich werde ihn wieder wegstecken.«

O Götter, das *konnte* er nicht! Und Rosas Körper erstarrte sofort und klammerte sich noch fester um den Finger – die *Klaue* –, der noch fast ganz in ihr steckte. Und im Gegenzug lachte John wieder, sein Kopf neigte sich nach hinten, der Klang war warm, heiser und so schön, dass sie daran zu zerbrechen drohte.

»Bitte, mein Lord«, flehte sie, entgegen aller Vernunft. »Bitte. Zeig ihn mir.«

Sein antwortendes Lachen war diesmal tiefer, härter, rau und verheißungsvoll – und dann, als Rosa darauf starrte, gefangen und voller Sehnsucht, ließ er seine Krallenfinger langsam seine eigene Länge hinauf gleiten. Dabei lehnte er sich nach vorn auf die Knie, sodass – Rosa verschluckte sich – die sich verdickende Flüssigkeit auf ihren nackten Bauch tropfte und auf ihrer zitternden Haut glitzerte.

Es war einer der prickelndsten Anblicke in Rosas *Leben*, gleichauf mit dem, als dieser riesige Schwanz beim letzten Mal in sie hineingestoßen wurde. Der Gedanke daran ließ sie laut und lang und völlig ungehemmt aufstöhnen. Das brachte ihr ein weiteres kurzes Lachen aus Johns Mund und einen weiteren dicken, sichtbaren Schwall von Weiß aus seinem tiefen, köstlichen Schlitz ein.

»Verdammt«, stöhnte Rosas Stimme ganz von allein. »Hör nicht auf, mein Lord. *Bitte*!«

Sein antwortendes Stöhnen bedeutete, dass er nicht

aufhören würde, nicht aufhören konnte, und seine Finger an seinem vernarbten, geäderten Schwanz glitten langsam wieder nach oben – dieses Mal, während sein Finger zwischen Rosas Beinen noch eine Spur tiefer sank. Es war, als würde er sie beide gleichzeitig ficken, und Rosa zuckte und schauderte bei diesem Anblick, sie bewegte sich, aber es war ihr egal, auch wenn sie spürte, wie die Schärfe wieder tief in sie eindrang, *verdammt* noch mal.

»Mehr«, flehte sie ihn an, suchte sein Gesicht, genoss seine flatternden Augen. »Bitte.«

Er tat es, er gehorchte und nickte, während die Klaue zwischen ihren Beinen noch tiefer in sie eindrang, während seine andere Hand wieder über seine Länge strich und noch mehr von dem tropfenden Weiß herausholte, das sich auf Rosas nackter Haut sammelte. Er markierte sie, auch wenn er sie nicht fickte, und sie spürte, wie sich ihr Körper wölbte, wie er sich auf den eindringenden Finger presste, wie sie ihn brauchte, *mehr ...*

»Halt still«, zischte er und ein Funken Wut blitzte in seinen Augen auf, aber das machte es nur noch schlimmer, ließ Rosas Körper sich noch stärker winden, sich aufbäumen, ihr trotzen. Ihr Körper wollte sich nur noch auf die Klaue eines Orks stürzen, sich weiter auf ihr reiben, die unmögliche, verblüffende Wahrheit der *Fingerknöchel* eines Orks spüren, die sich gegen ihre pulsierende, tropfnasse Hitze pressten.

»Ich kann nicht«, würgte sie hervor, die Funken in seinen Augen loderten heller, der Raum flackerte überall und verengte sich auf dieses, nur dieses, hungrige, gierige und wahnsinnige Gefühl. »Bitte mein Lord, bitte John-Ka, *bitte*!«

Und oh, er war bei ihr, plötzlich war er hier, dieser lange, krallenartige Finger glitt endlich, endlich ein wenig hinein und heraus, passend zu den kräftigen Stößen seiner Hand an seinem prallen, tropfenden Schwanz. Er sah aus wie ein dunkler Rachegott, ein wütendes, schönes Monster, seine

Augen rollten zurück, seine Lippen teilten sich, sein ganzer Körper zuckte in seine Hand.

»Mach den Mund auf«, zischte er, kaum hörbar, aber Rosa gehorchte, sofort, machtlos – und dann, verdammt noch mal, erstarrte der Schwanz in seiner Hand sichtlich, die riesigen Eier darunter zogen sich zusammen – und dann feuerte er. Er spritzte dicke, milchig-weiße Ströme über Rosas Brüste, ihren Bauch und sogar ihr Gesicht, spritzte in ihren offenen Mund, wo er hell und warm auf ihrer Zunge zerfloss.

Und der Anblick, die Realität – der riesige Schwanz eines Orks, der sie mit seinem Samen bespritzte, während er mit seiner Klaue in sie eindrang – setzte endlich, *endlich* Rosas verzweifelte, vernichtende Erleichterung frei. Die Lust schrie heftig auf, pochte um das enge Eindringen seines Fingers, während ihr Körper sich wand und zuckte und die blanke Leidenschaft hinter ihren Augen aufflammte und bis zu ihrem Herzen pochte. Es verzehrte sie vollständig und pur, während die Klaue des Orks und sein immer noch pochender Schwanz sie markierten, sie zerstörten, sie für sich selbst beanspruchten.

Die Nachbeben hielten an, selbst als die Erregung allmählich abflaute und die Strahlen des tiefen Schlitzes zu einer tröpfelnden Pfütze wurden, die sich wieder auf Rosas Bauch sammelte. Der eindringende Finger zog sich langsam und behutsam aus ihr heraus, hob sich dann zu seinen eigenen, leicht zitternden Lippen und glitt tief dazwischen hinein.

Das hatte zur Folge, dass Rosa mit weit gespreizten Beinen, gefesselt am Bett und mit einer dicken, schmutzigen Schicht Orksamen bedeckt zurückblieb. Während ihre verräterische Zunge fast von allein herausschnellte, um über die Sauerei zu lecken, blieb ihr Blick am prächtigen, wilden Ork hängen, der errötet und entblößt war, während sein Mund den Finger – der gerade *in ihr* gewesen war – tief und gierig in sich hinein saugte.

Seine Augen blinzelten einmal, mit langen Wimpern und

fast überrascht – und dann zog er seinen Finger zwischen seinen Lippen hervor, so schnell, dass Rosa erwartete, Blut zu sehen. Aber da war nichts, nur ein Anspannen seines Mundes, während sein Blick an ihrem verschmutzten, tropfnassen Körper auf und ab wanderte.

»Hast du Schmerzen?«, fragte er steif durch die noch immer geschürzten Lippen, und Rosa überlegte kurz und schüttelte dann den Kopf. Gerade als ihre eigene verfluchte Zunge wieder hervorschnellte und verzweifelt über noch mehr von der verdammten köstlichen Sauerei leckte. So konnte sie sehen, wie Johns Augen dem Anblick folgten und ein schwaches Aufflackern von Wärme hinter ihnen aufblitzte.

»Du törichtes Liebchen«, murmelte er, aber sein langer Arm streckte sich leicht nach oben und wischte etwas von dem glitschigen Zeug von Rosas Wange. Dann ließ er ihn zwischen ihre Lippen gleiten, und der Geschmack explodierte förmlich auf ihrer Zunge – aber dieses Mal vermischt mit etwas Schärferem, weniger Vertrautem. Und als ihre Zunge zaghaft an seine Klaue stieß, wurde ihr schlagartig klar, dass dies der Finger war. Der, der *in ihr* gewesen war und sie mit so wilder, verbotener Lust erfüllt hatte.

»Danke, mein Lord«, flüsterte sie und John bestätigte dies mit einem stummen Nicken, während er es noch einmal tat. Er wischte die Sauerei auf, die er ihr ins Gesicht gespritzt hatte, und fütterte sie mit einer ruhigen, intensiven Fürsorge, die im absoluten Gegensatz zu der Version von ihm zu stehen schien, die die Sauerei verursacht hatte.

Oder war es das, denn ein weiteres Aufflackern von Hitze durchzog seine Augen, als sie fester an seinem Finger saugte – und dann noch mehr, als sie leicht darauf biss, ihn festhielt und ihre Zunge vorsichtig gegen seine Klaue drückte.

»Wünschst du noch immer zu gehen?«, fragte er jetzt mit kühler Stimme, während er seinen Finger noch tiefer in sie einführte und die Klaue ganz sanft gegen ihren Hals stieß.

»Oder willst du bleiben und dankbar sein, dass ich mich um dich kümmere?«

Er war mal wieder ein dominanter, arroganter Arsch, stellte Rosas Verstand von irgendwo weit weg fest, aber gleichzeitig ... war er es auch nicht. Denn er hatte trotzdem ... gefragt. Vielleicht wollte er es ihr immer noch anbieten. Und selbst wenn er sie an ein Bett gefesselt und mit Orksamen bedeckt hatte, selbst wenn das alles nur ein böses Ablenkungsmanöver war, fühlte sich Rosa tatsächlich wieder erstaunlich ruhig. Wieder gefasst. Umsorgt.

»Du weißt, dass ich nicht wirklich gehen wollte«, hörte sie ihre fürchterliche Stimme murmeln, nachdem er den Finger wieder weggezogen hatte. »Obwohl ich es wirklich zu schätzen wüsste, wenn du mir solche Dinge sagen würdest, John. Ich kann dir nicht *trauen*, wenn du Geheimnisse vor mir hast.«

Johns Augenbrauen hoben sich und verrieten eine Selbstgefälligkeit, die eindeutig von der beschämenden Tatsache herrührte, dass sie ihm gerade genug vertraut hatte, um seine *Klaue* in sich aufzunehmen. Doch dann glitt sein Blick weg und er griff neben das Bett, wo er zu Rosas Überraschung einen Lappen hervorholte, mit dem er ihr die Wangen abwischte.

»Ich habe *viele* deiner plappernden Fragen beantwortet, Liebchen«, sagte er, während er seine Augen auf seine Arbeit richtete. »Was willst du denn noch wissen?«

Rosa streckte ihm die Zunge heraus, einfach nur so, weil er sie wieder *plappernd* genannt hatte – und prompt wischte er mit dem Lappen über ihre Zunge, was ihr ein schallendes, unwilliges Lachen entlockte. »Na ja«, sagte sie und beobachtete ihn, während sie sich aufraffte. »Warum ziehst du nie deine Krallen ein, wie die anderen Orks es tun? Ist es, weil du nicht willst?«

Das wollte sie schon seit der ersten Nacht, in der sie bemerkt hatte, dass Efterar seine Klauen einzog, fragen – aber genau das hier war der Grund, warum sie es nicht getan hatte:

die Art, wie Johns Augen sich auf einmal schlossen, mit kühler, reservierter Distanz. Aber sie wartete und beobachtete ihn, während er wieder an die Arbeit ging und ihr mit dem Lappen sanft über den Hals strich.

»Ich habe viele Jahre lang mit Orks gelebt, die nicht freundlich waren«, sagte er langsam. »Ich bemühte mich, diejenigen zu beschützen, die mir wichtig waren, und dachte dummerweise, dass ich sie immer verteidigen könnte, wenn ich nie meine Krallen einziehen würde. Bis ich eines Tages feststellte, dass ich meine Krallen nicht mehr einziehen konnte.«

Rosas Herz schien zu zerspringen, als ihr Blick an seinem distanzierten, leidenschaftslosen Gesicht hängen blieb. Und ehe sie sich versah, zerrten ihre Arme wieder an ihren Fesseln, um sich zu befreien, um ihn zu berühren, um diesen Blick zu vertreiben, um die Wärme in seine Augen zurückzubringen ...

»Und du konntest es nicht in Ordnung bringen?«, fragte sie und zuckte zusammen, als sie die Worte hörte, denn natürlich hätte er es versucht, er war ja *John*. »Nichts hat funktioniert?«

Er schüttelte den Kopf, wobei sich ein Anflug von Bitterkeit um seinen Mund legte. »Ich habe die Knochen verschmolzen«, sagte er mit täuschend gleichmäßiger Stimme. »Als ich hierher kam, konnte nicht einmal Efterars gepriesene Magie etwas daran ändern.«

Oh. Rosa zuckte zusammen, als sie die Andeutung verstand, dass er tatsächlich nicht immer hier gelebt hatte. »Und wo hast du vorher gelebt? Mit wem?«

Diesmal zog John eine Grimasse, sein Lappen rutschte zu ihrer Schulter hinunter und bewegte sich vielleicht weniger sanft als zuvor. »Die Ka-esh beherbergen ihre Gefährtinnen und Söhne oft abseits der Berge, in Lagern tief unter der Erde«, sagte er. »Mein Vater zog mich in einem dieser Lager auf, vielleicht acht Sommer lang, bis er getötet wurde. Dann wurde ich zwischen anderen Lagern hin und her geschoben, oft mit

Tristan und Salvi, die ebenfalls ihre Blutsverwandten verloren hatten.«

Er sagte das alles mit einer knappen, distanzierten Nüchternheit, als würde ihm diese schreckliche Geschichte von Zerstörung und Verlust nichts bedeuten. »Und du hast deine Mutter nicht gekannt?«, flüsterte Rosa, obwohl es fast weh tat, die Frage zu stellen. »Du hättest nicht zu ihr ziehen können?«

John bellte ein Lachen, düster und bitter. »Ich habe meine Mutter bei meiner Geburt getötet«, sagte er. »Wie so viele von meiner Art.«

Aber das Elend wurde nur noch stärker, grausamer, kratzend, selbst als Johns Lappen auf Rosas Brüste glitt und sie mit quälender Sanftheit abwischte. »Ich ...«, begann sie, ein Krächzen. »Ich habe meine auch getötet.«

Johns Hand erstarrte abrupt, seine Augen blinzelten nichts sehend den Lappen an – und huschten dann kurz zu ihrem Gesicht hinauf. Er musterte sie, runzelte die Brauen, fast so, als würde sie lügen, als müsste sie lügen – aber sie spürte, dass sie ihm ein Lächeln schenken wollte, das eigentlich gar kein Lächeln war.

»Mein Vater hat es nur noch ein paar Jahre länger geschafft«, hörte sie ihre hohle Stimme sagen. »Irgendeine Krankheit, ich habe nie herausgefunden, was es war. Aber er war ein Gelehrter, weißt du, an der Dusbury Universität, er war auf Sprachen spezialisiert, und vor seinem Tod hat er dafür gesorgt, dass ich«, sie schnappte nach Luft, »auf ein Internat gehen konnte. Zumindest bis das Geld ausging, aber danach habe ich gelernt ...«

Johns Augen waren konzentriert auf sie gerichtet, seine Hände ganz still, abwartend, zuhörend, *sicher* – so fand Rosa irgendwie mehr Luft, den Rest der Worte. »Ich habe gelernt, dass es andere Wege gibt, zu bezahlen«, flüsterte sie. »Mit Männern. Wie Lord Kaspar. Und vor ihm mein Schulmeister.

Mr. Sullivan. Sie kümmerten sich um mich, gaben mir eine Ausbildung, solange ich«, sie schluckte schwer, »gehorchte.«

Sie spürte, wie ihr Herz klopfte, wie ihr der Atem in der Kehle stockte und ihr Blick gefangen und hilflos auf John gerichtet war. Fast so, als wollte sie ihm sagen: *Jetzt weißt du es, ich bin wirklich eine Frau, die sich verkauft, eine Dirne.* Und was würde er jetzt tun? Würde die Abscheu in seinen Augen aufflackern, würde er sie töricht und dumm und nutzlos nennen ...

Doch zu ihrer Überraschung wischte John nur weiter. Er bewegte den Lappen bis zu ihrer Taille und entfernte behutsam seinen Schmutz. Er runzelte die Stirn, als er auf eine hartnäckige Stelle stieß – vielleicht dort, wo er als Erstes auf sie getropft hatte – und dann *spuckte* er tatsächlich auf ihre Haut, ein hartes, gerades Zischen von Flüssigkeit, bevor er die Stelle erneut schrubbte. Dann klemmte er den getränkten Lappen zwischen seine Zähne, während er mit beiden Händen über Rosas Vorderseite und Seiten strich, sanft und ausdauernd, als wolle er sich vergewissern, dass er seine Arbeit gut gemacht und jede Stelle erwischt hatte.

Dann spuckte er auch den Lappen seitlich auf den Boden und griff schließlich nach oben, wo Rosas Handgelenke immer noch an den Bettpfosten gefesselt waren. Mit ein paar Ruckbewegungen des Leders war sie wieder frei, ihre Finger kribbelten nur leicht, und er hielt ihre Hände vorsichtig fest und drehte sie herum, als ob er sie auf Anzeichen von Verletzungen untersuchen wollte.

»Das Festbinden hat dich beruhigt, ach?«, sagte er, mehr zu ihren Händen als zu ihrem Gesicht. »Soll es noch mehr helfen, wenn ich das nächste Mal, wenn du aufgeregt bist, auch deine Beine fessle?«

Die Hitze und der Hunger entluden sich unaufgefordert in einem hilflosen Stöhnen aus Rosas Mund. Johns Mundwinkel zuckten nach oben, seine Augen blickten zu ihr – und verharrten dort einen Moment zu lange, bevor er wieder wegschaute.

Aber es hatte trotzdem etwas ausgesagt, etwas verraten. Es rief die Erinnerung an Hanarr wach. Es sagte so etwas wie: *Wir Ka-esh sprechen nicht oft ein Gelöbnis aus. Nur die Taten eines jeden sprechen die Wahrheit.*

Und Johns Handlungen sagten ganz klar, dass er nicht wollte, dass Rosa ging. Aber vielleicht auch, dass ihm ihre Vergangenheit und die Männer egal waren. Dass es vielleicht nicht nur um seine Arbeit oder seinen Ruf ging. Vielleicht ging es ihm tatsächlich um ... *sie.*

Dieser Gedanke war plötzlich und auf unerklärliche Weise beunruhigend, genauso wie der schockierende, unverschämte Teil von Rosa, der nach seinen breiten Schultern griff – er war immer noch *bekleidet*, der Mistkerl – und ihn neben sich auf das Bett zog. Er ließ sich bereitwillig auf die Decke fallen, und Rosa nahm sich die Freiheit, sich eng an ihn zu schmiegen, ihren Kopf auf seine Schulter zu legen und ihren Arm und ihr Bein über ihn zu schieben, um ihn zu halten.

»Wenn ich eine Dirne bin«, murmelte sie in seinen Nacken, »dann bist du ein ... ein *Schurke*, John-Ka. Ein gnadenloser, hinterhältiger *Halunke*.«

»Ein *Halunke*«, wiederholte er langsam, als würde er das Wort auf seiner Zunge testen. »Warum ist das so? Weil ich dir gerade alles gegeben habe, was du dir gewünscht hast?«

Rosa knabberte an seinem Nacken und wurde mit einem Zittern des ganzen Körpers unter ihr und einem zischenden Knurren aus seiner Kehle belohnt. »Das hast du *nicht*«, erwiderte sie. »Ich habe gedroht, dich zu verlassen, da hast du mich beschimpft, an ein Bett gefesselt und ... mich *geschändet*. Mit deiner *Klaue*.«

John seufzte, und da war die köstliche, erregende Berührung seiner Hand, die sich auf ihren Rücken legte. »Ich hätte dich nicht so *beschimpfen* sollen«, sagte er leise. »Das war falsch. Ich hätte dich von Anfang an besser beruhigen sollen.

Es hat mir nicht gefallen«, er schluckte hörbar, »dich so verärgert zu sehen, Liebchen.«

Oh. Das war – eine *Entschuldigung*. Ein weiterer Wärmeschub jagte Rosa den Rücken hinauf, und bevor sie sich ganz gefangen hatte, drückte sie ihm einen sanften Kuss auf den duftenden Hals. »Danke«, flüsterte sie. »John-Ka. Mein Lord.«

Es ergab keinen Sinn, Rosa war als Spionin hier, sie war hier, um einen *Krieg* zu beginnen, dieser Ork könnte sie immer noch mit einem schrecklichen *Zauber* belegt haben – aber irgendwie war alles, was eine Rolle zu spielen schien, die antwortende Anspannung seines starken Körpers, die Hitze seines Ausatmens.

»Habe ich es dir also bewiesen«, sagte er und seine Klauen strichen sanft über ihren Rücken. »Und wirst du bleiben, kleine Rose, und mein Liebchen sein, bis das alles vollbracht ist. Ach?«

Und in diesem Moment, geborgen und zufrieden an einen tödlichen, redegewandten Ork gekuschelt, gab es kein Weigern, kein Hören auf die ferne, schreiende Stimme. Zu weit weg, zu verloren, drei Wochen, oder besser gesagt, noch neunzehn Tage …

»Ja, mein Lord«, hauchte sie. »Ich werde bleiben. Bis es vollbracht ist.«

22

Als Rosa den kleinen Raum mit der Holztür wieder verließ, Hand in Hand mit einem großen, schweigsamen Ork, war es, als hätte sich wieder etwas verändert. Etwas, das all ihre Unsicherheit weggefegt und durch eine helle, brummende Neugierde ersetzt hatte.

»Warum habt ihr hier ein menschliches Zimmer, John?«, fragte sie, als sie wieder den Gang hinuntergingen. »Für Gäste?«

Johns Gesicht war, wie zu erwarten, ausdruckslos und unleserlich im Lampenlicht geworden, blockierte Rosa. Er leugnete jegliche Bedeutung dieses Zimmers und tat so, als wäre es ihm völlig egal ... und das, zusammen mit der unübersehbaren Wiege, war Antwort genug.

»Oh, ich verstehe«, sagte Rosa, leiser als zuvor. »Es ist wirklich ein wunderschönes Zimmer und ich bin mir sicher, dass jede Frau gerne dort wohnen würde. Haben hier schon andere Gefährtinnen von Ka-esh gewohnt? Die von Salvi vielleicht?«

Mit dieser Frage hat sie es wahrscheinlich übertrieben, aber John antwortete trotzdem, obwohl sein Gesicht immer noch ausdruckslos war. »Salvis Gefährtin ist nie hierhergekommen. Sie wollte nicht mit Orks zusammenleben.«

Oh. Rosa speicherte diese Information ab und studierte Johns Gesichtsausdruck und den leichten Tonfall seiner Worte. »Und den Sohn eines Orks wollte sie auch nicht haben?«, fragte sie vorsichtig. »Stimmt das, was Simon sagt, dass du es getan hast?«

John murmelte etwas auf *Aelakesh*, das das Wort *Skai* enthielt und verdächtig nach einem Fluch klang, aber dann seufzte er, während er Rosa um eine Ecke führte. »Das ist die Wahrheit«, sagte er mit flacher Stimme. »Salvis Gefährtin brauchte meine Hilfe, also habe ich sie ihr gegeben. Auch Efterar hat mir geholfen, als ich ihn dazu gedrängt habe«, er blickte stirnrunzelnd auf die Wand, »aber trotzdem gibt *ihm* niemand die Schuld.«

Ohne es zu wollen, stieß Rosa mit ihrer Schulter gegen Johns Arm und schenkte ihm ein kurzes, reumütiges Lächeln. »Natürlich nicht«, sagte sie. »Sie wissen alle, dass du das Gehirn hinter dieser ganzen Bergaktion bist, John, auch wenn sie es nicht zugeben wollen. Ich meine, ich bin erst seit ein paar Tagen hier und ich kann jetzt schon sagen, dass dein Volk ohne euch Ka-esh schon vor einigen Jahrtausenden ausgestorben wäre.«

Sie meinte das wirklich ernst und verspürte einen Anflug von Freude, als sie das zustimmende Lächeln auf Johns Mund sah. »Es gibt auch törichte Ka-esh, törichte Frau«, sagte er. »Aber neben all der Schuld, die ich trage, habe ich jetzt wenigstens die Macht unter meinen Clanbrüdern, die Narren zu vertreiben.«

»Kleine Gnade«, antwortete Rosa mit einem echten Grinsen. »Was hast du vor? Sie in den Bergbau schicken? Sollen sie ein paar Wochen oder Monate lang Schächte graben?«

Der Gesichtsausdruck von John deutete darauf hin, dass er genau das vorgehabt hatte, und Rosa konnte sich ein lautes

Lachen nicht verkneifen und stieß ihn erneut mit der Schulter an. »Hinterhältiger Ork«, sagte sie. »Und warum bist du eigentlich *nicht* Priester des Orkgebirges?«

Ihre Stimme war leicht, aber die Bedeutung dahinter war es nicht – und sie konnte fast spüren, wie sich die Schwere wieder auf Johns Schultern legte. »Der Priester übt viel Macht aus«, sagte er langsam. »Er schreitet vor dem Anführer in der Dunkelheit und führt unsere Art ins Unbekannte. Er bestimmt über Gelder, Arbeit und Ressourcen. Und deshalb müssen alle fünf Clans dieser Wahl zustimmen. Ich habe«, er zog eine Grimasse, »diesen Segen nicht von den Skai erhalten. Und somit auch nicht von den anderen.«

Oh. Ohhhh. Das erklärte *einiges*, unter anderem Johns klare Abneigung gegen die Skai und die Art und Weise, wie es für ihn fast persönlich zu sein schien. Es war sogar ein Anflug von Irrationalität, ein Riss in seiner äußeren Gelassenheit, und Rosa dachte immer noch darüber nach, als er sie zurück in die Bibliothek führte. Diese war zum Glück nur noch von Tristan besetzt, der über den Tisch gebeugt in sauberem, elegant wirkenden Gemeinmund auf ein Blatt Papier schrieb.

»Ich muss heute noch mehr weg von hier erledigen«, sagte John, als er sich Rosa zuwandte und beide Hände schwer auf ihre Schultern legte. »Wirst du ohne mich hier bleiben können, oder werde ich dich wieder in einer unbegründeten Raserei vorfinden, wenn ich zurückkehre?«

Rosa versuchte, ihm einen bösen Blick zuzuwerfen, aber es gelang ihr nicht ganz. »Es war *nicht* unbegründet«, erwiderte sie. »Es war völlig logisch und wissenschaftlich fundiert, basierend auf den Informationen, die ich zu dem Zeitpunkt hatte.«

Johns Augenbrauen zogen sich nach oben, aber auch seine Mundwinkel zuckten vor Belustigung. »Törichtes Liebchen«, sagte er. »Ich werde bald wiederkommen.«

Mit diesen Worten beugte er sich vor, sein Duft drang tief in Rosas Lunge ein und dann – o Götter – *küsste* er sie. Er küsste sie auf die Lippen, erst zum zweiten Mal in ihrer *gesamten Bekanntschaft*, und obwohl Rosa diese Wahrheit gleichzeitig berechnete und verurteilte, spürte sie, wie sie sofort darin versank, wie sie in diesem Wunder ertrank. Der weiche, heiße, köstlich schmeckende Mund eines Orks mit seinen geschickten Lippen, seiner langen Zunge und seinen scharfen Zähnen küsste sie mit vorsichtiger, kalkulierter Gründlichkeit, so wie er alles andere auch tat. Vielleicht würde er sie wieder auf den Tisch legen, sich wieder hinknien, und dann ...

Er zog sich viel zu schnell zurück und ließ Rosa mit offenem Mund und keuchend zurück, ihre Lippen fühlten sich geschwollen und gerötet an, ihr Gesicht war glühend heiß. John, der tobende Halunke, schaute nur kühl und zufrieden drein und tätschelte ihr leicht die Wange, bevor er sich umdrehte und wieder zur Tür hinausging.

»Hinterhältiger Mistkerl«, murmelte Rosa, als sie wieder zu Atem gekommen war. »War er schon immer so ...«

Sie hielt sich den Mund zu und blickte schuldbewusst zu Tristan – aber Tristan lächelte zurück, warm und überraschend umwerfend, und seine Ohrspitzen färbten sich wieder leicht rosa. »Ach, John-Ka ist schon immer so gewesen«, sagte er. »Ich musste feststellen, dass es einfacher ist, von Anfang an nachzugeben.«

Rosa schaute ihn einen Moment lang an, während ihr Gehirn sein wildes, rasendes Geschrei wieder aufnahm, und etwas ausspuckte, was nur noch abscheulichere Eifersucht sein konnte. »Ähm«, sagte sie, während ihre Augen verzweifelt den Raum absuchten und sich auf Tristans Blatt Papier niederließen. »Richtig. Ähm, woran arbeitest du?«

Tristans lange Wimpern zuckten einmal, aber dann schaute er auf sein Papier hinunter und strich den Rand mit der Hand glatt. »Ich schreibe Briefe an die Menschen, im Auftrag unseres Anführers«, sagte er. »Damit wollen wir unser Bedauern über die Taten unseres abtrünnigen Bruders zum Ausdruck bringen und ihnen versichern, dass er auf unserem Berg eingesperrt und zu harter Arbeit gezwungen wird.«

Harte Arbeit? Trotz allem spürte Rosa, wie sich ihr Mund verzog und ihre Augen auf Tristans ordentliche Buchstabentafeln auf dem Tisch blickten. »Lesen lernen ist harte Arbeit?«

»Ach, für einen Ork wie Simon schon«, antwortete Tristan mit einem halben Lächeln. »Den meisten Skai wird von Geburt an nur das Kämpfen beigebracht, auf Kosten von allem anderen. Das war zu unserem Vorteil, aber vielleicht nicht«, sein Lächeln verzog sich, »zu ihrem.«

Oh. Das war ein weiteres interessantes Puzzleteil – vielleicht ein Hinweis darauf, dass Tristan Johns Ansichten über die Skai nicht teilte – und Rosa legte es im Geiste bei den anderen Informationen ab. »Und glaubst du, dass diese Briefe tatsächlich helfen werden?«, fragte sie so beiläufig wie möglich. »Werden sie einen weiteren Krieg verhindern?«

Sie dachte wieder an ihre dreiwöchige Frist und an Lord Kaspar. An die Tatsache, dass sie eigentlich bei diesem verdammten Krieg *helfen* sollte. Alles lernen sollte, was sie konnte, nach weiteren Gräueltaten suchen, ihre Zukunft retten ...

Rosa rieb sich die kribbelnden Wangen, aber zum Glück schien Tristan das nicht zu bemerken, denn sein Blick war immer noch auf seinen Brief gerichtet. »Briefe haben uns geholfen, in der Vergangenheit«, sagte er. »Viele Menschen glauben nicht, dass Orks zur Vernunft fähig sind, deshalb stehen unsere Briefe im Gegensatz dazu. Darin bitten wir auch um Treffen, machen oft Angebote und senden Geschenke. Das ist alles, was wir tun können«, er strich wieder über den Rand des Briefes, »um die Menschen daran zu erinnern, dass wir keine Monster sind. Dass wir nicht noch mehr Krieg und Tod ertragen können.«

Oh. In seinen Augen glitzerte es plötzlich so heftig, dass Rosa die Wärme aus dem Gesicht wich. Und jede angemessene

Antwort schien ihr im Hals stecken zu bleiben: *Natürlich seid ihr keine Monster, natürlich wollen wir keinen weiteren Krieg ...*

»Rosa!«, unterbrach eine Stimme, und Rosa drehte sich dankbar zu der Person um. Es war Jule, groß, schwanger und lächelnd, die in den Raum schritt und Tristan freundschaftlich auf die Schulter klopfte, bevor sie sich auf den Stuhl neben ihm fallen ließ. »Wie schön, dass du noch auf den Beinen bist. Sag mir, wie ergeht es dir? Hat sich John benommen?«

Rosas Zunge fühlte sich immer noch ganz verworren an, aber sie schaffte es irgendwie, eine Antwort zu geben, die nicht zu viel verriet – wollte sie preisgeben, dass John sie an ein Bett gefesselt hatte, oder schlimmer noch, dass sie es *genossen* hatte? – und lenkte dann das Gespräch auf die faszinierenden Dinge, die John ihr bisher rund um den Berg gezeigt hatte, und auf ihre aktuellen Studien über *Aelakesh*.

Jule schien das zu interessieren – ihr eigenes *Aelakesh* war äußerst rudimentär, wie sie zugab, denn sie hatte es hauptsächlich dadurch gelernt, dass sie Grimarr und den anderen Orks beim Sprechen zugehört hatte. Eine Tatsache, die wirklich bedauerlich war, fand Rosa und begann eifrig mit einer detaillierten Erklärung der vielen Vorzüge von *Aelakesh*. Das brachte ihr ein warmes, anerkennendes Lächeln von Tristan ein, der stillschweigend seine Hilfe anbot, wo immer sie gebraucht wurde, und schon bald hatten sie eine sehr vergnügliche Stunde damit verbracht, gemeinsam Redewendungen und Aussprache zu üben und über ihre vielen Fehler zu lachen.

»Eine Sache noch, Rosa«, sagte Jule, als sie sich zögernd erhob, um wieder zu gehen. »Wenn ich fragen darf: Wie steht es um dich und Lord Kaspar Sippola? Ich habe gehört«, ihr dunkler Kopf neigte sich, »dass du für ihn arbeitest?«

Ihre Stimme war vorsichtig, mit einem leichten Tonfall bei dem Wort ›arbeitest‹, und Rosas Herz begann plötzlich zu pochen, und ihr Blick fiel auf den Tisch. Bei allen Göttern, Jule *kannte* Lord Kaspar wahrscheinlich noch aus ihrem früheren

Leben als Lady Norr, und sie konnte es nicht ahnen, sie konnte es nicht wissen, John konnte es *nie und nimmer* herausfinden ...

»Eigentlich arbeite ich nicht *für* Lord Kaspar«, platzte Rosa heraus, ohne nachzudenken. »Er ist der Schutzherr der Bibliothek, in der ich arbeite. Und er ist«, sie zuckte mit den Schultern, »ein wahrer Schweinehund. Er hält sich für einen brillanten Gelehrten, obwohl er in Wirklichkeit nur halbwegs schlau ist und genug Macht hat, um allen anderen in seiner Umgebung die wirkliche Arbeit abzutrotzen und dann die Lorbeeren dafür zu ernten. Während er sich durch ihre Ehefrauen und *Kammerzofen* fickt.«

Ihre Stimme war kühl geworden, seltsam verbittert, und sie war etwas überrascht, als Jule knapp und wissend nickte und die Arme fest vor der Brust verschränkte.

»Kaspar hat sich einem meiner jüngsten Dienstmädchen aufgedrängt«, sagte sie mit brüchiger Stimme. »Als er vor ein paar Jahren mit seinem Vater zu einem diplomatischen Besuch nach Norr Manor kam. Und als sie schwanger wurde, weigerte sich Kaspar, ihr zu helfen oder das Kind als seins anzuerkennen. Ich bin froh, dass du von ihm weg bist, Rosa. Ehrlich gesagt«, sie zog eine Grimasse, »hat die arme Louisa auch etwas Besseres verdient. Sie hat schon viel zu viel von Abschaum wie ihm ertragen müssen.«

Louisa. *Lady Scall*, meinte sie. Und während Rosa das noch verdaute, drehte sich Jule um und ging davon, wobei sie ein unangenehmes Gefühl in ihrem Bauch zurückließ. Es war ihr tatsächlich nicht in den Sinn gekommen, dass Lord Kaspar auch Lady Scall schaden könnte – und obwohl Rosa diese Geschichte von dem Dienstmädchen noch nie gehört hatte, klang sie wie viele der anderen Gerüchte und Warnungen, die sie im Laufe der Jahre über Lord Kaspar gehört hatte.

Plötzlich konnte Rosa den Gedanken daran – den Gedanken an *ihn* – nicht mehr ertragen und erhob sich von ihrem Stuhl, um zum nächsten Regal zu gehen. Wie sich herausstellte, war es das Regal mit all den Büchern, die in

Osadan geschrieben waren, und Rosa fuhr mit ihren Fingern vorsichtig und dankbar über die Einbände. Sie zog den schwachen, vertrauten Duft von Papier und Staub ein, während sie ihren nervösen Herzschlag beruhigen wollte. Lord Kaspar war nicht hier. Sie hatte noch neunzehn Tage …

Die nächste halbe Stunde verbrachte sie damit, ein Buch nach dem anderen herauszuholen und nach ein paar Instruktionen von Tristan die Titel in Johns gut organisierten Hauptkatalog zu übersetzen. Als Nächstes zog sie das Buch mit den Rezepten heraus und betrachtete stirnrunzelnd die Seite mit dem köstlichen Eichhörncheneintopf – dann legte sie es bewusst zurück und zog stattdessen ein anderes heraus.

Das führte dazu, dass sie leise und gesellig am Tisch gegenüber von Tristan arbeitete und alle Schreib- und Bindemittel, die John für sie besorgt hatte, ausgiebig nutzte. Einige davon waren natürlich ziemlich notdürftig und entsprachen nicht den Standards, an die sie gewöhnt war, aber sie blieb geduldig und besaß bald ein halbes Dutzend durchgestochene, linierte und gefaltete Bögen, die sauber und bereit zum Abschreiben waren.

Das Übersetzen selbst machte am meisten Spaß, vor allem wegen der vielen kuriosen – und oft höchst amüsanten – Ausdrücke, die der Orkautor verwendet hatte. Rosa musste Tristan häufig um Hilfe bitten, aber das schien ihm nichts auszumachen, und während der Nachmittag verging, fiel Rosa auf, dass sie wieder einmal richtig *Spaß* hatte. Sie genoss es, in der Bibliothek des Orkgebirges gefangen zu sein, intensive Arbeit für die Orks zu verrichten und sich dabei mit einem freundlichen, gut aussehenden, sanftmütigen Ork zu unterhalten, der vielleicht oder vielleicht auch nicht Johns *Aufmerksamkeit* genossen hatte.

Aber Rosa schaffte es, auch diesen Gedanken zu verdrängen, zusammen mit vielen anderen, ebenso unangenehmen Befürchtungen. Und als John einige Stunden später zurückkehrte, fiel es ihr fast leicht, ihn anzulächeln und sogar eine Hand in seine Taille zu legen.

»Du bist wieder da!«, sagte sie. »Hattest du einen produktiven Nachmittag? Was hast du so gemacht?«

Johns Augen hatten einen ausgesprochen wölfischen Ausdruck und huschten an Rosas Gestalt auf und ab. »Ach, viel«, sagte er abwesend, während seine Hand auf ihrer Schulter ruhte und seine Krallen leicht gegen ihre Haut trommelten. »Was für eine Arbeit hast du gemacht, Liebchen?«

Sein Blick fiel auf den Tisch, seine Stirn legte sich in Falten und Rosa hielt ihm daraufhin einen ihrer neuen Bände entgegen, wobei sie spürte, wie sich ihre Wangen auf unerklärliche Weise erhitzten.

»Nun«, begann sie, »ich weiß, du wolltest das Rezeptbuch und die Reparaturen deiner kaputten Einbände, aber Tristan hat mir geholfen, alle *Osadan*-Bücher zu katalogisieren«, sie warf ihm ein schnelles Lächeln zu, »und danach dachte ich, dass du für den Anfang lieber eine Übersetzung dieses Buches hättest.«

John nahm vorsichtig das Buch in die Hand und blinzelte auf den Titel hinunter, den sie säuberlich an den Anfang geschrieben hatte. *Eine Abhandlung über die gewinnbringende Entbindung von Orklingen.*

»Es ist ein Hebammenhandbuch«, sagte Rosa strahlend, »mit einer Vielzahl von Fallbeispielen. Es behandelt verschiedene manuelle Techniken und pflanzliche Heilmittel, um die Sterblichkeitsrate von Müttern zu senken, obwohl es natürlich«, sie zog eine Grimasse, »hauptsächlich darum geht, mehr Kinder aus einer einzigen Frau herauszuholen. Typisch für männliche Wesen, oder? Es wird aber auch von einer armen Frau in Osada berichtet, die anscheinend insgesamt *sieben* Orklinge geboren hat, kannst du dir das vorstellen? Ich habe diesen Teil noch nicht richtig übersetzt – es wird wahrscheinlich noch ein paar Tage dauern, bis ich so weit bin – aber ich dachte, es sei wichtig, oder?«

Sie merkte zu spät, dass sie plapperte, und hielt sich energisch den Mund zu, während ihr eine unerklärliche Angst durch den Kopf schoss. Was, wenn John die Reparaturen oder das Rezeptbuch lieber gehabt hätte? Was, wenn sie damit zu weit gegangen war, oder töricht oder nutzlos …

Tristan hustete leise vom anderen Ende des Tisches, ein Geräusch, das Johns Blick auf sich zog, die Augen verengt – doch dann konnte Rosa sehen, wie sich seine Kehle verkrampfte und seine Augen zu ihrem Gesicht zurücksprangen. Er sah fast wie betäubt aus. Verwirrt. Verwundert.

»Ich wusste nicht«, begann er und schluckte wieder sichtlich, »dass dieses Buch hier war. In meiner Bibliothek.«

Etwas Warmes stieg in Rosas Bauch auf und sie schenkte ihm noch ein kurzes Lächeln. »Natürlich nicht«, sagte sie. »Wie solltest du auch, wenn du nicht in *Osadan* unterrichtet wurdest? Ich meine, es ist eine furchtbar schwierige Sprache, selbst mit einem guten Lehrer. Ich habe wahrscheinlich drei Jahre gebraucht, um die Konjugationen der Verben richtig zu lernen, und selbst jetzt muss ich noch viel überlegen.«

John schaute sie immer noch an, seine Augen waren fast schmerzhaft wachsam, aber dann senkte er seinen Blick wieder auf ihre Abschrift und blätterte sie vorsichtig mit seiner Klaue durch. Er überflog Rosas saubere, makellose Schrift, die sich Seite über Seite hinzog.

»Wie viele Sprachen«, fragte er mit gleichmäßiger Stimme, »hast du gelernt, Liebchen?«

Rosa zuckte mit den Schultern, obwohl sich ihr Gesicht immer noch heiß anfühlte. »Eigentlich nur drei«, sagte sie. »Gemeinmund, *Osadan* und *Albajan*. Ich kann ein bisschen Kraitisch lesen, aber nicht gut. Und ich nehme an«, sie wühlte in den Papieren auf dem Tisch und schnappte sich ihren Zettel von vorhin, »jetzt lerne ich *Aelakesh*, nicht wahr, Tristan?«

Tristan antwortete mit einem zufriedenen Lächeln, das John nicht sah, da er zu sehr damit beschäftigt war, Rosas Blatt mit der sauberen *Aelakesh*-Schrift zu bestaunen. »Ach«, sagte er mit einem tiefen Ton in der Kehle. »Das ist alles … deins?«

Er warf Tristan einen Blick zu, der anklagend hätte sein können, aber Tristan nickte nur mit einer leicht gewölbten Augenbraue. Daraufhin schluckte John sichtlich, straffte die Schultern und richtete seinen Blick wieder auf Rosa.

»Das ist gut, Liebchen«, sagte er. »Deine Arbeit erfreut mich.«

Die Wärme schien Rosa den ganzen Körper hinauf zu kitzeln, von ihren Füßen bis zu ihrem Gesicht, und sie konnte sich ein weiteres verlegenes Grinsen nicht verkneifen. »Es hat dir wirklich weh getan, das zu sagen, nicht wahr?«, fragte sie freundlich. »Streite es nicht ab, John, du siehst aus, als hättest du gerade ein verdorbenes Eichhörnchen gegessen.«

Tristan am Tisch gab ein ersticktes Geräusch von sich und Johns Mundwinkel zuckten unverkennbar und mit tiefer Befriedigung. »Unverschämte kleine Plage«, sagte er, während seine Hand ihre Wange berührte, kurz und anerkennend. »Nächstes Mal beugst du deinen hübschen Kopf und sagst: *Danke, mein Lord.*«

Rosa konnte sich ein lautes Lachen nicht verkneifen und errötete erneut bei dem aufregenden Wort ›*hübsch*‹. »Das werde ich *nicht*, du hinterhältiger Halunke. Ich weiß genau, wohin das führt.«

»Ach, wirklich?«, fragte er und zog die Brauen hoch. »Dann weißt du ja, dass du das begrüßen wirst, mein hungriges kleines Liebchen, und mich um mehr anflehen wirst.«

Rosas schlaue Erwiderung wurde von der Welle der schieren, atemberaubenden Begierde verschluckt – und natürlich wusste John das und schenkte ihr ein selbstgefälliges, strahlendes Lächeln. »Jetzt komm«, sagte er fest, während er nach der Lampe auf dem Tisch griff. »Du musst essen. Ich werde dir die Küche zeigen, und wenn du dich benimmst, werde ich dich danach vielleicht belohnen.«

Rosa tat ihr Bestes, um sich zu benehmen – wie könnte sie

das nicht, bei einem *solchen* Anreiz – und so blieb sie dicht an Johns Seite, stellte ihm leise ihre Fragen und lächelte höflich, als er ihr eine Reihe von seltsamen und beängstigenden neuen Orks vorstellte. Sie lernte sogar eine weitere reale *Frau* namens Stella kennen, die anscheinend völlig glücklich darüber war, von ihrem Gefährten – einem riesigen Bautul-Ork namens Silfast, der nach Rosas Meinung wahrscheinlich das abscheulichste Lebewesen war, das sie je gesehen hatte – öffentlich bearbeitet zu werden. Trotz allem schaffte Rosa es, ihn mit einem Lächeln zu begrüßen.

»War ich brav genug?«, fragte sie John, als sie endlich wieder auf seinem Bett lagen und sie mit ihren Händen an seiner herrlichen Gestalt auf und ab fuhr. Sie nahm sich sogar die Freiheit, ihm die Tunika auszuziehen, was ihm nichts auszumachen schien, denn er hob nur die Arme über den Kopf und sah sie mit hungrigen, halb geschlossenen Augen an.

»Ach, du warst reizend, Liebchen«, sagte er mit kühler, herrischer Gelassenheit. »Und du hast mir nur sechzehn Fragen gestellt. Zur Belohnung«, er winkte mit einer frechen Hand in Richtung seiner Leistengegend, »darfst du an mir saugen.«

Rosa protestierte und stieß ihn lachend mit den Ellbogen an, und trotz ihrer besten Versuche, sich zu wehren, fand sie sich bald tatsächlich auf den Knien und über ihn gebeugt wieder, um an ihrer Beute zu saugen, während er stöhnte und sich in ihrem Hals aufrichtete.

»Braves Liebchen«, hauchte er danach, ohne jegliche Aufforderung, und seine Wimpern flatterten zur Decke. »Ach, deine Kehle ist so lieblich, kleine Rose.«

Die daraus resultierende Wärme schien Rosa ganz und gar einzuhüllen und hielt nicht nur in dieser Nacht, sondern auch den ganzen nächsten Tag über an. Ein Tag, an dem sie sich bewusst weigerte, an Kriege oder Lord Kaspar zu denken, und sich stattdessen nur auf das Lernen konzentrierte.

Sie lernte *Aelakesh* mit Tristan und Simon und übte die

neuen Laute und Buchstabenformen, bis sie sich in ihrem Gehirn festgesetzt hatten. Sie lernte mehr über Johns Bibliothek – sie übersetzte nicht nur weiter das Hebammenbuch, sondern machte auch Pausen, um die Kataloge auf den neuesten Stand zu bringen, die Regale zu säubern und zu ordnen und einige seiner zerfledderten Einbände zu reparieren. Und sie lernte sogar mehr über Orks, indem sie Tristan und Simon so viele harmlos erscheinende Fragen stellte, wie sie sich traute, Simons schnippische Nicht-Antworten ignorierte und Tristans gründliche, durchdachte Antworten sehr wertschätzte.

Einiges von dem, was sie erfuhr, war zwar nicht überraschend – Orks aßen fast alles, sie brauchten weniger Schlaf als Menschen und hatten eine ähnliche Lebenserwartung –, aber andere Erkenntnisse waren wirklich faszinierend. Orks nahmen ein Gelöbnis sehr ernst. Sie paarten sich oft für den Rest ihres Lebens mit einem anderen Ork oder mit einem Menschen. Ihr Geruchssinn war so weit entwickelt, dass sie sogar bestimmte *Gefühle* riechen konnten. Und jeder Clan hatte seine eigene einzigartige Kultur und Rolle innerhalb des Berges, obwohl ein Großteil ihrer gemeinsamen Geschichte und Fähigkeiten in den ständigen Kriegen verloren gegangen war.

Mehr als einmal verspürte Rosa das zwanghafte Verlangen, John nach seiner Meinung zu fragen, aber John blieb dieses Mal den größten Teil des Tages fern. Eine Tatsache, die an Rosas anhaltender Wärme zu zerren begann – zumindest, bis er schließlich zurückkehrte und sofort quer durch den Raum auf sie zuging. Er ignorierte Tristan und Simon völlig und legte seinen Kopf in ihren Nacken, um langsam und tief einzuatmen.

»Ach, mein kleines Liebchen«, hauchte er. »Hast du heute gute Arbeit für mich geleistet?«

Sein Körper fühlte sich seltsam angespannt an und Rosa schlang ihre Arme um ihn, spreizte die Finger und rieb instinktiv die Spannung weg. »Ich glaube schon«, murmelte sie zurück. »Möchtest du es sehen?«

Das führte dazu, dass sie schüchtern alles vorführte, was sie an diesem Tag gemacht hatte, wie eine hoffnungsvolle Studentin, die es einem strengen Lehrer recht zu machen versucht – aber John schien erfreut und vielleicht sogar überrascht zu sein. Und als er sich plötzlich herunterbeugte und Rosa einen dieser intensiven, köstlichen Küsse gab, taumelte sie vor Erleichterung und Vergnügen und musste sich an ihm festhalten, um nicht umzufallen.

»Darf ich jetzt mitkommen?«, fragte sie ihn verzweifelt hoffnungsvoll. »Ich verdiene doch sicher eine Belohnung für meine harte Arbeit, John-Ka?«

Er antwortete mit einem überraschend nachsichtigen halben Lächeln und kratzte mit seinen Krallen sanft an ihrem Hals. »Ach, das tust du, mein Liebchen. Was würde dich glücklich machen?«

»Ich würde gerne mehr von deinem Berg sehen«, antwortete Rosa prompt. »Und noch einmal das Labor besuchen. Und vielleicht kannst du mir erzählen, was *du* heute gemacht hast.«

Johns Augen waren sofort abweisend, aber er strich ihr mit der Klaue über die Wange und führte sie so zur Tür. »Ich habe viel gearbeitet«, sagte er vage. »Und hatte viele Treffen. Also, weißt du, wie du das Labor finden kannst, ohne dass ich dich führe?«

Die Aufforderung hatte natürlich den gewünschten Effekt: Sie lenkte Rosas Aufmerksamkeit von seinen ständigen Geheimnissen ab und lenkte sie auf die großartige Gelegenheit, das Orkgebirge zu erkunden, mit ihrem nachsichtigen Lord an ihrer Seite. Es dauerte eine Weile, das Labor zu finden, aber es lohnte sich – vor allem, weil John sogar ein kleines Experiment mit ihr durchführte: Er verglich zwei verschiedene Desinfektionslösungen, an denen Marcus gearbeitet hatte, und besprach die Ergebnisse mit ihr.

Als Nächstes beauftragte John sie damit, den Schrein zu finden, was deutlich mehr Mühe kostete, und dann sein Schlafzimmer. Das erwies sich überraschenderweise als unmöglich und führte dazu, dass Rosa mit der Lampe wild von Raum zu Raum flitzte, während John ihr folgte und eindeutig versuchte, nicht zu lachen. »Du genießt das *Leiden* deines Liebchens, du *Halunke*«, keuchte Rosa über ihre Schulter, obwohl auch sie lachte. »Sag mir einfach, wo es ist, du ...«

Doch dann verstummte das Vergnügen mit einem Mal, denn Rosa war zu einem anderen Eingang geeilt, der eigentlich Johns Schlafzimmer hätte sein *sollen*. Aber das war nicht der Fall, es war etwas ganz anderes – und Rosa stand wie erstarrt da, mit großen Augen, ohne zu blinzeln, während sich die Dinge in diesem Raum wie ein Blitz vor ihren Augen auftürmten, eines nach dem anderen, und sich mit überwältigender Kraft einprägten.

Es war ein Raum der *Ausschweifung*. Es waren vielleicht ein Dutzend Orks, alle in verschiedenen Stadien der Entkleidung, die sich alle miteinander vergnügten. Oder besser gesagt, einigen wurde Vergnügen bereitet – wie dem einen, der mit heruntergezogener Hose auf einer Bank lag, während ein anderer Ork zwischen seinen Beinen kniete und seinen Kopf über seine Leistengegend wippen ließ. Oder der nackte Ork, der mit gesenktem Kopf auf Händen und Knien hockte, während ein anderer Ork hinter ihm kniete und mit seinen Hüften laut gegen den nackten Hintern des ersten Orks schlug.

Aber ... dicht hinter ihnen stand ein weiterer nackter Ork, der mit dem Gesicht nach vorn an die Steinwand *gefesselt* war. Um seine Hand- und Fußgelenke waren riesige, teuflisch aussehende Metallmanschetten gelegt, und hinter ihm stand ein anderer Ork – tatsächlich war es *Gary*, der hilfreiche Ork aus der Ka-esh-Schmiede –, der ihm mit einer Klauenhand harte Schläge auf den entblößten Hintern versetzte. Auf der anderen Seite des Raumes war ein weiterer Ork ebenfalls gefesselt, aber hinter ihm stieß ein anderer Ork seine Hüften gegen seinen Hintern, während zwei weitere Orks hungrig zusahen und sich ihre Hosen sichtlich spannten. Fast so ... *als würden sie darauf warten, dass sie an der Reihe waren.*

Und am schockierendsten – oder fesselndsten – war der nackte Ork, der vor dem kleinen, knisternden Feuer kniete, die Augen auf das Licht gerichtet. Seine Hände waren auf dem Rücken gefesselt, und in seinem Mund schien eine Art Knebel zu stecken, und da ragte etwas aus seinem nackten Hintern heraus. Und um seinen Hals trug er einen dicken Metallring, der – so dämmerte es Rosa – dem Stück sehr ähnlich sah, das Gary ihr in der Ka-esh-Schmiede gezeigt hatte. Das Schmuckstück, das er *Kraga* genannt hatte und das sie für eine schöne, harmlose *Halskette* gehalten hatte. An der *Kraga* des knienden Orks war eine schwere Kette befestigt, und diese Kette wurde von ... *Aaron* aus dem *Labor* gehalten. Er stand ruhig und vollständig bekleidet hinter dem knienden Ork, mit einer dünnen *Rute* aus Holz in der Hand.

Und während Rosa so starrte, dass ihr das Herz aus der Brust zu springen drohte, schlug Aaron mit der Rute auf den entblößten Arsch des Orks, sodass dieser zusammenzuckte und stöhnte und gegen seine Fesseln ankämpfte – und dann schoss ein anhaltender weißer Strahl aus seiner Leiste und spritzte weit vor ihm in das Feuer.

Bei allen *Göttern*. Rosa hatte ein halbes Leben damit verbracht, die verborgenen Abgründe der männlichen Begierde kennenzulernen – und doch war da nur purer Unglaube, der scharf und kraftvoll durch ihr ganzes Wesen hallte. Orks taten solche Dinge? *Genossen* solche Dinge? Und sicher ... sicher *wusste* John das?!

Irgendwie warf sie einen verzweifelten, anklagenden Blick über die Schulter zu John und stellte fest, dass er genauso erstarrt war wie sie. Seine Augen und sein Körper waren gefangen, ergriffen und – Rosas weite Augen wanderten nach unten, zu seiner sichtlich gespannten Leiste – *verraten*. John wollte diese Dinge. Er ... *mochte* diese Dinge?!

Jetzt kochten die Erinnerungen hoch und bohrten sich in Rosas aufgewühlten, schreienden Körper. »Dir«, stammelte sie und taumelte ein paar Schritte weiter in den Gang hinein. »Dir *gefällt* das. Oder nicht? Götter, John, du hast mich gestern an ein Bett *gefesselt*. Du ... hast mir gedroht, mich zu *b-bestrafen*. Du willst, dass ich dir *gehorche*.«

Und plötzlich war das Spiel vorbei, diese fröhliche, unschuldige Scharade, die sie als Lord und sein Liebchen gespielt hatten. Und es war eine Scharade gewesen, natürlich war es das, Rosa war eine Spionin, sie hatte noch achtzehn Tage Zeit, um eine Gräueltat zu finden, für die es sich lohnte, einen *Krieg* zu beginnen, und warte, *warte* ...

»Du weißt, dass ich niemals etwas tun würde, was dir wirklich schaden könnte, Frau«, mischte sich Johns raue Stimme ein, flach und kalt. »Menschen können nicht so heilen oder Schmerzen ertragen wie Orks. Und die meisten Menschen sind nicht dazu erzogen worden, Schmerz und Angst, Macht und Vergnügen zu vereinen, so wie wir es getan haben.«

Wie wir es getan haben. Wie er es getan hatte? Rosas Entsetzen stieg wieder an und sie starrte auf sein Gesicht, auf die Bitterkeit, die in seinen Augen glitzerte. »Ihr alle?«, brachte sie hervor. »Alle Orks in diesem *Berg*?!«

Und ja, ja, vielleicht war *das* die kriegswürdige Gräueltat, die Gräueltat, die sie von den Dächern schreien musste. Die Orks zwangen sich gegenseitig, sie schlugen sich, sie fesselten sich an Mauern und kamen dann *abwechselnd* dran ...

»Nicht alle Orks wollen das oder finden Gefallen daran«, entgegnete John, dessen Stimme merklich angespannt war. »Vielleicht ist es bei den Ka-esh tiefer verwurzelt als bei den anderen Clans, aber selbst bei uns begrüßen viele das nicht. Ach, Tristan würde weinen, wenn ich nur ...«

Rosas Herz schlug mit erschütternder Kraft, ihre Beine schwankten heftig und Johns Hände schossen hervor, um sie zu beruhigen, auch wenn sein Gesicht eine Grimasse zog und er die Augen zusammenkniff. Offensichtlich hatte er nicht vor, eine so verdammt wichtige Tatsache mitzuteilen, und zwischen Rosas Schock und Wut mischte sich ein starker, qualvoller *Schmerz*.

»*Das* ist also der Grund, warum du nicht mit Tristan gepaart bist«, sagte sie brüchig. »Weil er nicht die gleichen *Vorlieben* hat wie du. Denn sonst wärst du es wohl, nicht wahr?«

Johns Augen flatterten wieder auf, seine Augenbrauen zogen sich zusammen, aber er leugnete es nicht – also fuhr Rosa fort, jedes Wort eine beißende, elende Wahrheit. »Du musst dich nicht verstellen, John. Ich meine, natürlich magst du ihn, wie solltest du auch nicht, er ist wirklich sehr nett und ...«

Sie konnte nicht zu Ende sprechen, ihre Stimme blieb in ihrer zugeschnürten Kehle stecken – zumindest, bis eine weitere Erkenntnis, die noch schlimmer war als die erste, ihr ins Gesicht zu schlagen drohte. »Und als du sagtest«, würgte sie es heraus, »dass du eine große, kräftige Frau willst ... war das der Grund, nicht wahr? Damit sie mit all den Dingen umgehen kann, die du ihr antun willst?!«

Johns Hände umklammerten Rosas Arme noch immer so fest, dass es fast schmerzhaft war, und er knurrte tief in seiner Kehle. »Hör mir zu, Frau«, zischte er. »Ich mag Tristan, vielleicht mehr als jeden anderen Ork, der noch lebt. Aber ich werde nie versuchen, ihn als Gefährten zu gewinnen, und ich habe ihn seit vielen Monden nicht mehr berührt. Nicht nur, weil wir nicht die gleichen Freuden suchen, sondern«, er zog wieder eine Grimasse, »auch, weil er und Salvi ihre Angelegenheiten noch nicht geregelt haben.«

Oh. Rosa dachte an Salvi, der Tristan getröstet hatte, und an Tristan, der ihn weggestoßen hatte – bis John wieder knurrte und bedrohlich über ihr aufragte. »Und mein Wunsch nach einer gesunden, herzlichen Frau kommt nur von meinem lebenslangen Wunsch, einen Sohn zu haben. Und mein

Wunsch, die Mutter meines Sohnes bei seiner Geburt nicht zu *ermorden!*«

Oh. John … John gab das endlich zu, jetzt. Ein *lebenslanger Wunsch*. Und als Rosa ihn anblinzelte, um das zu verdauen, schnellte seine Hand hoch und griff nach ihrem Kinn, um es ein wenig zu schütteln, während ein hartes, spöttisches Lachen aus seiner Kehle drang.

»Ach, und du glaubst wirklich, kleines *Liebchen*«, sagte er spöttisch, »dass du nicht ertragen könntest, was ich dir noch antun will? Du hast mich schon vollständig in deine kleine Kehle und deinen kleinen Schoß genommen. Du hast mir bereits erlaubt, dich zu fesseln und mit meiner *Klaue* zu durchbohren. Könntest du dann nicht eine kleine Bestrafung ertragen, wenn du mir missfällst? Könntest du nicht eine hübsche kleine *Kraga* an deinem kleinen Hals tragen? Könntest du mich nicht vor meiner Sippe aussaugen und ihnen deine tiefe kleine Kehle vorführen? Könntest du mich nicht«, er trat näher, seine Augen verächtlich, böse, »an dem einen Ort in dir willkommen heißen, den ich noch nicht eingenommen habe? Den Ort, an dem ich *diesen Mann* noch rieche?«

Oh, *verdammt*. John hatte das alles nicht gesagt, das hatte er *nicht*, und Rosas Bauch konnte nicht so erhitzt sein, ihr Atem kam in noch kürzeren, verzweifelten kleinen Zügen. *Eine kleine Bestrafung. Eine hübsche kleine Kraga. Vor meiner Sippe aussaugen. Mich an dem Ort willkommen heißen, an dem ich diesen Mann noch riechen kann …*

Rosas Herz klopfte wie wild, ihr Blick war auf sein Gesicht gerichtet, auf die bittere, höhnische Wut in seinen glitzernden Augen. Er forderte sie heraus, trieb sie an, vielleicht verspottete er sie sogar. Er war ein harter Ork, ein kalter Ork, egoistisch, grausam, er hatte sie belogen, was das verdammte Band anging, und jetzt auch noch, dass seine scheinbar zivilisierten und intellektuellen Ka-esh-Brüder eine geheime Höhle der *Ausschweifung* hatten. Dass er sie anscheinend bestrafen, markieren und zur Schau stellen wollte und …

Rosas Mund war knochentrocken, ihre Kehle schnürte sich zu, und mochte er verflucht sein, er *sah* es, er *wusste* es. Er kam näher, sein heißer, süßer Duft lag in der Luft, und das Verlangen in seinem Gesicht war so stark, so bösartig, so atemberaubend verlockend ...

»Spiel mir nichts vor, mein kleines Liebchen«, säuselte er. »Du wünschst dir heute Nacht nichts sehnlicher, als dass ich dich in mein Bett trage, dich bestrafe, wie du es verdienst, und dann dein hübsches, rotes Hinterteil ficke. Ach?«

Rosas erwiderndes Keuchen war laut und selbst für ihre eigenen Ohren schockierend, und im Gegenzug lachte John nur, wobei die Heiterkeit in seinen Augen kurz, aber wahrhaftig aufflackerte. »Ach, mein kleines Liebchen ist genauso verdorben wie ihr Ork«, zischte er mit kühler Genugtuung. »Du gibst solche Dinge nur nicht gerne zu, ach? Du willst, dass ich derjenige bin, der dir befiehlt und dir Angst macht, damit es nicht deine Wahrheit ist, die du ertragen musst?«

Und verdammt mochte er sein, denn Rosa brachte kein einziges Wort hervor, um es zu leugnen, so ein gerissener Mistkerl! Und als er ihr Gesicht weiter nach oben neigte und seine Krallen an ihrem Hals tanzten, war es, als würde er mit ihr spielen, sie betören und sie von all den Dingen ablenken, auf die sie sich eigentlich konzentrieren sollte. Sie war nicht hier, um seine Sprache zu lernen, ihm in seiner Bibliothek zu helfen oder seine verdorbenen, unverschämten Forderungen zu erfüllen. Sie war hier, um nach Gräueltaten zu suchen. Sie sollte helfen, einen Krieg zu beginnen. Sie war eine *Spionin* ...

Und doch schluckte Rosa. Holte tief Luft. Blickte mit rücksichtslosem, zwanghaftem, verzweifelt treibendem Verlangen in diese gefährlichen, glitzernden Augen ...

»Nun gut, mein Lord«, flüsterte sie. »Bitte, befiehl es mir.«

23

Rosas Worte waren ein Verrat. Ein weiterer Verrat in einer immer länger werdenden Reihe, die ihr von diesem verdammten, hinterhältigen, *degenerierten* Ork abgerungen wurde.

Aber sie nahm sie nicht zurück. Sie schaute nicht weg. Und John schaute auch nicht weg, sein Blick war finster und zielstrebig, sein Körper groß und aggressiv, seine schwarze Zunge schoss heraus und leckte langsam über seine Lippen ...

Doch dann drehte er den Kopf zur Seite, kniff die Augen zusammen und Rosa konnte sehen, wie sich die Spannung in seinen Schultern und in seinem Gesicht abzeichnete. Er blockte sie ab, als ob er sagen wollte, dass er vielleicht doch nichts davon tun würde, und Rosas Enttäuschung flammte mit irrationaler, unerklärlicher Kraft auf.

»Was?«, keuchte sie atemlos, während ihre Hand die harte Oberfläche seines Körpers über seiner Tunika hinaufglitt und streichelte. »Warum nicht, mein Lord.«

Johns Mund verzog sich zu einer Grimasse, seine Brust füllte und entleerte sich, schwer gegen ihre Hand. »Ich bin«, sagte er zwischen zwei Atemzügen, »ein *Ork*. Ich kann«, er holte tief Luft, »deine *Angst*, bei dem hier, schmecken.«

Sein Blick fiel auf die nahegelegene Vergnügungshöhle, aus der gerade verschiedene, verräterische Klatschgeräusche und ein rauer, erstickter Schrei ertönten. Und während Rosas Schock immer noch irgendwo in ihrem Schädel herumschwirrte, war das aufsteigende Begehren noch stärker. John wollte sie *bestrafen*, er wollte sie nehmen und ...

Und es war Wahnsinn, es war reine *Selbstaufopferung*, aber anstatt zu flehen, zu argumentieren oder gar zu versuchen, ihn umzustimmen, streckte Rosa ihm – irgendwie – die *Zunge* entgegen. Und dann stach sie ihm zur Sicherheit noch mit dem Finger in die Brust.

»Weil *du* ... du abscheulicher Halunke«, schnauzte sie, ihre Stimme war nicht ganz gleichmäßig, »mich wieder einmal nicht *gewarnt* hast. Du hast nicht daran gedacht, zu erwähnen: Übrigens, albernes Liebchen, wir Ka-esh mögen es *sehr* grob und du könntest hier in unserem Flügel einige Dinge sehen«, sie pikste ihn erneut, »die dir die Haare zu Berge stehen lassen könnten. Aber neeeiiin, du zeigst mir nur Mediziner und Gelehrte und *Bibliotheken*, denn du bist wie immer ein berechnendes, manipulatives *Ungetüm*, das so tun will, als wäre es zahm, rational und gebildet, obwohl du es nicht bist!«

Und oh, da war die Wut, die schwach, aber sicher in den blinzelnden Augen aufflammte und etwas verdrängte, das fast Erleichterung hätte sein können. »Im Gegensatz zu dir, du törichtes Liebchen«, sagte er mit kalter Stimme, »bin ich sowohl *rational* als auch *gebildet*. Meine Entscheidung, mit dir nicht über solche Dinge zu sprechen, zeigt sich als weise, denn du brüllst und schlägst um dich und attackierst mich, wie ein schmollender, schlecht erzogener Orkling.«

Brüllen und um sich schlagen? Wie ein schmollender *Orkling*?! Rosas kurzer, überwältigender Drang zu lachen wurde von echter Empörung unterdrückt, und sie stieß ihm erneut gegen die Brust. »Ich«, sagte sie, »*brülle* nicht. Oder *schlage* um mich. Oder *attackiere*.«

Aber da war das Grinsen, das Rosas Herz zum Stocken

brachte. Scharfzahnig, spitzbübisch und *unbarmherzig* zog es über seine köstlich geschwungenen Lippen. »Das tust du, du törichtes Liebchen«, antwortete er, »und das wirst du bald noch mehr.«

Mit diesen Worten stürzte er vorwärts, so schnell, dass Rosa ihn kaum wahrnahm – und dann wurde sie gewaltsam ergriffen, gepackt und über Johns breite *Schulter* geschleudert. Ihr Kopf hing an seinem Rücken herunter, ihre Beine stießen verspätet gegen seine Vorderseite, gegen die harte, kraftvolle Umklammerung seines Arms an ihren Schenkeln.

»Um sich schlagend«, sagte er unfassbar lässig, während er mit der Lampe in der Hand den Gang entlang schritt und Rosas Tritte und Protestschreie völlig ignorierte. »Brüllend. Attackierend. Du bist zu einfach, mein Liebchen.«

»Das bin ich nicht«, schoss Rosa zurück, deren Stimme seltsam nasal klang, weil sie verkehrt herum hing, »*einfach!*«

John lachte daraufhin laut, tief und herzhaft, und als Gegenmaßnahme versuchte sie, nach seinem Hintern zu schlagen, der verdammt nah an ihrem Gesicht war – aber das brachte ihn nur dazu, sie näher an sich heranzuziehen und durch ihre zu kurze Tunika an ihren Hintern zu packen.

»Törichtes Liebchen«, sagte er, während seine Hand ihren Hintern zielstrebig umfasste und dann – o Götter – begann, ihre Tunika nach oben zu schieben. »Willst du, dass ich jetzt mit deiner Bestrafung beginne? Wo doch jeder meiner Sippe, der vorbeikommt, es sehen könnte?«

»Nein!«, wimmerte Rosa, während sie weiter nach ihm schlug und ihre Anstrengungen zur Flucht verstärkte. »Nein, bitte, mein Lord!«

Diesmal hörte sie ihn nicht lachen, sondern spürte, wie seine Schultern unter ihr zitterten und sich ihre Wärme mit der Empörung, der Demütigung und dem verdammten Verlangen vermischte. Und als John in ein anderes Zimmer schritt – *endlich* in sein Zimmer – durchfuhr Rosas Erleichterung sie und kribbelte in ihren Händen und Füßen.

Selbst als John sie in sein Bett zerrte und sie dann – sie schrie auf – auf ihre Hände und Knie in die weichen Felle drückte, während er sich dicht und stark und bedrohlich hinter sie kniete.

»Wenn du gegen mich kämpfst, Liebchen«, sagte er mit tödlich sanfter Stimme, »wirst du lernen, wo dein Platz ist. Du wirst lernen«, seine Hand zog langsam und bedächtig ihre Tunika hoch, »dich deinem Lord zu unterwerfen. Mir zu gefallen.«

Oh, verdammt, er hatte Rosas nackten Hintern freigelegt und zog ihr jetzt die Tunika komplett aus, seine Finger waren schnell und geschickt. Dann wanderten sie ihren Rücken hinunter, bis seine Krallen leicht an ihrer Arschbacke kitzelten und wilde Bögen funkelnder, sprühender Lust entfachten.

»Das werde ich nicht tun«, fauchte Rosa ihn an, *stachelte* ihn an und die Worte nahmen ihr fast jeden Rest an Entschlossenheit. »Du verdammter Mistkerl.«

Johns leises, triumphierendes Lachen ließ noch mehr Hitze in ihr aufsteigen, und die Vorfreude kribbelte heftig unter ihrer entblößten, verletzlichen Haut. Und dann zog sich seine Hand sanft zurück und ließ sie zitternd, keuchend, unberührt, wartend zurück und *bitte* ...

Sein Schlag war sanft, vorsichtig, gezielt – aber immer noch ein vernichtendes Schmettern, das alles andere in seiner schieren, bewusstseinsverändernden Kraft auslöschte. Sein heiseres, heißes Lachen ließ Rosas ganzen Körper erbeben, so stark, dass sie es kaum noch hören konnte.

»Du wünschst, unterrichtet zu werden, kleines Liebchen«, raunte er, während seine immer noch zitternde Hand sanft zurückwich – und dann in einem weiteren erdumdrehenden Schlag landete, diesmal nur eine Nuance härter. »Du willst von deinem Lord an die Hand genommen werden. Von einem *Ork*.«

Rosas zitternde Gestalt rollte sich leicht zusammen, fast so, als wolle sie sich vor der demütigenden Macht dieser Aussage verstecken – doch plötzlich griffen beide Hände nach ihrem

Hintern, hoben ihn wieder hoch und streckten ihn aus, und dann – Rosa stöhnte laut auf – schoben sie ihre nackten Schenkel auseinander. Sie präsentierte ihm viel mehr als zuvor, entblößte die gesamte Falte, all ihre verborgensten Stellen, freigelegt und offen für die Bestrafung eines Orks.

Das machte seinen nächsten Schlag noch kraftvoller, noch gefährlicher, auch wenn er immer noch sanft und vorsichtig war. Selbst als – Rosa wölbte sich und stöhnte – die Hand dieses Mal verweilte und ihre Klaue den ganzen Weg über ihre Falte zog, bevor sie sich zurückzog und erneut zuschlug, o *Hölle*.

»Hast du deine Lektion gelernt, Liebchen?«, erklang seine spöttische Stimme, als er erneut über ihre erniedrigende, so weiche und geschützte Haut strich. »Wirst du dir mehr Mühe geben, deinem Lord zu gefallen?«

Das brachte zumindest einen Anflug von echtem Zorn hervor, auch wenn er unter der immer noch aufflammenden Lust dieser einzelnen, gezielt geführten Klaue weit entfernt und verkümmert war. »Ich habe versucht, dir zu gefallen«, keuchte sie und warf einen Blick über die Schulter zu ihm – was ein großer Fehler war, denn so wie er *aussah*, mit seinen dunklen und zugleich tödlich leuchtenden Augen, dem geöffneten Mund und den unverkennbar geröteten Wangen.

»Ich, ähm«, sie musste nach Luft schnappen, aber sie konnte den Blick nicht abwenden, selbst als seine Augen wieder spöttisch und herausfordernd wurden. »Ich habe tagelang für dich gearbeitet. Ich habe eine Reihe von ungerechtfertigten *Unverschämtheiten* von dir erduldet. Und«, wo waren die Worte, die Luft, »*ég er að læra Aelakesh*, John-Ka.«

Das war einer der dummen Sätze, um die sie Tristan gebeten hatte – *Ich lerne Aelakesh* – aber bei allen Göttern, allein der Blick in Johns Augen war es wert gewesen. Echtes Erstaunen, dann Unglauben und dann – *Verlangen, Hunger*. Reines, starkes, loderndes Verlangen, das vor blanker, mächtiger Sehnsucht strotzte.

Und dann versohlte er sie *wieder*. Sein Gesicht war wieder
völlig ausdruckslos und verriet, dass sie sich zu weit aus dem
Fenster gelehnt hatte – aber wenn sie sich so entblößte, wenn
sie einen verdammt hinterhältigen Ork dazu brachte, sie wie
einen schmollenden Orkling zu versohlen, dann konnte er
ruhig zugeben, dass es ihn erregte, wenn sie seine verdammte
Sprache sprach.

»*Ég fíla Aelakesh*«, keuchte Rosa und formte die ihr
unbekannten Worte so sorgfältig wie möglich. »*Ég fíla ... John-
Ka.*«

Ich mag Aelakesh. Ich mag ... John.

Seine Augen hatten sich geweitet, seine Nasenlöcher
blähten sich und Rosa entging nicht der berauschende,
köstliche Anblick seiner freien Hand, die kurz über seine prall
gefüllte Hose strich. Auf der – Rosa schluckte hart – ein
sichtbarer, wachsender Streifen Nässe auf der Vorderseite zu
sehen war.

»*Ég fíla á þér typpið*«, hauchte John, seine Augen brannten
auf ihren, seine Lippen bewegten sich kaum. »Du magst
meinen Schwanz. Sag das.«

Rosa musste sich über die Lippen lecken, den Atem
einsaugen, ihr Blick huschte verzweifelt zwischen seinen
Augen und seinem Unterleib hin und her. »*Ég fíla*«, sagte sie so
deutlich, wie sie konnte, »*á þér typpið*, John-Ka.«

Johns Stöhnen kam reflexartig, kehlig, und der Klang ließ
Rosas nackten Körper sich wild zusammenkrampfen und
zucken. Sie musste ihre zitternden Glieder zwingen, an Ort
und Stelle zu bleiben, und spürte, wie sich ein feuchtes Rinnsal
von ihrer geschwollenen Leiste ihren Oberschenkel hinab
stahl.

»*Ég er*«, sagte Johns erstickte Stimme, seine glitzernden
Augen starrten auf den Anblick, »*svo blaut*. So nass.«

Rosa kämpfte um Luft, um einen bewussten *Gedanken*, über
dem dröhnenden Schrei ihres Herzschlags. »*Ég er svo blaut*,
John-Ka.«

Sein Stöhnen klang dieses Mal gefährlich nah an einem Schrei, seine Augen fielen zu. »*Refsaðu mér*«, zischte er, und seine Hand auf Rosas Hintern zog sich zurück – und schlug erneut darauf, diesmal hart genug, um zu schmerzen. »*Refsaðu mér.*«

Das Verständnis schoss durch Rosa, die gegen die wütende, rasende Lust ankämpfte. »*Refsaðu mér*, John-Ka«, hauchte sie, während ihr nackter Hintern sich ihm entgegenzustemmen schien, sich ihm entgegenstreckte und ihn anflehte. »*Refsaðu mér!*«

Sein antwortender Klaps war fast schmerzhaft, aber er war alles, *alles*, sogar die Art und Weise, wie er glitt, als er landete, und dann nach unten rutschte, um gegen ihre geschwollene, krampfende, geöffnete Hitze zu drücken. Sie würgte und keuchte und wurde noch wilder, als er seine zitternden Finger an seine Nase führte und *einatmete*.

»Götter«, keuchte Rosa, ohne es zu wollen, ihre Wimpern flatterten wie wild und ihr Körper drängte sich ihm wieder entgegen. »Scheiße. *Ég er svo blaut*, John-Ka.«

Seine ganze Gestalt erstarrte sichtlich, seine Hand schwebte vor seinem Mund, seine Augen waren schwärzer, als Rosa sie je gesehen hatte – und plötzlich fielen seine Hände zu seiner gespannten, nassen Leiste und holten seinen Schwanz heraus. Er war riesig, geädert, glitzernd und tropfte in einem dicken Strahl aus glänzendem, saftigem Weiß.

Rosa schluchzte fast bei diesem Anblick, denn sein massiver Schwanz vibrierte hart gegen seine kralligen Fingerspitzen – und dann schluchzte sie noch einmal, als seine Hand hochschnellte und das dicke Weiße in seiner Handfläche auffing. Dann bestrich er sich selbst mit dem glitschigen Glanz und der Anblick war fast zu mächtig für Rosas blinzelnde, starre Augen. Und dann – sie schrie lange und laut auf – hob er seine immer noch triefende Hand und rieb die Nässe tief und zielgerichtet zwischen ihren gespreizten Arschbacken.

Und Götter, er hatte gesagt, dass er das wollte, und jetzt, wo es geschah – geschah es denn wirklich? –, tobten und schrien die Angst, die Vorfreude und das schiere *Verlangen* gleichzeitig in ihr. Sie brauchte es, sie sehnte sich danach, wie konnte sie das nur tun, verdammt, sie musste es tun.

»Wie sagt man«, keuchte sie ihn an, »fick mich.«

Und verdammt mochte dieser Mistkerl sein, denn er lachte tatsächlich, heiser, echt, gequält. »*Ríddu mér*«, hauchte er, als er sich erhob und hinter sie kniete. Sein Körper war so heiß, so nah, und Rosa stieß einen rauen, hohen Schrei aus, als die glatte, weiche Härte zwischen ihre geteilten Backen glitt und an die Stelle stieß, an der sie sein sollte – und nicht sein durfte. Und er war *riesig* und Rosa war es nicht, und sie holte immer wieder Luft und kämpfte gegen die brodelnde Panik an.

»Atme, mein Liebchen«, sagte John mit rauer Stimme und fuhr mit seiner Hand an ihrem Körper auf und ab. »*Andaðu, hjartað mitt*. So bist du schon einmal gefickt worden. Ach?«

Schon bei diesen Worten lief es Rosa eiskalt den Rücken hinauf, und sie nickte heftig. »Ach«, würgte sie hervor. »Ich meine, ja, aber du bist so viel *größer*, John-Ka.«

Es klang wie ein Flehen, aber beide Hände von John streichelten jetzt ihre zitternden Seiten, groß, warm und gekonnt. »Ich werde aber auch sanfter sein«, sagte er leise, »und feuchter. Und ich werde beim ersten Anzeichen von echtem Schmerz aufhören. Du wirst deinem Lord Bescheid sagen, mein Liebchen. Ach?«

Rosa nickte wieder, ja, *ja*, und die streichelnden Hände glitten hinunter zu ihren Arschbacken und spreizten sie sanft auseinander. So öffnete sie sich noch mehr für ihn, für seinen glatten, glitschigen Schwanz, und sie spürte, wie noch mehr heiße Flüssigkeit aus ihm herausströmte, sie überzog und vielleicht sogar in sie eindrang ...

»Und *du* sollst diejenige sein, die *mich* zuerst nimmt«, murmelte er. »So wie wir es mit deiner Kehle gemacht haben. Du sollst mich in dich einführen, bis du voll bist. Ach?«

Das war unglaublich erregend und gleichzeitig zutiefst

beruhigend, und Rosas völlig verwirrter Verstand hielt sich daran fest, während sie schwer atmete und versuchte, sich gegen sein leise drückendes Gewicht zu entspannen. Sie wollte einfach nur spüren, wie er da war, noch nicht drängte, sondern nur gegen sie vibrierte und mehr von dieser glitschigen, zähflüssigen Hitze in ihren engen, widerstrebenden Eingang ergoss.

Verdammt, das fühlte sich gut an, selbst jetzt schon. Die riesige, tropfnasse Kuppe eines Orks stieß gegen sie, küsste sie und versuchte, sie zu öffnen. Er wollte ihre dunkelsten, geheimsten Stellen erforschen, sie vollständig zu seinem Eigentum machen, und als Rosa etwas näher kam, spürte sie, wie er wieder aufflammte und seine Lust aussprach ...

»Würdest du«, hörte sie ihre Stimme flüstern, als sie noch näher rückte und spürte, wie er sie noch weiter öffnete, »mit mir sprechen, mein Lord? Bitte?«

Die Härte an ihrem Körper erbebte erneut, und es fühlte sich so *gut* an, und Rosa spürte, wie sich ihr widerstrebender Körper noch ein wenig mehr öffnete und sein Eindringen willkommen hieß – und dann, oh, ihr Götter, begann John zu sprechen.

»*Þú ert svo falleg, hjartað mitt*«, keuchte er. »*Ég elska hvernig þú lætur mér líða.*«

Die Worte rollten so leicht aus seinem Mund, sanft und leise und zweifellos voller schmutziger Dinge, und Rosa spürte, wie sie sich krümmte und stöhnte vor Sehnsucht, vor Verlangen, vor dem schreienden Bedürfnis, diesen Ork zu haben, ihn zu nehmen, seine Kraft in sich zu spüren. Um die Anerkennung ihres Lords zu bekommen, sein Vertrauen zu gewinnen, sich für ihn zu öffnen, ihm zu zeigen, wie sehr sie ihn brauchte ...

»*Ég fíla á þér typpið*, John-Ka«, hauchte sie, als sie spürte, wie sie sich ein wenig mehr entspannte und weiter nach hinten sank. Sie konnte nun sein volles Gewicht spüren, was bedeutete, dass er tatsächlich *in ihr* versank, und ihr Stöhnen schien sich gemeinsam zu steigern, während Johns Hände ihren Hintern fest umklammerten und sein rauer Atem über ihre Haut strich.

»Nochmal«, flüsterte er und seine Stimme wurde brüchig. »Mehr, Liebchen.«

Rosa sagte es noch einmal und sank weiter zurück, verschlang ihn noch tiefer in sich und spürte dieses Mal das leichte Brennen des Schmerzes. Aber der konstante Impuls der seidenen Flüssigkeit schien zu helfen, ebenso wie seine Geduld mit ihr, die Art und Weise, wie er sich nicht bewegte, sondern sie nur mit diesen Händen streichelte und wartete. Ein verstohlener Blick zurück zeigte ihr, dass auch er sie beobachtete, seinen dunklen Kopf gebeugt, mit über die Schulter fallendem Zopf, seine glitzernden Augen auf den Anblick seines riesigen Schwanzes gerichtet, der irgendwie halb in ihr vergraben war.

Rosas Stöhnen ließ seinen Blick zu ihr aufsteigen, sein Mund öffnete sich und seine Zunge strich langsam über die Lippen. Er zeigte ihr, dass ihm das gefiel, dass *sie* ihm gefiel, und während sie zusah, glitt er mit seiner Hand an ihrer Seite hinauf, bis er ihren Nacken erreicht hatte, und umspielte ihn zärtlich und anerkennend.

»Du bist ein braves kleines Liebchen«, sagte er mit brüchiger Stimme, als sie sich noch ein bisschen weiter nach hinten drückte und ihn noch tiefer nahm. »Das gefällt mir.«

Und oh, es war gut ... diese Wahrheit in seiner Stimme, das begleitende Zittern seines Schwanzes so tief in ihr. Das brachte Rosas Körper dazu, ebenfalls zu zittern, ein strammes, rhythmisches Zusammenpressen, das seine Augen zurückrollen ließ, während seine Härte in ihr noch voller wurde, noch tiefer sank, *verdammt*.

Und Rosa tat es, sie spießte sich auf einen Ork auf, sie brauchte alles von ihm, *jetzt* – und sie stieß zurück, hart, bis zum Anschlag. Sie schrie auf, als er voll und ganz in ihr versank, sein

Unterleib presste sich eng an ihre Arschbacken, seine prallen Eier schmiegten sich dicht an ihre triefende, feuchte Hitze. Während er hinter ihr *brüllte*, kreisten seine Hüften bereits und bewegten Rosas ganzen Körper mit ihm. Das bedeutete, dass sie jetzt wahrhaftig in der Falle saß, aufgespießt, festgenagelt auf einem Ork, und die ganze Welt donnerte um sie herum, schrie und flackerte weiß und wild hinter ihren Augen.

»*Ríddu mér*«, keuchte sie ihm entgegen. »*Ríddu mér*, mein Lord, bitte!«

Sein Stöhnen war heftig, brüchig, so verzweifelt wie sie sich fühlte, und seine Hüften kreisten wieder, tödlich stark, und bewegten sie komplett mit. Mit einem Mal wurde ihr klar, dass er gar nicht stoßen würde, es war zu eng, zu gefährlich – aber in diesem Moment war Rosa das egal, sie wollte seine verfluchte, kalkulierte Sanftheit nicht, und sie kämpfte darum, sich von ihm loszureißen, um die herrliche Qual ihres Lords zu spüren, wenn er sie auseinanderzog und sie mit dem gewaltigen Stoß seines Schwanzes neu formte.

Johns Knurren fühlte sich diesmal animalisch an, sein riesiger Körper vibrierte geradezu, als er Rosa noch fester an sich drückte – und dann, ohne Vorwarnung, rollte er sich zurück. Er ließ sich auf den Rücken fallen und zog Rosa auf sich, wobei er sie in seine Arme schloss, sodass sie sich kaum noch bewegen konnte. Ihr einziger Ausweg war, ihren Hintern an ihm zu reiben, wo sie seine sich nach oben drängenden Hüften traf, während sein riesiger Schwanz nur leicht in ihr kreiste. Er hielt sie in Sicherheit, machte sie zu der Seinen, stöhnte *Aelakesh* in ihr Ohr, während seine Hand nach unten glitt und einmal über ihre tropfnasse Hitze strich.

Rosas Erlösung brach mit einem Schrei aus ihr heraus, mit der wütenden, brennenden Euphorie ihres gefangenen Körpers, der sich immer und immer wieder um den wunderschönen Schwanz ihres Lords festkrallte, seine Kraft anbetete und seine Lust auswrang. Sie brauchte mehr, sehnte sich nach mehr, so sehr, dass es wehtat, und sie fühlte, wie die Ekstase zuckte und knackte und aufflammte.

Und dann *explodierte* John in ihr. Seine eindringende Kraft spritzte so stark heraus, dass Rosa spürte, wie sie an ihr rüttelte, sie überflutete, sie mit einem Strom nach dem anderen von heißem, quellendem Orksamen badete. Unter ihr wölbte sein heißer, kraftvoller Körper sie beide gen Himmel, ein Heulen erklang aus seinem Mund, seine Krallen kratzten scharf und tief an ihrem Bauch und sie war völlig und endgültig verloren.

Als er sich schließlich wieder entspannte und auf das Bett sank, war es, als würde die ganze Spannung aus Rosas Körper entweichen und sie schlaff, zitternd und klebrig zurücklassen. Immer noch auf einem Ork gefangen, lag sie auf dem Rücken auf ihm und mit einem leisen Stöhnen rollte John sie beide auf die Seite, seinen großen Körper eng an ihren viel kleineren geschmiegt, seine langsam weicher werdende Härte immer noch tief in ihr verborgen.

»Törichte Frau«, flüsterte er, seine Stimme war rau und kratzig. »Ich habe dir gesagt, du sollst es sanft tun. So wie du herumgezappelt hast, hättest du dein *Blut* verlieren können.«

Rosa stieß ihn mit dem Ellbogen an, fühlte sich aber ansonsten zu gesättigt, zu erfüllt von aufsteigender Wärme, um ein richtiges Gegenargument vorzubringen. »Ich nehme an, ich habe mich wohl wirklich ein bisschen zu sehr«, sie holte tief Luft, »in die Sache hineingesteigert.«

Johns Hand glitt an ihrer Seite hinunter, über die Hüftbeuge zu ihrem Oberschenkel und wieder hinauf. »Ach, *ég fíla þetta*«, sagte er mit so viel Gefühl, dass Rosa verstehen konnte, was er meinte. *Das hatte ihm gefallen.* »Aber wir müssen vorsichtig mit deinem kleinen Körper sein.«

Seine Hand streichelte weiter, warm, beruhigend, so durch und durch herrlich, dass Rosas nächste Frage wie von selbst zu kommen schien, ohne dass sie bewusst darüber nachdachte. »Wirst du mich jemals wieder auf die ...die *normale* Art nehmen? So wie wir es beim ersten Mal gemacht haben?«

Und das hätte sie sicher nicht fragen sollen, denn Johns Körper versteifte sich plötzlich und seine Hand verharrte auf ihrer Hüfte. »Ich glaube, es ist das Beste«, sagte er ganz gleichmäßig, »wenn ich es nicht tue.«

Oh. Richtig. Denn das war nur eine kurzfristige Sache, eine erweiterte Maßnahme zur Vermeidung tödlichen Nachwuchses. Und das hier – der Körper eines Orks, der sich warm und schützend und sicher an den ihren schmiegte – war immer noch nur sein Lockmittel, um sie zum Bleiben zu verleiten, bis das alles erledigt war. Er kümmerte sich um sie, wie er es versprochen hatte.

Und wenn die Vorstellung eines Orks davon, sich um eine Frau zu kümmern, auch bedeutete, sie zu fesseln, zu bestrafen oder mit ihr zu kuscheln, nachdem er gerade ihren Arsch ausgebeutet hatte, was machte das dann schon? Was kümmerte es Rosa? Sie war hier, um zu lernen, um zu spionieren, achtzehn Tage lang ...

»Woher werde ich wissen, ob ich von diesem einen Mal schwanger bin?«, zwang sie sich zu fragen, und blinzelte die Steinmauer an. »Wird Efterar es erkennen können?«

»Ach«, kam die leise Antwort von John hinter ihr. »Aber wenn er kommt, werde ich unseren Sohn auch an dir riechen können.«

Unseren Sohn. Wenn er kommt. Als ob er bereits auf dem Weg wäre. Eine *Unausweichlichkeit.*

Ein unwillkürliches Schaudern durchlief Rosas Rücken, und Johns Hand bewegte sich plötzlich wieder, glitt an ihrer Seite auf und ab, um sie zu beruhigen. »Hab keine Angst, kleine Rose«, sagte er, obwohl seine Stimme seltsam belegt klang. »Ich werde dich beschützen.«

Und in diesem Moment, mit dem Körper eines Orks so nah an ihrem, mit seiner Hand, die so bedächtig über ihre Haut strich, wurde Rosa klar ... dass sie ihm *glaubte.* Sie vertraute darauf, dass er es ernst meinte. Er würde sie beschützen. Götter, das hatte er doch gerade eben getan, oder? Er hatte darauf geachtet, dass sie sich nicht verletzte und sich auf *diese Weise* vergnügte und nicht auf die andere Art. Selbst jetzt, hier, streichelte er sie, beruhigte sie, blieb bei ihr.

So etwas hätte Lord Kaspar nie getan – er hatte sich immer rücksichtslos über Rosas Unbehagen hinweggesetzt – und irgendetwas schien in Rosas Brust anzuschwellen und unruhig auf ihr Herz zu schlagen. Sie vertraute John. Sie – *mochte* John. Er war kontrollierend, geheimnisvoll, hinterhältig, gefährlich – und verflucht mochte sie sein, sie *mochte* ihn. Einen *Ork*.

»Ich glaube, du hast eine verdrehte Vorstellung von Sicherheit, John-Ka«, sagte sie und bemühte sich, ihre Stimme möglichst sanft zu halten. »Ich meine, in den letzten paar Tagen wurde ich an ein Bett gefesselt, *bestraft* und auf etwas aufgespießt, das einem *Laternenpfahl* ähneln könnte.«

Johns Lachen hinter ihr war Wärme, Leichtigkeit, Trost. »Ach, und ich weiß, dass du noch nie so zufrieden warst wie heute Nacht, mein törichtes Liebchen.«

Er hatte recht, verdammt noch mal, und Rosa stieß einen Atemzug aus, der nicht wirklich als Beleidigung zu werten war. »*Und*«, fuhr sie fort, lauter, als hätte er nicht gesprochen, »ich wurde dem entsetzlichen Anblick eurer geheimen Ka-esh Vergnügungshöhle ausgesetzt. Eine *Vergnügungshöhle*, John! Nur ein paar Schritte von deinem Schlafzimmer entfernt!«

Das Schütteln von Johns Körper hinter ihr war länger und anhaltender, und seine Hand wanderte an ihrer Vorderseite hinunter, um sie sanft in ihre verdammt gespannte Brustwarze zu kneifen. »Du brüllst schon wieder, kleines Liebchen«, raunte er und seine Stimme klang schelmisch. »Spiel mir nichts vor. Ich weiß, dass du neugierig darauf bist. Vielleicht möchtest du sogar zurückgehen, um zuzusehen und mehr zu erfahren. Ach?«

Zusehen. *Mehr* lernen. Ein weiterer heftiger Schauer jagte Rosa über den Rücken, diesmal nicht einmal annähernd aus

Angst, und John lachte wieder, als er mit einer einzelnen scharfen Klaue an ihrer Brustwarze kratzte. »Ich weiß, dass du das nicht gerne zugibst, Liebchen«, murmelte er. »Du schämst dich für dein Verlangen nach solchen Dingen. Aber warum?«

Rosa schluckte, laut genug, dass er es sicher hörte. Warum? Und warum wollte sie es sagen, warum wollte sie es ausgerechnet diesem abscheulichen Ork erzählen ...

»Weil es beschämend *ist*«, flüsterte sie. »Ausgenutzt und beherrscht werden zu wollen. Angst haben zu wollen.«

Johns Spott hinter ihr war heiser und unmittelbar. »Wer sagt das?«, fragte er. »Das schadet niemandem, Liebchen. Es schadet weder mir noch schadet es dir. Du warst heute *glücklich* damit, für mich zu arbeiten und vollständig mein Liebchen zu sein. Du bist *zufrieden*. Das kann ich an dir schmecken. Sogar jetzt.«

Rosa schluckte erneut und sie spürte, wie seine Hand wieder an ihrer Seite auf und ab strich, sicher und geborgen. »Die einzigen, die dir schaden«, sagte er leiser, »sind diese *Männer*. Die Männer, die dir wehgetan haben, um deine Talente für sich selbst zu benutzen. Die Männer, die dich *gelehrt* haben, dass du dich schämen sollst, damit du ihre dunklen Geheimnisse für dich behältst.«

Rosas Atem stockte, die ganze Welt stand still, bis auf die warme Hand, die ihre Seite auf und ab streichelte. »Es gibt auch Orks, die das tun«, fuhr er fort, seine Stimme war ein Flüstern. »Es gibt Orks, die das auch mit mir getan haben. Aber ich muss mich nicht für die Taten anderer schämen. Meine Taten und meine Wünsche sind die meinen.«

Rosas Gehirn schrie auf, rebellierte – *was* hatten die Orks ihm angetan? – aber dann stotterte es, fing sich und fand etwas, woran es sich in dem plötzlich tobenden Chaos festhalten konnte.

»Aber du schämst dich doch auch manchmal, John«, konterte sie. »Dafür, ein Ork zu sein. Dass du Dinge tust oder magst, die dich zu einem Ork machen. Als ob Orks alle gewalttätige, aggressive *Monster* wären.«

Jetzt war es Johns Schlucken, Johns Schweigen, Johns Hand, die still auf ihrer Haut lag. Und Rosa hörte, wie sie ein Lachen ausstieß, bitter, gebrochen, vielleicht sogar wütend, weil es so schmerzhaft war und so gottverdammt *töricht* …

»Ich wusste schon, dass das Blödsinn ist, bevor ich einen von euch *getroffen* habe«, sagte sie, und ihre Stimme erhob sich, schwankte. »Und jetzt weiß ich es umso mehr. Ihr Orks seid so viel interessanter, einzigartiger und *lebendiger*, als ich es mir je hätte vorstellen können. Und du bist mein Favorit, John, du bist so klug, du arbeitest so hart, du bist so engagiert und konsequent und – und *edel*. Du solltest *stolz* darauf sein, wer du bist.«

Es herrschte wieder eine erstickte Stille, die nicht einmal von einem Atemzug unterbrochen wurde, bis John sich hinter ihr bewegte, sich auf seinen Ellbogen erhob und ihren Kopf neigte, sodass sich ihre Augen trafen. Fixierten. Sprachen. Keine Unwahrheiten.

»Du bist *großartig*, John«, flüsterte Rosa. »Jede Frau würde *gerne* dein Liebchen sein.«

Es herrschte wieder Stille, seine schwarzen Wimpern klimperten, seine Kehle krampfte sich zusammen. »Ach, na ja«, sagte er schließlich, und seine Stimme klang unsicherer, als Rosa sie je gehört hatte. »Dann ist es wohl Glück, dass *du* diese Ehre erlangt hast.«

Rosa stieß ihn wieder mit dem Ellbogen an, beobachtete die Wärme in seinen Augen und spürte, wie sie sich tief in ihrem Bauch ausbreitete. »Das ist kein *Glück*«, erwiderte sie. »Es sind die Götter, die sich grausam an mir rächen und mir einen Lord schenken, der mich für ein Plappermaul und eine *Dirne* hält!«

Aber Johns Lachen war fast unerträglich sanft, und er senkte seinen Mund und küsste sie zärtlich auf die Wange. »Ach«, hauchte er, »und doch bist du auch ein würdiges

Liebchen für deinen Lord, kleine Rose. Genau das, was sich ein Ork wünschen sollte.«

Die Wärme schimmerte tiefer, heller und flackerte über Rosas Wirbelsäule und umhüllte ihr Herz. Genau das, was sich ein Ork wünschen sollte. Würdig. *Würdig.*

Plötzlich konnte sie nicht mehr aufhören zu lächeln, strahlte in seine Augen und ein helles Kichern entwich ihren Lippen. »Du sagst nur süße Worte, du Halunke«, murmelte sie, »damit ich deine geheime Vergnügungshöhle vergesse.«

»Ach, nein«, erwiderte John und verzog verschmitzt den Mund, so verschlagen und gefährlich. »Ich sage solche Dinge, damit du dich daran *erinnerst*, Liebchen.«

Rosa ignorierte den sofortigen Hitzeschub und streckte ihm lieber die Zunge heraus – was er mit einem neckischen Schnappen seiner Zähne erwiderte, woraufhin ihr ein weiterer Schauer über den Rücken lief.

»Ich möchte, dass du all diese Scham hinter dir lässt, Liebchen«, sagte er sanft, aber bestimmt. »Du sollst mir gehorchen.«

»Nur wenn du es ebenfalls hinter dir lässt«, konterte Rosa und stieß mit ihrer Nase gegen seine. »Und der hinterhältige, berechnende, *abscheuliche* Ork bist, der du in Wirklichkeit bist. Mit Klauen und Zähnen und einem *Laternenpfahl* zwischen den Beinen.«

Johns Knurren war nicht wütend, sondern zufrieden, warm und *hungrig*. »Pass auf, was du sagst, Liebchen«, hauchte er. »Sonst wird dich dieser *Laternenpfahl* lehren, das zu tun.«

Und Rosa war ein braves Liebchen, solch ein braves Liebchen, denn sie keuchte nur, lächelte süß und küsste ihn. »Ich bin hier, um zu lernen, mein Lord«, sagte sie. »Mach mit mir, was du willst.«

24

In den nächsten Tagen stürzte sich Rosa kopfüber in ihr seltsames, surreales neues Leben. Sie war keine Spionin, keine Universitätsbibliothekarin und auch nicht die heimliche Geliebte eines Lords. Sie war nicht einmal, zumindest für den Moment, der Fehler eines Orks. Stattdessen war sie ein Ka-esh-Liebchen, das gehätschelt und beschützt wurde und gehorsam war, nur dafür lebend, ihrem Lord zu dienen und ihm jede seiner Launen mit einem Lächeln zu erfüllen.

Sicherlich war es hilfreich, dass Johns Launen nicht sonderlich anstrengend waren und dass sie stets Rosas eigenen Bedürfnissen entgegenkamen. Was war schon daran auszusetzen, wenn John ihr jeden Morgen ein üppiges Frühstück bereitstellte und ihr dann im Bett *The Lady Bright* vorlas, während sie aß? Sie konnte sich auch nicht beschweren, wenn er darauf bestand, dass sie jeden Tag bis zum Mittag mit Tristan und Simon *Aelakesh* lernte und dann die Nachmittage mit Lesen, Stöbern in der Bibliothek und der Arbeit an ihren eigenen Buchprojekten verbrachte, wie sie wollte. Und es war doch sicher auch kein Anlass, zu protestieren, wenn er sie jede Nacht mit ins Bett nahm –

wobei er diese eine Art von Vergnügen sorgsam vermied, aber alles andere ausgiebig, glorreich und wiederholt nutzte, oder?

Das Einzige, worüber es sich zu beschweren gab – abgesehen von dem ständigen Durcheinander, das sich tief in Rosas Gehirn festgesetzt hatte und das mittlerweile deutlich nach Schuldgefühlen roch – war Johns Arbeit. Arbeit, von der er Rosa weiterhin sorgfältig fernhielt, indem er nur vage von Treffen, Terminen und verschiedenen laufenden Projekten sprach. Er machte Rosa unmissverständlich klar – auch wenn er es nicht aussprach –, dass er nicht wollte, dass sie sich in seine täglichen Aktivitäten einmischte, ganz gleich, was für ein braves, gehorsames und würdiges Liebchen sie war. Schon gar nicht, wenn es um die Männer und den drohenden Krieg ging.

Sogar Tristan und Simon waren erstaunlich wortkarg geworden, was die Situation mit den Männern anging, bis hin zu dem Punkt, an dem Tristan Rosa in gestelztem Tonfall erklärt hatte, dass es das Beste sei, wenn sie John-Ka fragen würde. Und als sie versuchte, Jule zu fragen – die weiterhin fast täglich in der Bibliothek vorbeischaute, um zu plaudern –, rollte sie nur mit den Augen und murmelte etwas von verdammten, dummen Lords, die sich nicht zurückhalten könnten und die ihre begrenzte Zeit und ihr Geld besser für ihre vernachlässigten Frauen und Kinder oder, falls sie das nicht hatten, für ihre Pferde verwenden sollten.

»Musst du wirklich *wieder* arbeiten, mein Lord?«, versuchte Rosa, John eines Nachts in seinem Bett erneut zu fragen. »Was könnte denn so wichtig sein?«

Ihre Stimme klang leise und träge, ihre Hände streichelten seine nackten Schultern mit zufriedener, vertrauter Leichtigkeit. Sie hatte gerade eine gute halbe Stunde damit verbracht, ihn auszusaugen. Währenddessen hatte er ihre untere Hälfte komplett auf sich gezogen, sodass er sie gleichzeitig mit seiner Zunge nehmen konnte. Es war absolut *atemberaubend* gewesen, und in diesem Moment wollte Rosa einfach nur in der lockeren Zufriedenheit darüber schwelgen, dass ihr Lord sie mit so entspannten, geduldigen Augen ansah.

»Ach, das muss ich«, sagte er, aber in seiner Stimme, in seinem schiefen Mundwinkel, lag ein aufrichtiger Widerwillen. »Es gibt vieles, was ich heute noch angehen muss.«

Rosa wurde immer besser darin, die Tage und Nächte in der ewigen Dunkelheit des Berges einzuschätzen – die Orks hielten sich in vielerlei Hinsicht an einen festen Zeitplan, von den Essenszeiten bis zu den Stunden, in denen das Feuer brannte, und John hatte sie weiterhin regelmäßig in seinen Ka-esh-Sonnenraum mitgenommen – und Rosa stupste halbherzig mit einem Finger auf seine nackte Brust. »Es ist nicht heute, es ist *heute Nacht*«, korrigierte sie ihn. »Und es gibt *immer* etwas, um das du dich kümmern musst. Auch Orks müssen *mal* schlafen, John-Ka.«

John wies diesen durchaus berechtigten Einwand mit einem gleichgültigen Achselzucken zurück, obwohl seine Augen einen vielsagenden Blick durch den Raum warfen, wo Tristan gerade hereinspazierte und ihnen kurz zuwinkte, bevor er in die gegenüberliegende Schlafnische schlüpfte. Tristan, das wusste Rosa jetzt, schlief zu ähnlichen Zeiten wie sie selbst, obwohl er es sich zur Gewohnheit gemacht hatte, mit dem Schlafengehen zu warten, bis sie und John mit ihren üblichen Abendaktivitäten fertig waren. Und während Rosa immer noch den Drang verspürte, sich zu bedecken, wenn er auftauchte, hatte John für solche Prüderie natürlich wenig Geduld, vor allem nicht in seinem eigenen Bett.

»Ich werde hier sein, wenn du aufwachst, Liebchen«, sagte er fest und tätschelte zufrieden ihre nackte Brust und kniff ihr dann in die noch immer aufragenden Brustwarzen. »Ich habe gehört, dass Bautuls Jäger heute etwas Honig mitgebracht haben. Ich werde ihn eintauschen und dir morgen etwas zum Frühstück mitbringen.«

Rosa konnte nicht leugnen, dass sie sich darauf freute – John hatte ihre Vorliebe für süße Leckereien bereits erkannt und ausgenutzt –, aber als er die Schlafnische wieder verlassen wollte, klammerte sie sich an ihn und zog ihn an sich. Er wehrte sich nicht, sondern schaute sie mit hochgezogenen Augenbrauen an, und sie schluckte, strich mit einem Finger vorsichtig über seinen harten Kiefer.

»Ist deine Arbeit wirklich so wichtig«, wagte sie es, »dass du nicht noch ein bisschen länger bleiben kannst? Wenn du den Schlaf wirklich nicht brauchst, könntest du vielleicht auch eine Weile mit mir lesen?«

Sie nickte in Richtung seines eigenen kleinen Bücherstapels auf dem Regal nebenan – für jemanden, der Bücher so sehr liebte wie er, schien er nur sehr wenig Zeit mit dem Lesen zu verbringen – und sein Seitenblick auf die Bücher wirkte tatsächlich fast bedauernd. »Ich kann nicht, mein Liebchen«, sagte er. »Ich muss mich erst mit dem Anführer treffen, dann mit Eben, und dann muss ich den neuen Nordtunnel begutachten. Außerdem haben wir gerade erfahren, dass zwei weitere Frauen mit Skai-Orksöhnen unterwegs sind, und darum müssen wir uns sofort kümmern. Und die Männer ...«

Er zog eine Grimasse, aber das waren trotzdem mehr Details, als er ihr in den letzten Tagen gegeben hatte, und Rosa klammerte sich daran, an ihn. Sie war nur ein Liebchen, neugierig und interessiert, sie brauchte keine Informationen zu erfahren oder nach Dusbury zurückzukehren, niemals, und schon gar nicht in zehn kurzen Tagen ...

»Haben die Lords schon auf eure Briefe geantwortet?«, fragte sie so locker, wie sie konnte. »Hast du Neuigkeiten von Preia erhalten? Gibt es eine Reaktion auf Simons Angriff und die verletzten Männer?«

Johns Gesicht zuckte leicht, und er löste sich von Rosa, um seine nackte Gestalt aus dem Bett zu heben. Er bückte sich, um seine Hose vom Boden aufzuheben, die einen kurzen, aber beeindruckenden Blick auf seinen nackten Hintern freigab, bevor er sie sich wieder überzog.

»Nein«, sagte er knapp, während er sich die Tunika über den Kopf streifte. »Wir haben keine Rückantwort erhalten.«

Oh. Rosa beobachtete ihn schweigend, während sich tief in ihrem Bauch etwas drehte. »Glaubst du, die Lords drängen immer noch auf einen Krieg? Trotz all eurer Bemühungen, ihn zu verhindern?«

Aber John wies die Fragen nur mit einem ruckartigen Achselzucken zurück und machte einen Schritt zur Tür, als wolle er gehen. Doch dann griff er abrupt zurück und fuhr mit der Hand durch Rosas bereits zerzaustes Haar.

»Mach dir keine Sorgen«, sagte er. »Wir werden uns um alles kümmern. Du musst schlafen, mein kleines Liebchen. Du brauchst diese Ruhe.«

Mit diesen Worten drehte er sich um und ließ Rosa, die ihm im Schein ihrer Kerze nachblinzelte, allein in seinem Bett zurück. Sie dachte mit einer überraschend großen Traurigkeit an Lord Kaspar und an die mickrigen zehn Tage, die ihr noch blieben. Und danach würde sicher der Krieg kommen ...

Und trotz Johns anhaltender Abneigung, mit ihr über den drohenden Krieg zu sprechen – oder vielleicht gerade deshalb – waren Rosa die zunehmenden Anzeichen von Vorbereitungen um sie herum nicht entgangen. Die voll bewaffneten, furchterregend aussehenden Orkbanden in den Gängen. Die ständigen Geräusche und Rufe aus dem Trainingszimmer, von dem sie jetzt wusste, dass er nur eine Etage höher als die Bibliothek lag. Das Gemurmel in der Küche und auf den Fluren über Männer, Gefechte und Strategien. Alles wurde in schnellem, abgehacktem *Aelakesh* gesprochen, und obwohl Rosa *Aelakesh* nur sehr rudimentär verstand, hatte sie begonnen, genau zuzuhören und Tristan zu bitten, Wörter und Sätze zu übersetzen, die sie oft hörte. Dinge wie *bewaffnete Männergruppen, die noch nicht angegriffen haben.* Das deutete darauf hin, dass der Krieg vielleicht noch näher war, als John es wahrhaben wollte ...

Aber vielleicht war es nur Paranoia. Vielleicht war es nur

Rosa, die grübelte und zu viel nachdachte. Lord Kaspar hatte ihr gesagt, dass es kein Geld gab, nicht wahr? Er hatte gesagt, sie würden auf ihre Enthüllungen warten. Vielleicht hatte die Situation mit Simon also gar nichts geändert. Vielleicht war wirklich alles in Ordnung, zumindest bis sie ...

Rosa verbiss sich diesen Gedanken und blickte zu Tristans dunkler Silhouette in der Schlafnische gegenüber – vielleicht würde er etwas verraten, wenn er sehr müde wäre ... Aber diese Hoffnung wurde durch das plötzliche Auftauchen von Salvi zunichtegemacht, der groß und schweigend in den Raum schritt und direkt zu Tristans Bett ging. Rosa war aufgefallen, dass er das in den meisten Nächten tat, obwohl sie die beiden bisher nur ein paar Minuten miteinander sprechen gesehen hatte, leise und knapp, bevor Salvi sich in seine Nische legte, um zu schlafen.

Aber dieses Mal wurde nicht gesprochen. Kein Schlafen. Salvi entledigte sich erst seiner Tunika und seiner Hose, warf alles auf den Boden und entblößte so seine große, grauhäutige, nackte Gestalt vor Rosas blinzelnden Augen – dann warf er sich zu Tristan ins Bett. Er drückte Tristans kleineren, noch immer bekleideten Körper eng an sich und unterband Tristans offensichtlichen Protest mit einem intensiven, kräftigen Kuss.

Rosa starrte auf diese neue Entwicklung, unerwartet fasziniert, als Tristan mit Salvi zu verschmelzen schien, seine Augen flatterten zu, sein Mund erwiderte den Kuss mit flüssigem, vertrautem Eifer – doch dann versteifte er sich plötzlich sichtlich und schob Salvi weg. Rosa konnte Salvis Knurren der Missbilligung oder vielleicht der Frustration hören, und als Tristan ein paar atemlose Worte auf *Aelakesh* sprach, runzelte Salvi die Stirn und blickte dann direkt zu *Rosa* hinüber. Seine Augen waren dunkel, irritiert und unzufrieden.

»Das wird dich nicht verärgern, Frau«, sagte er knapp, »wenn ich Tristan hier nehme, ach? Wird dich das verängstigen oder sonst irgendetwas?«

Rosas Gesicht glühte vor Hitze, aber sie schüttelte bereits

hektisch den Kopf und winkte die Frage ab. »Nein, nein, natürlich nicht«, antwortete sie zu schnell. »Entschuldige, ich möchte nicht unhöflich sein ...«

Mit Verspätung blies sie ihre Kerze aus und stürzte den Raum in völlige Dunkelheit. Daraufhin ertönte ein zufriedenes Lachen aus der gegenüberliegenden Bettnische und dann ein Geräusch leiser Bewegung. »Ach, du hättest zusehen können«, kam Salvis Stimme, heiser und selbstgefällig. »Also, hast du noch mehr dumme Ausreden, *sæti*?«

Es gab keine hörbare Antwort, aber Rosa vernahm weitere Bewegungen, Geräusche von rutschenden Fellen und Stoffen, die auf den Boden geworfen wurden. Dann ertönte ein raues, ersticktes Stöhnen von Tristan und ein leises, triumphierendes Lachen von Salvi als Antwort.

»*Guðir*«, hauchte Salvi. »*Þú ert svo fallegur, sæti.*«

Rosa kannte jetzt genug *Aelakesh*, um zu verstehen, was das bedeutete – *du bist so schön, mein Süßer* – und Tristans leise Antwort war genauso hitzig und entlockte Salvi ein halbes Lachen, ein halbes Stöhnen. Dann gab es nur noch atemloses Stöhnen und Salvis rasselnde Lobpreisungen, die Geräusche von streichelnder und klatschender Haut, die immer lauter wurden, bis sich Tristans Stimme zu einem Heulen und Salvis zu einem tiefen, gutturalen Knurren erhob.

Dann hörte man nur noch ihre Atemzüge, die gemeinsam, fast wie ein einziges Geräusch klangen. Rosa wurde seltsam kurzatmig, blinzelte in die Dunkelheit und spürte wieder dieses unerklärliche, zwanghafte Ziehen in ihrem Bauch. John würde morgen früh zurückkommen. Er hatte Arbeit zu erledigen. Sie war nur ein Liebchen, und das war alles ...

Es dauerte zu lange, bis Rosa wieder einschlief, selbst mit den weichen Pelzen über ihr und beiden Händen, die sie schützend über ihrer Taille verschränkte. John würde zurückkommen. Er wollte sie genauso sehr, wie Salvi Tristan wollte. Und natürlich würde er ihr nicht alles über seine Arbeit erzählen, über einen *Krieg*, sie war nur ein ...

Rosas Träume waren unruhig und angespannt, voller Bibliotheken, Studenten und einem gewissen gutaussehenden Lord – aber als sie am nächsten Morgen endlich ruckartig aufwachte, war John tatsächlich da, genau wie er es versprochen hatte. Er saß am anderen Ende des Bettes und hielt seine übliche Milchflasche in der Hand, daneben eine volle Schüssel mit Früchten und Samen, die mit dickem, goldbraunem Honig beträufelt waren.

Rosa schnappte es ihm mit wahrer Begeisterung weg, und es erwies sich bald als die köstlichste Mahlzeit, die sie in ihrem ganzen *Leben* gegessen hatte. Als sie alles verschlungen hatte und John das letzte Kapitel von *The Lady Bright* beendet hatte, dankte sie es ihm, indem sie ihn zurück ins Bett beförderte, sich zwischen seine Beine kniete und mit Begeisterung eine ganz andere Art von Süßigkeit in sich hineinsaugte. Sie schluckte alles hinunter, ohne einen Tropfen zu verschütten, bis ihr Magen fast zu platzen drohte.

»Hungriges kleines Liebchen«, sagte John, als er sie wieder hochzog und mit beiden Händen über ihre leicht gerundete Taille strich. »Es freut mich, deinen kleinen Bauch so voll zu sehen. Du wirst heute Abend mehr von mir trinken, ach?«

Dieses heiße Versprechen begleitete Rosa den Rest des Vormittags, auch als John sich wieder an seine geheimnisvolle Arbeit machte und sie mit Tristan und Simon in der Bibliothek lernte. Tristan trug eine neue Reihe von bösartig aussehenden Zahnabdrücken im Nacken, aber abgesehen von seinen geröteten Ohrenspitzen erwähnte er die vergangene Nacht nicht und teilte Rosa stattdessen unterwürfig mit, dass er und Simon in der nächsten Zeit an einem Brief arbeiten würden und sie stattdessen lieber an ihren eigenen Projekten weiterarbeiten solle.

Natürlich würde Rosa das tun, und sie arbeitete den ganzen Vormittag über so konzentriert, dass sie das plötzliche Auftauchen von Salvi, der einige Stunden später hereinkam, um über Tristans Schulter zu wachen, kaum bemerkte.

Zumindest bis Salvi seinen Kopf über Tristans verwundeten Hals beugte und ihn sanft mit Lippen und Zunge küsste – und Tristan knurrte ihn tatsächlich an, so laut, dass Rosa zusammenzuckte, und Simons Kopf hochschnellte, um Salvi mit überraschender Vehemenz anzustarren.

»Hau ab, *djöfull*«, zischte Simon. »Kleiner Lehrer will dich nicht. Er nicht will Ka-esh-Lügner. *Schwur*brecher. *Sohn*mörder.«

Salvi knurrte sofort zurück, sein Körper richtete sich auf und versteifte sich hinter Tristan. »Er ist auch ein Ka-esh, du riesiger Flegel«, schoss er zurück. »Und wenn er mich nicht will, warum *riecht* er dann heute nach meinem Duft?«

Der letzte Teil kam mit einer bösartigen Genugtuung heraus, aber gegenüber von Rosa zuckte Tristan zusammen, während Simon laut und spöttisch schnaubte. »Alle Orks müssen ficken«, schnauzte er. »Das nicht heißt, er dir *vertraut*. Das nicht heißt, er will, dass du störst ihn bei *Arbeit*.«

Etwas Kaltes kribbelte in Rosas Bauch – war das bei *allen* Orks so? – und ihre Augen musterten Salvis angespanntes, bleiches Gesicht und das unverkennbare Unbehagen auf seinem Mund.

»Natürlich vertraut Tristan mir«, sagte er mit einer Heiterkeit, die so gar nicht zu seinem Gesichtsausdruck passte. »Wir sind zusammen, seit wir Orklinge sind. Sippe-Brüder fürs Leben. Ach, *sæti*?«

Seine Hand drückte sich kameradschaftlich an Tristans Schulter, und Tristan nickte kurz und starrte auf sein Papier. Daraufhin schnaubte Simon nur wieder und verschränkte die Arme vor seiner großen Brust.

»*Er* lügen«, sagte er und deutete mit einer Klaue auf Tristan. »Und *du* lügen, *djöfull*. Wie alle Ka-esh. Ich hören, was du mit netten kleinen Lehrer machst. Ich hören, wie du ihn zu Gefährten machst, wie er alle anderen für dich ablehnt, sogar euren falschen Priester. Und wie du ihn dann wegwirfst, für *Frau*. Für *Sohn*. Und dann«, er beugte sich vor und deutete mit dem Finger auf Salvis Brust, »du und der falsche Priester *töten* den Sohn! Verratet den kleinen Lehrer, für *nichts*!«

Rosa konnte nicht aufhören, zwischen den Dreien hin und her zu schauen, starrend, während die Kälte in ihrem Bauch noch stärker und tiefer kroch. »Warte«, sagte sie, ohne es zu wollen. »Ihr beide wart mal *Gefährten*? Und dann hast du«, sie sah Salvi mit gerunzelter Stirn an, »Tristan *verlassen*? *Ihn*? Für eine *Frau*?«

Sowohl Tristan als auch Salvi zogen eine Grimasse und Salvi schluckte sichtlich. »Wir hatten«, sagte Salvi kleinlaut, »kein Gelöbnis abgelegt.«

»Aber ich dachte, Ka-esh sprechen nicht oft ein Gelöbnis aus«, konterte Rosa mit brüchiger Stimme. »Solltet ihr eure Zuneigung nicht durch eure Taten zeigen?«

Ihr verräterischer Verstand dachte an den Morgen, als John ihr Honig zum Frühstück gebracht hatte, aber dieser insgeheim erregende Gedanke wurde sofort von Simons lautem, bitterem Lachen verdrängt.

»Ach«, zischte er. »Nicht sprechen Gelöbnis, diese Lügner Ka-esh, so nichts zu brechen. Aber das trotzdem *passiert*. Er immer noch *lügen*. Er spielt Liebe für netten kleinen Lehrer, bis er *Frau* zum Ficken findet! Und wenn sie mit Sohn schwillt, er ihn *tötet*!«

Bei allen Göttern. Tristan sah fast todkrank aus und blinzelte heftig auf sein Papier hinunter, und hinter ihm wippte Salvi auf den Füßen, die Krallen ausgefahren und den Mund vor Wut fast spuckend. »Du gigantischer, stümperhafter *Arsch*«, knurrte er. »Du hast keine Ahnung, wovon du redest. Wir Ka-esh brauchen Söhne genauso sehr wie die Skai, und das weißt du verdammt noch mal. Wenigstens tragen wir zu diesem Berg und zum Fortbestand unseres Volkes bei, anstatt wie sinnlose *Barbaren* herumzulaufen, unnötige Konflikte anzuzetteln und jede Menge *tote Frauen* zu hinterlassen!«

Simons Knurren wurde immer lauter und sein riesiger Körper erhob sich über Salvi, seine Zähne waren gefletscht und tödlich. »Skai kämpfen und *sterben*, um euch zu *retten*. Skai *beschützen* schwachen Ka-esh!«

»Tja, vielleicht brauchen wir euch nicht mehr«, schoss Salvi zurück. »Den Göttern sei Dank, dass endlich mal der Verstand regiert!«

Simon stieß einen tiefen, kiesigen Laut aus, der einem Bellen glich und so furchterregend war, dass sich die Haare in Rosas Nacken aufstellten. »Lügner«, knurrte er. »Diebe. Harte Orks. Sie geben Skai Schuld, brechen aber eigene *Gelöbnis* und töten eigene *Söhne*. Schaffen nicht einmal mit diesen großen Gehirnen, viele weitere *Männer* vom Berg fernzuhalten! Männer, die nicht nur umherstreifen. Männer, die jetzt *bleiben*. Männer, die eine *Armee* bilden!«

Viele weitere Männer. Die jetzt *bleiben*. Eine *Armee*. Rosas Körper war verkrampft und regungslos, ihr Blick war auf Simons Gesicht gerichtet, und sie bekam kaum mit, was Salvi knurrte, nämlich dass Simon die halbe Ursache für diesen Schlamassel sei. Ihr Herz klopfte, ihr Magen kribbelte, denn es waren noch mehr Männer hier, vielleicht sogar noch mehr von *Herzog Warmishams* Männern, hier, und warteten, und hatte John nicht erst gestern Abend gesagt ...

»Wie viele Männer sind es?«, Rosa hörte ihre Stimme, die seltsam hohl klang. »Wie lange sind sie schon hier?«

Plötzlich sprach Tristan, aber Simons Lachen war lauter, kratzend und grimmig. »Viele, viele Tage«, sagte er. »Und bald, wenn diese klugen *Köpfe* keinen Ausweg finden, werden wir *Krieg* haben.«

25

Dann würden sie Krieg haben.

Rosa kam nicht hinterher, konnte sich nicht bewegen. Sie konnte nur auf Simon und Salvi starren – und dann auf Tristan. Tristan, dem der Ärger, das Elend und die *Schuld* ins Gesicht geschrieben standen.

Er hatte es *gewusst*.

»Aber John«, schluckte Rosa und starrte ihn an. »John sagte mir, dass ihr nichts gehört hättet. Von den Männern.«

Und Lord Kaspar hat mir gesagt, dass sie kein Geld haben, wollte sie schreien. *Sie warten auf meine Nachforschungen, in neun Tagen ...*

Aber selbst als der Gedanke aufstieg und sich in ihr aufbäumte, spürte Rosa die Naivität, die lächerliche Dummheit. Was spielte es schon für eine Rolle, was Lord Kaspar seiner Bibliothekarin vor Wochen erzählt hatte? Seitdem hatte sich eindeutig viel verändert. Simon hatte gegen *zehn Männer* gekämpft und sie verletzt, sie hatte es mit eigenen Augen gesehen, und außerdem hatte sie die Vorbereitungen überall auf dem Berg gesehen und wie viel John in den letzten Tagen gearbeitet hatte. *Natürlich* hatten die Männer reagiert, warum hatte sie nur gehofft, dass es nicht so sein würde ...

»Ich habe dir das gesagt, Frau«, kam Simons Stimme, knirschend und triumphierend. »Wieder und wieder. Ka-esh *Lügner*. Sogar *Skai* sieht, wie viel falscher Priester seiner eigenen Gefährtin *nicht* erzählt. Ich schätze, du immer noch *nichts* weißt, von seinen tiefen Plänen. Du *nichts* weißt von seinen geheimen Machenschaften. Du *nicht* weißt, wie er ...«

»Hör auf!«, unterbrach Tristans Stimme, die in hoher Frequenz durch den Raum hallte. »Und geht. Ihr beide. Bitte!«

Einen Moment lang herrschte eisige Stille, in der sowohl Simon als auch Salvi ruckartig zu Tristan sahen. Dieser biss sich mit einem scharfen weißen Zahn auf die zitternde Lippe, seine Augen blinzelten heftig und seine Hand klammerte sich an den Federkiel, den er immer noch in der Hand hielt.

»*Bitte*«, wiederholte Tristan und nach einem weiteren Moment, in dem er mit gerunzelter Stirn auf Tristans gesenkten Kopf blickte, machte Salvi auf dem Absatz kehrt und stürmten hinaus, dicht gefolgt von Simons riesigem Körper. Rosa blieb allein mit Tristan zurück und starrte stumpf über den Tisch hinweg in sein eingefallenes, aschfahles Gesicht.

Er hatte sie *angelogen*. *John* hatte gelogen.

Rosa wollte Tristan anschreien und ihn fragen, wie er so etwas vor ihr verheimlichen konnte, aber ihr fehlten die Worte, und sie schlang die Arme um ihre Taille und drückte sie fest an sich. Es sollte keine Rolle spielen. Es war ihr egal. Es interessierte sie nicht.

»Es tut mir leid, Rosa«, kam Tristans hohle Stimme. »Ich habe John-Ka gesagt, dass er mit dir darüber reden soll. Ich habe es ihm *gesagt*.«

Er hörte sich an, als würde er gleich weinen, stellte Rosa fest und ließ ihre eigenen blinzelnden Augen zum Tisch sinken. »Ich wusste, dass er etwas verheimlicht«, sagte sie mit zittrigem Atem zu sich selbst. »Das ist wohl die Art der Ka-esh.«

Das Schweigen zwischen ihnen fühlte sich plötzlich dick an, schwer von Anschuldigungen. Vielleicht eine Anspielung auf Salvis Lügen gegenüber Tristan – und ein Blick nach oben zeigte, dass Tristans Kehle vibrierte und seine Krallenfinger sich um seinen Federkiel krümmten.

»Ka-esh sind nicht immer so«, sagte er ganz leise. »Salvi hat nie falsch zu mir gesprochen. Er hat mich nicht wirklich verraten, wie Simon sagte. Ich«, er straffte die Schultern, »ich habe ihm erlaubt, das zu tun, was er getan hat.«

Rosa starrte ihn ausdruckslos an, während ihr Gehirn eine Erinnerung abrief, die Wochen oder gefühlt ein ganzes Leben zurücklag. *Als Salvi eine Gefährtin hatte, hat er sie jede Nacht vor uns gepflügt. Das bereitete uns große Freude ....*

»Also was, bist du stattdessen einfach wieder in *Johns* Arme gelaufen«, sagte sie kälter, als sie es meinte, »und dann habt ihr euch zurückgelehnt und die Vorstellung zusammen genossen?«

Tristans fahles Gesicht veränderte sich nicht, sein Blick war auf seine Feder gerichtet. »Ach, das haben wir«, antwortete er mit hölzerner Stimme. »John-Ka hat mir dabei viel Freundlichkeit gezeigt. Und auch wenn ich Salvi nicht für mich haben konnte, so war es doch eine Freude zu sehen, wie sehr er sich an seiner Gefährtin erfreute, wie er sie mit seinem Samen füllte und seinen Sohn in ihr erweckte. Er ist«, seine Kehle zuckte, »atemberaubend in seiner Freude.«

Rosas Magen überschlug sich so sehr, dass sie sich eine Hand vor den Mund halten musste. »Bei allen Göttern, Tristan«, sagte sie gedämpft. »Wenn ich jemals sehen würde, wie jemand, der mir wichtig ist, all das mit einer anderen macht, vor allem, nachdem er mich *verlassen* hat, könnte ich *niemals* das Gute darin sehen, geschweige denn ihm vergeben. *Niemals.*«

Tristans Schultern hoben und senkten sich, seine Augen blinzelten, während er seinen Federkiel mit beiden Händen festhielt. »Ich habe Salvi nicht vergeben«, flüsterte er so leise, dass es fast unhörbar war. »Aber ich sollte es tun. Er wollte eine Frau und einen Sohn. Wir alle wollen das. Wir *brauchen* das.«

Aber die Feder in seinen Händen brach plötzlich entzwei,

das Geräusch war in der Stille beunruhigend laut. Die Tinte hatte sich über Tristans Finger verteilt und er schrubbte sie mit aller Kraft weg, während er sich unsicher aufrichtete.

»Ich sollte«, sagte er, ohne sie anzusehen, und schrubbte weiter, »gehen. Ich muss ...«

Er beendete den Satz nicht, sondern drehte sich um und stolperte hinaus in die Dunkelheit. Zum ersten Mal, seit sie auf dem Berg angekommen war, war Rosa ganz allein in der Bibliothek und schaute sich mit leerem Blick in den ihr bereits vertrauten Regalen um und dann auf die Papiere auf dem Tisch. Ihre *Aelakesh*-Notizen und darauf ihre Übersetzung von *Eine Abhandlung über die gewinnbringende Entbindung von Orklingen.*

Sie hatte das Buch an diesem Morgen fertiggestellt und sich unvorstellbar darauf gefreut, es John zu zeigen – aber jetzt konnte sie nur noch darauf starren, auf den glänzenden Lederumschlag und die sauberen Nähte ihres Einbands. John hatte sie angelogen. Er hatte gewusst, dass die Männer hier waren, er hatte vielleicht die *ganze Zeit* daran gearbeitet, diesen Krieg in den Griff zu bekommen, und er hatte sie absichtlich als unwissendes, ahnungsloses Liebchen gehalten. Töricht. *Nutzlos.*

Rosa blickte nicht auf, als sie ihn einige Zeit später in die Bibliothek kommen hörte. Sie starrte einfach weiter auf ihr Buch, während ihr Herz schmerzhaft flatterte, als er seufzte und zu ihr herüberkam, um sich neben sie zu stellen.

»Ich höre, Simon hat dich wieder verärgert«, sagte er mit knapper Stimme. »Du solltest wissen, Liebchen, dass du dich von einem Skai nicht provozieren lassen darfst.«

Rosas Kopf ruckte hoch und ihre Augen verengten sich, während sie in Johns missbilligendes, nervtötend attraktives Gesicht blickte. »Willst du mir jetzt wieder erzählen, dass Simon gelogen hat?«, fragte sie mit dünner Stimme. »Willst du weiterhin so tun, als seien er und die Skai das Problem und nicht die Armee von *Männern*, die anscheinend vor deiner Haustür kampiert?!«

John bewegte sich nicht, sprach nicht, zuckte nicht einmal mit der Wimper – aber Rosa *kannte* ihn, *wusste*, dass es die Wahrheit war, und sie klammerte sich mit den Händen an den Stuhl unter ihr. »Du hast mich *angelogen*, John«, schnauzte sie. »Du hast so getan, als ob nichts mit den Männern passiert wäre. Du hast mich in dem Glauben gelassen, dass du deine Tage mit wissenschaftlichen Forschungen und dem Graben von Tunneln verbringst, anstatt einen *Krieg* zu planen!«

Johns Gesicht hatte sich immer noch nicht verändert, sein Blick war beunruhigend fest auf Rosas Augen gerichtet. »Und warum, Frau«, sagte er mit vorsichtiger Stimme, »willst du so viel über diesen Krieg wissen?«

Ein Impuls plötzlicher Panik, der tief und verborgen in ihr aufstieg, aber den Göttern sei Dank, war Rosas Mund bereits am Sprechen und rettete sie mit überraschender Vehemenz. »Weil ich *versuche*, dir zu vertrauen, John! Ich versuche, dir zu dienen, dir zu gefallen, die Scham zu vergessen und mich selbst als dein«, sie musste zittrig Luft holen, »dein *Liebchen* zu akzeptieren. Und wie soll ich das tun, wie soll ich mich bei dir sicher fühlen, wenn du mich ständig *anlügst*!«

John schaute sie nur an, ohne zu sprechen, und Rosa biss sich auf die Lippe und blinzelte auf den Steinboden. »Und ich *hasse* es, unwissend zu sein, John«, flüsterte sie. »Ich *hasse* es, Dinge nicht zu erfahren. Ich dachte, du *wüsstest* das.«

Sie konnte Johns schweres Ausatmen hören, die leichte Bewegung seiner Gestalt. Und als sie wieder aufblickte, mit unerklärlich feuchten Augen, lehnte er mit dem Rücken an dem Tisch vor ihr, den Blick unbewegt auf das Regal dahinter gerichtet.

»Diese Männer sind zwei Tage nach Simons Angriff von Preia aus losmarschiert«, sagte er mit sehr gleichmäßigen Worten. »Es ist keine ganze Armee – Herzog Warmisham hat noch nicht die Mittel, eine ganze Armee aufzustellen –, aber zwei Regimenter. Zweihundert bewaffnete Männer. Sie haben ihr Lager am Fuße des Berges aufgeschlagen, aber sie haben noch keinen Angriff gestartet oder versucht, sich einen Weg in das Gebirge hinein zu bahnen.«

Rosa starrte ihn mit weit aufgerissenen Augen an und ihr Herz machte einen Sprung. Zweihundert Männer. Sie hatten noch nicht angegriffen. Noch nicht …

»Die Lords Otto, Anton und Culthen haben noch nicht ihre eigenen Männer geschickt, um sich zu beteiligen«, fuhr Johns ruhige Stimme fort. »Aber auch Otto hat diese Regimenter nicht daran gehindert, sein Land zu durchqueren. Wir wissen, dass diese Lords – darunter Herzog Warmisham und Lord Kaspar – noch immer in ihrer Zitadelle versammelt sind, um zum Krieg aufzurufen, und sie heuern noch mehr Männer an, um unseren Handel zu stören. Sie streuen noch mehr Geschichten und Schriften über unsere grenzenlose Boshaftigkeit im ganzen Land, und diese verbreiten sich mit großer Geschwindigkeit.«

Oh. Rosa saß kerzengerade und still auf ihrem Stuhl, die Hände auf ihrem Schoß zusammengepresst, die Finger kalt und klamm. »Und was tut ihr im Gegenzug?«, fragte sie durch ihren seltsam trockenen Mund. »Was kommt als Nächstes?«

John zuckte mit den Schultern, seine Lippen wurden schmaler. »Wir arbeiten und wir warten. Wir haben viele Späher ausgesandt, wir schicken Briefe und rufen zu Versammlungen auf. Bei jedem Angriff auf unsere Handelswagen reichen wir Klage ein. Wir haben erneut jedem Ork verboten, sich außerhalb des Berges aufzuhalten oder einem Menschen im Kampf zu begegnen. Wir haben alle oberen Ausgänge zu unserem Berg versperrt. Aber«, er fuhr sich mit der Hand durch das Haar, seine Augen starrten immer noch auf das Bücherregal, »die Männer bleiben trotzdem. Auch sie warten.«

Es fiel ihr plötzlich schwer, zu sprechen. Rosas Blick war

nun auf ihre Hände gerichtet. »Und worauf«, krächzte sie, »warten sie?«

Die Stille war dicht, bedrückend, verdorben – und Rosas schneller, verstohlener Blick nach oben zeigte ihr, dass John sie endlich wieder ansah, seine Augen so distanziert, so kalt. So ... *wachsam.*

»Wir wissen, dass sie mehr Männer benötigen«, sagte er, ganz sanft. »Aber wir wissen nicht, woher diese Männer kommen werden. Von den Lords, die uns am meisten bedrängen, hat nur Lord Otto den Reichtum, um eine Armee zu finanzieren, die groß genug ist, um uns wirklich zu bedrohen. Aber er hat es noch nicht getan. Noch nicht.«

Irgendetwas hatte in Rosas Gedanken zu rasseln begonnen, die wild und panisch nach einem Ausweg suchten. *Sie warten auf die Bauern*, wollte sie schreien. *Sie warten darauf, die Nachricht von euren neuen Gräueltaten zu verbreiten und einen öffentlichen Aufstand auszulösen. Und sicher, sicher haben sie diese ausgebildeten Männer hierher geschickt, um sich vorzubereiten, um Pläne zu schmieden und Versorgungslinien einzurichten, um jeden Angriff zu lenken und zu verstärken, wenn er kommt ...*

»Deshalb möchte ich dich fragen, Liebchen«, ertönte Johns samtig weiche Stimme, die in Rosas Schädel noch mehr Panik auslöste. »Weißt du etwas darüber? Du hast viele Jahre für Lord Kaspar gearbeitet und sein Bett geteilt. Hat er mit dir über ihre Pläne gesprochen? Hat er dich um Hilfe gebeten?«

O Götter. O *Götter*. Rosa starrte in Johns Gesicht, sein ausdrucksloses, leeres Gesicht, und sie fühlte sich wie an ihren Stuhl gefesselt, der Atem stockte ihr in der Lunge. John konnte es nicht wissen. Er konnte es nicht. Er durfte es *niemals* herausfinden.

Aber vielleicht, so wurde ihr mit einem langsam aufkommenden Grauen klar, hatte er einen *Verdacht*. Und vielleicht ... vielleicht war *das* der Grund, warum er sie die ganze Zeit über belogen hatte. Vielleicht hatte er deshalb die

Kriegspläne so geheim gehalten. Er vertraute ihr nicht, und er konnte nicht, neun Tage, er *konnte* nicht ...

Und was sollte sie einem Ork sagen, der glaubte, sein Liebchen würde ihn anlügen, ausspionieren und an seine Feinde verraten? Ein Ork, der – Rosa konnte sich eines schmerzhaften Schauderns nicht erwehren – wusste, was sie an diesem Tag in der Bibliothek gelesen hatte. Ein Ork, den sie damals zu bestechen versucht hatte, damit er ihr die Wahrheit über sein Volk erzählte ...

»Lord Kaspar hat mich gebeten, über euch zu recherchieren«, platzte es aus ihr heraus, bevor sie es verhindern konnte. »Er gab mir eine Liste mit Quellen, die ich lesen sollte. Ich habe sie gelesen und fand sie fürchterlich blödsinnig, deshalb habe ich versucht, in der Bibliothek mehr von dir zu erfahren. Das ist alles. Seitdem habe ich Lord Kaspar nicht einmal mehr gesehen«, sie atmete tief durch.

John starrte sie an, seine Augen waren fast schmerzhaft auf ihr Gesicht gerichtet, und Rosa spürte, wie sich ihre Brust zusammenzog und ihre Wangen heiß und glühend wurden. Er konnte es nicht wissen. Er konnte nicht ...

»Ich will ihn auch nicht sehen«, fuhr sie leiser fort, und die Worte klangen zum Glück entsetzlich wahr. »Ihr Götter, es war so eine *Erleichterung*, so lange von ihm weg zu sein. Etwas zu tun, das lohnenswert ist.«

Aber Moment mal, das hat sie doch nicht ernst gemeint, oder? Ihre Arbeit in der Dusbury-Bibliothek war sicherlich lohnenswert gewesen, auch wenn die Hälfte davon darin bestand, Lord Kaspars herrischen Gelüsten nachzukommen – aber Rosas Blick schien an ihrem neuen Buch auf dem Tisch hängenzubleiben. Und dann auf ihrem Stapel von *Aelakesh*-Notizen und -Übungen, und dann – sie schluckte – an der Bibliothek um sie herum. Sie hatte sich seit ihrer Ankunft nicht wesentlich verändert, aber die Unterschiede waren dennoch da. Sie war ordentlicher, sauberer, heller. Leichter zu nutzen, zu schätzen, zu genießen. Man hatte sich um sie gekümmert.

Genau wie bei ihr, flüsterte etwas tief und eindringlich in ihrem Inneren, während sich ihr Magen unangenehm verdrehte und ihr Blick wieder auf Johns wachsame, abwägende Augen fiel. Sie waren vielleicht nicht mehr so misstrauisch wie zuvor, aber dafür ... nachdenklich. Abwägend.

»Du weißt jetzt, wo wir mit diesem Krieg stehen«, sagte er schließlich. »Gibt es noch etwas, das du mich in dieser Sache fragen möchtest? Oder mir sagen möchtest?«

Er bot ihr an, weitere Fragen zu beantworten, erkannte Rosa und blinzelte in sein zu distanziertes Gesicht – und er gab ihr noch eine Chance. Einen weiteren Ausweg. Eine weitere Gelegenheit zu sagen: *Lord Kaspar hat mich bestochen, damit ich euch ausspioniere und ihm helfe, den Krieg zu beginnen ...*

Aber John durfte es nicht wissen. Niemals. Rosa schluckte die Blockade in ihrer Kehle hinunter und schüttelte ihren Kopf hin und her. Als ob sie sagte: *Nein, nein, nichts, niemals ...*

Vielleicht bildete sie es sich auch nur ein, dieses schwache Aufflackern von etwas Neuem in Johns Augen, die zusätzliche Grimmigkeit auf seinem Mund. Aber er nickte nur einmal, sein Blick fiel auf das Regal hinter ihr und er verschränkte die Arme vor der Brust.

»Vielleicht erzählst du mir dann«, sagte er so sanft, »was du heute getan hast.«

Ja, ja, *Götter*, ja, *alles*, um das Thema zu wechseln, und die Erleichterung kribbelte in Rosas Bauch, als sie hektisch nickte und ihren Blick auf den Tisch fallen ließ. Auf ihre saubere, brandneue Übersetzung der *Abhandlung*.

»Nun«, sagte sie, ihre Stimme war zu hoch angesiedelt. »Ich habe dein Buch fertig gestellt, John. Und weißt du, zuerst war ich mir nicht sicher – zumindest einiges davon *muss* übertrieben sein – aber je mehr ich es gelesen habe, desto mehr glaube ich, dass es dir wirklich helfen kann. Euch *allen*.«

John blickte mit hochgezogenen Augenbrauen auf das

Buch hinunter, sagte aber sonst nichts. Er wartete darauf, dass Rosa weitersprach – er *hörte zu*, flüsterten ihre Gedanken ihr zu, während ihr Magen wieder zuckte – also atmete sie tief ein und ließ die Luft dann wieder aus.

»Dieser Autor behauptet, er habe *Hunderte* Frauen mit einer anscheinend strengen Methodik untersucht«, sagte sie. »Und er hat umfassende Listen darüber erstellt, welche Lebensmittel und Kräuter sich als besonders hilfreich erwiesen haben, und detaillierte Beschreibungen von Dehnungs- und Massageübungen, die die Frauen auf die Geburt vorbereiten. Und dieser Teil«, sie schlug ihr Buch mit zittriger Hand auf, »liefert glaubwürdige Argumente dafür, die Geburt mindestens zwei volle Monate früher einzuleiten, wenn du einen Ork wie Efterar hast, der dir hilft. Es gibt auch einen Abschnitt über Geburten im Wasser, und in diesem Teil geht es darum, wie man sicherstellt, dass man die Plazenta richtig ablöst und wiegt. Anscheinend ist die Plazenta von Orks größer und stoffwechselaktiver als die von Menschen, was ziemlich faszinierend ist, findest du nicht?«

Sie plapperte, aber John sah nicht verärgert aus – seine Augen hatten sich verräterisch verengt – also redete Rosa einfach weiter und blätterte zu einem anderen Teil des Buches. »Und das Wichtigste: Seinen Forschungen zufolge haben Frauen, deren Orks während der Schwangerschaft bei ihnen bleiben, offenbar eine *viel* höhere Überlebensrate. Er führt dies auf eine immunologische Therapie zurück, die den Körper der Frau im Laufe der Zeit an die besondere genetische Ausstattung des Orks gewöhnt und ihm beibringt, seinen Nachwuchs willkommen zu heißen. Außerdem behauptet er, dass die mütterliche Ernährung verbessert wurde. Von … ähm …. all dem«, sie konnte sich ein schwaches, beschämtes Lächeln nicht verkneifen, »Samen trinken. Es ist anscheinend gesund. Wie du immer sagst.«

John lächelte nicht zurück, obwohl seine Augen einen deutlich skeptischen Ausdruck angenommen hatten. Fast so, als könnte er nicht glauben, dass Rosa so etwas Absurdes sagte, aber sie machte weiter und grub tiefer. »Und ich glaube«, sagte sie, »das hat enorme Auswirkungen, meinst du nicht? Die Tatsache, dass erfolgreiche Ork-Frau-*Beziehungen* der Schlüssel zu eurem Überleben sein könnten, und nicht nur zu erfolgreichen *Geburten*. Vielleicht müsst ihr euch also mehr darauf konzentrieren. Vielleicht müsst ihr euren Orks bessere Kommunikationsmittel in die Hand geben. Anstatt dich mit den Skai zu streiten, solltest du ihnen vielleicht beibringen, wie man mit Frauen umgeht, wie man Gemeinmund spricht oder sogar wie man schreibt. Und das nicht nur als *Strafe*.«

John sprach immer noch nicht, sondern sah sie nur mit seinen ungläubigen Augen an, und Rosa schluckte und zuckte unruhig mit den Schultern. »Wenn du bis zum Ende liest«, fuhr sie leiser fort, »behauptet der Autor schließlich, dass er eine fünfundachtzigprozentige Erfolgsquote bei der Geburt von Orks hat, wenn alle Maßnahmen durchgeführt werden. Sogar bei kleinen Frauen. Wie mir.«

Der Raum um sie herum war plötzlich sehr still geworden, sehr regungslos, und Rosa konnte Johns langsames Ausatmen spüren, wie es in seiner Kehle stecken blieb. Seine Augen glitzerten, seine Hände waren zu Fäusten geballt, sein Kiefer war angespannt und kantig.

»Und du«, sagte er schließlich, so sanft, fast spöttisch, »*vertraust* dem Ganzen wahrhaftig, Frau. Einem seltsamen Buch, von einem seltsamen, lange verschollenen Ork aus längst vergangenen Zeiten. Einem Buch, von dem ich nicht einmal wusste, dass ich es *besitze*.«

Rosa kämpfte darum, die Frage objektiv zu betrachten, auch wenn ihr Herz unregelmäßig klopfte und ihr Mund ganz trocken wurde. »Vielleicht?«, hörte sie sich sagen. »Ich meine, fast alles, was ich weiß, habe ich aus Büchern gelernt. Vom Lesen. So kommunizieren wir mit Menschen, die wir nicht sehen können, und mit denen, die nach uns kommen. Es ist Wissen, John, und *Wissen* führt zu neuen Entscheidungen, zu neuen Handlungen. Wissen verändert uns, wenn wir es akzeptieren. Wissen verändert *alles*.«

Ihre Stimme war leise, leidenschaftlich, vielleicht fast flehend, und ihr Herzschlag raste weiter, ihre Atemzüge kamen flach und schnell. Und John sah sie einfach nur an, seine Augen waren halb geschlossen, seine dunklen Wimpern zuckten – und dann, den *Göttern* sei Dank, war da seine Zunge, kurz und schwarz, die gegen seine Lippen glitt. Sie verriet ihn.

Rosa spürte kaum, wie sie aufstand und nach ihm griff – selbst als sie sah, wie ihre Hände seine Schultern packten und ihn auf den Stuhl drückten, auf dem sie gesessen hatte. Sein Körper ließ sich schwer, aber *willig* in den Stuhl fallen, und auch das war ein Verrat. Und noch mehr, als Rosas kribbelnde Finger nach ihrer Tunika tasteten, sie auszogen und auf den Boden warfen.

Johns dunkle, blinzelnde Augen wanderten auf und ab, saugten den Anblick ihrer nackten Gestalt in sich auf, und Rosa trat näher, zwischen seine gespreizten Schenkel. Mit einer zitternden Hand hob sie sein Gesicht an und fixierte seine blinzelnden, *verräterischen* Augen mit ihren eigenen.

Rosa konnte nicht sprechen, konnte es nicht ertragen, diesen Blick zu unterbrechen, aber irgendwie schob sie eine Hand zu seiner Leiste hinunter, ertastete das vertraute geschwollene Gewicht durch seine Hose. Sie griff danach, wartete, und als seine eigenen Hände kamen, gehorchten und seine dicke, triefende Härte in die Luft streckten, war das wie ein Versprechen. Eine Offenbarung.

Und es musste nicht ausgesprochen werden, nur genommen. Es wurde einfach zur Wahrheit, als Rosa näher kam und auf seine kräftigen Schenkel kletterte. Sie spreizte sich über ihm, über dieser harten, triefenden, sehr echten Gefahr – und ließ sich dann langsam und gleichmäßig auf ihn herab. Sie fand die dicke, glitschige, zitternde Krone, erforschte sie, schmeckte sie, küsste sie mit ihren geschwollenen, feuchten Lippen. Spüre, wie sie antwortete, wie sie anschwoll, aufflammte und ausströmte, wie sie tiefer und tiefer eindrang in sie, *dort*, Atemzug für Atemzug. Zum allerersten Mal seit jener schicksalhaften Nacht in einer anderen Bibliothek, in einem anderen Leben ...

Verdammt, es fühlte sich gut an, fühlte sich an wie *alles*, fühlte sich an wie nichts, was Rosa je erlebt hatte. Als wären die unverhüllten, blinzelnden Augen dieses Orks auf ihr genauso stark wie der riesige, unverhüllte Orkschwanz, der sich seinen Weg in sie hinein bahnte, sie dehnte und sie in zwei Teile spaltete. Und es kostete Rosa ihren ganzen Atem, ihren ganzen Mut, den Blick weiter aufrechtzuerhalten, weiter zu sinken, mehr und mehr zu nehmen, so eng und voll, dass sie das Gefühl hatte, sie könnte zerbrechen – bis ihr Unterleib bündig an seinem mit der riesigen Härte in ihr verankert war. Ihr ausgehungerter, gedehnter Körper zitterte und klammerte sich an ihn, gierig, aufgespießt, gefangen. Wo er hingehörte, wo sie hingehörte. *Zu Hause.*

»Oh, mein Lord«, flüsterte sie, ohne es zu bemerken, und ließ es geschehen. »*Ríddu mér.* Bitte.«

Die Worte brachten ein Funkeln in Johns Augen zum Vorschein, ein anhaltendes Aufflackern seiner eindringenden Kraft in ihr, und er rollte seine Hüften, sanft, aber stark genug, um sich noch ein wenig tiefer in sie zu bohren. Es stieß an genau die richtige Schwelle des Schmerzes, und *oh*, es war gut, und als er es wieder tat, wiegte sich Rosa zurück und kam ihm entgegen. Sie spürte, wie sich ihr Körper wölbte und sich um die massive, unüberwindliche Wahrheit von ihm, von dem hier, krallte. Ihr Ork, ihr Lord, war in ihr und nahm sie so, bis ...

»Keine Unwahrheiten?«, flüsterte sie ihm leise und aufgewühlt zu, und sie bemerkte das Schlucken in seiner Kehle, das im Flattern seiner Lider unterging.

»Nein«, flüsterte er zurück. »*Ríddu mér*, meine tapfere kleine Rose.«

Und das war alles, die ganze Welt wurde auf das Lob, die

Augen und den Schwanz eines Orks reduziert, dessen heiße Stimme in seiner eigenen Sprache sagte: *Fick mich!* Und Rosas Körper krümmte sich und schaukelte von selbst, wölbte sich und stöhnte, trieb, spießte sich auf, schwelgte. Sie brauchte das mehr als alles andere, sie brauchte es, von dem starken, stürmischen Schwanz ihres Lords gefangen und gespalten zu werden, mehr, mehr, *mehr* ...

Ihre Hände klammerten sich an sein Gesicht, ihre Augen starrten benommen und verzweifelt in seine, ihr Atem stockte beim Anblick seiner Zunge, die gegen die scharfen Zähne stieß. Bilder von ihm im Wald, seine Zähne triefend rot, und dann Tristans Hals an diesem Morgen, und ...

Und es war undenkbar, unverschämt, aber Rosa fickte einen Ork, egal wie, sie war sein, sie würde ihm gefallen, es ihm beweisen, würdig sein. Ihre Hände packten seinen Hinterkopf und zogen ihn nach unten. Das schockierende Gefühl seiner Zunge an ihrem Hals erregte sie aufs Neue, und ihr wurde klar, dass er das noch nie getan hatte, dass er sie dort noch nicht einmal *geküsst* hatte. Und vielleicht war das der Grund dafür, denn seine Zähne kratzten bereits, suchten, sein Atem kam rau und gequält heraus ...

John wich benommen zurück, leckte sich aber immer noch über die Lippen, wieder und wieder, bei jeder sanften, herzerwärmenden Bewegung seiner Hüften gegen sie. »Du bist«, keuchte er mühsam, »schwach. Klein. Das könnte dich ... brechen.«

Aber das hatten sie schon geklärt, Rosa hatte keine Geduld mehr dafür, nicht jetzt. »Du bist ein guter Lord«, hauchte sie zwischen zwei Stöhngeräuschen. »Kümmere dich um mich. Ich vertraue dir.«

Und er glaubte ihr nicht, oder doch, denn seine Augen schweiften wieder in eine Richtung, der sie nicht folgen konnte. Vielleicht dachte er an den Moment, in dem sie sich gerade befunden hatten: *Gibt es noch etwas, das du mir sagen möchtest ...?*

Und plötzlich ertrug Rosa den Anblick nicht mehr, nicht einmal den Gedanken daran. Nicht auf diese Weise. Nicht wenn ihr Innerstes, ihr ganzes Wesen, von ihm ausgefüllt war und sie sich ihm gegenüber unverhüllt zeigte ...

»Bitte, John-Ka«, würgte sie hervor. »*Ég vil þig.*«

Ich will dich. Ich will dich, ich brauche dich, ich verehre dich – und sie konnte sehen, wie er kapitulierte, konnte es fühlen, wie der eindringende Pfahl in ihr noch mehr anschwoll und jedes Entkommen verhinderte. Und er beugte seinen Kopf, langsam, ehrfürchtig, sein weicher Mund glitt über die zarte Haut, seine Zunge schmeckte und seine Zähne kratzten, genossen, suchten ...

Und dann *biss* er sie. Schnell, geschickt und unbarmherzig bohrten sich seine scharfen Zähne tief in Rosas *Hals*, und sie spürte, wie sich ihr Blut erhitzte, um ihm entgegenzukommen, ihm zu antworten, ihn zu erfüllen. Sie ertrank in seinen harten, hungrigen Schlucken, dem süßen Balsam seiner gleitenden Zunge. Dem heiseren, gleichmäßigen Stöhnen aus seiner Kehle, dem Aufbäumen seiner Hüften unter ihr, seinem harten Schwanz, der immer tiefer in sie eindrang, immer weiter anschwoll. Sie zitterte und streckte sich, während sich seine Eier unter ihr erhoben, wölbten, sich verkeilten und an der Grenze des Möglichen schwebten.

Sein Erguss in ihr war bösartig, gnadenlos, herrlich. Er spritzte einen heißen, dicken, tödlichen Schwall Orksamen nach dem anderen aus, überflutete Rosas Bauch damit, füllte sie damit aus. Während er weiter schluckte, sich im Gegenzug mit ihr füllte, und es war richtig und so gut – und als Rosas eigene Erlösung in ein pulsierendes Feuer überging und aufschrie, *verstand* sie. Die ganze Welt wurde vollkommen klar und entspannte sich schlagartig. John gehörte ihr, sie gehörte ihm, ebenbürtig, würdig, klug, vollständig.

John zitterte, als er langsam seinen Kopf zurückzog, seine Augen waren benommen, er blinzelte und sein Mund war rot gefärbt. Das Rot von *Rosa*, aber das schockierte sie nicht, nicht mehr. Sein Samen für ihr Blut. Der Handel, den die Frauen mit den Orks machten, mochte auf den ersten Blick völlig ungerecht sein, aber so fühlte es sich nicht an, nicht in diesem Moment. Nicht mit ihm.

»Geht es dir gut, mein Lord?«, flüsterte Rosa. »John-Ka?«

Er blinzelte wieder, sein großer Körper zuckte unter ihr – und es war fast so, als wäre auch sein Bewusstsein ruckartig zurückgekehrt, als die Gegenwart in seine Augen trat. Er hob die Hand zum Mund und wischte sich das Blut ab – und dann blinzelte er auf seine Hand, gefesselt, erstarrt.

»*Helvíti*«, hauchte er und starrte immer noch, fast wie unter Zwang, auf Rosas verwundeten Hals und dann weiter nach unten. Bis hinunter zu *diesem* Anblick, von Rosas Unterleib, der sich gespreizt und bündig gegen den seinen gepresst hatte, immer noch gefangen, geöffnet und bis zum Anschlag auf ihm ruhend.

»Ach«, sagte er, schüttelte den Kopf, drückte die Augen zu, versteckte sich. Er versank in seiner eigenen Scham, ein *Ork* zu sein. Und das konnte er nicht, nicht jetzt, nicht auf diese Weise. Nicht mehr. Nicht nach dieser Sache.

»Weißt du, ich würde gerne verstehen«, sagte Rosa mit fast gleichmäßiger, aber nicht ganz sicherer Stimme, »ob das Beißen, dem ihr Orks scheinbar instinktiv nachgeht, auch eine Art immunologischen Nutzen für die spätere Geburt der Frau haben könnte. Das könnte eine faszinierende Hypothese sein, meinst du nicht?«

John blinzelte sie wieder an, er war zumindest für den Moment überrumpelt, also sprach Rosa weiter und ließ die Worte einfach drauflos sprudeln. »Ich kann mir vorstellen, dass wir wahrscheinlich sogar eine ähnliche Menge an Körperflüssigkeiten ausgetauscht haben, meinst du nicht auch? Ich meine, ich fühle mich nicht einmal *leicht* schwindlig, also kannst du nicht zu viel getrunken haben, oder? Und außerdem«, sie stupste auf seine noch immer bekleidete Brust, während mehr Verständnis aufkam, »hattest du jemals vor, mir zu sagen, dass du das tun möchtest? Ich dachte, du wolltest deine wahre Natur als Ork annehmen, John-Ka. Das war Teil der *Abmachung*.«

Ihre Stimme hatte sich mit unverkennbarem Triumph erhoben, ihr Mund verzog sich zu einem unerwarteten Lächeln, und John starrte sie nur an, immer noch blinzelnd, immer noch mit ihrem *Blut* auf den Lippen. Und der Anblick war so durch und durch atemberaubend, so unfassbar fesselnd, dass Rosa den Blick abwenden und nach Luft schnappen musste.

»Und da dachte ich doch tatsächlich«, fuhr sie fort, »ich hätte schon alles gehört, mit deiner geheimen Vergnügungshöhle und der ganzen Sache mit den Ketten, den Bestrafungen und der öffentlichen Kopulation und so weiter. Du bist so ein intriganter *Halunke*, John-Ka.«

Und das *war* er auch, dieser berechnende Mistkerl. Warum also lächelte Rosa ihn immer noch an und genoss die immer noch benommene Trägheit in seinen Augen, die immer noch einfach nur blinzelten. »Was möchtest du noch von mir, John?«, fragte sie. »Sag es mir.«

Er antwortete nicht sofort, aber sein Blick war kurz zu der Stelle gesunken, an der ihre Körper immer noch miteinander verbunden waren. Zu der immer noch unmöglichen Realität, dass sein Orkschwanz bis zum Anschlag in ihr steckte, und zu der Wärme, die sie erneut überkam, als Rosa begriff, was er meinte. Er *hatte* das gewollt. Er hatte das gewollt, und vielleicht auch alles andere, was damit zusammenhing …

»Ich will alles, was du mir geben willst, mein Liebchen«, sagte er schließlich, langsam und mit geschmeidiger, glühender Stimme. »Aber ich will dir nicht wirklich Angst machen oder dir Scham oder Kummer bereiten. Und«, seine Augen bewegten sich, »ich möchte dich nicht weiter in einen Krieg gegen deine eigene Art verwickeln.«

Oh. *Moment* mal. Das Verständnis flammte auf und Rosa blinzelte ihn an, um das Gewicht dieser Worte zu verarbeiten.

War seine ganze Geheimniskrämerei vielleicht nur ein weiterer unüberlegter Versuch, sie zu schützen? Um sein Liebchen in *Sicherheit* zu wissen?

Auf einmal fühlte sich die ganze Welt hell und lebendig an, und es war für Rosa plötzlich leicht, so leicht, mit den Augen zu rollen und hochmütig den Kopf zu schütteln. »Ich *mag* es, wenn man mir im Schlafzimmer Angst macht, und das weißt du auch«, antwortete sie kleinlaut. »Und ich denke, *ich* sollte selbst entscheiden, wie sehr ich in bewaffnete Auseinandersetzungen verwickelt werden möchte, vielen Dank. Was die Scham und den Kummer angeht«, ihre Stimme wurde leiser, »so haben wir uns doch schon mit dem Punkt der Scham beschäftigt, nicht wahr? Und bisher rührt der größte Teil meines Kummers über dich von all den Geheimnissen her, die du vor mir hast. Geheime Bande, geheime Vergnügungshöhlen, geheimer *Blutdurst*. Geheime *Armeen*.«

John sah sie mit diesen wunderschönen, funkelnden Augen an und Rosa schnappte nach Luft, nach der Wahrheit. »Warum versteckst du all diese Dinge, John?«, flüsterte sie. »Ich bin dir doch ein treues und gehorsames Liebchen gewesen, oder? Warum kannst du es mir nicht sagen?«

Weil er ihr nicht vertraute, war immer noch die Antwort, die tief in ihrem Inneren höhnisch lachte, aber Rosa stieß sie fest und heftig weg. »Gib mir eine Chance«, fuhr sie fort und hielt ihren Blick auf seinen gerichtet. »Lass mich dir zeigen, wie ich ein noch besseres Liebchen für dich sein kann. Wie ich dich erfreuen und dir *helfen* kann. Ich meine, habe ich nicht gerade die Entdeckung des *Jahrhunderts* gemacht, was die Geburt von Orklingen angeht, während ich unentgeltlich in deiner Bibliothek geschuftet habe?«

Johns Blick geriet nicht ins Wanken, obwohl sich seine Kehle sichtlich zusammenzog. »Vielleicht«, sagte er, und das war ein Zugeständnis, ein echtes Zugeständnis, nicht wahr? »Aber ich dachte, es gefällt dir, in meiner Bibliothek zu arbeiten und *Aelakesh* zu lernen.«

»Das tut es«, sagte Rosa begeistert, legte beide Hände flach auf seine Brust und empfing das kräftige Klopfen seines Herzens darunter. »Ich *liebe* es, John. Ich will einfach nur … *mehr*.«

Es war wahr, so verdammt wahr, dass es so leidenschaftlich und leicht über Rosas Lippen kam. Sie saß aufgespießt auf einem verlogenen, hinterhältigen Ork, der sie gerade *gebissen* hatte – und sie wollte *immer noch* mehr, so viel mehr. Keine Geheimnisse und Gräueltaten, sondern einfach nur Wissen. Die Wahrheit. Sie wollte nicht nur Teil von Johns Bibliothek und seinem Bett sein, sondern auch von seinem *Leben*.

»Ich *kenne* dich, John«, flüsterte sie, während ihre Hände zu seinem Gesicht wanderten und über die vertrauten Linien strichen. Auf den ersten Blick so streng und abweisend, verbarg es doch eine überraschende Wärme, eine unergründliche Tiefe. »Ich kann dir helfen. Ich kann dich erfreuen. Wenn du mich lässt, kann ich das Liebchen sein, von dem du immer *geträumt* hast.«

Um das zu beweisen, zappelte sie wieder auf ihm und quetschte das leicht erweichte Glied in sich zusammen – und als es zitterte und dicker wurde, konnte sie sich ein raues Stöhnen und einen Schauer über den ganzen Körper nicht verkneifen. Götter, es fühlte sich gut an, er fühlte sich gut an, und seine Augen musterten sie mit fast schmerzhafter Absicht. Er zog es in Betracht. Er war …

»Was sagst du dazu, mein Lord«, flüsterte sie. »Bitte? Wirst du mich unterrichten? In allem?«

Sie schaukelte erneut auf ihm, während sie sprach, und spürte, wie die Antwort tief in ihrem Inneren aufflammte – aber noch stärker waren seine Augen, seine Wahrheit, seine Seele.

»*Ríddu mér*«, sagte er, ein Fluch, ein Befehl, ein Schwur. »Ich werde es versuchen.«

26

John hielt sein Wort und begann noch am selben Abend mit Rosas erweitertem Unterricht. Nicht, wie sie vielleicht erwartet hatte, mit Versammlungen und Kriegsrat, sondern mit einem spontanen Besuch in der Ka-esh *Vergnügungshöhle*.

»Wenn du wirklich alle verborgenen Sehnsüchte der Orks kennenlernen willst«, sagte John, als er sie dorthin führte, »wirst du es hier am besten lernen, Liebchen.«

Der Raum war tatsächlich genauso schockierend wie beim letzten Mal, voll mit Orks, die sich auf die erstaunlichsten Weisen miteinander vergnügten. Aber John schien völlig unbekümmert zu sein – sowohl von dem beunruhigenden Treiben als auch von den vielen misstrauischen Blicken, die ihnen zugeworfen wurden – und führte Rosa auf eine leere Bank an der gegenüberliegenden Wand.

»So, mein Liebchen«, murmelte er, während er sie auf seinen Schoß zog. »Wir werden gemeinsam zuschauen, und ich werde deine Fragen beantworten. Und wenn du unzufrieden bist, wirst du mir das sagen.«

Dagegen war nichts einzuwenden, vor allem, als seine tiefe,

erhitzte Stimme tatsächlich begann, Rosas Fragen mit leichter, unverschämter Bestimmtheit zu beantworten. *Ach, ja, Marcus wünscht sich das. Nein, Stockschläge wie diese heilen bei einem Ork innerhalb eines Tages vollständig ab. Ach, Brandr ist mit Benjamin gepaart, deshalb rührt ihn kein anderer an.*

»Hast du tatsächlich all diese Dinge ... *getan*, John?«, fragte Rosa schließlich, atemlos, vielleicht fast ängstlich angesichts der Antwort. »Und würdest du sie alle wieder machen wollen? Mit ... mir?«

Ihr Herz klopfte plötzlich wie wild und ihr Blick war auf die Stelle gerichtet, an der sich mehrere Orks brutal an einem einzelnen stöhnenden, knienden Ork vergnügten. Johns Augen folgten den ihren, verengten sich bei diesem Anblick und dann zog er sie näher an sich heran, seine Hände breiteten sich auf ihrem Bauch aus.

»Das habe ich schon oft getan, ach«, antwortete er mit bemerkenswerter Gelassenheit. »Aber es hat mir noch nie gefallen, einem anderen ausgeliefert zu sein. Und es würde mir auch nie gefallen, mein Liebchen mit einem anderen zu teilen oder ihr wirklich oder dauerhaft zu schaden. Dafür bist du zu klein und wertvoll.«

Die Worte zitterten und zischten tief in ihrem Inneren – *wertvoll*, hatte er gesagt – und zusammen mit dem allzu faszinierenden Anblick, der sich ihnen bot, hatte Rosa einen trockenen Mund bekommen und erschauderte am ganzen Körper. Und als John seine warme Hand unter ihre kurze Tunika schob und seinen Krallenfinger vorsichtig in ihre geschwollene Hitze gleiten ließ – die dank ihrer eigenen erregenden Aktivitäten zuvor in der Bibliothek immer noch triefend nass war – fühlte Rosa nur noch Lust, Leidenschaft und *mehr*.

»Gefällt dir das, Liebchen?«, murmelte John und nickte in Richtung der Orks, auf die Rosa unverhohlen starrte – ein gefesselter, kniender Ka-esh namens Abjorn, hinter dem gerade ein anderer Ork kniete, der in sein entblößtes Hinterteil stieß, während mehrere andere Orks zusahen. »Wünschst du dir das mit mir zu tun?«

Rosa schnappte nach Luft und zuckte zusammen, was ihr einen leichten, missbilligenden Kniff von Johns freier Hand einbrachte – es bedeutete, dass sie nicht herumzuzappeln hatte, wenn sein Finger in ihr war – und sie atmete tief ein. »Ich ... vielleicht?«, flüsterte sie zaghaft, entblößt und bedauerlicherweise wahrheitsgemäß. »Vielleicht ... wenn jemand zuschaut, für den Anfang?«

Sie war zu erregt, um sich zu schämen, und ihre Gedanken kreisten um all die aufregenden Möglichkeiten, die sich ihr boten, und Johns Finger sank noch ein wenig tiefer, seine Stimme war ein heißes Schnurren in ihrem Ohr. »*Gott*«, murmelte er. »Das werden wir tun.«

Dieses Versprechen wirbelte und sang die ganze Nacht hindurch, auch als Rosa wieder auf John in seinem Bett ritt, seinen Schwanz tief in sich vergraben, dort, wo er gebraucht wurde, wo er hingehörte. Sogar als sie an seine heiße, verschwitzte Gestalt gebunden einschlief, während seine Krallen sanft über ihren Rücken kratzten. Und als sie Stunden später wieder aufwachte, war er *immer noch* da. Er *schlief* tatsächlich, und seine Brust hob und senkte sich rhythmisch unter ihr.

Es war sicher Morgen, also griff Rosa vorsichtig nach der Kerze, um sie anzuzünden – und betrachtete ihn dann mit einer wirbelnd aufsteigenden Zuneigung. Sie genoss seine leicht flackernden Wimpern, die kleinen Zuckungen seiner Gliedmaßen und die überraschende Sanftheit seiner Gesichtszüge im Schlaf. Bei allen Göttern, er war ein wunderschöner Ork, mit scharfen Linien und glatter Haut, und er fühlte sich auch noch wunderschön an. Er war immer noch weich und sicher in ihr verborgen, bis er – Rosa schnappte nach Luft – seine Augen abrupt aufschlug. Er blinzelte erst verwirrt und dann mit wachsendem, unleugbarem Verlangen zu ihr auf.

»*Ríddu mér*«, befahl er, ohne auch nur einen guten Morgen zu wünschen, aber Rosa konnte nicht einmal protestieren, nicht mit dieser Härte, die so stark in ihr anschwoll und sie mit seinem Leben, seiner Wärme erfüllte. Also ritt sie wieder auf ihm, schaukelte auf seinen Hüften, während er tief in ihr kreiste und bohrte. Er behielt die ganze Zeit seine Arme hinter dem Kopf verschränkt, selbst als seine Mundwinkel sich nach oben wölbten und seine halb geöffneten Augen ihren Körper mit träger, unverschämter Wertschätzung abtasteten.

Erst als sie wieder gemeinsam zu ihrem Höhepunkt kamen, seine Hüften sich aufrichteten und er sich in ihr entlud, hörte Rosa ein Geräusch vom Bett gegenüber. Als sie den Kopf ruckartig dorthin bewegte, stellte sie erschrocken fest, dass Tristan immer noch in seinem Bett lag, auf der Seite, ihnen zugewandt und hellwach. Und er war nicht allein, Salvi lag dicht hinter ihm und beide starrten unverhohlen zu John und Rosa hinüber. Und – Rosa schluckte – Salvis Hand war in Tristans Hose vergraben und glitt mit fließender, vertrauter Präzision auf und ab.

Ein Zwicken an Rosas Brustwarze lenkte ihre Aufmerksamkeit wieder auf John, der sie mit hochgezogenen, skeptischen Augenbrauen beobachtete. Er fragte im Stillen: *Ist es nicht das, was du wolltest? Was ich dir versprochen habe?*

Rosa konnte sich das nicht bieten lassen, egal was für ein verschlagener Halunke er auch sein mochte, also streckte sie ihm die Zunge heraus und stieß ihn mit einem weiteren harten, spitzen Stoß gegen seine Hüften. Als wollte sie sagen: *Worauf wartest du denn noch?*

Die Hitze in ihr – die wieder deutlich weicher geworden war – flammte mit köstlicher, unmittelbarer, tödlicher Kraft auf. Und mit einem plötzlichen, überwältigenden Ruck zerrten Johns starke Hände sie nach unten, dicht an seine nackte Brust, und drehten sie dann leicht und kraftvoll um. So, dass sie auf dem Rücken lag und zu ihm hoch blinzelte, während er sich auf seine Unterarme stützte, sie einschloss und mit Wärme, Verlangen und *Sicherheit* bedeckte.

»*Horfðu á mig*«, hauchte er. Sieh mich an. Aber es war ohnehin unmöglich, wegzusehen, und Rosas ehrfürchtige Hände glitten über seinen Rücken, streichelten ihn, beteten ihn an, während er sie langsam und bedächtig in das Bett fickte. Jeder Stoß war ein sanfter, erregender, unglaublich kraftvoller Ruck der Empfindung, der funkensprühenden Hitze, der puren, knisternden Ekstase.

Er beendete es mit einem Heulen, sein Oberkörper bäumte sich auf, während seine Hüften gegen sie stießen und sein Schwanz sich *erneut* in ihr entlud. Rosa spürte, wie die Flüssigkeit in ihr aufquoll und sie dehnte, bis es schmerzte und sie zu platzen drohte.

Das Wissen blitzte in Johns Augen auf und er riss sich aus ihr zurück, weg. So schnell, dass Rosa aufschrie und sich an ihn klammerte – aber es war zu spät, er war weg, und an seiner Stelle war ... eine *Flut*. Sie ergoss sich mit erstaunlicher Kraft zwischen ihren Beinen, spritzte auf ihn, verteilte sich auf dem Bett und – ihre flatternden Hände griffen nach den Pelzen, zu spät, zu spät – sogar auf dem Bett und auf dem *Boden*.

»*Verdammt*«, hauchte sie und warf einen beschämten Blick durch den Raum, wo Tristan und Salvi ganz sicher immer noch zusahen – aber da war Johns Hand, die ihr Gesicht ergriff und es zu sich zurückdrehte.

»Du wünschst zu lernen, Liebchen«, hauchte er so leise, dass sie ihn kaum hörte. »Und du willst, dass ich ein Ork bin. Daher werde ich stolz darauf sein, dass mein hilfloses kleines Liebchen mein Bett beschmutzt. Und wenn du *noch mehr* Schamgefühl zeigst«, sein Blick wanderte zu Tristan und Salvi, »werde ich dich zwingen, es wieder sauberzulecken, nackt, während wir alle zusehen.«

Verdammte Hölle. Rosas Schlucken war sicher im ganzen

Raum zu hören, aber sie nickte mit glühendem Gesicht und ignorierte das leise Lachen von Salvi auf dem Bett gegenüber. Und John ... John genoss das hier in vollen Zügen. Sein Lächeln war geradezu atemberaubend, es zeigte seine scharfen Zähne und ließ seine Augen in den Winkeln kräuseln.

»Jetzt sollst du aufstehen, mein Liebchen«, schnurrte er. »Und mir zeigen, wie du aussiehst, nachdem du fünf Mal in einer Nacht gefickt wurdest. Und vielleicht«, seine Augen funkelten vor Bosheit, »wirst du mir auch danken.«

Mochten die Götter diesen Halunken verfluchen, aber Rosa tat es, er testete sie, er hatte sie schon *fünfmal* so genommen, obwohl er sich bis dahin immer wieder geweigert hatte, es zu tun – also nickte sie und gehorchte. Sie stieß sich von der Bettkante ab, stellte sich auf wackelige Beine, nackt, richtete ihre Augen auf John und versuchte krampfhaft, die immer schlimmer werdende Sauerei zu ignorieren, die ihr die Schenkel hinunterlief, während drei Orks sie beobachteten. Und als Johns Finger eine kleine, wirbelnde Geste machte, die eindeutig bedeutete, dass sie sich umdrehen sollte.

Rosa tat es trotz der immer noch aufsteigenden Hitze in ihren Wangen und lächelte John sogar an, als sich ihre Blicke wieder trafen. »Danke, mein Lord«, hauchte sie mit schwankender Stimme. »Dafür, dass du mich fünfmal so genommen hast. Und«, sie holte tief Luft, »dass du bei mir geblieben bist, so wie du es getan hast, in dieser Nacht.«

Die Anerkennung flackerte in seinen Augen auf, hell und atemberaubend, und schließlich erbarmte sich John ihrer, erhob sich ebenfalls vom Bett und griff nach einem der Lappen, die er griffbereit hielt. »Braves Liebchen«, murmelte er, als er begann, sie sauber zu wischen. »Das hat mir gefallen.«

Die Wärme kochte hoch, als er sie ankleidete, ihr Haar mit seinen Krallen ausbürstete und es wieder ordentlich flocht. Als er sie aus dem Zimmer führte, winkte er Tristan und Salvi, die immer noch zusammen im Bett lagen, zum Abschied zu, obwohl Salvis Gesicht jetzt in Tristans Schulter vergraben war und Tristans Augen nichts sehend an die Decke starrten.

»Weißt du, mein Lord«, sagte Rosa und stieß mit ihrem Arm kameradschaftlich gegen seinen, als sie ein gutes Stück den Gang entlanggelaufen waren. »Du hast es auch versäumt, mir die Wahrheit über Tristan und Salvi zu sagen. Dass sie früher tatsächlich *gepaart* waren. Bis Salvi Tristan wegen einer *Frau* betrogen hat.«

John schaute vage zu ihr hinunter und runzelte die Stirn. »Ach, ich habe dir doch gesagt, dass es zwischen den beiden noch etwas zu klären gibt, oder?«, sagte er. »Diese *Frau* wünschte sich Salvi, und nur wenige Orks würden die Gelegenheit einen Sohn zu bekommen verschmähen. Söhne sind die Zukunft unserer Art. Sie sind«, sein Blick wandte sich zum Gang, »das, wonach sich viele von uns in diesem Leben am meisten sehnen.«

Richtig. Rosa konnte im Moment keine Antwort darauf finden, nicht einmal eine Frage. Vielleicht, weil – ihr Blick glitt zu seinem scharfen Profil und blieb dort haften – eine neue Art von Ehrlichkeit darin lag. Eine Offenheit, die sie noch nie gehört hatte. Vielleicht die gleiche Art von Offenheit, die er ihr in seiner Vergnügungshöhle gezeigt hatte, und die er ihr sogar bei der Art und Weise, wie er sie genommen hatte und sie ihm danach zeigen musste, gezeigt hatte. *Fünfmal* hatte er sie genommen.

Fast so, als hätte John *wirklich* beschlossen, ihr zu vertrauen. Fast so, als hätte er beschlossen, sie komplett zu seinem Liebchen zu machen.

Und dadurch hatte er auch beschlossen, *mehr* aus ihr zu machen.

Die Gewissheit darüber geriet leicht ins Stottern, als Rosa bemerkte, dass John sie in die Bibliothek geführt hatte – er würde sie doch nicht einfach wieder verlassen? – aber nein, er ging nur zum Tisch, nahm ihr neues Buch und drückte es ihr in die Hand, bevor er sie zurück zur Tür lenkte.

»Ich treffe mich jeden Morgen mit dem Anführer und seiner Gefährtin«, sagte er, ohne dass Rosa danach fragte. »Heute möchte ich, dass du ihnen von deiner *Entdeckung* erzählst.«

Natürlich gab es keine Widerrede, vor allem nicht, nachdem John Rosa durch den Ash-Kai-Flügel geführt und ihr verschiedene interessante Räume gezeigt hatte. Schon bald wurde sie in einen gemütlichen, mit Feuer beleuchteten Versammlungsraum geführt, in dem – Rosa zuckte zusammen – nicht nur Jule und Grimarr saßen, sondern auch Baldr und Drafli, sowie zwei Orks, die Rosa nicht kannte, und *Simon.*

Sie hatten sich alle um einen niedrigen Tisch versammelt, und John stellte sie schnell vor: Der vernarbte, aber warmherzige Ork neben Baldr hieß Nattfarr und gehörte zum Clan Grisk, und der hünenhafte, hässliche Ork neben Simon hieß Olarr und gehörte zum Clan Bautul. Sie begrüßten Rosa mit überraschender Höflichkeit – Nattfarr schenkte ihr sogar ein kurzes, aufrichtiges Lächeln –, aber Rosa entgingen auch nicht die Blicke, die im Raum ausgetauscht wurden, die deutlichen Anzeichen von Unsicherheit oder vielleicht sogar Misstrauen angesichts ihrer unerwarteten Anwesenheit.

»Meine Frau hat in meiner Bibliothek eine *Entdeckung* gemacht«, verkündete John, als er und Rosa am Tisch Platz genommen hatten. »Ich möchte, dass sie euch davon erzählt.«

Rosa erstarrte – John wollte, dass sie *was* tat? –, aber der nüchterne Blick in seinen Augen sagte wieder: *Das ist es doch, was du wolltest, oder? Du wolltest an meinem Leben teilhaben. Zeig mir, was für ein braves Liebchen du sein kannst.*

Und die Herausforderung, die darin lag, der Befehl, machte es irgendwie leichter. Das ermöglichte es Rosa, das Buch zu öffnen und zu sprechen, mit einer Stimme, die nur leicht schwankte. Sie hielt tatsächlich – zumindest in diesem Fall – einen wissenschaftlichen *Vortrag* in einem Raum voller riesiger, einschüchternder und bedrohlicher Orks.

Aber sie hörten zu. Und stellten Fragen. Und dann, zu Rosas anhaltendem Erstaunen, begannen sie sogar eine lebhafte, überraschend intelligente *Diskussion*. Sie debattierten zunächst über die Glaubwürdigkeit des Autors – der Vater von Olarrs Vater hatte offenbar in Osada gelebt und von einem Orkling-Spezialisten gesprochen – und dann darüber, ob irgendjemand wusste, ob die Entdeckungen in der Zwischenzeit verifiziert worden waren. Und dann, welche Ergebnisse es wert waren, nachgeprüft zu werden, und welche Maßnahmen, wenn überhaupt, als Nächstes ergriffen werden sollten.

John beteiligte sich aktiv an dem Gespräch und brachte seine Argumente mit beeindruckender Schnelligkeit und Eloquenz vor. Er scheute sich auch nicht, seine Ork-Kollegen zurechtzuweisen und sogar den potenziell brisanten Punkt von Jules aktueller Schwangerschaft anzusprechen. Er bezog auch Rosa in seine Argumente mit ein, indem er ihr, fast als ob er sie testen wollte, Möglichkeiten zum Sprechen gab – und nach ihrem anfänglichen Schock schluckte Rosa den Köder mit Begeisterung. Sie ging auf seine Argumente ein, so gut sie konnte, und verwies oft auf bestimmte Stellen im Buch, um sie zu untermauern.

Am Ende hatte Rosa nicht nur viel Spaß gehabt, sondern John hatte es auch geschafft, Grimarrs Erlaubnis zu bekommen, einige der Kernaussagen des Buches weiter zu erforschen und neue Ressourcen zu beschaffen – mehr Räume, bestimmte Orks von anderen Clans, mehr Zeit von Efterar und etwas, das man Handelsgutschriften nannte. Zu Rosas Erstaunen schlug John sogar ihre Idee vor, Unterricht in Gemeinmund zu geben, um die Beziehungen zwischen Orks und Frauen zu verbessern.

»Ihr Ka-esh würdet das wirklich anbieten?«, fragte Grimarr John, wobei der Argwohn in seinem prüfenden Blick nur allzu deutlich wurde. »Für *alle* Clans? Nicht nur für andere Ka-esh?«

Sein Blick war absichtlich zu Simon gewandert, der

zusammen mit Drafli der ruhigste Ork im Raum gewesen war und dessen Augen nun eng und misstrauisch auf Johns Gesicht gerichtet waren. »Ka-esh will Skai nichts beibringen«, sagte Simon mit einem deutlichen Anflug von Endgültigkeit. »Ka-esh will, dass Skai dumm und allein bleibt und *ausstirbt*.«

Rosa entging nicht, dass John sich plötzlich neben ihr versteifte und seine Lippen kräuselte. »Wir wünschen uns nichts dergleichen«, schnauzte er mit kalter Stimme. »Wenn ihr Skai wirklich lernen wollt, würden wir euch sehr gerne unterrichten. Hat euch Tristan in den letzten Tagen nicht gut gedient?«

Natürlich konnte niemand gegen Tristan argumentieren, nicht einmal Simon – und schon bald hatte John den Auftrag, einen weiteren Antrag zu diesem Thema zu verfassen, den er in der folgenden Woche vorlegen sollte. Ein Auftrag, den er mit der gleichen Nonchalance annahm wie die anderen, obwohl Rosa das verräterische Glitzern der Zufriedenheit in seinen Augen nicht entging.

»Das lief doch gut, oder?«, fragte sie ihn, nachdem sie sich verabschiedet hatten und wieder durch den Gang spazierten. »Du bist doch zufrieden, oder?«

Johns Seitenblick auf sie war tatsächlich zufrieden und vielleicht sogar stolz. »Ach«, antwortete er. »Das ist mehr, als ich seit vielen Monaten für meine Arbeit bekommen habe. Ich denke, es hat geholfen, dass eine Frau in dieser Sache ihre Meinung gesagt hat.«

Rosa kämpfte gegen die aufkommende Wärme an und legte den Kopf schief, um ihn im Schein der Lampe zu betrachten. »Aber sicher hat Jule deine Arbeit bis jetzt unterstützt? Sie ist eine kluge Frau. Und außerdem *schwanger*. Mit dem *Kind* eines Orks.«

Doch John zuckte mit den Schultern und lenkte Rosa mit einer Handbewegung um die Ecke. »Der Anführer hält sie hier in Sicherheit, damit Efterar sich jeden Tag um sie kümmern kann«, sagte er. »So muss sie nicht um ihr Leben fürchten, wie es die meisten Frauen in ihrem Zustand tun. Und sie ist sehr loyal gegenüber dem Anführer, der vor allem die Männer und den Frieden zwischen den Clans als oberste Priorität betrachtet. Und«, John zuckte wieder mit den Schultern, »sie ist keine Gelehrte, wie du es bist.«

Wie du es bist. Er meinte das wirklich ernst, stellte Rosa fest und blinzelte in sein ungerührtes Gesicht. Als er das sagte, sah er weder beunruhigt noch unbehaglich aus, sondern schien kaum zu merken, dass er es gesagt hatte ...

»Denkst du wirklich«, sagte Rosa atemlos, »dass ich eine *Gelehrte* bin?«

»Ach, bist du das nicht?«, fragte John und führte sie beiläufig um eine weitere Ecke. »Du hast fünf Sprachen studiert, du hast Legionen von Büchern gelesen, du bist geschickt und neugierig. Du findest den verborgenen Sinn in dem, was du siehst und liest, und sprichst es dann mit Klarheit und Leichtigkeit. Es hat dich sogar einer der mächtigsten Menschen des *Reiches* für sich gestohlen, um von deinen Erkenntnissen zu profitieren.«

Noch nie in ihrem *Leben* hatte jemand so etwas Schönes zu Rosa gesagt, und ohne nachzudenken, stürzte sie sich auf John, schlang ihre Arme um seine Taille und vergrub ihr Gesicht in seiner warmen Brust. »Danke, mein Lord«, hauchte sie. »*Danke.*«

Er versteifte sich kurz und war sichtlich erschrocken – doch dann spürte sie, wie er sich wieder entspannte, eine Hand streichelte ihren Rücken, die andere neigte ihr Gesicht zu ihm hinauf. Er schaute sie verwirrt, aber vielleicht auch liebevoll an.

»Törichtes Liebchen«, sagte er. »Du wirst mir vielleicht nicht mehr so dankbar sein, wenn ich dir befehle, diesen dummen Skai-Lehrplan zu entwerfen, an den du mich jetzt gebunden hast. Und dann sollst du deinen Plan in einer Woche an meiner Stelle vorschlagen, so wie es der Anführer verlangt hat.«

Rosa stupste ihn in die Seite, aber sie konnte nicht aufhören, ihn anzugrinsen oder sich sogar auf die Zehenspitzen zu stellen, um ihm einen schnellen, heimlichen Kuss auf den Hals zu drücken. Er wollte, dass sie einen *Plan* ausarbeitete. Er wollte, dass sie ihn *präsentierte*. Nicht als sein Werk, sondern als ihr *eigenes*.

»Und«, fuhr John mit gesenktem Kopf fort, fast so, als wolle er seinen Hals ihrem Mund zugänglicher machen, »du weißt, dass diese Unterrichtsstunden Lehrer brauchen, Frau. Mehr als nur Tristan.«

Seine Stimme wirkte diesmal lässig, aber das war sie ganz *sicher* nicht – und Rosa spürte, wie sich ihr Körper an seinen schmiegte und ihr Herz wie wild schlug. Was wollte er damit sagen? Was, bei allen Göttern, wollte er *sagen*?

Aber ein flüchtiger Blick in Johns ausdrucksloses Gesicht sprach Bände. Er sagte dasselbe, was er gestern Abend in der Bibliothek gesagt hatte. Und als er sie auf diese Weise genommen hatte, fünfmal. Als er die ganze Nacht mit ihr in seinem Bett geschlafen hatte, ihr seine Vergnügungshöhle gezeigt und sie aufgefordert hatte, ihre Ergebnisse in einem Raum voller Orks zu präsentieren.

Und dasselbe hatte Rosa vielleicht auch gesagt, als sie all dem *zugestimmt* hatte. Als sie schließlich alle Geheimnisse dieses hinterhältigen Orks entdeckt hatte, alle verborgenen Tiefen seiner Verdorbenheit, und trotzdem *Danke, mein Lord* gesagt hatte.

Seine Augen waren so misstrauisch, so gottverdammt distanziert. So ... *ängstlich*. Und Rosa hätte auch Angst haben müssen. Wegen des Krieges, wegen der Zukunft, wegen ihrer Bibliothek, wegen Lord Kaspar, wegen der Frist, die irgendwie auf acht Tage geschrumpft war ...

Aber stattdessen nickte sie nur. Sie wippte mit dem Kopf, schaute ihm in die Augen und sagte ohne Worte: *Ja*, zu einer Frage, die er nicht einmal gestellt hatte, aber plötzlich wusste sie, dass er sie gestellt *hatte*. Mit jeder einzelnen Handlung heute. Mit jeder beantworteten Frage. Jeder Berührung, jedem Blick seiner Augen.

Ich werde es versuchen, hatte er gestern Abend gesagt, und er hatte es auch so gemeint. Keine Unwahrheiten.

»Ja, mein Lord«, flüsterte Rosa, und es war so stark wie ein Band, ein Schwur, ein Wort, das mit Tinte auf ein neues Blatt geschrieben wurde. »Ich werde es tun.«

27

Der nächste Tag verging in einem Strudel herrlicher Aktivitäten, die Rosa und John durch das ganze Orkgebirge führten.

Zuerst trafen sie sich mit Salvi und Eben in der medizinischen Klinik der Ka-esh, um die Konditionen für ihr neues Forschungsprojekt zu besprechen. Als Nächstes trafen sie sich mit einem anspruchsvollen Grisk-Ork namens Ymir, der offenbar für die Handelsgutschriften im Orkgebirge zuständig war. Und dann beriet er sich mit Hanarr über die benötigten Vorräte, während Rosa den überquellenden Korb mit Lebensmitteln leer aß, den Hanarr für sie bereitgestellt hatte.

»Als Nächstes, Liebchen, werden wir uns mit Efterar treffen«, sagte John vergnügt, als sie Hanarrs Vorratskammer verlassen hatten. »Ich schätze, er wird nicht erfreut sein.«

Efterar war in der Tat nicht erfreut, als er erfuhr, dass er anscheinend für Johns Forschungen abkommandiert worden war. »Der Anführer hat dir meine *Unterstützung* für deinen neuesten verrückten Plan angeboten?«, schnauzte er John an und warf ihm einen vernichtenden Blick zu. »Wegen eines alten *Buches*, das du in deiner *Bibliothek* vermodern lassen hast?«

Johns Gesichtsausdruck schwankte zwischen Ungläubigkeit und schierer Niedertracht, aber bevor er eine ebenso bissige Antwort geben konnte, schob sich Rosa zwischen die beiden und begann mit einem hoffentlich überzeugenden Argument für den Plan. Sie zitierte mehrere Punkte aus dem Buch, bei denen ihr zuvor geschienen hatte, dass Efterar ihnen grundsätzlich zustimmte, darunter auch die Aussage, dass frischer Orksamen für einen stärkeren Sohn sorgte und außerdem zusätzliche Nährstoffe lieferte.

»Und vielleicht«, fuhr Rosa entschlossen fort, »könntest du Salvi und Eben erlauben, mit dir zusammenzuarbeiten, zumindest vorübergehend? Auf diese Weise kannst du ihnen Aufgaben übertragen, soweit es nötig ist, und sie können John in deinem Namen Bericht erstatten?«

Efterars gereizter Gesichtsausdruck hatte sich verändert – nicht in Zustimmung, sondern eher in etwas Nachdenkliches, während sein Blick an Rosas Gestalt auf und ab wanderte. »Beeindruckend«, sagte er zu Rosas Verwirrung, während er mit seiner großen Hand ihr Kinn anhob und ihr in die Augen blickte. »Wie lange bist du noch mal hier? Eine Woche?«

»Vierzehn Tage«, antwortete Rosa ganz automatisch und zuckte dabei leicht zusammen. »Warum?«

Efterar runzelte immer noch die Stirn, sein Blick fiel auf ihre Brüste und dann auf ihren Bauch. »Du hast beträchtlich zugenommen«, sagte er, mehr zu sich selbst als zu ihr. »Du hast in so kurzer Zeit mehr zugenommen, als ich erwartet hätte, deine Muskelmasse hat zugenommen, und deine Augen und deine Haut haben sich fast vollständig erholt. Abgesehen von den Bisswunden und Kratzern«, sein Blick fiel auf Rosas Nacken, bevor er durch ihre Tunika hindurch auf ihre Leistengegend blickte, »sieht es so aus, als wäre dein Gefährte auch sonst vorsichtig gewesen und es hat sich nichts entzündet, das ist doch gut genug. Fühlst du dich auch geistig wacher?«

Rosa brauchte einen Moment, um das alles zu verdauen – John war zwar immer noch nicht ihr *Gefährte*, aber vielleicht hatte sie sich in letzter Zeit geistig wacher *gefühlt*? Und als sie einen unsicheren Blick auf ihre eigenen Handgelenke warf, stellte sie überrascht fest, dass sie vielleicht nicht mehr ganz so dünn aussahen wie früher.

»Ach, es geht ihr viel besser«, sagte John schließlich in die Stille hinein, als Rosa immer noch nicht sprechen konnte. »Wir haben alle deine Ratschläge sorgfältig befolgt, Bruder. Sie trinkt jeden Tag frischen Samen und Milch und isst alles, was ich ihr bringe. Außerdem schläft sie nachts gut, sieht oft die Sonne und ist mit ihrer Arbeit beschäftigt. Sie war es, die dieses Buch gefunden und dann in Gemeinmund übersetzt hat, damit wir alle davon profitieren können.«

Efterars Gesichtsausdruck spiegelte genau das wieder, was Rosa fühlte – hatte John tatsächlich *so sehr* genau darauf geachtet, Efterars Rat zu befolgen? Aber Johns starrer Unterkiefer deutete darauf hin, dass er trotz all seiner offensichtlichen Feindseligkeit gegenüber Efterar und seiner unwissenschaftlichen Magie die Ratschläge befolgt hatte.

»Oh«, sagte Efterar schließlich, immer noch sichtlich verwirrt. »Nun. Na gut, dann nehme ich an. Schick Salvi und Eben, wenn es sein muss.«

Jetzt war es an John, überrascht zu schauen. Seine Augen weiteten sich kurz, bevor er knapp nickte und den Blick abwandte. »Gut«, sagte er. »Das wird helfen, Bruder. Ich … schätze deine Arbeit und deine Führung.«

Mit diesen Worten drehte sich John um und schlenderte hinaus, während Rosa Efterar ein entschuldigendes Lächeln schenkte und dann hinterherlief, um ihn einzuholen. Anstatt John wegen seines offensichtlich schwierigen Zugeständnisses zu necken, stieß sie ihn mit der Schulter an und schenkte ihm ein kurzes, übermütiges Grinsen. »Wie lange wird es wohl dauern«, sagte sie leichthin, »bis er und Salvi sich gegenseitig umbringen?«

Sie sah, wie sich John entspannte, und freute sich über das Aufflackern von echter Dankbarkeit in seinen Augen. »Ich schätze, höchstens drei Tage«, sagte er, zog sie an sich und drückte ihr einen sanften Kuss auf den Scheitel. »Jetzt komm, mein Liebchen. Es gibt heute noch einiges mehr zu erledigen.«

Rosa gehorchte natürlich und ihr Körper war immer noch ganz warm, als John sie zur Schmiede brachte – wo er mit seinen Orks die Prioritäten des Tages besprach – und dann ins Labor. Danach ging es zu einer weiteren Besprechung, diesmal mit Grimarr, Nattfarr, Baldr, Drafli, Olarr und einigen anderen. Nur sprachen die Orks dieses Mal hauptsächlich auf *Aelakesh*, und das wichtigste Diskussionsthema schienen die Männer zu sein, die derzeit am Berg kampierten. Der *Krieg*.

Rosa hörte so aufmerksam zu, wie sie konnte, schnappte hier und da ein paar Brocken auf und kämpfte damit, die erregende Ablenkung durch Johns Krallen, die abwesend über ihren Nacken streichelten, zu ignorieren. Die Männer hatten anscheinend auf der Südseite des Berges ihr Lager aufgeschlagen, sie hatten genug Vorräte für mindestens zehn weitere Tage, und sie hatten immer noch keine Anzeichen eines Angriffs gezeigt. Noch nicht.

Während sie zuhörte, begann etwas in Rosas Brust zu nagen und sie suchte immer wieder den Blick von John, der neben ihr saß. Er beteiligte sich wieder aktiv an der Diskussion, sein *Aelakesh* war knapp und selbstbewusst, seine Meinung wurde von allen am Tisch respektiert. Am Ende des Treffens schien er wieder mit den Ergebnissen zufrieden zu sein und ein grimmiges Lächeln umspielte seinen Mund.

»Mach dir keine Sorgen um diese Männer, Liebchen«, sagte John, als sie wieder im Gang waren. »Ich habe dir gesagt, dass meine Brüder und ich uns um all das kümmern werden. Wir werden uns nicht von zweihundert Männern besiegen lassen. Und du wirst nie wieder diesen geizigen, grausamen Lord ertragen müssen, der dir so achtlos Schaden zugefügt hat. Ich werde für deine Sicherheit sorgen.«

Oh. Rosas Bauch krampfte sich bei diesem Satz zusammen, ihre Atemzüge wurden kürzer und flacher. John würde sie beschützen. Sie würde Lord Kaspar nie wieder ertragen müssen. Und so anziehend dieser Gedanke auch plötzlich war, Rosa hatte nur noch sieben Tage Zeit. Sieben Tage, bevor Lord Kaspar sie mit brisanten Enthüllungen in der Bibliothek zurückerwartete.

Und was, wenn sie gar nicht zurückkam? Was dann? Denn das war es, was John sagte, nicht wahr?

Ja, das war es, stellte sie mit einem erneuten Ziehen in der Magengegend fest. Schon wieder. Er wollte wirklich, dass sie ... *blieb*.

»Du bist hier sicher, Liebchen«, wiederholte er und richtete seine Augen auf Rosas Gesicht. »Komm. Ich weiß, was dich beruhigen kann.«

Rosa nickte dankbar und begleitete ihn in einen anderen Raum – die medizinische Einrichtung der Ka-esh. Dort arbeiteten gerade Salvi und Eben, genau so wie Aaron, Brandr und Marcus. Sie alle zögerten beim Anblick von Rosa und John, besonders als John Rosa durch den Raum führte und sie auf den Untersuchungstisch hob.

»Meine Mediziner bitten mich schon seit vielen Tagen darum, dich untersuchen zu dürfen«, sagte er zu Rosa und ignorierte dabei völlig die Orks, die sie beobachteten. »Die meisten Orks, die mit Frauen gepaart sind, sträuben sich dagegen, deshalb ist es selten, dass wir eine Frau untersuchen können. Ich wollte dich damit nicht verschrecken, aber«, er hob mit den Fingern Rosas Kinn an und fixierte ihren Blick, »ich weiß, dass du das jetzt für mich akzeptierst, ach?«

Rosas Kehle schnürte sich zu – er bot sie seinen Medizinern als *Forschungsobjekt* an? – und sie konnte nicht verhindern, dass sie einen kurzen, unruhigen Blick auf die fünf beobachtenden Orks warf. Sie alle waren in den letzten Tagen nur freundlich und respektvoll zu ihr gewesen, aber ...

»Werden sie mich anfassen müssen?«, fragte sie John, wobei

ihre Stimme nicht ganz gleichmäßig war. »Oder, ähm, *Dinge* mit mir machen?«

Die Ungewissheit flammte auf, ihr Körper krümmte sich innerlich – bis John ihr Kinn sanft, aber bestimmt schüttelte und ihren Blick wieder auf sich lenkte. »Sie werden dich nicht anfassen«, sagte er fest. »Nur ich werde das tun, während sie zusehen und lernen. Und wenn du die Lehrstunde abbrechen willst, musst du dies nur sagen. Ach?«

Da war ein leises, flüsterndes Brennen in Rosas Bauch – John wollte sie benutzen, um seinen Medizinern etwas *beizubringen* – und irgendwie verschwand das Unbehagen vollständig und wurde durch etwas ersetzt, das sich fast wie Eifer anfühlte. Sie würde John bei dieser Sache helfen. Sie würde ein gutes Liebchen für ihren Lord sein. Sie war sicher, umsorgt, *würdig*.

Es war vielleicht eine seltsame Gewissheit, vor allem, nachdem sie kurz nickte und John ihr prompt die Tunika über den Kopf zog. So saß sie völlig nackt auf dem Tisch und spürte die volle Aufmerksamkeit der anderen Orks im Raum, die alle ihre Arbeit ruhen gelassen und sich um den Tisch versammelt hatten.

»Auf den Rücken«, sagte John leise, ein Befehl – und Rosa schluckte schwer, während sie gehorchte und ihren nackten Körper rückwärts auf den glatten Stein legte. Sie schaute in sein Gesicht und nicht in das der anderen Orks, obwohl sie deren Blicke spüren konnte, ganz nah, starrend, beunruhigend präsent.

»Wir haben alle unsere eigene Art ausgiebig studiert«, sagte John zu ihr und strich mit einer sanften Hand ihren Arm hinauf, wobei er eine Spur von Gänsehaut hinterließ. »Also werde ich ihnen die Teile von dir zeigen, die sich von unseren unterscheiden. Ach?«

Rosa nickte, kämpfte um einen gleichmäßigen Atem und ignorierte, dass sich ihre Brustwarzen in der kühlen Luft des Zimmers verhärtet hatten. Aber John hatte es sicher bemerkt und schenkte ihnen einen kurzen, vielsagenden Blick, der fast zufrieden wirkte.

»Braves Liebchen«, murmelte er. »Und jetzt mach den Mund auf.«

Es dauerte einige Sekunden, bis Rosa gehorchte, ihre Augen huschten wild zu den Orks, die sie beobachteten – bis ein sanfter Kniff in ihre Seite ihren Blick wieder zu John lenkte. Er wartete geduldig und schien sich über ihr Unbehagen beinahe zu amüsieren, also öffnete Rosa schließlich mit klopfendem Herzen ihren Mund und wartete.

»Seht ihr ihre Zähne?«, sagte Johns beiläufige Stimme, als wäre das – sein Liebchen nackt auf einem Tisch, mit offenem Mund, während ein Raum voller Orks hineinschaute – eine ganz normale, alltägliche Aktivität. »Sie sind klein und stumpf, mit schwachen kleinen Fangzähnen. Sie sind nicht zum Zerreißen oder Töten gedacht, wie unsere.«

Einer der Orks – vielleicht Marcus – stellte eine Frage, etwas über Druck, und als Antwort befahl John Rosa, so fest wie möglich auf seinen Finger zu beißen. Auch dieser Befehl war überraschend schwer zu befolgen, aber Rosa biss schließlich so fest zu, wie es ihr möglich war. Sie erntete nicht einmal den geringsten Schmerz in Johns Augen, sondern nur ein warmes, zustimmendes Lächeln.

»Siehst du?«, sagte er zu Marcus und zeigte ihm die schwache rote Einkerbung, die sie in seinen Finger gedrückt hatte. »Das ist nicht der Rede wert.«

Die anderen Orks schienen davon fasziniert zu sein und begannen ein spannendes Gespräch darüber, wie sich die Größe des Kiefers auf den gesamten Bissdruck auswirkt. Danach wanderten Johns Finger zu Rosas Ohren und strichen über ihre abgerundeten Enden, während die Orks die anerkannte Hypothese diskutierten, dass die veränderte Form ein anderes Hörspektrum ermöglicht.

Als Nächstes zeigte John den Orks die Stelle, an der er Rosa in den Hals gebissen hatte, und erklärte ihnen, dass die Wunde zwar zu heilen begann, aber viel langsamer, als es bei einem Ork der Fall gewesen wäre. Das führte zu einer ausführlichen Diskussion über die Wundversorgung, die so lange dauerte, dass Rosa sich fast wieder entspannt hatte – zumindest bis Johns warme Hand nach unten glitt und sanft über ihre nackte *Brust* strich.

Ihr ganzer Körper versteifte sich, und John sah es sicher, denn seine Stirn legte sich in Falten und seine Augen fixierten die ihren. Aber ja, ja, sie konnte das tun, sie *wollte* das tun – und auf ihr eifriges Nicken hin rutschte seine andere Hand hinunter, die erste nachahmend, und bedeckte ihre beiden Brüste mit der Wärme seiner großen Handflächen.

»Ihre Zitzen sind klein«, sagte er, »aber wohlgeformt. Es gefällt ihr, wenn man sie umfasst und streichelt und ihre Spitzen zwickt und neckt.«

Verdammt, das hatte er doch gerade nicht *wirklich* gesagt – aber jetzt *demonstrierte* er es, indem er sanft in Rosas bereits spitze Brustwarzen kniff und sie zwischen seinen Fingern rollte. »Man muss trotzdem sanft sein«, fuhr er ruhig fort. »Ich sollte nicht darauf beißen oder die Klauen benutzen, wie ich es bei einem anderen Ork tun würde.«

Rosas Brust hob sich plötzlich, ihre Augen verengten sich, und Johns Blick war trügerisch ausdruckslos, sein Mund verzog sich. »Und sie ist genauso eifersüchtig wie jeder andere Gefährte«, sagte er mit einer verdammenswerten Gelassenheit. »Auch wenn sie das nicht gerne zugibt, ach, mein Liebchen?«

Dieser Mistkerl. Rosa schnitt eine Grimasse in seine Richtung, obwohl ihre Atemzüge tiefer wurden – hatte er sie gerade mit einem Ork-*Gefährten* verglichen? – und hörte fast nicht die nächste schockierende Frage der zuschauenden Orks. Dieses Mal wollten sie wissen, ob ihre winzigen Zitzen überhaupt ausreichen würden, um einen *Orkling zu säugen.*

»Ach, ich schätze schon«, antwortete John ebenso schockierend, als er ihr noch einmal sanft in die Brustwarze zwickte. »Sie sind schon größer geworden, als sie es vorher waren. Ich werde versuchen, sie noch mehr zu mästen, bevor es so weit ist.«

Bevor es so weit ist. Und wieder, bei allen Göttern, sagte er das. Er sagte es mit dem schnellen, verstohlenen Blick in ihre Augen, mit dieser sanften, leisen Berührung auf ihrer allzu empfindlichen Haut. »Hab keine Angst, kleines Liebchen«, murmelte er. »Orklinge beißen nicht, wenn sie saugen, so wie du vielleicht gelesen hast.«

Rosa starrte ihn jetzt wahrhaftig an – ja, er sagte es, er hätte es genauso gut in den Raum schreien können. Und der hinterhältige Mistkerl wusste es verdammt gut, denn seine Augen sanken gen Boden, er *versteckte* sich, während seine Hand mit beunruhigender, ablenkender Absicht über Rosas Vorderseite strich.

»Spreiz deine Beine, Liebchen«, sagte er, etwas schroffer als zuvor. »Als Nächstes werde ich ihnen deinen Schoß zeigen.«

Rosas gefühlloser Körper gehorchte diesmal, ohne nachzudenken, ihre Schenkel spreizten sich bereitwillig, ihr Blick blieb immer noch an seinen verräterischen, blinzelnden Augen hängen – zumindest, bis diese sanften Hände ihre Füße zielstrebig und zielgerichtet auf den Tisch brachten und ihre Knie auseinanderzogen. Jetzt war ihre geöffnete Spalte für den ganzen Raum sichtbar, für fünf weitere Ork-Augenpaare.

Aber Johns glitzernder Blick hatte sich wieder auf sie gerichtet und sagte wieder all die Dinge, die er nicht aussprach. *Gefalle mir. Lass mich dich vor ihnen zur Schau stellen. Lass mich ihnen zeigen, wie gut ich für dich sorge. Wie sehr du versuchst, mir zu gehorchen.*

Also nickte Rosa, obwohl ihre Wangen brannten, als Johns Hand nach unten glitt. Als diese warmen, vertrauten Finger über ihre Falte strichen und dann ihre geschwollenen Lippen spreizten, um alles zu zeigen, was dazwischen verborgen war.

»Hier gibt es viel zu sehen und zu lernen«, sagte John, und in seiner kühlen Stimme lag vielleicht nur ein Hauch von Heiserkeit. »Hier«, seine Klaue berührte sie ganz sanft, sodass

Rosa keuchte und zitterte, »ist der Ort, an dem sich ihre Lust sammelt. Sie mag es, wenn man sie reibt, sowohl von außen als auch von innen.«

Und dann, verflucht mochte er sein, *demonstrierte* er es, indem er die Fingerkuppe auf und ab gleiten ließ – und Rosa konnte sich ein weiteres wildes Zucken und ein ersticktes, hilfloses Stöhnen nicht verkneifen. Aber John gefiel es, John *befürwortete* es und schenkte ihr ein kurzes, aufrichtiges Lächeln, bevor er seinen Blick wieder senkte ...

»Und hier«, fuhr er fort, während sein Finger weiter nach unten wanderte, »ist der Weg zu ihrer Gebärmutter. Er muss also zum Öffnen angeregt werden.«

Er streichelte sie mit sanfter, zielgerichteter Absicht und brachte sie tatsächlich dazu, sich weiter zu öffnen, weiter zu spreizen. Im Gegenzug stürzte sich Rosas Körper auf ihn, gierig und entblößt. Sie demonstrierte ihren geschwollenen, beschämenden Hunger in einem Raum voller zuschauender, urteilender Orks, und dann – ihr ganzer Körper erstarrte – spritzte noch mehr von der vertrauten dicken Nässe über Johns immer noch liebkosende Finger, über den ganzen Tisch unter ihr ...

Rosa kniff die Augen zusammen, ihre Hände fuhren zu ihrem heißen, gedemütigten Gesicht, während John, der Mistkerl, einfach weitermachte. Er streichelte weiter, entlockte ihr immer mehr, seine Hand war jetzt nass und glitschig von seinem eigenen verdammten Samen, während fünf andere Orks in völligem, erstauntem Schweigen zusahen.

»Sie beschmiert sich oft mit meinem vergossenen Samen«, sagte John, während sein nasser Krallenfinger vorsichtig und sanft in sie eindrang. »Sie schämt sich dafür, aber es gefällt mir, ihre kleinen Schweinereien zu sehen und sie mit meiner Zunge zu säubern.«

Oh. Oh, verdammt. Der Raum fühlte sich plötzlich aufgeladen an und sprudelte vor Hitze durch Rosas schnell wachsendes Verlangen – aber sie hielt still, so still, solch ein braves Liebchen, als der Finger tiefer glitt, sanft, anerkennend. Es gefiel ihm. Es gefiel ihm, das zu bezeugen ...

Sie hörte kaum, wie einer der Orks gestelzt fragte, ob sie keine Angst davor habe, von einer solchen Klaue durchbohrt zu werden – aber Johns leise Antwort steigerte nur noch mehr Hunger, mehr Verlangen. »Sie weiß, dass ich das mit der größten Behutsamkeit tun werde«, sagte er. »Es hat eine Weile gedauert, aber ich habe ihr Vertrauen gewonnen. Im Gegenzug hat sie sich meinem Willen gebeugt und gelernt, sich von mir nehmen zu lassen, ganz gleich, wie ich sie benutzen will.«

Rosas atemloses Stöhnen entrang sich von selbst und fing einen dunklen, erhitzten Blick von Johns wachsamen, halb geschlossenen Augen auf. Bei allen Göttern, er wollte das auch, er tat das mit *Absicht*, er prahlte mit ihr, stellte sie zur Schau, präsentierte sie vor einem Raum voller hungriger Orks.

»Sicherlich kann sie nicht deine *gesamte* Beanspruchung verkraften«, sagte einer der Orks von irgendwo ganz weit weg. »Ihre kleinen Öffnungen sind alle viel zu eng für so etwas. Selbst die Gefährtin des Anführers kann ihn kaum umhüllen, und sie ist eine viel größere Frau.«

Es hörte sich wie eine Herausforderung an, schrien Rosas aufgewühlte Gedanken, und sicher, *sicher* würde John das nicht tun –, aber mochten die Götter sie verfluchen, und *ihn* verfluchen, denn er sah sie an, mit hochgezogenen Augenbrauen, und seine Zunge war langsam herausgeglitten und streichelte über die geöffneten Lippen ...

»Ich werde es euch beweisen, wenn ihr es sehen wollt«, sagte er mit samtweicher, tödlicher Stimme. »Wenn sie einverstanden ist.«

Aber Rosa nickte bereits, verstohlen, aber eindringlich, denn ja, sie wollte es, sie brauchte es, sie war ein braves Liebchen, sie brauchte es, dass er sie zur Schau stellte, sie benutzte, wie er es wollte ...

Offensichtlich hatten die Orks nichts dagegen, natürlich gab es keine Einwände. John hob Rosa leise hoch, drehte sie

um und platzierte sie, nachdem er irgendwo ein Fell
hervorgeholt hatte, auf ihren zitternden Händen und Knien auf
dem plötzlich weichen Tisch. Dann drehte er sich um und
stellte sich vor ihr Gesicht, wobei sich sein gespannter
Unterleib fast auf einer Linie mit ihren fassungslos blinzelnden
Augen befand ...

Dann zog er seine Hose herunter und holte die vernarbte,
geäderte, triefende Härte heraus. Er entblößte sich nicht nur
vor ihr, sondern auch vor einem Raum voller schweigsamer,
aufmerksam beobachtender Orks.

»*Sjúga mig*«, befahl er ihr, heiser. »*Djúpt.*«

Sauge mich, hieß es. *Tief.*

Und bevor Rosa folgen, nicken oder sprechen konnte – *ja,
ja, natürlich, mein Lord* – spreizte der glitschige, tropfende Kopf
ihre Lippen um sich herum und versank sanft und beharrlich
in ihr. Tiefer und tiefer, ohne aufzuhören, überflutete die Süße
ihre Zunge und ihre Luftröhre und öffnete sie – bis er komplett
in ihr steckte, ihr Mund an seiner dicken, vibrierenden Basis
anlag und seine glatte Eichel tief in ihre Kehle gerammt war.

»*Gott*«, hauchte er, oder vielleicht würgte er auch. »*Horfðu á
mig.*«

Sieh ihn an. Rosa blinzelte mit großen Augen zu ihm
hinauf und genoss das dunkle, gefährliche Vergnügen in
seinen wachsamen, anerkennenden Augen. Als sie verzweifelt
schluckte, zog er ihn langsam und zielstrebig wieder heraus,
bis er am Ende angekommen war. Bis sie nur noch an seiner
Krone saugte, weich und süß – und dann stieß er wieder
hinein, härter, und öffnete ihren Mund und ihre Kehle mit
einer flüssigen, kompromisslosen Leichtigkeit.

»Seht ihr?«, sagte er zu den zuschauenden Orks, seine
Stimme klang unverschämt gleichmäßig. »Ich bin bis zu den
Eiern versunken. Mein Samen tropft direkt in ihren Bauch.«

Rosas Antwort war ein hilfloses, ersticktes Stöhnen, das von
einem riesigen, stoßenden Orkschwanz aufgefangen wurde,
und den Göttern sei Dank, zog er sich wieder zurück und ließ

sie wieder atmen. Und ein anderer Ork hatte eine Frage gestellt, die Rosa durch das Rauschen in ihren Ohren nicht hörte, aber diese Frage veranlasste John, erneut in sie einzudringen, langsam, verheerend und gnadenlos, bis ihr Mund wieder an seinem Unterleib klebte und ihre Kehle krampfhaft um sein dickes, unerbittliches Eindringen herum zuckte.

»Es fühlt sich besser an als alles andere, was ich je erlebt habe«, sagte John leise, und Rosas schreiendes Gehirn registrierte, dass es die Antwort auf eine Frage war, die der Ork gestellt hatte. »Es ist ein wahres Vergnügen, über eine enge menschliche Kehle zu herrschen und zu spüren, wie sie an dir erstickt und sich verkrampft.«

Verdammt noch mal, er hatte das nicht gerade wirklich über sie *gesagt*, zu all diesen Orks – und irgendwie, verloren in der wirbelnden Spirale des wütenden Verlangens ... *biss* Rosa ihn. Mit ihren Zähnen. Etwas, das sie sich noch nie zuvor getraut hatte, bei niemandem, geschweige denn bei einem *Ork*, ihrem *Lord*, und die Scham und der Ärger wuchsen mit unbarmherziger Kraft, ihre Augen weiteten sich und sie sah plötzlich verängstigt in Johns erstauntes, blinzelndes Gesicht. Verdammt, das hatte sie nicht gewollt, aber er war so ein verdammter Halunke, dass er solche Dinge zu ihnen sagte und nicht zu ihr. Was, wenn er sie bestrafte, was, wenn sie ihm missfiel, was, wenn er seine Meinung änderte ...

Er zog sich aus ihr heraus und entblößte dabei langsam die neue rote Linie ihrer Zähne an seinem Schaft, und Rosa stellte schockiert fest, dass seine anderen Narben da unten – Narben, über die sie ihn nie ausgefragt hatte, vielleicht weil sie die Antwort nicht wissen wollte – alle ähnlich aussahen wie diese eine. Als ob er *gebissen* worden wäre. Wiederholt. Vielleicht sogar als Vergeltung für widerwärtige Aktionen wie diese ...

Und es *gefiel* ihm, seine Augen waren noch hungriger als zuvor, seine Hand legte sich bedrohlich und köstlich um Rosas entblößten Hals. »Törichtes Liebchen«, raunte er, heiser und atemlos. »Wenn du es wagst, deinen Lord zu beißen, kleine Rose, dann *weißt* du, dass du bestraft wirst.«

Rosas Nicken war instinktiv, zwanghaft, *wahnsinnig.* »Ja, mein Lord«, flüsterte sie. »Danke, mein Lord.«

Er stöhnte laut auf und seine andere Hand glitt hinunter, um über ihr neues Mal an seinem Schaft zu streichen, seine Finger streichelten es ehrfürchtig, fast ungläubig. »Gut«, sagte er so sanft, während seine Augen darauf hinunter blinzelten. »Du musst mir sagen, wenn ich dich wahrhaftig beunruhige. Oder wenn du willst, dass ich aufhöre.«

Es waren dieselben Worte, die er in der ersten Nacht in der Bibliothek zu ihr gesagt hatte, und es fühlte sich fast so an, als wären sie wieder dort, zögernd, wachsam, forschend. Als ob sie einander kennenlernten, einander testeten, allein in diesem Raum, in dieser Welt. Keine Unwahrheiten.

Rosa nickte, ihre Augen blinzelten verzweifelt in die seinen, und er nickte ebenfalls, ruckartig und unkontrolliert. Und dann ging er von ihr weg, weg von ihrem Gesicht, um sich hinter sie zu stellen. Er zerrte sie mit dem Körper zurück an die Tischkante und drückte ihre Beine weit auseinander.

Aber Rosa kümmerte sich nicht mehr darum, was er sah, was sie sahen. Sie neigte nur ihren Hintern nach oben, entblößt, wartend – und als Johns erster Klaps kam, schnell und zielgerichtet, war es ein scharfer, perfekter Ruck von unvorstellbarer, unbeschreiblicher Lust. Ihr sich wölbender, aufheulender Körper entflammte vor plötzlicher, knisternder Hitze – und dann steigerte er sich noch mehr, wurde noch fester, als die verlangende Härte zwischen ihre geöffneten, tropfenden Lippen stieß und wartete ... wartete ...

Und dann stieß er zu, bis zum Anschlag. So stark, dass Rosas Zähne klapperten, ihr ganzer Körper zitterte und sie fast vom Tisch fiel – aber John hatte sie, John hielt sie fest, sicher, aufgespießt und eingeklemmt auf seinem riesigen, pochenden Schwanz, selbst als seine Hand ihr einen weiteren schnellen, stechenden, *herrlichen* Schlag auf den nackten Hintern versetzte.

»Du wirst es lernen, Liebchen«, keuchte seine Stimme hinter ihr, als er sich langsam aus ihr herauszog – und dann wieder in sie eindrang, zusammen mit einem weiteren stechenden Schlag seiner Hand. »Du sollst wissen, was es heißt, einem Ork zu missfallen. Ein Ork, der dich entblößen will«, ein weiterer Schlag, »und dich markieren und dich zu seinem machen will. *Für immer.*«

Zu seinem. Für immer. Und Rosa nickte, zitterte und kämpfte darum, ihren gebeugten Rücken und ihren zitternden Körper zu kontrollieren. Sie wollte es ihm unbedingt zeigen, es ihm beweisen, sich weiter spreizen, ihn tiefer in sich aufnehmen, jeden schmerzhaften Schlag dieser warmen, vertrauten Hand willkommen heißen. Er sprach so fest, so fundamental von seiner Wertschätzung, seiner Zuneigung – *für immer*, hatte er gesagt –, selbst als er ihre brennende Arschbacke grob packte und sie weiter aufriss, auseinander zog.

Und das war seine andere Hand, die auf der anderen Seite zupackte und die letzten verborgenen Stellen von Rosa für den Raum und für ihn freilegte. Und natürlich konnte er das tun, er hatte jedes Recht, sie zu benutzen, wie er wollte, sie war ein braves Liebchen, eine würdige Gefährtin, und sie wollte das, all das, so urgewaltig und mächtig, dass sie den Tränen nahe war.

»Ja, mein Lord«, stieß sie mit angehaltenem Atem hervor. »Für immer. Bitte.«

Und John erwiderte es mit einem weiteren, diesmal sanfteren Klaps seiner Hand. Mit dem ebenso sanften Drücken seines riesigen, tropfnassen Schwanzes in das verletzliche Stück Haut. Als er sich langsam, sanft und erbarmungslos in sie hineinbohrte, sie in zwei Hälften spaltete und sie mit seiner Kraft, seinen Bedürfnissen und seiner *Liebe* erfüllte.

Der Gedanke bäumte sich auf und rebellierte, auch wenn er immer wieder aufstieg und sank, bis er ganz und gar gefangen war. Pulsierend und angespannt, zerrend und drückend, war ihr Lord mit ihr gefangen, in ihr, seinem Liebchen, seiner Gefährten, seiner Bibliothekarin, seiner *Liebe*.

Der nächste Klaps seiner Hand zitterte und zischte genauso laut wie die Kraft, die in ihr vergraben war, und Rosa stieß einen Schrei aus, brutal und gebrochen von einem Ork. Einem Ork, der sie entblößte, sie markierte, sie als sein Eigen bezeichnete. Ein Ork, der sie schändete, ihr Befehle erteilte und sie auf dem Altar seiner Herrschaft vernichtete ...

Ihre Erlösung flammte auf, loderte, explodierte. Verschlang sie in schreiender Ekstase, wobei ihr ganzes Ich entblößt, zur Schau gestellt und *in Besitz* genommen wurde. Und plötzlich überflutete sie ein Ausbruch nach dem anderen mit schierer, schwärmender Euphorie, als ihr Lord sich wieder und wieder in ihr ergoss. Er füllte sie mit seiner Essenz, seinem Versprechen, seiner Wahrheit. Für immer. Sicher. *Zuhause*.

Rosa ließ sich in dieser Wahrheit treiben, verloren in dem funkelnden, glitzernden, unfassbar friedlichen Wunder dieser Wahrheit. Sie hörte die heftigen Atemzüge ihres Gefährten hinter sich, die Nachbeben, die sie beide gleichzeitig zu durchlaufen schienen, die anhaltenden Lustschübe unter ihrer vereinten Haut.

Und dann brach John auf ihr zusammen, schwer und heiß und verschwitzt, seine Brust an ihren nackten Rücken gepresst. Sein Gesicht lag dicht neben ihrem, seine Augen blinzelten heftig, seine Lippen waren geöffnet und seine Wangen so rot, wie Rosa sie noch nie gesehen hatte.

»Geht es dir gut?«, flüsterte er ihr atemlos ins Ohr. »Habe ich dich wahrhaftig verängstigt? Oder dir wehgetan?«

In diesem Moment war es unmöglich, zusammenhängende Worte zu finden, also schüttelte Rosa nur schnell und energisch den Kopf. Dann genoss sie den warmen Körper, der sich an sie schmiegte, und das zusätzliche Gewicht seiner unausgesprochenen Erleichterung auf ihrer Haut.

»Kluges, *törichtes* kleines Liebchen«, murmelte er so sanft in ihre Halsbeuge. »Du solltest deinen Ork niemals beißen, außer du *wünschst* dir, ihn vor all seiner Sippe in einen Rausch zu hetzen.«

Moment mal. Rosas dahintreibendes, zufriedenes Bewusstsein hatte die Orks völlig ausgeblendet – o Götter, die Mediziner, die sie *beobachteten* – aber als ihr Kopf hochschnellte und ihre Augen hektisch suchten, waren sie weg. Verschwunden. Als ob sie gar nicht da gewesen wären.

»Ich habe sie weggeschickt«, sagte John mit einem leisen Lachen. »Du hast es nicht einmal bemerkt, ach? Du warst zu sehr in dein Gebrüll und Gezappel vertieft, schätze ich.«

Rose versuchte, ihn mit dem Ellbogen anzustupsen, aber versagte kläglich, woraufhin John ihr vorsichtig das lose Haar aus dem Nacken strich und ihr einen weichen, warmen Kuss auf die markierte Haut drückte. »Ach, das hat mir gefallen«, flüsterte er. »Du bist ein würdiges Liebchen, meine kleine Rose, und eine tapfere, kluge Frau. Ich hätte nie gedacht«, sie konnte sein Schlucken hören, »dass du so sein könntest. Für einen *Ork*.«

In seiner Stimme schwang die vertraute Bitterkeit mit, und Rosa kämpfte darum, sich darauf zu konzentrieren, um in dem wirbelnden Miasma aus schierem, gesättigtem *Glück* Worte zu finden. »Für dich, John-Ka«, hauchte sie. »Nur für *dich*, Ork. Gelehrter. Anführer. Lord. Rechtmäßiger Priester des Orkgebirges. Bester Fick des Reiches. Und«, sie holte tief Luft, »ein verschlagener, hinterhältiger *Halunke*. Nur für *dich*.«

Die Stille hallte einen Moment lang durch seine Gestalt über ihr wider und wurde dann von einem weiteren unerträglich sanften Kuss dieser warmen Lippen auf ihren Hals abgelöst. Er sprach wieder durch seine Berührung, so laut wie ein Schrei, ohne ein Wort zu sagen.

Rosa wusste nicht, wie lange sie so dalagen, die Welt taumelte und schwankte mit einer unmöglichen Zufriedenheit – aber sie blinzelte, hellwach, als sie spürte, wie er sich endlich aus ihr herauszog. Dann wischte er flink die Sauerei auf, bevor er sie wieder aufsetzte.

»Du musst hungrig sein«, sagte er, und seine Augen trafen in diesem schwachen Lampenlicht nicht ganz die ihren. »Vielleicht sollte ich dich ins Bett bringen und dir etwas zu essen holen?«

Sein Gesicht war immer noch unerklärlich rot, seine zittrige Hand rieb über seinen Mund und Rosas Lippen schenkten ihm bereits ein träges Lächeln, das vor Wärme und Zuneigung strotzte. »Ich *bin* hungrig«, gestand sie. »Aber statt ins Bett zu gehen, könnten wir vielleicht in die Bibliothek gehen? Und zusammen lesen, ein bisschen?«

Die Wärme wurde noch stärker, als John ruckartig nickte, und sogar noch stärker, als er sie schweigend wieder anzog, ihr Haar flocht und dann ihren immer noch kribbelnden Körper auf seine Hüfte hob. Anschließend trug er sie durch die Gänge und streichelte sanft ihren Nacken – bis er plötzlich einen Schritt zurückwich, als ein Ork den Gang hinunter auf sie zustürmte.

»John!«, rief der Ork, und Rosa erkannte, dass es Baldr war, dessen Augen sich vor Dringlichkeit weiteten. »Der Anführer braucht dich, sofort. Sie haben endlich einem Treffen zugestimmt.«

Sie. Die *Männer*, musste er meinen, und das Aufflackern der Spannung in Johns Gestalt bestätigte es, sein Mund wurde schmal und grimmig. »Ach«, sagte er. »Gewährst du mir einen Moment, Bruder?«

Mit diesen Worten drehte er sich um und sprintete den Gang hinunter, Baldr dicht auf den Fersen, bis sie in die Bibliothek stürmten. Tristan war schon da, drehte sich um und blinzelte ihnen entgegen, und John ging hinüber, um Rosa auf ihren üblichen Stuhl zu setzen, wobei seine Finger sanft und bedauernd ihr Gesicht nach oben zogen.

»Du bleibst hier und liest mit Tristan, mein kleines

Liebchen«, sagte er. »Ich komme wieder, sobald wir fertig sind.«

Rosas Herz pochte mit unerklärlicher Unregelmäßigkeit, und sie griff nach seiner Hand, hielt sie fest. »Kann ich nicht mit dir kommen? Bitte!«

Ihr entging weder der Schatten, der Johns Blick kreuzte, noch der rasche Blick, den er Baldr über die Schulter zuwarf. »Diesmal nicht«, sagte er. »Aber ich werde dir alles erzählen, was wir erfahren. Ach?«

Darauf folgte ein harter, leidenschaftlicher Kuss, seine Lippen hungrig und heiß auf ihren, und als er sich entfernte, spürte Rosa, wie sie nickte, ihr Körper sich entspannte und ihr Mund sich nach oben neigte. »Dann viel Glück, John-Ka«, murmelte sie. »Bis bald.«

Er lächelte zurück, leicht, aber ehrlich, und gab ihr einen festen Klaps auf die Wange, bevor er sich umdrehte und wegging, sodass Rosa nur seinem verschwindenden Rücken und der schönen Kurve seines Hinterns hinterherlächeln konnte. Als sie schließlich blinzelte und einen verspäteten Blick auf Tristan warf, sah sie, dass er sie mit stiller, unmissverständlicher Zustimmung beobachtete.

»Du und John-Ka, ihr habt die Dinge geklärt, ach?«, fragte er, und als Rosa nickte, lächelte er langsam und umwerfend. »Es freut mich, das zu sehen, Rosa-Ka. Mein Bruder hat sich schon so lange eine Gefährtin gewünscht.«

Rosa-Ka. Eine *Gefährtin*. Die Wärme wirbelte wieder auf, das Glück breitete sich aus und verdrängte fast alles andere – bis auf diese eine letzte, ständige, unvollendete Wahrheit, die durch dieses verdammte plötzliche Treffen wieder in den Vordergrund gerückt wurde. Die Männer. Die Gräueltaten. Der *Krieg*.

Lord Kaspar.

Rosa atmete schwer ein und aus. Sie konnte das tun. Sie wollte es. Sie war in Sicherheit. Zuhause.

»Wenn ich einen Brief nach Dusbury schreibe, Tristan«,

sagte sie, »gibt es eine Möglichkeit, ihn von hier aus dorthin zu schicken? Jetzt?«

Tristan nickte, wieder mit der verräterischen Zustimmung in seinen Augen, und reichte ihr prompt ein neues Blatt Papier. Rosa starrte es einen langen Moment lang an, bevor sie ihre Feder zückte und zu schreiben begann.

Es war ein kurzer Brief, aber er sagte alles, was sie zu sagen hatte. Als die Tinte getrocknet war und sie den Brief schweigend über den Tisch schob, spürte sie nur noch eine leise, erschütternde *Erleichterung*.

Tristan nahm ihn entgegen, ohne etwas zu sagen, aber er lächelte Rosa wieder warm und anerkennend an. »Ich werde den jetzt zu Eyarl bringen«, sagte er. »Er kümmert sich um solche Dinge und wird ihn heute Abend abschicken. Ich werde bald zurückkehren.«

Rosa nickte dankbar, und als er gegangen war, ließ sie sich in ihren Stuhl zurücksinken und blickte sich in der vertrauten, schönen Bibliothek um. Sie war ihr schon so ans Herz gewachsen, sie fühlte sich wie zu Hause und schon der Gedanke, sie jetzt zu verlassen – John zu verlassen – war unerträglich schmerzhaft.

Aber sie musste jetzt nicht mehr gehen. Sie hatten die *Dinge geklärt*, wie Tristan gesagt hatte. John hatte sie gefragt. Sie hatte geantwortet. Sie hatte ihm gefallen, seine Anerkennung und sein Lob und sogar seinen *Namen* verdient. Sie würde das Liebchen – und die Partnerin – sein, von der er immer geträumt hatte. Er würde es sehen.

Doch genau in diesem Moment kamen zwei Orks vorbei, die sich gegenseitig auf *Aelakesh* unterhielten. Zwei Orks, die sie nicht kannten, aber das war es nicht, was Rosa dazu brachte, sich in ihrem Stuhl aufzurichten, während sich ihr Magen verdrehte und sie ihre Hände fest an den Tisch presste.

Sie sprachen über sie.

»*Er þetta konan?*«, sagte einer von ihnen. »*Sú sem Lord Kaspar kom með heilan her fyrir?*«

Ist das die Frau?, hieß es. *Die Frau, für die Kaspar seine Armee mitgebracht hat.*

Warte! Die Frau, für die Kaspar seine *Armee* mitgebracht hat?!

Rosas Herz klopfte und flatterte, ihr Gehirn kreischte in ihrem Schädel, und ihr plötzlich nervöser, kribbelnder Körper sprang aus ihrem Stuhl und rannte zur Tür. Und lauschte verzweifelt und inbrünstig, durch das wilde Dröhnen in ihren Ohren.

»Ach«, sagte der andere Ork. »*En John-Ka neitar. Hann vill hafa hana hjá sér.*«

Ja. Aber John weigert sich. Er will sie behalten.

Die Orks gingen immer noch weiter, ihre Stimmen verschwanden in der Dunkelheit – aber hinter ihnen war es, als hätte etwas Rosa direkt in den Magen gestochen und sie flach gegen den Türrahmen gepresst.

Lord Kaspar hatte die Armee mitgebracht. Für *sie*?! Und darum ging es bei Johns Treffen mit den Männern? Hatte er sich mit *Lord Kaspar* getroffen? War Lord Kaspar wirklich *hier*?!

Plötzlich gab es keine Luft mehr, nur noch leere, schleppende Atemzüge, die in Rosas Kehle kratzten. Nein. Das konnte nicht wahr sein. Das konnte nicht sein. Sicherlich hätte John ihr die Wahrheit gesagt. Sie hatten sich darauf geeinigt. Sie hatten die Dinge geregelt. Keine Geheimnisse mehr. Er wollte, dass sie blieb...

Aber Rosas Panik wurde mit jedem erstickten Atemzug lauter und lauter. *Ich werde es versuchen*, hatte John ihr gesagt. Er hatte die Zukunft angedeutet, ja, er wollte alle seine Geheimnisse mit ihr teilen – aber hatte er das wirklich *so* gesagt? Sicherlich hatte er das, oder?

Rosas Gehirn durchforstete krampfhaft ihre Erinnerungen, griff zu und verwarf sie wieder, fand aber nur weitere Andeutungen, bedeutungsvolle Blicke und Schweigen. Und John hatte nicht einmal gesagt, wer die Männer anführte, er hatte gesagt, dass sie warteten, *gibt es noch etwas, das du mich fragen möchtest?*

Rosa fühlte sich kurz davor zu schreien und griff nach dem Türrahmen, griff nach einem rationalen Gedanken. Nein. Es musste sich um einen Irrtum handeln. Denn sicher wäre Lord Kaspar niemals ins Orkgebirge gekommen. Nicht mit einer Armee, nicht ihretwegen. Er war ein Gelehrter, kein Kämpfer oder Kommandant, er war auf Reisen, er war beschäftigt, viel zu beschäftigt, um sich um den Aufenthaltsort seiner Bibliothekarin zu scheren ...

Und Rosa hatte ihm in dem ersten Brief, den sie hinterlassen hatte, nicht einmal gesagt, wohin sie gehen würde. Sie hatte nur geschrieben, dass sie sich Zeit nehmen würde, um besser zu recherchieren, genau wie er es vorgeschlagen hatte. Es gab keine Möglichkeit, dass er es herausgefunden hatte, denn niemand hatte *gewusst*, dass an diesem Tag ein Ork in der Dusbury-Bibliothek gewesen war ...

Oder doch? *Susan* hatte es schließlich gewusst. Bei allen Göttern, Susan hatte es gewusst, und sie hatte an diesem Morgen sogar zu Rosa gesagt: *Vielleicht ist er wegen dir hier ...*

Rosa registrierte nur schwach den Anblick eines anderen Orks, der den Gang entlangschritt – aber warte, es war Simon, *Simon* – und Rosa stürzte auf ihn zu und griff gedankenlos nach seinem großen, festen Arm. »Simon«, würgte sie hervor. »Ist Lord Kaspar hier? Im Orkgebirge? Mit einer Armee? Wegen *mir*?«

Simon starrte sie an, ohne mit der Wimper zu zucken, und Rosa rüttelte wild an seinem Arm und kämpfte darum, die plötzliche Nässe in ihren Augen zu ignorieren. »Bitte, Simon«, flehte sie. »Ich muss es wissen. Die Wahrheit. Ist Lord Kaspar wegen mir hier? Trifft sich John gerade mit ihm? *Bitte!*«

Simons Blick veränderte sich nicht, und für einen Moment dachte sie, er würde sie wegstoßen. Lachen. Er würde sie eine dumme, törichte Frau nennen, die in einem Band gefangen ist und alles glaubte, was ein lügender Ka-esh-Ork sagte.

Doch dann nickte Simon. Er *nickte*.

»Ach«, sagte er. »Das ist die Wahrheit.«

28

Das ist die Wahrheit. *Wahrheit.*

John hatte *gelogen.*

Der dunkle Gang begann sich langsam zu drehen, und Rosa schlotterten tatsächlich die Knie. Ihr Atem kam in kurzen, heiseren Zügen, Lord Kaspar war *hier*, mit einer *Armee*, John hatte *gelogen* ...

Sie spürte nur vage Simons große Hand auf ihrem Ellbogen, die sie stützte und aufrecht hielt. Die Berührung war überraschend sanft und Rosas Kopf schnellte nach oben, ihre Augen blinzelten verzweifelt in sein stirnrunzelndes Gesicht. Er hatte es auch gewusst, er hatte es die ganze Zeit gewusst, und vielleicht hatte er sogar versucht, sie zu *warnen* ...

»Würdest du«, schluckte sie ihn an, »mich zu John bringen? Jetzt? *Bitte*, Simon!«

Die Verärgerung flackerte in seinen Augen auf, er wollte nicht, natürlich wollte er nicht, er hatte sie nie ausstehen können, und Rosa unterdrückte ein Schluchzen, stieß sich von ihm ab und taumelte den schwarzen Gang entlang. Sie würde jemanden finden. Irgendjemanden. Bitte ...

Der plötzliche Griff einer Hand an ihrem Ellbogen ließ sie zusammenzucken, ihre Arme fuchtelten – aber es war wieder nur Simon. Simon, der trotz des immer noch sichtbaren Ärgers in seinem Gesicht begonnen hatte, sie mit seinem Körper den Gang hinunter zu lenken.

Rosas Füße bewegten sich von selbst, sie kämpfte darum, Schritt zu halten, und taumelte in die Dunkelheit. Sie hatte die Lampe, die immer noch in der Bibliothek brannte, völlig vergessen und der pechschwarze Gang fühlte sich eng, beklemmend und völlig verwirrend an. Simons Schritte waren viel größer als die von John, und der Gang schien einen gewundenen, unberechenbaren Verlauf zu nehmen, den sie auf ihrer groben mentalen Karte überhaupt nicht einordnen konnte, aber vielleicht lag das auch an dem anhaltenden Kreischen in ihrem Schädel, dem ohrenbetäubenden Pochen ihres Herzschlags.

Lord Kaspar war *hier*. John hatte *gelogen*.

Vor ihnen wurde es lauter, Stimmen und Aufruhr erfüllten die Dunkelheit, und plötzlich fiel Licht in Rosas Augen. Es stammte von einer *Fackel*, die irgendwie in Simons Hand brannte. Vor ihnen hatten mehrere Orks ihre Arme vor das Gesicht geworfen und einige von ihnen fluchten laut.

Aber John war einer von ihnen, er war dicht neben Nattfarr gelaufen, aber seine Gestalt war auf halbem Weg stehen geblieben und auch seine Hand schützte seine Augen. Bei ihnen waren auch der Anführer, Jule, Baldr, Drafli und Olarr, die angesichts des unerwarteten Auftauchens von Simon und Rosa alle blinzelten.

»Rosa!«, sagte Jule mit echt wirkender Überraschung. »Was machst du denn hier? Hättest du nicht bei dem Treffen sein sollen? Tut mir leid, wir sind gerade fertig.«

Das Treffen. Rosas Augen huschten reflexartig zu John und suchten sein Gesicht ab – ja, ja, o Götter, es war ein Treffen mit *Lord Kaspar* gewesen, John hatte *gelogen* …

»Ich wollte nur«, Rosas Stimme klang wie die einer anderen Person. »Ich musste John sehen.«

Natürlich widersprach niemand, und John löste sich abrupt

von der Gruppe und schritt auf sie zu. Aber sein Gesicht, seine Augen, es gefiel ihm nicht, dass sie hierhergekommen war, er war frustriert, verärgert und *missbilligte* ihre Anwesenheit ...

»Können wir reden?«, schaffte Rosa, über ihre viel zu dicke Zunge herauszubekommen. »Unter vier Augen? Jetzt? Bitte?«

John nickte kurz und schnell und nahm Simon wortlos die Fackel aus der Hand, um dann mit einer scharfen Geste in die entgegengesetzte Richtung der Gruppe zu gehen. Als wäre er wirklich wütend auf Rosa, obwohl er derjenige war, der sie die ganze Zeit über *belogen* hatte. Und zu Rosas wachsendem Schock und Unglauben gesellte sich ein bebender, beunruhigender *Schmerz*.

Aber John schien das nicht zu bemerken, denn er führte sie in einen seltsamen neuen Raum, in dem – Rosas Kopf drehte sich, ihre Augen weiteten sich – tatsächlich *Fesseln* in die Wände eingelassen waren und sich Ketten wie Schlangen über den Steinboden schlängelten.

Es war ein ... *Gefängnis*.

Rosa starrte John an, der die Fackel grob in eine Wandhalterung gesteckt und sich dann zu ihr umgedreht hatte. Seine Arme waren verschränkt, seine ganze Gestalt strahlte Wut, Frustration und Missbilligung aus.

Aber er sprach nicht, er wartete. Vielleicht darauf, dass sie ihre Handlungen erklärte, und Rosa schnappte nach Luft, um einen Zusammenhang herzustellen. *Er* war hier der Lügner. Er hatte kein Recht. *Keines*.

»Wann wolltest du mir«, stammelte sie, »von Lord Kaspar erzählen? Dass er hierhergekommen ist? *Meinetwegen*?«

John verschränkte die Arme vor der Brust, seine Lippen kräuselten sich und seine schmalen Augen glitzerten im Fackelschein. »Das hätte ich dir erzählt«, sagte er, »wenn du mich gefragt hättest.«

Rosas Füße knickten seitlich unter ihr ein und warfen sie gegen die Steinmauer, an der sie sich festhielt und nach Luft schnappte. Es war also tatsächlich wahr. Bei allen Göttern, es war wahr, vielleicht war es die ganze Zeit wahr gewesen ...

»Du hast mich *belogen*«, hörte sie ihre Stimme sagen, ausgefranst und zitternd. »Schon wieder. Du hast bei *allem* gelogen. Was das Band angeht. Den Krieg. Die Männer. Lord Kaspar. Sogar über die geheimen *Ausschweifungen* deines Clans. Wir waren uns *einig*, John! Du hast geschworen, dass du mir die Wahrheit sagst! Keine Unwahrheiten! Das hast du *gesagt*!«

Die Wut flammte wieder in seinen Augen auf, hell und unerklärlich. »Ich sagte, ich würde es *versuchen*«, antwortete er mit belegter Stimme. »Ich habe dir erlaubt, mich diesbezüglich auszufragen. Ach, ich habe dich dazu *gedrängt*. Du hast es nicht getan. Ich dachte, vielleicht«, sein Kiefer zuckte, »wolltest du es nicht *wissen*.«

»*Natürlich* will ich es wissen!«, rief Rosa schrill zurück. »Natürlich will ich wissen, dass mein *Schutzherr*, der mich neun *Jahre* lang begleitet hat, eine *Armee* ins Orkgebirge geschickt hat, um mich zu *retten*!«

Die Worte klangen irgendwie falsch, und John vor ihr zuckte sichtlich zusammen. Aber er sprach nicht, sondern schaute sie nur mit diesen falschen, glitzernden Augen an, während Rosas Herzschlag immer lauter gegen ihre Brust klopfte.

»Wie lange ist Lord Kaspar schon hier?«, hörte sie sich selbst sagen, von irgendwo weit weg. »Die *Wahrheit*, John.«

Seine Augen schlossen sich kurz, sein Mund verzog sich zu einer Grimasse. »Er kam mit der ersten Gruppe von Männern«, sagte er schlicht. »Vor elf Tagen.«

Elf Tage. Bei allen Göttern, Lord Kaspar war fast die *ganze Zeit* über hier gewesen, während John so getan hatte, als gäbe es keinen Krieg, keine Männer, nichts. Während er sie verführte, mit ihr spielte, sie mit seiner Bibliothek, seiner Zuneigung und seinen *Lügen* ablenkte ...

»Und hat Lord Kaspar nach mir verlangt?«, flüsterte Rosas hohle Stimme. »Die ganze Zeit?«

John rührte sich nicht, tat nicht einmal so, als ob er antworten wollte, aber wie immer sprach seine Nicht-Antwort für ihn, so laut wie ein durchdringender, markerschütternder Schrei. Lord Kaspar *hatte* nach Rosa verlangt. Seit *elf Tagen.*

Und das – diese Erkenntnis schoss Rosa mit ohrenbetäubender Kraft durch den Schädel – *das* war der Grund, warum die Männer nicht angegriffen hatten. *Deshalb* hatte es sich falsch angefühlt, deshalb hatte es nicht so richtig gepasst. Die Männer sollten auf den Bauernaufstand warten, ja, und vielleicht taten sie das auch. Aber *diese* Männer – diese beiden Regimenter – waren nur wegen *ihr* gekommen.

»Du verdammtes *Arschloch*«, spuckte Rosa John entgegen, wobei ihr fast die Luft wegblieb vor lauter Wut. »Du betrügerisches, arrogantes *Schwein*. Wie kannst du es *wagen*, so etwas vor mir zu verbergen? Und«, sie schluckte einen Atemzug, während sie noch mehr Verständnis aufbrachte, »was zur *Hölle* hast du Lord Kaspar die ganze Zeit über mich erzählt? Hast du ihm gesagt, dass du mich foltern oder töten wirst, wenn er versucht, dich anzugreifen? Oder irgendeinen anderen Ork-*Blödsinn*?!«

Johns Körper zuckte wieder, und sie konnte fast spüren, wie seine eigene Wut aufwallte, durch den Raum schwappte und mit der ihren kollidierte. Und es ergab keinen verdammten Sinn, er sollte nicht wütend sein, er hatte *kein Recht* dazu, nicht, wenn er ihr das angetan hatte ...

»Wir haben diesem Mann«, antwortete John schließlich, seine Stimme war so kalt, wie die eines anderen, »alles erzählt, was du mir gesagt hast. Was du als deine Wahrheit behauptet hast. Dass du nicht zu ihm zurückkehren wolltest. Dass du ihn gehasst hast. Dass du nur Erleichterung verspürst, weil du von ihm befreit bist, und dass du ihn nie wiedersehen willst.«

Rosa kniff die Augen zu und biss die Zähne zusammen, bis es weh tat. »Du hattest«, hauchte sie, »kein Recht, ihm das in meinem Namen zu sagen. Ich habe dir das im *Vertrauen* erzählt.«

»Du hast es auch Tristan erzählt«, knurrte John zurück. »Und der Gefährtin des Anführers. War das alles auch im *Vertrauen*?«

Rosa kämpfte gegen den Drang an, ihn anzuknurren, und ballte ihre Hände zu Fäusten. »Und was hat Lord Kaspar gesagt?«, fragte sie. »Als du ihm das alles erzählt hast.«

Und warum gab es plötzlich Hoffnung, dass John vielleicht sagen würde, dass Lord Kaspar sich umgedreht hatte und gegangen war, um nie wieder zurückzukehren – aber nein, nein, John hatte sie *wochenlang* ununterbrochen belogen, und jetzt sprach er so mit ihr, schrie sie so an, so kurz nachdem sie angeblich alle Dinge geklärt hatten, aber vielleicht war auch das eine Lüge. Vielleicht war das alles nur eine Lüge, um Rosa von Lord Kaspar fernzuhalten, denn ...

»Dieser Mann hat gesagt«, erwiderte John, jedes Wort ein fallender, vernichtender Stein, »dass er das erst glauben wird, wenn er dich sieht. Allein. Wenn du es ihm ins Gesicht sagst.«

Irgendetwas krallte sich in Rosas Bauch fest, kämpfte und krabbelte, um zu entkommen, und einen langen, schmerzhaften Moment lang konnte sie nicht antworten, konnte nicht atmen. »Du hast dem nicht *zugestimmt*«, flüsterte sie mit leiser Stimme. »Hast du?«

Die Wut bebte und blitzte in Johns Augen auf, in seiner Faust, die abrupt ausfuhr und gegen die massive Steinwand hinter ihm schlug. So fest, dass sie sein schmerzvolles Aufstöhnen hören und sehen konnte, wie sich das Blut in den frischen Striemen auf seinen Fingerknöcheln sammelte.

»Der Anführer hat zugestimmt«, sagte er heiser und ließ seine blutige Hand wieder auf seine Seite fallen. »Du wirst also zu Lord Kaspar gehen und mit ihm sprechen. Morgen. Allein.«

Rosa würde zu Lord Kaspar gehen? *Allein?!* Der Raum schwankte heftig um sie herum, und plötzlich herrschte Panik, Aufruhr, *Zerstörung*.

»Und dann«, schluckte sie, »was passiert dann?«

John starrte sie einen Moment zu lange an, während sich die Wände zu wölben schienen – und dann *lachte* er. Es klang rau und bitter, und er hatte schon lange nicht mehr so gelacht, er durfte nicht mehr so lachen, es war falsch, *alles* war falsch.

»Sag es mir, *Liebchen*«, forderte er und lächelte sie mit seinen tödlich scharfen Zähnen an. »Sag du es mir. Was wirst du sagen, wenn du morgen mit diesem Mann allein bist? Was wirst du tun?«

Darauf gab es keine Antwort, keine Möglichkeit, selbst als ein entfernter Teil von Rosa zu sprechen oder vielleicht zu schreien begann. Sie würden sie nicht wirklich mit Lord Kaspar allein lassen, das *konnten* sie nicht, und wenn sie es täten, was *würde* sie sagen, was würde sie tun? *Ich habe mehrere mögliche Gräueltaten gefunden, bitte nimm mich mit nach Hause und mach mich zu einer Studentin, wie du es versprochen hast? Bitte, benutze mich, um deinen Krieg zu beginnen?*

Nein, nein, *verdammt* noch mal nein, schon der Gedanke daran war ekelhaft, abstoßend und verursachte ein schmerzhaftes Ziehen in Rosas Bauch. Aber was sollte sie sonst tun, sagen, *sein? Ich will hierbleiben, im Orkgebirge? Wo der Ork, von dem ich dachte, er sei mein Gefährte, mich wochenlang belogen hat? Mich wieder und wieder belogen hat, mich benutzt hat, mich manipuliert hat, seit dem ersten verdammten Tag unserer Bekanntschaft, weil, weil …*

John kam immer näher, seine Bewegungen waren fließend und tödlich. »Warum schmecke ich deine Angst, Liebchen«, sagte er so leichthin und schnippte mit seiner Zunge durch die Luft. »Ich habe dich nicht einmal berührt. Ich habe nicht geknurrt oder meinen Schwanz entblößt. Ich rieche keinen Duft deines Verlangens. Was ist der Grund dafür, Frau?«

Die Worte fühlten sich wie ein Schlag ins Gesicht an, Rosas zitternder Körper lehnte mit dem Rücken an der Wand, ihre Hände griffen verzweifelt nach dem kühlen Stein. Sie sollte etwas sagen, warum konnte sie nichts sagen, er würde es *niemals* erfahren ...

»Du hast Angst, mir zu antworten«, fuhr John fort, schlich näher heran und hob mit einem spitzen Finger sanft ihr Kinn an. »Warum ist das so, Liebchen? Was hat es mit diesem Mann und diesem Krieg auf sich, dass du Angst hast, mit mir zu sprechen?«

Seine Krallenspitze fuhr langsam ihren Hals hinunter, während er wieder lächelte und all seine Zähne zeigte, falsch, *falsch*. »Sprich mit mir, Liebchen«, schnurrte er, während sich seine Hand ganz nah und vertraut und wunderbar schrecklich an ihren zitternden Hals schmiegte. »*Warum versteckst du all diese Dinge? Warum kannst du es mir nicht sagen?*«

Es waren ihre eigenen Worte, erkannte Rosa mit einem klirrenden Schreckensschauer, gesprochen sogar in einer Parodie ihres eigenen Akzents, ihrer eigenen Stimme. Und ihr Mund öffnete und schloss sich, aber nichts kam heraus, nichts, sie log, er log, alles war eine Lüge ...

Johns seltsam klamme Hand legte sich enger um ihren Hals, und vielleicht zum ersten Mal überhaupt spürte Rosa die wahre Stärke dieser Hand, die echte Gefahr, die von ihr ausging. Das Bewusstsein, dass er sie so leicht töten konnte, dass es nur einen Moment dauern würde ...

»Hör auf damit, John«, sagte ihre schwankende Stimme von irgendwo ganz weit weg. »Das bist nicht du.«

Sein Lachen war hart, brüchig und quälend. »Ach, aber das bin ich *sehr wohl*«, sagte er und seine Augen funkelten im Fackellicht. »Ich bin ein Ork. Das habe ich dir immer wieder gesagt, und du hast gesagt, dass du dir das gewünscht hast. Für mich. Für John, vom Clan Ka-esh. Aber«, seine Brust hob sich, »das war nicht die Wahrheit, nicht wahr, meine schöne Rose? *Ist es das?*«

O Götter, o Götter, die Angst kreischte in ihrem Inneren, kratzte und ritzte tief in ihren Eingeweiden. Weil John auf eine

Antwort wartete, würde er Rosa zu einer Antwort zwingen und dann ...

»Du wünschst dir das *nicht* wirklich«, knurrte er und winkte ruckartig an seinem Körper hinunter, an sich selbst. »Du wünschst dir keinen Ork, der nicht nur geduldig und vergnügt ist. Du wünschst dir keinen Ork, der sich danach sehnt, dir Angst zu machen, dich zu bezwingen und dich zu *bestrafen*. Du wünschst dir keinen Ork, der dazu erzogen wurde, zu zweifeln, Verlangen mit Angst zu mischen und zu wissen, dass die Macht immer über die Vernunft siegt und dass die Menschen immer lügen und betrügen und neue *Kriege* anzetteln werden. Egal, wie sehr sich ein Ork bemüht, ihnen alles zu geben!«

Am Ende schrie er, seine Stimme hallte durch den dunklen und furchterregenden Raum und seine Finger gruben sich in Rosas Hals. Während die Angst zischte und abprallte und alles andere unter sich begrub. Er konnte sie töten, *John* konnte sie wirklich *töten* ...

Plötzlich stolperte er rückwärts, taumelte, als hätte man ihn geschubst – aber Rosa hatte sich nicht bewegt, hatte nicht gesprochen. Sie starrte ihn nur an, John, *ihren* John, der irgendwie *gebrochen* war, seine blutige Hand rieb über seinen Mund, seine Augen glitzerten vor Schmerz.

»Da es so aussieht, als würdest du nie darüber sprechen, kleines *Liebchen*«, sagte er so sanft, so bissig und innerlich so tot, »sollte ich es vielleicht tun. Du wirst dich morgen mit Lord Kaspar treffen. Du wirst ihm sagen«, seine Brust hob sich wieder, »dass du die Aufgabe, die er dir gestellt hat, mit Bravour gemeistert hast. Du wirst ihm sagen, dass du einen neuen Skandal im Orkgebirge aufgedeckt hast, vielleicht über dunkle Magie, über Gefährten oder über Ketten und Schläge. Dann wirst du ihm helfen, diese Nachricht zu verbreiten, damit er noch mehr Angst und Hass gegen meine Artgenossen schüren kann.«

Rosa starrte fassungslos und entsetzt. Die Worte krachten,

prallten aufeinander und wirbelten in ihrem Schädel durcheinander. John – *wusste* es?! Von dem Auftrag, der Spionage, den Gräueltaten?!

Nein. Nein. *Nein*. John konnte es nicht wissen. Er konnte es nicht wissen. Das war *nicht möglich*, er hätte es *niemals wissen* dürfen...

»W-warum«, stammelte Rosa, die so weit weg war, »sagst du so etwas? Hat Lord Kaspar dir das erzählt? Er *lügt*, John.«

Etwas Unbekanntes blitzte in Johns Augen auf, und für einen kurzen Moment war da der Gedanke, kurz, fern und voller Hoffnung, dass es vielleicht noch einen Ausweg gab. Vielleicht konnte Rosa immer noch alles auf Lord Kaspar schieben. Er *hatte* gelogen, das war die Wahrheit, alles war seine Schuld, bitte, bitte, sie konnte es noch retten, es gab noch einen Ausweg ...

»Törichte Frau«, erwiderte John schließlich, seine Stimme war ein bitteres, wütendes Krächzen. »Spiel mir nichts vor. Ich habe die Wahrheit von Anfang an gekannt. Seit dem ersten Tag, an dem wir uns getroffen haben. Du bist hier, um mich auszuspionieren und einen *Krieg* auszulösen.«

29

John *wusste* es. Er hatte es von *Anfang* an gewusst?!

Rosas ganzes Ich war wie betäubt, sie war zu geschockt und entsetzt, um atmen zu können. Sie konnte nur noch in Johns wütendes Gesicht starren, während ihr Puls in einem seltsamen, blitzenden Weiß hinter ihren Augen pochte.

Er hatte es gewusst. Die ganze Zeit über. Von Rosas Mission. Dass sie hierhergekommen war, um ihn, seine Brüder und sein *Zuhause* auszuspionieren. Um zu helfen, einen *Krieg* zu beginnen.

Und John sah ihren Schock, vielleicht schmeckte er ihn sogar, denn er lachte wieder, ein hässliches, kühles Geräusch in Rosas Ohren. »Du hast dich für so schlau gehalten, törichte Frau«, fauchte er sie an. »Mit deinem Stapel von Büchern und Abhandlungen. So wie du dich mir an diesem Tag angeboten hast. Als ob ich dein törichtes Schauspiel nicht sofort durchschauen würde, wenn ich auch nur einmal kurz an dir *rieche*.«

Rosas Mund stand offen, der Unglaube pochte, benommen und schleppend. Er hatte es die ganze Zeit über gewusst. Es war unmöglich. Unmöglich ...

»Und dann dieser *Brief*«, spuckte John ihr entgegen, unbarmherzig, unnachgiebig. »Dieser Brief von diesem Mann, der in der Nacht kam und dich aufforderte, dies zu tun, um seine *Belohnung* zu erhalten. Dieser Brief mit seinem Siegel, den du dann geöffnet und in ein Buch gesteckt hast, an dem dein Duft schwer haftete – und dann lässt du mich damit allein, während du in deiner Bibliothek herumstöberst. Als ob ich nicht riechen könnte? Oder *lesen*?!«

Oh. Oh, Götter. Rosa konnte nicht denken, konnte nicht verstehen, was hier vor sich ging, warum, warum, *warum* …

»Warum«, schluckte sie irgendwie, kaum hörbar, »hast du es dann getan? Warum hast du«, sie schnappte nach Luft, »zugestimmt? Mich zu berühren?«

John bellte ein weiteres Lachen, hohl und hasserfüllt. »Wie immer, *Liebchen*, mit den gezielten Fragen, hm?«, verspottete er sie. »Vielleicht wollte ich dir nur Angst einjagen. Vielleicht wollte ich dir zeigen, wo dein Platz ist. Vielleicht habe ich mich danach gesehnt, Lord Kaspars törichtes, selbstgefälliges kleines *Lieblingsweib* kreischend und bettelnd auf einem Orkschwanz festsitzen zu sehen!«

Bei allen Göttern, das konnte nicht wahr sein, John konnte das nicht sagen, das konnte nicht wahr sein! *W*arum? Und er konnte das nicht meinen – er *konnte* nicht …

»Du bist nicht«, flüsterte Rosa, ihr Herz raste, ihre Atemzüge waren kurz und flach. »in die Bibliothek gekommen, nur um an Lord Kaspar heranzukommen. Nur um mich zu verführen. Um mich von ihm wegzuholen und meine Zukunft zu ruinieren. Oder?«

Etwas blitzte in seinen Augen auf, etwas wie Unglauben oder vielleicht sogar Schmerz. Aber er antwortete nicht, rührte sich nicht, und warum fühlte sich Rosa so verzweifelt und gefährlich nahe am Rande der Tränen, ihre Augen heiß und feucht und blinzelnd …

»Aber du«, keuchte sie über das lauernde Schluchzen in ihrer Kehle hinweg. »Du hast mich hierher gebracht. Du warst *nett* zu mir. Du hast mich zu deinem Liebchen gemacht. Du ... du ...«

Plötzlich konnte sie es nicht mehr sagen, konnte es nicht ertragen, wenn er sagen würde, dass es nicht echt gewesen war, und John wirbelte von ihr weg, die Hände vor sein Gesicht gepresst.

»Ach«, sagte er, und es klang fast wie ein Schluchzen. »Und *ich* war der Narr in dieser Sache. Ich wusste, dass ich dir nicht trauen durfte, ich *wusste*, dass ich euch auseinanderhalten musste, dass ich unsere Wahrheiten vor dir verbergen musste, bis dieser törichte, *törichte* Fehler unseres Sohnes behoben werden konnte. Aber ...«

Aber. Rosa wartete, erstickte an ihren röchelnden Atemzügen und starrte hilflos, zitternd, auf seinen Rücken. »Aber *was*, John?«

»Aber du bist cleverer als du scheinst«, sagte er mit einer Stimme, die sie noch nie gehört hatte. »Du hast mich glauben lassen, du hättest dich verändert. Du hast dir solche Mühe gegeben, mich zu überzeugen. Du hast mich mit so viel Eifer aufgenommen, du warst so warm und süß, du hast gelacht und gesprochen und mit mir gespielt. Du hast in meiner Bibliothek gute Arbeit geleistet und dieses weltverändernde Buch für mich geschrieben. Du gabst mir die Erlaubnis, über dich zu herrschen. Du hast mich nicht für das verurteilt, was ich war. Du hast mir gezeigt, dass du eine *Gelehrte* bist.«

Rosas Arme hatten sich fest um ihre Taille geschlungen, ihr Körper wippte hin und her, und als John sich langsam wieder umdrehte, waren seine Augen auch dort. Auf ihrer Taille. Auf ... Auf ...

»Ich wusste, dass du die Unwahrheit gesagt hast, als ich dich nach diesem Mann und diesem Krieg gefragt habe«, sagte John so leise, sein Blick nicht sehend, nicht blinzelnd. »Aber dann sagtest du, du wolltest alles riskieren, um meinen Sohn zu gebären. Ich«, seine Kehle krampfte sich zusammen, »ich sehnte mich so sehr danach, dass ich beschloss, über deine

Lüge hinwegzusehen. Ich entschied mich zu glauben, dass du wirklich um deine vergangenen Taten trauerst und dir das jetzt wünschst. Für mich. Für *ihn*.«

Ihn. Ihren *Sohn*. Rosa konnte nicht sprechen, sondern nur auf der Stelle schaukeln, die Arme um ihre Taille geschlungen. Das hatte er nicht so gemeint. Das konnte er nicht. Er hatte es nicht gesagt. Er hatte *gelogen* ...

»Wann wolltest du«, sagte sie mit stockender Stimme, »es mir sagen? Das mit ihm? Unserem«, sie musste sich zwingen, die Worte auszusprechen, »unserem *Sohn*?«

Johns Augen lagen immer noch auf ihrer Taille und funkelten mit etwas, das Hass oder Sehnsucht oder beides hätte sein können. »Ich habe es dir gesagt«, sagte er, und für einen Moment klang er fast einladend. »Spiel mir nichts vor, Frau. Du hast es *gewusst*.«

Vielleicht hatte sie es gewusst, aber es war trotzdem Blödsinn, er hatte trotzdem gelogen, er hatte *gelogen*. »Habe ich das?«, schoss Rosa zurück. »*Seit wann*, John? Wie lange ist das her ... war ich ...«

Sie konnte es nicht aussprechen, sie konnte sich kaum noch aufrecht halten und John schaute immer noch auf ihre Taille, immer noch mit dieser schrecklichen Qual in seinen Augen. »Seit dieser Nacht, vor zwei Tagen«, sagte er. »Als du mir das Buch gezeigt hast, das du gemacht hast, und meinen Samen immer wieder in deinen Schoß aufgenommen hast, und mich glauben ließest ...«

Er sprach nicht zu Ende, und den Göttern sei Dank war da wieder die Wut, die in Rosas Schädel rasselte. »Oh, *natürlich*«, sagte sie, ihre Stimme war hart und spöttisch. »Du hast es auch schon seit Tagen gewusst. Du hast meine eigene *Schwangerschaft* vor mir geheim gehalten. Ich bin schockiert, John, *schockiert*.«

John knurrte, seine Klaue stach in der Luft in ihre Richtung, seine Augen verbittert, funkelten elendig. »Du *wusstest* es«, hauchte er. »Ich *weiß* das. Ich habe dich gesehen. Ich habe dich gerochen.«

»Ja, und du hast es mir trotzdem nicht gesagt!«, brüllte Rosa zurück. »Mal wieder! Wieder, und wieder, und wieder! Du hast *nie* etwas gesagt, John! Nicht über unseren Sohn, nicht über den Krieg, nicht über Lord Kaspar. Nicht über unsere Zukunft, nicht über das, was danach passieren sollte, und auch nicht darüber, was das alles eigentlich zwischen uns war! Du hast *nichts* gesagt!«

Und hier war die Erinnerung an Simon, lebendig und schrecklich. Wie er immer und immer wieder sagte, dass die Ka-esh lügen. Dass sie keine Gelöbnisse sprachen, damit es nichts zu brechen gab. Und Rosa hatte es mit eigenen Augen gesehen, wie Salvi Tristan behandelt hatte, in der Annahme, dass man ihm verzeihen würde, wenn er ihn für eine Frau fallen ließ, ohne dass einer von ihnen auch nur *ein Wort* gesagt hatte.

»Du wusstest es«, sagte John wieder und kam einen gefährlichen Schritt näher. »Du bist keine Närrin. Du hast es gewusst. Du hast gesagt, du würdest bleiben, als ich dich gefragt habe.«

»Nein, du *Arschloch*, ich habe es nicht gewusst!«, schrie Rosa zurück, und das stimmte vielleicht, *vielleicht*. »Ich bin ein Mensch! Ich bin kein Ork, ich laufe nicht herum und lüge und verarsche die Zuneigung anderer Leute und mache Leute fertig, um die ich mich eigentlich kümmern sollte! Ich bin ein Mensch, verdammt noch mal, ich bin kein *Monster*!«

Die Worte schallten durch den Raum, bösartig und kraftvoll genug, um Johns Kopf zur Seite zu reißen, weg von ihr, seine Augen zusammengekniffen. Als hätte Rosa ihm gerade wehgetan, ihn ins Gesicht geschlagen, aber er hatte es verdient, sie war mit seinem tödlichen *Kind* schwanger und er hatte es verdammt noch mal verdient.

Doch dann drehte sich sein Kopf wieder zu ihr, so langsam,

so unmenschlich, so *tödlich*. Seine Augen glühten vor Bitterkeit, vor Wut, vor *Schmerz*.

»Vielleicht *bin* ich ein Monster«, sagte er mit brüchiger Stimme. »Vielleicht hat es mir gefallen, über dich zu herrschen und deine Angst und dein Verlangen zu schüren. Aber ich habe *niemals*«, sein Mund verzog sich, seine Brust zog sich zusammen, »ein verletztes, eifriges, vaterloses *Kind* gegen seinen Willen aus der Schule genommen, damit ich es nach Belieben benutzen konnte. Ich habe *niemals* ein Kind hungern lassen, damit es klein und schwach und mädchenhaft für mich bleibt. Ich habe *niemals* einen Sohn gezeugt und ihn dann einfach vergessen. Ich habe nie die Arbeit einer klugen Frau genommen und sie als meine eigene beansprucht. Ich habe *niemals*«, er kam plötzlich einen Schritt näher, seine Wut stieg an, er kochte, »meine Macht als letzter der Ka oder als angehender Priester benutzt, um diejenigen zu *benutzen*, die mich nicht wollen, oder diejenigen einzusperren, die mich *fürchten*!«

Seine Krallen waren immer noch an seinen Seiten, aber es fühlte sich an, als hätte er sie tief in Rosas Vorderseite gerammt und blutige Spuren in ihre Haut geritzt. Als hätte er sie komplett gehäutet, alles freigelegt, was so sicher in ihr verborgen war, und Rosa wollte weinen, sich übergeben, verschwinden. Er war das Monster. Das war er. Das musste er sein ...

»Du ... du *bist* ... das Monster«, schluchzte Rosa, während sie sich zitternd an die Wand kauerte und ihre Arme fest um sich geschlungen hielt. »Das bist du, das bist du, das *bist* du!«

Und das war er *wirklich*, er hatte Rosa in dieses Zimmer gesperrt, um sie anzuschreien, zu verspotten und zu verhöhnen, um sie unwürdig, unbeachtet, ungeliebt und unwichtig zu machen. Und alles andere war ohnehin eine Illusion gewesen, es war ihm egal, sie war nicht sein Liebchen, sie war nichts, er war ein *Monster* ...

Er taumelte rückwärts, weg, die Hände vor das Gesicht

gepresst, den Kopf schüttelnd. »Dann geh«, röchelte er. »Dann *verlass* mich!«

Es war ein Brüllen, ein Befehl, roh, brutal und schrecklich. Der letzte Schlag eines Lords gegen das nackte, blutende Herz seines besiegten Liebchens ...

Und Rosa gehorchte. Sie klammerte sich an ihre Wunden, unterdrückte ihre Schluchzer und floh.

30

Rosa stolperte in den dunklen Gang, klammerte sich an die unheimliche Steinwand und atmete flach, keuchend und verzweifelt. Geh, hatte er gesagt, aber wie, warum, *wohin* ...

»Rosa«, ertönte eine Stimme, ganz nah und erschreckend, und Rosa schrie auf, wich zurück und schlug die Hände über der Taille zusammen.

»Rosa«, sagte die Stimme wieder, leiser, beruhigender. »Ich bin es. Tristan. Ich werde dir nichts tun.«

Oh. Rosas Augen fielen zu, ihr zitternder Körper sackte gegen die Wand, und plötzlich war da die dumme, *dumme* Hoffnung, dass John auch hier war, dass John herbeieilen und sie in die Arme nehmen und all die netten, bedeutungslosen Dinge sagen würde, die sie so gerne hören wollte. *Es tut mir leid, dass ich dir Angst gemacht habe, dass ich dich verletzt und benutzt habe, dass ich so ein zwanghafter, unerträglicher Lügner bin ...*

Aber da war nichts, nur das leise Geräusch von Tristans Atem, und Rosa suchte verzweifelt nach Gedanken, nach Worten. »J-John«, stieß sie hervor, »h-hat mir gesagt, dass ich gehen soll. Ihn *verlassen* soll. K-kannst du mir helfen?«

Sie spürte Tristans Zögern, hörte, wie er langsam

ausatmete, und konnte sich sogar den unruhigen Blick auf seinem Gesicht vorstellen. »Du solltest nicht alle Worte von John-Ka für die Wahrheit halten«, sagte er leise. »Vor allem nicht, wenn sie im Zorn gesprochen werden. Du kannst gerne hier bleiben, Rosa, so lange du willst.«

»Darf ich das wirklich?«, schoss sie zurück und ihre Stimme brach. »Auch wenn ich hierhergekommen bin, um euch auszuspionieren? Um einen *Krieg* gegen euch auszulösen?!«

Irgendwie hatte sie wieder angefangen zu weinen, das Wasser lief ihr über die Wangen – und Tristans betretenes Schweigen in der Dunkelheit war plötzlich genauso laut wie jede Antwort. Denn auch er hatte es *gewusst*, verdammt, diese verlogenen Ka-esh, und er hatte ihr trotzdem seine Sprache beigebracht, alle ihre Fragen beantwortet und sie mit *nichts* als Freundlichkeit empfangen.

»Ich k-kann nicht bleiben«, krächzte Rosa durch das Elend, die Schuld und die *Scham* hindurch. »Ich kann nicht, Tristan. Nicht jetzt. Bitte!«

Wieder herrschte einen Moment lang Stille, ein langsames Seufzen in der Dunkelheit. »Wohin möchtest du gehen?«, fragte er mit ruhiger Stimme. »Zurück zu diesem Mann?«

Diesem Mann. Lord Kaspar. Und Rosa schüttelte wild den Kopf, so heftig, dass Funken hinter ihren Augen aufblitzten. Nein. Nicht Lord Kaspar. Niemals! Der Mann, der ein Kind aus der Schule nahm und es *verhungern* ließ, weil …

»Zurück in meine Bibliothek«, brachte sie hervor. »Nach Dusbury. Ohne«, sie schluckte, »dass Lord Kaspar davon weiß. Oder mir folgt. *Bitte*.«

Tristan schwieg noch einen Atemzug lang, und da war die plötzliche, aufsteigende Gewissheit, dass er sagen würde: *Nein, das kann ich nicht, du bist wertlos, nutzlos, du verdienst es, zu diesem Mann zurückzugehen …*

»Ach«, sagte er, und das Wort war eine schreiende, erschütternde Erleichterung. »Wir werden dorthin gehen.«

31

Tristan führte Rosa schweigend durch die Gänge. Ein dunkles, verzweifeltes Elend breitete sich in ihr aus und tropfte in einem stetigen, bitter-salzigen Strom aus ihren Augen.

John hatte gelogen. Er war ein Monster. Sie würde ihn *verlassen*.

Aber die Tränen tropften nur noch schneller, Rosas Füße taumelten auf dem glatten Stein, ihr Körper wurde nur durch die harte Umklammerung ihrer Hand an Tristans starkem Arm aufrechtgehalten. Sie würde zurück nach Dusbury gehen. Und dann ...

»Kleine Lehrerin?«, meldete sich eine tiefe und vage bekannte Stimme. Es war *Simons* Stimme. »Wohin du gehen?«

»Nach Norden«, antwortete Tristan knapp. »Ich bringe Rosa heute Abend zurück nach Dusbury.«

Simons Knurren war unmittelbar und wild und jagte Rosa noch mehr Angst ein. »Du das nicht tun wirst«, zischte er. »Du brichst *Regeln* des Anführers. Männer liegen auf Lauer. Männer *greifen* an.«

»Dann werden wir unter der Erde bleiben, bis wir an den

Männern vorbei sind«, sagte Tristan gereizt. »Das ist wichtig, Simon. Für John-Ka. Für *mich*.«

Er klang plötzlich überraschend leidenschaftlich und sein Körper, der sich an den von Rosa schmiegte, zuckte nicht einmal bei Simons hartem Gegenknurren zurück. »Dann ich komme mit«, antwortete Simon mit fester Stimme. »*Beschütze* kleine Lehrerin.«

Tristan stieß einen Atemzug aus und presste seine Hand gegen Rosas Arm. »Du darfst nur mitkommen«, fauchte er, »wenn du Salvi suchst und ihn herbringst. Und sag ihm, er soll eine Lampe mitbringen und menschliches Essen und einen warmen Mantel für Rosa. Ach?«

Simon murmelte etwas auf *Aelakesh*, etwas über falsche Mediziner und nutzlose Menschen, die eine eintägige Reise nicht ohne Verhätschelung überleben können – aber Tristan knurrte wieder, und schließlich hörte Rosa, wie Simon zustimmend murmelte und in die Dunkelheit stapfte.

Und dann ging es weiter, endloses, elendes Gehen, das sich wie eine *Ewigkeit* anfühlte, während Rosa die Tränen über das Gesicht liefen und von ihrem Kinn tropften. John hatte sie belogen. John hatte sich nie wirklich um sie geschert. John war ein Monster.

Sie war nie würdig gewesen. Niemand hatte sich je um sie gesorgt. Es war alles eine Lüge gewesen.

Sie nahm nur schwach ein ansteigendes Geräusch hinter ihnen wahr, einen fernen Tanz des Lichts – und plötzlich tauchte Simon wieder auf, joggte durch den Gang, ein glänzender Krummsäbel schlug gegen seine Seite. Dicht hinter ihm war Salvi, groß und grimmig dreinblickend, mit seinem riesigen Beutel auf dem Rücken, seine schmalen Augen auf Tristans Gesicht gerichtet. Im Licht der Laterne sah Tristan blass und müde aus, aber auch unübersehbar erleichtert.

»Hey, *sæti*«, sagte Salvi mit rauer Stimme, während er direkt auf Tristan zuging und ihn an seine Brust drückte. »Es geht dir gut. Ach?«

Tristans Augen schlossen sich kurz und seine Krallen bohrten sich in Salvis Tunika. »Ach«, murmelte er zurück. »Aber wir müssen Rosa-Ka nach Dusbury bringen. Heute Nacht.«

»Ich habe es gehört«, antwortete Salvi in Tristans Haar. »Diese Frauen machen uns nichts als Ärger. Schon wieder.«

Rosas kalter, gefühlloser Körper hatte sich bereits gegen die nächstbeste Wand gelehnt, blinzelte zwischen Simon und Salvi hin und her und zitterte vor noch mehr aufsteigender Angst. Denn vielleicht wussten sie es auch, und was, wenn sie sie anschreien oder Tristan übermannen würden und ihn dazu brächten, seine Meinung zu ändern?

»Ruhig, Frau«, sagte Salvi und ließ seinen Blick über Tristans Kopf hinweg zu ihr schweifen. »Du brauchst dich vor uns nicht zu fürchten. Zieh das an, bevor du dich erkältest und uns damit Johns grenzenlosen Zorn einbringst.«

Mit der freien Hand warf er ihr etwas zu – einen Mantel, erkannte Rosa, griff danach und starrte mit leerem Blick auf das dicke Gewicht der Wolle. *Johns Zorn.* Aber John kümmerte das nicht. Nicht mehr. Sie war nicht würdig. Sie war nicht erwünscht. Er hatte *gelogen*.

»John wäre es egal«, hörte sie ihre hohle Stimme sagen, während sie sich den Mantel überstreifte und sich in dessen kratzige Wärme kuschelte. »Er will, dass ich gehe. Aus gutem Grund, denn«, sie schnappte nach Luft und wischte sich mit dem Mantel über das Gesicht, sie konnte es sagen, sie mussten es wissen, »ich war hier, um euch auszuspionieren. Um zu helfen, einen Krieg zu beginnen.«

Aber in Salvis Augen war keine Spur von Überraschung zu sehen, auch nicht in Simons. Und bei allen Göttern, sie hatten es *alle* gewusst, die ganze Zeit?

»Ach, Frau«, sagte Salvi, während er seinen Arm um Tristans Hals legte und ihn den Gang entlang zog. »Du denkst, wir wussten nicht, warum das klügste und begehrteste Weib eines mächtigen Lords plötzlich so begierig war, einem *Ork* zu dienen? Warum sie nicht aufhören konnte, uns über unseren Berg und unsere Lebensweise auszufragen? Warum sie so erbittert darum kämpfte, sich einen Weg auf Johns Schwanz und damit in sein kaltes, totes Herz zu bahnen?«

Er *zwinkerte* Rosa tatsächlich über die Schulter zu, als wolle er den Schlag dieser schockierenden Worte abmildern, aber es fühlte sich immer noch so an, als hätte er ihr direkt in die Brust geschlagen und ihr die Luft aus den Lungen gestohlen. Alle hatten es gewusst, und sie dachten – sie dachten wirklich ...

»Aber ich wollte ... Ich habe nur Fragen gestellt, weil ich etwas *lernen* wollte«, sagte Rosa, ihre Stimme klagend und schwankend, wieder am Rande des Weinens. »Und ich *mochte* John. Ich habe mich um John *gesorgt*.«

Niemand antwortete, nicht einmal Tristan, und schließlich grunzte Simon, der mit erstaunlich leisen Schritten hinter Rosa herging. »Gefangen im Band«, sagte er mit flacher Stimme. »Wie alle Frauen. Es gibt keine *Sorge*.«

Rosas zitternder Körper zuckte und sie wirbelte herum, um ihm ins Gesicht zu sehen, während das Elend sie einfing und erstickte. »Ich habe mich gesorgt«, schoss sie zurück. »Das *habe* ich. John ist ein unausstehliches, verlogenes *Arschloch*, aber er ist auch entschlossen, aufmerksam und *brillant*. Und er musste sich schon viel zu viel gefallen lassen, von euch allen, von den Männern, von«, sie schnappte nach Luft, »von *mir*. Und ich habe ihm gesagt, dass ich bleiben werde, ich habe *zugestimmt*, seine Gefährtin zu sein, *zugestimmt*, seinen Sohn zu gebären, auch wenn mich das vielleicht *umbringt*, weil ich weiß, wie viel ihm das *bedeutet*!«

Die Worte hallten mit schmerzhafter Schärfe und erstaunlicher Leidenschaft durch den Gang. Alle drei Orks drehten sich zögernd um und starrten sie an, Simon mit Unglauben in den Augen, Salvi mit Verwirrung und Tristan mit ... mit *Zustimmung*. Mit einem kleinen, vorsichtigen Lächeln.

»Ach, ich habe es dir doch gesagt«, sagte er leise und blickte zu Salvi auf. »Sie wünscht sich ihren Sohn auch.«

Tat sie das? Aber, bei allen Göttern, vielleicht *tat* sie es, ja, und neben Tristan runzelte Salvi die Stirn und legte den Kopf schief, als wäre sie ein Rätsel, das er nicht ganz lösen konnte. Simon hingegen schnaubte nur wieder, der Ton war hart, bitter und wütend.

»Frau *lügt*«, knurrte er. »Sie *gehen*. Als Nächstes sie tötet Sohn. Ka-esh *Art*.«

Rosas immer noch feuchte Augen starrten ihn wieder an, ihre Hände klammerten sich um ihre Taille und die Antwort kam von ganz allein. Sie wollte das. Sie wollte das?

»Ich *will* meinen Sohn«, schluckte sie, während sie ihn anschaute. »Ich *will* ihn. Und ich werde alles tun, was in meiner *Macht* steht, damit er geboren wird. John wird *nicht* der Letzte der Ka sein, auch wenn ich *nie wieder* mit ihm sprechen werde.«

Simon rührte sich nicht, sondern starrte sie einen langen, unruhigen Moment lang an. Als Rosas Finger sich ein wenig weiter um ihre Taille spreizten, bestätigte sie ihm, dass es wahr war, dass es real war. John war ein Monster, und doch wollte sie den Sohn dieses Monsters gebären, einen *Ork*, und was bedeutete das, was zum Teufel stimmte nicht mit ihr?

Aber in ihren Gedanken schwirrte die Erinnerung daran, wie sie in Johns Bett lag, in Johns warmen Armen. Die Erinnerung war lebhaft und schmerzhaft.

Aber ich muss mich nicht für die Taten anderer schämen, hatte er gesagt. *Meine Taten und meine Wünsche sind die meinen.*

Es hatte sich nicht wie eine Lüge angefühlt, und Rosa war sich damals sicher – so *sicher* – gewesen, dass er damit auch sie gemeint hatte. Ihre Scham und ihre Entscheidungen. Vielleicht wollte er ihr sagen, dass ihre Entscheidungen berechtigt waren. Würdig. Einfach weil es ihre waren.

Rosa kämpfte dagegen an, den Gedanken zu verdrängen, wegzuwischen, tief in ihr Inneres, wo er hingehörte – aber er schien sich nicht zu rühren. Er sprach so stark, so unerbittlich, dass sie schwer schluckte, sich über das Gesicht wischte und das Kinn anhob ...

»Ich will meinen Sohn«, sagte sie erneut, fest und klar, in die Stille hinein. »Ich will ihn. Ich will, dass John ihn bekommt.«

Es ergab keinen Sinn, nichts von alledem ergab mehr Sinn – aber es war die Wahrheit, es war ihre eigene, und Rosa klammerte sich mit all ihrer Kraft daran. Und Simons Augen funkelten sie an, anklagend, beunruhigend, fast ... unbehaglich.

»Ich kundschafte oben«, sagte er abrupt, machte auf dem Absatz kehrt und sprang auf einen kleinen Felsvorsprung, den Rosa vorher nicht bemerkt hatte. »Vielleicht sind schon vorbei an Männern.«

Sein großer Körper schob sich wieder nach oben und bewegte sich mit überraschender Leichtigkeit durch einen scheinbar winzigen Spalt in dem grob behauenen Felsen darüber. Rosa stand da und blinzelte ihm hinterher, ihr Atem ging stoßweise, und ihre Finger lagen immer noch weit gespreizt auf ihrem Bauch.

John hatte gelogen. Er hatte sie angeschrien, ihr Angst gemacht, sie benutzt und ihr wehgetan. Und jetzt war sie so dumm, so erbärmlich, dass sie wieder versuchte, ihm zu gefallen? Um ihn wieder zu beeindrucken? Um ihn vielleicht für immer an sich zu binden, mit diesem Kind?

Doch plötzlich schüttelte sie den Kopf, ihre Hände flatterten nach oben und drückten gegen ihre immer noch feuchten Augen. *Meine Taten und meine Wünsche sind die meinen.*

Ihre eigenen.

Sie wollte es. Mit John oder ohne John. Genauso, wie sie lesen wollte. So wie sie lernen wollte. Genauso wie sie umsorgt werden wollte. *Beherrscht* werden.

Dieser beunruhigende Gedanke wurde durch ein lautes,

markerschütterndes Heulen unterbrochen. Tief, bösartig und erschütternd jagte es Rosa einen Schauer über den Rücken und ließ ihren verkümmerten, blinzelnden Blick auf das Loch in der Decke ruhen. Das war *Simons* Schrei gewesen, Simon war hinaufgegangen, um nach Männern Ausschau zu halten, und warte, warte ...

Das Heulen ertönte erneut, voller Wut und Schmerz. Neben Rosa sprang Salvi auf und griff nach einem flachen Felsen in der Nähe, den er sich über den Kopf hielt, während er seinen riesigen Beutel höher auf die Schultern zog. »Bleib, *sæti*«, hauchte er Tristan zu. »*Ég elska þig.*«

Mit diesen Worten schleuderte er seine schlanke Gestalt in Richtung des Lochs über ihm und ignorierte den erstickten Laut von Tristan, der durchaus ein Schluchzen hätte sein können. »*Warte*, Salvi«, sagte Tristan mit heiserer Stimme. »*Elskan!*«

Aber es kam keine Antwort, nur ein leises, dumpfes Geräusch von oben – und dann ein Chor von entfernten, aufsteigenden *Rufen*. Es waren Männer, Simon und Salvi wurden von Männern angegriffen, und Rosas plötzliche, kratzende Angst wurde von dem blanken, gejagten Schrecken in Tristans großen Augen unterdrückt.

»*Helvíti*«, hauchte er, schrie er. »*Salvi!*«

Er warf sich in Richtung des Lochs, und Rosas gedankenlose Hände griffen nach ihm, zerrten an seinem Arm. »*Nein*, Tristan«, keuchte sie. »Du musst bleiben. Es ist nicht *sicher*!«

Wut blitzte in Tristans Augen auf, und einen Moment lang dachte Rosa, er würde sie anschreien oder wegstoßen – doch stattdessen taumelte er zurück, sein Körper zitterte sichtlich, und aus seiner Kehle ertönte ein gequälter Laut. Sein Kummer und seine Angst schienen sich in Rosas Seele zu bohren, und sie spürte, wie sich ihr Magen überschlug und sie ihre Hände fest an ihn presste.

»Das kannst du nicht, Tristan«, schluckte sie, starrte ihn an. »Das *kannst* du nicht. Du musst in Sicherheit bleiben. Du darfst nicht verletzt werden oder sterben, *niemals*, dieser Krieg darf dich nicht berühren, dieser Krieg ist ungerecht und grausam und *falsch*!«

Ihre Stimme hallte durch den Gang und prallte von den Wänden ab – und wieder einmal wurde sie von ihren eigenen Worten getroffen, von der Kraft, mit der sie sie meinte. *Dieser Krieg ist ungerecht, grausam und falsch.*

Über ihnen ertönte ein lauter, dumpfer Schlag, näher als zuvor, und Tristan eilte auf das Loch in der Decke zu. Dorthin, wo Salvi plötzlich heruntersprang und etwas hinter sich herschleppte. Etwas Großes, Schlaffes und Blutverschmiertes. *Simon.*

Einen langen, schrecklichen Moment lang konnte Rosa nur dastehen und um Atem ringen, um die Schwärze zu verdrängen, die an den Rändern ihrer Augen flackerte. Sie hatte noch nie in ihrem *Leben* so viel Blut gesehen, und es strömte aus Simons Körper, dick und rot an seiner Vorderseite und seinem Oberschenkel hinunter. Es erfüllte ihre Nasenlöcher mit scharfem, bitterem Eisen und sammelte sich sogar zu ihren *Füßen* ...

Er war nicht tot. War er *tot*?!

Tristan stürzte zu Salvi und half ihm, Simons schlaffe, blutige Masse auf den Steinboden zu legen – eine Bewegung, die Simon einen tiefen, erstickten Laut entlockte. Aber er war am Leben, o Götter, er war am Leben, und endlich konnte sich Rosa wieder bewegen und taumelte auf sie zu, wobei ihre Hände nutzlos in der Luft flatterten.

»Was ist passiert?!«, röchelte sie. »Was können wir *tun*?«

»Verdammte Armbrüste«, schoss Salvi zurück und kramte mit seinen blutigen Händen wild in seinem Beutel herum. »Und er hat sich die Bolzen aus den *Arterien* gerissen, der Narr, und *sæti*, finde die Bandagen, *bitte*, wir müssen hier *weg* ...«

Salvi drehte sich zu Simon um und presste seine nackten Hände fest gegen Simons sprudelnde Schulter und Oberschenkel, während noch mehr dickes Blut zwischen seinen Fingern hindurchfloss. Tristan drehte sich um und begann, Leder- und Stoffstreifen aus Salvis Beutel zu ziehen und sie Salvi zuzuschieben, der daraufhin seine Hand von Simons Schulter wegreißen musste, sodass das Blut in alle Richtungen spritzte ...

»Scheiße«, keuchte Salvi – aber den Göttern sei Dank hatte sich Rosas Gehirn wieder eingeschaltet und sie stürzte nach vorn und drückte ihre beiden Hände gegen Simons Schulter, genau dort, wo Salvis gewesen war. Sie spürte das heiße, klebrige, ekelerregende Blut unter ihren Fingern pulsieren, aber irgendwie half es, und Salvi griff nach Tristans Tuch und begann, es um Simons blutigen Oberschenkel zu binden. Er band es ab und griff nach einem weiteren Tuch, wobei Tristan diesmal half und die Knoten festzog.

Das Band war jetzt schon komplett rot, aber Salvis blutige Hände hatten die von Rosa weggeschoben und begannen, dasselbe mit Simons Schulter zu tun. »Halte seinen Arm hoch«, befahl er ihr, und das tat sie auch, wobei sie gegen das erstaunliche Gewicht ankämpfte, bis eine weitere Bandage fest um Simons Schulter gebunden war.

Simons Kopf drehte sich zur Seite, er atmete laut und flach und Rosa zuckte bei dem Anblick von Salvi, der ihn hart ins Gesicht schlug, zusammen. »Steh auf, du großer Flegel«, schnauzte er. »Sofort.«

Und das, so stellte Rosa mit einem weiteren Stich des Entsetzens fest, hatte damit zu tun, dass da oben Stimmen zu hören waren. *Männer.* Die Männer wussten, dass sie in der Nähe waren, die Männer würden den Tunnel finden, die Männer würden herunterkommen und sie *töten* ...

Aber Tristan und Salvi unterhielten sich in schnellem *Aelakesh*, und irgendwie hatte Salvi – eigentlich war es unmöglich – Simons massigen Körper auf die Beine gezerrt. Und obwohl Simon schwer wankte und vor Schmerzen stöhnte, war er auf den Beinen, er bewegte sich, er war am *Leben*.

»Nimm den Beutel, Rosa«, rief Salvi ihr zu. »Und *renn!*«

32

Rosa gehorchte, ohne nachzudenken. Schnell hievte sie sich den schweren Beutel auf den Rücken, rannte zur Lampe, holte Salvi ein und merkte plötzlich, dass Tristan immer noch hinter ihnen war. Und er war allein, seine Krallenhände kratzten wild an der Steinmauer, während die Stimmen der Männer über ihnen lauter und lauter wurden.

»*Komm* jetzt, Rosa!«, zischte Salvis dünne Stimme, als Tristan von der Mauer, an der er gegraben hatte, zurückwich und mit voller Geschwindigkeit auf Rosa und die anderen zu stürmte. Seine Augen waren weit aufgerissen, sein Zopf flog hinter ihm her, seine Hand griff nach Rosas und dann zog er sie hinter sich her.

Als auf unerklärliche Weise die ganze Erde bebte. So stark, dass Rosa zur Seite taumelte und fast gegen die Wand prallte – aber auch diese bebte, und Tristan hatte sie fest im Griff, seine Finger umklammerten ihre, während sie rannten, während hinter ihnen der Donner dröhnte und Staub und Schmutz durch die Luft wirbelten.

Tristan hatte den *Tunnel* einstürzen lassen. Um die Männer aufzuhalten. Um sie in *Sicherheit* zu bringen.

Rosa rannte, wie sie noch nie zuvor gerannt war, rutschte

auf dem Stein aus, hustete und verschluckte sich an dem dicken, aufgewirbelten Staub. Sie rannte und rannte, es fühlte sich an wie Stunden, bis ihre Beine sich kaum noch aufrecht halten konnten und ihre Lungen kaum noch Luft bekamen.

Bis es plötzlich aufhörte. Sie blieb in einem kleinen, beengten Steinraum stehen. Mit einer Steintür, die nach einem kräftigen Stoß von Tristan knirschend zufiel und den Lärm und den Staub dahinter ausblendete.

Rosa atmete schwer und angestrengt und ließ sich gegen die nächstbeste Steinwand sinken, ihre blutigen Hände klammerten sich schmerzhaft an ihre Knie. Sie waren am Leben. Und wider aller Vernunft waren sie irgendwie in *Sicherheit*.

Oder waren sie es, denn Salvis strammer Körper hatte sich auf Rosa gestürzt – auf den Beutel, den sie immer noch auf dem Rücken trug, wie ihre wirbelnden Gedanken registrierten, selbst als sie sich ruckartig von ihm entfernte und der Schrecken erneut in ihrer Kehle erstickte.

»Tut mir leid«, sagte Salvi mit einer Grimasse, als er Rosa den Beutel vorsichtig von den Schultern zog. »Ich wollte dich nicht erschrecken. Ich bin nur ein bisschen nervös, ach?«

Aus Rosas Mund kam ein Geräusch, das ein Lachen oder ein Schluchzen hätte sein können. Und als Salvi wieder weg war und sich über Simons schlaffe, aber immer noch sichtbar atmende Gestalt kniete, rutschte Rosa die ganze Wand hinunter, vergrub ihren Kopf in den Knien und kämpfte darum, wieder Luft zu bekommen.

Sie waren am Leben. Sie war am Leben. Denn diese Orks – die Orks, gegen die sie Krieg anzetteln wollte, die Orks, die sie *verraten* hatte ... hatten sie in Sicherheit gebracht. Sie hatten ihren eigenen Tunnel zum Einsturz gebracht und *Armbrustbolzen* abbekommen, um sie zu beschützen.

Als sie wieder hochblinzelte, waren Tristan und Salvi beide über Simon gebeugt. Tristan riss Simon die Tunika vom Leib und untersuchte ihn scheinbar auf weitere Wunden, während

Salvi den Verband an seinem Oberschenkel abnahm. Aus dem Oberschenkel floss immer noch dickes, dunkles Blut, wenn auch vielleicht nicht mehr so stark wie zuvor.

»Wird Simon wieder gesund werden?«, fragte Rosa, deren Stimme in dem kleinen Raum viel zu hoch klang. »Er wird doch nicht … *sterben*, oder?«

Das plötzliche Elend war fast zu stark, um es zu ertragen – bis es von einem heiseren, missbilligenden Grunzen unterbrochen wurde. *Simons* Grunzen, auf das Salvi mit einem schiefen Lachen und einem Schütteln seines dunklen Kopfes antwortete.

»Es braucht mehr als ein paar Armbrustbolzen, um diesen Mistkerl zu töten«, sagte er, während er etwas aus seinem Beutel zog, das wie ein Trinkschlauch aussah, und ihn erst über Simons Oberschenkel und dann über seine eigenen Hände goss. »Auch wenn wir uns alle etwas anderes wünschen, ach, *sæti*?«

Er grinste Tristan kurz an, und Rosa konnte sehen, wie Tristan sich entspannte und die Schultern hängen ließ. »Wir wünschen *nicht*, dass Simon getötet wird«, konterte er schwach. »Und wenn du das nähen willst, Salvi, dann solltest du ihm etwas gegen den Schmerz geben.«

Salvi, der tatsächlich eine gebogene Nadel herausgeholt hatte, die ähnlich aussah wie Rosas Buchbindernadel, stieß einen genervten Seufzer aus, kramte dann aber in seinem Rucksack und holte eine kleine Flasche heraus, von der er den Korken abzog, bevor er sie Simon hinhielt. Zu Rosas Überraschung nahm Simon die Flasche ohne Widerrede und schüttete ihren Inhalt mit seinem guten Arm, der immer noch leicht zu zittern schien, in seine Kehle.

»Ach, das ist schon besser«, sagte Simon nach einem Moment, seine Stimme dick und kiesig. »Danke, süßer Lehrer.«

Es herrschte eine kurze Stille, in der Tristan leicht zusammenzuckte, und Salvi warf Simon einen finsteren, gereizten Blick zu.

»Hör auf, du Riesenarsch«, schnauzte Salvi, während er schnell seine Nadel einfädelte und sie dann in eine andere Flasche tauchte, die Tristan aus dem Beutel geholt hatte. »Glaubst du, ich habe nicht bemerkt, dass du dich seit Wochen an Tristan heranmachst? Er gehört *mir*, du Arschloch, und er ist einfach zu nett, um dich zurechtzuweisen, und ich habe es langsam *satt*.«

Seine Stimme schwankte am Ende, was darauf hindeutete, dass er vielleicht nicht ganz so beherrscht war, wie er schien, und er stach die Nadel mit überraschender Kraft in Simons Oberschenkel, sodass Simons ganzer Körper vor sichtbarem Schmerz zuckte.

»Lehrer nicht gehört *dir*«, sagte Simon mit mühsam klingendem Atem. »Du lügst. Du betrügst ihn. Verlässt ihn, um Sohn zu machen. Dann du lässt zu, dass falscher Priester Sohn *tötet* und seine eigene *Art* verrät!«

Salvis Schultern versteiften sich sichtlich, doch seine Augen konzentrierten sich weiterhin auf seine Arbeit, auf seine Hand, die den Faden durch Simons blankes, blutiges Fleisch zog. Die sanfte, vorsichtige Bewegung stand in krassem Widerspruch zu seinem wütenden Gesichtsausdruck.

»Oh, *leck* mich doch am *Arsch*, Skai«, sagte er, wobei seine Stimme wieder schwankte und eine Spur zu hoch war. »So ist es *nicht* gewesen.«

»Wie dann gewesen?«, fragte Simon zwischen zwei Atemzügen. Er vermittelte Rosa den Eindruck, dass das Reden eine willkommene Ablenkung war, um die Schmerzen seiner Wunden und das, was Salvi mit seinem Bein machte, zu vertreiben. »Sag *Wahrheit*, Lügner Ka-esh.«

Salvi fletschte tatsächlich die Zähne, obwohl seine Hände weiterhin sorgfältig nähten. »Du willst die Wahrheit?«, zischte er in Richtung von Simons Oberschenkel. »Ach, hier ist die Wahrheit. John hat seine eigene Art nicht verraten, als er das getan hat, denn ich habe ihn *verdammt noch mal* darum gebeten, es zu tun. Zum Teufel«, Salvi zog den Faden straff, woraufhin Simon eine Grimasse zog, »ich habe ihn dazu *gezwungen*.«

Der Raum schien plötzlich wieder zu verstummen, während Tristan und Simon Salvi anstarrten, Tristans Blick groß und starr, Simons Blick verschwommen und missbilligend.

»Du John *gezwungen*, Sohn zu töten«, wiederholte Simon, seine Stimme war undeutlich. »Wie? *Warum?*«

Einen Moment lang dachte Rosa, dass Salvi sicher nicht antworten würde, aber dann hockte er sich auf seine Fersen, die eingefädelte Nadel immer noch behutsam in den Fingern, während er sich mit dem Rücken der anderen Hand über das Gesicht rieb. Sein Blick war nicht auf Simon gerichtet, sondern auf *Tristan*.

»Hör zu, ich weiß, alle Orks sollten ... sollten Söhne haben wollen«, sagte Salvi hölzern. »Unsere Art liegt im Sterben. Unser *Clan* liegt im Sterben. Also sollten wir alles für Söhne aufgeben, richtig? Aber«, seine Brust weitete sich, »ich wollte keinen Sohn. Ich wollte meine Gefährtin nicht. *Nichts* von alledem. Kein *bisschen*.«

Die Stille wurde immer dicker und tiefer, und niemand sprach oder bewegte sich, außer Tristans großen, schnell blinzelnden Augen. Und jetzt blinzelte auch Salvi, dessen scharfer weißer Zahn sichtbar an seiner Lippe prangte.

»Ich wollte einfach nur dich zurückhaben, *sæti*«, sagte er flüsternd. »Verdammt, ich habe dich vermisst. Wie du mich *angeschaut* hast, wenn ich mit ihr zusammen war. Götter, das war eine *Qual*. Und zu sehen, wie du dich an diesen verdammten *John* wendest ...«

Tristans Augen schlossen sich kurz und Rosa konnte hören, wie Salvi rasselnd einatmete. »Und sie *wusste* es«, fuhr er hohl fort. »Sie sagte mir, sie wolle keinen Sohn mit jemandem haben, der sie nicht auf diese Weise liebt. Ich hätte versuchen können, sie zu überzeugen. Hätte versuchen können, es besser zu verbergen. Aber ich tat es nicht. Ich war einfach nur so verdammt *erleichtert*.«

Das Schweigen wurde immer lauter und deutlicher, bis Salvi hörbar schluckte und seine Kehle sich zusammenzog. »Also ging ich direkt zu Efterar«, sagte er leiser, »und natürlich lehnte der Mistkerl ab. Er wollte es nicht einmal in Betracht ziehen. Denn Söhne sind das Wichtigste, ach? Also bin ich zu John gegangen, und als er sich auch weigerte, habe ich ihn gedrängt, ich habe ihn unter Druck gesetzt. Ich sagte ihm, entweder das, oder er wird mich verlieren. Du wirst mich verlieren. *Für immer*.«

Tristans Gesicht verkrampfte sich, aber er sprach immer noch nicht, und Salvi lachte leise und bitter. »Und John selbst hätte mich wahrscheinlich sogar gehen lassen, wenn es darauf angekommen wäre – aber wir wissen beide, dass man ihn zu *allem* bringen kann, wenn man diejenigen angreift, um die er sich kümmert. Wenn man dich angreift, *sæti*. Also hat er das alles für mich unter Kontrolle gebracht. Er hat den Anführer, Efterar und *sie* unter Kontrolle gebracht. Er hat den ganzen Ärger auf sich genommen und damit wahrscheinlich seine Chancen, Priester zu werden, endgültig verspielt. *Meinetwegen*.«

Es herrschte wieder Stille, die durch ein seltsames Schlucken in Salvis Kehle unterbrochen wurde. Sein Blick fiel wieder auf seine eigenen, leicht zitternden Finger, die wieder vorsichtig den Faden durch Simons Oberschenkel zogen. »Und ich habe es vor dir verheimlicht, *sæti*«, sagte er so leise. »Ich habe es dir nicht gesagt, weil ich nicht wollte, dass du *jemals* denkst, es sei deine Schuld. Denn das war es nicht. Es war *meine*.«

Tristan antwortete immer noch nicht, obwohl ihm im Lampenlicht sichtbare Nässe über die Wangen lief, und Salvi sah ihn immer noch nicht an, sondern zog mit seinen Fingern immer wieder den Faden durch Simons Wunde.

»Also, das ist deine Wahrheit, Simon«, sagte er mit düsterer Stimme. »John wollte sich nur um unseren netten, schönen, *unersetzlichen* kleinen Lehrer kümmern. So wie er es immer getan hat. Auch wenn«, er lachte wieder bitter, »das bedeutet, dass er sich von Skai-Schweinen wie dir ficken lassen musste. *Mal wieder.*«

Die Stille fühlte sich plötzlich anders an, noch schwerer als zuvor, als ob diese letzte Aussage eine Art Herausforderung gewesen wäre. Eine *Herausforderung*, auf die Simon irgendwie nicht eingehen wollte, denn sein Blick fiel auf Salvis langsame, methodische Stiche an seinem Oberschenkel.

»Ach, tu nicht so, als wüsstest du es nicht, Simon«, fuhr Salvi rau fort. »Es war *jahrelang* der geheime Lieblingsaufenthalt der Skai-Späher. Das Lager im fernen Osten mit den drei schwachen, hübschen, vaterlosen Ka-esh, mit ihren ebenmäßigen Gesichtern und lockeren Worten. Wir waren fast wie Frauen, nicht wahr?«

Rosa hatte fast das Gefühl, woanders zu sein, jemand anderes zu sein, als Salvi die ganze Zeit gesprochen hatte – aber bei diesen letzten Worten, so betont, so *gebrochen*, war es, als hätte das Grauen die stumpfe Distanz ihrer Gedanken durchbrochen und sich tief in ihren Eingeweiden festgesetzt.

Das konnte nicht wahr sein. Nicht was Tristan und Salvi anging. Nicht was *John* anging. Aber er hatte gesagt – hatte er nicht gesagt – *Moment mal …*

»Es war *falsch* von Skai, euch das anzutun«, sagte Simon schließlich eindringlich, den Blick immer noch auf seinen Oberschenkel gerichtet. »Ich nie solches Unrecht erlaubt. Nicht seit ich Vollstrecker bin. Ich verstümmle jeden Skai, der auch nur *flüstert* so etwas. Egal, ob Unrecht jetzt oder vor vielen Sommern geschehen.«

Salvi bellte ein weiteres brüchiges Lachen und beugte sich vor, um seinen Faden abzubeißen und das lose Ende auf den Steinboden zu spucken. »Das ist wahr«, sagte er, während er wieder nach dem Trinkschlauch griff und ihn über die nun kleine, saubere rote Linie auf Simons Oberschenkel goss, die einen großen Unterschied zu der blutigen Wunde darstellte, die sie zuvor gewesen war. »Das rechne ich dir hoch an, Simon, weil du das alles *wirklich* getan hast. Aber was ist mit den *richtigen* Frauen? Was ist mit den Frauen, die ihr in euren eigenen Lagern versteckt? Die Frauen, von denen ihr vorgebt, dass es sie nicht gibt, und die immer wieder bei der Geburt eurer Söhne *sterben*? Bei vielen von ihnen wäre es nicht *nötig*, und es passiert nur, weil ihr zu stur, zu dumm und zu *paranoid* seid, um uns zu erlauben, sie mit medizinischer Hilfe zu versorgen, die nicht aus *Magie* besteht?!«

Salvis Stimme erhob sich, als er sprach, dröhnte durch den Raum. So sehr, dass selbst er schockiert aussah und mit einer einzigen zittrigen Bewegung den Lappen wegwarf, mit dem er sich die Hände geschrubbt hatte, und aufsprang.

»Scheiße«, keuchte er und wirbelte zur Tür. »*Scheiße*, ich brauche einen Lauf, eine Jagd, ich muss einfach ...«

Doch hinter ihm war Tristan ebenfalls aufgesprungen und stürmte auf ihn zu – und Salvi drehte sich gerade noch rechtzeitig um, um Tristan aufzufangen und ihn an seine Brust zu drücken.

»Ach, *sæti*«, hauchte Salvi in Tristans Haar. »Du solltest mich anschreien. Mich verachten. Ich habe dir all diese Wahrheiten vorenthalten. Schon *so lange*.«

Aber Tristan schrie nicht, verachtete ihn nicht. Er vergrub nur sein Gesicht in Salvis Tunika, seine Schultern bebten, seine Hand krallte sich in Salvis Rücken. »Du bist ein Narr, *elskan*«, flüsterte er. »Ein dummer, *dummer* Narr.«

Salvis ganzer Körper schien an Tristan zu sacken, seine Arme schlossen sich fester um ihn, sein Kopf beugte sich in seinen Nacken. »Ich weiß«, antwortete er leise. »*Ég elska þig, sæti minn. Fyrirgefðu mér.*«

Ich liebe dich, mein Schatz, hieß es. *Verzeih mir.*

Tristan nickte eifrig in Salvis Brust, seine undichten Augen waren zusammengepresst. Er atmete mehrmals lange und tiefe ein, bis er sich schließlich zurückzog und sich über das Gesicht wischte.

»Jetzt geh jagen, *elskan*«, sagte Tristan und schenkte Salvi ein kleines, zuckendes Lächeln. »Aber weit weg von den Menschen, ja? Und ich werde hier sein, wenn du zurückkommst. Wie immer.«

Es klang wie ein Versprechen, wie etwas, das weit über diesen Moment hinausging, und auch Salvi schien es zu wissen, denn sein Kopf nickte ruckartig und seine Augen leuchteten ungewöhnlich hell.

»Und ich werde immer wiederkommen«, sagte er, während seine zitternden Hände nach Tristans Gesicht griffen und es zu seinem neigten. »Immer, *sæti*. Zu dir. Nur zu dir. Solange du mich haben willst. Das schwöre ich«, seine Kehle krampfte sich zusammen, »ich schwöre es dir, Tristan vom Clan Ka-esh.«

Tristan nickte, seine Augen waren auf Salvi gerichtet, eine weitere feuchte Linie glitt über seine Wange – und dann neigte Salvi den Kopf und küsste ihn. Hart, innig und verzweifelt, als ob die ganze Welt davon abhinge, und vielleicht tat sie das in diesem Moment auch.

Als sie sich wieder voneinander lösten, sah Tristan fassungslos aus, benommen, blinzelte – und auch glücklicher, als Rosa ihn je gesehen hatte, denn sein Mund verzog sich zu einem langsamen, wirklich umwerfenden Lächeln. »Ich dachte, du wolltest auf die Jagd gehen, *elskan*«, murmelte er und seine Hände glitten an Salvis Brust hinauf, um sich um seinen Hals zu schlingen. »Bringst du mir eine Kostprobe mit?«

»Ach, ich bringe dir mehr als nur eine Kostprobe, mein hungriger *sæti*«, sagte Salvi mit einem Zwinkern und einem gezielten Griff an Tristans Hintern. Und nach einem weiteren intensiven Kuss, drehte sich Salvi überraschend schnell um, stieß die Steintür auf und verschwand. Er ließ Tristan mit einem Lächeln und einer sichtbaren Beule in seiner immer noch blutigen Hose zurück.

Es war fast so, als wäre Rosas Glücksgefühl während der ganzen Zeit gestiegen und hätte sich den beiden angepasst – aber plötzlich ließ ausgerechnet der Anblick von Tristans Hose ihr Herz wieder sinken. Tristan und Salvi hatten die Dinge geklärt, vielleicht. Aber sie war immer noch unsicher, unerwünscht und unbeachtet. Doch John hatte sie trotzdem verführt, ausgenutzt und dann weggeworfen – für immer.

Er hatte trotzdem *gelogen*, genau wie Salvi. Er hatte trotzdem all diese Versprechen gemacht, dieses unausgesprochene Gelöbnis abgelegt, und es dann *gebrochen*. Es hatte ihn nicht *gekümmert*.

Rosa spürte aus der Ferne, wie sich etwas Warmes neben ihr niederließ – Tristan – und sein Knie gegen ihr eigenes stieß, kameradschaftlich und freundlich. »Wie geht es dir, Rosa-Ka?«, fragte er. »Es tut mir leid, dass ich dich in all das hineingezogen habe.«

Rosas Mund gab ein seltsames Geräusch von sich, so etwas wie ein Lachen. »Du brauchst dich nicht zu entschuldigen, Tristan«, sagte sie mit schwacher Stimme. »Ich freue mich so für euch beide. Und du hast mich in nichts hineingezogen, ich bin diejenige, die *dich* in diesen ganzen Schlamassel hineingezogen hat. Ich hätte«, sie zupfte an ihrem Haar, »ich hätte nachdenken müssen. Es richtig machen sollen. Ich hätte zu Jule gehen sollen, um Vorräte und Späher und so zu besorgen, ich weiß, dass sie mir geholfen hätte, ich hätte *dir* so etwas nie zumuten dürfen ...«

Tristans Knie stieß wieder gegen ihres, dieses Mal härter. »Hör auf damit, Rosa-Ka«, unterbrach er sie mit fester Stimme. »Du bist eine von uns. Du bist John-Kas Gefährtin. Wir helfen dir gerne.«

Doch Rosa war den Tränen nahe, schüttelte den Kopf und schlang die Arme um ihre Knie. »Das darfst du nicht, Tristan«, schluckte sie. »Das solltest du nicht, denn ich bin es *nicht*. Ich habe John *belogen*. Ich habe ihn verraten und ich habe *dich* verraten. Und im Gegenzug hat er *mich* verraten. Und vielleicht«, sie schnappte nach Luft, »habe ich es sogar *verdient*, Tristan.«

Tristan antwortete dieses Mal nicht, bot weder

Zustimmung noch Verurteilung an, also sprach Rosa weiter, tastete sich vor und suchte nach der Wahrheit. »Weil ich ihn einfach immer weiter belogen habe«, flüsterte sie. »Er hat mich gefragt. Er gab mir eine Chance, es ihm zu sagen. Er *wollte*, dass ich es ihm sage. Aber ich habe es nicht getan. Ich habe mich einfach weiter versteckt. Weiter *gelogen*.«

Tristan sprach immer noch nicht, sondern hörte nur zu, und Rosa wischte sich über die feuchten Augen. »Ich wollte einfach nur so tun, als ob ...«, hauchte sie. »Ich wollte glauben, dass es echt war. Dass er sich wirklich für mich interessierte und dass ich wirklich sein ... sein *Liebchen* war. Dass es nicht nur darum ging, dass ich spioniere. Oder dass er einfach nur nicht mein *Blut* an seinen Händen haben wollte.«

Neben Rosa gab Tristan ein schnaufendes Geräusch von sich und stieß mit seiner Schulter gegen ihre. »John-Ka spricht nicht oft über solche Dinge«, sagte er mit sanfter Stimme. »Aber ich bin sicher, dass es für ihn nicht nur das war. Er hätte sich nicht so um dich gekümmert, wenn du ihm nichts bedeuten würdest. Er hätte dir nicht erlaubt, seine Bibliothek zu betreten. Er hätte dir nicht solche Freiheiten in unserem Haus gewährt oder so viele deiner Fragen beantwortet. Er hätte *niemals*«, seine Schulter stieß erneut gegen die ihre, »vierzehn Tage lang seine eigenen Mahlzeiten eingetauscht, um dir *Honig* für ein einziges Frühstück zu beschaffen.«

Rosa konnte sich einen zaghaften Blick nicht verkneifen – *sicherlich* hatte John das nicht getan –, aber der Blick in Tristans Augen sagte etwas anderes. »John-Ka gibt viel für die, die ihm am Herzen liegen«, sagte er entschlossen. »Er gibt *alles*.«

Rosa kniff die Augen zusammen und dachte an Salvis Worte von vorhin, und sie wusste, dass Tristan auch daran dachte. »John-Ka hat alles für mich und für Salvi gegeben«, fuhr er fort und seine Stimme wurde leiser. »Ich weiß, dass er dasselbe für seine Gefährtin und seinen Sohn tun wird.«

Rosas Gesicht verkrampfte sich zu einer Grimasse und sie schüttelte verzweifelt den Kopf. »Er hat mich weggeschickt«, sagte sie mit brüchiger, flehender Stimme. »Er sagte, er würde mich zu einem Treffen mit Lord Kaspar zwingen. Allein. Er ...«, sie zitterte, ihr Kopf sank tiefer zwischen ihre Knie, »Er hat mir Lord Kaspar ins Gesicht geschleudert. Ich habe ihm *erzählt*, was Lord Kaspar mir angetan hat, ich habe ihm das *anvertraut*, und er ...«

Sie konnte nicht zu Ende sprechen, sie konnte es nicht ertragen, und neben ihr stieß Tristan einen langsamen, bedauernden Seufzer aus. »John-Ka hätte das nicht tun dürfen«, sagte er. »Ich kann das nicht wiedergutmachen. Aber«, er seufzte erneut, »vielleicht ist das auch alles, was er kennt. Um ein Monster zu besiegen, wirft John-Ka ihm die Wahrheit ins Gesicht. Er gewinnt seine Kämpfe nicht durch Stärke, sondern durch *Wissen*.«

Wissen. Wissen, um ein Monster zu besiegen. Ein Monster wie Lord Kaspar. Die Skai. Rosa. *Sich selbst.*

Wissen führt zu neuen Entscheidungen, zu neuen Handlungen. Wissen verändert uns, wenn wir es akzeptieren. Wissen verändert alles.

Rosa schüttelte den Kopf, ihre Augen brannten mit gefährlicher Hitze. Sie konnte nicht. Sie *konnte* es nicht. John hatte gelogen, es war ihm egal, er hatte sie angeschrien und verraten und sie von ihm weggejagt.

Und ohne John, ohne Lord Kaspar ... was *war* Rosa? *Wer* war sie? Eine billige Dirne mit einer ruinierten Zukunft, eine plappernde Plage, die zu viele Fragen stellte, eine unverfrorene *Lügnerin*. Und jetzt war sie offenbar die törichte angehende Mutter eines Orksohns, verloren und wertlos, obwohl der Ork selbst versprochen hatte, keine Unwahrheiten zu erzählen und sie zu beschützen, und dann ...

Es war zu viel, um es zu ertragen, zu viel Wissen, schwer genug, um daran zu ersticken und zu *sterben*, und Rosa senkte schließlich wieder ihren Kopf, bedeckte ihre Augen und weinte.

33

Es war eine lange, dunkle, trostlose Nacht. Durchbrochen nur von Rosas bitteren, gedämpften Schluchzern, die ohne Muster oder Vorwarnung aus ihr herausbrachen, während sie auf dem harten Steinboden um einen Hauch von Schlaf kämpfte … und scheiterte.

Irgendwann in der Nacht kehrte Salvi zurück und brachte Tristan und Simon große Stücke rohes Fleisch, und nachdem sie gegessen hatten, drückte Salvi Tristan zu Boden und leckte ihm das Blut von den Lippen. Dann lagen sie zusammen, flüsterten und warfen Rosa ab und zu bedeutungsvolle Blicke zu, bis sie schließlich wieder einschlief und ihren Körper fest in ihren Mantel einrollte.

Als sie das nächste Mal aufwachte, schien ein schwacher Lichtstrahl durch einen unscheinbaren Riss in der Decke, und Simon saß neben ihr und trank aus einem Trinkschlauch. Er war immer noch mit einer dicken Schicht verkrusteten Blutes bedeckt, aber ansonsten sah er gut aus, und nachdem er Rosa einen Moment lang angestarrt hatte, reichte er ihr den Trinkschlauch, seine Augen unleserlich.

Rosa konnte nicht umhin, ihn skeptisch zu betrachten, aber sie *hatte* Durst, also trank sie und schaffte es sogar, ihm dankend zuzunicken. Simon lehnte sich dann mit dem Rücken an die Wand und ließ seinen Blick zielstrebig durch den Raum schweifen. Er blickte dorthin, wo Tristan und Salvi zusammen in einen Mantel gehüllt waren. Salvis nackte Schultern wippten, während er über Tristan schaukelte, und ihre Gesichter waren im Nacken des jeweils anderen vergraben.

Sie schienen nicht zu bemerken, dass Rosa aufgewacht war, und ihre müden Augen konnten sich nicht von dem Anblick abwenden. Wie Salvis Kehle langsam und gemächlich zuckte und er sanfte Schlucke aus Tristans Hals zog, während Tristans lange Wimpern flatterten, seine Krallen sanft über Salvis nackten Rücken fuhren und sein Atem in heiseren kleinen Atemzügen kam.

»Netter Lehrer so süß in seiner Freude«, sagte Simon mit überraschender Traurigkeit zu Rosa. »*Vergeudet* an lauten, ungehobelten Heiler.«

Salvis Hand schob sich aus dem Mantel, um Simon eine anzügliche Geste zuzuwerfen, während er weiter an Tristans Hals saugte – aber Tristans Augen waren aufgesprungen, seine Ohren färbten sich schnell rosa und sein Kopf zuckte in Richtung Rosa. Er war wieder einmal so rücksichtsvoll ihr gegenüber, wie immer, und Rosas reumütiges Lächeln für ihn fühlte sich warm und erstaunlich echt an.

»Wage es ja nicht, meinetwegen aufzuhören, Tristan«, sagte sie. »Simon hat recht. Ihr beide seid ein schönes Paar.«

Neben Rosa stieß Simon ein lautes, missbilligendes Knurren aus, woraufhin Salvi seinen Kopf von Tristans durchbohrtem Hals hob und mit seiner blutigen Zunge über seine geschwollenen Lippen fuhr, langsam, bedächtig und spöttisch.

»Er gehört *mir*, Skai«, sagte er mit bösartiger Genugtuung und ließ seine Hüften unter dem Mantel gegen Tristans Becken rollen, was Tristan ein raues, hungriges Keuchen entlockte. »Sieh zu, du Riesenarsch, und *weine*.«

Simon fletschte die Zähne, aber er widersprach nicht – auch nicht, als Salvi den Mantel wegschleuderte und ihre schlanken, kräftigen Körper der kühlen Luft des Raumes aussetzte. Und während Rosa atemlos zusah, drückten sich Salvis Hüften erneut zwischen Tristans gespreizte Schenkel, während dieser sich ihm entgegenwölbte und sich mit Armen und Beinen an Salvis muskulösen Rücken und an seinen runden Hintern klammerte.

»Das gefällt dir, ach, *sæti minn*?«, murmelte Salvi zu Tristan. »Du magst es, von deinem Gefährten langsam und tief gefickt zu werden? Von deinem ersten Schwanz, den du je hattest, und jetzt auch von deinem letzten?«

Das sagte er mit einem finsteren Blick in Richtung Simon, aber Tristans Krallenhände drehten Salvis Gesicht zurück zu seinem, und ihre langen schwarzen Zungen schlangen sich umeinander, während Tristans Hüften sich nach oben bewegten und Salvis nach unten kreisten, wieder, wieder, wieder. Es war, als wäre es ein einfacher, fließender, vertrauter Tanz, den sie schon vor langer Zeit gelernt hatten, ihre Körper schaukelten, hoben sich, flossen wie eins.

Und als Salvi sich nach hinten setzte und Tristans untere Hälfte auf seinen Schoß zog, blieben sie im gleichen Takt, umkreisten sich weiter, trennten sich und trafen sich wieder. Allerdings war der Anblick jetzt noch viel lebhafter: Tristans nackte Vorderseite war völlig entblößt, seine schlanken Muskeln spannten und entspannten sich, sein langer, schlanker, triefender Schwanz richtete sich bei jedem von Salvis Hüftstößen auf.

Neben Rosa hatte Simon ein ersticktes Stöhnen von sich gegeben, seine riesige Hand umklammerte seine eigene geschwollene Leiste, und in diesem Moment konnte Rosa es fast selbst spüren, den sehnsüchtigen Hunger, der den Raum wie eine Flamme erhellte. Er loderte mit jedem Atemzug höher und stärker, während Salvis Stöße härter und länger wurden und Rosa nun seine glitschige, dicke Masse sehen konnte, die sich tief und kraftvoll zwischen Tristans Schenkel schob.

»Fuck, *sæti*«, keuchte Salvi und seine Augen wanderten mit halb geschlossenen Lidern an Tristans nackter Vorderseite auf und ab, verweilten auf seinem sanft wippenden Schwanz, dann auf seinen geröteten Wangen, seinem geöffneten Mund und seinen langen, flatternden Wimpern. »Scheiße, bist du schön. Das fühlt sich so verdammt *gut* an.«

Tristan antwortete mit einem zitternden Zucken seiner Finger, eine Bewegung, die in völligem Widerspruch zu den flüssigen Stößen seiner Hüften und dem stetigen Ausfluss des Weißen aus seinem pulsierenden Schwanz stand. Bei diesem Anblick stöhnte Salvi auf, sein Griff verlagerte sich zu Tristans Oberschenkeln – und dann rollte er sich auf den Rücken und zog Tristans sich windenden Körper mit sich. So war Tristan nun derjenige, der auf ihm ritt und sein langes schwarzes Haar ausschüttelte, während er seine Hände auf Salvis Brust stützte und ihre Hüften immer noch in ihrem fließenden, ununterbrochenen Rhythmus rollten, sich trafen und zuckten.

Aber dieser Anblick war noch obszöner, vor allem, weil Tristans erröteter, stetig tropfender Schwanz jetzt unverhohlen und steinhart über Salvis gewelltem Unterleib wippte – und weil Salvis Hände fast ehrfürchtig nach unten in die sich ansammelnde Flüssigkeit glitten. Eine glitschige, krallenlose Hand wanderte bis zu Tristans Mund und schob zwei Finger zwischen die geöffneten Lippen, während die andere Hand sanft und vertraut den Ansatz von Tristans pulsierendem Schwanz umschloss. Dann glitt diese Hand nach oben, um noch mehr glitzerndes Weiß herauszumelken, ganz im Einklang mit seinen eigenen langsamen, sanften und sinnlichen Stößen.

Tristans Rücken hatte sich gekrümmt, sein Mund saugte an Salvis Fingern, sein Gesicht war gerötet und erregt – und Salvi machte weiter, bearbeitete Tristan mit seinen Hüften und Händen, sein halb geschlossener Blick glitzerte, konzentriert auf Tristans Gesicht. Und als Tristans Augen ganz geschlossen waren, rollte sich Salvi schnell zusammen und klappte seinen Oberkörper fast komplett zusammen, sodass er die glitschige, leckende Krone von Tristans Schwanz irgendwie – unmöglich – in seinen Mund nehmen konnte.

Tristans schockiertes, gutturales Stöhnen zischte durch den Raum, seine Augen flogen auf, genossen den wilden, erregenden Anblick seines Geliebten, der ihn fickte, an ihm saugte, ihn streichelte und seinen Mund eroberte, alles zur gleichen Zeit. Nicht ein einziges Mal verloren sie ihren Rhythmus, diesen hypnotisierenden Tanz, und neben Rosa murmelte Simon einen leisen, frustrierten Fluch, während seine Augen auf Tristans wippenden Schwanz gerichtet waren, der nun zwischen Salvis engen, saugenden Lippen ein- und ausfuhr.

»Angeberischer Heiler«, sagte er mit tiefer Missbilligung. »Magerer Körper macht ihm leicht. *Verwöhnen* hübschen Lehrer damit.«

Aber Rosa konnte es Tristan nicht missgönnen, verwöhnt zu werden, nicht, wenn er dadurch so aussah und so klang. Sein schlanker, glatter und geschmeidiger Körper war mit einem leichten Schweißfilm überzogen. Sein dichtes schwarzes Haar schwang offen hinter ihm und fiel ihm lang über die Schultern. Seine Wangen und spitzen Ohren waren hell errötet, sein Mund saugte verzweifelt an Salvis Fingern, seine Hüften wippten, um Salvis Bewegungen mit so leidenschaftlicher, fließender Anmut zu begegnen. Und aus seiner Kehle ertönte ein dunkles, tiefes Stöhnen, während sein Schwanz zwischen Salvis Lippen anschwoll und seine Hände sich in Salvis Haar vergruben ...

Plötzlich erhob sich Tristans Stöhnen, scharf, fast wie ein Schrei – und der Rhythmus hielt inne, erstarrte, während sein ganzer Körper zu leuchten schien, knisternd vor Wärme und Feuer und schierem, sprühendem Verlangen.

Sein Schaft pulsierte plötzlich sichtbar und überflutete

Salvis Mund mit seinem Verlangen, während Salvis Kehle gierig schluckte und seine eigenen Hüften noch einmal hart und heftig nach oben schnellten – und dann stöhnte auch er und schluckte verzweifelt, während sein Unterleib bebte und sich gegen Tristan presste, sich tief in ihm ergoss.

Einen letzten Moment lang herrschte Stille, bis Tristan schließlich nach unten sank und Salvi seinen Mund geschickt löste, um Tristans schlaff wirkendes Gewicht in seinen Armen aufzufangen. Dann sanken sie auf den Boden, Salvi auf dem Rücken und Tristan auf ihm, ihre schweren Atemzüge stiegen und fielen zusammen, wie ein weiterer süßer, sanfter Tanz, der nur ihnen beiden gehörte.

Salvis Hände hatten begonnen, Tristans Rücken, sein Haar und sein Gesicht zu streicheln – und als Tristan einen leisen wimmernden Laut von sich gab, entblößte Salvi seinen eigenen Hals und neigte Tristans Kopf sanft dorthin. Ein stilles Geschenk, das Tristan sofort annahm und er versenkte seine Zähne in dem Hals, seine Augenlider flatterten, als er schluckte.

»Nimm dir so viel du willst, *sæti minn*«, murmelte Salvi, während seine Hände immer noch streichelten, beruhigten und liebkosten. »Wann immer du willst. Du süßes, umwerfendes Geschöpf. Verdammt, ich vergöttere dich.«

Ein antwortender Schauer lief Tristan den Rücken hinunter, so stark, dass Salvis merklich erweichtes Glied ganz aus ihm herausrutschte. Er entblößte zuerst Tristans benutzten, aufgedehnten Körper und dann einen dicken weißen Strahl, der über seine muskulöse Arschbacke lief.

Tristan zuckte nicht einmal, als ob es ihm egal wäre, dass Rosa und Simon so schockierende Dinge sahen. Als ob es wahrhaftig keine Schande wäre, gefickt, zur Schau gestellt und *befriedigt* zu werden. Und Rosa konnte plötzlich nicht mehr aufhören zu starren, während Simon neben ihr ein weiteres tiefes, würgend klingendes Stöhnen ausstieß.

»*Vergeudet*«, sagte er wieder mit flacher Stimme. »Obwohl

ich Heiler zugestehe, er weiß, wie man Lehrer erfreut. Er *wertschätzt*, wie er sollte.«

Rosa nickte stumm, aber unter dem Schock und dem flüsternden Hunger war wieder das Elend zu spüren. Das Elend, das ihr ständiger, furchtbarer Begleiter auf dieser ganzen Reise war und sich mit jeder Stunde, die verging, weiter verdichtete. Mit jeder Stunde, in der John nicht da war, um sie so zu berühren, sie so anzuschauen oder sie sogar auf diese Weise vorzuführen, weil er sie weggeschickt hatte. Weil sie ihn belogen hatte. Und weil er sie belogen hatte.

Beim Anblick von Tristans schlaffem, wunderschönem Körper kam Rosa ein weiterer dunkler Gedanke, der überraschend bitter war. John hatte das auch mit Tristan gemacht, nicht wahr? Und Tristan hatte so ausgesehen, und vielleicht hatten sie ihren eigenen, geheimen Rhythmus, und John hatte vielleicht seinen hübschen Hintern versohlt und ihn gezwungen zu gehorchen …

»Ach, Rosa, ich kann riechen, wie verärgert du bist«, sagte Salvi wie aus dem Nichts, drehte den Kopf und richtete seine benebelten Augen auf ihr Gesicht. »Mach dir keine Sorgen, Tristan war *nie* so gut zu John. Stimmt's, *sæti*?«

Er sprach mit überraschender Arroganz und Rosa blinzelte beim Anblick von Tristans leidenschaftlichem, zustimmendem Nicken. Doch er hatte seine Augen noch immer nicht geöffnet und sein Mund rührte sich nicht von Salvis Hals.

»Er hat dich immer zu sehr gedrängt«, sagte Salvi und richtete seinen Blick wieder auf Tristans zerzausten dunklen Kopf, den seine Hände immer noch sanft streichelten. »Er wollte immer das Sagen haben, dich zurechtweisen. Niemals deiner Führung folgen.«

Tristan nickte erneut, öffnete aber immer noch nicht die Augen, und Rosas verwirrter Verstand analysierte die Wahrheit dessen, was sie gerade gesehen hatte. Es war nicht Salvi, der dominiert oder gedrängt hatte. Es war Tristan, der das Tempo vorgegeben hatte, ohne Worte, und Salvi kam ihm entgegen und passte sich ihm an. *Tristan würde weinen*, hatte John gesagt, *wenn ich nur …*

Und als Rosa ihnen zublinzelte, schien sich ihre Eifersucht wieder zu beruhigen, auch wenn das Elend immer größer wurde und seinen Platz einnahm. Denn im Gegensatz zu Tristan hatte sie das an John gemocht. Bei allen Göttern, sie hatte das an ihm *geliebt*. Seine lässige, beherrschende Autorität, so instinktiv, so sicher. Er wollte sie dominieren, wollte sie vorführen und sie zum Gehorsam zwingen. Er wollte ihr Lord sein.

Und sie hatte es auch gewollt. Sie wollte geleitet, zur Schau gestellt, benutzt und *genossen* werden. Sie wollte sein Liebchen sein.

»Allerdings«, fuhr Salvi fort, jetzt etwas dunkler, und sein Blick wanderte zu Simon, »können wir John vielleicht nicht wirklich die Schuld dafür geben, nicht wahr? Wer hat ihm denn *beigebracht*, so zu sein?«

Simon zuckte sichtlich zusammen, und auch Rosa erschrak und ließ ihren Blick auf ihre Hände sinken. In ihren Gedanken schwirrte plötzlich eine weitere Wahrheit herum, die bitter und unangenehm und … überraschend war.

Johns Verlangen war vielleicht auch von seiner eigenen Vergangenheit geprägt worden. Von schrecklichen, ungerechten Dingen, auf die er keinen Einfluss gehabt hatte. Aber er hatte keine Schuldgefühle oder Scham für das, was er jetzt war, entwickelt. *Ich muss mich nicht für die Taten anderer schämen*, hatte er gesagt. *Meine Taten und meine Wünsche sind die meinen.*

Rosa konnte Simons langsamen Seufzer hören, der von Bedauern geprägt war. »Selbst Vollstrecker«, sagte er, »kann nicht alles Unrecht von Vergangenheit wiedergutmachen. Aber«, er seufzte erneut, »nach heute, ich versuchen, die Skai wegen Frauen in Lagern zu beeinflussen. Ich versuchen, Ka-esh Erlaubnis zu geben, zu kommen und für sie zu sorgen.«

Salvi drehte den Kopf und starrte Simon mit großen,

erstaunten Augen an, und auch Tristan hatte kurz aufgehört, zu schlucken, und blinzelte verwirrt in Simons Gesicht. Simon sah keinen von ihnen an, sondern starrte auf seinen Oberschenkel, der durch die aufgerissene Hose immer noch frei lag. Die rote Linie seiner Wunde, die von Salvis sauberer Naht zusammengehalten wurde, war noch zu sehen.

Und plötzlich sickerte mehr Verständnis in Rosas Gehirn. Auch Simon hatte Angst. Vielleicht hatte er Angst, dass die Ka-esh sich dafür rächen könnten, was die Skai ihnen angetan hatten. *Wir nicht zeigen unsere Frauen keinem falschen, hübschen, redegewandten Ka-esh. Damit ihr nicht stehlt.*

»Würde es helfen«, sagte Rosa abgehackt, »wenn eine andere Frau mitkäme? Um eure Gefährtinnen kennenzulernen und sich um sie zu kümmern?«

Simons Blick war schmal und misstrauisch. »Nicht helfen«, schnauzte er, »wenn Frau eigenen Sohn *tötet*. Wenn Frau das danach andere Frau anbieten.«

Sein stirnrunzelnder Blick glitt zu Rosas Taille, und sie rollte mit den Augen, während sich ihre Hand zu ihrem Bauch schlich und ihre Finger fast schützend ausbreitete. »Ich habe dir doch schon gesagt«, schoss sie zurück, »dass mein Sohn nicht getötet wird. Aber vielleicht musst du auch akzeptieren, dass nicht jede Frau eine schreckliche und möglicherweise tödliche Geburt durchmachen will – und das wird sich wahrscheinlich *nie* ändern. Aber je sicherer ihr sie macht könnt und je bessere Partner ihr für sie seid«, sie streckte ihren Finger in Richtung Simon aus, »desto eher werden sie eure Söhne gebären wollen. Und nach unseren Forschungen ist es außerdem auch wahrscheinlicher, dass sie es überleben werden.«

Simon sah sie immer noch stirnrunzelnd an, aber er schien es beinahe in Erwägung zu ziehen, denn er legte den Kopf schief. »Warum du dann dir wünschst einen Sohn?«, fragte er. »*John* guter Partner? Dich *sicher* fühlen lassen?«

Es klang wie ein Spott, als würde er sie verhöhnen, denn

John hatte sie weggeschickt und dann waren sie von Männern gejagt und fast *getötet* worden – aber Rosa schluckte das dicke Gefühl in ihrer Kehle hinunter und nickte. »Das war er«, sagte sie, ihre Stimme ein Flüstern. »Er war so fürsorglich, gewissenhaft und *freundlich*. Bei ihm habe ich mich sicher gefühlt. Gewollt. Würdig. In *Frieden*.«

Niemand sprach, und Rosa rieb sich irritiert über ihre blinzelnden, prickelnden Augen. Das Elend stieg wieder auf und brachte diesmal ihre eigenen Worte hervor, ihre eigene Scham, die schrecklichen Dinge, die sie John ins Gesicht geworfen hatte.

Ich bin kein Ork, ich laufe nicht herum und lüge und verarsche die Zuneigung anderer Leute und mache Leute fertig, um die ich mich eigentlich kümmern sollte! Ich bin ein Mensch, verdammt noch mal, ich bin kein Monster!

Und das Schlimmste von allem war vielleicht: *Nein, du Arschloch, ich habe es nicht gewusst! Du hast nichts gesagt. Du hast es mir nicht gesagt.*

Aber Rosa *hatte* es gewusst. Dass sie schwanger war, dass John wollte, dass sie blieb, dass er sie zu seiner Gefährtin machen wollte. Er hatte es zwar nicht ausgesprochen, aber er hatte es doch sehr deutlich gemacht. Und anstatt eine einfache Frage zu stellen, um es noch deutlicher zu machen, hatte Rosa geschwiegen. Auch sie hatte nicht die Wahrheit gesagt. Genau wie Salvi hatte sie kein Gelöbnis gesprochen, denn so gab es nichts zu brechen.

Du gibst solche Dinge nur nicht gerne zu, hatte John ihr an diesem Tag in seinem Bett gesagt. *Damit es nicht deine Wahrheit ist, die du ertragen musst.*

Rosas Augen liefen nun endgültig über, und noch mehr Nässe strömte ihr über die Wangen, aber diesmal wischte sie sich die Tränen nicht weg. Sie ließ sie einfach kommen und stellte sich all den elenden, schmerzhaften Wahrheiten, vor denen sie die Augen verschlossen hatte. Wahrheiten nicht nur über John, sondern auch über sich selbst.

Sie hatte spioniert. Sie hatte gelogen. Sie hatte betrogen. Sie hatte jemandem, der ihr wichtig war, seine Geheimnisse entlockt und sie im Zorn benutzt, um ihn zu verletzen. Sie hatte Angst gehabt. Angst vor ihrer Vergangenheit, vor ihrer Zukunft.

Und doch war es ihr nicht gleichgültig. Sie hatte gelernt. Sie hatte unglaubliche, unmögliche Mengen an Wissen erworben. Sie hatte eine neue Bibliothek gefunden, neue Freunde, neue Ideen, die sie nie zuvor in Betracht gezogen hatte. Vielleicht hatte sie sogar den Mut gefunden, sich ihren Wahrheiten zu stellen. Sie wollte lernen. Sie wollte beherrscht werden. Sie wollte ihre Freude genießen, ohne Scham und ohne Reue.

Wissen verändert uns, wenn wir es akzeptieren. Wissen verändert alles.

»Fürchte dich nicht, Rosa-Ka«, mischte sich Tristans Stimme ein, und als sie aufblinzelte, sah er sie mit echter Sorge an, die Stirn gerunzelt, die Lippen noch immer tiefrot gefärbt. »John-Ka wird nicht aufhören, sich um dich zu kümmern, auch wenn ihr euch jetzt getrennt habt. Er wird nie aufhören.«

Er sagte das mit absoluter Gewissheit, weil er es selbst *erlebt* hatte, und Rosa atmete schlotternd ein ... und nickte. Sie stimmte zu, endlich, denn selbst jetzt, in diesem Raum, in diesem Moment, mit diesen Orks – selbst die Tatsache, dass Rosa noch lebte, noch in Sicherheit war, lag daran, dass John sich noch kümmerte.

Und vielleicht – vielleicht – war es höchste Zeit, dass sich jemand um *ihn* kümmerte.

»Sind wir jetzt in der Nähe von Dusbury?«, fragte Rosa, hob ihr Kinn und wischte sich über die nassen Wangen. »Werden wir heute noch ankommen?«

»Vor Mittagszeit«, sagte Simon, seine Stimme war kurz. »Wenn kleine Beine von Frau durchhalten.«

Rosa warf ihm dieselbe anzügliche Geste zu, die Salvi vorhin benutzt hatte, aber sie nickte und spürte, wie ihre

Entschlossenheit immer stärker wurde. John hatte die Sache gründlich vermasselt, aber das hatte sie auch. Und sie würde sich darum kümmern. Sie würde sich um die Menschen kümmern, um das Zuhause, um das Leben, das ihnen beiden am Herzen lag.

Meine Taten und meine Wünsche sind die meinen.

»Gut«, sagte sie entschlossen. »Dann möchte ich, dass ihr mich in den Norden der Stadt bringt. Ich werde Lady Scall einen längst überfälligen Besuch abstatten.«

34

Falls Lady Scall über das plötzliche Auftauchen einer schlammigen, blutverschmierten Bibliothekarin in ihrem schönen Wohnzimmer schockiert war, ließ sie es sich nicht anmerken.

»Womit habe ich diesen ... Besuch verdient?«, fragte sie, nachdem sie die Tür hinter ihnen geschlossen hatte, und setzte sich auf einen gepolsterten Stuhl am anderen Ende des Raumes. Sie trug ein einfaches Reitkleid und nicht das exquisite Kleid, das sie bei ihrer letzten Begegnung getragen hatte, aber ihr Gesichtsausdruck war vielleicht genauso verkrampft, genauso missbilligend.

Aber Rosa hatte Wochen im Orkgebirge verbracht und sich täglich mit nervenaufreibenden und streitsüchtigen Orks herumgeschlagen. Und so fiel es ihr fast leicht, Lady Scall in die Augen zu schauen und zu sprechen.

»Ich muss mit Euch reden«, sagte sie. »Über Lord Kaspar.«

Lady Scall zog die Augenbrauen hoch und faltete ihre manikürten Hände in ihrem Schoß zusammen. »Ist das so?«

»Ja«, sagte Rosa fest. »Ihr solltet wissen, dass Lord Kaspar mit mir geschlafen hat. Seit ich fünfzehn bin. Er kam in meine Schule und«, sie holte tief Luft, »sagte dem Schulleiter, dass er jemanden brauchte, der klein und unauffällig ist und ihm in der Bibliothek hilft. Er wählte mich aus einer Reihe von *Kandidatinnen* aus.«

Lady Scalls Gesicht war plötzlich eine Maske, unmöglich zu lesen, aber das war Rosas Wahrheit, sie sprach sie aus, sie konnte es schaffen. »Zuerst dachte ich, er liebt mich«, fuhr sie mit einem bitteren Lachen fort. »Er ließ mich in diesem Glauben – er wollte, dass ich das glaube. Aber dann erfuhr ich die Wahrheit. Ich war nur eine von vielen, vielen Frauen. Er schläft mit seinen Dienstmädchen. Mit seinen Bekanntschaften. Mit Kurtisanen. Er hat mehrere Mätressen. Mehrere uneheliche Kinder, die er weder anerkennt noch unterstützt.«

Lady Scall hatte sich immer noch nicht gerührt und Rosa holte tief Luft, um mehr Wahrheit zu verkünden. »Aber ich bin *trotzdem* etwas Besonderes für ihn«, sagte sie leiser. »So besonders, dass er mir an dem Tag, als er Euch in die Bibliothek brachte, sagte, dass er mich niemals aufgeben würde, auch nicht, wenn er Euch erst einmal geheiratet habe. Weil«, Rosa schluckte schwer, sie konnte es aussprechen, »ich klein bin und zuvorkommend und gut mit meinem Mund. Aber vor allem, weil ich im letzten halben Jahrzehnt die meisten seiner wissenschaftlichen Arbeiten recherchiert und geschrieben habe.«

Lady Scalls Gesicht war inzwischen ziemlich blass geworden, aber Rosa war noch nicht fertig. »Ich bin vor Kurzem auf eine unerwartete Reise gegangen«, sagte sie, »ohne Lord Kaspar genau zu sagen, wohin ich gegangen bin. Und wisst Ihr, was er getan hat? Er hat zwei ganze Regimenter aufgetrieben und ist dorthin geritten, um mich zu retten. Nicht, das kann ich Euch versichern«, sie zog eine Grimasse in Richtung Boden, »weil er mich so sehr vermisst hat. Sondern weil ich den größten Bericht seiner Karriere schreiben sollte.«

Es tat fast weh, diesen letzten Satz zu sagen, denn selbst jetzt hoffte ein Teil von Rosa, dass Lord Kaspar sich wirklich

Sorgen gemacht hatte – aber sie hatte in den letzten Tagen viel zu viel Zeit gehabt, um nachzudenken und sich zusammenzureimen, was passiert sein musste. Susan muss Southall von Johns Auftauchen in der Bibliothek und Rosas plötzlichem Verschwinden erzählt haben. Rosas Forschungen – ihre Bücher, ihre Abhandlungen, ihre Papiere – waren alle zurückgelassen worden. Und obwohl Rosa in ihren Briefen versucht hatte, die Situation zu erklären, waren sie zugegebenermaßen vage und hastig geschrieben gewesen und konnten leicht als unter Zwang verfasst abgetan werden. Auf Befehl eines grausamen Ork-Entführers, der entschlossen war, Lord Kaspars Forschung und seinen Krieg zu vereiteln.

Das war vielleicht zumindest ein Teil der Wahrheit. Vielleicht *war* John mit der ausdrücklichen Absicht in die Bibliothek gekommen, sie zu verführen. Und obwohl der Gedanke daran immer noch schmerzhaft in Rosas Bauch steckte, konnte sie nicht einmal mehr die Empörung darüber aufbringen. Dieser Krieg war ungerecht. Die Männer hatten den Vertrag gebrochen, wieder und wieder, und das vor Rosas Augen. Und John würde alles geben, um die zu beschützen, die ihm wichtig waren.

»Das letzte Mal, als Kaspar mir schrieb«, sagte Lady Scalls Stimme schließlich sehr gleichmäßig, »erzählte er mir, dass er ins *Orkgebirge* geschickt worden war.«

Ihre Augen hatten sich auf die von Rosa verengt, die Herausforderung dieser Worte lag klar in der Luft zwischen ihnen, und Rosa nickte, langsam. Die Wahrheit.

»Ja«, sagte sie. »Ich bin tatsächlich zum Orkgebirge gegangen. Wünscht Ihr zu hören, wie es passiert ist?«

Lady Scall zuckte ruckartig mit den Schultern, was Rosa als Ja auffasste – also holte sie tief Luft und erzählte die ganze Geschichte von Anfang an. Das Auffinden von John in der Bibliothek. Ihre Nachforschungen, ihr wildes Vergnügen miteinander, die bittere Realität des nächsten Morgens. Die Flucht. Der Berg.

Sie sprach mit so viel Kohärenz und Dringlichkeit, wie sie aufbringen konnte, fast so, als wäre dies ein weiterer wissenschaftlicher Vortrag, vielleicht der wichtigste in ihrem Leben. Sie musste Lady Scall überzeugen. Sie *musste* sich um John kümmern. Sie musste diesen Krieg beenden.

Als Rosa nach einer Stunde endlich fertig war, fühlte sich ihr Gesicht gerötet an, ihr Atem war flach und ihre Hände klammerten sich instinktiv an ihre Taille. Aber Lady Scall hatte ohne eine einzige Unterbrechung zugehört, und ihr Blick war nun aufmerksam, fragend und durchdringend.

»Weißt du, ich hätte dir vielleicht nicht geglaubt«, sagte sie plötzlich und unerwartet, »und ich hätte mich von dir auch nicht mit einem so verrückten Märchen unterhalten lassen. Wenn es nicht«, ihre Hände wanderten in die Tasche ihres Kleides und zogen ein gefaltetes Stück Papier heraus, »das hier gäbe«.

Sie richtete sich ruckartig auf, um es zu überreichen, wobei ihre Schritte auf dem Plüschteppich nicht ganz sicher waren, und Rosa nahm das Papier und faltete es auf. Es war ein Brief von ... Jule?

Ja, ja, das war er, und er war auf den Vortag datiert. Und es war – Rosas Augen überflogen die Seite und sie wurde ungläubig – es war eine Bitte um Lady Scalls *Hilfe*. Der Brief bezog sich auf ihre frühere Freundschaft und spielte auf die wechselnden Loyalitäten und die Gräueltaten an, die die Männer gegen ihren eigenen Vertrag begangen hatten. Sogar Rosa wurde darin vorgestellt, und es wurde angedeutet, dass sie bald nach Dusbury zurückkehren würde und dass sie eine gute Freundin von Jule und eine kluge Gelehrte sei – ob Lady Scall ihr wohl die Gunst eines Besuchs gewähren und für alles offen sein würde, was sie zu sagen hätte?

»Er lag heute Morgen vor meiner Tür«, sagte Lady Scall, setzte sich wieder auf ihren Stuhl und strich ihr Kleid glatt. »Ich habe seit über einem Jahr nichts mehr von Jule gehört, obwohl ich natürlich die Gerüchte gehört und gehofft hatte, dass sie noch lebt und es ihr gut geht. Und jetzt ...«

Sie winkte Rosa mit einer unsicheren Hand zu, ihr Mund war fest verschlossen, ihre Augen leuchteten – und plötzlich merkte Rosa, dass sie fast an der Schwelle eines Tränenausbruchs zu sein schien. Diese selbstbewusste, reiche, schöne Frau sah genauso niedergeschlagen und gebrochen aus, wie Rosa sich fühlte.

»Es tut mir so leid, dass ich Euch gekränkt habe«, sagte Rosa leise. »Und es tut mir leid, dass ich es Euch nicht früher gesagt habe. Aber ich dachte, es ist wichtig, dass Ihr es wisst. Denn Wissen verändert *alles*.«

Lady Scall nickte einmal, straffte sichtlich die Schultern und sah Rosa in die Augen.

»Ich stimme zu«, sagte sie. »Also, sag mir, was du benötigst.«

35

Eine Woche später schloss Rosa die Tür der Dusbury-Bibliothek auf und trat ein.

Sie trug ein altes, aber gut verarbeitetes Kleid – ein ausrangiertes Teil einer Nichte von Lady Scall – und drückte einen Stapel frischer Papiere an ihre Brust. Ihr Herz klopfte laut und unregelmäßig und ihr Blick huschte über die vertrauten Regale, auf der Suche nach irgendeinem Anzeichen von Bewegung, Stimmen oder Atem ...

Aber da war nur Stille. Sie war allein. Für den Moment.

Rosa lehnte sich gegen die geschlossene Tür, machte die Augen zu und umklammerte ihre Papiere fester. Es war das erste Mal seit ihrer Rückkehr nach Dusbury, dass sie einen Fuß in die Bibliothek setzte – tatsächlich war es sogar das erste Mal, dass sie sich überhaupt in der Öffentlichkeit aufhielt – aber heute war der Tag. Ihre dreiwöchige Frist war endlich abgelaufen, und heute war der Tag, an dem Lord Kaspar versprochen hatte, zurückzukehren.

Und wenn die Quellen von Lady Scall richtig lagen, war Lord Kaspar tatsächlich erst in der Nacht zuvor in die Stadt geritten. Und sicher würde er bald kommen.

Rosa schob ihre zittrige Gestalt von der Tür weg, in

Richtung des vertrauten Verleihtisches. Sie erstarrte und blinzelte, als sie sah, dass ihr Stapel Ork-Forschungsunterlagen immer noch unverändert dalag. Unberührt. Als ob er die ganze Zeit auf ihre Rückkehr gewartet hätte.

Die Erinnerungen überschlugen sich mit plötzlicher, bösartiger Gewalt und trampelten vor ihren Augen umher. Johns spitzer Finger, der an der Kante des Stapels entlangfuhr. Seine Augen, als er ihr das Kleid in der Mitte zerriss und sie auf diesen Tisch warf. Seine Stimme, als er all diese Worte sagte, diese Drohungen, diese *Versprechen.*

Wir markieren euch. Mit unseren Klauen, unseren Zähnen, unserem Duft. Wir machen euch zu den Unseren. Für immer.

Rosas Augen kribbelten, zum gefühlt tausendsten Mal in dieser Woche, und sie drückte sie zusammen, kämpfte darum, zu Atem zu kommen. Sie hatte in den letzten Tagen regelmäßig Kontakt zu Tristan gehalten, und zwar über einen Korb, den sie in Lady Scalls Garten versteckt hatte – aber in Tristans Briefen war John nicht ein einziges Mal erwähnt worden. Und auch von John selbst hatte sie keine Nachricht erhalten. Obwohl die Wahrheit darüber, was in Rosa heranwuchs, mit jedem Tag stärker und sicherer wurde ... diese ständige Übelkeit, ihre immer empfindlicher werdenden Brüste und die ungewohnte Härte in ihrem Unterleib.

Rosas einzige törichte und verzweifelte Hoffnung war die Milch. Die süße, unverwechselbare Milch, die John ihr auf dem Berg immer gegeben hatte und die jeden Morgen in ihrem geheimen Korb auftauchte. Vielleicht war das ein Hinweis darauf, dass John für sie sorgte. Vielleicht kümmerte es ihn irgendwie doch noch.

Aber je mehr Rosa in den letzten Tagen darüber nachgedacht hatte, desto mutloser war sie geworden. Sie hatte John belogen, wieder und wieder. Sie hatte seine Gastfreundschaft und Güte ausgenutzt. Sie hatte die Dreistigkeit besessen, ihn dafür zu tadeln, dass er nicht alle seine Geheimnisse mit ihr teilte, obwohl sie mit der ausdrücklichen Absicht, einen *Krieg* anzufangen, in sein Zuhause gekommen war.

Und jetzt konnte sie nichts mehr tun, außer alles zu versuchen. Sie konnte John zeigen, dass sie sich um ihn kümmerte. Sie konnte alles in ihrer Macht Stehende tun, um wiedergutzumachen, was sie getan hatte.

Das bedeutete – Rosa sah sich in der Bibliothek um und holte noch einmal tief Luft – dass sie sich der Wahrheit stellen konnte. Sie konnte Lord Kaspar gegenübertreten.

Sie legte ihren Papierstapel fein säuberlich auf den Verleihtisch und rückte die Kanten zurecht, bevor sie ihre Schultern straffte. Sie hatte in dieser Woche mit einer fast manischen Intensität gearbeitet, verzweifelt geschrieben und revidiert und so viel leidenschaftliche, überzeugende Wahrheit in ihre Worte gegossen, wie sie nur konnte. Sie hatte einen Plan. Das war ihre Chance.

Doch plötzlich – Rosas Kopf schnellte hoch, ihr Körper war wie erstarrt – hörte sie ein Geräusch. Ein kleines, kaum wahrnehmbares Geräusch, das aus dem hinteren Teil der Bibliothek kam. Ein Geräusch ... wie das *Umblättern* einer Seite.

Die Angst stotterte und erstickte jedes Gefühl, Rosas Hände klammerten sich verzweifelt an den Schreibtisch, denn vielleicht – ganz sicher – war es Lord Kaspar. Lord Kaspar, der schon hier war, in seinem kleinen Zimmer, und auf sie wartete. Vielleicht las er sogar im Bett, unbekleidet, und erwartete, dass sie hereinkam, ihn bestieg und ...

Rosa musste sich die Hand vor den Mund halten, tief einatmen und gegen die aufkommende Übelkeit ankämpfen. Sie konnte das schaffen. Sie konnte sich dem stellen.

Sie griff wieder nach ihrem Stapel Papiere und zwang sich dann, hinter dem Tisch hervorzutreten und den Gang zwischen den Regalen entlangzugehen. Ein Schritt nach dem anderen, näher, näher, während die Angst und das Grauen kratzten und schrien ...

Doch als sie um das letzte Regal bog, war es, als wäre die Welt ins Schleudern geraten und hätte sich an einer Felskante aufgehängt. Denn es war *nicht* Lord Kaspar.

Da war ein Ork. In der Bibliothek. Und las ein Buch.

Es war *John*.

36

Einen langen, schwankenden Moment lang konnte Rosa sich nicht bewegen, nicht atmen, nicht *denken*. John war *hier*. In der *Bibliothek*. Und las ein *Buch*.

Sein dunkler Kopf war über das Buch gebeugt, sein Gesicht im Schatten verborgen – doch als Rosa ihn wie festgefroren anstarrte, hob er langsam den Kopf und sah ihr in die Augen. Er sah ungewöhnlich müde aus, mit tiefen Spuren unter den Augen, schwachen Falten um den Mund und einem noch schärferen Ausdruck um seinen Kiefer und seine Wangenknochen. Und seine Krallenhände schlossen das Buch und legten es beiseite, ohne sich die Mühe zu machen, die Seite zu markieren, als hätte er es gar nicht wirklich gelesen.

Rosas Magen kribbelte gefährlich und zwang ihre unsichere Hand nach unten, um sie auf ihren Bauch zu drücken – eine Bewegung, die auch diese eindringlichen Augen nach unten lenkte. Es war fast so, als könnten sie durch die Papiere, die sie immer noch festhielt, durch ihre Kleidung und ihre Haut hindurchsehen, bis zu dem, was sich darunter verbarg.

Zu ihrem *Sohn*.

Johns Blick fühlte sich plötzlich fast quälend an, und Rosa

umklammerte mit beiden Händen wieder ihre Papiere und holte zittrig Luft. John war hier. John war hier, bei allen Göttern, sie konnte etwas sagen, *etwas* …

»Ähm«, sagte sie, ihre Stimme heiser. »Du bist hier.«

Es war die dümmste Bemerkung, völlig unsinnig, aber zum Glück verzog John nicht das Gesicht, rollte nicht mit den Augen und tat auch sonst nichts, was er vielleicht hätte tun können. Er nickte nur kurz und knapp, während er seine Arme vor der Brust verschränkte und seine Finger fest und blass auf seiner grauen Tunika ruhten.

»Ach«, sagte er schließlich. »Ist es dir gut ergangen, Frau?«

Seine Stimme war so wie immer, tief und gleichmäßig und sanft, aber in diesem Moment fühlte sie sich eher wie ein Schrei oder ein Schlag an. So schmerzhaft und brutal vertraut, so nah und doch so fern. Rosa hatte ihn belogen. Ihm wehgetan. Ihn *verraten*.

»Es geht … mir gut«, zwang sie sich zu sagen, obwohl sie ihren Blick nicht ganz auf sein hartes, schattenhaftes Gesicht lenken konnte. »Ich, ähm, ich war bei Lady Scall. Lord Kaspars Fast-Verlobte, du weißt schon. Sie war schockierend freundlich, hat mich die ganze Zeit in ihrem Haus untergebracht, mich gefüttert und gekleidet und allen erzählt, ich sei ihre lange verschollene Cousine, die in Schwierigkeiten geraten ist«, sie deutete vage und stockend auf ihre Taille, »daher haben mich die meisten in Ruhe gelassen, was eine große *Erleichterung* war. Und sie hat mir sogar geholfen, täglichen Kontakt mit Tristan zu halten, und sie war *überhaupt nicht* verurteilend, und es ist so *töricht*, dass ich sie so sehr gehasst habe, obwohl ich eigentlich …«

Rosa plapperte, das bemerkte sie zu spät, und als sie sich den Mund zuhielt, bemerkte sie auch, dass sie die Art und Weise kannte, wie John sie ansah. So ausdruckslos, so bewusst vorsichtig und doch irgendwie verräterisch, als wäre das alles nichts Neues für ihn. Das bedeutete, dass er *alles* wusste, und natürlich wusste er das, er war *John* und …

Rosas Augen brannten wieder, und sie rieb sich ungeduldig über das Gesicht und holte noch einmal tief Luft. Sie konnte das tun. Sie konnte es.

»Es tut mir leid, John«, sagte sie mit brüchiger Stimme. »Götter, es tut mir so leid. Dass ich dir nachspioniert habe. Dass ich dich belogen habe. Dass ich«, sie schnappte nach Luft, »an dem Tag, an dem ich ging, all diese schrecklichen Dinge zu dir gesagt habe. Dass ich dich ein *Monster* genannt habe.«

John sprach nicht, bewegte sich nicht und Rosa umarmte ihre Papiere fester, rang nach Worten, nach der Wahrheit. »Ich hatte unrecht«, sagte sie. »Es war falsch, dich zu verurteilen und dir deine Vergangenheit vorzuwerfen. Es war falsch, dich zu beschuldigen, dass du mich belogen hast, obwohl ich dich die ganze Zeit über belogen habe. Es war falsch, so zu tun, als wüsste ich nichts von den Dingen, die du mir deutlich klargemacht hast.«

Johns dunkle Wimpern blinzelten einmal, aber seine Augen waren immer noch ausdruckslos, distanziert, wie eine Maske. Vielleicht bedeutete das, dass es ihn wirklich nicht mehr kümmerte, vielleicht war es schon zu spät, aber Rosa musste weitermachen, alles aussprechen. »Ich *wusste* es«, sagte sie trotz des wachsenden Kloßes in ihrem Hals. »Ich wusste, dass du wolltest, dass ich bleibe. Ich wusste, dass ich schwanger war. Und natürlich wusste ich, dass du kein Monster bist, du warst so gottverdammt *gütig* zu mir. Du hast mich gefüttert, gebadet und gekleidet. Du hast mir wichtige Arbeit gegeben und die Freiheit, sie so zu erledigen, wie ich es wünschte. Du hast mir geholfen zu lernen und zu wachsen. Du hast mich eine *Gelehrte* genannt.«

Nichts in seinem Gesicht veränderte sich und in Rosa stieg wieder Übelkeit auf und ihr Blick fiel auf den Tisch vor ihm. Sie konnte es sagen. Sie konnte ihm die Wahrheit sagen.

»Und du hast mir beigebracht«, sagte sie, »meine Begierden zu akzeptieren, statt mich für sie zu schämen. Du hast mir beigebracht, mich meiner Vergangenheit zu stellen, anstatt so zu tun, als ob es sie nicht gäbe. Du hast mir gezeigt, dass ich trotz alledem immer noch würdig bin. Du hast mir – *Frieden* gegeben.«

Es herrschte nur noch mehr Schweigen, trostlos und schmerzhaft um sie herum, und Rosa zwang ihren Blick wieder nach oben, zurück zu seinem unleserlichen Gesicht. »Du warst ein brillanter Lord, John-Ka«, flüsterte sie. »Ich habe es *geliebt*, dein Liebchen zu sein. Ich werde es *nie* vergessen.«

Ein feuchtes Gefühl löste sich aus ihrem Auge und glitt ihre Wange hinunter, bevor sie es schnell mit zitternder Hand wegwischte. »Es tut mir so leid«, stieß sie hervor. »*Mér þykir þetta svo leitt.* Ich hoffe, du kannst mir eines Tages verzeihen.«

Das war alles, was sie zu sagen hatte, und sie verharrte, ließ ihre blinzelnden Augen wieder auf den Tisch sinken. Sie wartete darauf, dass er etwas sagte, irgendetwas, und was, wenn er es nicht tat, was, wenn er wirklich fertig mit ihr war, was, wenn dies nur ein *Abschied* war?

»Ach«, sagte John schließlich, und als Rosa die Augen hob, rieb er sich den Mund, seine Augen bewegten sich und schimmerten mit etwas, das sie nicht benennen konnte. »Ach, Liebchen. Ich …«

Seine Worte wurden von einem plötzlichen ohrenbetäubenden Knall unterbrochen – dem Aufschlagen der *Bibliothekstür* – und Rosa zuckte zusammen, ihr Herz raste und ihre Haut kribbelte vor lauter Angst. Das konnte nicht sein. Nicht jetzt. Nicht jetzt. Bitte …

»Rosa!«, rief eine vertraute, magenumdrehende Stimme, in der unverkennbare Wut mitschwang. »Komm heraus und erkläre dich. Und zwar sofort!«

37

Lord Kaspar war angekommen.

Rosas Augen fielen zu, und für einen schrecklichen, rasenden Moment wusste sie nicht, ob sie in Ohnmacht fallen, schreien oder sich über ihre Füße erbrechen sollte.

Lord Kaspar war hier. Sie würde sich dem stellen. Das würde sie.

Vor ihr hatte sich Johns sitzender Körper versteift, seine Augen waren schmal, glitzernd und gefährlich. Und warte, da war ein Ork in der Bibliothek, und Lord Kaspar war hier, wenn er das herausfand, würde es Wachen, Blut und *Tod* geben ...

Aber John bewegte sich nicht von seinem Platz hinter dem Tisch weg. Er hob nur einen Finger an die Lippen, und seine Bedeutung war klar. Rosa schluckte schwer, nickte ruckartig und zwang dann ihre schwerfälligen Füße, sich zu bewegen. Sie ging zurück durch die Regale, ihre Hände zitterten und schwitzten auf den Papieren, ihr Herz klopfte bis zum Hals.

Lord Kaspar stand neben dem Verleihtisch, den Blick von Rosa abgewandt, und klopfte ungeduldig mit den Fingern auf seinen Oberschenkel. Er trug Reisekleidung, seine Stiefel waren mit Schlamm beschmiert, und sein dunkles Haar war länger als sonst gewachsen und kräuselte sich über seine Ohren. In einer anderen Welt, in einem anderen Leben hätte sich Rosa vielleicht von hinten an ihn herangeschlichen, ihre Arme um seine schlanke Taille gelegt und gesagt: *Wie kann ich dir dienen*, mein Lord?

Aber heute spürte Rosa, wie ihre Füße in einiger Entfernung, weit außerhalb von Lord Kaspars Reichweite, zum Stehen kamen. Er drehte sich langsam zu ihr um, groß, herrisch und unbestreitbar schön, und warf ihr einen strengen, kühlen Blick zu, der ihren Körper hinunter und wieder hinauf wanderte.

»Du bist also doch zurückgekommen«, sagte er schließlich ruhig, obwohl in seinen schönen grauen Augen spürbare Wut glitzerte. »Ich hoffe, du hast etwas *sehr* Beeindruckendes für mich, Liebes. Und eine *verdammt* gute Erklärung.«

Sein Blick fühlte sich wie eine physische Kraft an, und Rosa kämpfte dagegen und hob ihr Kinn. »Was muss ich denn erklären?«, fragte sie mit lobenswerter Gelassenheit. »Du hast mir befohlen, die Orks zu erforschen und alle notwendigen Maßnahmen zu ergreifen. Das habe ich getan.«

Lord Kaspars Mundwinkel zuckten und er gab ein Geräusch von sich, das ein Lachen hätte sein können. »Du bist also *freiwillig* in dieses Höllenloch gegangen«, sagte er mit verächtlicher Stimme. »Bei allen Göttern, Rosa, ich dachte, du wärst *entführt* worden. Denn sicherlich kannst nicht einmal du töricht genug sein, um zu glauben, dass ein Lord seine *Geliebte* zu *Forschungszwecken* ins *Orkgebirge* schicken würde!«

Seine Geliebte. *Töricht* genug. Worte, die eigentlich nicht überraschen sollten, die aber dennoch mit einem Elend gespickt waren, das Rosa den Atem raubte. So sehr, dass ihr die Worte im Halse steckenblieben und ihr Körper wie erstarrt war, als Lord Kaspar einen schnellen, gefährlichen Schritt auf sie zukam.

»Wenn du dich wirklich entschieden hast, ins Orkgebirge zu gehen«, sagte er sehr gleichmäßig, während er in seine

Manteltasche griff, »was zum *Teufel* hast du dann *damit* gemeint?!«

Damit. Es war ein Brief. Er kam ihr sehr bekannt vor, und als Lord Kaspar ihn aufklappte, setzte Rosas Herz einen Schlag aus, als sie ihre eigene Schrift sah, die in sauberen Linien über die Seite geschrieben war.

»*An Lord Kaspar*«, las er laut und mit klarer Stimme vor. »*Ich schreibe Euch, um Euch mitzuteilen, dass ich weder nach Dusbury noch zu meiner Arbeit in der Bibliothek zurückkehren werde. Ich habe ein neues Leben gefunden, mit neuer Arbeit, neuen Freunden und einem neuen Partner, der mich aufrichtig respektiert und sich um mich kümmert. Ich glaube nicht, dass wir uns wiedersehen werden. Lebt wohl.*«

Rosa schluckte, rührte sich aber nicht, und Lord Kaspar warf den Brief auf den Verleihtisch und kam einen Schritt näher. »Ich habe fast *zwei Wochen* lang in dieser Scheune kampiert, um dich zu *retten*«, zischte er. »Und für meine *außergewöhnlichen* Bemühungen um dich bekomme ich das?! Was für ein verdammtes Spiel spielst du da, Rosa? Haben dich die Orks *gezwungen*, das zu schreiben?«

Seine Stimme schwankte leicht, etwas, das Rosa noch nie bei ihm gehört hatte, und sie zwang sich, seinem Blick standzuhalten und tief Luft zu holen. Sie konnte die Wahrheit sagen. Das konnte sie.

»Die Orks haben mich zu nichts gezwungen«, sagte sie leise, aber bestimmt. »Der Brief war die Wahrheit. Ich war dort glücklich. Ich wollte bleiben.«

Lord Kaspar starrte sie mit großen Augen an, sein Mund stand offen und er schüttelte heftig den Kopf, als hätte er sich schwer verhört. »Du wolltest *bleiben*«, wiederholte er und betonte jedes Wort. »Bei den Orks. Mit diesem – *Partner*. Einem *Ork*. Der dich, wie ich annehme, auch die ganze Zeit *gefickt* hat?!«

Darüber würde Rosa nicht mit Lord Kaspar sprechen, das würde sie *nicht* tun – aber ihr Gesichtsausdruck muss es verraten haben, denn er starrte sie einen weiteren Augenblick lang an, Abscheu und Verachtung blitzten in seinen wütenden Augen auf.

»Bei allen Göttern, Rosa«, sagte er, als er einen weiteren Schritt auf sie zuging. »Hast du deinen verdammten *Verstand* verloren? Du missverstehst absichtlich meine Befehle, du demütigst mich, du verschwendest zwei Wochen meines *extrem* arbeitsintensiven Lebens – und jetzt kommst du mit diesem völligen *Wahnsinn*?! Du wolltest mich, einen Lord, verlassen, um im *Orkgebirge* zu leben und eine ekelhafte, ungebildete *Bestie* zu ficken?!«

Während er sprach, holte er mit seiner Hand aus und griff fest nach Rosas Kinn. »Das ist deine letzte Chance, du törichtes Weibsstück«, sagte er schroff. »Du wirst sofort auf die Knie gehen und mich um Gnade *anflehen*. Und du wirst mir eine Forschungsarbeit vorlegen, die so explosiv ist, dass sie den ganzen verdammten Berg in die Luft jagt, ohne dass ich einen *Finger* rühre!«

Die Angst, die sich in Rosas Bauch aufgestaut hatte, wurde immer größer und schlug gegen ihre Brust – aber noch tiefer war ihre eigene Entschlossenheit, ihre eigene brennende Verachtung. Und dahinter, irgendwo, war ... John. John, immer noch hier ... in der Bibliothek, versteckt, lauschend, wartend. Und egal, was hier passierte, John würde sie beschützen. Er *würde* es tun.

»Es tut mir leid, wenn ich dich beunruhigt oder deine Zeit verschwendet habe«, sagte Rosa schließlich mit Blick auf Lord Kaspars wütende Augen. »Aber ich werde dich um *nichts* anflehen. Denn«, das war die *Wahrheit*, »die Sache zwischen uns muss ein Ende haben. Es hätte schon vor langer Zeit beendet werden müssen, als ich erkannte, was es wirklich ist. Du hast mich jahrelang manipuliert und ausgenutzt. Es ist *vorbei*.«

Der Schock in seinen Augen fühlte sich an, als hätte sich noch nie jemand getraut, so etwas zu ihm zu sagen – und bevor er etwas erwidern konnte, fuhr Rosa fort und brachte es heraus. »Und ich habe keine Forschungsarbeit für dich«, sagte sie entschlossen. »Ich habe keine neuen Informationen, keine neuen Gräueltaten oder Skandale. Die Orks sind nicht so, wie wir behaupten, dass sie sind. Sie sind anders, ja, sie haben eine andere Kultur, eine andere Sprache, eine andere Art des Zusammenlebens. Aber *nichts* davon ist einen Krieg wert. *Nichts* davon ist es wert, diesen Vertrag zu brechen.«

Lord Kaspar starrte immer noch vor sich hin, seine Hand hing schlaff an Rosas Kinn, und sie holte tief Luft und schöpfte neuen Mut. »Wir *Menschen* sind diejenigen, die den Vertrag brechen«, sagte sie. »Ich habe es mit meinen eigenen Augen gesehen. Ich war Zeugin zahlreicher ungerechtfertigter Übergriffe auf Orks und habe zuverlässige Aussagen über viele weitere Übergriffe gesammelt. Dem muss ein Ende gesetzt werden. *Du* musst dem ein Ende setzen.«

Lord Kaspars Gesicht zuckte seltsam, während seine Finger ihre Haut umklammerten. »Muss ich das?«, antwortete er mit belegter Stimme. »Erkläre mir, *wie*, Rosa.«

Eine plötzliche, aufkeimende Hoffnung flüsterte in Rosas Bauch, und sie hielt seinem Blick stand, sprach so überzeugend, wie sie konnte. »Du musst zu deinem Vater gehen«, sagte sie, »und zu den anderen Lords im Rat, und ihnen genau das sagen, was ich dir gesagt habe. Es gibt keine Gräueltaten. Es gibt keine neuen Angriffe der Orks. *Wir* sind die Unterdrücker. *Wir* sind diejenigen, die den Vertrag gebrochen haben. Dieser törichte Versuch eines neuen Krieges ist eine völlige Verschwendung von Zeit und Geld, und es gibt weitaus wichtigere Angelegenheiten, um die wir uns kümmern müssen. Zum Beispiel«, sie zog die Schultern hoch, »müssen wir uns um Bauern wie mich kümmern, die seit *Jahren* unter der Vernachlässigung, Ungerechtigkeit, Grausamkeit und Gier des Adels leiden. *Das* sind die wahren Gräueltaten hier. *Das* ist der Skandal. *Nicht* die Orks.«

Lord Kaspars Gesicht zuckte erneut und verzog sich zu

etwas, das Rosa nicht zuordnen konnte, und für einen weiteren rasenden Augenblick stieg die Hoffnung auf, dehnte sich aus, machte sich breit – und zerfiel dann zu Staub, als Lord Kaspar lachte. Er *lachte* mit echter, blendender, gefühlloser Fröhlichkeit, die über seine schönen Augen tanzte.

»Oh, *Rosa*«, sagte er zwischen zwei Lachern. »Du hast wirklich deinen dummen kleinen Verstand verloren. Ich nehme an, die Orks, die dich gefickt haben, haben dir wahrscheinlich komplett die geistige Gesundheit geraubt. Ich hätte es besser wissen müssen«, sein Lachen verstummte und er legte den Kopf schief, »als von einer ungezogenen Bäuerin wahre geistige Stärke zu erwarten, egal wie klug sie sich gegeben hat.«

Seine Augen hatten sich leicht verengt und seine Hand drückte fester auf ihr Gesicht. Das entfachte die Angst wieder, wild und bösartig, zitternd unter Rosas Haut.

»Aber«, sagte er langsam, »vielleicht könntest du mir doch noch von Nutzen sein. Vielleicht könnte ich *dich* als Ausstellungsstück präsentieren, das zeigt, was passiert, wenn eine Frau von Orks geraubt und vergewaltigt wird. Vielleicht kannst du meine Gräueltat sein, mein hohlköpfiger kleiner Liebling. Und sicher«, seine andere Hand hob sich und strich über ihre Lippen, »funktioniert deine tiefe kleine Kehle noch, nehme ich an? Solange die Orks die nicht auch gebrochen haben?«

Seine Stimme war unbeschwert, als wäre das alles plötzlich ein toller Witz. Als wäre *Rosa* ein Witz, ein Werkzeug, ein leeres Gefäß zu seiner Belustigung. Was sie vielleicht schon immer war, die ganze Zeit über.

»Warum probieren wir es nicht einfach mal aus, Liebling«, sagte er sanft. »Die Götter wissen, dass ich nach all dem hier anständig ausgesaugt werden muss. Und wer weiß, vielleicht vertreibt es ein bisschen Nebel aus deinem hübschen Köpfchen, wenn du mich so richtig tief in deine Kehle nimmst.«

Er ließ Rosas Kinn grob los, um ihr die Papiere aus ihren schlaffen, zitternden Fingern zu reißen. Während er mit der anderen Hand seine Hose aufknöpfte, wanderte sein Blick an Rosas Vorderseite auf und ab und blieb schließlich an der leichten Schwellung ihrer Brüste hängen.

»Was zum Teufel hast du da gegessen?«, fragte er mit gereizter Stimme. »Meine Güte, Rosa, du siehst schon fast so aus wie eine verdammte *Matrone*.«

Die Angst und die Galle stiegen in Rosas Kehle auf, und irgendwie, den Göttern sei Dank, zuckte ihr erstarrter Körper zurück, weg von ihm, weg von dem plötzlich abstoßenden Anblick seiner entblößten Leistengegend.

»Nein«, würgte sie hervor. »Ich werde dich nicht anfassen, Lord Kaspar. Nie wieder. Ich habe dir gesagt, es ist *vorbei*.«

Aber er lachte nur wieder und kam näher, eine Hand auf seinem geschwollenen, entblößten Schwanz, die andere hielt immer noch ihre Papiere. »Bist du dir sicher, Rosa?«, fragte er. »Oh, ich denke, du könntest überzeugt werden. Vielleicht mache ich dich zu einer Studentin. Vielleicht mache ich dich sogar zu meiner *Frau*. Reicht das für den Moment?«

Er machte sich über sie *lustig*, das merkte Rosa mit einem rüttelnden, ekelerregenden Entsetzen. Er machte damit deutlich, dass er ihr solche Dinge nie gegeben hätte, dass er sie *nie* zu einer richtigen Studentin gemacht hätte, geschweige denn zu seiner Frau. Ihre Zukunft war immer nur *das hier* gewesen. Gefangen im Dienst dieses schrecklichen, hohlen Mannes, bis er ihrer überdrüssig geworden wäre und sie weggeworfen hätte.

»Du solltest *dankbar* sein, Rosa«, fuhr er fort, fast schon im Plauderton. »Du kannst froh sein, dass du mir überhaupt noch von Nutzen sein kannst. Vor allem nach der Hölle, die du mir in den letzten Wochen angetan hast, ohne auch nur ein verdammtes *Papier* vorzulegen!«

Rosas Körper hatte zu zittern begonnen, sie wich zum nächsten Regal zurück, ihr Herz klopfte, ihr Atem ging stoßweise. »*Du* bist derjenige, der in der Scheiße steckt, Kaspar«, keuchte sie. »Du verlogenes, privilegiertes *Schwein. Fass* mich nicht an!«

Aber er griff nach ihr, packte sie an der Schulter und drückte sie mit dem Rücken gegen das Regal. »Spiel mir nicht die Schüchterne«, schnauzte er. »Wir wissen doch beide, dass du es magst, wenn man beim Ficken ein bisschen Gewalt anwendet, oder? Jetzt geh auf die Knie, bevor ich dich bewusstlos schlage und dich dort mit *Gewalt* hinbringe.«

Die Angst schrie, krabbelte, und Rosa stürzte von ihm weg und griff nach dem Regal hinter ihr. Denn das Buch, von dem sie wusste, dass es dort war, dass es dort sein musste – und sie schluckte, als sie es herauszog, ihre Hände schlitterten über das schwere Gewicht. Es waren *Die Annalen des Reiches*, voll von Wichtigtuerei, Geschwätz und Lügen, genau wie Lord Kaspar selbst, und Rosa schleuderte es ihm mit aller Kraft entgegen. Nicht gegen seinen Kopf, wie es ihr ursprünglich vorgeschwebt hatte, sondern direkt gegen seine entblößte, geschwollene Leiste.

Das Buch traf ihn mit einem bösartig-klingenden *Knack* und Lord Kaspar schrie mit einem befriedigenden schrillen Kreischen auf, sein Gesicht verzerrte sich vor Schmerz, als er nach hinten zu Boden taumelte. Dabei flogen Rosas Papiere durch die Luft und landeten rund um seinen stöhnenden Körper.

»Du hinterhältige kleine *Schlampe*«, krächzte er und presste beide Hände auf seine Leistengegend. »Das wirst du mir *büßen*, du ...«

Seine Stimme verstummte abrupt, als hätte man ihn erwürgt, denn er blinzelte und starrte auf das Papier. Das einzelne Blatt Papier, das sich auf seinem Oberschenkel niedergelassen hatte, dessen Druckbuchstaben klar, unverhohlen und grell leuchteten. Als ob sie in die plötzliche tödliche Stille hinein schreien würden.

LORD KASPARS BASTARDE, stand da. *Die schockierende Wahrheit über den berühmtesten Höfling und Gelehrten des Reiches.*

»Was. Zum. Teufel«, zischte Lord Kaspar mit giftiger Stimme, »ist *das*?«

Rosa spürte, wie sich ihr Kinn hob, wie ihre Gelassenheit und Überzeugung zunahmen und ihr Körper sich zu seiner vollen Größe aufrichtete. »Oh, das?«, sagte sie mit überraschender Gelassenheit. »Das ist meine neueste Abhandlung. Ein ziemlich verlockender Titel, findest du nicht? Ich habe tausend Exemplare drucken lassen, die ab nächster Woche überall verteilt werden sollen.«

Lord Kaspar starrte sie mit offenem Mund an, seine Augen waren rund und hervorgetreten, und sein Gesicht hatte einen kränklichen Weißton angenommen. »Das hast du *nicht*«, keuchte er. »Das würdest du *niemals* tun.«

Rosa spürte, wie sie ihn anlächelte, kühl und bitter. »Oh, würde ich nicht?«, fragte sie. »Genauso wenig wie du einen ungerechten Krieg beginnen oder Versprechen geben würdest, die du nie halten wolltest, oder dich jemandem aufzwingen würdest, der dich nicht will? Jemandem, der in den letzten neun *Jahren* nur sein Bestes getan hat, um dir zu *gefallen*, trotz allem, was du diesem jemand angetan hast?!«

Lord Kaspars Mund öffnete und schloss sich, seine Kehle arbeitete und seine Augen huschten plötzlich zu den anderen Papieren, die überall verstreut lagen. Viele von ihnen waren mit sauberem Schriftsatz versehen – ein Geschenk von einer der vielen Kontakte von Lady Scall – und einige weitere mit großen Titeln, die in denselben dicken Druckbuchstaben gedruckt waren.

IM INNEREN DES ORKGEBIRGES: Ein wahrer Bericht, stand auf einem. *ORKS VOR GERICHT: Mythen und so genannte Skandale*, stand auf einem anderen. Und dann: *DIE ECHTEN GRÄUELTATEN DES REICHES: Ein Bericht aus erster Hand über die Zerstörung eines Unschuldigen durch einen Lord.*

Und dann, als Letztes, Rosas persönliches

Lieblingsprojekt – *ORKLINGSGEBURTEN: Eine Zusammenfassung der besten Praktiken zum Schutz der Gesundheit von Frauen.*

Lord Kaspar sah aus, als hätte er einen Schlag in die Leistengegend bekommen – noch eine weiteren – und seine fassungslosen Augen blinzelten wieder und wieder auf die Titel, als könne er nicht glauben, dass sie wirklich echt waren. Mit einer ruckartigen Bewegung griff er nach dem nächstgelegenen Papier und riss es mit sichtlich zitternden Fingern in Stücke.

»Du wirst es *nicht*«, sagte er mit brüchiger Stimme, während er nach einem weiteren Blatt griff und auch dieses zerriss, »*wagen* den *tadellosen* Ruf eines Lords mit solch üblen, haltlosen *Unwahrheiten* zu beschmutzen. Das wirst du *nicht*.«

Aber Rosa lächelte wieder, heftig und grimmig. »Du missverstehst mich, Lord Kaspar«, sagte sie barsch. »Ich werde es tun, ob du es gutheißt oder nicht. Ich werde es mir *nur* noch einmal überlegen, wenn du tust, worum ich dich gebeten habe, und mit deinem Vater und dem Rat sprichst und sie *anflehst*, diesen ungerechten Krieg zu beenden.«

Lord Kaspar starrte sie wieder an, und Rosa schnappte sich das nächstgelegene Papier – ein weiteres Titelblatt für *Lord Kaspars Bastarde* – und hielt es ihm entgegen. »Und wenn du schon dabei bist«, sagte sie kalt, »wirst du deine Kinder aufsuchen – einschließlich der Mädchen – und sie alle unterstützen und ihnen eine gute Ausbildung ermöglichen. Dann, und *nur dann*, werde ich davon absehen, diese Abhandlungen zu verteilen. Andernfalls werde ich alle mir zur Verfügung stehenden Mittel nutzen, um Exemplare in jede Stadt, jedes Dorf und jede Bibliothek des *Reiches* zu bringen. Du hast eine Woche Zeit.«

In Lord Kaspars blinzelnden Augen loderte blanker, wahnsinniger Hass auf – und mit einer rasanten Bewegung sprang er auf und stürzte sich auf Rosa. Seine feuchten, klebrigen Hände fanden ihren Hals und drückten fest zu.

Die Panik stieg in ihr hoch und sie schrie auf. Rosas ganzer Körper strampelte und krümmte sich gegen ihn, gegen die entsetzliche Kraft dieses schockierenden, gefährlichen Drucks. Ganz anders als alles, was sie jemals zuvor gefühlt hatte, anders als alles, was John jemals getan hatte, und ihre Sicht flackerte bereits, funkensprühende schwarze Löcher in Lord Kaspars hübschem, höhnischem, wütendem Gesicht.

»Das wirst du nicht«, keuchte er durch seine heftigen Atemzüge. »Denn du wirst *tot* sein. Getötet durch die Hand eines *Orks*, der es gewagt hat, *meine* verdammte Bibliothek zu betreten und zu stehlen, was *mir* gehört! Du willst einen *Krieg* anfangen, mein dummer kleiner Bücherwurm, dann fangen wir einen Krieg an!«

Nein. *Nein*. Rosas Füße rutschten ab, ihre Sicht verschwamm, Lord Kaspar wollte sie töten, alles war umsonst, alles, *John* ...

John. Er erhob sich hinter Lord Kaspar, wie ein riesiger, gewalttätiger, rachsüchtiger Gott. Seine Augen glitzerten vor unmenschlicher Wut, als sein mächtiger Arm Lord Kaspars Kopf umfasste und ihm den Hals zuschnürte. Er zerrte Lord Kaspar von Rosa weg, sein blasses Gesicht verformte sich plötzlich vor Schmerz, seine Augen quollen hervor und sein Mund schrie lautlos.

»Sie gehört *mir*, du abscheulicher Mensch«, zischte John, tief und dicht an Lord Kaspars Ohr. »Und für das hier wirst du *sterben*.«

38

Für einen kurzen Moment kämpfte Lord Kaspar gegen Johns tödlichen Griff an, seine Arme schlugen und schwangen wild um sich.

Doch John drückte nur noch fester zu, die Muskeln in seinem mächtigen Arm spannten sich an, und Lord Kaspars Bewegungen verlangsamten sich zusehends. Sie wurden träger und unregelmäßiger, seine Augen rollten zurück, sein Mund blieb offen stehen.

Und während Rosa blinzelnd und seltsam losgelöst zusah, wurde ihr bewusst, dass es ihr egal war, ob Lord Kaspar starb. Er war einfach nur schrecklich gewesen, sowohl zu ihr als auch zu den Orks und zu allen anderen in seiner Umgebung. John durfte ihn töten, mit ihrem Segen.

Doch dann gab es einen Knall. Laut und deutlich, von ganz hinten in der Bibliothek. Es war fast so, als würde eine Tür zugeschlagen, und Rosas benommenes, abgestumpftes Gehirn setzte sich endlich wieder in Bewegung, und die Panik wuchs und stieg an. Was, wenn es bewaffnete Männer waren? Was, wenn Lord Kaspar irgendwie nach Wachen gerufen hatte? Was, wenn es eine Schlacht in der Bibliothek geben würde, was, wenn John entdeckt, gefangen genommen und *getötet* würde?

Aber es war ... Tristan? Ja, Tristan, er sprintete los und sprang mit überraschender Leichtigkeit über einen Tisch, während Salvi um ihn herum auswich. Und anstatt sich auf Lord Kaspar zu stürzen, wie Rosa vielleicht erwartet hätte, stürzten sich beide auf ... John?

»*Halt*, John-Ka«, zischte Tristan und griff mit Krallenfingern nach Johns Arm, der immer noch um Lord Kaspars Hals geschlungen war. »Das darfst du nicht tun. *Bitte*!«

Salvi hatte nach Johns anderem Arm gegriffen und ihn nach hinten gerissen, woraufhin John ein Knurren von sich gab und ihn mit einem harten Ruck abschüttelte. »Doch, das *werde* ich«, knurrte er Salvi an. »Dieser abscheuliche Mann hat diesen Tod verdient. Habt ihr nicht gesehen, was er meiner *Gefährtin*, die meinen *Sohn* trägt, antun wollte?!«

»Wir haben es gehört«, sagte Tristan mit tiefer, beruhigender Stimme, während seine Hände immer noch an Johns Arm zerrten und seine schwarzen Krallen sich in Johns Haut bohrten. »Wir wissen es. Aber du darfst ihn nicht töten. Damit brichst du unseren Vertrag. Der Anführer wird dich danach *niemals* zum Priester machen.«

»Das ändert nichts«, fauchte John ihn an, obwohl sich sein Griff um Lord Kaspars Hals etwas gelockert zu haben schien, sodass Lord Kaspar erneut wild um sich schlagen konnte. »Der Anführer wird mich *ohnehin* niemals zum Priester machen!«

Doch neben Tristan stand plötzlich Simon. Er überragte sie alle und blickte mit sichtbarem Abscheu auf Lord Kaspars strampelnde Gestalt herab. »Anführer vielleicht doch«, sagte er mit seiner tiefen, flachen Stimme. »Wenn Skai darum bittet. Aber John wütend auf mich, weil ich auf *Felsen* sitze, und dann er *tötet* kleinen stinkenden Mann? Danach Skai würde *nie* mehr bitten.«

Das schien Johns Aufmerksamkeit zu wecken, denn seine schmalen Augen richteten sich auf Simon – und als Tristan erneut an Johns Arm zerrte, ließ er Lord Kaspar abrupt los und schleuderte seine hustende, taumelnde Gestalt mit brutaler Gewalt weg.

»Verdorbener, geiziger, egoistischer *Narr*«, fauchte John Lord Kaspar hinterher. »Du wirst Rosa *nie wieder* anfassen oder ihr Angst machen. Sie gehört *mir*, und sie hat dich *besiegt*, und du wirst *alles* tun, was sie verlangt!«

Lord Kaspars schwankender, zitternder Körper hatte sich den Orks zugewandt und seine sichtlich schlotternden Hände knöpften die Vorderseite seiner Hose zu. »Ich werde die Wachen und Soldaten rufen«, keuchte er. »Ich werde euch alle *töten* lassen.«

»Nein, das wirst du *nicht*, Kaspar«, sagte eine andere Stimme, glatt und knapp. Und als Rosa den Kopf drehte, um Lord Kaspars erstaunten Blicken zu folgen, stand da ... *Lady Scall*. Sie stand im Gang, die Hände in die Hüften gestemmt, und ihr Gesichtsausdruck war von gnadenloser Verachtung geprägt. Und Moment mal, hatte sie sich auch im Hinterzimmer versteckt? Mit Tristan, Salvi und *Simon*?!

»Ich habe viel mehr von dir gehört, als mir lieb war«, sagte sie zu Lord Kaspar in einem eiskalten Ton. »Ich werde kein ungerechtfertigtes Massaker vor meiner Nase dulden, und schon gar nicht auf Geheiß eines so intriganten *Abschaums*. Warum ich jemals einen Heiratsantrag von jemandem wie dir akzeptieren konnte, ist mir *schleierhaft*.«

Lord Kaspar hatte zu sprechen begonnen und plapperte Worte, denen niemand zuhörte, und Lady Scall hob eine kühle, befehlende Hand. »Schweig«, schnauzte sie. »Und als Entschädigung für dein *verwerfliches* Verhalten ihr gegenüber wirst du auf alles eingehen, was Rosa verlangt. Und zwar sofort.«

Einen Moment lang blinzelte Lord Kaspar Lady Scall fast ehrfürchtig an, doch dann richtete sich sein Blick wieder auf Rosa, und sie konnte sehen, wie die Wut in ihm aufflammte und sich entlud. »Das werde ich *nicht*«, zischte er. »Nach allem, was ich für sie getan habe, hat mich diese *Bäuerin* ausgenutzt, belogen und mit einem *Ork* betrogen«, er warf John einen hasserfüllten Blick zu, »und jetzt besitzt sie die Frechheit, mich zu *erpressen*?!«

John versuchte erneut, Tristan und Salvi zu entkommen, die sich wieder an seinen Armen festgekrallt hatten, aber Lord Kaspar schien es nicht einmal zu bemerken und machte zwei torkelnde Schritte auf Rosa zu. »Du wirst *niemals* eine Studentin oder eine Gelehrte sein«, sagte er zu ihr, knirschend und triumphierend. »Du wirst *nie wieder* einen Fuß in eine Bibliothek setzen. Ohne mich wirst du verarmt auf der *Straße* leben und *Schwänze* lutschen, um dein Abendessen zu bekommen!«

Rosa wich wieder zurück, in die Sicherheit des Bücherregals, und sie blinzelte, als sie das harte, grimmige, fast diabolische Lachen von John hörte. »Das wird sie *nicht*«, spuckte er. »Sie wird fett und glücklich und zufrieden sein. Sie wird ihre eigene Bibliothek leiten, ihrer Leidenschaft als Gelehrte nachgehen und so viele Abhandlungen schreiben, wie es ihr beliebt. Sie wird dich mit jeder Seite aus ihrer Feder *vernichten*. Sie wird *für immer* als Retterin unzähliger Frauen bekannt sein und als die schöne, kluge Mutter des letzten Ka!«

Die Worte hallten durch den Raum und verursachten eine seltsame, unangenehme Welle, die direkt in Rosas Unterleib eindrang. Und obwohl sie vage hörte, wie Lord Kaspar wieder zu sprechen begann, klang es nur undeutlich und verstümmelt an ihr Ohr, und ihr Blick war nur auf Johns grausames, schönes, wütendes Gesicht gerichtet.

»Du bist ein *Narr*, dass du solche Lügen erzählst«, fuhr John fort, jedes Wort bestimmt und wütend. »Wir alle kennen die Wahrheit. Du hattest eine liebenswürdige, kluge, eifrige Frau, die mit einer unglaublichen Süße zu gehorchen und zu gefallen versuchte und die vielleicht die tiefste Kehle im ganzen *Reich* hat. Und du hast ihr Unwahrheiten erzählt und ihr wahrhaftig Angst gemacht und sie hier als deine *Dienerin* gefangen gehalten. Du hast zugelassen, dass sie ausgekühlt, abgemagert und schwach wurde. Du hast sie mit wahrem Wissen geködert, es ihr aber die ganze Zeit vorenthalten und stattdessen ihre gute Arbeit als deine eigene ausgegeben. Du hast ihr nicht einmal zugehört, als sie davon sprach, wie du deine eigene, unschätzbar wertvolle *Bibliothek* schützen kannst. Du solltest in deiner Schande *ertrinken*.«

John hatte sich bei diesen Worten aus den Armen von Tristan und Salvi losgerissen und war einen Schritt auf Lord Kaspar zugegangen. Sein straffer, muskulöser Körper ragte groß und mächtig über Lord Kaspars geduckte, plötzlich klein wirkende Gestalt.

»Du wirst ihre Bedingungen erfüllen«, knurrte John und streckte Rosa seine Hand mit ausgestreckten Krallen entgegen. »Oder du wirst *sterben*.«

Diesmal schien niemand widersprechen zu wollen, nicht einmal Lord Kaspar, und Rosas Blick blieb an Johns Hand hängen. Er streckte ihr seine Hand entgegen und wartete, während er ihr ein stilles, aber zuverlässiges Angebot machte ...

Und mit einer ruckartigen, zuckenden Bewegung ergriff Rosa die Hand. Sie stürzte auf ihn zu und fand sich plötzlich fest an ihn gepresst, den Rücken an seine warme, vertraute Brust gepresst, seine Hände breit und schützend auf ihren Bauch gelegt.

So nah konnte sie seinen Herzschlag spüren, der stark und beruhigend in ihren Rücken donnerte, und sie spürte, wie sie sich in ihn hinein sinken ließ, in die warme, wunderbare, fundamentale *Richtigkeit* des Ganzen. Ihr Gefährte war hier. Er hielt sie, hielt sie sicher in seinen Armen, während er ihren größten Feind mit der Wahrheit auslöschte.

Tristan und Salvi hatten beide begonnen, mit ausgefahrenen Krallen und gefletschten Zähnen auf Lord Kaspar zuzugehen, und Rosas wirbelndes Gehirn bemerkte, wie *klein* Lord Kaspar aussah. Selbst Tristan, der in Rosas Gedanken einst irgendwie klein gewirkt hatte, überragte ihn um einen ganzen Kopf, und Rosa konnte sehen, wie Lord Kaspar mit einem Zittern antwortete, seine Augen auf und ab huschten und verzweifelt auf der geschlossenen Eingangstür verweilten.

»Wir werden dich nicht gehen lassen«, sagte Tristan mit einer Stimme, die in ihrer sanften, bissigen Entschlossenheit seltsam beängstigend klang. »Nicht, bis du dich fügst.«

»Das könnt ihr mir nicht *antun*«, stotterte Lord Kaspar. »Ihr brecht euren eigenen *Vertrag*!«

Diesmal war es Salvi, der lachte und dabei seine scharfen weißen Zähne entblößte. »Das tun wir nicht, du *Helvítis fáviti*«, sagte er, »und das weißt du auch. Also hör auf, unsere Zeit zu verschwenden, und finde dich endlich mit der Sache ab. Es sei denn, du willst wirklich für immer als«, er griff nach einem von Rosas herumliegenden Zetteln, »grausamer, rücksichtsloser und gefühlloser Schänder zahlloser naiver Frauen bekannt sein.«

Lord Kaspars Körper neigte sich zur Tür, und in seinen Augen blitzte ein gejagter Ausdruck auf. »Niemand wird dem Wort einer *verrückten* Bäuerin mehr Glauben schenken als *mir*. *Niemand*!«

»Da bin ich anderer Meinung«, warf Lady Scall ein, die das Geschehen mit kühlem Abscheu beobachtet und die Arme vor der Brust verschränkt hatte. »Ich denke, die Öffentlichkeit wird sehr neugierig auf diese Enthüllungen sein. Vor *allem*, wenn bekannt wird, dass sie von einem anderen Mitglied des Adels stammen, das über ein *großes* Wissen aus erster Hand zu diesem Thema verfügt.«

Lord Kaspar stieß ein ersticktes Geräusch aus und starrte Lady Scall mit großen Augen an. »Das würdest du doch nicht«, sagte er, »öffentlich *befürworten*.«

»*Doch*«, antwortete Lady Scall mit Nachdruck. »Ich kann nicht akzeptieren, dass du dich unter einem so durch und durch fabrizierten Vorwand um meine Hand bemüht hast. Du bist unfähig als Vater, ein fauler Gelehrter und ein *Betrüger*.«

Erneut flammte die Rebellion in Lord Kaspars Augen auf, seine Lippen verzogen sich, sein Mund öffnete sich, um zu sprechen – und dann erschlaffte er wieder, denn diesmal war es Simon, der auf ihn zuging. Seine Schritte waren schwer und bedrohlich, und sein massiger Körper überragte Lord Kaspar, während er zielstrebig einen Finger nach dem anderen knacken ließ.

»Törichter Mann, ist zu stolz, um zu lernen«, sagte er mit tiefer Verachtung in der Stimme. »Oder zu dumm. Vollstrecker wird dir beibringen.«

Lord Kaspars Gesicht verlor jegliche Farbe, seine Augen waren weit aufgerissen und starrten entsetzt auf Simons Fäuste, während Nässe die Vorderseite seiner Hose befleckte. Das entlockte Simon ein spöttisches Schnauben und John ein kaltes, furchterregendes Lachen.

»Du bist von allen Seiten besiegt, du geiziger Narr«, zischte John. »Jetzt füge dich. Und zwar sofort.«

Lord Kaspar schien endlich aufzugeben, ließ die Schultern sinken, murmelte sinnlos vor sich hin und starrte mit seinen weit aufgerissenen Augen immer noch auf Simons riesige Fäuste. »Ich ...«, stammelte er. »Na schön. Ich ... Ich willige ein. Ich werde es tun.«

Rosa atmete hart und zittrig aus, die Erleichterung war so groß, dass sie spürte, wie sie in Johns feste Umarmung zurücksank. Lord Kaspar würde es tun. Er würde versuchen, den Krieg zu beenden. Sie hatte *gewonnen*.

In diesem Moment flog die Eingangstür der Bibliothek hinter ihm auf und Susan, das Hausmädchen der Bibliothek, trat ein. Sie sah fröhlich aus, während sie die Tür hinter sich schloss – bis sie sich umdrehte, die vier Orks erblickte und schrie.

Er war schrill, ohrenbetäubend und durchdrang den Raum. Bei diesem Schrei kippte Lord Kaspars ohnehin schon schwankender Körper zur Seite, wankte, taumelte und fiel dann ohnmächtig zu Boden.

39

Die nächsten Momente waren das reinste Chaos. Susan wurde hysterisch, Salvi kümmerte sich hektisch um Lord Kaspars schlaffen Körper und Simon lachte laut und unkontrolliert.

Rosa konzentrierte sich darauf, Susan zu beruhigen, eine Aufgabe, die sich als äußerst nervenaufreibend erwies, zumal Susan immer wieder drohte, verschiedene Wachen und Regimenter zu rufen, um die Orks gewaltsam aus der Bibliothek zu verjagen. Die Vorstellung von Blut und zerstörten Büchern ließ Rosa immer noch das Blut in den Adern gefrieren, und selbst ihre strengste Zurechtweisung schien Susan nicht zum Schweigen zu bringen, vor allem, als sie erkannte, dass der am Boden liegende Körper zu Füßen der Orks niemand anderes als Lord Kaspar selbst war.

Schließlich gelang es Salvi, Lord Kaspar wiederzubeleben, der sich daraufhin über Lady Scalls teure Schuhe erbrach. Dafür erntete er von Lady Scall eine wortgewaltige Standpauke über erbärmliche Lords, die sich nicht beherrschen konnten, die nicht akzeptierten, wenn sie besiegt waren, und die nicht aufhören konnten, zu dem unheiligen Gestank beizutragen, der von dieser verdammten, scheußlichen Bibliothek ausging.

Lord Kaspar setzte sich nach kurzer Zeit auf, fasste sich an den Kopf und schrie Susan an, sie solle aufhören, zu kreischen, wenn sie nicht unter die Räder des nächsten vorbeifahrenden Wagens geschleudert werden wolle. Das verschaffte ihnen allen eine kurze Atempause, zumindest bis Lord Kaspar wieder in Ohnmacht fiel und Simon in schallendes Gelächter ausbrach, während Susan einen weiteren Chor ohrenbetäubender Schreie anstimmte und John, der neben Rosa stand und die Arme fest vor der Brust verschränkt hatte, kurz davor war, jemandem den Kopf abzureißen, wahrscheinlich Susan oder Simon oder Lord Kaspar oder allen dreien.

»Du solltest gehen, John-Ka«, unterbrach Tristans Stimme, dicht hinter John. »Wir werden den Rest hier regeln, ach?«

Johns schräger Blick auf Tristan war pure, unverhohlene Dankbarkeit, und er nickte sofort, wobei seine Hand Rosas Arm umklammerte. »Ich danke dir, mein Bruder«, sagte er leise und inbrünstig. »Komm, Liebchen.«

Rosa zuckte zusammen und blinzelte ihn an – *Komm, Liebchen*, hatte er gesagt – und seine verkrampfte Gestalt schien sich noch fester anzuspannen, seine Augen schlossen sich kurz. »Ich sollte sagen«, korrigierte er mit brüchiger Stimme hinzu, »wenn du mit mir kommen möchtest, Rosa, wäre es mir eine Ehre, dich nach Hause zu bringen. Zu unserem Berg.«

Nach Hause. Zu *unserem* Berg. Jedes Wort war wie ein schwerer Glockenschlag, der stürmisch und kraftvoll ertönte, und Rosa starrte John an, die unverhüllte, nackte Unsicherheit in seinen Augen. Er wartete darauf, dass sie sprach. Dass sie sich … *entschied.*

Rosa blinzelte, und irgendwie nickte ihr Kopf wie von selbst. Ein Anflug von unbändiger Erleichterung breitete sich auf Johns Gesicht aus, und innerhalb eines Atemzuges hatte er sie hoch in seine Arme genommen, nah, warm, *sicher.*

»Wir treffen uns am Berg, Bruder«, sagte er zu Tristan. »Nochmals, vielen Dank.«

Tristan strahlte sie nur mit unverkennbarer Zufriedenheit an und drehte sich dann wieder zu Salvi um, der gerade Lord Kaspar verfluchte, dessen Gesicht immer noch wie tot aussah. Ein Anblick, der Rosa eine Grimasse schneiden ließ, und zum Glück drehte sich John abrupt weg und zog sie näher an sich heran, während er zur Tür schritt.

Rosa sah zu, wie er die Tür vorsichtig einen Spalt öffnete, schnupperte und kurz wartete – dann rannte er mit ihr auf dem Arm hinaus in die Sonne. In eine Welt, die sich an diesem Morgen überraschend trostlos und leer angefühlt hatte, die aber plötzlich prachtvoll und lebendig aussah und voller *Hoffnung* leuchtete.

John geriet nicht ein einziges Mal ins Stocken und steuerte geradewegs auf den Schutz der Bäume zu. Und während er auswich und sprang, über Felsen und unter Ästen hindurch, war es fast so, als wäre die Zeit verrutscht, hätte sich umgekehrt, wäre zurück und vorwärts und wieder zurückgeflossen. Den ganzen Weg bis hin zu dem vertrauten festen Griff von Johns Hand an Rosas Hintern, dem unerbittlichen Reiben seiner Hüfte zwischen ihren gespreizten Beinen.

Aber dieses Mal war es anders. John hatte keine Bücher dabei. Es gab keine Geheimnisse mehr. Und dies war keine wilde Rettungsaktion, keine Gegenmaßnahme zu einem unüberlegten Fehltritt oder ein törichter Versuch, einen Krieg zu planen. Es war – *was*?

Johns Blick glitt zu Rosa hinunter, dorthin, wo sie unverhohlen sein hartes Profil musterte. Und es war fast so, als könnte er ihre Seele sehen, so deutlich flackerte die Erkenntnis in seinen verengten Augen.

Und mit einem harten Ruck seines Körpers gegen sie blieb er stehen. Stoppte vollständig, hier unter der gesprenkelten Morgensonne, gefangen in der flüsternden, beobachtenden Stille des Waldes.

»Ach, Liebchen«, sagte er mit brüchiger Stimme. »Ich muss ... mit dir reden, schätze ich.«

Rosa blinzelte ihn an, und ihre Gedanken gingen zurück zu Hanarrs Worten vom ersten Tag. *Wir Ka-esh legen nicht oft ein Gelöbnis ab. Der Mund kann viele leere Worte sprechen, aber Taten sprechen nur die Wahrheit.*

Und Johns Handlungen heute hatten sicherlich viele überraschende Dinge gesagt. Er war in die Bibliothek gekommen. Er war dabei gewesen, als Rosa Lord Kaspar gegenübergetreten war. Er hatte Lord Kaspar fast *getötet*, um sie zu beschützen. Und er hatte ihr geholfen, Lord Kaspar zu besiegen, seine Wahrheiten waren ebenso scharf und geschliffen wie ihre.

Und auch zu Lord Kaspar hatte er diese Dinge gesagt. All diese schönen, unmöglichen Dinge über Rosas Sicherheit, über ihre eigene Bibliothek und über ihre eigenen Interessen als Gelehrte. Dass sie die Mutter des letzten Ka sein würde.

Aber er hatte solche Dinge nicht zu *ihr* gesagt. Bei den Göttern, das letzte Mal, als sie wirklich miteinander gesprochen hatten, hatten sie beide all diese schrecklichen Dinge zueinander gesagt, und er hatte Rosa angeschrien, sie solle ihn *verlassen*.

Sie konnte in Johns Augen sehen, dass er sich dessen bewusst war, und er drehte sie in seinen Armen so, dass sie ihm direkt in die Augen sah und ihre Beine um seinen Rücken geschlungen waren. Seine Brust hob und senkte sich und wiegte sie sanft mit sich.

»Du musst wissen«, sagte er schließlich, unsicher, »warum ich zum ersten Mal in deine Bibliothek gekommen bin. Ich bin nicht gekommen, um dich zu umwerben oder dir zu schaden. Ich bin nur gekommen«, seufzte er und richtete seine Schultern auf, »um mehr über diesen üblen Mann zu erfahren. Wir versuchen schon lange, all diese Lords und ihre verwöhnten Söhne zu erforschen, und ich habe mir schon lange gewünscht, diese Bibliothek zu besuchen. Daher bin ich dorthin gegangen.«

Er war in die Bibliothek gegangen, um zu *recherchieren*. Und wenn es nicht so absurd gewesen wäre, hätte Rosa vielleicht gelacht, aber sie konnte nicht einmal atmen, als sie den Blick in Johns Augen und die Unsicherheit in seiner Stimme wahrnahm.

»Und diese Bibliothek«, sagte er, »hat förmlich nur nach *dir* gerochen, Liebchen. Du warst auf jedem einzelnen Buch und Papier. Sogar auf den Federkielen und Tintenfässern. Und vor allem auf den Tischen und Pulten und auf diesem *Bett*. All die Orte, an denen dich dieser verdorbene Mann genommen hat.«

Rosa schluckte schwer und wartete, und John erstickte ein Lachen ohne Wärme. »Ich konnte kaum *lesen*, so stark war das«, fuhr er fort. »Und dann kamst du zu mir. Du bist nicht zusammengebrochen oder hast geschrien oder geweint, als du mich gesehen hast. Stattdessen hast du mit mir diskutiert. Du hast mir mit Klarheit und Klugheit Fragen gestellt. Und dann hast du meine Worte gehört, sie als Wahrheit beachtet und mir erlaubt zu bleiben. Du ... hast mich überrascht.«

Oh. Rosa spürte, wie ihre Mundwinkel widerwillig nach oben wanderten – nur John würde eine solche Zustimmung zum Ausdruck bringen, nachdem man mit ihm *diskutiert* hatte –, aber seine Augen waren ernst und seine Hände drückten sie fest an sich. »Und dann«, sagte er und seine Stimme wurde leiser, »hast du dich mir *angeboten*. Und ich kannte die Wahrheit dahinter, ich wusste, dass du mich benutzen wolltest, um deine eigenen Ziele zu erreichen, und trotzdem«, er schloss die Augen, »habe ich mich nach dir gesehnt, Liebchen. Ich habe den ganzen Tag über dich nachgedacht. Dein Verlangen war so süß, deine Hingabe so eifrig, und deine *Angst* ...«

Er zog eine Grimasse und wandte den Kopf ab, als könnte er es in diesem Moment nicht ertragen, das zuzugeben – aber Rosas Hände hatten sein Gesicht umschlossen und es zurückgebracht, sodass er ihr wieder in die Augen sehen musste. »Es hat dich erregt«, flüsterte sie. »Ich weiß. Es hat auch mich erregt.«

Ihr Blick auf seine schnalzende Zunge zwischen seinen Lippen ließ ihn ein weiteres Lachen verschlucken. »Ich habe mich danach gesehnt«, sagte er. »Ich habe danach *verlangt*. Es war mir egal, ob ich dich mit meinem Sohn füllte. Ich kümmerte mich nicht um diesen widerlichen Mann, dessen Gestank deinen Duft verpestete. Mein einziger Gedanke war mein Bedürfnis, dich zu haben. Dich zu ficken, bis du schreist und für mich abspritzt. Dich zu *besitzen*, Liebchen.«

Die Scham verdunkelte seine Augen wieder, schwer vor Bedauern, aber Rosa behielt ihre Hände auf seinem Gesicht, ihr Blick ruhte unverändert auf seinem. Sie weigerte sich, sein Verlangen zu verurteilen, genauso wie er sich geweigert hatte, ihres zu verurteilen.

»Ich habe mich daran *berauscht*«, flüsterte er. »Dich bis zur Besinnungslosigkeit zu durchpflügen, auf diesem Tisch, wo du all diese törichten Lügen gelesen hast und so ernsthaft versucht hast, meine Sippe zu vernichten. Noch *nie* hatte ich so viel Hunger und Macht gekostet wie in diesem Moment. Aber als es vorbei war …«

Er verstummte und schnitt wieder eine Grimasse, aber Rosa beobachtete ihn, wartete, bis er wieder sprach. »In dieser Nacht schwor ich mir, dass ich mich damit auseinandersetzen und deinem Verlangen nicht mehr nachgeben würde. Aber ich konnte nicht aufhören. Ich tat es wieder und wieder – und jedes Mal gab es neue Geheimnisse zu lernen, neue Freuden zu finden. Jedes Mal geriet ich tiefer in deinen Bann.«

Eine seiner Hände wanderte von ihrem Hintern nach oben und strich über ihre Lippen, wobei sich sein Krallenfinger dazwischen schob. »Ich habe mit meinem ganzen Willen dagegen angekämpft«, hauchte er. »Ich habe gegen das Band gekämpft, das wir geknüpft hatten. Ich habe gegen *dich* gekämpft. Aber ich habe versagt.«

Die Worte schienen sich tief in Rosas Bauch einzunisten und all die leeren Räume auszufüllen, sie mit Wärme und Sehnsucht zu füllen. Selbst als sich Johns Augen wieder verdunkelten, von ihr wegschnellten und er seinen Finger von ihren Lippen löste.

»Ich konnte es nicht ertragen, dich an diesen Mann zu verlieren, als er dich holen kam«, fuhr er jetzt hölzern fort. »Also habe ich es dir verheimlicht. Ich zog es vor, deinen Worten des Hasses gegen ihn zu glauben, anstatt die Wahrheit zu suchen.«

Oh. Johns Gesicht wurde wieder zu seiner üblichen Maske, kühl und distanziert, sein Kiefer wurde starr unter Rosas Berührung. »Ich habe versagt«, sagte er. »Und ich habe dir gegenüber erneut versagt, als du mich unvorbereitet mit der Wahrheit dessen überraschtest, was dieser üble Mann dir angetan hatte. Und dann noch einmal, als ich nicht erkannte, wie groß deine Angst vor diesem Mann war, und ich dich ihm ohne mich gegenüberstellen wollte. Und dann *nochmal*«, seine Kiefer knirschten fester unter ihren Fingern, »als ich dich wütend machte, dich von mir wegrennen ließ und damit deine Obhut auf meine Sippe und einen *Skai* übertrug. Als ich dich und meinen Sohn in eine echte Gefahr trieb, in der ich euch nicht beschützen konnte.«

Rosa blieben die Worte plötzlich im Hals stecken, und Johns Brustkorb schwoll an und verengte sich wieder. »Ich hätte das nie tun dürfen«, sagte er mit tiefer, bitterer Stimme. »Ich war ein Narr. Ich habe zugelassen, dass mein Kummer und meine Wut mich verschlingen. Ich habe mich der Angst hingegeben, dich und meinen Sohn für immer an diesen Mann zu verlieren. Ich habe nicht gesehen. Ich habe nicht gelernt. Ich habe«, er blickte kurz und bestürzt zu Rosa, »meiner eigenen *Gefährtin* nicht vertraut.«

Seiner eigenen *Gefährtin*. Dieses bedeutungsschwangere, tödliche Wort, das tatsächlich aus seinem Mund gesprochen wurde, dessen Wahrheit in seinen Augen glitzerte. Rosa war seine Gefährtin gewesen. Das war sie noch immer.

Rosa spürte, wie sich ihr Kopf auf und ab bewegte und ihre Finger über seine Haut glitten. Ihre Augen suchten seine und sahen wieder die Bitterkeit, die Selbstvorwürfe. »Aber ich habe dir auch nicht vertraut«, flüsterte sie an dem Kloß vorbei, der ihr immer noch im Hals steckte. »Ich habe dich die *ganze Zeit* über belogen, John.«

Johns Schulter zuckte und Rosa wippte mit. »Ach, aber ich kannte alle deine Lügen«, antwortete er heiser. »Ich wusste, was du zu verlieren hattest und wie sehr dich dieser Mann verletzt hatte. Trotzdem warst du meine Gefährtin. Trotzdem trugst du meinen *Sohn* in dir. Ich hätte dich beschützen müssen.«

Seine Augen blinzelten wieder an ihr vorbei, leer, nichts sehend, und plötzlich konnte Rosa den Anblick ihres schönen, starken Gefährten, der in solchem Elend, solchem Bedauern versunken war, nicht mehr ertragen.

»Du *hast* mich beschützt«, sagte sie und schüttelte absichtlich seinen Kopf. »Du *wusstest*, dass ich bei Tristan war. Oder nicht?«

Johns Blick wanderte zu ihr, bevor er einmal nickte. Damit bestätigte er, was Rosa bereits wusste, und sie lächelte ihn sogar an und blinzelte die Feuchtigkeit aus ihren Augen. »Du hast darauf vertraut, dass Tristan mich beschützen würde«, sagte sie, »und das hat er getan. Er ist *wunderbar*, John. Und seine Loyalität dir gegenüber ist bedingungslos. Aber ich bin mir sicher, dass du das weißt, nicht wahr?«

John nickte wieder, schnell und grimmig, und auch Rosa nickte und strich mit ihren Händen über die harten Konturen seines Gesichts. »Er hat mir erzählt, was du für ihn und Salvi getan hast, vor all den Jahren«, flüsterte sie. »Und Salvi hat uns erzählt, was du für ihn und seine Gefährtin getan hast. Du hast sie beschützt. Und du *wusstest*, dass sie dasselbe für mich tun würden.«

Johns Kehle verkrampfte sich, aber er nickte wieder, Rosa versuchte ein weiteres Lächeln und stieß ihm einen kraftlosen Finger in die Brust. »Weißt du, ich habe es *gehasst*, mich mit dir zu streiten und von dir getrennt zu werden, du grober Halunke«, sagte sie so sanft wie möglich. »Aber ich glaube, am Ende hat es sich ausgezahlt. Meinst du nicht auch? Ich ... brauchte Zeit, glaube ich. Um mit dir ins Reine zu kommen, und mit mir selbst. Um mich meiner eigenen Vergangenheit und meiner eigenen Wahrheit zu stellen. Um mein eigenes Verhalten dir gegenüber zu verstehen. Die Art und Weise, wie ich dich belogen habe. Wie ich es wiedergutmachen wollte.«

Vielleicht plapperte sie schon wieder, aber John schien es nicht zu stören, und seine Mundwinkel zuckten sogar, während seine Schultern nachgaben. »Das war keine *Wiedergutmachung*«, sagte er heiser. »Das war eine ausgewachsene Schlacht, die du geplant, inszeniert und gewonnen hast. Das war ... *brillant*, mein schlaues kleines Liebchen. Es war ein Schauspiel, das eines Ka würdig ist. *Deiner*... würdig.«

Wärme strömte durch Rosas Bauch, satt und erfüllt, und sie schenkte ihm ein weiteres schnelles, aufrichtiges Lächeln. »Nun, ohne dich hätte es nicht geklappt«, sagte sie und meinte es auch so. »Danke, dass du da warst, mein Lord.«

Seine Augen blickten sie fast schmerzhaft an, und diesmal nickte er langsam und entschlossen. »Ich wusste, dass ich nie wieder zulassen würde, dass du dich solchen Prüfungen allein stellst«, murmelte er. »Ich habe geschworen, dich zu beschützen, und das *werde* ich auch.«

Die Wärme sprudelte wieder hoch, voller und heller, so stark, dass Rosa spürte, wie sie ihn anstrahlte, wie sich ihre Beine um seine Taille zusammenzogen und ihre Arme sich um seinen Hals schlangen. »Auch wenn ich nicht groß oder kräftig oder harmonisch bin?«, fragte sie. »Wie die andere Frau, die du wolltest?«

Sie wusste nicht genau, warum sie diese Frage gestellt

hatte – vielleicht, weil es das letzte, kleine, nagende Flüstern war, das an ihrem Glück zerrte – und John sah sie seltsam an, seine Augen waren leer. »Wen meinst du?«

Rosa versuchte erneut, zu lächeln, aber diesmal gelang es ihr nicht ganz. »Ach, weißt du«, sagte sie so beiläufig, wie sie konnte. »Die Frau, von der du mir an dem Tag erzählt hast, als du mich ans Bett gefesselt hast. Die, die sich nicht verkauft, nicht ständig plappert und nicht so tut, als wäre sie klüger als sie ist.«

John blinzelte sie an, echtes Erstaunen blitzte in seinem Gesicht auf – und dann kam das Verständnis, langsam und ungläubig. »Du glaubst, dass ich das *ernst* gemeint habe?«, sagte er und stieß plötzlich ein zu lautes Lachen aus. »*Helvíti*, Frau. Danach hast du meine *Klaue* in deinen Schoß genommen und mich angefleht, meinen Samen auf dich zu vergießen, und hast dein hübsches Gesicht, das mit meinen Flüssigkeiten bedeckt war, sauber geleckt und mir *gedankt*. Und dann hast du mich den ganzen Tag angelächelt, als wäre ich ein Gott, während du nach meinem frischen Duft gerochen hast. Du glaubst, ich würde an eine andere unechte Frau denken, nachdem du mich *damit* überfallen hast?«

Oh. Die Wärme strömte zurück und verschaffte Rosa eine so starke Erleichterung, dass sie sich ohnmächtig fühlte – obwohl John immer noch die Stirn runzelte und seine Augen voller Unglauben waren. »Ich wünsche mir nur *dich*, Frau«, schnauzte er. »Du bist aufgeweckt, neugierig und klug. Du hast mehr gelesen als alle anderen, die ich kenne. Du bist eine *Gelehrte*. Du hast fünf Sprachen studiert, eine davon ist meine eigene. Du hast ein Buch gefunden, das die Zukunft meiner Art verändert, und hast es mir aus freien Stücken zugänglich gemacht und eine Abhandlung darüber geschrieben, um es mit den Menschen zu teilen, damit alle von deinem Wissen profitieren können. Mit deiner Feder, deinen Erkenntnissen und deiner Wahrheit hast du heute vielleicht einen *Krieg* verhindert. Und«, er atmete ein, seine Stimme wurde tiefer,

»deine Kehle ist ein *Wunderwerk,* aus deinem engen kleinen Schoß tropft tagelang Orksamen, und wenn ich dich dränge und dir Angst mache, *erregt* dich das, und du bettelst mich um mehr an. Und jetzt trägst du meinen Sohn und hast meiner Sippe geschworen, dass ich nicht der letzte der Ka sein werde. Wie könnte ich mich da nicht mit meinem ganzen *Wesen* nach dir und einem Sohn von dir sehnen?«

Oh. Es gab keine Worte, keine Möglichkeit zu sprechen – stattdessen drückte sich Rosa enger an ihn. Sie klammerte sich mit aller Kraft an seinen festen Körper, vergrub ihr Gesicht an seinem schnell pulsierenden Hals und spürte, wie es aus ihren Augen auf seine Haut tropfte.

»Du verschlagener Schurke«, flüsterte sie. »Götter, John-Ka, ich *liebe* dich.«

Sie spürte, wie er sich noch immer an sie schmiegte, und plötzlich waren da vertraute Hände, die ihr nasses Gesicht nach oben hoben. Seine eigenen feuchten Augen mit den langen Wimpern blinzelten heftig, musterten ihr Gesicht und warteten. Er wollte, dass sie es noch einmal sagte, er wollte sehen, wie sie es sagte, also tat sie es.

»Ich liebe dich, John-Ka«, hauchte sie. »Mein Lord. Wirst du mich zu deiner gebundenen Gefährtin machen? Und zu deinem treuen, gehorsamen Liebchen?«

Und in diesen Augen lag Leben, Freude und *Staunen.* Eine Wärme, wie Rosa sie noch nie zuvor gesehen hatte, und als er sie schließlich anlächelte, so langsam, so liebevoll, dachte sie, sie würde unter ihrer Kraft zerspringen.

»Ach, meine schöne Rose«, flüsterte er, als er sich beugte, um es mit einem Kuss zu besiegeln, süß, weich, ihrer, *für immer.* »Das werde ich.«

40

Der Rest der Reise zum Berg verging in einem Wirbel aus Wärme, Licht und Farbe. John lächelte tatsächlich, lachte tatsächlich, vielleicht mit einer Leichtigkeit, wie Rosa sie noch nie gesehen hatte, und quälte sie gnadenlos mit jedem gleichmäßigen Schlag seiner Hüfte zwischen ihre Beine.

»Ach, mein armes Liebchen ist heute so hungrig«, schnurrte er, als er eine Pause einlegte, um sie mit einer großzügigen Menge Trockenfleisch aus seiner Tasche zu füttern, und sie begann eifrig an seinen Fingern zu saugen. »Du hast die Fürsorge und das Füttern deines Lords sehr vermisst, nicht wahr?«

Rosa versuchte gar nicht erst, es zu leugnen, sondern stemmte sich gegen die Kraft seines Körpers und ihre gierige Hand glitt hinunter, um seine gespannte Leiste zu berühren … aber obwohl er ein hitziges Knurren ausstieß, hob er sie zurück in seine Arme und rannte wieder los.

»Bald, Liebchen«, sagte er, während er in die Höhe sprang und sich wieder in dieses schöne, vertraute Spiel stürzte, diesen Tanz. »Sobald wir dich in Sicherheit haben.«

Rosa wurde klar, dass die Männer wahrscheinlich immer

noch auf der Lauer lagen und jeden Moment angreifen könnten. Aber vielleicht nicht mehr lange, wenn Lord Kaspar seinen Vater und den Rat wirklich davon überzeugen würde, ihre törichten Kriegsversuche einzustellen.

Und das würde er, dachte Rosa überzeugt. Sein Ruf und sein Ansehen hatten für Lord Kaspar immer höchste Priorität, weit vor seiner Familie oder politischen Differenzen, und Lady Scall hatte bereits alle Abhandlungen von Rosa drucken lassen, um sie im Bedarfsfall sofort verteilen zu können. Tristan hatte Rosa in seinen Briefen bis zum heutigen Tag auch versichert, dass die Späher und Spione der Skai Lord Kaspar von nun an genau beobachten würden und sicherlich von jedem Versuch eines hinterhältigen Spiels erfahren würden.

Die Sonne war schon fast untergegangen, als das Orkgebirge endlich vor ihnen auftauchte, riesig und zerklüftet, und seinen Rauch in den Himmel quellend. Statt der Angst, die Rosa beim letzten Mal verspürt hatte, war sie erleichtert. Vorfreude. Aufregung, rein und hell und atemberaubend.

»Willkommen zu Hause, Liebchen«, sagte John mit heiserer Stimme, als er sie wie beim letzten Mal hineinführte und die Steintür knirschend hinter ihnen zufallen ließ. Ein Geräusch, das vielleicht beunruhigend hätte sein sollen, vor allem in Verbindung mit der plötzlichen Dunkelheit – aber Rosa fühlte nur noch mehr Wärme, mehr Aufregung und mehr Frieden.

»Danke, mein Lord«, flüsterte sie in seinen Nacken. »*Ég fíla þetta.*«

Seine Hand griff sanft und zustimmend nach ihrem Hintern, sein Atem strömte durch ihr Haar, als wolle er etwas sagen – doch dann gab es ein Poltern in der Ferne und den unverwechselbaren Tanz des Feuerscheins.

»John-Ka!«, rief eine vage bekannte Stimme, und als Rosa in die Richtung der Geräusche blinzelte, erkannte sie Aaron. Und Brandr, Marcus, Gary, Hanarr und ein halbes Dutzend anderer Ka-esh, die alle breit grinsten und auch alle gleichzeitig sprachen. Unter ihnen waren auch Jule und

Grimarr, Baldr und Drafli und Nattfarr – und innerhalb eines Atemzugs waren John und Rosa von einer Schar laut schwatzender Orks umringt, die alle verlangten, zu erfahren, wie die Mission gelaufen war, und die Rosa zurück auf dem Berg willkommen hießen und ihr begeistert gratulierten.

Zu Rosas vager Überraschung zeigte John keine Anzeichen von Verärgerung über das plötzliche Gedränge und begann tatsächlich, die Masse der Orks mit einer kurzen Zusammenfassung der Ereignisse des Tages zu erfreuen. Er sprach klar und mit unverkennbarem Stolz über Rosas kluge Abhandlungen, ihren mutigen Sturz von Lord Kaspar und die Tiefen, in die dieser Narr unter ihrer geschickten Führung gesunken war.

Und dann, zu Rosas immer größer werdender Überraschung, setzte John sie vorsichtig ab, drehte sich zu Grimarr und Jule um und verbeugte sich, die Hand zur Faust geballt über seinem Herzen. »Ich danke euch, Anführer, Lady Anführerin«, sagte er, »für eure kluge Planung und Unterstützung meiner Ziele. Und ich muss mich auch«, er wandte sich an Draflis große, schweigsame Gestalt und verbeugte sich erneut, »bei den Skai für die vielen Späher und Spione bedanken, die sie mir in den letzten Tagen großzügig zur Verfügung gestellt haben, und für das ständige Ausleihen eures Vollstreckers. Ihr habt mich, meine Gefährtin und meine Sippenbrüder in Sicherheit gehalten. Dafür bin ich dankbar. *Ég er þakklátur.*«

Mit diesen Worten nickte er über seine Schulter zu drei weiteren großen, stämmigen Skai, die schweigend hinter ihnen auftauchten. Von draußen, von wo aus sie – und anscheinend auch Simon – John und Rosa *gefolgt* waren? Als Spione? Um sie zu *beschützen*? Nicht nur heute, sondern schon die ganze letzte *Woche*?

Aber ja, das musste John gemeint haben, denn vor ihnen hatte Drafli den Kopf geneigt und seine eigene Hand in der gleichen Geste über seiner Brust verschränkt. Mit der anderen

Hand machte er ein paar schnelle, spitze Bewegungen, während sein dunkler Blick auf Baldr neben ihm gerichtet war.

»Drafli sagt: ›Die Skai sehen dieses Lob‹«, erklärte Baldr mit Zufriedenheit. »›Es ist uns eine Ehre, unsere weisen Ka-esh-Brüder zu beschützen.‹«

John verbeugte sich erneut vor Drafli, woraufhin dieser ihm zunickte. Schon bald ging das Gemurmel wieder in lautes Geschnatter und Geschrei über, und mehrere Orks löcherten John mit weiteren Fragen, während Jule Rosa in eine feste, warme Umarmung zog.

»Wir sind so *froh*, dass du zurückgekommen bist«, sagte Jule mit Nachdruck, als sie sich wieder löste und Rosa ihr breites, ansteckendes Lächeln zuwarf. »Das mit Kaspar hast du großartig gemacht. Ich hoffe, es war nicht allzu furchtbar?«

Rosa zuckte mit den Schultern und lächelte zurück, während ihr Blick zu John wanderte, der immer noch in ein Gespräch mit Baldr vertieft war. »Einige Momente schon«, sagte sie wahrheitsgemäß, »aber Lady Scall war so hilfsbereit und so überraschend freundlich. Ich bin dir so dankbar, dass du sie um Hilfe gebeten hast.«

Jule winkte ab und ihre Augen funkelten. »Das war das Mindeste, was wir tun konnten«, sagte sie. »Und um ehrlich zu sein, wollte keiner von uns mit *dem da* zusammenleben«, sie drehte sich zu John um, »nachdem du weg warst. Ich hatte wirklich keine Ahnung, dass Ka-esh so verdammt *bösartig* sein können. Es war, als ob er *besessen* wäre.«

John hatte das offensichtlich gehört, sein Blick fiel auf Jule, seine Lippen kräuselten sich böse und Jule lachte laut auf, als sie Rosa zurück in seine Richtung scheuchte. »Bei allen Göttern, es ist *immer noch da*«, sagte sie. »Fick es aus ihm heraus, Rosa, bitte, um unser aller willen.«

Rosas Gesicht glühte vor Hitze, aber die Idee war plötzlich sehr verlockend – ein Gefühl, das John zu teilen schien, denn seine Hand krallte sich plötzlich in ihren Hintern und führte sie durch die Menge.

»Also, wo würdest du denn gerne hingehen, Liebchen?«, fragte er, nachdem er jemandem eine Lampe entrissen hatte und sie den größten Teil des Lärms hinter sich gelassen hatten. »Ins Bett? Oder vielleicht in deine Bibliothek?«

Beide dieser Möglichkeiten klangen wirklich reizvoll, doch Rosa spürte, wie sie verspätet die Stirn runzelte und ihren Kopf schief legte. »*Meine* Bibliothek?«

»Ach«, sagte John achselzuckend. »Du hast deine eigene Bibliothek für mich aufgegeben und weißt besser als jeder andere auf diesem Berg, wie man sich um eine Bibliothek kümmert. Es ist nur angemessen, dass du jetzt meine bekommst.«

Seine bekommen. Dieser Ork schenkte ihr eine *Bibliothek*, einfach so, als ob es nichts wäre. Aber als sie ihn anstarrte und die wachsame Distanz in seinem Gesicht suchte, wusste Rosa, dass es etwas bedeutete. Es *war* wichtig. Es *war* ein monumentales Geschenk, John übergab *ihr* seinen vielleicht größten Schatz. Er offenbarte seine Wahrheit durch seine Taten, so wie er es seit dem ersten Tag ihres Kennenlernens immer getan hatte.

Rosa stürzte sich auf ihn, schlang ihre Arme um seine Taille und drückte ihr Gesicht an seine warme Brust. »*Danke, John*«, flüsterte sie. »Noch nie hat mir jemand etwas *so* Schönes geschenkt.«

Johns Arme schlossen sich um sie und drückten sie so fest an sich, dass ihr der Atem stockte. »Törichtes Liebchen«, murmelte er, obwohl die Worte vor Rührung kaum zu verstehen waren. »Du wirst nicht mehr so dankbar sein, wenn du siehst, zu was für einer Arbeit dich das verpflichten wird. Nicht nur das, sondern auch dein Unterricht, deine *Aelakesh*-Studien und dein Schreiben. Und das alles, während dein winziger Körper auch noch meinen *Orkling* wachsen lässt. Und wegen all dem«, seine Stimme wurde rauer, »wirst du deinen Traum vom Studium an dieser Universität für immer aufgeben müssen.«

Aber die Wärme war so strahlend, dass es Rosa vorkam, als würde sie platzen, und sie wich zurück, um seinem Blick zu begegnen, wobei sie beide Hände breit auf seiner Brust abstützte. »Ich muss nicht an einer Universität sein, um zu lernen«, flüsterte sie. »Ich will hier sein, John-Ka, und mit *dir* lernen. Und«, sie zwinkerte ihm grinsend zu, »dir auch dienen, als dein treues Liebchen.«

In seinen Augen zuckte etwas, und er nahm wortlos Rosas Hand in seine und führte sie den Gang hinunter. In Richtung seines Zimmers, erkannte Rosa, und als sie drinnen waren, drehte er sich wieder zu ihr um, wobei seine Augen im flackernden Licht seltsam unleserlich waren.

»Ich habe noch ein Geschenk für dich«, sagte er ganz leise. »Falls du es annehmen möchtest.«

Rosa spürte, wie sich ihre Augenbrauen hoben, aber sie nickte und wartete – und unter dem Kleiderstapel in seinem Regal zog John etwas hervor. Etwas Glattes, Helles, das in Gold und Silber schimmerte.

Es war ... eine Halskette. Oder besser gesagt, eine *Kraga*. Eine von denen aus der Ka-esh-Schmiede wie die, die Rosa in der Vergnügungshöhle gesehen hatte. Aber viel kleiner und dünner als diese anderen, aus zarten Gold- und Silbersplittern, die zusammengeschlagen wurden. Und als Rosa näher hinsah, um die Schönheit dieses Schmuckstücks in sich aufzusaugen, erkannte sie, dass auf der Innenseite eine *Schrift* in wunderschönem, fließendem *Aelakesh* geschrieben war.

»Kannst du mir das vorlesen?«, flüsterte sie und fuhr mit dem Finger sanft darüber. Sie fühlte die Details der Gravur, die unmögliche, unwirkliche Schönheit der Metallarbeit, die mit erstaunlicher Sorgfalt und Kunstfertigkeit ausgearbeitet wurde. Ein Geschenk. Für *sie*?!

»Darauf steht: ›Ich gehöre zu John vom Clan Ka-esh‹«, sagte John mit leiser Stimme. »›Er schwört, mich zu beschützen, zu nähren und zufrieden zu stellen, so lange er kann.‹«

Oh. Rosas weit aufgerissene Augen schnellten zu Johns

Gesicht, musterten diese verdammten leeren, distanzierten Augen – und lasen sie trotzdem irgendwie so leicht, als stünde es auf einem Blatt geschrieben.

Das war sein Gelöbnis. Das war sein Versprechen. Damit gestand John ohne Worte ein, dass er das für sie gemacht hatte, speziell für sie, und hatte Gary nicht gesagt, dass die Herstellung eines solchen Schmuckstücks mehre *Tage* in Anspruch nahm ...

Rosas Kehle schnürte sich zu und ihre Finger fuhren über den verdammt aussagekräftigen Satz, der ihr plötzlich mit der nackten, gewalttätigen Kraft seiner Wahrheit entgegenschrie. *Ég er Johns. Ich gehöre zu John.*

»Wenn ich es erst einmal um deinen Hals geschlossen habe«, sagte John heiser, »wird es sich nicht mehr öffnen lassen. Es muss dann zerbrochen oder eingeschmolzen werden.«

Rosas Augen konnten nicht aufhören zu blinzeln, zuerst wegen der Kraft dieser Worte und dann wegen seines Gesichts. Sein Gesicht ... es war so leer, so wachsam, so *ängstlich*.

»Das ist ein törichter Ork-Brauch, schätze ich«, sagte er sehr schnell, während er die *Kraga* abrupt an seine Seite senkte. »Oder besser gesagt, ein Ka-esh-Brauch. Es ist ein alberner Wunsch, einen anderen für sich zu beanspruchen und dies vor seiner Sippe zur Schau zu stellen. Ich weiß, dass es nichts bedeutet, wenn man seinen Duft und seine Zähne so einfach zur Markierung benutzen kann, und vielleicht sollte ich es zur Seite legen, bis ...«

Er plapperte, das merkte Rosa, mit einer plötzlichen, erschütternden Zuneigung, die so heiß war, dass sie ihr Inneres zu schmelzen schien – und John wandte sich von ihr ab, er versteckte es wieder in seinem Regal. Nach einem Moment der schockierten Sprachlosigkeit stürzte sich Rosa mit aller Kraft auf diesen Arm, diese *Kraga*, bevor sie möglicherweise für immer verschwinden konnte.

»Stopp«, schrie sie ihn an, ihre Hände kratzten, ihre Nägel

ritzten regelrecht Furchen in seine Haut. »*Wage* es nicht, das wegzulegen, mein Lord. Es gehört *mir*!«

Ihr Atem ging stoßweise, ihr Körper kribbelte, und John war still geworden, seine Augen auf ihr Gesicht gerichtet, seine Nasenlöcher geweitet, seine Zähne entblößt. Ein leises Knurren drang aus seiner Kehle, und der Schauer verzweifelter, wunderbarer Angst war so stark, dass der Stein unter Rosas Füßen zu wanken schien.

»Du bist ein Ork«, zischte sie ihm zu. »Und du bist nicht töricht, deine Praktiken sind nicht albern, deine Kultur gehört dir, und du bist du *selbst*. Und du bist ein wunderbarer, verschlagener *Halunke*, und ich *liebe* dich, ich habe dir schon gesagt, dass ich dein Liebchen und deine Gefährtin und die Mutter deines *Kindes* sein werde – also will ich natürlich ein so schönes Geschenk tragen, um der Liebe der *Götter* willen, John!«

Sie schrie ihn fast an und war auch tatsächlich kurz davor, zu weinen – bis alles auf einmal zusammenbrach und sich in Stille auflöste, weil Johns Hände sich eng um ihren Hals legten.

Er knurrte immer noch, und die schimmernde *Kraga* steckte auf seinem Arm, sodass er beide Hände frei hatte. So konnte er Rosas Hals mit so viel Absicht, so viel kontrollierter Kraft und so viel Zärtlichkeit vollständig umschließen.

Rosa war wie erstarrt, bewegte sich nicht, dachte nicht und Johns Kopf nickte kurz zustimmend, sein Knurren wurde leiser, fast zu einem Schnurren.

»*Gott*«, hauchte er. »Dann wirst du dich für deinen Lord ausziehen, Liebchen.«

Hitze funkelte unter Rosas Haut, strömte zu ihrem Bauch, ihrer Leiste, ihrem Herzen und sie griff wortlos nach hinten zu der Knopfreihe des Kleides. Die Knöpfe waren klein und es gab so viele von ihnen auf der gesamten Rückseite ihres Kleides. Rosas zitternde Finger suchten nach ihnen und ihr Blick blieb an dem tödlichen Hunger in den ungeduldigen, gebieterischen Augen ihres Gefährten hängen.

»Törichte Frau«, höhnte er, als seine Hand von ihrem Hals zu ihrem Schlüsselbein wanderte – und mit einem schnellen, bösartigen Ruck zerriss er Rosas *Kleid*. Mit atemberaubender Kraft durchtrennte er die Nähte, den Saum und die Spitze und zerfetzte es in der Mitte. Bis das Kleid von Rosas Körper auf den Boden glitt und sie nackt und völlig entblößt vor den gierig starrenden Augen ihres Lords stand.

Und er starrte sie wirklich an, seine halb geschlossenen Augen wanderten auf und ab, seine Zunge glitt heraus und strich über seine Lippen. Sein Blick verweilte plötzlich auf der neuen leichten Wölbung ihrer Taille und der unverwechselbaren neuen Fülle ihrer kribbelnden Brüste.

Johns Stöhnen war rau, kehlig, und mit einer schnellen Bewegung war er hier, dicht an ihr dran. Seine Hände strichen über ihre Haut, umfassten ihren Bauch fast vollständig und krümmten sich dann mit sanfter, erstaunlicher Ehrfurcht an ihren Brüsten.

»Endlich blüht meine schöne kleine Rose für mich«, hauchte er. »Du bist so schön, so süß und so tapfer, meine kluge Rosa-Ka.«

Er gab ihr seinen Namen, flüsterten Rosas Gedanken wild, zusammen mit seinem Schwur und seinen Komplimenten – aber sie ignorierte das aufsteigende Donnern in ihrem Herzen und wartete gehorsam, hielt still und richtete ihre Augen auf sein klares, schönes, unmöglich sanftes Gesicht.

Seine Hände zitterten leicht, während sie die *Kraga* ergriffen und behutsam an Rosas Kehle führten. Er legte das kühle, leichte Gewicht an ihre verletzliche Haut, an den rasenden Rhythmus ihres Pulses.

Seine Augen verließen nicht ein einziges Mal die ihren, vielleicht auf der Suche nach Zögern oder Angst, aber da war nichts. Nur ein plötzliches, freudvolles Verlangen, als die *Kraga* langsam, vorsichtig und sicher näher kam – bis sie hörte, wie in ihrem Nacken ein tiefes, endgültiges *Schnappen* erklang.

Johns Hände zogen sich zurück, sichtlich zitternd, und an

ihrer Stelle konnte Rosa den kühlen, leichten Kuss der *Kraga* spüren. Nicht eng, nicht schmerzhaft, nicht einschnürend – aber ganz eindeutig da. Sie flüsterte Johns Namen und strich mit Johns Schwur sanft über ihre Haut.

Johns Augen waren auf den Anblick fixiert, schwärzer und hungriger als Rosa sie je gesehen hatte, und sie hob einen zittrigen Finger, um über das kühle Metall zu streichen, spürte das zarte Gewicht, aber auch die kraftvolle Ausstrahlung. Die Tatsache – ihr Finger fuhr hoch, rundherum, nach hinten – dass es tatsächlich keine Naht gab, die sie spüren konnte, keinen einfachen Ausweg.

Aber es war kein Fluch. Es war keine Falle. Es war nicht wie bei Lord Kaspar, wenn er sie mit Rüschenkleidern und leeren Versprechungen lockte. Es war ein Symbol für das, was bereits war, für den Weg, den Rosa bereits gewählt hatte.

Sie hatte sich ihrer Wahrheit gestellt. Sie wollte John, und sie wollte dieses Leben. Sie wollte ihre Freude, ihre Sehnsüchte und ihre Entscheidungen akzeptieren, ohne Scham und ohne Reue.

Wissen verändert alles.

John starrte sie immer noch an, so hungrig, dass Rosa es förmlich schmecken konnte, und seine Augen wanderten an ihrem nackten Körper auf und ab. Seine eigene Gestalt war riesig und straff, seine Hände zu Fäusten geballt, und seine Hose war massiv gespannt, zuckte und wies eine schnell wachsende feuchte Stelle auf.

»Was denkst du, mein Lord?«, brachte Rosa schließlich hervor, so lässig, wie sie konnte, eine Hand immer noch zitternd auf dem kühlen Ring ihrer *Kraga*, die andere an die weiche Wölbung ihres nackten Bauches gepresst. »Wie sehe ich aus?«

Sein Knurren war kehlig und hilflos, seine Augen flatterten, seine Wangen und Ohren waren rot gefärbt. »Törichtes Liebchen«, brummte er. »Du siehst aus, als bräuchtest du eine hübsche kleine Kette für deine hübsche neue *Kraga*. Und eine

Nacht voller harter Ficks mit dem Schwanz deines Gefährten, deines Lords.«

Der Hunger war eine Flutwelle, ein gewaltiges, schwankendes Verhängnis, das nur durch die Kraft des Gelöbnisses an Rosas Kehle und die Wahrheit, die ihre Haut küsste, in Schach gehalten wurde. Sie gehörte ihm. Er gehörte ihr. Sie war zu Hause. In *Sicherheit*.

»Ich bin ganz deiner Meinung, mein Lord«, flüsterte sie. »Also bitte, nimm mich mit zu deiner Vergnügungshöhle und benutze mich.«

41

Rosa hätte sich nie vorstellen können, dass sie ein solches Verlangen verspüren würde, das sie überfiel, als ihr vollständig bekleideter Gefährte – ihr Lord – ihren nackten, markierten, schwangeren Körper schweigend durch den dunklen Gang und in die beheizte, feuerbeleuchtete Ka-esh Vergnügungshöhle führte.

Sie konnte hören, wie die Klapse und das Stöhnen verstummten, als John sie quer durch den Raum führte, und wie die schockierten Blicke aller Anwesenden gleichzeitig auf ihre nackte Haut fielen. Aber das war egal, nichts war wichtig, nur John, nur der Hunger, das Verlangen, als er wortlos nach etwas an der Wand griff und es mit einer sanften Handbewegung an Rosas *Kraga* befestigte.

Es war eine *Kette*, wahrhaftig, eine dünne goldene Schnur, die sich nun von Rosas Hals bis in den leichten Griff seiner Hände schlängelte. Und während Rosa staunte, ihr Mund knochentrocken, ließ John die Kette mit erstaunlicher Leichtigkeit durch seine Finger gleiten und wickelte sie zwischen ihnen hindurch, so als hätte er das schon hundertmal gemacht.

Und das machte er – genau diese Hand griff nach Rosas

Kinn und hob es hoch, sodass sie seinen glitzernden Augen begegnen musste –, damit er die Hand nach Belieben benutzen konnte, ohne auch nur einmal die Kette aus den Händen zu verlieren. Und vielleicht auch, damit sein Liebchen die Stärke des Goldes auf seinen Knöcheln spüren konnte, das Flüstern der stillen Gefahr auf ihrer Haut.

»Wenn ein Ka-esh ein Liebchen ankettet«, sagte er mit rauer Stimme, »dann kniet das Liebchen nieder. Sofort. Immer.«

Ein hilfloses Stöhnen entwich Rosas blockierter Kehle, aber sie nickte sofort und ließ sich auf die Knie fallen. Der Boden unter ihr war zum Glück mit weichem Fell bedeckt, aber sie bemerkte es kaum, denn die große, kräftige Gestalt ihres Lords ragte über ihr auf, sein Lendenbereich war nah und schwoll unter seiner Hose sichtbar an, und sein süßer, gefährlicher Duft erfüllte ihr Inneres und ihren Atem.

Rosas Zunge leckte über ihre trockenen Lippen und ihre zitternde, kribbelnde Hand griff nach dieser schönen, verzweifelt verlockenden Beule. Bis ein leichtes, aber sehr gezieltes Ziehen an ihrer *Kraga* ihre Finger in der Luft zum Stillstand brachte und ihre Augen zu seinem Gesicht hochschnellen ließ.

»Und du berührst ihn nicht«, hauchte er und schaute sie aus halb geschlossenen Augen an. »Du tust *nichts*, als mich anzuschauen und meinen Duft einzuatmen, bis ich dir die Erlaubnis für mehr gebe.«

Ein weiteres ersticktes Stöhnen entrang sich Rosas Kehle, aber sie nickte verzweifelt, verschränkte ihre Finger auf ihrem nackten Schoß und lehnte sich etwas zurück. Verdammt, sie wollte ihn berühren, sie brauchte es so sehr, dass es *wehtat*, und sie musste sich auf die Lippe beißen, bevor sie einen weiteren Blick zu ihm riskierte, zu dem kalten, gelassenen Befehl in seinen wachen, gebieterischen Augen.

»*Gott*«, sagte er. »Jetzt sprich mit mir, Liebchen. In meiner eigenen Sprache.«

Seine Finger spannten sich um die Kette, die zwischen ihnen eingewickelt war, während er sprach, was auf eine tatsächliche *Drohung* hindeutete, falls Rosa versagen sollte – und der Kitzel der Mischung aus Angst, Sehnsucht und Verlangen war so atemberaubend, dass sie kaum die Worte fand.

»*Ég vil vera þín, John-Ka*«, hauchte sie und sprach es so deutlich aus, wie sie konnte. »*Ég er þín.*«

Ich will zu dir gehören, John-Ka, bedeutete es. *Ich gehöre zu dir.*

Johns Zunge glitt heraus, seine Nasenlöcher weiteten sich, was darauf hindeutete, dass seine kühle Beherrschung vielleicht ins Wanken geraten war – also holte Rosa noch einmal Luft und hielt ihre Augen auf seine gerichtet. »*Ég elska typpið á þér, John-Ka. Ég elska bragðið af þér.*«

Ich liebe deinen Schwanz, John-Ka. Ich liebe es, wie du schmeckst.

»Bitte lass mich dich sehen, mein Lord«, flüsterte sie. »Ich muss dich sehen. *Bitte.*«

Und John gefiel das, er wollte das, die Anerkennung, die Zuneigung und das schiere *Bedürfnis*, das in diesen Augen aufblitzte – und Rosa erschauderte bei dem Anblick, wie seine Hände langsam und bedächtig zu seinem Unterleib fuhren und ihn herauszogen.

Und *verdammt*, er war riesig. Er war so geschwollen und gefüllt, wie Rosa ihn noch nie gesehen hatte. Er war dick, vernarbt und rötlich und aus seiner schlanken Krone tropfte ein stetiger weißer Schimmer. Sein Anblick und sein Geruch waren so überwältigend, dass Rosa merkwürdigerweise bewusst wurde, dass sie nicht allein in diesem Raum waren, sondern dass dieser Raum voller *Orks* war – einige davon hatte John eindeutig schon mal gehabt, vielleicht auf diese Weise. Und seine Schönheit und seine Macht sollten ihr gehören, nur ihr, und ein verstohlener Blick in die Runde zeigte in der Tat, dass viele Orks den spektakulären Schwanz ihres Gefährten sahen, beobachteten, einige von ihnen *leckten* sich sogar *über die Lippen.*

Ein weiteres leichtes Ziehen an ihrer Kette ließ Rosas Blick wieder zu Johns Gesicht wandern – doch sie konnte ihr Zucken, ihren Ärger und ihre plötzlich aufkeimende Eifersucht nicht verbergen. Vielleicht sogar ihre *Scham.*

Für einen Moment legte John den Kopf schief und mit einer schnellen Bewegung hockte er vor ihr. Er ließ seine mit Ketten bestückte Hand sanft in ihren Nacken gleiten, sein Hunger brodelte hinter etwas, das fast wie ... *Besorgnis* aussah.

»Liebchen«, hauchte er. »Meine Rose. Geht es dir gut?«

Ein bebender Schauer durchfuhr Rosas knienden Körper, und Johns Augen suchten die ihren und gruben so tief, dass es sich anfühlte, als würde er ihre Seele berühren. »Was quält dich, Liebchen?«, flüsterte er. »Sprich mit mir. Wir können jederzeit aufhören oder gehen, wenn du das wünschst.«

Und dieses Angebot, diese wilde, starke *Fürsorge*, zauberte ein schwankendes Lächeln auf Rosas Mund, während eine weitere taumelnde Welle des Hungers durch ihre Leisten schoss. »Nein«, keuchte sie. »Bitte. Es ist nur«, sie warf einen hilflosen Blick auf die beobachtenden Orks, »sie können dich alle *sehen*. Und du gehörst *mir*.«

In Johns Augen blitzte Verständnis auf, aber auch eine unübersehbare Erleichterung. »Ach, das tue ich«, sagte er, während die Kühle in seine Stimme zurückkehrte. »Ich bin dein Gefährte, der an dich gebunden ist. Ich bin der Vater deines Sohnes. Und deshalb werde ich nie wieder einen anderen berühren. Aber«, seine Krallen strichen sanft über ihre *Kraga*, »ich bin dennoch ein Ork. Ich bin der letzte der Ka. Und wenn wir bleiben, werde ich meinen Hunger, meinen starken Samen und meine Macht über dich zur Schau stellen. Ich werde mein hübsches, gehorsames Liebchen zur Schau stellen, wie es an mir saugt und schreit und spritzt.«

Es war eine Warnung vor dem, was kommen würde, erkannte Rosas unruhiger Verstand – aber es war auch John, der seine eigene Wahrheit aussprach und sie vielleicht sogar akzeptierte. *Ich bin dein Gefährte. Ich bin ein Ork. Der Letzte der Ka.*

Und darin war nicht die geringste Spur von Widerwillen zu erkennen. Nicht der geringste Anflug von Scham. Es war mit einer sanften, ungebrochenen Leichtigkeit gesprochen worden, ohne dass die Drohung einer *Kette* an ihrer Kehle zu spüren gewesen war.

»Aber wenn du gehen willst, Liebchen«, sagte er leiser, »dann gehen wir. Und es wird sich nichts zwischen uns ändern. Ach?«

Und das, dachte Rosa mit einer plötzlichen, wilden Gewissheit, war auch die Wahrheit. Seine Wahrheit. Er war ein Ork und verteidigte diejenigen, die ihm wichtig waren, sogar vor ihm selbst – und dabei würde er nicht abweichen oder zögern. Er gehörte ihr, und das würde immer so bleiben.

Der Hunger kochte wieder hoch und prallte auf eine reine, wütende *Hingabe*. Das fast übermächtige Bedürfnis, einem so starken, gütigen und mächtigen Lord zu dienen, der die Loyalität, die Zuneigung und das Vertrauen so uneingeschränkt verdiente.

»Ich verstehe, mein Lord«, flüsterte Rosa und hob ihre Hand, um sein Gesicht zu berühren, hielt aber gerade noch rechtzeitig in der Luft inne. »Ich danke dir. Aber ich würde lieber hier bleiben und dir so dienen, wie du es wünschst.«

Johns Augen schlossen sich kurz, fast als ob er Schmerzen hätte oder erleichtert wäre, und nach einem weiteren sanften Kratzen an ihrem Hals erhob er sich wieder, schnell und anmutig, überragte sie. Sein hartes Glied hatte während des Gesprächs etwas nachgelassen, aber jetzt schwoll es wieder sichtbar an und füllte sich vor Rosas großen, gierigen Augen.

Und auch vor den Augen all dieser zuschauenden Orks – aber das Bewusstsein darüber fühlte sich weit weniger überwältigend und bedeutungsvoll an als zuvor. Vor allem, wenn John sie so ansah, mit so viel Wärme, Hunger und Stolz in seinen Augen, die Lider halb geschlossen. Er war *ihrer*.

»Darf ich dich berühren?«, flüsterte Rosa, ohne es überhaupt zu wollen. »Oder dich schmecken? Bitte, mein Lord?«

Etwas Verruchtes blitzte in seinem Gesicht auf, und seine mit Ketten umwickelte Hand bewegte sich sanft zu seiner dicken Härte, um sie fest zu umschließen – und dann strich er langsam und bedächtig nach oben. Er melkte eine lange, triefende, weiße Schnur, die glitschig und zähflüssig vor Rosas Augen herunterhing.

»Noch darfst du mich nicht anfassen«, säuselte er mit tödlicher Genugtuung. »Aber du darfst deinen kleinen Mund öffnen und das hier trinken.«

Rosa konnte einen Moment lang nur blinzeln, ihre Wangen brannten heiß. Bis ein sanfter Ruck an der Kette sie nach vorn zog – und irgendwie gehorchte sie, während ihr Herz verzweifelt hämmerte. Sie beugte sich zu ihm vor, legte den Kopf in den Nacken und öffnete den Mund, um die baumelnden Lusttropfen ihres Lords zwischen ihren hungrig geöffneten Lippen aufzufangen.

Der Geschmack explodierte auf ihrer Zunge, so saftig und süß, dass sie laut und gequält aufstöhnte und das Geräusch durch den viel zu stillen Raum hallte. Ein Geräusch, das nicht nur von John über ihr, sondern auch von mehreren Orks um sie herum mit *Gelächter* beantwortet wurde – aber Rosas Scham wurde durch einen weiteren sanften, gezielten Ruck an ihrer *Kraga* unterbrochen. Er lenkte ihre Aufmerksamkeit wieder auf ihren Lord, der sich gemächlich und großzügig auspumpte. Er spuckte noch mehr von seinem dicken, köstlichen Samen in einen glänzenden Strang, der sich von seinem Schlitz aus erstreckte und sich auf Rosas schnell leckender Zunge sammelte.

»Fang jeden Tropfen auf, Liebchen«, sagte er mit tiefer,

gebieterischer Stimme. »Und danach werde ich dir vielleicht erlauben, an mir zu saugen.«

Verdammt, die Worte und seine Stimme und das Versprechen dessen, erschütterten Rosas geschwollenen Unterleib und entlockten ihrer gierig schluckenden Kehle ein weiteres leidenschaftliches Stöhnen. Es war ihr egal, wie das aussah, wie sie aussehen musste, nackt vor einem Ork kniend, mit einem Ring um den Hals, ihre Brustwarzen gespannt und kribbelnd, ihr Mund offen, um verzweifelt den dicken weißen Strang zu schlucken, der unaufhörlich aus dem vernarbten, prächtigen Schwanz des Orks floss.

Und sie war so ein braves Liebchen, dass die Anerkennung und der Triumph in Johns Blick glitzerten, als er die Kette mit einem weiteren stummen Befehl nach oben riss. Rosa gehorchte sofort und richtete sich noch höher auf ihre Knie auf. Sie hielt ihren Mund offen und schluckte, selbst als das geschwollene Gewicht vor ihren Augen hüpfte, so *nah* ...

Sein Finger fuhr zu ihren Lippen und öffnete ihren Mund mit einer festen Berührung seiner Klaue etwas weiter. Und dann zog seine Kette sie näher und näher – bis er schließlich ihren offenen Mund mit der seidenen, runden Kuppe seines geschwollenen, triefenden Schwanzes füllte.

Rosas Stöhnen war pure, aufsteigende Ekstase, und es war ihr egal, wer es sah oder hörte. Denn alles, was zählte, war, dass der Schwanz ihres Lords *endlich* in ihrem Mund war, wo er hingehörte, wo sie ihn verwöhnen und verehren konnte – und sie versenkte ihn bereitwillig tief, fast bis zum Anschlag. Sofort stöhnte John über ihr auf und auch der bisher so schweigsame Raum keuchte mehrmals vor Überraschung auf.

Rosa saugte mit aller Kraft, die sie aufbringen konnte, an ihm und würgte begierig an der Invasion, die in ihre Kehle drang. Ihre flatterhaften Hände hoben sich von selbst und wollten nach seinem Hintern greifen, um sich eine Hebelwirkung zu verschaffen, damit sie ihn tiefer einführen konnte – aber dann stöhnte sie aus purer, erdrückender

Frustration, ihre Hände waren in der Luft erstarrt und ihre Zähne pressten sich leicht auf den dicken Schaft zwischen ihnen.

John lachte wieder, tief und voll, seine Augen funkelten vor echter Freude, seine schwere Hand streichelte ihr Haar. »Törichtes Liebchen«, murmelte er. »Ich erlaube dir, mich zu berühren, aber nur, damit du mich tiefer saugen kannst. Und ich habe dich wegen deiner Zähne gewarnt, oder nicht?«

Verdammt, ja, das hatte er, und genau deshalb kratze Rosa noch einmal mit ihnen über sein Fleisch, dieses Mal härter – eine schockierende, unverständliche Aktion, die Johns Augen aufflackern ließ, bevor er seine dicke Länge mit weitaus mehr Kraft als zuvor in ihren Mund bohrte. Und ja, ja, genau deshalb hatte Rosa es getan, und sie umklammerte mit ihren Händen seinen herrlichen Hintern und zog ihn näher an sich heran. Saugte ihn so tief, dass sie kaum noch atmen konnte, küsste und leckte ihn, drückte ihr Gesicht in seine kratzigen, süßlich duftenden Haare, während er sanft und gleichmäßig ihre Kehle hinunter tropfte, direkt in ihren hungrigen Bauch.

»Ach, das steht dir gut, mein Liebchen«, sagte John, und seine Stimme stockte, als er gegen ihren zuckenden Hals stieß. »Du bist so hübsch, mit der *Kraga* und der Kette eines Orks an deinem kleinen Hals. Mit seinem Schwanz, der deine kleinen Lippen dehnt und sich in deinem tiefen Rachen festsetzt.«

Rosa erschauderte bei diesem Lob und spürte, wie sich ihre Augen verengten und ihr Stöhnen immer dunkler wurde. Er wollte sie doch nicht schon wieder anstacheln, oder wollte er das?

»Es ist so eine tiefe Freude«, fuhr er fort, seine Augen leuchteten mit teuflischer Wärme, während seine Hand tiefer in ihr Haar sank und seine Hüften seinen Schwanz tiefer in ihre Kehle drückten. »Zu sehen, wie mein hilfloses Liebchen mit einem solchen Hunger kämpft und saugt. Zu wissen, dass es mir keine einzige dumme Frage stellen wird, solange ich den kleinen Mund fülle und die enge Kehle mit meinem ganzen Schwanz verstopfe ...«

Mochten die Götter diesen Mistkerl verfluchen, denn er tat es *schon wieder*. Er provozierte sie, drängte sie. Seine schwarze Zunge strich über seine Lippen, sein Blick glitzerte vor dunkler, tödlicher *Gier*. Und Rosa wollte es tun, verdammt, sie wollte es tun.

Sie biss zu, fest. Härter, als sie sich jemals hätte vorstellen können, ein anderes Lebewesen zu beißen, geschweige denn dieses – und im Gegenzug heulte John tatsächlich auf, sein Kopf schnellte zurück und seine Krallen kratzten scharf an Rosas Kopfhaut. Er machte nicht die geringste Bewegung, auch nicht, als Rosas Mund vom Geschmack seines *Blutes* überschwemmt wurde, das dickflüssig, salzig und eisern an ihrer Zunge herunterlief.

Bei allen Göttern, was zum *Teufel* hatte sie gerade getan? Rosa zog sich zittrig zurück, leckte sich über die Lippen und starrte wie eingefroren auf die dünne rote Linie, die sie hinterlassen hatte. Fast ganz an seinem Ansatz, weiter oben als alle anderen, ganz so, als hätte sie ihn *markiert*. Um zu zeigen, wie tief sie ihn eingesaugt hatte, um ihren Anspruch auf ihren Gefährten geltend zu machen ...

John sah ebenfalls hin, blinzelte und fuhr mit einer unsicheren Klaue darüber – und als er den Kopf hob, langsam, glühten seine Augen vor Wut, Hunger und mit *Stolz*.

»Ich habe dich gewarnt, Liebchen«, zischte er, hitzig, tödlich, und seine Stimme vibrierte direkt in Rosas geschwollenen, hungrigen Unterleib. »Beiße deinen Lord *nicht*. Vor allem nicht vor seiner Sippe.«

Sein Daumen wanderte zu ihrem Mund, riss ihn auf, vielleicht, weil er sein Blut in ihrem Mund sehen wollte –, und in einem plötzlichen, wütenden Kraftausbruch riss er Rosa hoch, wirbelte sie herum und drückte sie mit dem Gesicht gegen die nächstbeste Wand. Ihre Füße fanden Halt auf einem kleinen Vorsprung, den sie vorher nicht bemerkt hatte, und brachten sie auf Johns Höhe, und direkt über ihr – Rosa schluckte laut – hing eine schwere *Stahlkette* mit zwei Fesseln.

Aber ja, ja, John war schon dabei, ihre Arme mit geschmeidiger, rücksichtsloser Kraft nach oben zu ziehen. Dann griff er nach einem harmlos aussehenden Stück Stoff, das an der Wand hing, und wickelte es schnell und geschickt um ihre Handgelenke, bevor er die Stahlfesseln ruckartig und mit einem kräftigen, markerschütternden *Schnappen* schloss.

»Scheiße«, keuchte Rosa und versuchte vergeblich, ihre Hände aus der eisernen Umklammerung zu reißen, während John hinter ihr ein dunkles, teuflisches Lachen ausstieß. Seine Hand streichelte neckisch ihren nackten Oberschenkel hinauf und griff nach ihrem entblößten Hintern ...

Und dann zog sich diese Hand zurück, absichtlich, bewusst – und *versohlte* sie. Das Gefühl war heftig und ließ ein schockiertes, hilfloses Stöhnen aus Rosas Kehle entweichen, ihr Körper zitterte überall, ihr Atem kam stockend und erstickt ...

»Ach«, knurrte John und zerrte ihren Kopf an der Kette nach hinten, damit er sie ansehen und er ihre verzweifelten Augen beobachten konnte. »Ist es das, was du dir wünschst, mein ungehorsames Liebchen? Die Strafe, die du verdienst, weil du es *gewagt* hast, deinen Lord so zu provozieren?«

O Götter, o *Scheiße*, denn seine Hände zogen ihren Arsch nach hinten, drückten ihre zitternden Beine auseinander und präsentierten den Zuschauern im Raum *alles*, alles – und dann schlug er ihren entblößten, nach hinten gestreckten Arsch erneut mit einem kalten, stechenden, gezielten Ruck.

Rosa schrie und keuchte, drehte und wand sich, ihre Augen waren weit aufgerissen und wild, während sie die selbstgefällige, gerechte Wut in seinem grausamen, triumphierenden Gesicht aufsaugten. »Du verschlagener Halunke«, keuchte sie, begierig, schwelgend in der augenblicklichen Hitze, die in seinen Augen aufflammte. »Ich will nur, dass du mich *fickst*.«

Ein tiefes, beängstigendes Knurren ertönte aus seiner Kehle und seine Hand schlug erneut zu und ließ Funken unter Rosas ohnehin schon empfindlicher Haut sprühen. »Törichtes Liebchen«, knurrte er. »Du musst dir einen Fick von deinem Ork *verdienen*. Du musst dich meinem Befehl beugen und mir *zeigen*, wie sehr du nach mir hungerst.«

Das schiere, rasende Verlangen brüllte, schoss durch Rosas Körper und überschlug sich mit dem nächsten festen Schlag dieser Hand. Und während ein entfernter Teil von ihr schrie, dass sie sich noch mehr gegen ihn wehren sollte, um zu sehen, wie weit er gehen würde, schlug seine Hand erneut zu, sogar noch härter – und dann, verdammt noch mal, glitt sie nach unten zu ihrer tropfnassen Hitze. Er verhöhnte sie, quälte sie, glitt in das, was *ihm gehörte*, und als er sich wieder zurückzog und sie leer und unberührt zurückließ, fühlte es sich an, als würde sie gleich platzen, verloren im schieren, schreienden *Verlangen*. In Rosas heftigem, grundlegendem Bedürfnis, ihm zu gefallen, ihn zu spüren, zu akzeptieren, zu existieren. *Meine Taten und meine Wünsche sind die meinen.*

Sie spürte, wie ihr Kopf heftig auf und ab wippte, wie ihr Körper zitterte und nach Luft schnappte – und dann spreizte sie irgendwie ihre zitternden Beine weiter und streckte ihren entblößten, brennenden, geröteten Hintern noch weiter heraus. Sie präsentierte das beschämende, gierige Umklammern ihrer leeren Hitze, direkt in Johns Richtung, in Richtung des offenen Raums. Sie war so entblößt wie noch nie in ihrem *Leben* und flehte ihren Gefährten an, zu schauen, zu wissen, zu nehmen, was ihm gehörte, und zu geben, was ihr gehörte.

»Bitte, mein Lord«, keuchte sie. »*Ríddu mér. Ég vil þig.*«

Fick mich. Ich will dich. Die Worte landeten wie Steine, die in der Stille versanken, nur durchbrochen von dem hörbaren Geräusch ihrer geschwollenen, sich zusammenziehenden Lippen – und dann das plötzliche, beschämende, durch und durch schockierende Rinnsal ihrer eigenen Nässe, das ihren Schenkel hinunterlief.

»Bitte, John-Ka«, würgte sie in die angespannte Stille hinein. »Mein Lord. Mein Priester. Ich gehöre dir. Dein Liebchen, deine Gefährtin, deine *Huldigerin*. Wie auch immer du mich benutzen willst. Ich brauche dich«, sie rang nach Luft. »Du musst mich nehmen, mich plündern und mich ausfüllen, bis ich *platze*.«

Sie *spürte* die Intensität von Johns Aufmerksamkeit auf ihr, das Gewicht der Stille in dem schweigenden, beobachtenden Raum – und es gab keine Scham mehr, kein Zögern, als Rosa ihre Beine noch weiter auseinanderschob, sich noch mehr entblößte und spürte, wie der Beweis ihres Hungers direkt von ihr heruntertropfte und sich auf dem Steinboden sammelte.

»Bitte, mein Lord«, flüsterte sie. »*Ríddu mér. Ég elska þig.*«
Fick mich. Ich liebe dich.

Die Stille drehte sich, hing, flimmerte – und endlich, *endlich*, bewegte sich John. Sein Körper schob sich ruckartig vorwärts, bis – ein Schrei entrang sich aus Rosas Mund – sie die glatte, geschmeidige Stärke des Schwanzes spürte, der gegen ihre sich zusammenziehende, weit geöffnete Hitze stieß. Schwellend und sich ausdehnend näherte er sich ihr, fast so, als würde er sie suchen, seinen Weg finden. Während ihr nasser, verzweifelter Körper sich ihm entgegenstreckte und auf seiner Krone zuckte, flehte und nach mehr verlangte ...

Sein Stoß in sie war brutal, wütend, tödlich – und in diesem einzigen, vernichtenden Ruck entlud sich Rosas Lust, packte sie und explodierte. Sie schrie aus vollem Leib, ihre Hände zerrten vergeblich an ihren Fesseln, während der riesige, steinharte Schwanz wieder und wieder und wieder in sie eindrang. Er spaltete sie in zwei Hälften, riss sie auseinander, ihre Säfte spritzten und tropften, während ihr Schrei durch den Raum hallte und ihre Erlösung immer noch pochend, klammernd und glühend nach ihrem Gefährten, ihrem Priester, ihrem Lord schrie.

Nach dem wunderbaren Besitzer dieses eisernen Schwanzes, den spitzen Klauen, die sich in ihre Hüften bohrten, und den bösartigen Zähnen, die an ihrer Kehle kratzten. Rosa wölbte sich zurück, entblößte ihren Hals, bettelte und stöhnte und zerbrach …

Die Zähne schnappten zu, als sein Schwanz zum Stillstand kam, seine Eier zogen sich zusammen – und dann, mit einem erstickten Brüllen, *explodierte* er. Er schoss seinen Samen mit solcher Wucht in sie, dass er direkt wieder aus Rosa herausspritzte. Die Fontäne verteile sich über ihrem geröteten Arsch und ihren nackten Beinen, während die scharfen Zähne immer noch ihren Hals umklammerten. Sie hörte sein gieriges Schlucken und sein Stöhnen, das von heißer, gebrochener Ekstase ausgelöst wurde.

Irgendwie stand Rosa da und schwelgte in dem schwebenden, seufzenden Vergnügen, das immer noch so heftig war, dass es fast unerträglich schien – zumindest, bis die Wucht von Johns Biss schließlich dem Gefühl einer sanft leckenden Zunge und sanft küssenden Lippen wich. Als Rosas entfernter, wirbelnder Verstand vage feststellte, dass er auch ihre *Kraga* im Mund hatte. Er hatte sie *darüber* gebissen, vielleicht nur, um ihre Kraft an ihrem Hals zu spüren, während er es tat. Genauso wie – ihr Körper kribbelte unter der Berührung – seine Hand nach unten gerutscht war und fast schon begierig in die riesige Sauerei glitt, die er in ihr angerichtet hatte. Seine Nässe rann immer noch an ihren gespreizten Schenkeln hinunter und tropfte großzügig von ihrem entblößten, geröteten Arsch.

Aber ihre Beine begannen zu zittern, ihr erschöpfter Körper stemmte sich gegen den harten Griff der Fesseln an ihren Handgelenken – und plötzlich war John da und hielt sie hoch. Er stützte ihr ganzes Gewicht mit einem starken, sanften Arm, während der andere geschickt die Fesseln löste und ihre Handgelenke herunterließ. Vorsichtig löste er das Tuch, drehte eine Hand und dann die andere herum und untersuchte sie auf mögliche Schäden.

Als Nächstes begann er, mit dem Tuch über sie zu streichen und sie mit sanfter, stiller Sorgfalt von seiner klebrigen, glitschigen Masse zu säubern. Er wischte über Rosas Rücken, über ihr loses Haar und dann über ihren Hintern, ihre Beine und sogar über ihre *Füße*, die er auch irgendwie erwischt hatte.

Erst dann drehte er sie wieder um, drückte sie gegen die Wand und umschloss sie mit seinen Armen. Fast so, als wolle er ihren Anblick vor dem Zimmer verbergen – oder vielleicht auch die Wahrheit seines geschwollenen Mundes, die Hitze auf seinen Wangen und das Glitzern in seinen blinzelnden Augen.

»Geht es dir gut, Liebchen?«, flüsterte er. »Habe ich dir wehgetan? Oder dir wahrhaftig Angst gemacht?«

Aber in Rosas Kopf herrschte nur Wärme, Zufriedenheit und ein aufsteigendes Hochgefühl, das einem Triumph viel zu nahe kam. »Natürlich nicht«, flüsterte sie leise. »Ich wollte es. Ich habe es *geliebt*, mein Lord.«

Die Worte kamen ihr irgendwie bekannt vor, als hätte sie sie schon vor langer Zeit gesagt, und Johns Augen weiteten sich kurz, bevor er sie wieder schloss und sein Atem in einem einzigen, harten Stoß entwich. »Keine Unwahrheiten«, flüsterte er, als würde er ihr immer noch nicht ganz glauben – also schlang Rosa ihre zitternden Arme um seinen Hals und zog ihn an sich. Dann küsste sie ihn mit Lippen, Zähnen und Zunge, bis er ihren Kuss erwiderte, so süß und ehrfürchtig, dass es tief in ihrer Seele sang.

»Ich hätte sofort aufgehört«, hauchte er, als sie sich voneinander lösten und er seine Stirn an ihre drückte. »Wenn du es nur einmal verlangt hättest. Oder ich wahre Angst gerochen hätte.«

»Ich weiß«, flüsterte Rosa, und sie wusste es. Sie legte ihre Hände auf seine Brust, spürte den dumpfen Schlag seines pochenden Herzens – und auch den Stoff. Seine *Tunika*.

»Warte«, sagte Rosa, drehte sich um und blinzelte ihn an, als ob sie ihn gerade zum ersten Mal sah. »Du warst die ganze Zeit über angezogen?! Und«, sie suchte nach seinem Zopf und hielt sich die glänzende schwarze Frisur vor die Augen, »dein Haar sieht immer noch so aus? Du hast deinen *Samen* in mich gespritzt!«

Die letzten Spuren von Unbehagen waren aus Johns Gesicht gewichen und an deren Stelle trat eine zarte, zuckende Schüchternheit. »Ich habe nicht gehört, dass du dich beklagt hast, Liebchen«, murmelte er. »Du warst zu sehr damit beschäftigt, zu schreien und zu zappeln, um es zu bemerken, schätze ich. *Mal wieder*.«

Rosa versuchte, ihm in die Brust zu stoßen, aber sie war viel zu träge und langsam, und in einem plötzlichen Bewegungswirbel riss John sie in seine Arme und löste dann die Kette von ihrer *Kraga*. Er warf sie jemand anderem zu und bellte dann einen Befehl in schnellem *Aelakesh*, bevor er nach seiner Lampe griff und mit ihr auf dem Arm aus dem Zimmer stürmte.

»Bist du sicher, dass es dir gut geht, Liebchen?«, murmelte er im Gehen in ihr Haar. »Ich möchte, dass du mir das schwörst.«

»Ich schwöre es, John-Ka«, sagte Rosa und rollte mit den Augen, aber sie lächelte ihn trotzdem an. »Ich war ein braves Liebchen für dich, nicht wahr?«

John nickte ihr mit ernstem Blick zu und zog sie ein wenig näher an sich heran. »Du warst – pure *Freude*, mein Liebchen«, hauchte er. »Du bist alles, was ich mir hätte erträumen können. Du sehnst dich so sehr danach, entblößt, markiert und benutzt zu werden. Du bist so hungrig danach, deinem Lord zu dienen. Ich werde ...«, seine Kehle krampfte sich zusammen. »Ich werde diese Nacht für immer in Ehren halten, meine süße Rose. Ich werde dich für immer in *Ehren* halten.«

Die Wärme drohte aus Rosas Brust zu platzen und entweder in Gelächter oder hysterisches Weinen überzugehen, und sie schlang ihre Arme um seinen Rücken und drückte ihr nasses Gesicht fest in seinen Nacken. »Ich liebe dich auch«, sagte sie heiser und gedämpft. »Auch wenn du ein erbarmungsloser, kleidungstragender Halunke bist. Der es insgeheim genießt, an Stellen *gebissen* zu werden, an denen Zähne *nichts* zu suchen haben.«

Sie spürte, wie sein Unbehagen leicht zurückkehrte, wie sich unter seiner Haut eine Spur von Anspannung bildete. »Das ... hast du also bemerkt.«

Rosa konnte sich ein ersticktes Lachen nicht verkneifen und knabberte liebevoll an seinem köstlich riechenden Hals. »Ich glaube, das hat jeder im Raum bemerkt, John-Ka. Wahrscheinlich sogar jeder auf dem Berg. Und *vor allem* die Frau mit deinem Schwanz im Mund, von der du *unbedingt* wolltest, dass sie dich beißt.«

John stieß ebenfalls ein Lachen aus, bog ab und schritt in die vertraute Wärme seines Schlafzimmers. Er stellte die Lampe auf den Boden, bevor er ihren nackten Körper in die weichen Felle seines Bettes sinken ließ.

»Es ist so ein weiteres ... Ork-Ding, schätze ich«, sagte er leise, während er sich neben sie schob. »Ich kann es dir nicht verübeln, Liebchen, wenn dich das schockiert oder abstößt.«

Er wandte sich kurz ab und Rosa bemerkte, dass ihm jemand einen Korb gereicht hatte – Hanarr, wie sie vage feststellte, als er fröhlich winkte und sich dann wieder entfernte –, der mit köstlich aussehendem Fleisch, Käse und Brot gefüllt war, und einer unverwechselbaren Flasche dieser Milch. So wunderbar und überraschend vertraut, dass Rosas Herz in ihrer Brust anzuschwellen schien und sie sofort den Korken herauszog und die Flasche leer trank, während John sie mit sanfter, liebevoller Zustimmung in seinen Augen beobachtete.

»Du kannst mich nicht abstoßen, John-Ka«, sagte Rosa, wischte sich den Mund ab und schenkte ihm ein warmes, verschlagenes Lächeln. »Ich sage es dir immer wieder, oder nicht? Du bist einfach ... du. Gelehrter. Anführer. Lord. Ork. Rechtmäßiger Priester des Orkgebirges. Hinterhältiger

Mistkerl, der gerne gebissen wird. Halunke. Und alles ist gut. Alles bist *du*.«

Johns Augen blinzelten sie wieder an, fast benommen, als ob sie unmöglich echt sein könnte – zumindest bis ein Geräusch vom Bett gegenüber ertönte. Ein Schnauben, erkannte Rosa, und als sie und John ruckartig aufblickten, sahen sie, dass es Salvi war. Er lag völlig nackt auf Tristans Bett und hatte einen ebenso nackten – und sehr erregten – Tristan in seinen Armen.

»Und bald auch der *echte* Priester des Orkgebirges«, sagte Salvi, während seine Hand sanft und unverhohlen über Tristans wippende Länge strich. »Dank *mir*, der Simon in deinem Namen eine dringend benötigte Standpauke gehalten und gleichzeitig sein riesiges und«, er schauderte, »*sehr* behaartes Bein genäht hat.«

Tristan gab einen schwachen Protestlaut von sich und seine Augen huschten hilflos zwischen John und Salvi hin und her, während Salvi ihn wieder streichelte und ihn zittrig und begierig machte. »Es war nicht nur das, *elskan*«, keuchte Tristan, »und das weißt du. Ich habe Simon die ganze Zeit über unterrichtet. Rosa-Ka hat sich seinen Respekt für ihre Arbeit verdient, und sie war diejenige, die diesen neuen Unterricht in Gemeinmund vorgeschlagen hat. Und wir haben von deinem öffentlichen Dank an die Skai heute gehört, John-Ka. Sehr herzlich, wurde mir gesagt.«

Es war erstaunlich, stellte Rosa distanziert fest, wie all diese Orks immer über alles Bescheid zu wissen schienen – und selbst John schien von dieser Enthüllung völlig unbeeindruckt zu sein und blickte mit schmalen Augen durch den Raum zu ihnen herüber. »Hat Simon schon mit dem Anführer darüber gesprochen?«

»Morgen«, antwortete Tristan, doch seine Stimme klang zunehmend brüchiger, während Salvis Hand ihre sanften, vertrauten Streicheleinheiten fortsetzte. »Er hat mir geschworen, dass er es tut.«

»Ach, mein hinterhältiger kleiner *sæti*«, sagte Salvi mit einer überzogenen Grimasse. »Du wickelst diesen schrecklichen, dickköpfigen Flegel um deine hübsche kleine Klaue. *Alles* für *John-Ka*.«

»Oh, sei still, *elskan*«, säuselte Tristan, während er sich in Salvis Berührung schmiegte. »Das würdest du auch. Härter. *Ach*.«

John rollte mit den Augen und kuschelte sich wieder neben Rosa aufs Bett, obwohl ein neugieriges, zufriedenes Lächeln um seinen Mund spielte. »Iss, Liebchen«, sagte er und schob den Korb mit dem Essen näher an sie heran. »Du hast einen Ka heranwachsen zu lassen, verstehst du? Wir müssen alles in unserer Macht Stehende tun, damit du ihn sicher zur Welt bringst.«

Rosa gehorchte artig, aber sie konnte nicht aufhören, ihn anzustarren und zu lächeln. »Glaubst du wirklich, dass sie dich zum Priester machen?«, fragte sie zwischen zwei Bissen. »Denn du wärst so brillant, John-Ka. Stell dir vor, was du tun könntest, wenn du einen ganzen *Berg* hättest, um den du dich kümmern könntest.«

Das Lächeln lag immer noch auf seinem Mund, warm, hoffnungsvoll, wunderschön. »Ach, als ob ich nicht schon genug zu tun hätte«, sagte er kühl, während er sie enger an sich zog, sie unter das Gewicht seines Arms klemmte und seine Krallen sanft an der *Kraga* an ihrem Hals kratzten. »Jetzt ruh dich aus, Liebchen, und hör zu.«

Er griff über ihr nach einem Buch – *The Lady Bright*, erkannte Rosa mit einem echten Schreck. Denn es war *immer noch* hier, und hatten sie jetzt wirklich all die Bücher aus der Dusbury-Bibliothek *gestohlen*?!

»Warte«, sagte sie mit schriller Stimme. »Sind wir Bücherdiebe?! Bei allen Göttern, John, wir sind *Bücherdiebe*!«

John blickte amüsiert auf sie herab, zog die Augenbrauen hoch und blätterte mit seiner Klause bis zu der Stelle im Buch, wo sie zuletzt gelesen hatten. »Von all den Dingen, mit denen du in den letzten Wochen konfrontiert wurdest«, sagte er mit verdammenswerter Gelassenheit, »ist es *das*, was dich am meisten belastet?«

Rosa starrte ihn weiter an, auch wenn ihr Mund unangenehm zuckte, und John zog sie noch näher an seine feste Wärme heran. »Törichtes Liebchen«, säuselte er. »Ich bin ein Ork, ach? Und so habe ich diese Bibliothek geplündert und gestohlen, was ich wollte. Diese Bücher gehören jetzt *mir*. Genau wie du, mit deiner hübschen *neuen Kraga* und deinem vollen kleinen Schoß.«

Rosa hätte widersprechen können, aber sie konnte nicht aufhören, ihn anzugrinsen und den gottverdammten *Triumph* in seinen glänzenden, zufriedenen Augen zu genießen. »Verschlagener Schurke«, murmelte sie. »Ich frage mich langsam, ob nicht doch etwas an dem dran ist, was ich über euch Orks gelesen habe.«

Sein langsames, spitzzahniges Lächeln war pure, unverfälschte Freude, die ganze Richtigkeit der Welt in seinem schönen, liebevollen Gesicht verpackt. In Rosas ganz eigenem Lord, ihrem ganz eigenen Gefährten. Ihr Priester, weise und böse und würdig. Ihr Ork.

»Du solltest nicht *alles* glauben, was du liest«, sagte er, während seine Krallen sanft über ihren Hals strichen, bevor er die Seite umblätterte. »Nun ruh dich aus, meine kleine Rose, und *lerne*.«

~

ENDE

~

BONUS-EPILOG

Nach mehr als einem Jahr im Orkgebirge fand Rosa die Feste der Orks immer noch ein bisschen ... überwältigend.

Nicht, dass sie keinen Spaß machten – sie waren ein wildes, chaotisches Vergnügen – und als Rosa sich im schallenden Appellraum der Ka-esh umschaute, spürte sie, wie sich ihr Mund vor Belustigung nach oben bewegte. Es schien, als wäre jeder Ork des Berges anwesend, alle redeten, tranken und aßen gleichzeitig, und in einer Ecke wurde getrommelt, in einer anderen ein Ringkampf ausgefochten und eine Vielzahl von Spielen und Wettbewerben ausgetragen, die von einem lautstarken Publikum angefeuert wurden.

Es war ein Zuhause, es war jeder, den Rosa liebte, aber im Moment war es auch ... *laut*. Es war sehr, sehr laut und dröhnte in Rosas leicht schmerzenden Kopf, und sie lächelte reumütig über den Grund der Feier, der ebenso Grund ihrer Kopfschmerzen war. Der pummelige, liebenswerte graue Orkling, der auf ihrer Hüfte saß und unter seinen langen Wimpern hervor den Trubel um sich herum beobachtete. Ihr Sohn. Thorin.

Sie hatten ihn nach einem alten Helden aus einem

Märchen der Ka-esh benannt – heute eines von Rosas Lieblingsmärchen – und in den sechs Monaten, die Thorin bisher gelebt hatte, hatte er bewiesen, dass er diesen Namen mehr als verdient hatte. Er war hartnäckig, eifrig, lernte schnell und war seinen Lieblingsmenschen treu ergeben. Rosa, natürlich, und auch Tristan und Salvi, die sofort die Rolle von zusätzlichen Eltern übernommen hatten – ein Arrangement, über das niemand wirklich diskutiert hatte, das sich aber für alle als sehr angenehm erwiesen hatte.

Aber Thorins liebster Person auf der Welt war ohne Frage John. Und selbst in diesem Moment blinzelten seine kleinen schwarzen Augen zu John hinauf, der gerade schweigend neben ihnen stand und stirnrunzelnd auf die Gruppe blickte. Und während John so dastand und ungeduldig mit den Fingern auf seinen Oberschenkel klopfte, schnappte Thorins kleine Klauenhand nach oben, griff nach dem Ende von Johns baumelndem Zopf und zog kräftig und zielstrebig daran.

Johns Blick, mit dem er seinen Sohn daraufhin bedachte, war unmittelbar und zunehmend liebevoll, und er ließ eine Hand sinken, um sanft an Thorins eigenem winzigen Zopf zu zupfen – und erntete im Gegenzug ein plötzliches, bösartig aussehendes Festklammern von Thorins scharfen kleinen Zähnen an seinem Finger. Daraufhin lachte John, seine funkelnden Augen blickten kurz und anerkennend zu Rosa hinüber, und sein Mund strahlte eine leichte, tolerante Wärme aus.

Und obwohl Rosa wahrscheinlich hätte protestieren sollen – man sollte *nicht* erfreut sein, wenn der eigene Nachwuchs eine solche Vorliebe fürs Beißen zeigt, oder? – merkte sie, wie sie nur mit den Augen rollte und Thorins kleine graue Brust mit den Fingern kitzelte. Das brachte ihn dazu, sich zu winden und zu zappeln, und seinen Mund noch fester auf Johns Finger zu pressen, während John ein beeindruckendes Gesicht machte und Rosa die beiden mit einer aufsteigenden, kribbelnden Zärtlichkeit angrinste.

Es war ... seltsam, eine Mutter zu sein. Trotz all ihrer besessenen Nachforschungen über Schwangerschaft und Geburt hatte sich Rosa nicht im Geringsten darauf vorbereitet gefühlt. Diese fast schon quälende Zuneigung, die sich wie ein ständiger Knoten in ihrer Brust festgesetzt hatte, konkurrierte mit der ständigen Erschöpfung, dem Hochgefühl und der puren, verheerenden Angst, dass eines Tages alles verschwinden könnte.

Aber das war nicht der Fall, noch nicht. Trotz Rosas ständiger Erschöpfung war das vergangene Jahr ohne Frage das schönste und faszinierendste ihres Lebens gewesen. Selbst wenn man ihre Geburt mit einbezog – eine zwar gut überstandene, aber dennoch schreckliche Prüfung, an die sie lieber nicht denken wollte –, hätte sie sich nie vorstellen können, so zufrieden, so stimuliert, so amüsiert zu sein. So *lebendig*.

Und im letzten Jahr hatte sie tatsächlich eine ganze Reihe überraschender Dinge erreicht. Sie sprach inzwischen fast fließend *Aelakesh*. Sie hatte den Bestand ihrer Bibliothek beinahe verdoppelt und alle Bücher aus *Osadan* in Gemeinmund übersetzt. Sie hatte mehr als ein Dutzend anderer Frauen kennengelernt, die Ork-Söhne zur Welt gebracht hatten, und sie hatte ihnen geholfen, sich zu informieren und sie bei ihren Entscheidungen zu unterstützen, ganz gleich, wie diese Entscheidungen ausfielen. Und sie hatte erfolgreich ihren eigenen *Sohn* heranwachsen lassen und zur Welt gebracht, und John war nicht mehr der Letzte der Ka. Außerdem war John viele Monate zuvor in einer rauschenden, gewaltigen Feier, die der jetzigen in nichts nachstand, endgültig zum Priester des Orkgebirges ernannt worden.

»Wie geht es dir, Liebchen?«, kam Johns Stimme nah und leise an Rosas Ohr. »Soll ich dir vielleicht noch etwas zu trinken oder etwas zu essen bringen?«

Rosa schenkte ihm ein dankbares Lächeln, schüttelte aber den Kopf. »Es geht mir gut«, sagte sie in normaler Lautstärke, denn sie wusste, dass es John – da er ein Ork war – trotz des Lärms irgendwie hören konnte. »Ich bin nur ein bisschen müde. Wahrscheinlich, weil du letzte Nacht kaum geschlafen hast, du hungriges *litla skrímsli*.«

Sie warf ein schiefes Lächeln auf Thorin, während sie sprach, und der blinzelte ihr mit liebenswerter, absolut überzeugender Unschuld entgegen, während er immer noch mit den Zähnen an Johns Finger nagte. Doch John zog den Finger schnell weg und benutzte ihn stattdessen, um Rosas Gesicht zu sich zu drehen, bevor er seine Augen verengte. »Das ist nicht der einzige Grund, Liebchen«, sagte er. »Du weißt, dass du ...«

Doch seine Worte wurden von einem schrillen, ohrenbetäubenden Jaulen übertönt, das durch den Raum schallte. Es war Grimarr, der seine Hände hoch in die Luft hob, während sein eigener kleiner Sohn Tengil sich an seinen Oberschenkel klammerte. »Frieden!«, brüllte Grimarr, obwohl seine Augen nichts als Wärme ausstrahlten und sein Mund ein furchterregendes Lächeln zeigte. »Wir müssen unseren neuen Ka-esh-Sohn willkommen heißen und danach weiterjubeln!«

Der Raum ging in ein gleichmäßiges Stimmengemurmel über, und plötzlich waren fast alle Augen im Raum auf sie gerichtet. Auf John, Rosa und Thorin, die gemeinsam am vorderen Ende des Raumes warteten – denn es war tatsächlich eine Feier für Thorin. Rosa hatte gelernt, dass es eine alte Ork-Tradition war, das erste halbe Lebensjahr eines Orklings zu bejubeln und ihn in den Clans willkommen zu heißen.

Grimarr nahm Tengil in die Arme und schritt dann, mit Jule an seiner Seite, durch den Raum auf Rosa und John zu. Dicht gefolgt von Baldr und Drafli, dann von Silfast und Stella und Simon und seiner neuen Gefährtin Maria – einer sehr hübschen, aber auch sehr sturen Frau, die sich Simon als ebenbürtig erwiesen hatte. Und schließlich waren da noch Nattfarr und seine lebenslustige Gefährtin Ella, die trotz ihrer

Aversion gegen alles Wissenschaftliche schnell zu einer von Rosas engsten Freundinnen geworden war.

Sie bildeten einen lockeren Halbkreis um John, Rosa und Thorin, und Nattfarr und Ella traten als Erste vor und lächelten Thorins wachsames, kleines Gesichtchen an. »*Okkur hefur verið gefinn sonur og í dag fögnum við*«, sagte Nattfarr, und seine tiefe Stimme hallte durch den Raum. »Ein Sohn ist uns gegeben, und heute werden wir jubeln!«

Es gab weitere Schreie und Jubelrufe, und als sie sich schließlich wieder gelegt hatten, machte Nattfarr eine fließende, schwungvolle Verbeugung vor Rosa und Thorin. »Ein Geschenk für Thorin vom Clan Ka-esh, von den Grisk«, sagte er. »Willkommen, kleiner Bruder.«

Mit diesen Worten streckte er seine Hand aus – und daran hing ein glitzernder, funkelnder *Armreif*. Ein Schmuckstück, das Rosa noch nie gesehen hatte, das aber eindeutig ein Wunderwerk griskischer Handwerkskunst war, bestehend aus Hunderten von Goldgliedern, die alle zu einem schimmernden, atemberaubenden Ganzen verwoben waren. Und als Rosa es vorsichtig in die Finger nahm, stellte sie fest, dass es flexibel genug war, um sich Thorins kleinem Arm anzupassen und gleichzeitig mit ihm zu wachsen, wenn er größer wurde.

»Es ist *wunderschön*«, sagte Rosa und blinzelte die Nässe zurück, die hinter ihren Augen kribbelte. »Ich danke euch. Euch allen. *Við erum svo þakklát*. Wir sind so dankbar.«

John bedankte sich ebenfalls und sprach wortgewandt über die Wärme und Großzügigkeit der Grisks, ohne zu bemerken, dass Thorin wieder nach seinem Finger gegriffen hatte und heftig darauf herumkaute. Woraufhin Nattfarr John nur ein verständnisvolles Grinsen zuwarf und dann mit Ella zurück zu seiner eigenen Grisk-Sippe ging. Dort rang einer von ihnen gerade mit seinem eigenen winzigen, zappelnden Sohn, einem aktiven, liebenswerten kleinen Höllenkind namens Rakfi.

Jule und Grimarr traten als Nächstes vor, und nach einem

kurzen Wortwechsel mit Jule überreichte Tengil vorsichtig ein Geschenk der Ash-Kai – ein entzückendes, bunt bemaltes Trommelpaar. Nach einem weiteren herzlichen Dankeschön von John und Rosa traten Simon und Maria vor und überreichten das Geschenk der Skai. Ein Satz wunderschöner kleiner geschnitzter Holzfiguren, die sowohl Menschen als auch Orks mit winzigen, filigranen Krummsäbeln und Äxten darstellten.

»Hilfe für kleinen Ka, zu lernen, wie man kämpft«, sagte Simon mit Nachdruck und strich mit seiner großen Hand über Thorins Kopf. »Lerne Methoden von Skai, so wie wir lernen von Ka-esh.«

John antwortete mit dem gleichen Nachdruck und schenkte Simon ein kurzes, aber aufrichtiges Lächeln, woraufhin Silfast und Stella nach vorn kamen und das Geschenk der Bautuls überreichten – ein kunstvoll geschnitztes, perfekt ausbalanciertes kleines Holzschwert. Ein Geschenk, das Thorin sofort eifrig in seine kleine Hand schloss, was Silfast dazu veranlasste, in schallendes Gelächter auszubrechen und lauthals zu verkünden – sehr zum Leidwesen von John –, dass aus dem kleinen Ka-esh vielleicht doch ein Krieger werden würde.

Schließlich traten Tristan und Salvi vor, eindeutig im Namen der Ka-esh, und in Tristans Händen lag ein *Buch*. Eines dieser unverwechselbaren, wunderschönen kleinen Andachtsbücher, sorgfältig in geprägtem Leder eingebunden. Rosa bemerkte nur vage, wie sie Thorin an John weiterreichte, damit sie das Buch in die Hand nehmen und in den glatten, neuen Seiten blättern konnte.

Und es war ... *atemberaubend*. Voller verschlungener Blockbuchstaben und Illustrationen, die mit schimmerndem Blattgold verziert waren. Und die gleichmäßige, elegante, handgeschriebene Schrift stammte von Tristan, komplett und vollständig von Tristan, Seite für Seite.

»Bei allen *Göttern*, Tristan«, sagte Rosa erstaunt und

blinzelte in seine warmen Augen. »Das ist unglaublich. Du musst Wochen dafür gebraucht haben. *Monate*.«

Tristan winkte einfach ab, als ob dieses eine Buch nicht eine unglaubliche Menge an heimlicher, mühsamer und anstrengender Arbeit gewesen wäre. »Ich habe das gerne getan«, sagte er fest, »um unseren neuen Sohn willkommen zu heißen und ihm etwas über seinen Clan und seine Heimat beizubringen. Ach, *krúttið mitt*?«

Er schenkte Thorin sein langsames, umwerfendes Lächeln, woraufhin Thorin laut gluckste und mit seinen kleinen Armen in Richtung Tristans Gesicht fuchtelte. Und als John ihn bereitwillig übergab, klammerte sich Thorin mit seinem üblichen Enthusiasmus sofort an Tristan und stieß ihn mit seinem kleinen Kopf an die Brust.

Tristan lachte laut auf, nahm Thorin an sich und strich ihm das schwarze Haar aus dem Gesicht. »*Ég elska þig, krúttið mitt*«, sagte er leise. »Willkommen in deinem Zuhause, deinem Clan und deiner Sippe. Und als deine Väter schwören wir, für dich zu sorgen, dich zu führen und dich zu beschützen. Solange wir dazu in der Lage sind.«

Thorin blinzelte ihm zu, ruhig und wachsam, als würde er jedes Wort hören, und Salvi legte einen Arm um Tristans Nacken und zog sie beide an sich. »Und das solltest du zu schätzen wissen, du winzige *Bedrohung*«, sagte er und stieß eine Klaue sanft in Thorins Brust. »Nicht jeder Orkling bekommt drei so hingebungsvolle und absolut *brillante* Väter wie uns.«

Simon, der immer noch in der Nähe stand, stieß ein lautes Schnauben aus und erntete dafür strenge Blicke von John und Salvi. Und bevor sich die Situation noch weiter zuspitzen konnte, trat Grimarr plötzlich wieder vor und legte seine riesigen Hände auf Thorins winzige Schultern. »*Við blessum þig, litla barn*«, sagte er und seine tiefe Stimme hallte durch den Raum. »Wir segnen dich, Kleiner. Willkommen zu Hause.«

Die Worte fühlten sich an wie eine Glocke, die tief in Rosas Knochen läutete, und sich in der wachsenden Welle von Jubel,

Klatschen und Stampfen widerspiegelte. Ein ganzer Berg erhob sich feierlich und hieß ihren geliebten Sohn in seinen Reihen willkommen.

Danach geriet der Raum schnell ins Chaos und schon bald war Thorin von noch mehr Gratulanten umgeben, die Witze und lustige Gesichter machten und ihm herzlich zujubelten. Er blinzelte alle, die sich ihm näherten, mit sichtbarer Neugier an und versteckte sein kleines Gesicht nur gelegentlich in Tristans Brust.

Rosa beobachtete das alles mit einer zunehmenden, unbedachten Ehrfurcht und musste sich immer wieder über die Augen wischen, um den ständigen Strom von Nässe wegzustreichen. Bis sie John ein tränendes, schwankendes Lächeln zuwarf, der sie mit plötzlicher, aufmerksamer Intensität ansah. Und innerhalb eines Atemzugs hatte er all ihre schönen Geschenke an Hanarr übergeben, der in der Nähe gestanden hatte, und ergriff Rosas Handgelenk mit warmen, kräftigen Fingern.

»Komm, Liebchen«, sagte er in einem Ton, der keinen Widerspruch duldete. »Du musst dich jetzt ein wenig ausruhen. Wir werden in unserem Zimmer sein, Brüder.«

Das sagte er laut in Richtung Tristan und Salvi, die beide nickten und ihre Augen kurz auf John richteten. Rosa wusste, ohne dass einer von ihnen es aussprach, dass sie sich in Johns und Rosas Abwesenheit hingebungsvoll um Thorin kümmern und sie beim ersten Anzeichen von Sorge alarmieren würden.

Jetzt packten Johns Finger Rosas Handgelenk noch fester und er führte sie sofort aus dem belebten Raum. Er ignorierte ihre halbherzigen Protestversuche komplett und hob sie stattdessen hoch und setzte sie auf ihren üblichen Platz an seiner Hüfte.

»Versuch nicht, mich zu manipulieren, Liebchen«, sagte er barsch. »Du bist schon den ganzen Tag müde und überanstrengt. Die ganze *Woche*. Ich werde nicht zusehen, wie die Gesundheit meiner Gefährtin unnötig an das unaufhörliche Bedürfnis meiner Brüder, sich auszutoben und zu feiern, verschwendet wird.«

Rosa spürte, wie sie unwillkürlich mit dem Blick auf Johns Profil lächelte. Es wurde vom warmen Licht der neuen Laternen im Gang kräftig beleuchtet. »Es war eine Feier für unseren *Sohn*, und *so* müde bin ich nicht«, entgegnete sie und stupste ihm schwach gegen die Brust. »Und hast du gerade sich *auszutoben* gesagt?!«

John ignorierte all diese berechtigten Einwände und stürmte zielstrebig in ihr Schlafzimmer. »Ja, das habe ich«, sagte er gelassen. »Und du wirst jetzt deinen hübschen Mund halten, Liebchen, und aufhören, mit mir zu diskutieren, bevor du eine harte und schmerzhafte Strafe von deinem Gefährten und Lord bekommst.«

Rosa erschauderte reflexartig tief in ihrer Brust, und ihr Blick auf Johns Gesicht war weit und konzentriert, ihr Mund knochentrocken. Götter, es war so lange her, dass er das getan hatte, Tage, *Wochen*. Aus Sorge um ihre Sicherheit, das wusste Rosa sehr wohl, aber das Gefühl des Entzugs war zu einem langsamen, nagenden Schmerz geworden – und plötzlich sehnte sie sich danach, brauchte ihn so sehr, dass der Raum um sie herum zu schwanken und zu taumeln schien.

»Ich werde meinen Mund *nicht* halten, du großer *Halunke*«, zischte sie und stieß mit viel mehr Kraft als zuvor gegen Johns Brust. »Du hast kein Recht, mich von der Feier meines eigenen Sohnes zu stehlen. Absolut *nicht*.«

John blinzelte nicht einmal, obwohl Rosa das kurze, unmissverständliche Aufblitzen von Erleichterung hinter seinen Augen bemerkte. »Das habe ich sehr wohl«, sagte er, »und ich habe es getan. Du gehörst *mir*, Liebchen, und deshalb werde ich mit dir tun, was ich will.«

Rosa musste sich ein Stöhnen verkneifen, vor allem, als John ihr die Tunika auszog, zu Boden warf und ihren nackten Körper zappelnd auf das Bett fallen ließ. »Und wenn ich dich bestrafen oder nach Belieben benutzen will«, hauchte er, während er über ihr auf dem Bett auftragte, seinen Körper anspannte und seine Augen funkeln ließ, »dann *werde* ich das tun, törichtes Liebchen.«

»Ich bin *nicht* ...«, begann Rosa mit lobenswerter Klarheit – zumindest bis John nach einem nahe gelegenen Lappen griff und ihn ihr *in den Mund* stopfte. Nicht so tief, dass sie ihn nicht wieder ausspucken konnte, aber doch so tief, dass er ihr deutlich machte, wie weit er damit gehen würde. Rosas ganzer Körper schüttelte sich noch einmal so heftig, dass es sie von innen heraus erschütterte.

»Besser«, sagte John mit verdammenswerter Gelassenheit, während er eines von Rosas Handgelenken packte und es zur Ecke des Bettes hochzog. Er klemmte es fest in eine der gepolsterten, perfekt bemessenen Handfesseln, die er in die Steinwand hatte einbauen lassen, bevor er nach Rosas anderem Handgelenk griff und es mit einem entschlossenen *Schnappen* in der gegenüberliegenden Ecke befestigte. Dann holte er die exquisite Goldkette, die zwischen den beiden Handschellen in die Wand eingelassen war, und befestigte sie mit tödlicher Präzision an Rosas *Kraga*.

So war Rosa splitternackt, geknebelt, angekettet und an ein Bett gefesselt, während ihr vollständig bekleideter Lord über ihr kniete und Macht, Überheblichkeit und eine eiskalte, selbstgefällige Zufriedenheit ausstrahlte. »Ach, törichtes Liebchen«, raunte er, während er an ihrer geschwollenen, geröteten Brustwarze zupfte und ihre Beine grob auseinander drückte. »Jetzt wirst du dich zurücklehnen und die Aufmerksamkeit deines Lords akzeptieren. Du wirst mir jetzt gefallen und *gehorchen*.«

Rosa schüttelte verzweifelt den Kopf und versuchte, die Augen zu verengen, denn sie wusste, dass er nicht aufhören würde – bei allen Göttern, er *durfte* nicht aufhören – und im Gegenzug lachte er kalt und spöttisch. Und dann schob er mit einem starken, kräftigen Unterarm ihre beiden Schenkel nach oben und hinten, sodass ihr Körper fast komplett zusammengeklappt war und ihr Hintern in der Luft hing. Seine Augenbrauen waren hochgezogen, als wollte er sagen: *Ach, du weißt, was ich tun werde, du weißt, was du verdienst …*

Rosa strampelte und wehrte sich gegen ihn, ihre anfängliche Müdigkeit ging in dem plötzlichen Verlangen komplett unter – aber John war viel zu stark, zu entschlossen, zu *alles*. Und er *genoss* es, schwelgte darin, hob seine Krallenhand mit spürbarer, ausgedehnter Bedrohlichkeit, und ließ ein leises Knurren aus seiner Kehle ertönen.

Und dann *versohlte* er sie. Ein Schlag, hart, stechend, *glorreich*, direkt auf ihren entblößten Hintern, der Schmerz und Vergnügen auslöste und hell unter ihrer Haut aufflammte.

Rosa bockte und strampelte, ihre Beine traten wild um sich, aber John fing sie mit Leichtigkeit wieder auf und umfasste ihre beiden Knöchel mit einer kräftigen Hand. Dann lächelte er sie ruhig und gefährlich an, während er ihre untere Hälfte weiter nach hinten beugte und *erneut* darauf schlug. Seine Handfläche hinterließ einen stechenden Schmerz, seine Krallen kratzten scharf und gruben sich in die zarte, blasse Haut.

»Was sagst du, Liebchen«, fragte er völlig unbeeindruckt, während er sie mit seiner verweilenden Hand bearbeitete und sie die Gefahr dieser Krallen spüren ließ. »Willst du jetzt meine Fürsorge annehmen und mich um Vergebung anflehen?«

Rosa schüttelte manisch und verzweifelt den Kopf, als er ihre Beine wieder spreizte und seinen Blick lässig auf den Anblick dazwischen fallen ließ. Und anstatt sich zu wehren, zu kämpfen oder sich vor ihm zu verstecken, spürte sie, wie sich ihre Beine weiter spreizten, wie sich ihre geschwollene Nässe zusammenzog, flehte und um mehr bettelte – und John wusste das, er *fügte* sich und tanzte mit diesen tödlichen Klauen auf ihrer gierigen, weit geöffneten Hitze mit spöttischer, überlegter Absicht.

Rosa hörte sich selbst durch den Knebel stöhnen und spürte, wie ihr hungriger, gespreizter Körper die Nässe aus ihr herauspresste. *Seine* Nässe, die erst letzte Nacht dort hinterlassen wurde und nun dick und heiß und obszön auf seine neugierigen, wartenden Finger spritzte.

»Schmutziges kleines Liebchen«, murmelte John und drückte seine Finger in sie hinein, spreizte sie, genoss sie. »Immer vergeudest du den guten Samen deines Lords, was? Ich hätte diese satte Ladung lieber in deine tiefe Kehle spritzen sollen, dann wäre sie wenigstens dort geblieben, wo ich sie hingetan habe.«

O *Götter*, Rosas Stöhnen übertönte fast seine Stimme, ihr gefangener, belagerter Körper spritzte noch mehr, um dem Mistkerl zu beweisen, dass er recht hatte, er *wollte*, dass er recht hatte. Sie wollte, dass er seine klebrige, schmutzige Hand wieder hervorholte und ihr damit langsam, liebevoll und neckisch über das Gesicht strich.

»Ach, mein hilfloses, törichtes kleines Spielzeug«, hauchte er. »Wirst du jetzt deinen Lord um Vergebung anflehen?«

Diesmal fiel es ihr schwerer, den Kopf zu schütteln, aber Rosa schaffte es irgendwie, und Johns Antwort war ein schneller, sofortiger Schlag auf ihren Hintern, der so kräftig war, dass ihr ganzer Körper zusammenzuckte und ihre Augen nach hinten rollten. Aber bei allen Göttern, es war gut, so verdammt gut, alles, und Rosa brauchte mehr, mehr …

Und den Göttern sei Dank, gab John ihr das. Zuerst mit einer Reihe harter, kraftvoller Schläge – die ihren entblößten Hintern wund und brennend zurückließen, während seine Augen nicht ein einziges Mal die ihren verließen – und dann, als Rosa zitterte und stöhnte, mit dem kühlen, leichten Druck zweier tödlicher Krallenfinger auf ihre triefend nasse Hitze, um sie dann langsam und kontrolliert in ihr zu versenken.

Er war mittlerweile ein Experte darin und benutzte oft bis zu drei Finger auf einmal, ohne auch nur den Ansatz ihrer Gebärmutter zu berühren oder einen einzigen Tropfen Blut zu vergießen. Aber in diesem Moment, als Rosa geknebelt und mit Handschellen an sein Bett gefesselt war, ihre Beine weit nach oben und hinten gestreckt waren und ihr geschundener Hintern pochte, stieg die Angst auf, scharf und überwältigend und *wunderbar*. Sie verdrängte alles andere, bis auf die nackte, schockierende Wahrheit ihres riesigen, umwerfenden, knurrenden Lords, der sich über sie beugte, sie benutzte, sie bestrafte und sie mit seinen scharfen, tödlichen Klauen durchbohrte.

Rosas Körper begann sich verzweifelt zu winden, bettelte um ein Entkommen, bettelte um mehr, aber John brachte sie zum Schweigen, mit einem tiefen Knurren und einem warnenden Biegen der Finger in ihrem Inneren. Das brachte sie sofort wieder zum Stillhalten, während seine Finger tiefer sanken, ihr Stöhnen lauter wurde und ihr Hunger sich den Weg aus ihrer Haut bahnen wollte ...

Ihre Erlösung war nah, so nah, dass sie fast schluchzte, ihr Körper versteifte sich, ihre Arme und Beine zitterten heftig – und verflucht sei der Mistkerl, denn er riss sich von ihr los, weg, aus ihr heraus. Er ließ sie gefesselt, geknebelt und unberührt zurück, ganz und gar seiner Gnade ausgeliefert, ohne Worte, ohne einen Gedanken an etwas anderes als seine Berührung, sein Benutzen, seine Herrschaft.

Aber er starrte sie nur an, seine Augen funkelten tödlich, seine schwarze Zunge fuhr heraus und strich über seine Lippen – und dann nahm er seine nassen Finger und leckte sie langsam und gemächlich ab, einen nach dem anderen.

»Was sagst du jetzt, Liebchen?«, fragte er sie mit hochgezogenen Augenbrauen und samtweicher Stimme. »Wirst du mich anflehen?«

Verdammt ja, bei allen verfluchten Göttern, und dieses Mal nickte Rosa so heftig, dass es wehtat. So wild, dass Johns starke Hand zu ihrem Gesicht wanderte, es beruhigte, während die Missbilligung in seinen Augen aufblitzte, selbst als er den Knebel sanft aus ihrem Mund zog.

Rosa schnappte nach Luft, ihre Augen starrten auf seine und sie rang nach Worten, nach einem Gedanken. »*Mér þykir þetta svo leitt, John-Ka«,* keuchte sie, ihre Stimme war heiser. *»Ég er þín. Ég elska þig. Að eilífu.«*

Es tut mir leid, John, bedeutete es. *Ich gehöre zu dir. Ich liebe dich. Für immer.*

Johns antwortendes Nicken war kurz, scharf und zustimmend – und Rosas Belohnung bestand darin, dass seine Hände zu seiner Leiste fuhren und er ihn herauszog. Er zeigte ihr seine vernarbte, wunderschöne, jetzt so vertraute, aber immer noch ehrfurchtgebietende Männlichkeit voller Gewalt, Macht und Vergnügen.

Und an seiner Basis – sein krallenbewehrter Daumen strich dort mit sanfter, unbewusster Ehrfurcht entlang – war Rosas Markierung. Ein Zeichen, an dem sie das ganze Jahr über gearbeitet hatte, indem sie die Zähne immer wieder an der gleichen Stelle eingeschlagen hatte, weil Menschenbisse offenbar nicht so vernarbten wie die von Orks. Aber John schien das nicht zu stören, und in diesem Moment verspürte sie das unangenehme Verlangen, ihn darum zu bitten: *Bitte, mein Lord, lass mich dich schmecken, lass mich dich zwischen meinen Zähnen spüren ...*

Aber nein, nein, denn er zog sich nicht weiter aus, er wollte ihr nur das hier geben – und plötzlich war das der Drang, der alles andere verdrängte, das schiere schreiende Bedürfnis, Rosas Hände zuckten wieder an ihren Fesseln, ihre Augen blinzelten hart über die prickelnde Nässe dahinter.

»Darf ich alles von dir sehen?«, würgte sie hervor. »Bitte, John-Ka? Mein Lord?«

Und diese Worte waren anders als die anderen, sie wurden mit einer rohen, brennend heißen Dringlichkeit gesprochen – und Johns Körper schien über ihr zu erstarren, seine Kehle zuckte, einmal. Es war fast so, als wolle er sagen: *Diesmal nicht, mein Liebchen,* so wie bei den letzten paar Malen. Wie schon so oft in diesem Jahr, besonders wenn sie Publikum hatten. Und obwohl Rosa dies inzwischen zutiefst verstand – für John bedeutete unbekleidet zu sein auch, verletzlich, ungeschützt und entblößt zu sein – sehnte sie sich immer noch danach, und zwar mit einer Intensität, die sich manchmal fast quälend stark anfühlte.

»Bitte, mein Lord«, hauchte sie erneut, als sie ihre Beine absichtlich weiter spreizte und spürte, wie sein Samen wieder aus ihr heraussickerte und über ihren entblößten, wunden und geröteten Hintern rann. Sie zeigte ihm ihre Verwundbarkeit, ihre Unterwerfung, ihre Ehrfurcht. Ihre Huldigung.

Einen Moment lang war es still, Johns glitzernde Augen starrten auf den Anblick zwischen ihren Beinen – und dann, oh verdammt, tat er es. Er zerrte zuerst an seiner Tunika, zog sie aus und warf sie zu Boden, dann zog er seine Hose aus und warf sie ebenfalls zur Seite. Und dann – Rosa stöhnte laut und unbeherrscht – griff er sogar nach seinem perfekten Zopf, löste ihn und schüttelte das glänzende schwarze Haar um sein Gesicht herum aus.

Scheiße! Rosa wimmerte hörbar, ihre Brust hob sich, ihre gierigen Augen verschlangen ihn – und dann stöhnte sie noch einmal tief und kehlig auf, als seine Krallenhand über seinen vernarbten, steinharten Schwanz strich und einen dicken, köstlichen weißen Strang aus ihm herausmelkte. Er träufelte ihn direkt in ihre geöffnete, gierige Nässe und sah mit seinen tiefschwarzen Augen zu, wie sie alles gierig aufsaugte und tief in sich einschloss.

Er mochte das, das wusste sie, und das Gefühl, wie sein heißer, glitschiger Samen in sie eindrang, ließ alle bewussten Gedanken dahinschmelzen, sodass sie brabbelte und bettelte, bockte und brüllte, jeden Tropfen einsaugte. Dann schrie sie zusammenhanglos auf, als er sich endlich vorbeugte, während seine harte, glatte Spitze zuckte und bebte, fast so, als wollte sie seinen Samen in sie hineinpressen. Und als er sie schließlich berührte, sie küsste, sie wahrnahm, hallte Rosas Schrei durch den Raum, ihr ganzer Körper glühte und zitterte, *bitte, mein Lord, bitte, Ríddu mér, bitte, bitte.*

Er drang in sie ein wie ein Hammer, wie ein perfekter

Schlag ins Herz, und Rosa wölbte sich ihm entgegen, saugte ihn in sich hinein, nahm ihn in Besitz. Sie spürte, wie sich seine Kraft und seine Macht so tief in ihr verkeilten, sie miteinander verbanden und sie so gründlich und vollständig zu der *Seinen* machten – und als sein heißer, verschwitzter nackter Körper sich über den ihren beugte und sie im Fall seines seidigen schwarzen Haares verbarg, war es noch besser, es war die gesamte Welt, die sich zu schierem, exquisitem Vergnügen zusammenfügte. Sie wurde heller und intensiver, als er anfing zu stoßen und sie mit der reinen, durchdringenden Kraft seines massiven, pulsierenden Orkschwanzes durchbohrte.

Und es war perfekt, *perfekt*, und noch perfekter, als sich sein Kopf wie von selbst nach unten beugte und seinen gewohnten Platz über ihrer *Kraga* suchte ... und Rosa erneut aufschreien ließen, als seine Zähne sich tief in sie bohrten. Ihr ganzes Selbst verkrampfte sich zu einem brennenden Kreischen, die Zunge ihres Lords streichelte sie liebevoll, während seine Kehle gierig schluckte, und seine Hand an ihre Wange hinunterfuhr. All das war glorreicher Schmerz und Hitze und schieres, erregendes Verlangen.

Sein Samen pumpte wie eine Flut in sie hinein, strömte aus diesem herrlichen, erregenden Schwanz in ihr heraus. Er füllte sie aus, markierte sie, beanspruchte sie als die Seine – und Rosas antwortende Erlösung fühlte sich an wie ein Gong aus dem Himmel, wie eine wahnsinnige, trampelnde Ekstase. Als ob die ganze Welt schwang und bebte und den Namen ihres Meisters rief. John-Ka. Ihr Lord. Ihr Priester. Ihrer.

Die Wahrheit dessen schallte und sang, vibrierte tief in Rosas Bauch, in ihrem Herzen. In der fundamentalen, immer noch zitternden Realität ihres Lords, der sich an sie schmiegte, mit seinem Schwanz zwischen ihren Beinen, seinen Zähnen in ihrem Nacken und seinen Krallen, die sich tief in die Haut ihrer Hüfte bohrten.

Aber eines der glorreichen Dinge am Beißen, so hatte Rosa

gelernt, war, dass es auch den Schmerz betäubte. Und als ihr Lord langsam sein blutiges Maul von ihrem Hals löste und dann seine blutigen Krallen aus ihr herauszog, bevor er blinzelnd darauf starrte, fühlte sie sich nur warm, selbstgefällig und zufrieden.

»*Helvíti*«, stöhnte John und kniff die Augen zusammen, während seine schwarze Zunge herausglitt, um seine triefend-roten Lippen zu umspielen. »*Fyrirgefðu mér*, Liebchen. Ich hätte besser aufpassen sollen, vor allem, weil du in letzter Zeit so erschöpft warst. *Ach*.«

Aber Rosa hob den Kopf, wobei sie an der Kette ihrer *Kraga* zerrte, gerade so weit, dass sie ihn erreichen konnte. »Hör auf, John-Ka«, murmelte sie, während sie ihm einen langen, leidenschaftlichen Kuss auf die Lippen drückte und den Geschmack von Eisen und Salz schmeckte. »Das war«, sie atmete schwer, zufrieden und *sicher* aus, »einfach alles, mein Lord. *Danke*.«

Aber sie spürte, wie sich sein Widerstand regte, wie die Spannung in seinen entblößten Körper, der sich so wunderbar an den ihren schmiegte, hineinrutschte. »Ich sollte dich noch zu Efterar bringen«, hauchte er. »Wir müssen sicher sein, dass du ...«

Aber Rosa küsste ihn wieder und erstickte seine Worte mit einem leichten Biss ihrer Zähne. »Nein«, zischte sie ihm zu. »Und ich werde nur zu gerne so lange mit dir diskutieren, bis du mich wieder bestrafst, John-Ka. Das habe ich gebraucht. Und du wusstest es, du hinreißender, hinterhältiger Halunke.«

Endlich erwiderte er ihren Kuss, vorsichtig und gründlich, und als er sich von ihr löste, sah er hinreißend zwiegespalten aus, unsicher – und auch schockierend, atemberaubend schön, mit entblößtem Oberkörper, dem Haar auf den Schultern und den schweißglänzenden Muskeln. Und als er sich sanft aus ihr herauszog, war es trotz des Verlustes von ihm – und der sofort aufkommenden Sauerei – sogar noch schöner, denn sein Schwanz wippte immer noch und tropfte weiß, während er sie mit diesen benommenen, langbewimperten Augen anblinzelte.

»Ach, aber *Liebchen*«, begann er, obwohl ihm die Worte im Hals stecken zu bleiben schienen, und er beugte sich hinunter, um sanft Rosas Bauch zu küssen. Die bereits sichtbare Schwellung, die von Tag zu Tag wuchs. Rosas unerschütterliches Versprechen an ihn und an die Welt, dass es, wenn es nach ihr ginge, *nie wieder* einen letzten Ka geben würde.

Aber auch wenn John sich so sehr danach sehnte, wusste Rosa, dass Thorins Geburt auch ihn zutiefst beeinflusst hatte. Diese tödliche, zerstörerische Kraft war so weit jenseits seiner Kontrolle, jenseits jeder Fürsorge, Zuneigung oder Beherrschung, die er hatte geben können. Und Rosa hatte ihn noch nie so gesehen wie an diesem Tag, als er weinte, obwohl er verzweifelt versucht hatte, es zu verbergen, als er sie unerbittlich tröstete, ihren schreienden Körper sicher in seinen zitternden Armen hielt und so lange Efterar, seine Brüder, seine Vorfahren und die *Welt* anbrüllte, bis seine Worte zu einem gebrochenen Krächzen und Schweigen verklungen waren.

»Schhhhh, John-Ka«, murmelte Rosa jetzt, ihre Stimme war sanft und beruhigend. »Das alles wird unserem Sohn nicht das Geringste anhaben, und das weißt du. Und je glücklicher ich bin, desto glücklicher wird er sein. Und zweite Orkling-Geburten sind fast immer einfacher als die erste. Nicht wahr?«

John konnte zum Glück nichts von alledem bestreiten – es waren alles Annahmen aus dem Orkling-Geburtshandbuch, das sich bisher als sehr zutreffend erwiesen hatte – und stattdessen blinzelte er immer wieder auf Rosas Bauch und drückte sanfte, süße Küsse auf ihn. Dann wanderte er langsam zu der Stelle, an der er ihre Hüfte durchbohrt hatte, und seine Zunge strich vorsichtig und ehrfürchtig über die verletzte Haut.

»Das wird eine Narbe geben, Liebchen, wenn du jetzt nicht

zu Efterar gehst«, sagte er und zog sich schließlich wieder zurück, sein Blick war plötzlich distanziert und unleserlich. »Wirst du nicht mitkommen?«

Rosa schüttelte entschlossen den Kopf, und trotz Johns Unmut konnte sie auch das Aufflackern in seinen Augen sehen. Die dunkle, böse Seite von ihm, die es *mochte*, Spuren auf ihr zu hinterlassen, und die es noch lieber mochte, wenn sie über einen bestimmten Anlass sprachen. Wie die Kratzspuren an ihrer anderen Hüfte, als er sie das erste Mal in der Vergnügungshöhle genommen hatte. Oder wie die Bisswunden auf ihrem Oberschenkel, die sie an dem Tag bekommen hatte, als er zum Priester ernannt worden war. Und wie die Abdrücke seiner Hände auf ihren Brüsten, zehn perfekte Einstiche, die in der Nacht entstanden waren, als er ihr vor einem anderen Priester, einem menschlichen, einen Ring gegeben und geschworen hatte, sie nicht nur zu seiner Gefährtin, sondern zu seiner *Frau* zu machen.

»Ich mag es, deine Markierungen auf mir zu haben«, flüsterte Rosa jetzt, leise, ohne sich auch nur ein bisschen zu schämen. »Danke, mein Lord.«

Sie konnte sehen, wie er schluckte, wie der Hunger in seinen Augen auftauchte – aber dann wich sein Blick zurück und die Anspannung legte sich wieder auf seine Schultern. Nicht viel, nichts, was Rosa vor einem Jahr bemerkt hätte – und wieder etwas, das Zeit und Beobachtung brauchte, um es zu verstehen. John erlag nicht mehr so oft der Scham oder den Erinnerungen an seine Vergangenheit – aber es gab immer noch Momente, in denen er damit zu kämpfen schien, einfach nur zu *existieren*. Als ob er sich in seiner eigenen Haut unwohl fühlte oder sogar Angst hatte. Und dieser Moment, in dem er seine Narben entblößt und sein Haar offen trug – und in dem er gegen all die Instinkte handelte, die ihm sagten, dass er seine Gefährtin beschützen müsse, und dann kleinlaut ihren Wünschen gehorchen müsse, anstatt ihr Befehle zu erteilen – war sicherlich einer dieser Momente.

Also wehrte Rosa sich gegen ihre Fesseln, und zwar so heftig, dass John augenblicklich reagierte, ihre Handgelenke und ihren Nacken freigab und dann sofort mit seiner üblichen Untersuchung begann, um sicherzustellen, dass er nichts beschädigt hatte. Stirnrunzelnd zupfte er sogar an ihren Lippen, um nach Anzeichen von Schmerzen oder Scheuerstellen des Knebels zu suchen, während Rosa brav ihren Mund offen hielt und wartete, bis er zufrieden schien.

Sie widersprach nicht, als er wieder nach seinen Kleidern griff oder als er seine Haare schnell zusammenband. Stattdessen fummelte sie nach dem Buch, das er gelesen hatte – das Buch, das er in letzter Zeit kaum gelesen hatte, weil er zwischen ihr, Thorin und seiner immer noch andauernden Arbeit nicht viel Zeit hatte – und drückte es ihm in die Hand. John blinzelte sie zwar ungläubig an, aber dann gehorchte er stillschweigend und lehnte sich wie gewohnt an die Wand der Schlafnische, winkelte seine Beine an und ließ seinen Blick auf die aufgeschlagene Seite fallen.

Aber zwischen seinen gespreizten Beinen war er immer noch steinhart, und seine Hose war immer noch feucht – also rutschte Rosa herunter und holte ihn wieder heraus. Sie rollte ihren nackten, triefenden, frisch markierten Körper zwischen den Schenkeln ihres Lords zusammen und saugte seinen geschwollenen, tröpfelnden Schwanz tief in ihre Kehle.

Sie leckte ihn eifrig, aber leise und schluckte jeden Tropfen, den er ihr gab. Sie bewies, dass sie ein braves, nicht störendes, zuvorkommendes kleines Liebchen war, das seinem Lord, seinem Priester, seinem Meister absolut hörig war. Es kümmerte sie nicht im Geringsten, dass er sie völlig ignorierte, dass er mit wahnsinnig machender Gleichmäßigkeit die Seiten seines Buches umblätterte, dass er kaum einmal keuchte, während er ihren Mund mit heißer, dickflüssiger Süße überflutete.

Aber er hatte sich immer noch nicht zurückgezogen, und irgendwann hatte er seine Krallen in ihr Haar gebohrt, also saugte Rosa so lange, bis er wieder hart war und machte das Ganze noch einmal. Bis er ihren Mund mit einem weiteren Schwall seines köstlichen Samens füllte und Rosa hörte, wie jemand anderes ins Zimmer kam – aber John bewegte sich nicht, zuckte nicht, also saugte sie einfach weiter und nahm ihn tief in sich auf. Sie diente ihrem Lord, wie er es wünschte, selbst als sie spürte, wie mehr von seiner Nässe zwischen ihre Beine heraustropfte und auf dem Bett unter ihr landete.

»Ach, Bruder«, sagte Johns tiefe Stimme mit perfekter, unbeeinflusster Sanftheit. »Ist etwas nicht in Ordnung? Wie geht es unserem Sohn?«

»Oh, du weißt schon«, kam eine verzerrte Stimme, Tristans Stimme. »Im Moment wird er von ganz Bautul umschwärmt. Aber ich schätze, er wird bald anfangen zu zappeln, wenn er nicht gestillt wird. Sollen wir ihn füttern oder …?«

Das letzte Wort war unverbindlich, und Rosa wusste, dass Tristan es ernst meinte – er würde Thorin so lange ablenken und unterhalten, wie es notwendig war –, aber sie spürte, wie John mit den Schultern zuckte und seine Hand ein wenig tiefer in ihr Haar griff. »Ach, bring ihn her«, antwortete er, immer noch mit einer erstaunlichen Lässigkeit für jemanden, der gerade seinen Schwanz gelutscht bekam. »Ich bin fast fertig mit dem Füttern meines Liebchens. Ihr Bauch und ihr Schoß sind jetzt voll, und ihre Zitzen sollten auch voll sein.«

Er hatte recht, verdammt mochte er sein, und Rosa saugte ihn noch tiefer, sodass sie ihn ein leichtes Kratzen der Zähne spüren lassen konnte … woraufhin der Bastard nur lachte und Tristan eine andere unsinnige Frage über die letzte Nachricht von Lord Otto stellte. Das führte zu einer detaillierten politischen Diskussion, der Rosa nicht im Geringsten folgen konnte, nicht mit dem harten Schwanz, der sich gerade in ihre Kehle bohrte und noch mehr anschwoll.

Er spritzte mitten im Satz in sie hinein, ohne dass seine Stimme es auch nur mit einen Ton verriet, und schließlich verabschiedete sich Tristan mit dem Versprechen, innerhalb einer Viertelstunde wiederzukommen. Eine Gnadenfrist, die John voll und ganz auszunutzen schien. Seine Hand legte sich kurz auf Rosas Kopf und hielt sie dort fest, während sie das Geräusch einer umgeblätterten Seite hörte.

Diesmal biss sie ihn, was ihm ein leises, nachsichtiges Lachen entlockte, und schließlich zog er sie wieder hoch, wobei seine Finger leicht und sanft auf ihrer Haut lagen. Seine Augen waren warm und dankbar und strotzten vor sichtbarer, spürbarer Zuneigung, während sein Daumen sanft und ehrfürchtig über ihre geschwollenen, schmerzenden Lippen strich.

Aber er sprach immer noch nicht – vielleicht konnte er es immer noch nicht – und so küsste Rosa seinen Daumen und knabberte dann sicherheitshalber daran. »Danke, mein Lord«, murmelte sie und lächelte ihn langsam an. »Das habe ich wirklich gebraucht. Ich fühle mich *so* viel besser. Und *sehr* voll.«

Sie gab ihrem runden Bauch einen selbstzufriedenen kleinen Klaps und lenkte damit Johns Blick darauf. Nachdem er sein Buch beiseitegelegt hatte, legte er seine Hand um die ihre, als wollte er spüren, wie er sie ganz und gar zu der Seinen gemacht hatte.

»Obwohl«, fuhr Rosa entschlossen fort und stupste ihn in die Brust, »nachdem dein schwangeres, gehorsames Liebchen dich *dreimal* ausgesaugt hat, John-Ka, wäre es vielleicht nett, wenn du ihr *ein wenig* Anerkennung zollen würdest. Vielleicht ein kleines ›Das hat mir gefallen, Liebchen‹. Oder vielleicht ›Ich werde in meinem übervollen Zeitplan etwas Zeit finden, um dir endlich die neue Passage zu zeigen, die mein Leben in letzter Zeit verschlungen hat.‹«

Johns Augenbrauen hoben sich, aber ein Lächeln, langsam und nachsichtig, zerrte an seinem Mund. »Dort gibt es nichts, was dich unterhalten könnte, kleine Rose. Nur Dreck und Schutt, wütende Orks und ein Tunnel, der sich weigert, sich vollständig zu entleeren.«

»Das ist mir egal«, konterte Rosa. »Ich will es sehen, John-Ka. Bitte! Morgen.«

Seine Hand hatte begonnen, sanft über ihren Bauch zu streichen, seine Augen waren so geduldig und doch so schrecklich *besorgt*. »Bist du sicher, dass du nicht zu müde dafür bist, Liebchen?«

»Ich bin *überhaupt nicht* mehr müde oder überanstrengt, John-Ka«, antwortete Rosa und warf hochmütig den Kopf herum. »Ich musste mich nur ein bisschen ausruhen, das ist alles.«

John lachte laut auf und seine Augen funkelten. »Ach, ist das so«, sagte er kühl. »Das hätte ich nie gedacht, törichtes Liebchen.«

Rosa stieß ihren Ellbogen in seinen Bauch, während sie die wunderbare Wärme in seinen Augen genoss, und gehorchte eifrig, als er sie an seine Seite drückte, sie unter seinen Arm klemmte und das Fell über sie beide zog. Er sagte ihr, ohne es auszusprechen, dass er sie liebte und dass er das auch brauchte und dass er sie morgen wirklich zu seiner Ausgrabungsstätte bringen würde und dass alles auf der Welt wieder in Ordnung wäre.

Und das stimmte noch mehr, als Tristan und Salvi ins Zimmer kamen, wobei Salvi einen hörbar quengelnden Thorin trug. Doch als er John und Rosa im Bett erblickte, gluckste und zappelte Thorin sofort und streckte seine pummeligen grauen Arme nach ihnen aus.

Rosa und John begrüßten ihn mit einem Lächeln, Streicheleinheiten und Küssen, und schon bald lag er auf ihnen, um an Rosas Brust zu saugen, während Johns Arm die beiden enger umschloss und mit seiner Hand sanft über Thorins Rücken streichelte. Und es war wohl das zufriedenste Gefühl der Welt, so geborgen in den Armen seines Gefährten, Ehemanns und Lords zu liegen, mit seinem wunderschönen Sohn in den Armen und einem zweiten Sohn, der in ihrem Bauch heranwuchs.

Rosa gähnte herzhaft und erntete dafür ein sanftes Streicheln von Johns Hand auf ihrem Kopf, der sie wieder an seine Schulter drückte. Ein stummer Befehl, den sie nur zu gerne befolgte und sich enger an ihn schmiegte. Sie blinzelte, als er wieder nach seinem Buch griff und es dort aufschlug, wo er eben noch gelesen hatte.

Doch während er las, lag ein kleines Lächeln auf seinem Mund, keine Spur von Anspannung in seiner Gestalt oder seinem Gesicht. Rosa saugte es in sich auf, *würdigte* es und schloss dann die Augen und fiel in einen tiefen, traumlosen Schlaf.

DANKE FÜRS LESEN

UND HOL DIR EINE KOSTENLOSE BONUS-STORY!

Vielen Dank, dass du dieses Ka-esh-Abenteuer mit mir zusammen erlebt hast!

Wenn du noch nicht ganz bereit bist, das Orkgebirge zu verlassen, dann melde dich auf meiner Mailingliste unter www.finleyfenn.com/deutsch an, um zusätzliche Inhalte zu erhalten. Ich würde mich freuen, mit dir in Kontakt zu bleiben!

GRATIS STORY: Geopfert vom Ork

Das Monster braucht eine Opfergabe. Und sie liegt nackt auf dem Altar ...

Als Stella in einer schicksalhaften Nacht allein durch den Wald wandert, sucht sie nur nach Frieden, Erleichterung, nach einer Flucht. Ein paar gestohlene Momente auf einem geheimen, uralten Altar, vereint mit dem Mond über ihr.

Bis sie von einem riesigen, hässlichen und blutrünstigen Ork angegriffen wird. Ein Ork, der eine Opferung verlangt – nicht durch sein Schwert, sondern durch Stellas vollständige Unterwerfung. Vor seinen Klauen, seinen scharfen Zähnen, seinem riesigen, muskulösen Körper. Jedem seiner demütigenden, erregenden Befehle ...

Aber Stella würde sich niemals von einem Monster benutzen und opfern lassen – oder doch? Selbst wenn ihre Unterwerfung ihr die Gunst des Mondes verschaffen und ihr Herz für ein ganz neues Schicksal öffnen würde?

Jetzt herunterladen! www.finleyfenn.com/deutsch

DANKSAGUNGEN

Ich bin so dankbar für meine Leser (wirklich vielen Dank!) und meine unglaublich großzügigen und scharfsinnigen Beta-Leser und Vorrezensenten. Ich liebe euch alle!

Besonders dankbar bin ich für die Freundlichkeit, Ermutigung und Beratung von Jennifer N., Jesse, Jen R., Marcia und meiner wunderbaren Amy. Ein spezieller Dank geht auch an Ann für ihr Fachwissen über Orklinge und an Þórey H. für ihre großartige Hilfe bei der Übersetzung von *Aelakesh* (auch bekannt als Isländisch)!

Außerdem bin ich auch SO wahnsinnig dankbar für meine lieben Facebook-Gruppenmitglieder bei Finley Fenn Readers' Den (Schließ dich uns an, sie sind einfach WUNDERBAR). Sie haben mir geholfen, meine neuen Ka-esh-Orks zu benennen und sie haben in den letzten Monaten so viel Freude in mein Leben gebracht. Zudem beeindruckt und ehrt mich die Freundlichkeit und Großzügigkeit meiner Online-Autorenkollegen. Vielen Dank dafür!

Und schließlich, wie immer, geht meine unbändige Liebe und Hingabe an meinen mürrischen Gefährten, der es ebenfalls liebt, beim Lesen in Ruhe gelassen zu werden ... bis er von meiner unermüdlichen Schreibbesessenheit (und anderen Dingen, hehe) ausgebremst wird. Ich liebe dich, mein Lord.

ÜBER DIE AUTORIN

Finley Fenn schreibt schon so lange, wie sie denken kann, über Menschen, die sich verlieben. Ihre aktuelle Besessenheit sind Orks, und ihre laufende Ork-Sworn-Reihe wurde als »sexy, romantisch, angstbesetzt und fesselnd« (von Romantically Inclined Reviews) gelobt.

Wenn sie nicht gerade schreibt, liest Finley alles, was sie in die Finger bekommt, und sabbert über köstliche Ork-Kunstwerke. Sie lebt in Kanada mit ihrer geliebten Familie, zu der auch ihr ganz eigener mürrischer, wunderschöner Ork-Ehemann gehört.

Um kostenlose Bonus-Storys und Epiloge sowie Neuigkeiten zu den nächsten Büchern zu erhalten, melde dich an unter www.finleyfenn.com/deutsch.

www.ingramcontent.com/pod-product-compliance
Lightning Source LLC
Chambersburg PA
CBHW061034310726
48969CB00004B/955